READER'S DIGEST

AUSWAHLBÜCHER

READER'S DIGEST

Auswahlbücher

Verlag DAS BESTE GmbH

Stuttgart – Zürich – Wien

Die Kurzfassungen in diesem Buch erscheinen
mit Genehmigung der Autoren und Verleger

273
PRINTED IN GERMANY
ISBN 3 870 70 045 9

Inhalt

Glaubet ihr nicht, wenn ich euch von irdischen Dingen sage, wie würdet ihr glauben, wenn ich euch von himmlischen Dingen sagen würde?

JOHANNES 3,12

DER MANN AUF DER KANZEL

Eine Kurzfassung des Buches von

CHARLES MERCER

Ins Deutsche übertragen
von Karl Berisch

Illustrationen von Mac Conner

Am liebsten wäre der junge Geistliche mit Frau und Töchterchen gleich weitergefahren, als er „sein“ Upton sah: die wenig einladende Kleinstadt, in der seine erste Pfarrstelle auf ihn wartete. Aber der jammervolle Zustand des Pfarrhauses und die erste Begegnung mit dem wenig fortschrittlichen Kirchengemeinderat wirkten wie eine Herausforderung an Martins und Janes Idealismus, und gemeinsam machten sie sich daran, ihre Vorstellungen von Privatleben und Beruf in die Tat umzusetzen.

Doch jeder Schwung erlahmt, wenn der Erfolg weit hinter dem zurückbleibt, was möglich – und nötig wäre: die Aufnahme zweier farbiger Ehepaare in die Gemeinde zum Beispiel. Noch glaubte Martin, daß sein Platz vielleicht gar nicht die Kanzel sei, aber im Dienst einer christlichen Wohlfahrtsorganisation, den er nicht nur hinter dem Schreibtisch, sondern auch auf dem koreanischen Kriegsschauplatz kennenlernte, sah er sich der gleichen Trägheit der Herzen oder wirklichkeitsfremden Verbohrtheit gegenüber.

Langsam erkennen Martin und Jane Judson, daß nur kleine Schritte sie ihrem Ziel näher bringen können und daß Nächstenliebe gerade dort gebraucht wird, wo der Nächste selbst es nicht wahrhaben will. Die Probe darauf haben sie schon in der eigenen Familie zu bestehen – beim Brückenschlag über die Generationenkluft, die sie, wie alle Erwachsenen unserer Zeit, zwischen sich und den heranwachsenden Kindern überwinden müssen.

Ein Kritiker dieses Romans hat seinen Kern in einem Satz zusammengefaßt: „Bücher sollen wie Spiegel sein: sie sollen nicht schmeicheln, sondern die Wahrheit sagen. Der Mann auf der Kanzel *ist ein solches Spiegelbild – in ihm erkennen wir hinter den handelnden Menschen auch Sinn und Aufgabe unseres eigenen Lebens.“*

1

WENN sie in späteren Jahren darauf zu sprechen kamen, wie unberechenbar es im Leben zuging, stand doch eines für sie fest: wann sie auch umzogen – es regnete immer.

So war es schon bei ihrem ersten Umzug gewesen – im September 1940 von Davidson im Staat New York nach Upton, einer kleinen Stadt in Pennsylvanien. Doch selbst wenn es an diesem Tag nicht gegossen hätte, wäre der Eindruck, den sie von Upton empfingen, bedrückend gewesen. Sie kamen von Norden über eine Straße, die von Autofriedhöfen gesäumt wurde, und fuhren abwärts hinein in die regenfeuchte, in Rauchnebel gehüllte Stadt und in den dichten Spätnachmittagsverkehr. Sie kannten ihr Ziel; doch hatten sie keine Ahnung, wie sie dorthin gelangen sollten.

Jane sagte: „Wollen wir nicht jemand fragen?"

„So lernen wir wenigstens die Stadt kennen", antwortete Martin. „Zeit genug haben wir dazu." Aber es klang wenig begeistert. „Sieht trübselig aus, nicht wahr? Am liebsten würde ich gleich durchfahren, bis nach Florida. Wir sind noch nie in Florida gewesen. Immerhin besitzen wir hundertfünfzig Dollar. Ich hab gute Chancen als Koch in einem Schnellrestaurant, und du kannst Esel unterrichten. Wir werden Hand in Hand am Meer entlangspazieren – wäre das nicht herrlich?"

Der Blick, den sie ihm zuwarf, war weniger bestürzt als belustigt. Dann plapperte Kathy etwas in ihrer Babysprache und erinnerte Martin daran, daß er auch Vater war und nicht nur liebender Ehemann und Schnellrestaurantkoch.

Als sie endlich die Baptistenkirche gefunden hatten, war die frohe Erwartung der letzten Monate endgültig dahin. Das Gotteshaus war eine Scheußlichkeit – ein betagter, eckiger, altjüngferlicher Bau, züchtig in schmutziggelben Backstein gepanzert, mit einem hohen, spitzen Turm, der in den Smog wie in ein schmutziges Federbett stach. „Das Pfarrhaus hat eine nette, geräumige Veranda", sagte Jane.

Auf der anderen Seite der Kirche lag ein großes, unbebautes Grundstück. Die Straße entlang drängten sich schindelgedeckte Häuser hinter krummen und verzogenen Gehsteigen und kümmerlichen Rotahornbäumen.

„Wieso haben es die Möbelpacker schneller geschafft als wir?" fragte Jane.

Martin sah den kleinen Möbelwagen jetzt auch; er stand auf der mit Schlacke bestreuten Auffahrt. Jane nahm Kathy auf den Arm, und als sie auf die lange Vorderveranda zu gingen, kamen ihnen die Möbelträger entgegen, ein dürrer alter Mann und sein junger Gehilfe.

„Da sind Sie ja endlich", sagte der Alte vorwurfsvoll. „Es ist alles drin. Wir müssen weiter. Hier ist die Rechnung."

„Jetzt wollen wir erst mal sehen, ob wirklich alles drin ist", sagte Jane.

Martin nahm die Rechnung und folgte Jane ins Haus. Achtundneunzig Dollar. Der Gemeindeälteste hatte gesagt, die Kirche werde die Umzugskosten bezahlen. „Ich hätte auf Vaters Rat hören sollen", sagte Martin zu Jane. „Er meinte: Immer erst auf das Gehalt schauen, bevor man eine Berufung annimmt."

Doch ihm war keine andere Wahl geblieben. Im Sommer hatte er in Ohio unterrichtet, um Geld zu verdienen. Der Kirchengemeinderat von Upton hatte ihn im Juni in Davidson predigen hören, und er hatte die Sache bereits vergessen, als man sich vor einem Monat seiner erinnerte. Noch ein bißchen unreif, hatten sie vermutlich gedacht; aber was konnte man für dreitausendsechshundert im Jahr bei freier Wohnung schon verlangen?

„Pastor Judson? Mrs. Judson? Willkommen in Upton!" Die Dame, von der sie begrüßt wurden, war eine große, graubraun gekleidete Frau. In ihren groben, wie in Holz geschnitzten Gesichtszügen mischten sich Mitleid mit den Neuankömmlingen und Unsicherheit, wie sie sich ihnen gegenüber verhalten sollte. Martin hatte in seiner Jugend als Sohn eines Freikirchenpredigers Dutzende wie sie kennengelernt, und ihretwegen hatte er sich einst gelobt, niemals selber Prediger zu werden: weil diese Frauen nun einmal den Ton angaben, blieb die Kirche untätig und ohne Wirkung auf die Jugend.

„Danke", sagte Jane. „Ich bin froh, daß wir hier sind."

Die Dame stellte sich als Mrs. McDonald vor. Dann tauchte hinter ihr ein zweites weibliches Wesen auf, eine ansehnlichere Person mit einem etwas angenehmeren Gesicht. Sie hieß Mrs. Tabor.

Innen glich das Pfarrhaus einem Burgverlies, wie Martin nicht anders erwartet hatte. Eine große Diele in der Mitte, mit Treppen, die sich irgendwo in der Dämmerung verloren. Rechts ein riesiges Zimmer mit breiten Fenstern, das zweifellos zu seinem Arbeitszimmer bestimmt war. Links ein kleineres Zimmer, wohin die Möbelträger ihre beiden Sessel gestellt hatten. Dahinter noch ein Raum und rechts davon ein wahrer Speisesaal, in dem sich ihre kleine Eßecke recht kläglich ausnahm. Und schließlich eine Küche, so groß, als müßten hier die Insassen eines Bezirksgefängnisses beköstigt werden.

„Na fabelhaft", sagte Martin, „das ist ja die reinste Familienpension."

Die Damen kicherten nervös, und der ältliche Möbelpacker, der ihnen nicht von den Fersen gewichen war, quengelte erneut, daß er aufbrechen müsse.

Martin nahm fünf Zwanzigdollarscheine aus seiner Brieftasche und sagte: „Es stimmt so." Der Möbelträger sah ihn verächtlich an. „Und quittieren Sie die Rechnung." Der Packer unterschrieb und zog wortlos ab.

Mrs. McDonald betrachtete kummervoll die quittierte Rechnung, die auf dem Fensterbrett lag, und sagte: „Mr. Ingham müßte jeden Augenblick hier sein." Ingham war Gemeindeältester und offenbar der wichtigste Mann hier.

Als er eintraf, war Martin im Keller, um den Heizkessel zu prüfen. Das Haus hatte Zentralheizung, und Spuren auf dem nur hie und da befestigten Kellerboden verrieten, daß gelegentlich Wasser auszulaufen pflegte.

Oben im Wohnzimmer hatten sich insgesamt vier Männer eingestellt, und Martin konnte sich sofort denken, welcher von ihnen Ingham war. Ein stämmiger, kräftiger Körper, ein sich lichtender Schädel und pfiffige blaue Augen.

Er stellte sich vor: „John Ingham, Herr Pastor. Sie können sich wahrscheinlich von unserem Besuch im Juni her auch noch an Mr. Warren erinnern, unseren dienstältesten Diakon." Warren war alt und verwelkt. „Und Harcourt Prescott vom Gemeinderat." Lang, hager, nichtssagend. „Und dies ist Bill Powers, das jüngste Vorstandsmitglied." Er war Martin auf Anhieb sympathisch, vielleicht weil sie ungefähr gleich alt waren. Er hatte die heitere Gelassenheit und den athletischen Körper eines Sportstudenten. Martin merkte auch, daß Powers ihn rasch abschätzte und daß er ihn ebenfalls sofort leiden konnte. Dann veränderte sich sein Gesichtsausdruck, und er warf Martin einen warnenden Blick zu: Paß auf, was noch kommt, Sportsfreund!

Ingham bedeutete Mrs. McDonald und Mrs. Tabor, daß sie jetzt gehen könnten; und die beiden schienen froh, sich empfehlen zu dürfen. Jane begleitete sie, mit Kathy auf dem Arm, zur Tür. Als sie zurückkam, nahmen alle Platz, und Ingham sagte zu Martin: „Ist alles in Ordnung?"

„Nun ja, ich denke schon, Mr. Ingham. Der Heizkessel sieht ein bißchen fragwürdig aus. Hat's damit Ärger gegeben?"

Prescott und Powers rührten sich nicht, aber Warren schlug eines seiner dürren Knie über das andere und sagte: „Er geht jetzt wieder tadellos, Herr Pastor. Habe ihn selber im März in Ordnung gebracht. War ja Klempner von Beruf, bis ich mich im vorigen Jahr zur Ruhe setzte. Wissen Sie, als wir uns über Sie erkundigten, hat mir am besten gefallen, daß Sie ein Yankee sind. Meine Leute sind vor zwei Generationen aus Connecticut zugewandert, aber vorher ..."

„Nun", sagte Ingham ungeduldig, „wir wollen zur Sache kommen. Leider nicht erfreulich für Sie. Die Kirche befindet sich finanziell in einer angespannten Lage. Mit der Wirtschaft hierorts geht es abwärts, und wegen dem New Deal und dem Krieg in Europa weiß niemand, was passieren wird. Mr. Judson, wir können Ihnen zunächst nur zweitausendachthundert geben statt drei-sechs."

Martin wurde rot. „Wann ist Ihnen das eingefallen?" fragte er. „Gestern abend?"

„Der Vorstand ist vor zwei Tagen zusammengetreten", erwiderte Ingham verlegen.

Warren sagte: „Zwei-acht und freie Wohnung ist sogar ganz ausgezeichnet für einen jungen Mann ohne Erfahrung."

„Sind Sie Geschäftsmann, Mr. Ingham?" fragte Martin.

Ingham tat gelinde erstaunt, daß Martin es nicht wußte. „Ich bin Chef der Buchhaltung in Makinsons Maschinenfabrik."

„Ein Lehrer in meinem College", warf Martin ein, „den ich sehr verehrte, pflegte zu sagen, die unmoralischsten Berufe der Welt seien der Lehrer- und der Predigerstand. Und der moralischste, so erklärte er, sei der Kaufmannsstand. Weil man nämlich im Geschäftsleben weiß, was ein Vertrag bedeutet, und sich danach richtet. Wohingegen im allgemeinen Lehrer und Prediger kein Gefühl dafür haben, was für Verpflichtungen ein Vertrag mit sich bringt."

Prescott sagte: „Aber wir haben nichts Schriftliches mit Ihnen vereinbart."

„Das ist egal", sagte Powers. „Es bestand eine Abmachung – das heißt, ein mündlicher Vertrag."

Ingham sagte: „Bill war der einzige, der sich unserer Entscheidung nicht angeschlossen hat."

Martins Ärger verebbte. Er wollte etwas Verbindliches sagen, ohne sich allzuviel zu vergeben, und stand auf. „Nun, jetzt ist es zu spät. Gehen wir also an die Arbeit. Wann kann ich ein Telephon gelegt bekommen?"

Inghams Gesicht entspannte sich zu einem Lächeln. „Morgen. Ich werde mich darum kümmern. Wir hatten vereinbart, Ihnen die Umzugskosten zu vergüten. Haben Sie die Rechnung?"

Martin suchte in seinen Taschen, doch Jane sagte: „Sie ist in der Küche. Augenblick."

„Sie sind ein bißchen knapp mit Möbeln", sagte Warren. „Wir haben ein paar Sachen auf dem Dachboden, die wir Ihnen gerne –"

„Nein, danke", sagte Martin.

„Aber ich wollte nur –"

„*Nein,* Tom", sagte Ingham.

An einem strahlenden Samstagmorgen im Oktober kam ein Brief von Tubby Larsen.

„Hei, Martin –", begann er, wie Tubbys Briefe an Martin fast immer anfingen. Nun erinnerte es ihn an ähnliche goldene Herbsttage im Jahr 1933, als sie beide in Brown mit dem Theologiestudium angefangen hatten.

Auf einem Briefbogen der Baptistengemeinde von Thornton in Massachusetts berichtete Pastor Robert Browning Larsen diesmal, er habe letzten Samstag die Hockeymannschaft ihrer alten Universität so lautstark – und obendrein vergeblich – angefeuert, daß er sich eine Kehlkopfentzündung zugezogen habe, und da es zu spät gewesen sei, einen Vertreter für die Predigt zu finden, habe er am Sonntag einen musikalischen Gottesdienst veranstaltet. „Meine Leute betrachteten mich mit Bestürzung und Mißtrauen. Wieso kriegt so ein kräftiger Kerl plötzlich keinen Ton mehr heraus?"

Martin lächelte und ging mit dem Brief in die Küche, wo Jane einen Kuchenteig anrührte. „Weißt du, Tubby ist einsam", sagte er. „Er hätte heiraten sollen."

„Er hätte jedes Mädchen haben können, das wir ihm in Davidson vorgestellt haben. Er ist einfach zu schüchtern."

„Na, da kennst du ihn schlecht", sagte Martin und las den Brief weiter. Zuerst hatten Larsen und er sich in Brown vorsichtig unter die Lupe genommen. Tubby gehörte zu einer christlichen Verbindung, während Martin gerade in einer Phase streitbaren Freidenkertums steckte. Die gegenseitige Achtung wuchs jedoch, als beide in der Hockeymannschaft spielten. Sie waren leidenschaftliche Sportler, aber auch fleißige Studenten. Martin wurde im dritten, Tubby im vierten Studienjahr in die ehrwürdige Phi-Beta-Kappa-Gesellschaft aufgenommen, der nur Studenten mit hervorragenden Leistungen angehören.

Was sie noch enger zusammenschloß als das Hockeyspiel, war ihre beiderseitige Armut. Fünfhundert Dollar im Jahr waren das Äußerste, was Pastor David Judson zu Martins Studium beisteuern konnte; den Rest hatte er sich selber zu verdienen. Und Tubby, dessen Vater sein Geld beim Konkurs einer Textilfabrik verloren hatte, mußte nicht weniger schwer arbeiten als Martin.

In sein Arbeitszimmer zurückgekehrt, stand Martin vor den breiten Fenstern und schaute hinaus. Ein zweitüriger Oldsmobile kam langsam die Kongreßstraße entlang und hielt vor dem Pfarrhaus. Der Mann, der ausstieg, sah ganz wie ein Geistlicher aus. Woran man sie wohl sofort erkannte? Dunkler Anzug, ein wohlwollendes Gesicht – natürlich. Aber es war noch etwas anderes, das man schwer erklären konnte.

Martin ging öffnen, als es klingelte.

„Martin Judson? Ich bin Harold Engel, Pastor an der Presbyterianerkirche." Ein wohlerhaltener Sechziger mit umgänglichem Aussehen. Sie gaben sich die Hand, und Martin führte seinen Gast ins Arbeitszimmer. „Habe Sie leider vorige Woche nicht kennenlernen können beim Essen der Amtsbrüder – hatte eine Beisetzung", sagte Engel. „Sie haben vorhin so aus dem Fenster gestarrt, als ich vorgefahren kam. Schwierigkeiten mit der morgigen Predigt?"

Martin schüttelte lächelnd den Kopf. „Nein. Wahrscheinlich nur ein bißchen vor mich hin geträumt. Meine Predigt ist seit vorgestern fertig."

„Meine auch. Mach ich meistens so. Ich finde, für einen Pfarrer ist der Samstag der schlechteste Tag der Woche. Die langsamen zerbrechen sich verzweifelt den Kopf nach einer Idee; und die eifrigen, so wie Sie und ich, wissen dann nicht, was sie anfangen sollen."

Mühelos und unverhohlen fühlte Engel ihm auf den Zahn. Martin wußte bereits, daß die Presbyterianer- und die Episkopalkirche die stärksten Gemeinden in Upton waren und viele der wohlhabendsten und einflußreichsten Bürger zu ihren Mitgliedern zählten. Engel bestärkte ihn in diesem Eindruck. Und dann bestätigte er auch unverblümt, was Martin ebenfalls nicht neu war: die Baptistengemeinde setzte sich aus Angehörigen des Mittelstandes und des gehobenen Arbeitertums zusammen.

Solche gesellschaftlichen Unterschiede berührten Martin unangenehm, und um Engel abzulenken, rief er Jane herein und machte sie mit ihm bekannt.

„Ihre Frau sieht sehr gut aus", sagte Engel, nachdem Jane wieder hinausgegangen war. „Die Leute werden sie nicht gerade für eine ideale Pfarrfrau halten."

„Solange ich sie für eine ideale Frau halte, ist mir egal, was die Leute denken."

Vielleicht war irgend etwas in Martins Ausdruck der Anlaß, daß Engel seinem Blick auswich. Er zündete sich eine Zigarette an und fragte: „Haben Sie ein Hobby?" Und als Martin den Kopf schüttelte, fuhr er fort: „Sie müssen ein Hobby haben, um bei den Leuten etwas zu gelten. Treiben Sie Sport?"

„Hockey."

„*Hockey* – ach du liebes bißchen. Sie sollten zum Golf übergehen."

„Das hab ich schon probiert, fand es aber gräßlich."

„Niemand spielt's wirklich gern, wenn er ehrlich ist. Es ist eine Art Masochismus – eine Buße für begangene oder Gedankensünden. Lernen Sie's trotzdem, und lernen Sie es gut. Und treten Sie keinem Klub bei. Lassen Sie sich von den reichen Leuten in ihre Klubs einladen. Trinken Sie ein Glas an der Bar – *eins,* wenn ich bitten darf. Es kommt nur darauf an, zu zeigen, daß Sie nicht nur Pastor, sondern auch ein Mann sind."

Allmählich fand Martin an Engels Zynismus Gefallen.

„Aber werden Sie Mitglied in einem gemeinnützigen Verein. Und da sprechen Sie über irgend etwas – bloß nicht über Religion. Wenn Sie ein wirklich tüchtiger Pastor sein wollen, müssen Sie auch das Spiel der Konversation beherrschen lernen." Martin lächelte. „Ich weiß, Sie sind jung und ein Idealist und halten mich vermutlich für einen alten Zyniker. Aber ich habe vierzig Jahre gebraucht, bis ich den Bogen raus hatte. Warum sind Sie Geistlicher geworden?"

„Ich weiß nicht genau.“ Martin wog seine Worte ab. Es hatte keinen Sinn, von Glauben zu sprechen, denn das war selbstverständlich. „Mein Vater war Prediger, so weiß ich ein bißchen über dieses Leben Bescheid. Ich wollte Jura studieren, aber noch drei Jahre Tretmühle waren mir zuviel. Und mein Vater konnte mich auch nicht weiter unterstützen. Mein Hauptfach war eigentlich Philosophie. Wahrscheinlich wäre ich nicht Pastor geworden, wenn mir irgendeine Firma eine interessante Stellung angeboten hätte, von der ich hätte leben können. Aber das war nicht der Fall. Und dann bekam ich vom theologischen Seminar ein Stipendium und einen Posten in der Bibliothek dazu, wo ich viel Zeit zum Lesen hatte. Na ja – so stehe ich also hier.“

„Sehr gut.“ Engel lächelte ihm freundlich zu. „Die beste Antwort, die ich je gehört habe. Absolut ehrlich. Sie haben begriffen, was für eine Rolle das liebe Geld im Leben spielt. Kann sein, daß Sie auf der Strecke bleiben – viele gehen dabei vor die Hunde. Aber bei Ihnen sehe ich Möglichkeiten.“

In gewisser Hinsicht gleicht der Mensch einem Schiff. Martin jedenfalls gebrauchte dieses Bild gern. Man hat präzise Maße, ein fest umrissenes Fassungsvermögen, eine besondere Art der Fortbewegung und einen bestimmten Aktionsradius.

Einige Wochen nachdem er nach Upton gekommen war, wählte Martin dieses Gleichnis als Thema einer Predigt und erntete damit den stärksten Beifall, den er bisher erzielt hatte. Er nannte die Predigt „Dasselbe Boot?“, und sie wurde für ihn ein Markstein.

Es war kein aufrüttelndes Glaubensbekenntnis, sondern sollte den Zuhörern den tieferen Sinn des Glaubens deutlich machen. Martin selber lernte daraus, daß Denkanstöße besser sind als Behauptungen. Er dachte darüber nach, wie man eine gute Predigt aufbaut und warum es einem so selten gelingt. Eine gute Predigt, begann er einzusehen, ist etwas anderes als ein guter Artikel oder Vortrag. Sie hat mehr Ähnlichkeit mit einem packenden Drama.

„Stellen wir uns also vor, der Mensch ist wie ein Schiff“, sprach er zu seiner Gemeinde. „Kann man aus einem langsamen alten Kahn ein schnelles Rennboot machen? Man sollte meinen, nein. Und gleichermaßen glauben viele von uns, der Mensch könne sich nicht ändern. Doch ich möchte Ihnen von einem Schiff erzählen, das von Bristol in Rhode Island auszulaufen pflegte. Es hieß die *Träge Susanne.* Sie war langsam, aber aus edlem Holz gezimmert. Eines Tages", so fuhr Martin fort, „nahm man eine Planke aus der *Trägen Susanne* heraus und ersetzte sie durch ein Aluminiumband. Und nach und nach veränderte man sie Stück für Stück, bis das Boot völlig erneuert war.

War es noch dasselbe Schiff? Noch immer hieß sie *Träge Susanne,* aber war sie nicht ein anderes Schiff geworden? Inzwischen hatte ein Bootsbauer das feine, ausrangierte Holz des ursprünglichen Schiffes gesammelt und daraus ein Rennboot gebaut, das viele Preise in Newport gewann. Obwohl er es aus Anhänglichkeit *Träge Susanne* nannte, war es für ihn ein neues Schiff. Aber war es das wirklich? Oder war es das ursprüngliche Boot? Welches war das neue, welches das alte – oder waren *beide* dasselbe Schiff?"

Martin versuchte nicht, die Frage zu beantworten, sondern überließ es seinen Zuhörern, über das Problem der Identität nachzudenken – über das scheinbar Unveränderliche, das etwas Neues gebar, und über das scheinbar Neue, das doch in Wahrheit etwas Altes war. Und dann kam er auf die Veränderung des Menschen durch den Glauben zu sprechen. Die Persönlichkeit des Menschen, so sagte er, werde durch den Glauben an Gott gestärkt.

Er war erstaunt, wie viele seiner Zuhörer von seiner Predigt erbaut waren. Die verblüffendste Reaktion kam von Tom Warren, der am Montag früh um acht Uhr ein neues Rohr für die Wasserspülung brachte.

„Verflixt noch mal, Herr Pastor, ich habe die ganze Nacht wach gelegen und über das Boot nachgedacht. Oder über die Boote. Waren's zwei oder bloß eins? Wie ist die Antwort?"

„Wie bei fast allen Dingen, Tom, kann man es von verschiedenen Seiten betrachten."

„Das weiß ich wohl. Hab Sie ganz gut verstanden. Manchmal mach ich mir auch so meine Gedanken. Aber –" Er grinste. „Seit Anno Tobak reparier ich an Ihrer Toilette herum. Als ich das letztemal hier war, war sie beinahe in Ordnung. Ich habe so viele Teile herausgenommen und neue eingesetzt, daß es inzwischen drei verschiedene Toiletten geworden sein können – oder ist es immer noch dieselbe?"

WENN MARTIN allen Ratschlägen hätte folgen wollen, die er in den ersten Monaten seines Aufenthaltes in Upton empfing, hätte er sich in Stücke reißen müssen. Aber er trat dem Rotary Club bei und sprach in zwei höheren Schulen über Fragen der Berufsberatung. So viele junge Gesichter sahen ihrer Wehrdienstverpflichtung entgegen!

Eines Tages im November überraschte ihn seine Frau mit einer neuen Anregung. Er saß im Arbeitszimmer vor seiner Predigt, als Jane hereinkam, um die Bücher abzustauben. Ihr zuzusehen war immer eine angenehme Ablenkung. Sie war schlank, gut gewachsen und einen Monat jünger als er. Kein Mann kann richtig beschreiben, wie seine Frau aussieht; aber Martin versuchte es gelegentlich in Gedanken. Wenn man ihr Haar braun nannte, so wurde man dem feinen, schimmernden Gewebe nicht gerecht; und bezeichnete man ihre Augen als blau, so war doch nichts über den verführerisch verschleierten Blick gesagt, mit dem sie ihn ansah. In der Tat hatte ihn zuerst nur ihr Äußeres angezogen, bis er recht erstaunt entdeckte, wie gescheit sie war und daß sie nach festen Grundsätzen lebte.

„Heute nachmittag machen wir Besuche", verkündete sie und setzte sich auf die Schreibtischkante.

„Ach?" Fünf Nachmittage in der Woche hatte er Besuche gemacht und sich systematisch seinen Weg durch die ganze Gemeinde gebahnt. „Und zu wem gehen wir?"

„Zu Mrs. Moffat, Mrs. Neislinger und Miß Thomas. Mrs. Tabor bleibt solange bei Kathy. Hör sofort auf, die Schreibmaschine zu traktieren, oller Seebär – du mußt nämlich jetzt alle drei anrufen und fragen, ob es ihnen paßt, daß du und deine Frau auf einen Sprung vorbeikommen."

Er sah sie verwundert an. „Und warum?"

„Schau, Liebling" – sie tippte ihm mit dem Zeigefinger auf die Nase –, „und werde nicht gleich wütend. *Ich* weiß, daß es albern ist, und du weißt es auch – aber Mrs. Tabor hat gestern nachmittag eine hiesige Verkehrsregel erwähnt, die wir noch nicht beachtet haben. Was haben die genannten Damen gemeinsam?"

„Keine Ahnung, Jane."

„Sie sind *attraktiv*. Offenbar hat dein Vorgänger ein großes Getratsche verursacht, weil er Mrs. Neislinger und Miß Thomas reichlich oft allein besucht hat. Es wuchs an wie eine Lawine, und schließlich mußte er mit seiner Frau fluchtartig die Stadt verlassen. Ich scher mich einen Pfifferling um so was, Marty; aber ich weiß, du willst gute Arbeit leisten. Und das bedeutet, daß die Leute dir in allem vertrauen müssen. Und ich möchte dir helfen."

Eine Sekunde lang dachte er, seine Augen würden sich mit Tränen füllen. Er stand auf und küßte seine Frau auf die Stirn. Dann ging er ans Telephon.

Mrs. Moffat, Mrs. Neislinger und Miß Thomas waren allesamt entzückt über ihren Besuch, und als sie nach Hause fuhren, sagte Martin: „Ich hab ganz vergessen, dir die nette Geschichte zu erzählen, die ich gestern gehört habe. Vier Geistliche in einer Stadt wie Upton befreundeten sich miteinander und kamen regelmäßig zusammen, um religiöse Fragen zu besprechen. Es waren ein Katholik, ein Rabbi, ein Episkopale und ein Baptist. Eines Tages waren sie besonders vertrauensselig, und der Baptist schlug vor, über ihre persönlichen Probleme zu sprechen. Der katholische Priester verriet, er sei ein leidenschaftlicher Spieler; der Rabbi gestand, er habe eine Schwäche für schöne Frauen, und der Episkopale bekannte, er sei Alkoholiker. Dann fragten sie den Baptisten, was er für ein Laster habe. Er sagte: ‚Ich bin ein Klatschmaul und kann es kaum erwarten, bis ich draußen bin.'"

Jane lachte herzlich. Wenn sie lachte, verbreitete sie einen hellen Glanz, dem sich keiner entziehen konnte. Das fiel auch Mrs. Tabor auf, als die beiden in das Pfarrhaus zurückkehrten; und sie gluckste fröhlich, als sie ging. Offenbar hatte sie das Gefühl, daß durch sie etwas gerettet, etwas erhalten worden sei, als sie Mrs. Judson den Rat gegeben hatte, die attraktiven Frauen der Gemeinde stets *gemeinsam* zu besuchen.

Nach dem Essen gönnten sich die Judsons eine zweite Tasse Kaffee, während sie Nachrichten hörten. Hitler verstärkte seine Angriffe auf England; die lange Nacht für Millionen europäischer Juden wurde dunkler.

Martin hörte unruhig zu. Am 16. Oktober hatte er sich zum Wehrdienst gemeldet. Man würde ihn in „3 A" einstufen, weil er Frau und Kind hatte. Und später, wenn auch Verheiratete eingezogen würden, käme er wieder in den Naturschutzpark der Geistlichen und Gottesgelehrten. Es gefiel ihm gar nicht. Wohin gehörte ein richtiger Mann in diesen Zeiten? Er hätte es zwar nie fertiggebracht, jemanden zu töten; doch er würde gern jeden mühsamen und gefährlichen Dienst verrichten, um denen zu helfen, die willens waren, sogar zu töten, um totalitäre Herrschaftssysteme zu vernichten. Zugleich kamen ihm Zweifel, ob die Rolle eines Feldgeistlichen die für ihn angemessene war – denn wie sollte er Männern, die man in die Schlacht schickte wie auf ein Zechgelage, den Glauben an einen gütigen Gott beibringen?

Im Januar starb Janes Mutter an einem Gehirnschlag, und Jane fuhr mit Kathy zum Begräbnis nach Davidson. Martin wollte sie begleiten, doch sie war dagegen; er hätte einen Vertreter auf seine eigenen Kosten stellen müssen, und sie hatten noch dreihundert Dollar Bankschulden für Möbelanschaffungen. Er war mit ihren Eltern nie recht warm geworden; und sie hatte ihm nicht klarmachen können, daß niemand – nicht einmal sie selber – Doris und Edward Williams je nähergekommen sei. Ihr Verhalten – war es Schüchternheit gewesen oder eine Mauer, die sie absichtlich um sich errichteten? – hatte Martin davon überzeugt, daß sie diese Ehe nicht billigten, was sie tatsächlich nicht taten. Dennoch waren Martin und Jane zwei Jahre lang überschwenglich glücklich gewesen in der kleinen Wohnung, deren Miete Jane von ihrem Lehrerinnengehalt bezahlte. Sie hatten Freunde gehabt und glückliche Zeiten mit Schwimmen, Skilaufen, Schlittschuhlaufen und ihrer Liebe verbracht.

Verglichen mit der Gefühlsarmut, die Jane in Davidson erfuhr – wie ihr Vater auf den Tod ihrer Mutter reagierte, wie wenig sie im Grunde für beide Eltern empfand –, war ihr Leben zu Hause in Upton warm und golden. Jane war seit sechs Tagen in Davidson und hatte eigentlich noch länger bleiben wollen, als sie merkte, daß ihr Vater ihre Abreise nicht ungern sähe. Kathy fiel ihm auf die Nerven; und schon lange vor dem Tode seiner Frau hatte er Gefallen daran gefunden, die Mahlzeiten zu kochen, so daß er es offenbar kaum erwarten konnte, sein gewohntes Alltagsleben wiederaufzunehmen.

Am Tage vor ihrer Abreise erfuhr Jane, daß ihre Mutter, die ihrem Mann ein kleines ererbtes Grundstück hinterließ, ihr fünfhundert Dollar vermacht hatte. Erst als sie schon anderthalb Tage wieder in Upton war, fiel ihr ein, es Martin zu sagen. Er war überrascht und erfreut. „Da kannst du endlich tun, was ich schon immer wollte und leider nicht konnte: dir einen Persianer kaufen."

„Bist du verrückt, Martin? Es gibt genau zwei Persianermäntel in der Gemeinde; sie gehören Beatrice Ingham und Gertrude Prescott. Wenn ich mir anmaßte, den gleichen Pelz zu tragen wie sie, würde ich sie zur Raserei bringen. Außerdem möchte ich gar keinen Persianer."

Als die fünfhundert Dollar kamen, bezahlte sie davon ihre Möbelschulden und ließ den Rest auf ihrem Konto stehen. Sie kaufte sich nur ein „kleines Schwarzes" für achtzehn Dollar und für siebenunddreißig fünfzig einen dunkelgrauen Zweireiher für Martin.

Die monatliche Zusammenkunft der Diakone war für Martin fast immer eine mühsame und mißliche Angelegenheit. Grundsätzlich waren er und die Diakone verschiedener Meinung. Er wollte seine Gemeinde jedermann öffnen, nicht nur den wenigen, die jeden Sonntag die Kirchbank drückten. Die zwölf Diakone hingegen wünschten, daß ihre Kirche exklusiv bleibe.

Wie üblich begann Tom Warren als Ältester mit einem kurzen Eröffnungsgebet. Dann machte er die Bemerkung, die ihm schon zur Gewohnheit geworden war: „Herr Pastor, es wird Zeit, daß wir das dürre Holz vom grünen sondern und das Mitgliederverzeichnis stutzen."

Worauf Martin fast ebenso gewohnheitsmäßig erwiderte: „Ja, Tom – aber da müssen wir erst feststellen, welches Holz wirklich dürr ist."

Dann erstattete Luther Balch den Kassenbericht und zählte gewissenhaft die Kosten des Traubensaftes für das monatliche Abendmahl auf sowie des Brotes, das den Leib Christi symbolisierte und das er, einen Tag alt und verbilligt, im Selbstbedienungsladen kaufte. Der nächste Punkt der Tagesordnung betraf die Bedürftigen; und schließlich wurden die in Frage kommenden neuen Mitglieder besprochen, was lange und lautstarke Diskussionen über ihren Glauben an die Vorherbestimmung und Verwerfung, die ewige Verdammnis und die Immersionstaufe zur Folge hatte.

Schließlich roch Martin Kaffee und wußte, daß Jane zur Erfrischungspause rufen würde. „Meine Herren", sagte er, worauf sie schnell verstummten, „ist es notwendig, noch länger über die Qualifikation dieser Kandidaten zu sprechen?"

„Nein", sagte Tom, „ich beantrage ..."

Der Kaffee, der Kuchen und das Eis beruhigten die streitbaren Gemüter, und sie verabschiedeten sich bald. Mit Geduld und Selbstbeherrschung war es Martin gelungen, wieder einmal alle Klippen zu umschiffen.

Es war einer der schlimmsten Winter in Upton. Der alte Heizkessel funktionierte nicht richtig, und die meiste Zeit mußten sie frieren. Am ersten März belief sich die Kohlenrechnung auf hundertsiebenundneunzig Dollar. Tom Warren kam jede Woche zwei- bis dreimal, pfuschte an dem Kessel herum und erklärte jedesmal, es sei alles in bester Ordnung. Anfang März sank die Temperatur erneut, und Jane und Kathy holten sich eine Erkältung.

Das nächste Diakonentreffen war am fünften März. Am Spätnachmittag drosselte Martin das Feuer, drehte den Haupthahn zu und ließ das Wasser im Heizkessel ab. Danach schraubte er den Wasserstandsmesser los, machte ihn auf, füllte ihn bis über die Sicherheitsmarkierung und setzte ihn dann wieder ein.

Als die Diakone eintrafen, zeigte das Thermometer in Martins Arbeitszimmer ein Grad Wärme. Tom eilte sofort in den Keller, wo man ihn laut herumwirtschaften hörte; dann kam er lächelnd wieder herauf. „Sie haben das Feuer ausgehen lassen, Herr Pastor. Jetzt geht es wieder. In ein paar Minuten werden wir's gemütlich warm haben. Nun laßt uns mit dem Eröffnungsgebet beginnen. Allmächtiger Gott ..."

Martin, nicht ganz sicher, was passieren würde, hatte Jane und Kathy in den ersten Stock geschickt und gesagt, sie sollten oben bleiben. Als die Zeit verging und nichts geschah, wurde er unruhig.

Das Haus wurde und wurde nicht wärmer, so daß Luther Balch es schließlich wagte, sich zu beklagen. Kaum hatte er den Mund zugemacht, als es im Keller einen dröhnenden Krach gab.

Mit dem Ausruf „Um Himmels willen!" rannte Tom aus dem Arbeitszimmer.

Im Keller war eine dicke Rauchwolke, ein brandiger Geruch; Scherben von Meßuhren und Metallstücke lagen umher. Jemand rief die Feuerwehr an. Es war unnötig, aber es erhöhte die Dramatik der Situation.

Jane, Kathy und Martin wohnten drei Tage und drei Nächte bei den Inghams, die sich schrecklich über das Ereignis aufregten, während Handwerker einen neuen Heizkessel einbauten. Er hielt das Pfarrhaus warm, solange die Judsons in Upton wohnten.

JANE wußte, wie sehr Martin sie liebte, und nichts war ihr wichtiger, als ihn glücklich zu machen. Und wie die meisten klugen Frauen lernte sie, daß es nicht ganz einfach war.

Martin war es ziemlich gleichgültig, was er trug. Er wollte nur nicht wie ein puritanischer Prediger aussehen und neigte deshalb dazu, sich salopp wie ein Collegestudent anzuziehen. Und was Essen und Trinken betraf, fand Jane ihn ebenso unmöglich. Seine Vorstellung von Schlemmerei erschöpfte sich darin, an einem Frühlingsabend mit Jane und Kathy zu Fowlers Meierei hinauszufahren, unter einem Apfelbaum zu sitzen und mit verklärtem Gesichtsausdruck die Berge zu betrachten, während er langsam eine Portion Schokoladeneis verzehrte. Auch aus Getränken machte er sich nicht viel. Eigentlich trank er nie etwas anderes als Kaffee, nur wenn er an einem heißen Nachmittag den Rasen gemäht hatte, holte er sich eine Flasche Bier aus dem Kühlschrank, setzte sich damit auf die Stufen zur Veranda und trank sie in aller Ruhe und Gemütlichkeit aus. Beim erstenmal versuchte Jane ihm so taktvoll wie möglich klarzumachen, daß es besser wäre, nicht auf der Veranda zu trinken, wo jedermann ihn beobachten konnte. Er sah sie schweigend an, doch sein Blick sagte deutlich genug, daß ein Mann das Recht habe – und es von alters her so hielt –, sein Bier vor seiner Haustür zu trinken, wenn er den Rasen gemäht hatte. Sie ließ ihm seinen Willen und erwähnte die Angelegenheit nicht wieder.

In ihrem Bemühen, ihn glücklich zu machen, versuchte sie, ihm Dinge zu verschweigen, die ihm Sorge bereiten könnten. Aber sie konnte ihm nicht verhehlen, daß ihr das Leben auf dem Lande, das Martin so genoß, zuwider war. Im August hatten sie Ferien, aber sie konnten sich nicht mehr leisten, als ein paar Tage Janes Vater in Davidson zu besuchen und dann auf den kleinen hinterwäldlerischen Grundbesitz in Südvermont zu fahren, den Martins Vater „meine Farm" nannte. Die Landschaft war lieblich, und in einem nahen See konnten sie schwimmen und angeln. Doch um Eis, Milch und alles andere zu kaufen, was sie brauchten, außer den Barschen, die Martin fing, und den Beeren, die er sammelte, mußten sie sechs Kilometer fahren.

Nach einer Woche bedrückten Jane die Wiesen und Wälder, das Wasser und die Einsamkeit. Sie bemühte sich, es nicht zu zeigen, doch Martin ließ sich nicht täuschen. So kehrten sie früher als ursprünglich geplant nach Upton zurück.

Einige Wochen danach zeigte Martin ihr einen Brief von Lance Bishop, einem Freund aus der Seminarzeit. Bishop stammte aus irgendeinem Nest im Mittelwesten namens Freeport und hatte davon den Spitznamen „Freeport-Blitz". Er pflegte zu sagen, er sei Baptist geworden statt Methodist, weil er es nicht hätte ertragen können, Bischof Bishop genannt zu werden. Nach seinem Abschlußexamen war er Vikar an einer großen Kirche in New York geworden. Er hielt regelmäßig Morgenandachten im Radio, die großen Anklang fanden, doch manchmal ging ihm der Stoff aus; und da fiel ihm Martin ein, dessen Ideenreichtum als Kanzelredner er immer bewundert hatte.

Er fragte ihn, ob er Lust habe, ihm Predigten von zwölf Minuten Dauer zu schreiben, wofür er ihm zwanzig Dollar pro Stück zu zahlen bereit sei.

„Was für ein Angeber!“ sagte Jane.

Martin dachte darüber nach. „Aber keine schlechte Gelegenheit. Lance braucht Ruhm. Und wir brauchen Geld. Ich hätte schon ein paar Ideen, die er verwenden könnte.“

Bald erhielt Martin von Lance fast jede Woche einen Scheck über zwanzig Dollar. Manchmal stellte er am Sonntagmorgen um neun das Radio an, um Lance die Predigten halten zu hören, die er geschrieben hatte. Ihn amüsierte es; doch Jane verdroß es.

Besonders ärgerlich war sie eines Sonntags, als Martin nach der Morgenpredigt die Leute in der Vorhalle der Kirche begrüßte und die alte Mrs. Rowley zu ihm sagte: „Herr Pastor, ich finde, Ihre Predigten ähneln mehr und mehr denen von Vikar Bishop im Radio. Er ist sehr gut. Sie müssen eine Menge Gedanken von ihm übernommen haben.“

Martin lächelte. „Dann will ich ihn mir doch mal anhören, Mrs. Rowley.“

Ein paar Wochen später teilte der Arzt Jane mit, sie sei guter Hoffnung. Sie freute sich sehr. Ihr schien, sie habe die besten Einfälle, wenn sie schwanger war. Und eine wunderbare Idee hatte sie eines Nachts, als sie gegen zwei Uhr erwachte. Sie weckte Martin auf und wollte es ihm erzählen; aber er sagte nur „Uah!“ und schlief gleich wieder ein. Da ging sie in die Küche hinunter, trank Bananenmilch und dachte über ihren Geistesblitz nach.

Jeden Herbst veranstaltete der Frauenverein der Baptistengemeinde einen zweitägigen Wohltätigkeitsbasar in einem leerstehenden Laden, wobei jedesmal fünf- bis sechshundert Dollar einkamen. Warum sollte man diesen Basar nicht zu einer ständigen Einrichtung machen und neben Kleidung auch alle möglichen anderen Artikel anbieten? Natürlich konnten die Baptisten den Laden nicht Tag für Tag offenhalten, aber einen Tag in der Woche würden sie es schaffen. Und die hiesige Ortsgruppe des Akademikerinnenverbands, die einzige Organisation außer der Kirche, in der Jane tätig war, suchte ständig nach neuen Geldquellen. Sie konnte den Laden an einem anderen Tag der Woche übernehmen. Man könnte ihn „Fast-Neu-Boutique“ nennen.

Jane brachte Tage damit zu, weitere Verbände für die übrigen Wochentage zu werben, und dann dauerte es noch geraume Zeit, bis es ihr gelungen war, ihre Gemeinde zu bewegen, den katholischen Wohltätigkeitsverein, die Adventisten und eine jüdische Stiftung zur Mitarbeit zuzulassen.

Als sie endlich einen kleinen Laden im Zentrum eröffneten, war niemand erstaunter als Jane selber, wie schnell die „Fast-Neu-Boutique" populär wurde. In der ersten Woche nahmen allein die Baptisten mehr als hundert Dollar ein. In den Wochen vor Weihnachten stiegen die Geschäfte sprunghaft an. Der Angriff auf Pearl Harbor und der Eintritt Amerikas in den Krieg schien die Leute geradezu in eine Kaufwut hineinzutreiben. Sie kauften alles, dessen sie habhaft werden konnten. Jane meinte, die Baptistengemeinde müsse unermeßlich reich werden; und vielleicht würden sie Martin zu Weihnachten eine Gehaltserhöhung geben, so daß er keine Predigten mehr für Bishop zu schreiben brauchte – sie konnte Martins Kalauer, er sei der Heilige Geistesblitz, einfach nicht mehr hören. Aber sie schenkten Martin nur ein großes Wörterbuch und Jane eine Punschterrine mit vierundzwanzig Gläsern.

Ihr Arzt hatte ihr wiederholt mehr Ruhe angeraten, doch der Laden forderte ihr zunehmend Zeit und Kraft ab. Eines Tages, im Januar, brach sie zusammen, und am nächsten Tag hatte sie eine Fehlgeburt.

MARTINS Predigt am 7. Dezember 1941 hatte jenem arg strapazierten Thema gegolten, das die meisten Geistlichen von Zeit zu Zeit für angebracht halten: Er hatte die Christen an ihre Pflichten als Staatsbürger erinnert, und das gab ihm Gelegenheit, von der bedenklichen Lage in Europa zu sprechen, die für ihn untrennbar mit der Zukunft auch Amerikas verbunden war. Er hatte nicht mit Beifall gerechnet; niemand hört gern unangenehme, eigenwillige Ansichten von der Kanzel. Aber auf die heftigen Vorwürfe, mit denen ihn nach dem Gottesdienst Harcourt Prescott überschüttete, war er doch nicht gefaßt gewesen.

„Sie wissen überhaupt nicht, wovon Sie reden", erklärte Harcourt. „Sie sollten uns nicht Ihre halbgaren Ideen als Predigten servieren. Niemand denkt daran, die Vereinigten Staaten anzugreifen. Wir sollten uns um unsere eigenen Angelegenheiten kümmern und in Frieden leben."

Am selben Nachmittag war Harcourt widerlegt: das Radio meldete den japanischen Überfall auf Pearl Harbor; und Martin wunderte sich, daß ihm seine Predigt bei der Gemeinde eine solche Achtung verschaffte, als habe er die Pläne der Japaner prophezeit.

Was war die Pflicht eines Predigers, der den zähen Widerstand gegen den Totalitarismus befürwortete? Wie den meisten amerikanischen Männern, die es instinktiv zum Kriegsdienst drängte, lag ihm zugleich das Wohlergehen seiner Familie am Herzen. Aber in seinem Falle war das gar kein Problem: er würde eine Berufung als Feldgeistlicher erhalten, und Jane wäre besser dran als die meisten Soldatenfrauen.

Doch etwas in ihm sträubte sich gegen die Rolle des Militärseelsorgers, zu der er sich am allerwenigsten geeignet fühlte. Er war gegen den Krieg, doch an *diesen* Krieg glaubte er.

Nach Janes Fehlgeburt hatte Martin nicht mehr die Ausrede, die Entscheidung so lange hinauszuschieben, bis das Kind geboren war.

An einem Dienstagnachmittag im Februar kam er nach Hause und hörte im Wohnzimmer vertraute Stimmen.

„Träume ich?" rief er aus.

„Nein", antwortete Tubby.

„Nicht im geringsten", sagte Lance.

Martin trat ein und traute seinen Augen nicht. Die beiden unterhielten sich mit Jane. Tubby Larsen trug die Uniform eines Feldgeistlichen im Leutnantsrang und Lance Bishop einen maßgeschneiderten dunkelgrauen Anzug. Aber sein Gesichtsausdruck war bekümmert.

„Du hast es also getan!" Martin schüttelte Tubby die Hand.

Tubby war auf dem Weg von Fort Dix zu seiner Truppe in Südkarolina, und Lance stand im Begriff, zu einer Kirchentagung in Pittsburgh zu fahren. Sie hatten verabredet, sich in Philadelphia zu treffen, und dort beschlossen, einen Abstecher zu Martin und Jane nach Upton zu machen.

„Der edle Pazifist ist arg erschüttert", sagte Lance.

„Das kann man wohl sagen." Tubby kratzte sich den Kopf. „Ich habe in Dix zwei Tage herumgesessen und absolut nichts getan. Ich war so trübsinnig, daß ich euch nicht einmal hätte schreiben können, ich hätte mich umgebracht."

„Er glaubt", sagte Lance, „er hat's vielleicht deshalb gemacht, weil er der einsamste Junggeselle von ganz Thornton ist."

„Nicht nur", erwiderte Tubby. „Es ist ein – *gerechter* Krieg. Haben wir das nicht alle gepredigt?"

Ja, das hatten sie.

„Du hast die richtige Entscheidung getroffen", sagte Martin. „Ich werde dasselbe tun."

„Nein, das wirst du nicht", rief Tubby eifrig. „Ich habe schon gefürchtet, du wärst dazu imstande, wenn du davon hörst. Und deshalb bin ich gekommen, um dir zu sagen, daß du es nicht tun sollst. Du mußt an Jane und Kathy denken und ich an niemanden."

„Und ich auch nicht", sagte Lance. „Deshalb werde ich etwas unternehmen, um auch eingezogen zu werden. Aber du darfst nicht, Martin. Ich habe Tubby erzählt, daß du die Radioansprachen für mich geschrieben hast. Und ich muß euch etwas gestehen. Ich hatte die Absicht, dir zu schreiben oder zu sagen, wir sollten – hu" – er schnitt eine Grimasse –, „ein bißchen kräftiger auf die patriotische Pauke hauen. Aber jetzt, angesichts dessen, was Tubby getan hat, finde ich, daß es nach Heuchelei riecht. Ja, die ganze Radiopredigerei stinkt mir jetzt. Ich mach Schluß damit ..."

Der April brachte Wind, heftigen Regen und ein fast beständiges Stimmungstief. Irgendwie hatte Martin trotzdem wieder einen Sonntagsgottesdienst hinter sich gebracht. Als er die Kirche verlassen wollte, hörte er im Vorraum Stimmen.

„Das war heute eine dürftige Predigt, nicht wahr?" sagte Luther Balch.

„Das würde ich nicht sagen." John Inghams Stimme klang bedächtig.

Balch fuhr fort: „Manchmal kann Martin völlig unvernünftig sein. Junge Prediger sind was Schreckliches. Sieht so aus, als könnten sie bloß mit dem Schwert fuchteln und ihre Frauen schwängern."

„Sie reden wie ein Dummkopf, Luther", sagte Ingham, ging hinaus und schlug die Tür hinter sich zu.

Martin hätte am liebsten vor Wut aufgeschrien; an der Mühe, die es ihm machte, den Mund zu halten, wäre er beinahe erstickt. Aber er rührte sich nicht; dann verließ er die Kirche durch einen Seitenausgang und eilte nach Hause.

Die Arbeit eines Feldgeistlichen mochte nutzlos und unfruchtbar sein, doch schlimmer als in Upton konnte es gar nicht kommen. Als Jane aus der Kirche kam, saß er an der Schreibmaschine und begann einen Brief, in dem er um eine Tätigkeit bei der Armee ersuchte. Kathy, die während des Gottesdienstes im Kirchenkindergarten gewesen war (eine Neuerung, die Jane eingeführt hatte), tippelte hinter ihrer Mutter her und sagte: „Ich großes Mädchen."

Martin sagte: „Ich tue es."

Jane blieb erschrocken in der Tür stehen. Tränen stiegen Martin in die Augen. Er zog Jane an sich, und sie standen fest umschlungen. Sie sagte: „Ich weiß, wie dir zumute ist, Liebling. Vielleicht können Kathy und ich hierbleiben, bis du eine Stelle gefunden hast, wo wir bei dir sein können."

Das Telephon klingelte. Martin sagte: „Ich bin krank und liege im Bett."

„Ich möchte auch mit niemand sprechen", sagte Jane. Aber sie nahm doch den Hörer ab und sagte, Martin sei bei der Arbeit. „John Ingham", sagte sie, nachdem sie aufgelegt hatte. „Ich schau nach dem Braten."

Als sie sich zu Tisch setzen wollten, klingelte es an der Tür. Jane ging öffnen, und Martin hörte John Inghams laute und eindringliche Stimme. Er ging hinaus und sah John schweigend an.

„Ich will Sie nicht stören, Martin", sagte John. „Ich wollte Ihnen nur sagen, daß der Vorstand Ihnen morgen abend eine Gehaltserhöhung von achthundert Dollar bewilligen wird – das ist dann soviel, wie wir Ihnen zuerst geboten hatten."

„Ihr Geld bleibt Ihnen erhalten, John. Ich bewerbe mich als Feldgeistlicher."

„*Sie* sollten uns erhalten bleiben", erwiderte John Ingham. „Sie leisten hier gute Arbeit. Sie haben unserer Kirche Kraft und neues Leben gegeben – einerlei, was ein paar alte Trottel manchmal sagen."

„Ich bin sechsundzwanzig", sagte Martin. „Ich kann nicht so weiterpredigen wie bisher und mich im Keller verstecken. Mein Entschluß steht fest. Sie haben genug Zeit, sich nach einem andern Prediger umzusehen. Es kann eine Weile dauern, bis man mich einberuft. Manchmal dauert es Monate."

„Manchmal noch länger", sagte John Ingham.

MARTINS Korrespondenz mit den Armeedienststellen zog sich hin, während er mit unvermindertem Eifer in seiner Gemeinde weiterarbeitete. Jeder Tag, den er mit Jane und Kathy verbringen konnte, wurde ihm kostbarer. Endlich kam die schicksalsschwere

Nachricht. Ende Juli meldete er sich zur Musterung in Harrisburg. Nach der Untersuchung gab er seine Papiere einem ältlichen Stabsarzt, der sie stempelte und sagte: „Untauglich."

Martin starrte ihn ungläubig an. „Was ist los?"

Der Arzt sagte: „Sie haben einen Leistenbruch." Martin erwiderte, das sei unmöglich, doch der Arzt bestand darauf und wies ihn ab.

Martin wußte, daß der Erfolg seines Pastorenamtes in Upton von einer Vielfalt von Bemühungen auf den verschiedensten Gebieten abhing. Das Predigen sagte ihm am meisten zu, war aber nicht so wirkungsvoll, wie er es sich gewünscht hätte. Ein beredsamer Prediger kann seine Gemeinde am Sonntag fesseln und doch nichts ausrichten. Trotzdem sah Martin eine gescheite Predigt als das Hauptmittel an, die Gemeinde am kirchlichen Leben zu interessieren.

Zugleich wandte er viel Arbeit an den Aufbau der Sonntagsschule. Als Kind hatte er sie gehaßt. Seine Lehrerinnen waren meistens Damen mit den besten Absichten gewesen, die nicht recht wußten, was sie eigentlich wollten. Allmählich reformierte er die Sonntagsschule, die er in Upton vorgefunden hatte. Er bildete neue Lehrerinnen selber aus; das wichtigste für ihn war, daß sie Kinder liebten. Vor allem versuchte er, sie davon zu überzeugen, daß die Bibel kein blutleeres Erbauungsbuch war, sondern vielmehr eine wunderbare Sammlung von interessanten Geschichten, aus denen man sogar etwas über das Wesen der Menschen hier und heute lernen konnte. Nach und nach schob Martin alle Kinderfeinde und ungeeigneten Erzieher auf reine Verwaltungsposten ab, wo sie Kindern nicht schaden konnten.

Gegen Ende seines dritten Amtsjahres hatte sich seine Gemeinde verdreifacht, und seine Absicht, die Kirche unter Hinzunahme des anschließenden Grundstückes zu vergrößern, scheiterte nur an der kriegsbedingten Materialknappheit.

Nur selten konnte Martin den Krieg aus seinen Gedanken verbannen. Der Briefwechsel mit Lance Bishop machte ihm deutlich, daß er eine interessante Zeit versäumte. Lance war Geistlicher bei der Marine, hatte zunächst in Washington gedient und war jetzt nach Pearl Harbor versetzt worden. „Erwarte meine baldige Kommandierung an den Kriegsschauplatz", schrieb er. „Adieu, adieu, liebe Freunde." Irgendwie, ohne es direkt auszudrücken, entwarf Lance ein Bild von sich, wie er auf seinem Schiff in einer großen Seeschlacht unterging, das Lied „Näher, mein Gott, zu dir“ auf den Lippen, während die Wellen über ihm zusammenschlugen. „Werde vermutlich nächste Woche abdampfen ...“

Aber er stach nicht in See. Als sie das nächstemal von Lance hörten, war er zum Korvettenkapitän befördert worden, und während die Jahre vergingen, erweckte er in seinen Briefen den Eindruck, seine Berufung habe das Seelenheil mehrerer Admirale gerettet. Obwohl er Admiral Nimitz in seinen Briefen nur als den Käpten bezeichnete, hielt es Martin nicht für ausgeschlossen, daß er ihn unter vier Augen mit seinem Spitznamen Chet anredete.

Durch seinen Bruder Nathaniel lernte Martin jedoch den Krieg im Pazifik von einer ganz anderen Seite kennen. Nathaniel war in einem Marinebaubataillon auf einem kleinen Atoll stationiert. „Die Sonne geht auf, und die Sonne geht unter“, schrieb er. „Dazwischen schiebt man die Planierraupe durch die Gegend, verschlingt seinen Fraß und kann froh sein, wenn man vor dem Abendessen noch eine Büchse warmes Bier ergattert.“

Martin schrieb oft an Nathaniel, der ebenso häufig antwortete. Es war kein bequemer Briefwechsel, weil sie einander zu wenig kannten.

Die Korrespondenz mit Tubby Larsen war weitaus ergiebiger. Nachdem er die Kiefernwüsten von Carolina hinter sich gelassen hatte und in Nordafrika gelandet war, wurden seine Briefe lebhafter. Dann hörten sie monatelang nichts von ihm, was ihnen Sorge bereitete; bis er eines Tages aus England schrieb, er liege seit einiger Zeit im Lazarett, gab aber den Grund nicht an. Statt dessen schrieb er:

> „Kinder, Euer alter Junge ist verliebt! Sie heißt Eunice Caldwell, ist Oberschwester im Lazarett hier und stammt aus Idaho. Sie ist blond (naturblond), sehr hübsch, sanft und nicht auf den Kopf gefallen. Alle sind in sie verliebt. Aber komischerweise liebt sie *mich*. Wir haben uns verlobt und wollen heiraten, sobald die Welt wieder freundlicher aussieht. Ich werde hier bald abhauen ...“

Etwa einen Monat später bekamen sie einen Brief von Eunice. Tubby war mit Pattons Dritter Armee in Frankreich und hatte sie gebeten, ihnen mitzuteilen, er werde ausführlich schreiben, sobald er dazu in der Lage sei. Er war, berichtete Eunice, in Italien böse zusammengeschossen worden und hatte die Silbersternmedaille für irgendeine tapfere und unbesonnene Tat erhalten.

Eines Abends Ende Oktober 1945 kam ein Anruf aus New York. Major Larsen und Frau waren nach Amerika zurückgekehrt und verbrachten im Astor den Urlaub, der ihnen aus ihrer Dienstzeit beim Militär noch zustand.

„Kommt sofort her!“ rief Martin. „Mit dem Bus geht's am schnellsten. Jetzt hol mir bitte Eunice an den Apparat, und dann will Jane auch noch ein paar Worte mit ihr sprechen ...“

Sie kamen am folgenden Nachmittag. Jane sah sie schon von weitem. „So ein schönes Paar!“ rief sie und brach in Tränen aus.

Martin sagte: „Alle Wetter, Tubby, du siehst aus wie General Bradley mit Perücke!“

Beide waren noch in Uniform. Obwohl Tubby, wie Martin, es immer verschmäht hatte, sein Phi-Beta-Kappa-Zeichen zu tragen, war er jetzt offensichtlich stolz auf seine Kriegsauszeichnungen. „Meine letzte Chance, mich als Held zu präsentieren“, sagte er trocken. „Nächsten Monat fange ich wieder mit dem Pazifismus an.“

Sie schwatzten vom frühen Morgen bis in die späte Nacht. Eunice wollte von Jane genau wissen, was es hieß, eine Pfarrfrau zu sein.

„Das kann man nicht in wenigen Worten sagen“, meinte Jane. „Es ist, als ob man sich auf dem Mond niederläßt. Sie müssen einfach alles so nehmen, wie es ist.“

„Ich will nach Thornton zurück“, sagte Tubby zu Martin. „Und auch wieder nicht. Ich freue mich, aber ich fürchte mich zugleich.“

„Was fürchtest du am meisten, Tubby?“

„Die Formlosigkeit des Lebens, wenn du verstehst, was ich meine. Trotz seiner zahllosen Mängel gibt das Leben in der Armee den Tagen eine bestimmte Prägung. Man arbeitet im Rahmen fester Regeln und Begrenzungen. Aber wenn ich an das Leben eines Zivilpredigers zurückdenke – es ist so unbestimmt. Wo soll man anfangen, und wann soll man aufhören?“

Martin stimmte ihm bei. „In meinen fünf Amtsjahren hat mich meistens das Gefühl gequält, daß ich, wenn ich etwas getan habe, eigentlich etwas anderes hätte tun sollen.“

„Und das andere führt einen wieder zu etwas anderem“, ergänzte Tubby.

Sie unterhielten sich vier Tage und vier Nächte. Erst als Tubby und Eunice längst wieder fort waren, kam es Martin zum Bewußtsein, daß sie nicht ein einziges Mal über Gott oder die Religion gesprochen hatten.

2

Jane fragte eines Tages Martin: „Wie kommt ein Pastor zu einer anderen Kirche?"

„Ruhelos?"

„Nein. Ich dachte nur gerade darüber nach. Ich will die Frage umgekehrt stellen: Wie kommt eine Kirche zu einem neuen Pastor?"

„Mit Glück und Gottes Hilfe."

„Nein, ernsthaft, Marty."

„Also ernsthaft. Nun, in einer Gemeinschaft wie der unseren – wo jede Kirche unabhängig ist – schreibt der Gemeinderat an das Bundeshaus und bittet um Vorschläge und verhandelt dann mit den Bewerbern von sich aus. Oder sie können sich an ein Seminar wie Davidson wenden und dann ebenso verfahren. So sind wir hergekommen, und ich nehme an, auf diese Weise werden wir auch die Chance haben, an eine andere Kirche zu kommen."

Eines Tages im Mai 1946 erhielt Martin einen Brief von Norman Street, dem Präsidenten der Papierfabrik Street in Sylvia, Illinois, und Gemeindeältesten der Zentralkirche von Sylvia. Die Kirche suche einen neuen Pfarrer und Martin Judson sei ihm vom Dekan des theologischen Seminars in Davidson empfohlen worden. Mr. Street fragte an, ob es Martin genehm sei, wenn sich eine Delegation der Gemeinde am übernächsten Sonntag seine Predigt anhöre.

Nachdem er Jane den Brief vorgelesen hatte, sagte sie: „Ich habe von Sylvia in Illinois gehört. Die haben dort eins der besten Schulsysteme in den Staaten. Und es ist nicht weit nach Chikago."

Martin beschloß, ein paar Dollar für ein Telephongespräch mit Bud Bennett, dem Dekan von Davidson, zu opfern. Buds Auskunft ließ ihn staunen. „Die Zentral in Sylvia ist eine der stärksten Kirchen der Gemeinschaft, Marty. Mit stark meine ich groß, wohlhabend, einflußreich – all das. Aber infolgedessen wahrscheinlich auch ziemlich schwierig. Sie haben in Upton gute Arbeit geleistet, das hat sich herumgesprochen. Ich glaube, Sie haben die Spannkraft und auch das Organisationstalent, mit der Zentralkirche fertigzuwerden. Wieviel bekommen Sie jetzt?"

„Viertausend und freie Wohnung. Und dies Jahr wollen sie mir dreihundert extra für Autospesen geben."

„Wie großzügig! Die Zentralkirche wird zehntausend zu Anfang zahlen – und freie Wohnung und zusätzliche Sozialaufwendungen."

„Zehntausend Dollar im Jahr!" Jane fiel in einen Sessel.

„Bis jetzt haben wir noch kein Angebot", sagte Martin. „Und wenn wir eins bekommen, bin ich noch nicht sicher, ob ich hingehen möchte." Er zögerte. „Oder bin ich ein Heuchler? Ich – nun, ich weiß, es lassen sich bei mir zahlreiche Symptome des sogenannten amerikanischen Erfolgssyndroms nachweisen."

„Ist das schlimm?" fragte Jane.

„Die Neunmalklugen sagen, ja. Aber ich kenne kaum einen Menschen, der ganz frei davon ist. Der Glaube an Größe – aus kleinen Dingen etwas Großes machen – ist an sich schon eine Tugend. Ich möchte, daß die Gemeinschaft mich schätzt, denn es wird mir helfen, andere zur Mitarbeit heranzuziehen – das weißt du. Außerdem möchte ich mehr Geld verdienen. Nicht um es zu horten, aber um das Leben für dich und Kathy – und für mich auch, ich gebe es zu – angenehmer zu machen. Du weißt, diese Dinge stehen im Widerspruch zu den Lehren Jesu, zu der Erfüllung des Himmelreichs auf Erden."

Jane warf ihm einen Blick zu, der besagte: Wie kommt Er in dieses Gespräch?

„Aber ich kann gegen diese Neigungen nichts tun", fuhr Martin fort. „Sie sind mit mir geboren wie die Farbe meiner Augen. Und sie scheinen mit jedem geboren zu sein, den ich kenne."

Nachdem er Norman Street einen höflichen Brief geschrieben hatte, beschloß er, am fraglichen Sonntag darüber zu predigen, daß materieller Erfolg nicht notwendigerweise das Gute im Menschen zerstören müsse. Er probierte die Predigt lautstark aus, während er seine Schuhe mit Nachdruck putzte, und er machte ein Riesentheater, damit sich ja ihre Wohnung im besten Licht präsentierte.

Am Sonntag entdeckte er von der Kanzel sofort das Komitee von der Zentralkirche, zwei Männer und zwei Frauen. Andere bemerkten sie auch, und der vorwurfsvolle Blick, den ihm Harcourt Prescott zuwarf, belustigte ihn.

Nach dem Gottesdienst stellte Norman Street sich und seine Begleiter vor. Mrs. Thornton war groß, kostspielig angezogen und hatte ein verschmitztes Lächeln. Dan Halpern war ungefähr in Martins Alter, sonnengebräunt und machte einen tatkräftigen Eindruck. Seine Frau war klein, hübsch und lustig. Martin stellte Jane vor, die sie alle ins Pfarrhaus einlud.

Die Unterhaltung ging ungezwungener vonstatten, als Martin erwartet hatte. Kathy, die gerade eine altkluge Phase durchmachte, hatte sich vorgenommen, artig zu sein. Als Mrs. Tabor erschien, um das Kind unter ihre Obhut zu nehmen, sagte Martin, er und Jane würden ihre Gäste gern zum Essen ins Gasthaus Zum Eisernen Kessel führen.

Street zeigte sich davon überrascht und murmelte, es sei eigentlich *ihre* Absicht gewesen, sie in ein Restaurant einzuladen. Dann schien er erleichtert, als Martin fortfuhr: „Die Lokale in Pennsylvania dürfen sonntags keine alkoholischen Getränke ausschenken. Mögen Sie einen Sherry, bevor wir gehen? Jane hat auch Kaffee."

Jane hatte Bedenken geäußert, den Gästen Sherry anzubieten, doch Martin war nicht davon abzubringen gewesen. Wenn sie aus Upton wegzögen, würden sie in Verhältnisse kommen, wo freiere gesellschaftliche Sitten herrschten. Also nahmen alle vier einen Sherry, ehe sie aufbrachen.

Street sagte: „Das Angebot an Pastoren ist heutzutage nicht sehr groß. Viele, die während des Krieges Feldgeistliche waren, haben keine Lust, an ihre alte Arbeit zurückzukehren."

Jane machte eine Bemerkung, die Martin für überflüssig hielt: „Martin wollte auch zur Armee, aber er wurde zurückgestellt. Sie sagten, er hätte einen Leistenbruch."

„Ich weiß", antwortete Street.

Martin wunderte sich. „Woher wissen Sie das? Ich habe es kaum jemandem erzählt."

Street lächelte. „Curtiss Welch, einer aus unserem Gemeinderat – Sie haben sicher von ihm gehört, Kosmetikfabrik Welch –, befragt jedesmal eine Auskunftei, ehe wir eine Stelle neu besetzen."

Martin war darüber etwas verärgert und sagte: „Diese Schnüffelei erscheint mir nicht sehr fair. Aber Geschäft und die Zentralkirche dürften mit Fairneß überhaupt wenig zu tun haben."

Offenbar stimmte, was er oft gehört hatte: Kirchengemeinderäte sprachen und handelten auch nicht anders als Geschäftsleute.

Nachdem die Delegation aus Sylvia zum Flughafen zurückgefahren war, fragte Martin seine Frau: „Was hältst du davon?"

„Ich weiß nicht", erwiderte sie langsam.

„Nun", sagte er, „wir wollen vorläufig nicht mehr daran denken."

Dienstag abend rief Norman Street an: „Mr. Judson, wenn Sie an der Sache so ernsthaft interessiert sind wie wir – wie wäre es, wenn

Sie mit Ihrer Frau heute in einer Woche herflögen und bis Donnerstag blieben? Dans Firmenmaschine wird Sie so um zehn Uhr morgens abholen und Sie natürlich auch zurückbringen. Sie können bei uns wohnen. Unser Klub gibt Mittwoch abend eine Party, bei der wir Sie gern dabeihaben möchten. Dunkler Anzug. Und bringen Sie Ihr Töchterchen mit. Es ist ein reizendes kleines Ding."

SIE WURDEN auf dem Flughafen von Chikago von Georgia Thornton, Rita Halpern und Verna Street mit einem großen Kombiwagen abgeholt. Der Teil von Sylvia, durch den sie fuhren, machte den Eindruck einer einzigen ausgedehnten Gartenstadt. Fabriken waren nicht zu sehen. Bäume säumten die Straßen, und es roch nach Frühlingsluft, nach Flieder und nach Wohlstand.

Die Streets wohnten in einem großen Haus im Kolonialstil, wo Kathy der Obhut eines freundlichen Dienstmädchens anvertraut wurde. Verna Streets Kinder waren schon erwachsen; aber sie hatte einen fünfjährigen Jungen aus der Nachbarschaft als Spielgefährten für Kathy eingeladen. Zu jedermanns Entzücken legte sie sogleich die Ärmchen um ihn und gab ihm einen Kuß.

Dan Halpern war in Milwaukee, wollte jedoch am Nachmittag zurückkehren; Bill Thornton war in Dallas. Norman Street kam zum Mittagessen nach Hause und brachte Curtiss Welch mit, einen stattlichen Mann um die sechzig mit Brille und dröhnender Stimme.

Nach dem Essen sagten Street und Welch, sie hätten sich den Nachmittag freigenommen, um Martin die Kirche zu zeigen. „Wir werden die Damen später im Pfarrhaus treffen." Unterwegs fragte Street, ob Martin sonst noch etwas zu sehen wünsche.

„Eigentlich die ganze Stadt. Und ich würde gern Ihren gegenwärtigen Pastor kennenlernen – ich weiß nicht, wie er heißt."

„Manter", erwiderte Welch. „Er läßt sich zur Zeit in der Mayo-Klinik untersuchen. Seine Frau ist bei ihm. Manter ist ein guter Kerl, aber er ist fast so alt wie ich und wird allmählich langweilig. Er hat einen ruhigen kleinen Ort in Wisconsin gefunden. Unser Vikar, Jay Holmes, ist im Kirchenbüro. Zumindest sollte er dort sein."

Als sie vor der Zentralkirche vorfuhren, verschlug es Martin beinahe die Sprache. Es war ein großer, geschmackvoller grauer Steinbau in einer schönen Parkanlage, mit umfangreichen neuen Anbauten an der Rückseite, wo sich auch das Büro befand. Das Amtszimmer des Pastors war groß und ansprechend ausgestattet. Mary Boyce, die

Sekretärin, eine unscheinbare Person mittleren Alters, schien tüchtig zu sein, hingegen wirkte das Bemühen des jungen Jay Holmes, einen guten Eindruck zu machen, peinlich. Er zuckte jedesmal nervös zusammen, wenn Welch mit seiner schallenden Stimme etwas sagte. Holmes muß weg, dachte Martin und bedauerte sofort, ein vorschnelles Urteil getroffen zu haben.

Er besichtigte das Gemeindezentrum – die Sonntagsschule, die Erfrischungsräume und eine Küche, in der für ein halbes Tausend Menschen gekocht werden konnte. Am eindrucksvollsten jedoch war das Kirchenschiff mit achthundert Plätzen.

„Wie ist denn der Kirchenbesuch im Durchschnitt?" fragte er.

Street zögerte, und Welch sagte: „Ich hab's meine Buchhaltung ausrechnen lassen. In diesem Jahr bis jetzt dreihundertvierzig. Dreihundertachtundsechzig im letzten und dreihundertachtundachtzig im Jahr davor. Wir –" Er wandte sich an Holmes und sagte: „Vielen Dank, Jay, daß Sie uns herumgeführt haben. Auf Wiedersehen."

Holmes reichte Martin eine feuchte Hand und verflüchtigte sich. Welch fuhr fort: „Wir werden weniger. Wollen Sie meine Ansicht hören?" Martin nickte. „Manter ist verschnupft über die Gemeinde, und wir wissen nicht, warum. Jedesmal, wenn er die Kanzel betritt, gibt er ihnen Saures. Ich persönlich hab nichts dagegen, wenn man mir gelegentlich die Hölle heiß macht, aber es wird auf die Dauer langweilig. Haben Sie schon mal von so was gehört?"

„Ja. Es ist gar nicht so selten, besonders bei älteren Predigern. Die Seminare sind dabei, dieses Problem zu untersuchen. Wahrscheinlich kommt es daher, daß man als junger Prediger allen nach dem Mund geredet hat."

Street und Welch blickten ihn nachdenklich an. Auf dem Weg zum Pfarrhaus bat Martin sie, durch die Armenviertel von Sylvia zu fahren.

„Die alte Geschichte", sagte Street. „Die Leute wollen billige Unterstützung, und so strömen die Neger vom Süden herein. Es ist ziemlich schlimm, aber sie scheinen nicht viel davon zu halten, erst einmal den Versuch zu machen, sich selber zu helfen."

Martin wollte wissen, an welchen städtischen Aktionen sich die Gemeinde beteiligte; doch die Antworten waren unbestimmt und ausweichend; offenbar war es nicht viel, was die Kirche tat.

Das Pfarrhaus war ein im englischen Stil gebautes Haus mit einem hübschen Vorgarten, nur zwei Häuserblocks von der Kirche entfernt.

Jane und die anderen Damen warteten schon; und Martin sah Jane sofort an, daß es ihr hier gefiel.

Später, als sie im Gästezimmer der Streets allein waren, fragte er sie: „Nun, was meinst du?"

„Ach, Marty, ich weiß nicht, was ich sagen soll. Ich glaube, mir hat in meinem Leben noch nie etwas so imponiert. Und zugleich bin ich eingeschüchtert. Haben sie schon etwas zu dir gesagt?"

„Noch nicht. Aber ich habe das Gefühl, es wird etwas. Der springende Punkt ist: gefällt es dir?"

„Unheimlich. Mehr, als gut für mich ist, fürchte ich. Aber es ist – eine Art Herausforderung. Und das ist es doch, worauf es ankommt, nicht wahr?"

„Ja. Aber ich bin nicht sicher, ob es die richtige Art Herausforderung ist. Diese Leute flößen mir ein unbestimmtes, unbehagliches Gefühl ein. Was nur ein anderer Ausdruck dafür ist, daß ich mich auch ein bißchen vor ihnen fürchte. Und ich möchte mich vor nichts und niemand fürchten. Nun, vielleicht machen sie mir gar kein Angebot."

Das Abendessen fand bei Curtiss Welch statt. Sein Haus war noch größer und eindrucksvoller als das der Streets. Mrs. Welch war verreist; mit eingeladen waren die Streets, Georgia Thornton, Harold West Brown, ein Junggeselle, der die Diakone im Gemeinderat vertrat, und Inhaber anderer Kirchenämter. Das förmliche Dinner kam Martin protzig vor; aber schließlich war es vorbei, die Männer zogen sich ins Nebenzimmer zurück, um dort ihre Zigarren zu rauchen, und Welch kam zur Sache.

„Mr. Judson – dürfen wir Sie Martin nennen? –, der Vorstand ist sich einig. Wir hätten Sie gern als Pastor an der Zentralkirche. Lassen Sie mich unser Angebot kurz zusammenfassen: elftausend pro Jahr, freie Wohnung, fünfhundert für Autospesen; außerdem übernimmt die Kirche Ihre Pension und die Krankenversicherung für die ganze Familie. Klingt das angemessen?"

Martin legte die Hände übereinander. „Niemand braucht mich darauf hinzuweisen, daß Ihr Angebot großzügig ist und weitaus besser als das, was ich gegenwärtig verdiene. Aber ich habe einige Zweifel. Ich bin nicht sicher, was Sie hier eigentlich wollen, und ich weiß nicht, ob Sie es selber wissen. Wollen Sie einen hervorragenden Prediger, einen erstklassigen Verwalter oder einen großartigen Gemeindehirten?"

Welch zündete sich bedächtig eine Zigarre an. „Wir glauben, Sie besitzen Fähigkeiten auf allen diesen Gebieten."

Brown fragte: „Mr. Judson, was verstehen Sie unter einem großartigen Gemeindehirten?"

„Bestimmt nicht einen, der seine Schafe verhätschelt. Vielleicht kann eine große Kirche einen großen Pastor machen. Und mit einer großen Kirche meine ich eine, die für alle da ist. Von den weltlichen Zielen der Kirche halte ich die Duldsamkeit für das wichtigste."

Curtiss Welch sagte eifrig: „Das ist genau das, was wir sein wollen – eine Kirche für alle."

Am nächsten Tag sagte Martin zu.

JANE teilte Martins Elftausenddollargehalt durch die zwölf Monate des Jahres, aber was dabei herauskam, entglitt ihr immer wieder. Es war da, gewaltig wie der Mount Everest, aber es verschwand vor ihren Augen so schnell, wie sich der Gipfel des Berges in Wolken hüllt.

Das neue Pfarrhaus hatte acht Zimmer; doch als sie einzogen, konnten sie nicht einmal fünf möblieren. Sie brauchten eine neue Eßzimmereinrichtung, drei neue Teppiche, ein Sofa, neues Porzellan und Silber, Möbel für ein Gästezimmer. Zu Janes Bestürzung beliefen sich die Kosten dieser Neuanschaffungen, die sie ratenweise abzahlten, auf annähernd zweitausendfünfhundert Dollar.

Allmählich merkte Jane, daß sie zwar in Sylvia unbestreitbar besser lebten als in Upton, aber dennoch nicht mehr Geld hatten. Gesellschaftlich mußten sie – wenigstens nach außen hin – mit den einflußreichsten Leuten der Gemeinde Schritt halten; doch wirtschaftlich stimmte eben doch, was schon in Upton der Fall gewesen war und was sich nun in Sylvia wiederholte: der Hirte hatte ärmer zu sein als seine Herde.

Jane wußte natürlich, daß diese Dinge neben dem Hauptzweck von Martins Tätigkeit von untergeordneter Bedeutung waren. Trotzdem versuchten beide, den wirtschaftlichen, sozialen und gesellschaftlichen Anforderungen, die in Sylvia an einen Geistlichen gestellt wurden, gerecht zu werden. Sie sagten sich, daß sie es nicht nur mitmachen, sondern daß sie es auch *gern* mitmachen müßten. Sonst würden sie in einem Sumpf von Groll und Selbstmitleid versinken.

Frohgemut hatte Jane einen Haushaltsplan aufgestellt, doch es war hoffnungslos. Die Gemeindemitglieder waren üppige Gastgeber, und sie erwarteten, im gleichen Stil im Pfarrhaus bewirtet zu werden. Es mußte nicht gerade Filet Mignon sein, doch zumindest Roastbeef. Und Verna Street säumte nicht, Jane über die an solchen Abenden übliche Arbeitsteilung aufzuklären: „Sie können nicht zugleich Gastgeberin und Dienstmädchen sein, meine Liebe. Mrs. Lawson macht das für fünf Dollar pro Abend und das Fahrgeld.“ Die Lebenshaltungskosten wuchsen ständig; dazu kam zwei- bis dreimal in der Woche ein Babysitter. Sie gaben sich Mühe, an Partys Gefallen zu finden, und während des ersten Jahres in Sylvia gelang es ihnen auch; doch nach und nach wurden ihnen die Worte und Gedanken, die bei den zahllosen Abendgesellschaften ausgetauscht wurden, allzu vertraut und langweilig.

Als der Frühling kam, schränkte Jane ihre kirchlichen und gesellschaftlichen Tätigkeiten rigoros ein. Sie war wieder guter Hoffnung. Nachdem sie zwei Fehlgeburten durchgemacht hatte, war sie fest entschlossen, diesmal das Kind zur Welt zu bringen. Die kirchlichen Angelegenheiten hielt sie sich tunlichst vom Leibe und ließ sich darüber in großen Zügen von Martin berichten, aus dem plötzlich ein altmodischer, zärtlich besorgter Gatte geworden war.

Im Juni setzten vorzeitige Wehen ein, und es sah ganz so aus, als sollte sie das Kind wieder verlieren. Aber es wurde geboren und blieb am Leben.

Es war ein Knabe, und sie nannten ihn Abraham.

Eines Sonntags im Mai 1949 erschienen zwei Negerehepaare mittleren Alters in der Zentralkirche. Ein Ordner, der sich für besonders taktvoll hielt, plazierte sie im Hintergrund, und die alte Mrs. Staples, die als Christin zu handeln wünschte, ließ eine der Negerfrauen in ihrem Gesangbuch mitlesen. Aus der Gemeinde kamen zahlreiche verstohlene Blicke, man steckte die Köpfe zusammen und tuschelte miteinander.

Nach dem Gottesdienst gab Martin allen vier die Hand und fand ihr Benehmen recht sympathisch. Anscheinend machte ihnen ihre Hautfarbe inmitten so vieler weißer Gesichter nichts aus. Am Nachmittag rief ihn Mark Walworth, sein neuer Vikar, zu Hause an und sagte, die vier hätten die Karten ausgefüllt, mit denen um den Besuch eines Geistlichen gebeten wurde. Es war Marks Aufgabe, solchen Aufforderungen nachzukommen, und in diesem Fall tat er es gern und ging am darauffolgenden Nachmittag hin.

In den drei Monaten, die er in Sylvia war, hatte sich Mark Walworth eng an Martin angeschlossen. Obwohl mit einer neurotischen Frau verheiratet und einem zurückgebliebenen Sohn belastet, war er der heiterste und optimistischste junge Geistliche, den Martin je kennengelernt hatte.

Am Montag nachmittag kam er in Martins Arbeitszimmer und grinste glücklich. „Sie sind interessiert!" rief er aus.

„Sie" waren Dr. Gordon Grant, sein Freund Mr. George Edwards und beider Ehefrauen. Die Grants hatten zwei Kinder, die Edwards drei. Dr. Grant war der einzige Kinderarzt im Negerviertel von Sylvia; seine Frau arbeitete in einem Fürsorgeamt in Südchikago. George Edwards besaß das größte Eisenwarengeschäft im Negerviertel; er und seine Frau hatten die höhere Schule absolviert. Beide Ehepaare hatten gelegentlich die Kirche der „Free-Abyssinian-Baptisten" besucht, deren Mitglieder nur Neger waren, doch sagten ihnen weder die Leute zu, noch fanden sie die Predigten verständlich. Dann waren sie überhaupt nicht mehr zur Kirche gegangen; aber es bekümmerte sie, daß ihre Kinder ohne religiöse Erziehung aufwachsen sollten. In der Volksschule empfingen sie den denkbar besten Unterricht, doch sie hatten Anspruch auf ein angemessenes kirchliches Leben, so wie es ihre Eltern genossen hatten; und die Sonntagsschule der „Free Abyssinian" war ein unmögliches Inferno von dunklem (ja, Mrs. Grant hatte „dunkel" gesagt) Aberglauben.

„Martin" – Mark blickte ihn strahlend an –, „das ist für uns eine großartige Gelegenheit."

„Sagen Sie, Mark, haben die Grants und die Edwards irgendwelche – Befürchtungen, wie sie hier aufgenommen werden könnten?"

Mark machte ein erstauntes Gesicht. „Natürlich. Sie sind nicht naiv. Ich glaube, es hat eine Weile gedauert, ehe sie sich entschlossen haben, bei uns anzuklopfen."

Es müssen ungewöhnliche Leute sein, dachte Martin. Ja, es könnte eine wundervolle Gelegenheit sein – oder eine Katastrophe.

Es ging zunächst darum, daß sie ihre Kinder in die Sonntagsschule der Zentralkirche schicken wollten. Am nächsten Sonntag sollte der Anfang gemacht werden. Martin beauftragte Mark, die geeigneten Gruppen auszuwählen und die Lehrer zu verständigen. „Sie und ich werden die Kinder hinbringen. Sie möchten bitte kurz vor zehn zu mir kommen."

Die Kinder stellten sich pünktlich ein. Sie waren aufgeweckt, freundlich, ein wenig ängstlich vor dem neuen Erlebnis, das sie erwartete. Aber die Lehrer empfingen sie herzlich, und die weißen Kinder schienen nur flüchtig davon Notiz zu nehmen, daß die neuen Mitschüler Neger waren.

Vor dem Elfuhrgottesdienst saß Martin in seinem Arbeitszimmer und überflog noch einmal seine Predigt, wie es seine Gewohnheit war. Aber heute konnte er sich nicht recht auf seinen Text konzentrieren. Die Grants und die Edwards gingen ihm nicht aus dem Sinn. Die Sonntagsschule, so dachte er, kann die Kinder schlucken, aber die Kirche wird sich gegen die Eltern sträuben. Irgendeiner wird Anstoß nehmen, und ich bin ein Feigling.

Am Nachmittag besprach er die Sache in aller Offenheit mit Jane. „Heute waren die Leute höflich zu ihnen. Aber sie waren kühl, das habe ich gespürt, und die Grants und die Edwards müssen es auch gemerkt haben."

„Bestimmt haben sie es gemerkt", sagte Jane. „Aber sie dürfen die Hoffnung nicht aufgeben. Glaubst du nicht, daß sie den Leuten allmählich zur Selbstverständlichkeit werden, wenn sie immer wieder kommen?"

„Ich würde es gern glauben. Aber ich weiß nicht recht."

Im nächsten Monat kamen die Grants und die Edwards dreimal in die Kirche. Dann wurde es Sommer, der Kirchenbesuch ließ nach, und die Sonntagsschule war geschlossen. Die zwei Ehepaare erschienen nicht. Mark hatte im Juli Urlaub, und Martin und Jane fuhren im August mit den Kindern nach Vermont.

Am ersten Sonntag im September kamen die beiden Negerpaare wieder in die Kirche. Beim Mittagessen sagte Jane zu Martin: „Mrs. Grant hat mich in der Kirche angesprochen. Sie möchte gern, daß du abends mal zu ihnen kommst, wenn die Edwards auch dabeisein können."

„Ich werde es einrichten."

Am Donnerstag abend ging Jane mit ihm zu den Grants. George Edwards und seine Frau waren schon da. Martin wußte, warum sie um seinen Besuch gebeten hatten: sie hofften, er würde sie auffordern, Mitglieder der Baptistengemeinde zu werden. Sie kannten die Vorurteile, die man gegen sie hatte; deshalb wollten sie nicht um Aufnahme nachsuchen, sondern hofften, man werde sie von sich aus um ihren Beitritt bitten. Was für eine Karikatur wahren Christentums! Und zugleich was für ein getreues Bild des Kirchenlebens in Amerika! Er würde sie auffordern, wenn auch nicht an diesem Abend. Es mußte nach den Regeln der Gemeinde gemacht werden. Ein Pastor schlägt ein neues Mitglied den Diakonen vor, die seine Empfehlung automatisch zu billigen pflegen. Im Fall der beiden Negerehepaare würden sie jedoch nicht automatisch zustimmen, das wußte er. Die Aussichten standen schlecht, doch ab morgen würde er sich jeden Diakon einzeln vornehmen und auf diese Weise seinem Vorschlag bei der nächsten Sitzung am Dienstag den Weg ebnen.

Jetzt sprachen die Grants behutsam darüber, wie gern ihre Kinder in die Sonntagsschule und wie gern sie selber in die Kirche gingen.

Martin fragte: „Hatten Sie sich nicht ein bißchen gefürchtet, zu den Baptisten zu gehen?"

Sogar Jane blickte überrascht auf. Gordon Grant erwiderte langsam: „Also, ich will es Ihnen sagen. Beim zweiten Mal war es schlimmer als beim ersten."

George Edwards grinste. „Nun, ich fand, es war auch beim ersten Mal ziemlich schwer."

„Aber keiner von Ihnen hat es sich anmerken lassen."

Jetzt lächelten alle. George sagte: „Gordon hat uns den Rücken gestärkt. Er sagte: ‚Wenn ihr wollt, daß eure Kinder eine anständige christliche Erziehung erhalten, dann könnt ihr nicht auf allen vieren in die Kirche kriechen.'" Er machte vor, wie es sich zugetragen hatte; Gordon Grant hatte mit ihnen geprobt, um ihnen ihre Befangenheit zu nehmen. Er erzählte es mit Humor. Martin und Jane lachten – nicht über George, sondern über die Absurdität des Ganzen; und die Grants stimmten schließlich in ihr Lachen ein.

Marjorie Grant bot Punsch und Kuchen an, und die Judsons verabschiedeten sich um elf.

Martin wurde kurz nach drei Uhr von dem Telephon neben seinem Bett geweckt. Es war Mrs. Scheer, die seit mehreren Jahren seinem Vater den Haushalt in Winbeam, einem kleinen Dorf in Vermont, führte.

„Mr. Judson, Ihr Vater hatte einen Herzanfall und liegt im Krankenhaus in Middlebury. Der Arzt meint, Sie sollten sofort kommen."

Es war fast Mitternacht, als Martin am Freitag im Krankenhaus eintraf. Sein Vater war bereits am Nachmittag gestorben. Er telegraphierte seinem Bruder Nathaniel in Colorado, bekam jedoch keine

Antwort. Er rief seine Schwester Bess in Kalifornien an und erfuhr, daß sie mit ihrem Mann ihren Urlaub in Hawaii verbrachte. Die Tatsache, daß sich die Familie so auseinandergelebt hatte, deprimierte ihn fast mehr als der Tod seines Vaters.

Die Beisetzungsfeier für David Judson wurde in der kleinen Kirche abgehalten, deren Pastor er lange Jahre gewesen war, bis er sich zur Ruhe gesetzt hatte. Die ländliche Kirche hatte zur Zeit keinen Seelsorger; auf die Bitte alter Freunde seines Vaters hielt Martin den Gottesdienst ab.

Der Sommer ging mit einem sanften Septemberregen zu Ende, als er am nächsten Nachmittag in seines Vaters Haus in Winbeam saß und eine alte Rindsledermappe voller Papiere durchsah, die, wie Mrs. Scheer ihm sagte, David Judson für ihn hinterlassen hatte. Gleich zuoberst lag eine kurze Mitteilung, die zwei Jahre zuvor geschrieben worden war:

> Lieber Martin,
> verfahre mit diesen Sachen, wie Du es für richtig hältst. Ich überlasse sie Dir. Ich bin glücklich und stolz darauf, was Du aus Deinem Leben gemacht hast.
>
> In Liebe Dein Vater

Liebe? Es war das erste Mal, soweit Martin sich erinnern konnte, daß sein Vater dieses Wort für ihn gefunden hatte. Nie hatte er seine Gefühle gezeigt. Nur seine Mutter hatte manchmal, als er noch klein war, gesagt: „Martin, ich hab dich lieb." Es war auch zum erstenmal, daß sein Vater ihn hatte wissen lassen, daß er stolz auf ihn war.

Da waren David Judsons Diplom vom Dartmouth-College aus dem Jahr 1894 und einige vergilbte Schulzeugnisse. Eine Geburtsurkunde bezeugte, daß er in East Sutton in New Hampshire geboren war. Doch das waren nur nüchterne Fakten. Wo war der Schlüssel zu seinem wahren Wesen?

Vielleicht eine verblichene Photographie der Farm seines Großvaters in New Hampshire, die ein reisender Photograph Ende des vorigen Jahrhunderts gemacht hatte? Da standen Großvater und ein Farmarbeiter neben zwei stattlichen Pferdegespannen, und auf der Veranda drängten sich die Frauen. Auf den Papprahmen hatte David Judson geschrieben: „Sieht hübsch aus, ist aber ein schweres Leben." War er Geistlicher geworden, weil er keine gerade Furche pflügen konnte?

Zahlreiche Photos von Martins Mutter, in Orten wie Pittsfield und Bangor aufgenommen. Auf allen sah sie müde aus. Sie war schon dreiundvierzig gewesen, als sie ihn zur Welt brachte, und gestorben, als er noch zur Schule ging.

Auch sie hatte ein schweres Leben gehabt.

Dann fand er einen Brief, den sein Vater ihm 1940 geschrieben hatte. Am Kopf war mit zittriger Hand hingekritzelt: „Habe es nicht abgesandt. Schien mir damals zu predigerhaft. Wenn ich tot bin, wirst Du es besser verstehen. Vater."

Der Brief lautete:

Lieber Martin,

ich freue mich sehr, daß Du eine Kirche bekommen hast. Nun wirst Du Dich vor einige schwierige Probleme gestellt sehen – das ist aber gerade das, was das Leben lebenswert macht. Ich möchte Dir gern etwas über einen besonderen Aspekt meines geistlichen Amtes erzählen. Du wirst die Erfahrung machen, daß Prediger untereinander wenig von den Dingen sprechen, die am wichtigsten sind.

Ich glaube, das Hauptproblem liegt darin, daß die Kirche mehr sein muß als eine Stätte der Begegnung, wo sich die alltägliche Sehnsucht nach Gemeinschaft erfüllt. Aber ist die Kirche – oder ihr Pfarrer – denn überhaupt fähig, den Menschen auf das Grausamste vorzubereiten, das ihm widerfahren wird – den Tod? Meine schwerste Aufgabe besteht darin, den Sterbenden Trost zu bringen. Mag sein, daß Du Dich wunderst, wenn Du liest, daß mir das Beten nie leichtgefallen ist. Ich weiß einfach nicht, was ich angesichts des Todes sagen soll. Schweigen wäre hier vielleicht das beste.

Doch da liegt der Mensch, und seine Augen warten auf etwas. Und da sind seine weinenden Angehörigen. Die trostreichsten Worte, die ich gefunden habe, sind die alten, noch immer stärksten. Du kennst sie – *Ich bin die Auferstehung* ... Ich glaube, wenn diese Worte dem Sterbenden von Bedeutung sind, dann hat er etwas. Meiner Meinung nach ist es die Hauptpflicht der Kirche, den Menschen darauf vorzubereiten, dem Tode mit einiger Gelassenheit entgegenzusehen. Nicht den Himmel voller Geigen, Du verstehst. Kein Versprechen von perlenbesetzten Toren und ewiger Seligkeit.

Aber es ist schwer, weil die Menschen durchs Leben gehen, ohne an Gott zu denken, wenn sie wichtige Entscheidungen zu treffen haben. Sie wollen auch den lieben Gott nicht als Spaßverderber. Es ist leicht, sie mit kirchlicher Routine bei der Stange zu halten – wenn man Süßholz raspelt, Schlittenpartien veranstaltet und geschickt taktiert, den Haushaltsplan und die Moses-im-Körbchen-Geschichten in der Sonntagsschule nicht zu vergessen. Du wirst den größten Teil Deiner Amtszeit mit derlei verbringen, aber behalte dabei im Auge, daß es nur Priestertricks sind – so alt wie die Mythologie. Vergiß darüber nicht, ihnen wenigstens eine winzige Vorstellung von der Rolle Gottes im Leben – und im Tode – des Menschen beizubringen.

Alles Gute für Dich! Vater

Martins Augen waren feucht, als er den Brief zu Ende gelesen hatte und in die Tasche steckte.

Montag nachmittag fuhr er zum Notar in Middlebury. David Judson hatte je ein Viertel seines Nachlasses Martin, Bess, Mrs. Scheer – und Nathaniel vermacht. Ja, auch Nathaniel, der seinen Vater stets verachtet hatte. Nun war ihm vergeben worden. Der Notar schätzte den baren Wert von David Judsons Nachlaß nach Bezahlung der Begräbnis- und anderer Kosten auf knapp neunhundert Dollar. Martin überließ seinen Anteil Mrs. Scheer und fuhr nach Hause. Es war ein Uhr morgens am Mittwoch, als er endlich anlangte.

„Ich bin todmüde", sagte er zu Jane. „Alles in Ordnung bei dir und den Kindern?"

„Ja. Ich bring dir zu essen."

„Ich bin nicht hungrig, Liebling. Alles, was ich brauche, ist Schlaf."

„Dann schlaf bis morgen mittag, wenn du kannst. Ich stell das Telephon am Bett ab."

Aber er wachte kurz nach neun auf. Sein Schädel brummte; ihm war zumute wie jemandem, der die ganze Nacht durchgezecht hat. Er ging hinunter, setzte sich zu Jane an den Küchentisch und begann, ihr von seiner Reise zu erzählen.

Dann klopfte es an der Küchentür. Mark Walworth steckte verlegen lächelnd den Kopf herein. Jane ließ ihn eintreten.

„Bin froh, daß Sie zurück sind, Martin", sagte er. „Hat Jane Ihnen schon berichtet?"

„Was?"

„Ich habe gestern abend auf der Diakonenversammlung einen ziemlichen Krawall gemacht. Gegen Mitternacht hab ich Jane angerufen und es ihr erzählt."

Martin sagte: „Jane, schenk mir bitte noch etwas Kaffee ein, und gib auch Mark eine Tasse. Setzen Sie sich, Mark. Nein, Jane hat mir noch nichts gesagt. Sie dachte wohl, ich sei zu erschöpft, um schlechte Nachrichten zu hören. Um was ging es denn?"

„Ich sagte zu den Diakonen, ich hätte die Grants und die Edwards aufgefordert, unserer Kirche beizutreten. Meiner Ansicht nach war es Zeit, etwas zu tun. Ich habe es als vollendete Tatsache hingestellt. Ich dachte, so am besten die Opposition zu ersticken, aber –"

„Sie Trottel", erwiderte Martin. „Sie sind mein Freund, Mark, aber Sie haben sich wie der Elefant im Porzellanladen aufgeführt."

Mark machte ein beleidigtes Gesicht. „Ist es nicht mein Recht als Vikar, Mitglieder vorzuschlagen?"

„Natürlich. Aber warum haben Sie es gemacht, während ich weg war? Vielleicht deshalb, weil Sie gefürchtet haben, ich hätte nicht den Mut, die Sache durchzustehen? Weil Sie fürchten, ich bin ein Schlappschwanz und buckle vor den feinen Leuten?"

Mark senkte den Kopf. Dann hob er ihn und sagte: „Ja. Wenn Sie wollen, lege ich mein Amt nieder."

„Ach, zum –" Martin spürte, wie ihm der Ärger ins Gesicht stieg. „Nein, mein Junge, Sie bleiben und fechten die Sache mit mir gemeinsam aus. Aber durch Ihre falsche Einschätzung der Lage haben wir jetzt einen schlechten Start. Kennen Sie den Begriff *vorschriftsmäßiges Verfahren?*"

„Natürlich." Jetzt war auch Mark böse. „Aber wenn es zu einer solchen Situation kommt –"

„Man geht zunächst einmal den üblichen Weg und vermeidet, die Leute vor den Kopf zu stoßen. Aber es ist nun einmal geschehen. Jetzt wollen wir systematisch handeln. Wer war für uns, und wer war dagegen?"

Mark berichtete, acht seien dagegen, vier dafür gewesen. Zu denen auf ihrer Seite gehörten, zu Martins Überraschung, Harold Brown und Curtiss Welch.

Das Telephon klingelte. Martin nahm den Hörer ab. Es war Norman Street, der ihm zu seines Vaters Tod kondolierte. Dann sagte er: „Martin, gestern abend hat jemand auf dem Diakonentreffen eine Bombe geworfen."

„Ich würde gern von Ihnen etwas darüber hören", erwiderte Martin. „Ich bin Ihnen eine Einladung schuldig, Norman. Wollen wir uns heute mittag im Klub treffen?"

Ein paar Tage später sagte Mark Walworth zu Martin: „Lassen Sie doch die Kirche darüber platzen. Sie sind zu konservativ."

„Ich dachte immer, ich sei liberal."

„Wenn Sie ein Liberaler sind, dann bin ich ein Radikaler."

Martin zuckte die Achseln. „Ich würde sagen, ein Liberaler ist einer, der glaubt, andere Leute brauchen Hilfe. Ein Radikaler ist jemand, der fühlt, daß er selber Hilfe braucht. Ich finde, ich brauche Hilfe. Was bin ich also?"

„Sie sind immer ein guter Sprüchemacher, Martin." Mark sagte es lächelnd, aber es war ein versteckter Vorwurf.

Zu Martins schwierigen Aufgaben gehörte es, die Sache mit den Grants und den Edwards zu besprechen. Er redete ihnen zu, Geduld zu haben, die Kinder weiter in die Sonntagsschule zu schicken, selber aber einige Sonntage nicht zur Kirche zu gehen. Inzwischen machte er sich daran, die Opposition umzustimmen und neue Bundesgenossen zu suchen.

Die Jahresversammlung der Kirche fand am ersten Donnerstag im Oktober statt. Gewöhnlich war sie nicht besonders gut besucht; doch an diesem Donnerstag des Jahres 1949 erschienen annähernd dreihundert Mitglieder.

Martin war wie immer der Diskussionsleiter. Nach dem Geschäftsbericht sagte er: „Wir haben eine besondere Angelegenheit zu diskutieren. Da ich dazu das Wort ergreifen möchte, übergebe ich die Diskussionsleitung unserem Vikar Mark Walworth."

Norman Street stand auf und sagte: „Ich erhebe Einspruch!"

Martin sah ihn verwundert an.

„Einspruch wogegen?"

„Daß Vikar Walworth als Diskussionsleiter fungiert in der Angelegenheit, die besprochen werden soll. Er ist voreingenommen. Ich schlage Dan Halpern vor ..."

„Ich unterstütze diesen Antrag", rief jemand.

Martin zögerte. Dann sagte er: „Alle, die dafür sind, sollen ja rufen."

Es gab lebhafte Zustimmung.

„Die Gegenprobe?"

Die Gegner waren ebenso lebhaft, doch Martin sagte: „Die Jastimmen scheinen zu überwiegen. Ich übergebe also den Vorsitz Dan Halpern mit der Bitte, mir das Wort zu erteilen."

Dan Halperns Gesicht war blaß, seine Miene ausdruckslos, als er das Podium bestieg.

Martin, der unter der Rednertribüne stand, sagte: „Herr Vorsitzender –"

Norman Street stand ebenfalls auf und sagte: „Herr Vorsitzender –"

Dan Halpern blickte Norman an und sagte: „Ich erteile Mr. Street das Wort."

Daraufhin brach ein Tumult aus. Die Leute standen auf, schrien, und andere riefen, sie sollten sich hinsetzen.

Martin, mit rotem Gesicht, den Kopf gesenkt, rief: „Ruhe im Saal! Norman Street soll sprechen!" Seine Stimme klang donnernd, autoritativ.

Die Leute beruhigten sich, und alle außer Norman Street setzten sich wieder.

„Herr Vorsitzender, Mitglieder der Baptistengemeinde! Die besondere Angelegenheit, die hier besprochen werden soll, betrifft den Wunsch unserer Geistlichkeit, in unsere Gemeinschaft gewisse Leute aufzunehmen, die den meisten von uns unerwünscht sind. Aus dem Wunsch ist eine Forderung geworden, die die Grundsätze unserer demokratischen Kirchenverwaltung verletzt. Ich möchte Ihnen eine Liste von einhundertachtundsechzig Mitgliedern vorlesen, die eine Resolution unterschrieben haben, mit der sie gegen die Willkür unserer Geistlichkeit protestieren."

Norman zögerte, als er sah, daß Mark Walworth aufstand, zu Martin hinüberging, sich ruhig neben ihn setzte und die Leute mit unergründlichem Blick ansah. Ein Murmeln ging durch die Versammlung und verebbte wieder.

Nachdem Norman die Namensliste verlesen hatte, sagte er: „Die Resolution, die wir unterschrieben haben, besteht aus dem Satz: ‚Wenn die Bemühungen, unerwünschte Leute in unserer Kirche aufzunehmen, fortgesetzt werden, erklären wir, die Unterzeichneten, unsere Mitgliedschaft in der Baptistengemeinde für beendet.'"

Das Schweigen, das darauf folgte, wurde von einem Ruf aus dem Hintergrund des Saales unterbrochen: „Dann tretet aus!"

Dan Halpern sagte: „Ich erteile Pastor Judson das Wort."

Martin stand auf und blickte die Menge an, bis einige unruhig wurden. Dann sagte er: „Glaubensbrüder! Es war meine Absicht, heute abend vier Bürger dieser Stadt als neue Mitglieder unserer Kirchengemeinschaft vorzuschlagen. Ich wollte, daß wir gemeinsam in aller Ruhe darüber sprechen. Ich halte sie für ungewöhnliche Menschen und gute Christen. Ich glaubte, sie könnten reichen Gewinn aus dem Leben in unserer Kirche ziehen und ebenfalls viel dazu beitragen. Aber ich sehe, daß ich mich geirrt habe. Ich werde ihnen sagen, daß sie hier nicht willkommen sind.“

Dann stand Mark auf und sagte: „Herr Vorsitzender! Unter diesen Umständen ist es für mich unmöglich, weiterhin in der Gemeinde zu wirken. Ich lege hiermit mein Amt als Vikar nieder.“ Er wandte sich um und ging durch eine Seitentür hinaus.

Dan Halpern rief schnell: „Die Versammlung ist aufgehoben.“ Er beugte sich über das Vortragspult. „Martin –“

Doch Martin war Mark Walworth bereits gefolgt und verließ den Saal durch dieselbe Tür.

Jane eilte ihm nach, während Norman Street hinter ihnen herrief: „Martin! ... Jane!“

Als sie Martin eingeholt hatte, fragte sie ihn: „Wohin gehst du?“

„Nach Hause.“

„Ich auch.“ Sie legte ihre Hand auf seinen Arm.

Unterwegs fragte er: „Wieviel Geld haben wir noch auf der Bank?“

„Über tausendneunhundert.“

Er umschloß ihre Hand mit der seinen. „Wir haben jetzt, wo wir gehen, nicht viel mehr, als wir gehabt haben, als wir gekommen sind, nicht wahr?“

„Wohin gehen wir, Marty?“

„Ich weiß es noch nicht. Ich weiß nur, daß wir gehen.“

3

„Da greift ein Rad ins andere“, sagte Dr. Alex Carpenter. Er sprach von Stiftungen, für die er sachverständig war, denn er war geschäftsführender Direktor der „Honeywell-Stiftung“. Martin hatte ihn im November 1949 von Sylvia aus in New York aufgesucht, um mit ihm über eine Stellung zu sprechen.

„Es gibt alle möglichen Stiftungen“, fuhr Carpenter fort. „Unsere ist natürlich nicht mit der von Ford oder Carnegie zu vergleichen. Übrigens hat Honeywell nichts mit der bekannten Firma gleichen Namens zu tun. Sie wurde zu Beginn des Jahrhunderts von Miß Naomi Honeywell gegründet.“

Er zeigte auf ein Bild an der Wand seines Büros. „Miß Naomi war eine alte Jungfer, die sich heimlich der Weise schämte, wie ihr Vater ein Vermögen gescheffelt hatte. Sie beschloß, seine Millionen christlichen – das heißt protestantischen – Zwecken zugute kommen zu lassen. Aber sie zweifelte am gesunden Menschenverstand all der Ausschüsse, Kuratorien, Vorstände und so weiter, von denen unsere Kirchen geleitet werden. Die Honeywell-Stiftung ist also die Zentrale, die sie und ihre Anwälte zur Kontrolle eingerichtet haben. Die Kirchen können Geld anfordern, aber die Stiftung entscheidet, ob sie einer Zuwendung würdig sind.“

Der erste Eindruck, den Carpenter auf Martin machte, war günstig. Er war Doktor der Theologie – studiert, nicht ehrenhalber. Von Freunden hatte Martin einiges über seine Laufbahn erfahren. Zwei Jahre lang war er Pastor gewesen, dann hatte er sich dem Lehramt zugewandt und war Leiter eines theologischen Seminars geworden. Schließlich war er zu Honeywell als Assistent des seinerzeitigen Direktors gekommen, eines Siebzigers, der erst im vergangenen Jahr in den Ruhestand getreten war. Wie zu erwarten gewesen, wußte jedoch Carpenter mehr über Martin als Martin über ihn.

„So haben Sie sich also entschlossen, der Kanzel und der Gemeinde den Rücken zu kehren?“

Ja, das hatte Martin vor.

„Ich kann Sie deswegen nicht tadeln“, meinte Carpenter. „Sie haben viel länger ausgehalten als ich. Mir hat es nicht gefallen. Mir paßte es nicht, den Haushälter zu spielen.“

Die Stiftung, so erzählte Carpenter weiter, befaßte sich damit, die Lebensverhältnisse der Entwicklungsvölker in aller Welt zu verbessern. Sie hatte sich von der herkömmlichen Missionsmethode abgewandt, aus den Heiden Christen zu machen, ohne sich um ihre wirtschaftlichen Bedürfnisse zu kümmern. Jetzt setzte sich die Stiftung nur noch für Projekte ein, die konkrete Hilfe versprachen.

„Unser Büro hat nicht die Aufgabe, Geld aufzutreiben", sagte Carpenter, „sondern zu empfehlen, wie es im protestantischen Sinne vernünftig verteilt werden soll. Nun, ich sähe gern, daß Sie zu uns kämen. Ich habe Erkundigungen über Sie eingeholt, die mich befriedigt haben. Hätten Sie Lust dazu?"

Martin antwortete mit Ja.

„Wie steht's mit Auslandsreisen? Es könnte sich ergeben, daß Sie sich längere Zeit von Ihrer Familie trennen müßten."

„Wenn die Reisen einem guten Zweck dienen, wäre ich damit einverstanden."

„Und warum wollen Sie zu uns kommen?"

„Ich bin – enttäuscht von der Kirche, bei der ich jetzt bin, nicht von den Ideen, die mich haben Pastor werden lassen. Ich habe darüber nachgedacht, ob eine Kirchengemeinde für mich der fruchtbarste Arbeitsplatz ist. Was Sie mir über Honeywell berichtet haben, sagt mir zu. Ich glaube, ich würde hier eine Tätigkeit finden, die mich befriedigt."

Carpenter blickte ihn nachdenklich an. „Wann können Sie anfangen?"

„Am ersten Januar."

„Sie haben noch nicht nach Ihrem Gehalt gefragt."

„Es war noch nicht davon die Rede. Ich nehme an, es wird – angemessen sein."

Carpenter schnitt eine Grimasse. „Sie sind der erste Bewerber, der es nicht vor mir zur Sprache gebracht hat. Sind sechzehn ausreichend?"

„Ja."

„Moment mal. Sie haben eine Tochter von zehn und einen Jungen, der zwei Jahre alt wird. Möchten Sie ein Haus in einem Vorort mieten oder eine Wohnung in der Stadt?"

„Ich glaube, es ist besser, wir fangen mit einer Wohnung an."

„Das ist wahrscheinlich vernünftig, für den Fall, daß es Ihnen hier nicht gefällt. Wollen Sie's noch mit Ihrer Frau besprechen?"

„Das ist nicht nötig. Sie weiß, daß ich in der Hoffnung auf eine Anstellung hergekommen bin. Sie ist ganz dafür.“

„Judson, wenn ich Ihnen raten darf, rufen Sie Ihre Frau an, und dann treffen wir uns zum Essen. Ich hole Sie kurz vor Mittag im Hotel ab.“

DIE WOHNUNG, die sie mieteten, lag im zwölften Stockwerk eines Neubaues in Murray Hill. Sie hatte drei Schlafzimmer, eine unzulängliche Küche und ein großes Wohnzimmer, von dem man ein gutes Stück des East River sehen konnte. Vielleicht war die Wohnung zu teuer, aber Jane liebte sie.

Zum erstenmal seit ihrer Heirat, so dachte sie, lebten sie wie andere Leute. Fünfmal in der Woche ging Martin morgens bei jedem Wetter sechsundzwanzig Häuserblocks weit in sein Büro. Um fünf Uhr nachmittags ging er nach Hause, nur zwanzig Blocks, weil er Kathy nicht zur Schule zu bringen brauchte. Sie verkauften das Auto, weil es in Manhattan keinen Sinn hatte.

Jane kannte niemand in New York; niemals klingelte das Telephon, und es waren keine Versammlungen zu besuchen. Sie fühlte sich frei und keck wie ein Eichelhäher, besonders nachdem sie entdeckt hatte, daß ihr kleiner Sohn Abe ein eifriger Fußgänger war. So spazierten sie gemeinsam umher oder fuhren mit der Untergrundbahn oder dem Bus an alle möglichen interessanten Orte. Abe schätzte besonders die Labyrinthe der großen Warenhäuser mit den hellen Lichtern und den vielen Käufern.

Es war eine glückliche Zeit im Winter und zu Beginn des Frühjahrs. Am schönsten waren die ungestörten Abendstunden, wenn Martin nach Hause gekommen war. Und jeden Samstag, sooft es das Wetter erlaubte, gingen sie mit Kathy und Abe auf eine Odyssee – in ein Museum oder zur Freiheitsstatue oder auf das Dach des Empire State Building.

Im Februar brachte Martin Lance Bishop zum Essen mit nach Hause.

„Jane!“ Er umarmte sie, immer noch der überschwengliche Freeport-Blitz. „Du bist schöner denn je!“

Sie erwiderte, er sehe ebenfalls sehr gut aus. Er war jetzt Pastor einer großen Presbyterianerkirche in einem vornehmen Vorort von Philadelphia, mit einer gesellschaftlich einflußreichen Frau verheiratet, aber kinderlos.

„Ich bin ganz hin, daß du zu Honeywell gegangen bist“, sagte er zu Martin. „Das ist eine gewaltige Organisation. Erzähl mir was davon.“

Doch Martin wollte lieber etwas über Lances seelsorgerische Arbeit hören.

Bei Tisch sagte Lance zu Jane: „Meine Frau würde liebend gern in New York leben. Für eine Pastorenfrau muß das eine herrliche Abwechslung sein.“

„Mir gefällt's“, erwiderte Jane. „Es geht uns prächtig. Aber manchmal fühle ich mich ein bißchen abseits. Ich komme nicht mehr so mit Leuten zusammen wie damals, als Martin noch Pastor war. Aber es gefällt mir trotzdem.“ Wollte sie sich selber, nicht nur Lance, davon überzeugen?

Im März begleitete sie Martin zu einem Tee, den die Stiftung im Hotel Plaza gab, ein Ereignis, das sich jährlich am Geburtstag der Stifterin wiederholte. Es war eine peinlich-förmliche Angelegenheit, bar jeden Gefühls. Mochte Martin wirklich seine Arbeit bei Honeywell? Sie war dessen nicht sicher, denn er konnte über manche Dinge außerordentlich verschwiegen sein, und sie wollte ihn nicht mit bohrenden Fragen quälen.

An Martins erstem Tag bei Honeywell hatte Carpenter ihn der Nord-Amerika-Abteilung zugeteilt und ihn dem ältlichen Abteilungsleiter, Ross Partridge, vorgestellt. Er bekam ein Büro mit einem Teppich und einem einzigen Fenster und eine junge, gelangweilte Sekretärin, die ihm zu einem Drittel zur Verfügung stand. Nachdem er Martin mit den Kollegen bekannt gemacht hatte, sagte Partridge: „Sie können den Betrieb hier nur durch Osmose kennenlernen. Am besten lesen Sie sich heute vormittag einige Berichte durch, und um halb eins hole ich Sie zum Essen ab.“

Partridge war ein besonders trübseliger Mann. Seine Bitterkeit schien tief in ihm verwurzelt. Er saß Martin in Schraffts Restaurant gegenüber, nippte an seinem Cocktail und beklagte sich über seinen Dienst.

Beim Kaffee begann er Martin zu examinieren. „Ist Ihr Gehalt zufriedenstellend?“ Martin bejahte es. „Die Gehälter sind sehr verschieden in unserer Organisation. Sie scheinen nach Laune zu zahlen. Und mancher wartet jahrelang auf eine Gehaltserhöhung. Mit wieviel hat Carpenter bei Ihnen den Anfang gemacht?“

„Er sagte, Gehälter würden bei der Stiftung vertraulich behandelt.“ Carpenter hatte nichts dergleichen geäußert, aber Martin hütete sich vor einer solchen Unterhaltung. Dann merkte er, daß er sich durch diese Antwort nicht gerade die Zuneigung dieses verbitterten alten Mannes, der immerhin sein Vorgesetzter war, erworben hatte.

Partridge ließ sich die Rechnung geben, runzelte die Stirn und erhob keinen Einspruch, als Martin vorschlug, daß jeder für sich bezahle.

In den folgenden Tagen spürte Martin, daß es alles andere als gut ging. Man gab ihm nichts zu tun. Er wurde verkrampft und unruhig. Vermutlich hatte er Partridge beleidigt und wurde mit Einzelhaft bestraft. Schließlich kam per Hauspost ein Aktenordner mit einer Notiz von Partridge: „Wie würden Sie die Sache behandeln?“

Obenauf lag ein Brief von Pastor T. T. Bonham aus Ardsley in Tennessee, dem Präsidenten der Einzigen Wahren Evangelischen Kirche Gottes. Bonham berichtete, er habe nahezu zehntausend Menschen in Tennessee und Nord- und Südkarolina zum Glauben bekehrt; er füge eine notarielle Bescheinigung über die Mitgliederzahl bei. Nun habe er den Ruf empfangen, den Fabrikarbeitern von Neuengland zu predigen, die beklagenswert unreligiös seien – statistische Angaben aus einer ungenannten Quelle waren beigeschlossen. Um seine Mission auszuführen, müsse er ein großes Zelt, zusammenlegbare Bänke, Laster und einen Wohnwagen haben. Die Kosten waren im einzelnen aufgeführt, und er schrieb, seiner Kirche fehlten zur Bestreitung aller Kosten rund fünftausend Dollar.

Als Martin den Brief mit den Anlagen las, glaubte er an die Aufrichtigkeit des Schreibers. Er hatte jedoch schon immer die nachhaltige Wirkung emotionaler Evangelisation, wie sie Bonham praktizierte, bezweifelt, In der Annahme, daß nach allem, was er von den Prinzipien der Honeywell-Stiftung wußte, sie seinen Standpunkt teilen würde, entwarf er eine höfliche Antwort, in der er zu verstehen gab, daß die Stiftung keine Beiträge für Evangelisationen leiste, und schickte den Entwurf an Partridge zur Prüfung.

Bald darauf erschien Partridge stirnrunzelnd in seinem Büro, hielt den Entwurf von Martins Antwortschreiben in der Hand und sagte: „Sie können das nicht so einfach abtun. Sie müssen ihn widerlegen.“

„Ich bin der Meinung“, erwiderte Martin, „daß man einen Mann wie T. T. Bonham nicht widerlegen kann.“

„Und ich bin der Meinung", sagte Partridge laut, „daß Sie lernen müssen, wie wir hier vorgehen. Was ist das schwächste Glied in seiner Argumentation?"

Martin wußte hierauf keine Antwort, da ihm der ganze Vorgang fadenscheinig erschien.

„Hören Sie, Mr. Judson, wir können die Erweckungsprediger nicht angreifen. So müssen wir Bonham damit widerlegen, daß die Fabrikarbeiter von Neuengland religiös sind. Für so etwas unterhalten wir eine Forschungsabteilung. Fordern Sie bei ihr die Daten an, die unsere Behauptung beweisen. Können Sie mir folgen?"

Martin sah ihn verwundert an. „Ja, ich kann Ihnen folgen, Mr. Partridge."

Es vergingen über zwei Wochen, ehe die Forschungsabteilung Martin die Daten sandte, aus denen hervorging, daß die Fabrikarbeiter von Neuengland religiös waren. Martin schrieb an T. T. Bonham, der einen Brief zurückfeuerte, worin er behauptete, sie seien es nicht, und dafür Beweise brachte. Der sinnlose Streit setzte sich fort, bis Carpenter in einer kurzen Aktennotiz Martin anwies, Bonhams Gesuch umgehend abzulehnen. Inzwischen war jedoch bei Martin eine gewisse Neigung für Bonham entstanden. Sein Ablehnungsbrief beendete die Korrespondenz indessen nicht. Bonham erwiderte postwendend, er erkenne wohl, daß Martin ihm persönlich übelwolle; er werde nichtsdestoweniger Gott bitten, ihm seine Niederträchtigkeit zu vergeben. Und Martin dachte, Bruder, ich kann deine Gebete brauchen.

Als die Wochen vergingen, nahm seine Entmutigung zu. Aber er bemühte sich, es Jane nicht merken zu lassen. Sie war glücklich, und er wollte ihr das Vergnügen am New Yorker Leben nicht verderben. Vielleicht war dies die Art, wie die meisten Männer ihren Berufen nachgehen. Vielleicht würden die Dinge auch eine Wendung zum Besseren nehmen.

Aber er sah wenig Hoffnung. Fast überall stieß er auf Intrigen und Machtkämpfe – manchmal nur aus Freude am Spiel, nicht um irgendeines Zieles willen. Wenn es an der Spitze so zuging – und nach den Gesetzen der Macht mußte es wohl so sein –, dann wollte er lieber an der Basis arbeiten.

Bloß – was sollte er da tun?

Am ersten Frühlingsmorgen fragte ihn Carpenter, ob er Lust habe, an einem Projekt in Südkorea mitzuarbeiten. Honeywell hatte einer großen Gemeinde ansehnliche Zuwendungen für ihr Missionsprogramm gewährt. Carpenter hegte Zweifel, ob die Zuwendungen erneuert werden sollten. „Ich bin nicht dafür", sagte er. „Ich habe das Gefühl, daß es dort nicht so läuft, wie wir glauben. Ihre Aufgabe wird sein, das zu untersuchen und uns zu berichten. Ich denke, Sie könnten Mitte Juni nach Korea fliegen. Die Sache wird wohl ungefähr einen Monat dauern."

4

Am 26. Juni 1950, einem Sonntag, fuhr Martin vormittags im Jeep auf einer holprigen Piste nordöstlich von Seoul. Es war eine lange Strecke, die er in dem unbequemen Fahrzeug zurückzulegen hatte. Sein Begleiter, Vikar Kim Suh, der neben ihm auf dem Rücksitz saß und ihm als Dolmetscher diente, rief gelegentlich dem Fahrer zu, er solle langsamer fahren. Martin konnte die Richtung nicht erkennen, denn die Sommermonsune hatten eingesetzt, und die Sonne war nicht zu sehen; doch Kim sagte, ihr Ziel sei ein Dorf namens Yi, wo sich „eine typische ländliche Kirche" befinde. Den größten Teil des Vortages hatte es geregnet, und obwohl es aufgehört hatte, drang hin und wieder aus Norden ein Grollen zu ihnen – Donner, wie Kim erklärte.

Der Jeep rumpelte; in Martins Magen rumorte es, und er wünschte, er hätte seine Medizin gegen Durchfall nicht in seiner Reisetasche verstaut.

Jetzt umfuhren sie einen Bergrücken, und es zeigten sich ein Bach, eine Reihe von Pappeln, Reisfelder, eine zerbrochene Steintafel, Strohdächer. „Das ist Yi", sagte Kim, als der Fahrer hielt.

Die Stille war auffallend. Nur der Geruch von Exkrementen ließ auf menschliche Bewohner schließen. Sonst schien Yi wie eine Ruine.

„Wo sind die Leute?" Martins Stimme klang laut in dem Schweigen, das sie empfing.

Kim gab keine Antwort. Statt dessen sagte er: „Pastor Li Bum hat den Bau seiner Kirche beendet. Ich habe ihn benachrichtigt, daß wir heute hiersein würden."

Das Knurren in Martins Därmen war wie das Echo auf das Grollen in der Ferne. Er stieg aus dem Jeep und eilte einen ausgetretenen Weg zwischen zwei Hütten entlang, durchquerte einen treppenförmig angelegten Garten und hielt sich an einem Steinhaufen fest. Als sein Magen fürs erste zur Ruhe gekommen war, sah er, daß er einen Aussichtspunkt erstiegen hatte, von dem aus er das geheimnisvoll tote Dorf überblicken konnte.

Dann erschreckte ihn eine Bewegung in der Biegung, die die Straße im Norden machte.

Auf das Dorf zu ratterte ein Panzer, dem fünf Lastwagen voller Soldaten folgten. Dann sprangen drei Männer aus dem Schutz einer Steinmauer längs der Straße und rannten dem Panzer entgegen. Einer trug eine lange Bambusstange, an deren Spitze eine primitive Sprengladung hing. Als er versuchte, die Spitze der Stange gegen das Trittbrett des Panzers zu stoßen, knatterte eine Gewehrsalve, und er stürzte. Die Bombe explodierte nicht. Der Panzer hielt und gab Feuer. Irgend etwas ließ den Boden nicht weit von Martin erbeben, und ein Haus des Dorfes Yi barst in Trümmer.

Unten auf der Straße riß der Fahrer den Jeep herum. Martin rannte laut rufend auf ihn zu, doch als er die Stelle erreichte, wo das Fahrzeug gestanden hatte, sauste es schon südwärts davon. Er sah, wie Kim zu ihm zurückschaute und dann den Kopf duckte. Martin lief, so schnell er konnte, doch der Jeep beschleunigte sein Tempo und verschwand hinter einer Kurve. Schließlich blieb Martin keuchend stehen. Sein Herz klopfte vor Angst.

Er blickte sich um, als er ein schrilles Gewinsel hörte, und sah, daß ein kleiner Junge ihm zuwinkte. Martin folgte ihm durch einen flachen Bach, über ein Reisfeld und zu einem niedrigen Deich. Dort warf der Junge sich zu Boden und drückte sein Kinn gegen den Deich. Martin tat das gleiche.

Plötzlich kam Leben aus jeder Richtung. Männer, Frauen und Kinder, einige mit erhobenen Händen, eilten den Fahrweg entlang auf den Panzer und die Lastwagen zu, denen Soldaten entstiegen, die in Schützenlinie ausschwärmten. Andere Dorfbewohner kletterten bergaufwärts oder flohen über die Felder. Ein weißer Ochse warf brüllend den Kopf zurück, Hunde liefen bellend hin und her. Dann knatterten die Gewehre, und von denen, die den Soldaten entgegengelaufen waren, brachen viele getroffen zusammen. Auch der Panzer feuerte von neuem, und ein mit schwarzen Ziegeln gedecktes Dach stürzte ein. Wieder gab das Panzergeschütz Feuer, und das Dorf fing zu brennen an. Man hörte die Angstschreie von Hühnern und Schweinen.

Der Panzer kam langsam näher; die Schützenlinie der Soldaten zog in das Tal hinunter und den Berghang hinauf. Plötzlich schwang ein Soldat sein Gewehr wie eine Heugabel, spießte ein Kind mit dem Bajonett auf und hob es hoch.

Trotz der Entfernung hörte Martin den Schrei des Kindes über alle anderen Schreckenslaute in Yi hinweg.

Er schloß die Augen und erbrach sich. Dann bemerkte er den angeschwemmten Schlamm, in dem er lag, und roch den beizenden Gestank, eine Mischung aus Kot und Tod. Der Schrecken, dessen Zeuge er war, ließ ihn um sein eigenes Leben bangen. *Dein Wille geschehe auf Erden wie ...*

Der Knabe neben ihm wandte ihm seine pechschwarzen Augen zu; dann stützte er das Kinn auf beide Fäuste, als betrachte er hingerissen den Untergang seines Dorfes.

Jetzt kam der Panzer auf Touren. Eine alte Frau humpelte vor ihm her, um südwärts zu entfliehen, und hinter ihr dröhnte es lauter und lauter. Sie gab keinen Ton von sich, als sie zermalmt wurde. Der Panzer hielt und drehte sich präzise wie ein mechanisches Spielzeug. Yi brannte, und die Soldaten stürmten es mit heiseren Schreien, nahmen oder zerstörten oder schonten, wie es ihnen gefiel. Martin sank in den Reisschlamm zurück, so daß nur noch sein Gesicht dem wechselhaften Licht der Sonne ausgesetzt war. Er war bereit – ja, fast begierig – zu sterben.

Während er dalag und wartete, daß die Soldaten ihn fänden und töteten, dachte er: *Jane, ich liebe dich so.*

Der Knabe tippte ihm auf die Schulter, und Martin nahm an, daß die Soldaten sich näherten. Er erhob sich. Lieber aufrecht stehend erschossen oder bajonettiert werden als derart kümmerlich im Schlamm. Er zitterte vor Angst; dann hörte er schrilles Pfeifen und schämte sich seiner schlotternden Feigheit neben der Gelassenheit des Kindes, das dem Tod mit aufgestütztem Kinn entgegensah. Er blickte zum Dorf hinüber. Der Panzer entfernte sich, die Lastwagen hinterdrein, und bald war der ganze Zug um den Bergrücken im Süden verschwunden.

Martin schlug langsam den Weg in die rauchenden, scharf dünstenden Ruinen ein und vermied es, die Leichen anzusehen, an denen er vorüberging. Er legte sich einige Minuten in das kühle, fließende Wasser des Baches und versuchte, sich notdürftig zu säubern. Als er wieder aufstand, hörte er inmitten der Trümmer des Dorfes eine

Glocke läuten. Er schritt darauf zu; der Knabe, dem erst jetzt die Tränen kamen, folgte ihm dicht auf den Fersen.

Er gelangte an einen offenen Platz, wo sich allmählich weinende und klagende Menschen versammelten. Ein gebrechlicher alter Mann in bäuerlicher Kleidung kam ihm entgegen. Sein Gesicht war tief gefurcht, der Kopf völlig kahl, als er den flachen Strohhut abnahm. Im Gegensatz zu den anderen weinte er nicht, als er seine dunklen Augen auf Martin richtete.

Er neigte sich und legte eine welke Hand auf die Brust. „Li Bum", sagte er. „Nicht Englisch."

Martin erwiderte die Verbeugung. „Martin Judson." Er streckte die rechte Hand aus, die der Alte fest ergriff. „Kein Koreanisch."

Li führte ihn zu einer rauchgeschwängerten Ecke des Platzes, wo er die Glocke, die Martin gehört hatte, vom Boden aufnahm. Er schwang sie in einem anmutigen Bogen hin und her, bis sich ungefähr zwei Dutzend Frauen und Kinder und einige Männer um ihn versammelt hatten. Dann stellte er die Glocke hin und kniete mit geschlossenen Augen und auf der Brust gefalteten Händen nieder. Auch die meisten anderen sanken auf die Knie, als Li zu beten begann.

Auch Martin kniete schließlich nieder und hörte nur halb auf die unverständlichen Worte, die Li mit hoher Stimme sprach. Als Li fertig war, sagte er, ohne sich zu erheben: „Mar – ti!"

Martin befeuchtete seine trockenen Lippen und begann auf englisch: *„Der Herr ist mein Hirte ..."* Seine Stimme wurde kräftiger, als er fortfuhr, bis er merkte, daß sie ruhig geworden war, fast heiter – gar nicht mehr die Stimme eines Mannes, der sich fürchtet.

Li Bum führte Martin aus den Trümmern und einen schmalen Pfad den Berg hinauf zu der Hütte, in der er wohnte. Dort setzten sie sich hin und unternahmen den Versuch, sich einander verständlich zu machen. Es war schwer für Martin, Li zu erklären, daß er an Durchfall litt.

Li braute ihm sofort einen Tee aus gedörrtem Reis, der den Magen besänftigte und einen angenehmen, leicht bitteren Geschmack hinterließ. Jetzt war die Sonne voll hervorgetreten, und Li, ihrer Heilkraft eingedenk, ging mit Martin in den kleinen Garten, der sich hinter der Hütte befand. Dort bedeutete er ihm, es wäre vernünftig, seine Kleider auszuziehen und zu trocknen und seinem Körper die Wohltat der Sonnenwärme zukommen zu lassen. Martin breitete seine

nassen Sachen auf den Steinen aus, saß nackt wie Adam dabei und schlürfte den Reistee, mit dem Li ihm seine Schale erneut füllte. Als sich der Aufruhr in seinen Därmen legte, fühlte auch er sich allmählich ruhiger.

Sie schwiegen eine Weile und meditierten im Sonnenschein. Dann nahm Martin einen Stock, glättete eine Sandfläche und zeichnete eine grobe Karte mit den annähernd maßstabsgerechten Lagepunkten von Yi und Seoul. Er zog eine Verbindung von dem Dorf zur Stadt und zeigte auf die Sonne. Li verstand ihn, hob die ausgestreckten Finger seiner rechten Hand und den Daumen seiner linken: ein Sechstagemarsch nach Seoul. Danach, heftig den Kopf schüttelnd, wischte er Martins Linie aus und zog eine andere, die von Yi direkt nach Süden führte.

Sie blickten einander aufmerksam an. Natürlich würden sich die Nordkoreaner bei ihrem Überraschungsangriff um Seoul zusammenziehen und den Weg von Yi dorthin versperren.

Dann erweckte Li in Martin zum erstenmal Hoffnungen. Mit lebhaften Gesten gab er ihm zu verstehen, daß er mit zahlreichen Dorfbewohnern morgen früh zu einem Treck nach Süden aufbreche und Martin mit ihnen gehen, aber fürs erste sich in der Hütte ausruhen solle.

Es WAREN siebenundvierzig Koreaner im ganzen, darunter vier Kinder, die getragen wurden. Von den neun Männern schienen nur zwei nicht älter als Martin. Sie hatten zwölf Kinder dabei, die gehen, aber keine schweren Lasten tragen konnten. Die übrigen zweiundzwanzig waren Frauen jeglichen Alters; zwei waren schon fast Greisinnen. Der Wind wehte Martin, der am Ende der Kolonne ging, den scharfen Geruch ihres Schweißes zu.

Er war von Li mit einem langen Mantel aus Strohgewebe und einem breitkrempigen Strohhut ausgestattet worden; doch in den häufig einsetzenden Regengüssen konnte diese Bekleidung ihn nicht trocken halten. Li hatte ihm auch einen Wanderstab aus Eschenholz gegeben und einen kürzeren Stock, über der Schulter zu tragen, an den eine Strohdecke, ein Paar Sandalen und ein großer Tontopf gebunden waren. Der Topf enthielt eine Trinkschale, einen Holzlöffel, getrockneten Reis und ein paar Stücke gekochtes Fleisch.

Der erste Marschtag war ein Alptraum. Martin mußte öfters zurückbleiben, und manchmal zweifelte er, die Kraft aufbringen zu können, um den Zug wieder einzuholen, der sich in einem unheimlichen gelblichen Nebel verlor. Doch am zweiten Morgen ging es ihm schon besser.

Männer und Frauen beugten sich unter ihrer Habe, die sie auf einem *chige*, einem Astgestell, mit sich führten. Es war, wie Martin feststellte, ein vorzügliches Hilfsmittel, stark genug für jede Last, die einer tragen konnte.

Oben auf einem solchen Gestell, das ein jüngerer Mann schleppte, schaukelte sogar ein gewickeltes, schlafendes Kind wie ein Vogel in einem hohen, sicheren Nest.

Martin und der Junge, der ihn am Sonntag in Sicherheit gebracht hatte, waren sich wiederbegegnet. Der Knabe sagte „Mar-ti" zu ihm, und er erfuhr, daß er Yangseng hieß. Danach marschierten sie Seite an Seite.

Wenn Li die Kolonne rasten ließ, nahm keines seinen Chige ab, sondern legte sich einfach darauf; und sobald es Zeit war, weiterzugehen, rollte man sich auf alle viere und stand auf. So ist das Gleichgewicht des Lebens, mußte Martin denken – man trägt seine Last und wird von ihr getragen.

Li führte sie nach Taedschön, wo seine Kirche eine Schule unterhielt, doch sie kamen nur langsam voran.

Eines Nachts träumte Martin lebhaft von Jane, die mit einem fremden Mann vor dem Traualtar stand; und er erwachte verwirrt und bestürzt. Wie lange wurde er eigentlich schon vermißt? Und wie lange dauerte es, bis man ihn amtlich für tot erklärte und Jane eine neue Ehe schließen konnte?

Die Sonne glühte schon durch den Morgennebel, ehe er es fertigbrachte, darüber zu lachen.

Die Tage entglitten ihm, während sie durch spärlich bestellte Täler und über einsame, kegelförmige Hügel wanderten. Regen und Hitze ließen das Land erdampfen und schimmern wie eine ungeheure Schüssel kochenden Wassers.

An einem windstillen Nachmittag erblickte Martin, der jetzt neben Li an der Spitze des Zuges schritt, etwas, was ihn glauben machte, er träume im Wachen. Auf einem Felsen über der Straße saß ein Neger in Drillichanzug und einem Helmfutter auf dem Kopf, das Gewehr über die Knie gelegt. Er war barfuß und hatte sich seine Stiefel um den Hals gebunden.

„Heda!" Die Stimme des Negers tönte freundlich zu ihnen herunter. „Du, Jesus mit dem Hirtenstab – sprechen Englisch?"

Li blieb stehen und zeigte lächelnd auf Martin, der zurückrief: „Ja!"

Der Neger schwenkte sein Gewehr und lachte. Aus den Bergen tauchten vierzehn Mann auf. Der Anführer war schwer bewaffnet. Sein Gesicht war jung und unbeschrieben, sein Körper wie ein breiter, schmutziger Granitblock. Der eine Ärmel war zerfetzt, doch an dem anderen erkannte Martin die Winkel eines Stabsfeldwebels.

„Welche Einheit?" fragte der Sergeant.

„Ich bin nicht in der Armee. Ich war fast oben am 38. Breitengrad, als – es passierte. Mein Name ist Martin Judson. Ich bin hier im Auftrag der Honeywell-Stiftung."

„Ich heiße Sanders, Joe Sanders. Stabsfeldwebel. Meine Einheit ist noch keine Woche in Korea. Sie haben uns in einen sogenannten Sonderverband gesteckt. Und soviel ich sehen kann, ist weiter nichts übriggeblieben als hier dieser Sanders-Verband. Kleines Wortspiel, ha ha. Am fünften kamen wir bei Osan zum Einsatz, und wir haben ganz schön Zunder gekriegt. Da haben wir uns nach einer Weile zurückgezogen. Ich meine, wir sind wie der Teufel gerannt – und wir rennen immer noch durch ganz Korea, scheint mir. Mensch, wie sehen Sie bloß aus!"

„Sie sehen auch nicht gerade hinreißend aus. Und Ihre Leute auch nicht."

Sanders verzog den Mund. „Und wo soll die Reise hingehen?"

„Nach Taedschön."

„Keine schlechte Idee. Aber wo liegt das? Wir haben unsern blöden Kompaß verloren. Weiß der alte Samuel da den Weg?"

Li strahlte. Er hatte von Martin etwas Englisch gelernt. Jetzt hockte er sich hin und zog mit dem Zeigefinger Linien in den Sand. Sie würden bei Einbruch der Nacht zu einer Brücke über den Fluß Kum gelangen. Dann war es nicht mehr weit bis Taedschön. Aber er empfahl Sanders, auf feindliche Spähtrupps achtzugeben.

Sanders bedankte sich und befahl zweien seiner Leute, jedem in Lis Karawane eine Büchse aus der Kompanieration auszuhändigen. Dann wandte er sich an Martin: „Lassen Sie das Kroppzeug da, was Sie mit sich schleppen. Kommen Sie mit. Wir müssen uns ranhalten."

„Diese Leute haben mir das Leben gerettet", erwiderte Martin. „Ich kann sie jetzt nicht im Stich lassen."

Kopfschüttelnd und fluchend machte sich Sanders mit seinen Leuten wieder auf den Weg.

Am Spätnachmittag hörten sie in der Ferne Gewehrfeuer. Es steigerte sich, wurde schwächer und setzte sich sporadisch fort. Li, der zu sich selber sprach, beschleunigte den Schritt. Die Nacht brach schon herein, als sie sich mühsam in ein Dorf schleppten, das verlassen schien. In den bläulichen Schatten der Hügel blitzte es einmal auf, und ein Gewehrschuß knallte. Li, äußerst beunruhigt, verschwand in einer Hütte und ließ sein Gefolge zurück, das sich auf der Dorfstraße ausstreckte.

Auch Martin blieb, wo er war, ruhte sich aus, aß etwas von Sanders' Kompanieration und beobachtete die verdämmernden Hügel. Er konnte sich vergegenwärtigen, was geschehen war: Sanders und seine Leute waren auf einen Feindtrupp gestoßen, hatten sich in die Berge zurückgezogen und waren eingekesselt worden. Martin dachte an seine eigene Todesangst im Reisfeld und stellte sich vor, wie den Soldaten zwischen den Bergen zumute sein mußte.

Li winkte ihm, in die Hütte zu kommen. Dort hockten drei Männer um einen niedrigen Tisch, auf dem eine dünne Kerze brannte. Der Jüngste, Tschang, sprach ein paar Brocken Englisch. Die Amerikaner, erklärte er, seien in ein enges Talstück geraten, von drei Seiten eingeschlossen, und wußten nicht, daß es an der oberen Seite einen Ausweg gab – doch auch der Feind kannte ihn nicht. Er könne sich zu ihnen schleichen, aber sie würden ihn für einen gegnerischen Lockvogel halten. Er zeigte auf Martin, auf sich und die Berge, wozu Li und der Älteste der drei zustimmend nickten.

Martin wollte sagen: „Moment mal", doch Tschang sagte: „Wir gehen", und Martin ging benommen auf die Tür zu. Li und seine Schar, die von den Nordkoreanern unbehelligt durchzukommen hofften, würden sie morgen abend am Fluß Kum treffen. Draußen gewöhnten sich Martins Augen an die Dunkelheit, und er konnte Felsen unterscheiden, den steilen und steinigen Aufstieg erkennen, den sie langsam und vorsichtig erklommen. Endlich erreichten sie eine Anhöhe, wo sich ein Stein unter Martins Fuß löste und polternd abwärts rollte. Tschang drückte ihn zu Boden und stieß ihn an.

„Sanders!" rief Martin. „Hier ist Judson. Sie werden verstehen, was ich meine. Das Theater hat einen Ausgang. Sie sind auf der Bühne. Der Weg geht durch die Galerie. Ein Platzanweiser kriecht zu Ihnen hinunter, um Sie zu führen. Vertrauen Sie ihm."

„Verstanden!" rief Sanders zurück. „Doch erst noch ein kleines Feuerwerk auf der Hinterbühne."

Auf Martins Wink glitt Tschang davon. Bald leitete Sanders ein Ablenkungsmanöver in der Talenge ein. Und eher, als Martin es gedacht hatte, war Tschang mit einem anderen Mann wieder da. Die übrigen von Sanders' Häuflein folgten, und leise zogen sie sich zurück, während der Gegner weiterhin in die Talschlucht feuerte.

Zwei waren in dem Rückzugsgefecht gefallen, und ein Mann hatte eine Verwundung an der Brust. Er schaffte es zu Fuß bis zur Straße, wo man aus zwei Gewehren und einem Kleidersack eine Tragbahre improvisierte. Doch gegen zwei Uhr morgens starb der Soldat.

Sie trugen ihn abseits auf ein Feld. Martin nahm seinen Strohhut ab und betete: „Allmächtiger Gott, in deiner unerforschlichen Weisheit ... Asche zu Asche, Staub zu Staub ..."

Er beendete die Zeremonie rasch, und sie beeilten sich, wieder auf die Straße zu kommen, wo Tschang die Führung zum Fluß Kum übernahm.

Sanders sagte zu Martin: „Sie haben gesprochen wie ein alter Feldgeistlicher."

„Ich war mal Pastor."

„Und warum hat man Sie hinausgeschmissen?"

„Sie haben mich nicht hinausgeschmissen. Ich hatte es einfach satt und bin gegangen."

„Ich hätte nicht gedacht, daß ich mal meine heile Haut 'nem Pastor verdanken würde."

„Einem Angestellten bei Honeywell."

„Pastor!" wiederholte Sanders. „Wissen Sie, daß ich in meinem ganzen Leben noch in keiner Kirche gewesen bin? Fünfundzwanzig Jahre und noch kein einziges Mal. Das ist ein Rekord, möchte ich wetten."

„Das bezweifle ich", sagte Martin.

Sanders lachte. Dann fragte er Martin stundenlang aus, ohne etwas von sich selber zu erzählen. Beim Morgengrauen führte Tschang sie von der Straße ab und einen Hügel hinauf, wo sie zwischen hohem Bambusrohr Deckung nahmen. Sanders und Tschang machten sich auf, das Tal des Kum unter ihnen auszukundschaften, das sie nachts überqueren wollten, während Martin erschöpft zurückblieb.

Als die Nacht einbrach, gingen sie den Bergrücken hinunter und schlugen vorsichtig den Weg zur Brücke ein. Dort hatte sich eine

Menschenmenge zusammengedrängt, die verzweifelt hin und her wogte. Nur wenige wagten es, den Kum zu überschreiten. Li Bum entdeckte Martin und ergriff ihn beim Arm; andere gesellten sich dazu und berührten ihn und Sanders voller Freude, als seien es Leute von großem Einfluß. Tschang kam zurück und berichtete, freundliche Soldaten, die das andere Ende der Brücke bewachten, ließen einige nach Taedschön passieren, wiesen jedoch andere zurück – keiner wußte, warum.

„Nun aber los, Tschang", sagte Sanders, „geh voran und laß sie wissen, wer wir sind. Na kommen Sie, Schwarzrock."

Das Durcheinander und der Lärm nahmen zu, die Menge blieb stehen und blockierte den Durchgang. Eine Stimme ertönte: „Sind amerikanische Soldaten auf der Brücke?"

„Jawohl", antwortete Sanders.

„Weisen Sie sich aus mit Namen und Truppenteil und kommen Sie einzeln herüber."

Sanders tat, wie ihm geheißen; die anderen folgten seinem Beispiel und drängten sich durch die Menge. In dem Licht von Taschenlampen sah Martin amerikanische und südkoreanische Soldaten. Er nahm einen jungen amerikanischen Oberleutnant wahr und hörte Sanders rufen: „Da ist er!"

Der Oberleutnant bahnte sich seinen Weg zu Martin, der sich vorstellte. Als der Offizier sagte, ein Militärpolizist werde ihn zum Hauptquartier des Regiments führen, antwortete Martin, er wolle sich später bei der Armee melden; zuerst müsse er seine Leute sammeln und sicher in die Stadt führen. Der Ausdruck „meine Leute" kam ihm dabei gar nicht ungewöhnlich vor. Der Offizier zuckte die Achseln und ließ sie ziehen.

Martin blieb stehen, um Sanders und seinen Soldaten Lebewohl zu sagen, doch Sanders übersah die ausgestreckte Hand und brüllte: „Wollen Sie denn nicht aus dem Schlamassel heraus? Sie verdammter Idiot!"

MARTIN, Li und ihre Schützlinge brauchten fünf Tage, um auf der mit Flüchtlingen verstopften Straße von Taedschön nach Taegu zu gelangen. Patriarchen der Oberkaste mit ihren großen schwarzen Hüten und Frauen aus der Stadt in westlicher Kleidung schleppten sich mühsam zwischen den Scharen der schwerbeladenen armen Bauern.

Am Rande von Taegu wurde Martin von zwei Militärpolizisten angehalten, die auf dem Verdeck eines Armeelastautos saßen. Sie glaubten ihm nicht, als er erklärte, wer er sei und daß er alle Personalpapiere verloren habe. Sie stießen ihn in das Innere des Lasters und banden ihn mit Handfesseln an eine Runge, während Li und seine Leute vergebens protestierten.

Das Gehege für Deserteure in Taegu war ein altes Truppenlager. Für Martin war das Leben dort luxuriös nach den Strapazen des Trecks. Die Gefangenen wurden entlaust, ihre Bärte und Haare geschoren. Mit einem Stück GI-Seife ausgestattet, schrubbte Martin sich eine halbe Stunde. Die Heeresrationen, die er dreimal am Tage bekam, erschienen ihm als die köstlichsten Leckerbissen, die er je gegessen; die grüne Drillichuniform kam ihm schöner vor als das Purpurkleid eines Königs. Zwei Tage und Nächte verschlief er die meiste Zeit. Nach ein paar Stunden hatte er es aufgegeben, darauf zu bestehen, daß er niemals der Armee angehört habe, denn selbst seine Mitgefangenen hielten es nur für einen amüsanten Trick. Er nahm an, man werde ihn schließlich vor eine Art Kriegsgericht stellen, wo er Gelegenheit hätte, seine Ankläger davon zu überzeugen, wer er eigentlich war.

Am Morgen des dritten Tages mußten alle im Lager antreten, achtundvierzig verärgerte und verschreckte Männer, bekamen Schaufeln und wurden unter starker Bewachung aus dem Lager geführt. Draußen hörte Martin jemanden „Mar-ti“ rufen. Es war Li, der neben ihm her stolperte, und mit ihm die ganze Schar aus Yi, die ihm wehklagende und beschwörende Rufe nachsandte. Die Wachsoldaten scheuchten die Flüchtlinge zurück, und Martin stiegen Tränen in die Augen bei dem Gedanken, daß sie außerhalb des Lagers kampierten und auf ihn warteten.

Die Gefangenen trotteten im Gänsemarsch durch fast menschenleere Straßen am Rande der Stadt bis zu einem aus Sandhügeln bestehenden Gelände. Dort standen Lastwagen mit leeren Säcken, die von den Gefangenen gefüllt werden mußten. Martin sah den kleinen Yangseng, der ihm von einem Sandhaufen aus zuwinkte und dann verschwand.

Es war schwere, anstrengende Arbeit in der sengenden Hitze. Einige brachen zusammen, andere simulierten einen Ohnmachtsanfall. Harte Arbeit ist eine eigenartige Sache, dachte Martin; je mehr man aushalten muß, desto mehr *kann* man auch aushalten. Vor einem

Monat hätte er bei einer solchen Plackerei ebenfalls schlappgemacht; doch jetzt ertrug er sie ohne allzu große Beschwerde.

„Judson!"

Martin blickte auf. Er konnte die Gestalt, die auf ihn zueilte, nicht gleich erkennen; aber Stimme und Sprache klangen vertraut. „Ihr ..." Es war Sanders, der die Wachsoldaten mit Flüchen überschüttete. „Warum haltet ihr den Mann fest? Das ist der Präsident der amerikanischen Honeywell-Stiftung. Er ist hier im Auftrag des Außenministeriums. Er wird dafür sorgen, daß ihr alle euer Fett kriegt!"

Auf einmal stand Martin im Schatten eines Lastwagens, vor sich einen verdutzten Hauptmann und den wütenden Joe Sanders. Jemand zupfte ihn am Ärmel, und es war wieder Yangseng, der zu ihm hinauflächelte.

„Haben Sie ihnen denn nicht gesagt, wer Sie sind?" schrie Sanders.

„Allerdings. Aber keiner hat mir geglaubt."

Nach dem Wirbel, den der schäumende Sanders machte, nach der Verwirrung im Büro des Kommandeurs der Militärpolizei, den hilflosen und schwerfälligen Entschuldigungen der Wachsoldaten fand sich Martin endlich wieder auf der nun dunklen und von Flüchtlingen wimmelnden Straße vor dem Lager. Li und die anderen waren da, glücklich auf ihn einredend und durcheinander schwatzend. Sanders, der sich nicht beruhigen konnte, packte Martin fest beim Arm, so daß er das Gefühl hatte, die Wärter nur vertauscht zu haben.

„Jetzt hören Sie mal", sagte Sanders. „Ich habe einen Jeep mit Fahrer vom Kommandeur gekriegt. Damit geht's ins Hauptquartier, wo wir diesen Schlamassel in Ordnung bringen. Ich werde Sie persönlich in eine Maschine nach Japan setzen." Als Li darauf bestand, mitzugehen, willigte Sanders ein, weil er Martins Identität bezeugen konnte.

Auf dem Weg zum Hauptquartier sagte Sanders, es sei ein irres Glück, daß Yangseng ihn gefunden habe; anscheinend hätten die Leute aus Yi ganz Taegu nach Martin durchkämmt. Sanders und seine Männer waren wieder ihrer Einheit am Kum zugeteilt worden, hatten wieder gekämpft und wieder Fersengeld gegeben. Jetzt saßen sie in Reservestellung und warteten auf ihren nächsten Einsatz.

Das Getümmel und die spannungsgeladene Atmosphäre in den Straßen nahm bis zum Hauptquartier der Achten Armee kein Ende. Schließlich landeten sie in einem Büro, wo sie den Presseoffizier vom

Dienst aufstöberten, der sie nur ungläubig anstarrte. Dann stellte sich ein Mann unbestimmbaren Alters vor: Drew Flannigan, Kriegsberichterstatter. Sein breites Gesicht ging in ein Doppelkinn über, sein Leib wölbte sich zu einem Bauch, der kaum in seine schmutzigen braunen Hosen paßte; seine Miene war ernst, vielleicht, weil ein Lächeln seine schadhaften Zähne verraten hätte. Durch lange Kriegserfahrung war er geduldig und nachsichtig gegenüber der Militärbürokratie geworden; ihre oft törichten Maßnahmen gaben ihm Stoff für seine Zeitungsartikel. Er wirkte sehr reserviert.

Als er begriffen hatte, worum es bei Martin ging, nahm er ein Blatt Papier und schrieb deutlich in Blockbuchstaben Martins Adresse und Stellung in New York darauf. Dann sagte er: „Wollen Sie also diese Leute aus Yi verlassen und nach Hause fahren?"

„Ich – nein, ich möchte nicht; aber ich weiß nicht, was ich für sie tun kann. Vor allem würde ich gern meine Frau benachrichtigen, daß ich am Leben und gesund bin."

Sanders wollte wieder mit Martin zu streiten anfangen, doch Flannigan brachte ihn mit einem Blick zum Schweigen und sagte: „Ich kann Sie noch heute nacht nach Tokio schaffen. Jeder hier könnte es. Wir brauchen Sie nur zum Kurier zu ernennen. Sie bringen ein paar Kopien und Negative oder anderes Material zu unserem Büro in Japan."

Li, dem ein junger Koreaner Flannigans Vorschlag übersetzte, machte ein so trauriges Gesicht, daß Martin sich abwandte.

„Was soll man mit den Flüchtlingen machen?" Es klang, als spräche Flannigan zu sich selber. „Sie drängen zu Hunderttausenden herüber – vielleicht sind's schon Millionen – niemand weiß, wieviel. Die Armee kann ihnen nicht helfen. Die UNO auch nicht."

Jetzt ergriff ein Mann, der mit nach unten gekehrtem Gesicht auf einem Feldbett gelegen hatte, das Wort. „Vielleicht kann die Honeywell-Stiftung helfen." Er drehte sich herum und setzte sich langsam auf. Er war unrasiert und abgezehrt; der Drillichanzug eines amerikanischen Infanteristen hing wie ein leerer Sack an ihm. Er lächelte schwach, als er zu Martin sagte: „Meinen Sie nicht auch?"

„Das ist Pater Francis Reardon", sagte Flannigan. „Wir haben uns vor einer Woche zufällig bei Taedschön getroffen. Er ist Missionar – von den Jesuiten. Er hat mit seinen Leuten einen langen Marsch vom Norden hinter sich, so wie Sie. Ich habe einen Bericht darüber geschrieben. Als er gestern abend hier hereingeschneit kam, habe ich ihm auch einen Kurierauftrag nach Tokio angeboten. Aber er will lieber mit seinen Schützlingen nach Pusan."

Auch als Pater Reardon stand, wirkte er nicht eindrucksvoller als vorher; doch in seiner Stimme und in seinen Augen war Feuer. „Wie viele Leute haben Sie?" fragte er Martin.

„Es sind nicht *meine* Leute. Sechsunddreißig waren es zuletzt, soviel ich weiß."

„Bei mir sind es achtundvierzig", sagte Reardon. „Wollen wir uns nicht zusammentun? Ich habe einen ansehnlichen Vorrat Reis aufgetrieben. Genug für uns alle."

„Und was ist in Pusan?" wollte Martin wissen.

„Hoffnung", erwiderte der Pater. „Der größte Hafen des Landes. Räuber und Halsabschneider, doch auch ein paar Leute, die sich unserer Sache annehmen werden, denke ich. Zwei Köpfe sind besser als einer für ein solches Unternehmen. Wir können nicht jeden retten, aber einigen helfen."

Auf Martins Gesicht mußte abzulesen sein, wofür er sich entschied; denn Joe Sanders rief aus: „Judson, Sie sind doch der größte, blödeste Idiot, der mir je über den Weg gelaufen ist!"

5

NACHDEM viele Wochen vergangen waren, ohne daß sie etwas von Martin gehört hatte, gab Jane die Hoffnung auf, daß er noch am Leben war. Sie bemühte sich, ihre Tränen zurückzuhalten, bis die Kinder im Bett lagen, damit sie nicht merkten, daß sie sich Sorgen machte. Aber Kathy ließ sich nicht lange täuschen. Eines Abends, als sie gebetet hatte, und besonders nachdrücklich darum, daß ihr Daddy heil und bald heimkehren möge („Sieh doch bitte zu, lieber Gott, und laß ihn nicht so lange warten; er ist ein so guter Mann und ein so guter Vater, ganz abgesehen davon, wie *uns* zumute ist ..."), warf sie plötzlich ihre Ärmchen um Janes Hals und fragte: „Mama, ist er *tot*?"

Jane versuchte, sie zu beruhigen, doch sie wußte, daß ihre Tochter ebenso im Zweifel war wie sie selber. Ihre eigenen Gebete, die sie schweigend alle Stunden des Tages verrichtete, waren nicht weniger eindringlich als die Kathys. Sie wußte allerdings, Martin würde es nicht billigen, Gott auf diese Weise anzuflehen. Manchmal glaubte sie, ihn sagen zu hören: „Keine persönlichen Vergünstigungen im Gebet erbitten, Jane. Nur Kraft, zu ertragen und Gottes Willen geschehen zu lassen."

Obwohl Kathy in ihrer Verständigkeit und Abe in seiner glücklichen kindlichen Unwissenheit ihr ein großer Trost waren, wurde sie oft von einem Gefühl des Alleinseins überwältigt. Der einzige, mit dem sie sprechen konnte, schien ihr Tubby zu sein. Sie rief ihn in Boston an und erzählte, was geschehen war.

„Um Himmels willen, Jane, warum hast du es uns nicht früher wissen lassen?"

„Was hättest du tun können, Tubby?"

„Hör zu: Ich hab etwas in New York zu erledigen, was ich dauernd vor mir her geschoben habe. Wir lassen die Kinder bei Eunices Mutter und kommen heute zu dir."

Sie war davon überzeugt, daß nur die Sorge um sie und Martin ihn nach New York trieb, nichts anderes; doch noch nie war sie so froh gewesen, jemanden bei sich zu sehen, wie an diesem Nachmittag, als er mit Eunice eintraf.

„Ich muß etwas unternehmen", sagte sie. „Er ist tot – ich bin jetzt ganz sicher. Nun, Alex Carpenter hat mir versprochen, daß die Stiftung sein Gehalt auf unbegrenzte Zeit weiterzahlt. Aber ich will mich trotzdem nach einer billigeren Wohnung umsehen und mir jemand suchen, der auf die Kinder aufpaßt, während ich nach einer anständigen Stellung schaue. Vielleicht als Lehrerin."

„Wart ab", sagte Tubby. „Nur nichts überstürzen. Man erzählt, die Fischerfrauen von Aran tragen immer Witwentracht, obwohl ihre Männer meistens heil zurückkehren ..."

Am Montag, dem dreißigsten Juli, herrschte feuchte Hitze in New York. Dennoch ging Jane mit den Kindern in den Zoo. Als sie wieder zu Hause waren, aßen sie Abendbrot, und Kathy las Abe vor, während Jane das Geschirr spülte und dabei angstvoll die Radionachrichten hörte.

Tod und Niederlage schienen ganz Korea heimzusuchen, und die Kommunisten standen dicht vor Taegu und Pusan. Draußen braute sich ein Gewitter zusammen und brach mit dramatischer Plötzlichkeit los.

Inmitten des Unwetters ging die Klingel, und der alte Frank, der Portier des Apartmenthauses, rief, er habe ein Telegramm für Mrs. Judson.

Sie öffnete die Tür. Frank, der an ihren Sorgen mit aufrichtiger Sympathie teilnahm, reichte ihr mit zitternder Hand einen gelben Umschlag.

Jane riß ihn auf und las: BIN SICHER UND GESUND BRIEF FOLGT IN LIEBE MARTIN.

Sie brach in Tränen aus. Nachdem sie sich wieder gefaßt hatte, rief sie Tubby an, der sich vor Freude nicht zu lassen wußte. Kathy und Abe durften die halbe Nacht aufbleiben und berauschten sich vergnügt an einem furchtbaren Drink, der Kathys Erfindung war: er bestand aus Cola, Schokoladeneis, Rosinen und Muskatnuß.

Auf der überfüllten Straße von Taegu nach Pusan schleppten sich vierundachtzig protestantische und katholische Koreaner hinter Martin und Pater Reardon. Während die beiden nebeneinander her schritten, bemerkte Reardon: „Sie sind also Baptist, Judson. Ich werde Martin zu Ihnen sagen, und Sie nennen mich Francis. Martin, was ist es eigentlich, was ihr protestantische Geistliche an uns katholischen Priestern nicht mögt? Ich wollte es schon immer wissen. Lassen wir alle Theologie beiseite: Was ist es wirklich?"

„Eure Autorität, glaube ich, Francis. Eure – Macht."

„Unsinn. Ein katholischer Pfarrer hat nicht mehr Macht als ein protestantischer Gemeindegeistlicher. Ich weiß es, weil ich eine Pfarrstelle in Brooklyn hatte, ehe ich dem Ruf der Wildnis folgte. Und Sie sind zur Stiftung gegangen, so wie ich in die Mission." Francis grinste und legte seine kleine Hand auf Martins Schulter. „Ich rechne mit der Hilfe Ihrer Stiftung für unsere Leute, wenn wir in Pusan sind."

Auch Martin lächelte. „Und ich verlasse mich auf die Gesellschaft Jesu."

Die beiden Trupps erreichten Pusan in sturmgepeitschtem Regen. Die Stadt, voll von Flüchtlingen, glich einem schlammigen Ameisenhaufen. Zu dem Durcheinander hatte noch die Verwirrung beigetragen, die entstanden war, als sich die Vereinten Nationen bemühten, Pusan zu einer Versorgungsbasis für Südkorea auszubauen.

Francis führte sie zu einem Jesuitenkloster, wo er wenigstens vorübergehend Unterkunft für sie alle zu finden hoffte. Martin und die Koreaner hockten fast eine Stunde im Regen vor dem Tor, während Francis drinnen verhandelte. Als er wieder herauskam, hatte er seinen schmutzigen Drillichanzug mit einer Soutane und einem Chorhemd vertauscht, die er unter seinem kotbespritzten Strohmantel trug. „Kein Raum in der Herberge", sagte er. „Wir müssen eine Krippe finden."

„Soutane und Chorhemd!" Martin sah ihn vorwurfsvoll an.

„Es wird uns von Nutzen sein. Ich weiß nicht genau, wie, aber es wird helfen. Und jetzt suchen wir mal nach den Amerikanern."

Sie bahnten sich ihren Weg durch die Menge, als ein Jeep neben ihnen bremste und ein junger Hauptmann rief: „Kann ich Sie mitnehmen, Pater?"

„Jetzt kommt's drauf an", sagte Francis zu Martin. „Ich sehe Irland in diesem jungen amerikanischen Gesicht. Aber wohin geht die Reise?"

„Lassen Sie mich reden." Martin ging auf den Jeep zu, und Francis folgte ihm. „Herr Hauptmann, das ist Bischof Francis Reardon, und ich bin sein Assistent, Pater Martin Judson. Unser Gepäck und unsere Papiere sind auf dem Flughafen. Das Oberkommando in Tokio hat uns zur Wehrbetreuung hergeschickt ..."

Francis bekräftigte Martins Roman in dem gekränkten Ton eines Bischofs, der unwürdig behandelt wird. Im Chaos von Pusan klangen nur unwahrscheinliche Geschichten überzeugend. Jedenfalls glaubte ihnen der Hauptmann. Er brachte sie zu einem Major, dem stellvertretenden Quartiermeister, der ebenfalls gläubiger Katholik war.

„Also, halten Sie's für möglich ..." Francis konnte seinen irischen Akzent kräftig verstärken. Dieser edle Plan, den Flüchtlingen zu helfen, von Washington und Tokio, die direkt mit Rom in Verbindung standen, gutgeheißen ... „Aber alles hoffnungslos durcheinandergeraten! Wir brauchen Platz! Platz, um so viele wie möglich unterzubringen, und Verpflegung für noch viel mehr."

Noch bevor es dunkelte, requirierte der Major für sie ein Haus an der „Straße der aufgehenden Sonne". Es war der Wohnsitz eines reichen Kaufmanns gewesen, der nach Japan geflohen war: ein weiträumiger Hof, von einer Galerie umgeben, viele Zimmer und eine große Küche.

„Sehr gut, das wird genügen", sagte Francis zu den Offizieren. „Ich erteile euch meinen Segen und werde nicht verfehlen, Ihre Namen und Ihre Hilfsbereitschaft nach Rom zu berichten. Man wird an Sie denken."

Als sie allein waren, sagte Francis: „Pater Judson, ein Dach über dem Kopf ist ja sehr schön, aber wir brauchen mehr. Ihre Leute können das halbe Gebäude haben; meine die andere Hälfte. Um neun Uhr früh lese ich von der Galerie eine Danksagungsmesse für unsere Errettung. Li Bum kann um acht oder zehn oder wann immer er will einen protestantischen Gottesdienst auf seiner Seite abhalten. Die Messe wird täglich eine Stunde in Anspruch nehmen, und Li Bum kann mit den andern dreiundzwanzig Stunden machen, was er will. Ist Ihnen das recht?"

„Selbstverständlich. Wir wollen etwas Reis und Tee zu uns nehmen und weitere Pläne machen." Martin schlug vor, daß Francis und Li ihre Leute anweisen sollten, sich Arbeit im Hafenviertel zu suchen. „Dort kommen die Lebensmittel her, und dort werden wir betteln und borgen müssen."

„Sehr vernünftig." Francis blickte ihn nachdenklich an. „Ihre Phantasie geht praktische Wege. Zu schade, daß Sie nicht katholischer Priester geworden sind. Sie hätten es im Handumdrehen zum Erzbischof bringen können."

Francis erhielt Schreibmaterial aus dem Kloster, und am Nachmittag schrieb Martin einen langen Brief an Alex Carpenter von der Honeywell-Stiftung, in dem er Vorschläge machte, wie die Stiftung helfend eingreifen könnte. An Jane hatte er schon aus Taegu geschrieben, und er bat Carpenter, Jane eine Abschrift des Briefes zu schicken, damit sie bestätigt sähe, daß er wohlauf und tätig sei.

Am Abend hatten Li und einer von Francis' Leuten zwei kleine Boote aufgetrieben. Francis war skeptisch gegenüber dem Plan, den Martin entwickelte, aber er willigte in einen Versuch ein.

Am nächsten Morgen bestieg jeder ein Boot, das von einem Koreaner gepaddelt wurde. Ihr Ziel war ein Frachtdampfer, der an der Küste vor Anker lag und darauf wartete, entladen zu werden. Sie hatten vereinbart, daß Martins Boot zuerst anlangen sollte.

„Heda, Wache!" rief er hinauf. Ein paar Mann schauten über die Reling. „Ich bitte um Lebensmittel. Mein Name ist Judson, amerikanischer Bürger, und ich möchte einigen verhungernden Koreanern etwas zu essen bringen. Ich nehme alles, was ihr geben könnt – Reste aus euren Schüsseln –, alles."

„Ahoi, Herr Kapitän!" rief Francis, als sein Boot um den Schiffsbug gerudert wurde. „Ich bin Pater Francis Reardon von der Gesellschaft Jesu, Heimathafen Brooklyn, und ich bitte um Nahrung für heimatlose, hungernde Waisen."

„Hauen Sie ab, Reardon!" rief Martin. „Ich war zuerst da."

„Hauen Sie selber ab, schmutziger Atheist", rief Francis zurück. „Männer", rief er den grinsenden Gesichtern zu, die sich über die Reling lehnten, „er ist kein Katholik. Er ist nicht einmal Protestant."

Es gab ein großes Hallo und Gepfeife, als die Matrosen sie anstachelten. „Holt den Koch ... Jemine, Smutje hat sich feingemacht!"

Ein großer, langhaariger Mann mit der weißen Mütze des Küchenchefs lehnte sich herunter und rief in ebenso starkem Akzent wie Francis: „Pater, was brauchen Sie?"

Bald war Francis' Boot mit Reis, Mehl und Büchsenfleisch überladen, während Martin betrübt dasaß, den Kopf in den Händen.

„He, Atheist!" Ein Neger grinste zu ihm herunter. „Wir sind noch mehr hier auf dem Kahn..." Und es dauerte nicht lange, bis Martins Boot auch gefüllt war.

Als sie wieder an Land waren, sagte Francis: „Es ist grundlegend, mein lieber Watson, nicht wahr? Darauf wäre ich nicht gekommen."

„Grundlegend für einen Pfarrer", sagte Martin. „Man muß für sein Essen singen."

Nicht von jeder solchen Exkursion kamen sie mit vollen Booten heim. Öfters wurden sie zurückgewiesen; manchmal hatte nur Francis Erfolg, manchmal Martin.

Inzwischen organisierten sie eine zweimalige Essensausgabe am Tage, und die Schlange der hungrigen Flüchtlinge, die sich anstellten, wurde immer länger. Sie gingen dazu über, den Wartenden Papierstreifen auszuhändigen, und versahen jedes Papier mit einem Zeichen, damit niemand versuchen konnte, doppelte Rationen zu empfangen.

Eines Tages erschien Drew Flannigan und folgte ihrer Hamsterfahrt mit einem Boot. „Diese tägliche Bettelei geht auf die Dauer nicht; Sie müssen mehr bekommen", sagte er.

„Die Stiftung versucht, etwas zu organisieren", erklärte Martin. Aber er las aus Carpenters Briefen zögernde, hinhaltende Fragen.

Eines Abends fuhr ein großer Armeelastwagen im Hof vor. Martin glaubte seinen Augen nicht trauen zu können, als Joe Sanders, in einer schmucken Uniform, absprang. „Ich bin jetzt beim Quartiermeister. Somit hätten wir eine Versorgungsbasis." Sein Ton wurde entrüstet. „Flannigan hat mir von euren Unternehmungen erzählt. Wißt ihr, daß die Schlange, die draußen wartet, einen halben Kilometer lang ist? Und ihr gebt's löffelweise aus. Sie und Reardon sollten endlich richtig loslegen."

Martin wollte unwillig protestieren, doch Sanders sagte: „Papa hat euch was mitgebracht."

„Was denn?"

„Knäckebrot."

Martin und Francis rissen die Augen auf, als sie sahen, daß der Laster turmhoch mit Knäckebrotpaketen beladen war.

Sanders erklärte: „Wir haben einen Berg Knäckebrot, so hoch wie ein zweistöckiges Haus. In ganz Taegu und halb Korea gibt's nur noch Knäckebrot. Erst seit heute fliegen die idiotischen Vögel keins mehr ein. Irgend jemand hat endlich dem Blödsinn ein Ende gemacht."

„Wie konnte so etwas passieren?" wollte Francis wissen.

„In der Armee ist alles möglich. Aber das hier ist schon ein tolles Ding. Unsere Kampftruppen brauchen auf Teufel komm raus Panzerfäuste. Das Codewort dafür ist ‚Knäckebrot'. Im allgemeinen werden alle Lieferungen verschlüsselt angefordert, nur nicht in besonders dringenden Fällen, dann wird Klartext gefunkt. Das war ein Notfall, also ging die Anforderung unverschlüsselt hinaus – aber irgendein Schlaukopf hat trotzdem das Codewort für Panzerfäuste gebraucht. Und so ersticken wir in Knäckebrot. Ich bringe morgen noch eine Wagenladung." Mehrere Tage konnten sie alle Hungrigen sättigen, die in langen Reihen warteten. Und für die Koreaner war Knäckebrot ein ganz besonderer Leckerbissen.

Joe Sanders half ihnen, wo immer er konnte. Francis sagte, er habe das Gefühl, Sanders gehöre das ganze Versorgungslager.

Im September erhielt Martin von Jane einen aufschlußreichen Brief:

> Von Anfang an habe ich verstanden, was Francis Reardon und Du unternommen habt. Und schließlich glaube ich, Alex Carpenter auch dazu gebracht zu haben, das zu begreifen. Hunger ist Hunger, und Essen ist Essen, und da sollten keine Bedingungen daran geknüpft werden. Daß die Stiftung bisher noch kein direktes Hilfsprojekt angepackt hat, ist kein Grund, warum sie es nicht versuchen soll. Mit diesem Argument habe ich ihm immer wieder in den Ohren gelegen.
>
> Jetzt endlich ist Honeywell aktiv geworden. Larry Sprague fliegt heute nach Japan, um die Lieferung von Nahrungsmitteln, Kleidung und Medikamenten zu beschleunigen. Vielleicht steht er in Verbindung mit ...

Ja, Lawrence Sprague, der Leiter der Asienabteilung, hatte telegraphiert, daß er unterwegs sei.

Marty, ich glaube nicht, daß ich bei Carpenter großen Erfolg hatte, aber ich habe mein Bestes getan. Am meisten haben, glaube ich, die Artikel geholfen, die Drew Flannigan über Dich und Pater Reardon geschrieben hat. Er hat es so dargestellt, als mache Honeywell schon sämtliche Hilfsquellen für Eure Aktion mobil – und das hat tatsächlich Hunderte von Lobbriefen und Spenden aus dem ganzen Lande zur Folge gehabt.

Zuerst waren Carpenter und die Kuratoren von der Öffentlichkeitswirkung nicht sehr erbaut; doch nach der vornehmen Anonymität, in der sie jahrelang gearbeitet hatten, gefiel sie ihnen auf einmal. Und so gehen sie jetzt mit Volldampf daran, die Bemühungen der Vereinten Nationen zu unterstützen ...

Obwohl es nur langsam voranging, konnten sie im Herbst weitaus mehr Menschen mit Lebensmitteln, Kleidung und Medikamenten versorgen, als es im riesigen Flüchtlingslager, das die Republik Korea vor den Toren von Pusan errichtet hatte, anfangs möglich gewesen war. Sowohl die katholischen als auch die protestantischen Gottesdienste, die sie jeden Tag im Hof ihrer Unterkunft abhielten, wurden von einer wachsenden Menge besucht.

Francis' Gesundheit aber litt unter der dauernden Anspannung. Joe Sanders entführte ihn schließlich in ein Lazarett zur Untersuchung. Die Ärzte wollten ihn gleich dabehalten, aber Francis hörte nicht auf sie. Weihnachten hielt er vier Messen – bis ihm die Kräfte schwanden. Martin trug ihn auf sein Strohlager in ihrem gemeinsamen Schlafraum und ließ den Arzt kommen.

Das Herz sei „einfach verbraucht", meinte der Arzt. Mehr als hundert weinende und klagende Koreaner begleiteten die Bahre, mit der er zum Krankenwagen getragen wurde. Als der Wagen das Krankenhaus erreichte, war Pater Francis Reardon tot.

Keine vierzehn Tage danach wurde Martin ernstlich krank. Im Krankenhaus sagte ein Arzt zu ihm: „Infektiöse Leberentzündung. Ziemlich schwerer Fall. In Korea können Sie nicht bleiben."

6

Es WURDE Anfang Mai, ehe Martin seine Arbeit wiederaufnehmen konnte. Am ersten Tag bei Honeywell war er überrascht und verlegen, daß er als eine Art Berühmtheit angesehen wurde.

Um halb eins lud ihn Carpenter zum Mittagessen ein. „Ich habe eine Neuigkeit für Sie", verkündete er. „Larry Sprague geht nach Washington zurück. Wir wollen Sie zum Leiter der Asienabteilung machen und Ihr Gehalt auf achtzehntausend erhöhen."

Mit Bestürzung registrierte Martin, daß es ihm eigentlich höchst gleichgültig war. Aber er dachte, *ich bin es Jane schuldig,* und Carpenter zu Gefallen heuchelte er Begeisterung.

Während Martin als Rekonvaleszent zu Hause lag, hatte Carpenter ihn oft besucht und ihn unermüdlich nach seinen Erlebnissen in Pusan ausgefragt. Jetzt wollte er wieder wissen: „Wie war es wirklich?"

Martin sagte: „Am ersten Tag, an dem ich Ihnen wegen des Postens bei Honeywell Rede und Antwort stand, sagten Sie etwas über den Gemeindepastor, woran ich vorher nicht gedacht hatte. Sie sagten, es sei im Grunde eine Haushälterstelle. Und das ist sie natürlich auch, wenn man an die sich unaufhörlich wiederholenden täglichen Einzelheiten denkt. Und so und nicht viel anders war das Leben für Pater Reardon und mich in Pusan..."

Während Martin weitersprach, merkte er, daß er eigentlich die Haushältertätigkeit eines Pastors liebte. Vielleicht fehlte sie ihm, seitdem er sein letztes Pastorat aufgegeben hatte. Vielleicht vermißte er sie sogar noch mehr als seine Predigten.

Nach einer Weile sagte Carpenter: „Ich habe mir nie ein klares Bild davon machen können, was die Jesuiten eigentlich getan haben, bevor alles unter der UNO zusammengefaßt wurde."

Da war sie wieder, die alte Rivalität zwischen Katholiken und Protestanten. Es war deprimierend. Alex hatte keine Ahnung, was Francis und er zu leisten versucht hatten.

Beim Kaffee fiel Alex etwas ein, was er vergessen hatte. Einer der Kuratoren der Stiftung, Mitglied der berühmten Kirche, die nur „die Kathedrale" genannt wurde, meinte, es wäre eine gute Idee, wenn Martin Ende September dort spräche.

Plötzlich freute sich Martin.

„Sie müssen nicht, wenn Sie nicht wollen“, fuhr Carpenter fort. „Sie wissen, der Hauptpastor ist in den Ruhestand getreten, und es wird ein Nachfolger gesucht. Die Gemeinde läßt sich Zeit und hört sich eine Reihe von Sonntagspredigten an, ehe sie sich festlegt. Machen Sie sich keine Sorgen; es wird von Ihnen keine Predigt im herkömmlichen Sinn erwartet. Vielleicht könnten Sie sogar ein bißchen Reklame für die Stiftung machen und unsere Hilfsaktion in Korea erwähnen.“

Im Büro rief Martin sogleich Jane an. „Ich habe eine interessante Neuigkeit. Ich soll nächsten Monat in der Kathedrale predigen.“

„Ach, Martin, wie wunderbar!“

Halt, sagte er sich, deswegen hatte er ja eigentlich nicht angerufen. „Ich war mit Alex Carpenter beim Essen. Er sagte, wir bekämen eine Gehaltserhöhung und ich soll Leiter der Asienabteilung werden.“

„Das ist ja wirklich prima!“

Er wußte, daß in Janes Skala von Superlativen „prima“ etwas weniger als „wunderbar“ bedeutete.

Eines Freitagmorgens Ende August rief Lance Bishop an. Er und seine Frau waren aus ihrer feudalen Gemeinde nach New York gekommen und wohnten im Hotel Pierre. „Marty, ich predige am Sonntag in der Kathedrale. Du weißt, sie suchen einen neuen Hauptpastor und – nun, ich soll mich bewerben.“

„Gratuliere, Lance.“

„Esther hat auch ein gutes Gefühl. Sie kennt ein paar Leute, die dort – hm – einigen Einfluß zu haben scheinen. Und die haben ihr gesagt, meine Aussichten seien – sehr gut. Aber ich muß dir gestehen, ich hab ein bißchen Angst. Ich bin gewohnt, meine Hörer zu kennen, und dort gibt's einen solchen Mischmasch von allen möglichen Leuten, daß – nun, meine Predigt ist vorbereitet, aber ich mache mir Sorgen.“

Martin verschwieg, daß auch er einen Monat später dort predigen würde, und versuchte, Lance Mut zuzusprechen.

„Marty“, sagte Lance, bevor er auflegte, „ich hoffe, ihr beide könnt am Sonntag dabeisein.“

Ja, sie würden gern kommen.

Sooft Martin die Kathedrale betrat, und wenn er auch ganz vorn saß, hatte er das Gefühl, der Prediger sei weit weg. Als er zu Lance hinaufschaute, der zu seinem Talar den flammend roten Überwurf des Doktors der Theologie trug, konnte er einen kleinen Stich von Neid nicht unterdrücken. Wenn er selber in ein paar Wochen dort oben stehen würde, wäre er kein ernsthafter Anwärter für den Posten, denn er hatte die geistliche Tätigkeit ja längst aufgegeben. Wahrscheinlich würden sie sich für Lance entscheiden.

Lance hatte kaum begonnen, als Martin unruhig wurde. Die Akustik war ausgezeichnet, doch die Größe des Raums verführte Lance, zu laut zu sprechen, und die Entfernung zwischen ihm und der Gemeinde veranlaßte ihn, zu lebhaft zu gestikulieren. Martin fühlte seine Stirn feucht werden vor Mitgefühl mit ihm. Lance war in die schlimmste Falle geraten, die einem Prediger gestellt werden konnte: er hatte sich von seiner Umgebung überwältigen lassen. In seinem Bemühen, jedem etwas zu sagen, wurde seine Botschaft einschmeichelnd und nichtssagend, und letzten Endes gab er keinem etwas.

Martin war erleichtert, als der Gottesdienst zu Ende war. Auf der Heimfahrt in der Untergrundbahn fragte er Jane, was sie von der Predigt seines Freundes halte.

Sie sagte: „Er braucht seinen Heiligen Geistesblitz aus Upton, Pa."

Am Nachmittag rief Tubby Larsen aus Boston an. Ihn fast unmittelbar nach Lance zu hören überraschte Martin, und was er zu berichten wußte, verwirrte ihn. In zwei Wochen sollte er auch in der Kathedrale predigen. Martin bestand darauf, daß er mit Eunice bei ihnen wohne. Dann erzählte er ihm, daß er am Vormittag Lance Bishop in der Kathedrale gehört hatte.

„Ach?" Tubbys Stimme klang entmutigt. „Er hat den Ruf eines Kraftwerks. Da werd ich mich am Riemen reißen müssen."

„Laß deine Hoffnung nicht so rasch fahren", erwiderte Martin. „Wir haben heute nicht viel Kraft aus seinem Werk vernommen."

Die Aussicht, wieder einmal von einer Kanzel zu sprechen, befeuerte und beunruhigte Martin zugleich. Was vermochte eine Predigt zu leisten, außer für den selber, der sich darin zum Ausdruck brachte? Ach, diese stumpfen Gesichter; ach, diese schwierigen Christen! Kein Wunder, daß der heilige Antonius von Padua lieber den Fischen gepredigt hatte.

Bald nachdem die Larsens am Freitag eingetroffen waren, sagte Tubby: „Marty, der Sonntag bereitet mir Kopfschmerzen."

„Laß uns spazierengehen", erwiderte Martin. „Ich hab mit dir zu reden."

Unterwegs beschrieb Martin die Fehler, die Lance bei seiner Predigt gemacht hatte. „Hör zu, Tubby. Du mußt von dem Gedanken ausgehen, daß dir diese Stellung an der Kathedrale ganz schnuppe ist. Du hast in Boston eine gute Kanzel und einen ausgezeichneten Ruf. Warum solltest du dich verändern? Gib also den New Yorkern nichts anderes, als du den Bostonern zu geben gewohnt bist. Zuversicht. Ein heiteres, gelassenes Auftreten. Dämpfe deine Stimme. Keine theatralischen Gesten. Keine ausgeklügelten Tempowechsel. Konzentriere dich auf das, was du sagen willst, und predige, als sprächest du in der ganzen versammelten Gemeinde nur zu Eunice, Jane und mir. Denk an nichts als an deine Botschaft."

„Aber auf einmal, Marty, kommt mir meine Botschaft schrecklich schal vor."

„Wovon handelt sie?"

„Ich wollte einen Gedanken aus den Seligpreisungen der Bergpredigt entwickeln."

„Gut."

„Aber alle predigen über die Seligpreisungen."

„Ich sagte *gut*", betonte Martin. „Die Seligpreisungen sind eins der faszinierendsten Kapitel in der ganzen Bibel. Es wird klappen."

Und es klappte. Tubby predigte, wie Martin ihm geraten. Was er zu sagen hatte und wie er es sagte, brachte ihm Achtung, sogar Begeisterung ein.

Am Nachmittag, nachdem die Larsens wieder abgereist waren, setzte sich Martin an seine eigene Predigt.

Es sollte die Geschichte von dem Jesuitenpriester Francis Reardon werden, der seinen Glauben in Korea bewiesen hatte, und er würde einer protestantischen Gemeinde von seinem guten katholischen Freund erzählen. Weil es eine wahre Geschichte vom christlichen Glauben war, brauchte Martin noch eine Bibelstelle; und er fand sie, ohne lange zu suchen, in dem Brief des Apostels Paulus an die Galater:

Ich bin aber durchs Gesetz dem Gesetz gestorben, auf daß ich Gott lebe; ich bin mit Christo gekreuzigt. Ich lebe aber, doch nun nicht ich, sondern Christus lebt in mir. Denn was ich jetzt lebe im

Fleisch, das lebe ich in dem Glauben des Sohnes Gottes, der mich geliebt hat und sich selbst für mich dargegeben.

Vor dem Gottesdienst an dem betreffenden Sonntag trank Martin Kaffee mit seinen Amtsbrüdern von der Kathedrale. Er verschmähte die geistliche Robe und stieg in einem einfachen dunklen Anzug auf die Kanzel. Ein Augenblick der Furcht überkam ihn; doch die Musik der mächtigen Orgel gab ihm die Fassung wieder.

Seine Predigt ähnelte weder der von Tubby noch der von Lance. Vielleicht gab es einige in der Gemeinde, für die es überhaupt keine Predigt war. Trotzdem war ihm noch nie soviel hingerissene Aufmerksamkeit begegnet, sooft er bisher von einer Kanzel gesprochen hatte. Das war alles, was er wußte, und es war das Beste, was ein Prediger erhoffen konnte.

Der Schweiß stand ihm auf der Stirn, als er die Kanzel verließ. In der Kathedrale war es nicht üblich, daß sich der Prediger unter die Gemeinde mischte, sondern er verschwand in einem kleinen Empfangsraum. Dort erwartete ihn der noch amtierende Pastor, und bald kam auch Jane mit den Kindern. Zu Martins Verwunderung hatte sie Tränen in den Augen. Sie trat zu ihm und flüsterte ihm ins Ohr: „Die beste Predigt, die du je gehalten hast.“ Und viele andere stellten sich ein, um ihm zu gratulieren.

Dann erschien Carpenter mit zwei Kuratoren der Stiftung. Alex sah ihn vielsagend an und meinte: „Martin – der Teufel soll mich holen, aber ich hatte keine Ahnung, daß Sie ein so guter Prediger sind. Und ich hab auch nicht gewußt, daß Sie auf den Posten hier reflektieren.“

ALLES, was der Prediger Salomo, der wahrscheinlich gar kein Prediger gewesen war, über die Eitelkeit gesagt hatte, war absolut wahr, mußte Martin später denken. Geschmeichelt von dem Lob und der Aufmerksamkeit, die seine Predigt erregt hatte, wünschte er sich, jeden Sonntag von der Kanzel zu sprechen. Er klammerte sich an eine Bemerkung Carpenters, daß verschiedene Mitglieder der Kirche, der üblichen Predigten müde, in ihm den idealen Pastor sahen, obwohl er vor längerer Zeit aus dem Kirchendienst ausgeschieden war.

Natürlich war die Eitelkeit die Quelle, aus der die trüben Gewässer des Ehrgeizes entsprangen. Ihn selber langweilte die Arbeit bei Honeywell mehr und mehr; es war zuviel Papierkram, zuviel Entscheidungen wurden erst nach endlosen Formalitäten getroffen. Und darüber hinaus, und das war noch wichtiger, lebte und arbeitete ein Prediger in Menschennähe. Warum hatte er sein Pfarramt aufgegeben?

Ein paar Tage nach seiner Predigt erhielt er einen Brief von dem Kuratoriumsvorsitzenden einer großen Kirche in Fairfield County in Connecticut, der ihn in der Kathedrale gehört hatte und ihn einlud, die gleiche Predigt in seiner Kirche zu halten. Martin nahm an und vereinbarte, daß sein Honorar an die Hilfsaktion für Korea gehen solle.

An jenem Sonntag fuhr er mit Jane in einem gemieteten Wagen nach Connecticut. Gemeinde und Kirche, die einen neuen Pastor suchten, erinnerten ihn an Sylvia und die Zentralkirche. Nach dem Gottesdienst gingen sie in einem ländlichen Restaurant essen, wo Martin von einigen Gemeindemitgliedern in ein gutmütiges Kreuzverhör über kirchliche Fragen genommen wurde.

Meinten sie es ernst? Und wie dachte er darüber? Was war Janes Ansicht? Er fragte sie, während sie nach Hause fuhren, und sie antwortete: „Du möchtest wieder Pastor werden?"

Er zögerte. „Ich möchte gern an die Kathedrale."

„Das ist, als ob jemand Präsident der Vereinigten Staaten werden will, ohne sich vorher in den Kongreß wählen zu lassen."

„Ich habe meine Zeit im Kongreß abgedient." Er runzelte die Stirn. „Du sagst, ich denke an den Ruhm von Martin Judson. Und du hast recht. Wie lange kann man bei einer Sache bleiben, ohne daß sie einem langweilig wird und man ein bißchen von seinem eigenen Ich korrumpiert wird? Aber was hältst du von dieser Kirche?"

„Das gleiche wie du. Sie ist wie die in Sylvia. Aber wir können dort glücklich und zufrieden sein, wenn wir die Dinge genauso nehmen, wie sie sind. Gott muß an den Reichen von Fairfield County ebenso gelegen sein wie an den Armen von Pusan."

„Ich glaube, du siehst die Sache verkehrt an", sagte Martin. „Sind die Reichen von Fairfield sich ihrer eigenen Schwachheit bewußt wie die Armen von Pusan? Ich glaube, die meisten denken, sie haben alles sich selber zu verdanken. Warum sollen sie etwas ändern wollen? Wenn dem müden Arbeiter, der täglich in die Stadt pendelt, Zweifel an seinem Wert kommen, dann, so möchte ich wetten, ertränkt er sie in der Bahnhofskneipe. Es ist bequemer, als mit seinen Zweifeln zur Kirche zu kommen."

Jane fragte: „Hast du genug von Honeywell?"

„Ziemlich. Aber wir sprechen von Fairfield County. Möchtest du gern dort leben?"

„Nur, wenn du es möchtest. Wenn ich uns halbwegs kenne, sind wir Menschen, die am Leben anderer teilnehmen wollen. Vielleicht um zu helfen. Oder weil wir unsere Umwelt unerreichbaren Idealen annähern wollen. Jedenfalls: Träume vom Ruhm, vom ersten Platz in der Kathedrale, sind keine Antwort auf unsere Frage. Und selbst wenn sie dir die Stelle anböten, Martin, bin ich nicht sicher, ob es die richtige für dich wäre."

Er beschloß, seine Fühler nach Fairfield County auszustrecken.

Aber man wacht nicht sogleich aus seinen Ruhmesträumen auf. Am nächsten Tag rief Lance aus Pennsylvania an; zum erstenmal hörte ihn Martin verletzt, verärgert, ja verzweifelt.

„Marty, sie haben mich übergangen. Ich verstehe es nicht. Alles hat für mich gesprochen. Mir schien, meine ganze Karriere ziele auf diese Kirche. Ich habe mich entschlossen, den Talar an den Nagel zu hängen."

„Nicht so stürmisch, Lance!" rief Martin. „Mach dich nicht unglücklich."

Lances Stimme klang jetzt gekränkt. „Du verheimlichst mir etwas. Soviel ich gehört habe, bist du der Favorit. Deine Predigt hat wie eine Bombe eingeschlagen."

„Lance, ehrlich, das ist mir neu ..." Und zugleich dachte er freudig erregt: Junge, Junge!

Nachdem Martin aufgelegt hatte, wollte er Jane anrufen, doch dann hielt er sich zurück. Er wollte das Gerücht für sich behalten. Denn sie hatte gesagt, selbst wenn sie dir die Stelle anböten, bin ich nicht sicher, ob es die richtige für dich ist.

Am nächsten Tag erhielt er einen Brief von Spencer Cook, einem Vorstandsmitglied der Kirche „Old Fourth" in New York. Cook, zu Besuch bei Freunden in Fairfield County, hatte Martins Predigt gehört und bat ihn, auch in seiner Gemeinde zu predigen. Nun, er würde nicht dieselbe Predigt halten, denn er wollte nicht, daß in Frage kommende Bundesgenossen an der Kathedrale, die von seiner Predigt hören könnten, der Meinung seien, er hätte nichts anderes auf der Walze. Ja, er würde in der Old Fourth sprechen; und er begann sogleich, eine neue Predigt vorzubereiten.

Zumindest stellte das Pastorat der Old Fourth, das seit einem Jahr unbesetzt war, keine Versuchung dar. Kein Geistlicher, der seine fünf

Sinne beisammen hatte, würde sich ernsthaft darum bewerben. In New York, diesem Friedhof von Predigern, schien es die schäbigste aller Begräbnisstätten.

Einst war sie die tonangebende Gemeinde ihrer demokratischen Freikirche gewesen. Um die Jahrhundertwende hatte dort ein berühmter Prediger gewirkt; drei Häuserblocks lang reihte sich Kutsche an Kutsche, wenn er sprach, und sogar Gläubige aus Brooklyn hatte er angezogen. Aber die Zeiten hatten sich geändert.

Die City war nach allen Richtungen auseinandergeflossen, so daß die Kirche schließlich in einer Wüstenei stand, wo nur die Leute geblieben waren, denen die Mittel fehlten, fortzuziehen. Es gab noch kleine Geschäfte, die dem Bankrott entgegensahen; es gab Bürohäuser, kahl und leer an den Wochenenden.

Die Kirche selber war ein altersgrauer Steinbau mit einem großen Turm. Innen bröckelte der Verputz von der hohen gewölbten Decke. Überall war dunkle Nußbaumtäfelung, wie ein Nachtwald voll Verzweiflung, während kunstvoll bemalte Glasfenster von dem Reichtum und der Frömmigkeit lange abgeschiedener Mitglieder Zeugnis ablegten. An diesen bizarren Bau schloß sich eine dreistöckige Burg aus braunem Sandstein an, die ehemalige Sonntagsschule, ein geisterhaftes Labyrinth von Zimmern und Korridoren.

Am Sonntag hieß Spencer Cook im Arbeitszimmer des Pfarrers Martin willkommen. Cook war mittleren Alters, von heiterem Wesen und ungezwungenem, höflichem Benehmen. Er hatte als Laienprediger in der Kirche fungiert, nachdem der Pastor in den Ruhestand getreten war, und ging mit Martin zum Altar, um den Gottesdienst zu leiten. In dem Augenblick, da Martin die Kanzel betrat, hatte er den Impuls, die Flucht zu ergreifen. In dem ungeheuren Kirchenschiff, wo nahezu tausend Platz hatten, saßen ungefähr hundert Personen verstreut. Sie erschienen ihm so entfernt, daß sie ihm fast unerreichbar vorkamen.

Doch es mußte ihm gelungen sein, sie zu erreichen. Denn hier war Sitte, daß jeder, der den Prediger kennenlernen wollte, nach dem Gottesdienst nach vorn kam. Und es kamen annähernd fünfzig, eine mannigfaltige Mischung – eine puertorikanische Familie, ein Negerehepaar, eine Koreanerin.

„Ich frage mich, woher sie kommen und warum“, sagte Martin später zu Jane. „Diese Kirche ist ein Monstrum, verglichen mit der Kathedrale.“ Jane stimmte zu.

Montag abend rief Tubby aus Boston an. Seine Stimme klang seltsam freudlos, als er sagte: „Marty, wir wollten, daß ihr beide es zuerst erfahrt. Sie haben mir heute nachmittag die Stellung telephonisch angeboten.“ Um zehn Uhr hatte Martin seine Enttäuschung überwunden und tröstete sich damit, daß er nie eine ernsthafte Chance für den Posten an der Kathedrale gehabt hätte.

Am Freitag aß er mit Spencer Cook in dem Vorstandsspeiseraum der Bank zu Mittag, in der Cook Direktor der Treuhandabteilung war.

„Ich möchte gern wissen“, sagte Cook, „ob Sie Lust hätten, bei uns noch ein paar Predigten zu halten, bis wir den richtigen Mann gefunden haben.“

„Ich bin beruflich sehr eingespannt“, sagte Martin ausweichend.

„Vielleicht haben Sie ein Archiv von Predigten, die Sie früher gehalten haben?“

„Ich habe mehrere Aktenordner voll im Keller. Aber ich habe sie lange nicht mehr angesehen – na ja, seit Jahren nicht mehr.“

„Wir zahlen hundert Dollar pro Sonntag für einen Gastprediger.“

„Ich bin nicht aufs Geld aus. Können Sie sich das denn leisten?“

Cook seufzte. „An Geld fehlt's uns nicht. Wir sind recht gut dotiert.“

„Dotationen“, sagte Martin lächelnd, „können einem viel Ärger machen.“

„Ja, das können sie. Besonders, wenn sie mit törichten Bedingungen verknüpft sind. Zum Beispiel haben wir einen großen Fonds, der nur für Mahlzeiten in der Kirche verwandt werden darf. Die letzte Speisung in der Kirche – umsonst natürlich – war vor fast einem Jahr. Siebenunddreißig Leute sind erschienen.“

„Was hoffen Sie für Ihre Kirche, Mr. Cook?“

„Das Unmögliche. Jedenfalls ein paar von uns. Wir wollen, daß unsere Kirche eine lebendige Kraft für die Bewohner des Viertels wird und dadurch dem Viertel mehr Leben gibt. Das Gehalt des Pfarrers ist nicht schlecht – fünfzehntausend und freie Wohnung. Aber wir haben keinen fähigen und ehrgeizigen Mann finden können, weil unsere Situation so hoffnungslos aussieht. Auch das Pfarrhaus ermuntert niemanden. Es ist eine alte Villa neben der Kirche.“ Cook lächelte matt. „Sie hat achtundzwanzig Zimmer.“

„Meine Güte! Warum verkaufen Sie es nicht und mieten Ihrem Pastor eine Wohnung?“

„Das geht nicht, weil es auch eine Stiftung ist. Es gibt da eine Bestimmung, daß eine andere Stiftung vom selben Geldgeber zurückgezogen wird, wenn es nicht mehr als Pfarrhaus benutzt wird."

Martin hatte eine Idee. „Wie sieht Ihr Gemeindezentrum aus?"

„Wir haben einen Gemeindesaal im Souterrain. Dort können vierhundert Leute essen. Aber das ist schon alles."

„Ist dieser Speisungsfonds, den Sie erwähnten, groß?"

„Lächerlich geradezu. Ungefähr fünfundsiebzigtausend, und er wird immer umfangreicher. Damit könnte man beinahe einen Diätkoch und einen kleinen Küchenstab finanzieren."

„Warum machen Sie es dann nicht? Versuchen Sie es wenigstens. Bieten Sie den Büroangestellten ein gutes Mittagessen gegen ein kleines Entgelt. Richten Sie in einem dieser muffigen Räume darüber ein Lesezimmer ein. Und ein Spielzimmer dazu."

Cook starrte ihn an. „Und jeder Schnorrer in Manhattan schmeißt einen Zehner in die Opferbüchse und ißt sich für einen Dollar satt."

„Ich glaube nicht, daß die Leute auf die Dauer so knauserig wären. Sie würden sich doch ein bißchen schämen. Auf jeden Fall würden Sie mit diesem unnützen Fonds genau das tun, was sich der Spender gedacht hat. Und mittlerweile kommt ein bißchen Leben in Ihre Gruft."

Cook hob seine Kaffeetasse und setzte sie wieder hin. „Mr. Judson, wollen Sie für uns ein paar Sonntage predigen?"

„Also gut", erwiderte Martin, „ich will es versuchen."

Er erzählte es Jane am Abend. „Ich helfe ihnen ja gern eine Zeitlang aus, aber die ganze Lage ist einfach hoffnungslos. Meinst du nicht auch?"

„Es scheint so, Marty."

„Stell dir ein Pfarrhaus mit achtundzwanzig Zimmern vor! Sie brauchen einen jungen Mann mit jeder Menge Unternehmungsgeist. Kein reifer Mensch mit einer Spur von Verstand würde dorthin gehen."

Sie sah ihn lächelnd an und sagte: „Du hast vollkommen recht."

7

KATHY nannte es das Spukhaus. Sie hatte von Häusern gelesen, in denen Geister umgingen, aber noch nie eins gesehen, bevor sie im Frühjahr 1952 in das Pfarrhaus von Old Fourth zogen. Es regnete, und ihre Mutter sagte, es regne immer, wenn sie umzögen. Sie ging an jenem Tag nicht zur Schule und machte mit Abe von morgens bis abends Entdeckungsreisen durch das ganze Haus.

Von der Straße aus konnte man es durch die Tür zum Souterrain betreten oder über einige Steinstufen ins Hochparterre gelangen. Die Küche war an der Rückseite, dahinter lag ein kleiner Garten, ein Dschungel von dürren Bäumen und Gebüsch, von einer Mauer eingeschlossen. Es gab zwei riesige Wohnzimmer und ein Eßzimmer über der Küche. Und darüber fünf Schlafzimmer mit zwei Badezimmern und in den oberen Stockwerken noch viele kleine Zimmer.

Am nächsten Tag mußte Kathy wieder zur Schule, wo ihr niemand glauben wollte, daß sie in ein Spukhaus gezogen waren. Martin stellte sie und ihren kleinen Bruder dem Küster, Mr. Treadway, vor, einem freundlichen Mann, der sie die Kirche erforschen ließ.

Das Haus jedoch wurde nicht von Geistern heimgesucht, sondern von Menschen. Irgend etwas passierte immer. Martin und Mr. Cook stellten fest, daß die Judsons vertraglich auf eine Hausgehilfin Anspruch hatten, und so kam täglich eine Mrs. Bentley und sorgte für die Küche und die Sauberkeit der Räume.

Dann wurde Adolph Danielson, ein junger Mann aus Yale, Martins Assistent und bezog eine Zimmerflucht im dritten Stock. Er hatte lockiges Haar und – wie Kathy sagte – eine Stimme wie Frank Sinatra, so daß sie sich sogleich in ihn verliebte.

In ihrem zweiten Frühling bei der Old Fourth kaufte Martin seines Vaters Farm in Vermont zurück, und Anfang Juli fuhren sie gen Norden, wo sie bis Ende August blieben.

Als mehrere Sommer vergingen, merkte Kathy, daß es ihrem Vater und Abe in Vermont besser gefiel als ihr und ihrer Mutter. Es schien ihr dort so *tot* zu sein, und Kathy war froh, als sie nach Hause zurückkehren konnten, wo immer etwas los war.

An ihrem vierzehnten Geburtstag verkündete sie die Absicht, Pastor zu werden. Aber Martin sagte, der Beruf sei überlaufen. Trotzdem ließ er sie später im Jahr als Hilfslehrerin in der Sonntagsschule Kinder in Abes Alter unterrichten. An ihrem fünfzehnten Geburtstag beschloß sie, Ärztin zu werden. Sie redete so viel davon, daß Martin sie ernstlich ins Gebet nahm.

„Ich möchte kein gewöhnlicher Doktor werden", sagte sie. „Ich möchte Missionsärztin werden. Ich will nach Belgisch-Kongo gehen und den Menschen dort helfen."

Martin erklärte ihr, da müsse sie aber erst einmal in den Naturwissenschaften besser werden. Inzwischen verschaffte er ihr Gelegenheit, sich in der Kirche und der Nachbarschaft nützlich zu machen. Sie unterrichtete jetzt selbständig eine Sonntagsschulklasse; sie arbeitete im Christlichen Verein Junger Mädchen mit, wo ein paar Frauen den verzweifelten Versuch machten, eine Horde ungezogener Mädchen zu zähmen, und nicht genau wußten, wie sie dabei vorgehen sollten. Schließlich lockte Kathy ein paar der Mädchen über das Pfarrhaus in die Kirche. Einige Schulfreundinnen stichelten gegen sie wegen dieses „Humanitätsdusels" und behaupteten, ihr Vater wolle aus ihr eine Puritanerin machen. Sie verkannten, daß Religion keine Zurschaustellung von Frömmigkeit, sondern eine befriedigende Lebensweise war.

Abe konnte nicht verstehen, warum die Volksschule so anders war als der Kindergarten, den er mit Vergnügen besucht hatte. Doch in der ersten Volksschulklasse fand er sich von Feinden umgeben. Fats Goldberg fing damit an. „Pfaffensohn!" rief er Abe am ersten Tage zu. Abe war stolz darauf, daß sein Vater Geistlicher war; aber Fats schien außer Rand und Band darüber. Abe konnte es nicht verstehen.

„Pfaffenkind, dummes Rind!" Andere nahmen den Vers auf. Es dauerte mehrere Tage, bis Abe merkte, daß sein Vater und Fats' Vater Feinde waren. Mr. Goldberg hatte ein Restaurant, nur eine Querstraße von der Kirche entfernt, und Abes Vater war sein Konkurrent geworden, als er die billigen Mahlzeiten im Gemeindesaal eingeführt hatte.

Obwohl ihm die Schularbeiten leichtfielen, haßte Abe die Schule, und er gab sich keine große Mühe. Es bedrückte ihn, daß er dort keine Freunde hatte, und es fehlte auch an einem Spielplatz. Kathy und ihre Freundinnen hatten keine Zeit für ihn. Der einzige Lichtblick während des ganzen Winters kam, als Martin mit ihm Flugzeugmodelle baute. Der erste Modellbaukasten, den Martin nach Hause brachte, freute Abe riesig, aber es wurde nur ein Flugzeug zum Ansehen. „Können wir nicht eins machen, das fliegen kann?“ fragte er seinen Vater.

Also brachte ihm Martin am nächsten Tag einen anderen Baukasten mit, und sie konstruierten einen Eindecker aus leichtem Holz und Papier, dessen Propeller mit einem langen Gummiband angetrieben werden konnte. Am Abend, als sie fertig waren, sagte Abe: „Draußen schneit es. Wo sollen wir es fliegen lassen?“

„Ich habe eine Idee“, sagte Martin. Sie gingen nach nebenan in die Kirche. Martin knipste alle Lichter an, während Henry Warton, der Organist, auf der Orgel übte.

„Was für eine traurige Musik“, meinte Abe. „Keine Musik, um ein Flugzeug fliegen zu lassen.“

„Da hast du recht“, stimmte Martin bei und rief Mr. Warton zu: „Henry, könnten Sie Ihren Bach eine Weile unterbrechen? Spielen Sie doch mal ‚Unter dem Sternenbanner‘!“

Mr. Warton willigte ein und begann die Nationalhymne zu spielen, während Abe und Martin auf die Empore kletterten.

„Los!“ rief Martin.

Während die Musik anschwoll, stieg das Flugzeug in die Höhe, und Abe krähte vor Vergnügen. Er lief hinunter und brachte das Modell zurück. Der zweite Flug war noch besser. Das Flugzeug segelte durch das ganze Kirchenschiff und machte eine tadellose Landung auf der Kanzel. Mr. Warton spielte „Unter dem Sternenbanner“ mit Händen und Füßen und sah über die Schulter dem Flug zu, und Abe und Martin hatten ihre Freude daran, als sie plötzlich merkten, daß zwei Damen die Kirche betreten hatten.

Eine von ihnen war Mrs. Wolff, ein Mitglied der Gemeinde. „Pastor Judson!“ rief sie und stellte ihre Begleiterin vor. „Ich habe Licht in der Kirche gesehen und meine Bekannte hergebracht, um ihr unser Gotteshaus zu zeigen. Ach, und das ist der Sohn unseres Predigers ...“

Nachdem sie sich wieder entfernt hatten, sagte Abe: „Paps, ich möchte nicht, daß man mich den Sohn des Predigers nennt. Sie sollen nicht so zu mir sagen.“

„Mir hat es auch nicht gepaßt, Abe, als sie immer so zu mir gesagt haben, statt mich beim Namen zu nennen. Aber wenn du es einfach überhörst, lassen sie es schon von selber bleiben.“

„Wenn du bloß kein Prediger wärst“, sagte Abe ernsthaft. „Es gefällt mir nicht, daß du dauernd arbeiten mußt. Ich möchte, daß wir zusammen sind und Flugzeuge fliegen lassen.“

Martin sah ihn eine Weile nachdenklich an. Dann rief er dem Organisten zu: „Spielen Sie weiter, Maestro!“

„Paps, was ist ein Gotteshaus?“ fragte Abe, als sie wieder die Empore erstiegen.

„Vielleicht ein Ort, wo es nicht schneit und man Flugzeuge starten kann“, antwortete Martin.

„Abe muß in eine Privatschule“, sagte Jane im Sommer.

„Ja, es sieht ganz so aus“, erwiderte Martin. „Er hat mir hier genug Schwierigkeiten gemacht. Er ist gescheit, aber er scheint dauernd in Konflikten mit anderen – und sich selber zu sein. Ich versuche, jede freie Minute mit ihm zu verbringen. Kann es sein, daß ein Pastor weniger Zeit für seine Familie hat als andere Männer?“

Jane lächelte. „Es kann nicht nur so sein; es ist so.“

„Grundsätzlich sind mir Privatschulen zuwider.“

„Die einzige Frage ist materieller Art: können wir es uns leisten?“

Martin sah sie verblüfft an. „Nun, ich denke schon. Oder nicht?“

Sein Gehalt betrug fünfzehntausend neben der freien Wohnung und der Aufwartung durch Mrs. Bentley. Trotzdem war es nicht leicht, Geld zu sparen. Doch irgendwie gelang es Jane trotzdem, auch nachdem Abe in einer Privatschule untergebracht war. Martin und sie freuten sich, als Kathy fürs Wellesley-College ein Stipendium bekam – nicht weil sie die Tochter eines Pastors, sondern weil sie eine ausgezeichnete Schülerin war.

Es war ein trüber Septembermorgen im Jahr 1958, als sie Kathy in den Zug nach Wellesley setzten. Sie würde ihnen sehr fehlen. Aber der Tag wurde noch schlimmer. Am Nachmittag spielte Spencer Cook Golf auf einem Platz in Westchester und fiel tot um.

Sein Tod bedeutete ihnen nicht nur den Verlust eines guten Freundes; Spencer war der gütigste und intelligenteste aller derer gewesen, mit denen Martin an der Old Fourth zusammengearbeitet hatte. Im vergangenen Jahr waren zwei ältere, wohltätige Männer gestorben, und Alex Carpenter, der eine große Hilfe für die Kirche gewesen war, hatte sich aus der Honeywell-Stiftung zurückgezogen.

In diesem Herbst mußte Martin gegen Depressionen ankämpfen. Er war erst dreiundvierzig, fühlte sich jedoch alt wie Methusalem. Es war ein Lebensabschnitt, der für einen Geistlichen eine Krise bedeutete. Er fühlte auch den allmählichen Verfall seiner Gemeinde, der dem schleichenden Niedergang des Lebens in der City entsprach. Geschäftigkeit und Kunstbetrieb täuschten die Vitalität New Yorks nur vor; unter der Oberfläche war der starke Wunsch zu spüren, sich den scheinbar unlösbaren Problemen wie Ghetto, Lärm und Schmutz zu entziehen.

Mit allen Mitteln versuchte Martin, den Abstieg zu bekämpfen – er predigte, so gut er konnte, warb um jeden, der das geringste Interesse an der Kirche zeigte, versuchte, jedes Mitglied der Kirche durch irgendeine Tätigkeit bei der Stange zu halten, und entwickelte Programme für junge Menschen, die in deprimierend geringer Zahl auftauchten. Obendrein war Martins Assistent nach Yale zurückgekehrt, was die Lage noch unerfreulicher machte.

Manchmal kam ihm alles so vergeblich vor. Er hatte keine Aussicht auf einen neuen Vikar. Und zur Krönung aller Kalamitäten kündigte auch noch seine tüchtige Sekretärin, und es begann eine lange Zeit der Unordnung, in der junge, aber nicht sehr intelligente Sekretärinnen kamen und gingen. Eines Nachmittags klingelte das Telephon.

„Wie geht's, Schwarzrock?"

„Joe Sanders!" Er hatte in den Jahren seit Korea oft an ihn denken müssen. Jane sagte, aus der Art, wie Martin mit Joe sprach, könne man schließen, er gehöre zur Familie. Joe Sanders hatte geschrieben, daß er aus dem Wehrdienst ausgeschieden und Kaufmann an der Westküste geworden sei, doch das war nun schon wieder fast ein Jahr her. „Wo sind Sie, Joe?"

„Am Broadway. Ich habe hier gerade einen Laden aufgemacht. Vor einem Monat habe ich den Verstand verloren und geheiratet. Geraldine – das ist meine Frau – und ich wohnen an der Park Avenue. Wollen Sie nicht mit Ihrer Frau mal zum Essen kommen?"

Als sie einige Abende später bei den Sanders aufkreuzten, traten sie aus dem Fahrstuhl in ein großes Penthouse und erblickten einen Archipel von modernen Möbeln, den ein kremfarbiger Teppich wie ein Meer umspülte. Joe begrüßte sie herzlich.

Geraldine, die sie auf einer großen Couch erwartete, mochte viele blenden; Martin fand sie jedoch spröde und lackiert. Ihre Kleinmädchenstimme hatte nichts Vertrauenerweckendes. „Sie sehen beide jünger aus“, sagte sie, „als ich Sie mir vorgestellt hatte. Sie sind also der Pastor und seine Frau?“

Geraldine hatte Joe kennengelernt, als sie im Büro eines Hotels in Las Vegas arbeitete. Das war alles, was sie von sich erzählte; doch unbewußt enthüllte sie mehr. Sie schien im Grunde gutmütig, und wenn sie Joe angriff, war das wohl nur der Selbstschutz eines Kindes, das im Leben nicht viel mehr als Wirrwarr, Leere und Langeweile erfahren hatte. Sie sagte: „Sie können sich nicht vorstellen, was es heißt, mit diesem Unternehmer hier zu leben. Nie ist er da. Nichts als Arbeit, Arbeit, Arbeit; sechs bis sieben Tage in der Woche. Und ich wirtschafte inzwischen in der albernen Wohnung hier herum. Seitdem wir verheiratet sind, hat er mich zwei Leuten vorgestellt, und das waren auch noch Angestellte von ihm. Der erste ist ein bißchen deutlich geworden –“

„Ich hab ihn hinausgeschmissen“, sagte Joe.

„Und der andere hat sich betrunken und mir gesagt, was Joe für ein Idiot ist.“

„Der ist auch geflogen“, sagte Joe.

Sie brauste auf. „Das hat die Sache nicht besser gemacht. Du hast hier einfach Leute hereingebracht wie Möbel. Warum hast du Pastor Judson und seine Frau nicht schon vor einer Woche angerufen, als wir hier eingezogen sind? Du kennst nette Leute und denkst nicht an sie.“

Joe machte ein verlegenes Gesicht. „Ich habe sehr viel zu tun gehabt.“

„Geschäfte, Geschäfte!“ rief Geraldine aus. „Was interessiert sie das? Was interessiert es mich?“

ZEHN Tage später machten Joe und Geraldine ihnen einen Gegenbesuch. Zuerst waren sie befangen, doch bald entspannten sie sich.

Abe, sonst schweigsam und zurückhaltend, wenn Gäste da waren, taute auf und unterhielt sich glänzend mit Joe, der ihn nicht wie ein Kind, sondern wie einen Kameraden behandelte. Da er wußte, daß Joe Soldat gewesen war, brachte er seine Sammlung von Soldatenbildern an, und sie vertieften sich gemeinsam in die bunten Blätter.

Martins große Bibliothek imponierte Joe. Als sie sich verabschiedeten, lieh er sich zwei Bücher aus, ein philosophisches und ein populäres theologisches Werk.

An der Tür sagte Martin: „Wir würden uns freuen, wenn ihr einmal zu unserem Sonntagsgottesdienst kämt, wenn euch danach ist."

Geraldine antwortete: „Ich glaube nicht, daß ich das könnte. Sehen Sie, ich glaube nicht an Gott. Ich achte die Leute, die es können; aber ich gehöre nicht dazu, und es wäre nicht ehrlich, in die Kirche zu gehen und so zu tun, als ob. Woran ich mehr als an alles andere glaube, ist *Ehrlichkeit*."

Joe sah sie mit leerem Gesicht an. „Ja, ja, Geraldine. Immer deine alte Geschichte ..."

Am folgenden Sonntag kamen zu Martins Überraschung während des Vorspiels Joe und Geraldine in die Kirche und wurden von einem Ordner ganz nach vorn geführt. Geraldine, die einen langen Nerzmantel trug, wie er zu einem Abendempfang gepaßt hätte, erregte Aufsehen, und Joe saß mit etwas gequältem Gesichtsausdruck neben ihr.

Martins Thema an diesem Morgen war „Die gute alte Zeit". Er führte aus, wenn man glaube, die Vergangenheit sei besser gewesen, dann sehne man sich im Grunde nur in eine Zeit zurück, wo man mit den Forderungen des Tages leichter fertiggeworden sei. Es befriedigte ihn zu beobachten, wie Joes Miene sich allmählich lockerte und wie er mit wirklichem Interesse zuhörte.

Nach dem Gottesdienst nahm er Martins Hand, sah ihm eifrig ins Gesicht und sagte: „He! Ich konnte Ihnen folgen. Wie finden Sie das?"

Die Sanders kamen wieder, sooft sie konnten, und Joe nahm die Gewohnheit an, zu jeder Stunde, die ihm paßte, im Pfarrhaus aufzutauchen, ein Buch auszuleihen oder einfach dazusitzen und zu schwatzen. Allmählich erfuhr Martin, was Joe Sanders in den letzten Jahren zuwege gebracht hatte, im Lande umherfahrend und Geschäfte machend. Jetzt hatte er Geld und Einfluß. Ehe er nach New York gezogen war, hatte er gelegentlich ein paar Tage zu seiner Entspannung in Las Vegas verbracht, wo er Geraldine kennengelernt hatte.

Es schien, als wolle Joe sowohl Martins Billigung als auch seine Mißbilligung hören. Er diskutierte gern über Religion; doch offenbar machte es ihn traurig, wenn er recht behielt – was seiner Meinung nach jedesmal der Fall war.

Eines Sonntags, als Joe plötzlich nach Texas mußte, war Martin erstaunt, daß Geraldine allein in die Kirche kam. Während der Predigt sah er sie weinen. Danach trat sie auf ihn zu, nahm seine

Hände in ihre und sagte: „Sie waren heute wundervoll, Martin." Was hatte er denn so Wundervolles gesagt? „Meine Gefühle haben sich gewandelt. Ich muß mit Ihnen sprechen. Ich möchte, daß Sie mir sagen, was ich in der Bibel lesen soll." Dann schloß sie sich Jane an, die sie zum Essen einlud.

Am Montag rief ihn Geraldine im Büro an und bat ihn dringend, zu ihr zu kommen. Sie begrüßte ihn herzlich und führte ihn an die Bar. „Ich habe die Bibel hier, weil das Licht gut ist." Sie ließ ihn vor der Bibel Platz nehmen und rückte einen zweiten Stuhl für sich neben ihn. „Ich verstehe die Seligpreisungen nicht." Ihr langer, lackierter Zeigefingernagel unterstrich die Worte, während sie in kindlichem Ton las: „Selig sind, die da geistlich arm sind; denn das Himmelreich ist ihr. . ."

Als er die Stelle zu erklären begann, merkte er, daß sie sich eng an ihn lehnte, als suche sie mehr körperlichen Halt als geistlichen Beistand. Er sah ihre Augen dicht vor seinen, roch ihr Parfüm, fühlte ihren warmen Körper an seinem und wurde sich seiner eigenen Fleischlichkeit bewußt. Auf diese verrückte, unvorbereitete Weise kann es jedem passieren, dachte er. Dann empfand er ihren geplanten Angriff auf seine Sinne, wobei sie Gottes Wort als Waffe benutzte, als blasphemisch.

Als es ihm gelang, sich zu verabschieden, verstand er sie besser. Im Lauf der Jahre hatte er gelernt, daß einsame oder gelangweilte Frauen sich oft zu ihrem Pfarrer hingezogen fühlten. Obwohl einige ihre Vorliebe für Martin nicht verhehlt hatten, hatte es jedoch keine auf so schamlose Weise versucht wie Geraldine.

ANFANG Mai wurden Martin und Jane um Mitternacht durch ein anhaltendes Türklingeln geweckt. Jane folgte Martin bis zur Treppe, als er im Schlafanzug hinunterging und Joe einließ. Er war stockbetrunken und schwang eine Flasche in der Hand.

Als Martin nach einer Stunde wieder heraufkam, sagte er zu Jane: „Geraldine hat ihn verlassen. Ich habe ihn überredet, erst einmal seinen Kummer hier auszuschlafen."

Am Morgen war Joe fort. Neben das Telephon hatte er einen Hundertdollarschein gelegt und einen Zettel, auf dem stand: „Für die Telephongespräche, die ich geführt habe."

„Das Geld ist lächerlich", sagte Martin.

„Warte, bis die Telephonrechnung kommt", sagte Jane.

Als sie zwei Wochen nichts von Joe gehört hatten, meinte Jane, er sei für immer auf und davon. Sie dachte kaum noch an ihn, weil sie Kathys Rückkehr vom College erwartete. Doch am gleichen Nachmittag erschien auch Joe Sanders wieder.

Jane brachte ihn zu Martin in den Innenhof, wo er ihnen erzählte: „Ich will euch nicht dauernd auf den Wecker fallen, aber ihr sollt wissen, daß ich mich von Geraldine scheiden lasse. Ich habe auch die blöde Wohnung satt. Werde mir eine vernünftige in der Nähe des Büros nehmen. Wenn ihr mich jemals wieder einer Dame Augen machen seht, dann haut mir eins über den Dez.“ Er sagte, daß er vielleicht zu viel Zeit für das Geschäft verwende. „Die Firma hat ein paar Hunderttausend verdient, während ich weg war. Wißt ihr, warum? Eben weil ich nicht da war. Wenn ich dagewesen wäre, hätte ich etwas getan – bestimmt das Falsche.“

Sie hörten, wie Kathy drinnen Mrs. Bentley begrüßte, und dann kam sie heraus und warf die Arme um ihre Eltern. Es war erst drei Monate her, daß Jane sie zuletzt gesehen hatte, doch in dieser kurzen Zeit, fühlte sie, war aus Kathy eine Frau geworden.

„Feldwebel Sanders!“ rief Kathy aus, als Martin sie vorstellte. „Ich habe so großartige Sachen von Ihnen gehört!“

Joe starrte sie an, dann sagte er: „Bitte haut mir eins über den Dez!“

In diesem Juli, während Kathy eine Freundin auf Cape Cod besuchte, verbrachte Joe seinen Urlaub mit den Judsons in Vermont.

Von dem Augenblick an, in dem Joe aus seinem kremfarbenen Kabriolett stieg und sich ein Polohemd und eine grobe Baumwollhose anzog, schien er Jane ein völlig anderer Mensch zu sein. Seine Rauheit war verflogen. Er liebte das alte Haus, die sanfte Landschaft, die auf seine ganze Art und Weise abzufärben schien. Er versuchte nicht länger, Martin mit Beschlag zu belegen, sondern ließ sich gutmütig gefallen, daß Abe ihn in Anspruch nahm.

Jane fand, daß er einen guten Einfluß auf ihren Sohn hatte. Zwar hoffte sie, Abe werde zu sich selber finden, doch ihre Sorge um ihn wuchs ständig. Manchmal, wenn er lammfromm und folgsam war, glaubte sie schon, er werde sich bessern; doch dann war er wieder eigensinnig und störrisch. Martin kam nicht mit ihm zurecht. Aber Martin brachte es ebensowenig wie sie selber fertig, so streng und kurz angebunden mit ihm umzugehen, wie er es vielleicht nötig hatte.

Martin blieb immer ruhig und aufmerksam, im Grunde wohl – so dachte Jane – aus Angst davor, die Erziehungsfehler seines Vaters an seinem Bruder Nathaniel zu wiederholen.

Bei Joe benahm Abe sich jedoch anders. Joe ließ ihn und seine Spielgefährten im Auto mitfahren, ging mit ihnen schwimmen, angeln und wandern, manchmal mit Martin, doch oft auch ohne ihn. Wenn Abe den forschen oder altklugen Jungen spielte, sagte Joe, er solle den Blödsinn lassen, und Abe gehorchte ihm.

„Abe erinnert mich an mich selber, als ich so alt war", sagte Joe eines Tages. „Ich konnte richtig gemein sein. Und als ich älter wurde, dachte ich, ich wäre nicht so boshaft geworden, wenn ich je das gehabt hätte, was Abe hat – gute Eltern, einen Platz zum Umhertollen und soviel Freiheit wie er. Ich hab neulich mit ihm darüber gesprochen, als er wieder einmal angab."

„Was hat er gesagt?" fragte Martin.

Joe zögerte. „Etwas Blödes – wie eben Kinder in dem Alter reden. Er sagte, ich sei ja auch kein Pastorensohn gewesen und hätte nicht in einer Kirche leben müssen, wo jeder einen beobachtet und kritisiert."

Martin runzelte die Stirn. „Mein Bruder hat es auch so empfunden. Und auch ich bis zu einem gewissen Grad. Doch im großen und ganzen bin ich damit fertiggeworden. Nathaniel konnte es nicht."

Jane hoffte, Abe werde sich unter Joes Einfluß bessern. Dann, etwa eine Woche nach seiner Ankunft, beschlossen sie, am späten Nachmittag zu schwimmen und anschließend zu picknicken. Kathy war gerade von Cape Cod zurückgekommen, und jeder war in festlicher Stimmung.

Als es Zeit war aufzubrechen, fehlte Abe. Doch Martin meinte, sie würden ihn am See treffen, da er von der Aussicht auf das Picknick ganz begeistert gewesen war. So fuhren sie ohne ihn ab.

Vom kühlen See her hörten sie Ruderschläge und Rufe; und plötzlich knallte ein Schuß, und eine Kugel pfiff über das Wasser. Abe, in der Badehose und ein Gewehr in der Hand, grinste sie vom Ufer her an. Er hatte oft um ein Gewehr gebettelt, doch sie hatten es ihm nicht gestattet.

Mit einem Indianergebrüll lud er es von neuem.

„Abe!" rief Martin, „leg das Gewehr weg!"

Abe hörte nicht, auch als Jane und Kathy aufschrien. Joe lief zum Ufer und rief: „Abe, du hast gehört, was dein Vater gesagt hat."

Doch Abe hob das Gewehr, als Joe sich ihm näherte. Er entwand es ihm, wirbelte es einmal über den Kopf und warf es weit in den See hinaus. Abe schlug und stieß nach Joe und schrie wütend: „Es hat mich sechs Dollar gekostet! Es hat mich sechs Dollar gekostet!"

Joe wehrte ihn mit einer Hand ab und fragte Martin: „Was ist die Strafe für Ungehorsam?"

Martin blickte seinen Sohn streng an: „Kein Picknick. Geh nach Hause!"

Abe rief ungläubig: „Mutti!?"

„Du hast gehört, was Vater gesagt hat", erwiderte Jane.

„Mutti!"

„Verdufte!" sagte Joe und wandte sich an Martin. „Wir könnten jetzt das Feuer anmachen und die Holzkohle für die Steaks holen."

Als Jane und Martin an diesem Abend schlafen gingen, kamen sie überein, daß Joe ihnen einen Weg gezeigt hatte, Abe zu erziehen. Es würde sie hart ankommen, aber sie waren beide entschlossen, es zu versuchen. Jetzt war ihre Achtung für Joe unerschütterlich; er besaß die Strenge, die ihnen mangelte.

Am Abend ehe Joe nach New York zurückfuhr, saßen sie alle auf der Veranda und unterhielten sich, während die Zikaden in der Dunkelheit zirpten und das Nordlicht am Horizont schimmerte. Joe, nachdem er erst über etwas anderes gesprochen hatte, wechselte plötzlich das Thema. „Martin, ich würde gern eurer Kirche beitreten. Was muß ich da machen?"

„Die Mitgliedschaft steht jedem offen. Wenn du die Taufe empfangen hast, mußt du nur ganz einfach bekennen, daß du an Gott und seinen Sohn Jesus glaubst."

„Oh, daran glaube ich", sagte Joe. „Jetzt glaube ich."

Später, in ihrem Schlafzimmer, fragte Jane: „Glaubt er wirklich?"

„Wir müssen ihn schon beim Wort nehmen", antwortete Martin, „obwohl ich fürchte, er glaubt mehr an die Familie Judson."

8

Name: Katherine Judson. Alter: einundzwanzig. Heimatort: New York City. Beruf: Studentin, Wellesley-College, Wellesley, Massachusetts. Mitglied im Hochschulverband für Bürgerrechte und Gewaltlosigkeit.

In der Hitze und dem Tumult des Omnibusbahnhofs von Nashville machte der junge bebrillte Neger sorgfältig seine Eintragungen; dann blickte er Kathy von oben bis unten an und sagte: „Sind Sie bestimmt einundzwanzig, Kleines?"

„In ein paar Tagen."

Er grinste. „Sie wollen also Ihren Geburtstag im Gefängnis verbringen. Machen Sie das, um sich vor dem Schlußexamen zu drücken?"

„Ich habe es gestern bestanden", erwiderte Kathy. „Ich mußte fliegen, damit ich zur Zeit hier war."

„Massenhaft Zeit", sagte der Neger. „Hier weiß niemand, was ein Fahrplan ist. Die Fahrer nehmen's nicht so genau. Sie sind die fünfte vom Hochschulbund, und im ganzen sind's jetzt dreiundzwanzig." Er sah sich um. „Suzie Polk da drüben ist aus Radcliffe und gehört auch zum Hochschulbund. He, Suzie!" rief er durch den Lärm einem stämmigen jungen Negermädchen zu. „Hier ist eine Weiße, die dir Gesellschaft leisten kann."

Suzie Polk behandelte Kathy zurückhaltend. Eine Schar von weißen Jugendlichen aus Nashville johlte und rief der Gruppe, die aus Protest gegen die Rassentrennung eine gemeinsame Busfahrt nach Montgomery in Alabama unternehmen wollte, unflätige Ausdrücke zu und erschwerte die Unterhaltung. Kathy wollte Suzie erzählen, weshalb sie gekommen war, daß sie Schwestern seien und daß alle Bürger gleiche Rechte haben sollten. Aber all das, was auf dem Campus von Wellesley so überzeugend geklungen hatte, schien ihr hier auf dem Busbahnhof von Nashville banal und phrasenhaft.

„Da ist Dave Murchison!" Suzie zeigte auf einen großen, kräftig aussehenden jungen Weißen, der gerade mit einer Flugtasche herzugetreten war und von ein paar schwarzen Anführern herzlich begrüßt wurde. „Im vorigen Jahr bei den Sit-ins in Greensboro war er eine Woche im Gefängnis."

Kathy konnte es kaum glauben. Er sah gut aus, fand sie, wirkte aber wie ein Student an einer vornehmen Universität wie Yale oder Harvard: kurz geschnittenes Haar, mageres Gesicht, undurchsichtiger Ausdruck. Er sah sie kurz an; dann kam er auf sie zu: „Ich heiße Dave Murchison. Und du?“

„Kathy Judson aus New York.“

Er setzte sich neben sie. „Ich bin am theologischen Seminar.“

„Mein Vater ist Pastor in New York.“

„Martin Judson – von der Old Fourth“, sagte er langsam. „So was! Eine Tochter des protestantischen Establishments marschiert in unseren Reihen.“

„Was soll denn das heißen, du frommer Grünschnabel?“

Er grinste plötzlich. „Das protestantische Establishment in New York beginnt mit der Kathedrale, reicht im Süden bis zur Dreieinigkeitskirche und umschließt die vornehmeren Gegenden von Long Island und Westchester. Sie alle tragen das Schwert des Liberalismus, aber sie trauen sich nicht, irgendwas in den Südstaaten zu unternehmen.“

Ihr Vater ein Mitglied des protestantischen Establishments? Das war ja lächerlich. Als sie ihn aus Wellesley angerufen und um Geld gebeten hatte, damit sie bei der Protestaktion mitmachen konnte, hatte er keine Bedenken geäußert. „Ich schicke dir gleich einen Scheck, Kathy. Ich freue mich, daß du nach deiner Überzeugung handeln willst. Aber wenn du im Gefängnis landest und der Hochschulbund keine Kaution stellen kann, dann telegraphierst du sofort, hörst du?“

Als sie endlich in den Bus stiegen, setzte sich David Murchison neben sie, nur durch den Mittelgang getrennt, und während sie durch die Vororte von Nashville rollten, erzählte er ihr fast seine ganze Lebensgeschichte. Er hatte sein Examen an der Universität von Michigan abgelegt; und er hatte sich als Schriftsteller versucht. „Das dumme ist nur, daß ich nicht das geringste Talent dafür habe.“ Und warum dann gerade das theologische Seminar?

„Vielleicht nur, um meinen alten Herrn zu irritieren. Er ist tot und weiß es nicht. Ich habe ihn nicht mehr gesehen, seit ich vor drei Jahren Geld von ihm wollte, um aufs Seminar zu gehen. Das hat ihn ganz verrückt gemacht. Er haßt das Christentum – alles daran, mich eingeschlossen.“

Seine Eltern hatten sich scheiden lassen, als er fünfzehn war, und jetzt war die Mutter mit einem verrückten Kunsthändler verheiratet und lebte in Paris. „Sie würde mich gern verwöhnen. Ausgleich, vermute ich, dafür, daß sie den Alten versetzt hat. Irgendwie mag ich sie gern, und sie tut mir leid."

Es saßen sechs weiße und siebzehn schwarze Fahrgäste in dem Bus, der durch eine verdorrt wirkende gelbe Lehmlandschaft brauste. Genauso hatte sie sich das Land auch vorgestellt, ganz anders jedoch die Busfahrt. So viel Zurückhaltung zwischen Schwarzen und Weißen hatte Kathy nicht erwartet. Dave, schon ein Veteran des neuen Bürgerkrieges, war der einzige Weiße, dem die Schwarzen rückhaltlos vertrauten. Er teilte seinen kalten Tee und seine belegten Brote mit Kathy, die nicht daran gedacht hatte, sich mit Proviant zu versorgen.

Nach einer Weile hatte der Anführer der Schwarzen eine kurze Unterredung mit Dave, der sich daraufhin an die Fahrgäste wandte. Seine Stimme erhob sich mit Leichtigkeit – Kathy meinte, er müsse einmal ein überzeugender Redner werden. „Ich glaube", sagte er, „die Polizei wird uns an der Stadtgrenze von Birmingham anhalten und jeden festnehmen, der sich weigert, getrennt zu sitzen. Ich persönlich will mich verhaften lassen. Man sagt, im Stadtgefängnis von Birmingham gibt's saubere Bettlaken und eisgekühlte Getränke." Man lachte höhnisch. „Ist hier im Bus ein Schwarzer, der mit mir ins Gefängnis gehen will?"

Nach einem längeren Schweigen sagte ein junger Schwarzer, es werde ihm eine Ehre sein.

„Sonst noch jemand?"

Kathy stand auf. Dave lächelte sie an und rief: „Kathy Judson aus New York sucht eine Zellengenossin. Ist jemand bereit?"

Suzie sah sich nach ihr um und rief: „Ja, ich. Komm, Kathy, setz dich zu mir."

„Ihr seht nach einem ziemlich verlorenen Haufen aus", sagte David und begann ein Lied, in das die anderen einstimmten. Mein Gott, dachte Kathy, wie ein alter Gospelsänger. Eine halbe Stunde später, als sie in Birmingham einfuhren, erschrak sie vor einer Polizeisirene. Der Fahrer fuhr den Bus zur Seite und hielt an. Kathy bekam es mit der Angst zu tun.

Zu ihrer Überraschung sagte der Polizist, der den Bus betrat, höflich, sie hätten das Stadtgebiet von Birmingham erreicht, zitierte die Lokalverordnung über Rassentrennung in öffentlichen Verkehrsmitteln und bat sie, dem Gesetz Folge zu leisten. Als Kathy, Dave und ihre schwarzen Nachbarn sich nicht von den Plätzen rührten, sagte der Polizist, er müsse sie leider verhaften. Sie folgten ihm aus dem Bus, ohne zu protestieren. Kathy und Suzie wurden in einem Funkstreifenwagen zum Polizeirevier gefahren, Dave und sein Begleiter in einem anderen. Sie bekannten sich schuldig, und ihre Personalien wurden aufgeschrieben. Nachdem er einen Stapel Papiere durchgeblättert hatte, sagte ein Polizeibeamter, Dave und sein Reisegefährte seien vorbestraft; wenn nicht jeder tausend Dollar Kaution stellen könne, werde man sie ins Gefängnis stecken. Dave lachte, und sie wurden abgeführt. Kathys und Suzies Kaution wurde auf je fünfhundert Dollar festgesetzt, und sie verließen mit einer Wärterin das Zimmer.

Kathy hatte sich ein Buch mitgebracht, das sie vor Jahren zu lesen angefangen, doch nie beendet hatte. Jetzt blätterte sie wieder darin, während sie auf ihrer Pritsche lag.

Gegen Abend wurden fünf Frauen, die mit im Bus gewesen waren, in den Block gebracht. Sie sagten, am Omnibusbahnhof habe es eine Schlägerei gegeben und man habe sie in Schutzhaft genommen.

Am zweiten Morgen, nach einem Frühstück mit Kaffee und Brot, wurden Kathy und die sechs schwarzen Frauen wieder in den Raum gebracht, wo sie vernommen worden waren. Zwei schwarze Busfahrer wurden hereingeführt. Kathy erkundigte sich nach Dave, aber die Männer wußten nicht, was aus ihm geworden war. Als man alle neun hinausführte und zu dreien in Polizeiautos setzte, dachte Kathy, sie würden vor ein Gericht gestellt. Aber die Wagen fuhren nordwärts auf derselben Straße, auf der die Freiheitsfahrer in die Stadt gekommen waren. Kathy fragte: „Wohin fahren wir?“, doch keiner der vor ihnen sitzenden Polizisten antwortete. Die Fahrt schien ihr Stunden zu dauern.

Endlich hielten sie an einer einsamen Stelle mit Lehmböschungen und Kiefernhügeln zu beiden Seiten, und ein Polizist sagte: „Steigt aus!“ Die Frau neben Kathy zitterte und begann zu weinen. Ihre Angst wirkte ansteckend, und Kathy hatte die Zwangsvorstellung, die Gesetze wären außer Rand und Band geraten. Ihre Beine schwankten, als sie ausstieg. Die Polizisten blickten sie verächtlich an und ignorierten die Schwarzen. „Das hier ist die Staatsgrenze“, sagte einer von ihnen. „Hauen Sie ab und lassen Sie sich nicht wieder in Alabama blicken.“

Als sie in der Hitze nordwärts wanderten, fuhren Autos in beiden Richtungen an ihnen vorbei. Sie müßten doch schließlich, dachte

Kathy, eine Stadt erreichen, wo sie einen Bus zurück nach Nashville nehmen könnten. Es war jammervoll, ein lächerliches Ende ihres tapferen Protestes, ihres großen Abenteuers. Doch bald verflog ihre Erbitterung, und sie empfand nur noch dumpfe Müdigkeit.

Das laute Hupen eines Autos schreckte sie auf. Sie witterte eine neue Gefahr, sah sich um und erblickte eine alte Limousine. Neben dem schwarzen Fahrer saß David Murchison, überrascht, erfreut, traurig und wütend zugleich. Aber als er aus dem altersschwachen Fahrzeug stieg, sagte er nur: „Steigt ein! Zurück nach Birmingham!“

„Moment mal“, sagte Kathy. „Wie bist du denn aus dem Gefängnis gekommen?“

„Meine Gruppe hat die Kaution zusammengebracht. Wir kriegen Unterstützung von allen Seiten. Unser Nachrichtendienst funktioniert fabelhaft. Wir wußten auf die Minute, wann ihr die Stadt verlassen habt. Sowohl Präsident Kennedy als auch der Justizminister versuchen, mit dem Gouverneur von Alabama zu telephonieren. Wir sammeln Verstärkung auf dem Omnibusbahnhof von Birmingham. Und dann geht's nach Montgomery. Steigt ein!“

Ungefähr zwei Dutzend Bürgerrechtler waren am Busbahnhof versammelt, als sie dort anlangten. Kathy erwartete, sie würden erneut festgenommen werden, aber Dave sagte ihr, daß eine so hohe Zahl Verhaftungen in der Öffentlichkeit mehr Aufsehen erregen würde, als den städtischen Behörden lieb sein könne. Jetzt wurden sie sogar von der Polizei gegen Rowdys geschützt, die sich an ihnen vergreifen wollten. Und Kathy begriff allmählich, daß Geduld die wichtigste Waffe der Widerstandskämpfer war. Sie wehrte sich gegen Müdigkeit, Langeweile und – das schlimmste von allem – das Gefühl körperlicher Unsauberkeit. Es war eine lange Nacht, auf Bänken, die härter zu werden schienen, je länger es dauerte.

Inzwischen lief anderswo das Räderwerk weiter, wie Dave unverdrossen behauptete. Endlich mußte auch tatsächlich etwas geschehen sein, denn um zehn Uhr vormittags bestiegen sie einen Bus Richtung Montgomery.

Aber der eigentliche Aufruhr ging mit erschreckender Plötzlichkeit los, als sie in Montgomery einfuhren. Der weiße Mob war viel zahlreicher und drohender als in Nashville und Birmingham. Dave führte sie aus dem Bus; Kathy, nicht weit hinter ihm, sah ihn auf einmal von einer Horde Halbstarker umringt. Er verschwand, als hätte ihn der Erdboden verschluckt. Kathy sah, wie ein Mann einen Baseballschläger schwang. Sie versuchte, sich zu ducken, wurde jedoch gerade darauf zu geschoben. Sie fühlte einen lähmenden Schmerz in der rechten Seite und sank hin.

An das, was sich nun zutrug, konnte sie sich später nur schwach erinnern. Irgendwie gelang es ihr, sich aus der wütenden Rotte zu befreien, und sie wurde von zwei Polizisten ergriffen. Als sie vernommen wurde, tat ihr die Seite so weh, daß sie um einen Arzt bat. Sie fragte nach Dave, doch keiner schien sie zu verstehen. Und dann fand sie sich wieder mit zwei schwarzen Frauen im Gefängnis. Vielleicht noch am gleichen Tag, vielleicht erst am nächsten, kam ein Arzt in ihre Zelle, der sie sofort auf einer Tragbahre ins Krankenhaus transportieren ließ. Dann machte man eine Röntgenaufnahme, und schließlich setzte sich ein Arzt an ihr Bett, ein freundlicher Mann, der mit ihr sprach, als seien sie gute Freunde. Sie hatte vier Rippen gebrochen, außerdem Platzwunden und Quetschungen an Kopf und Armen.

Kathy nannte ihm den Namen und die Adresse ihres Vaters, und er versprach ihr auch, sich nach David Murchison zu erkundigen.

Am nächsten Nachmittag erwachte sie aus einem leichten Schlummer und sah Dave neben ihrem Bett stehen. Beide Augen waren ihm blau geschlagen, die Lippe gespalten, das ganze Gesicht angeschwollen. Er machte irgendeinen faulen Witz. „Du solltest erst einmal die andern Jungs sehen ...“

Er beugte sich über sie und küßte sie sanft auf die Stirn. „Kathy, es ist jammerschade um dein hübsches Gesicht. Aber der Doktor sagt, es kommt wieder in Ordnung.“

„Warum bist du nicht im Gefängnis?“ fragte sie.

„Wieder gegen Kaution freigelassen. Es geht wirklich wie die Feuerwehr ...“ Über Montgomery war der Ausnahmezustand verhängt worden. Martin Luther King war aus Chikago gekommen, und als er versucht hatte, in einer Kirche vor einer Versammlung von Schwarzen zu sprechen, war ein Aufruhr entstanden, schlimmer als der auf dem Busbahnhof.

Verstärkungen für die Bürgerrechtler strömten von Norden herein, aber auch Bundespolizei.

Dave sprach noch, als Kathy ihren Vater den Krankensaal betreten sah. Einen Augenblick lang dachte sie, sie müsse weinen. Aber sie sagte nur: „Wie kommst *du* denn hierher? Denkst du, ich liege auf dem Sterbebett?“

Er versuchte zu lächeln. „Zuerst habe ich's von der Polizei gehört, dann vom Doktor. Aber als der Pastor anrief, dachte ich, ich nehme das nächste Flugzeug."

„Was für ein Pastor?"

Dave reichte Martin die Hand. „Ich bin David Murchison."

„*Du* hast telephoniert? Wieso? Ach, Vater, er ist gar kein Pastor; er ist nur Seminarstudent."

Dave schüttelte den Kopf. „Ich habe meine Abschlußprüfung; hatte ich es dir nicht erzählt? Mr. Judson, ich hoffe, Sie haben nichts dagegen, daß ich Sie angerufen habe. Aber ich muß weiter und möchte Kathy hier nicht allein lassen."

Es war der aufregendste junge Mann, den sie je kennengelernt hatte. „*Du* willst *mich* nicht allein lassen?" Ihre Stimme wurde lauter. „Für wen hältst du dich eigentlich? Ach ... wohin gehst du denn jetzt?"

„Nach New Orleans – hoffen wir jedenfalls. Aber erst nach Jackson in Mississippi."

Sie schloß die Augen. „Du Idiot, deine Kaution wird allmählich zu teuer. Du bist schon hier gegen Kaution raus und in Birmingham auch. Ich will gar nicht daran denken, was sie mit dir in Mississippi machen werden. Willst du unbedingt lebenslänglich hinter Gitter?"

Dave grinste ihren Vater an. „Wollen Sie nicht mitmachen, Mr. Judson?"

„Theoretisch schon. Praktisch nicht. Ich habe genug Probleme in New York."

Dave wollte noch etwas sagen, doch er unterließ es. „Also, auf nach Jackson!" Er küßte Kathy wieder auf die Stirn.

„Hör auf, mit mir zu schmusen", sagte sie. Doch sie gab ihm einen sanften Klaps auf seine geschwollene Wange. „Zu dumm, daß ich nicht mit dir nach Jackson kann. Also paß auf, du Trottel."

Er sah sie mit einem merkwürdigen Blick an. „Ich werde dir eine Postkarte schicken", sagte er. „Wie ist die Adresse?"

Aber er schickte keine Postkarte.

„OHNE mich", sagte Abe im Sommer 1962, als sein Vater eine Familienreise nach Europa ankündigte. „An mir verschwendest du bloß dein Geld. Ich möchte ins Camp Caldwell am Winnipesaukee-See." Er hatte seinen eigenen Kopf und die Erfahrung gemacht, daß er fast alles erreichen konnte, wenn er hart blieb.

Seine Familie sandte ihm Briefe und Postkarten, aber sie kamen ihm alle stumpfsinnig vor. Er machte einen Ball in Camp Caldwell mit, war nicht mehr der Sohn des Pastors und hatte zahlreiche Freunde. Der beste war sein Zeltkamerad, Jack Fetterman, der eine militärische Vorbereitungsschule am Hudson besuchte. Abe beschloß, im Herbst gleichfalls dorthin zu gehen.

Sobald seine Eltern heimgekehrt waren, begann Abe, ihnen seine Pläne beizubringen. Wie er es sich gedacht hatte, waren sie gegen eine militärische Laufbahn. Er bearbeitete seine Mutter: „Sieh mal, ich bin nicht gut in der Schule. Aber ich könnte, wenn es die richtige wäre. Ich möchte gern nach West Point . . .“

Schließlich setzte er seinen Willen durch, und Martin fuhr ihn an einem schönen Septembertag zu seiner neuen Schule. Unterwegs sprachen sie über dies und das. Abe merkte, daß sein Vater „in Ordnung“ war. Er besaß Sinn für Humor, genügend Frische, doch er erschien Abe alt von der Sorge um Gott. Er sprach nicht davon, doch man merkte, daß er viel darüber nachdachte.

Um etwas Nettes zu äußern, sagte er: „Danke, daß du mich auf die Militärschule schickst.“

„Gern geschehen“, antwortete Martin. „Schreib uns dann mal, wenn du Generalmajor geworden bist.“

Abe grinste. „Ich muß dir etwas gestehen, Paps. Ich war der Junge, der an dem Sonntag im Frühling die weißen Mäuse in den Chor laufen ließ.“

„Ich weiß.“

Abe war erstaunt. „Woher?“

„Keiner sonst hätte den Wunsch gehabt, so etwas zu tun. Warum hast du's eigentlich gemacht?“

„Ich konnte das alles plötzlich einfach nicht mehr ertragen. Ich wär bloß gern im Chor gewesen, um sie alle herumspringen zu sehen. Paps, hast du auch solche Sachen gemacht, als du jung warst?“

Martin schwieg eine Weile. Dann sagte er: „Ja, einmal, als mein Vater eine Kirche in Pittsfield hatte, habe ich mit einem anderen Jungen – es war beim Sonntagabend-Gottesdienst – alle Herrenhüte aus der Garderobe genommen und sie im Keller versteckt.“

Abe war entzückt. „Wirklich? Und was hat dein Vater getan?“

„Er hat mir das Fell versohlt.“

Abe rutschte vor Vergnügen hin und her. „Und wie war dir zumute?“

„Ich war wütend. Ich wollte von zu Hause ausreißen, habe es aber doch lieber gelassen."

Als sie die Schule erreichten, war Abe plötzlich den Tränen nahe. Aus Furcht, er könne sie nicht zurückhalten, bat er seinen Vater, um das Grundstück zu fahren, ehe er ihn anmeldete. Als Martin ihn endlich der Schulleitung übergab, fühlte er sich besser. Aber dann mußte er sich schnell abwenden, ohne richtig Lebewohl zu sagen, denn er sah, daß seines Vaters Augen feucht waren.

MITTLERWEILE war Joe Sanders Martins rechte Hand geworden. Seine Verwandlung hatte sich allmählich vollzogen, doch für Jane war sie verblüffend. Ob er an Gott glaubte oder nicht, bestimmt glaubte er an Martin; und wie auch seine Gedanken über das Himmelreich sein mochten – er bemühte sich um das Reich Gottes auf Erden. Denn da er Soldat gewesen, wollte er, daß es keine Kriege mehr gäbe; da er arm gewesen war, bemühte er sich, die Armut zu bekämpfen; und da er mit allen möglichen Menschen zusammengetroffen war, fand er keinen vollkommen hoffnungslos. Zugleich wurde seine Zuneigung zur Familie Judson so groß, daß er sich sogar in ihren Ferienort in Vermont verliebte und am Ufer des Sees ein großes Grundstück kaufte, auf dem er sich ein wohnliches Haus baute.

In jenem Winter, als Jane spürte, daß ihre Tatkraft nachließ, merkte es Joe eher als Martin. Sie war siebenundvierzig – nicht mehr jung, doch nicht so alt, wie sie sich jetzt oft fühlte.

Schließlich setzte es Joe durch, daß sie Dr. Jim McKay, den Hausarzt der Judsons und Mitglied ihrer Gemeinde, konsultierte. Er untersuchte sie gründlich und fand nichts Besorgniserregendes. Der Blutdruck war ein wenig hoch, aber das sei alles.

„Gönnen Sie sich mehr Ruhe", empfahl er ihr. „Wenn Sie jetzt nach Hause kommen, gehen Sie zu Bett und bleiben Sie vierundzwanzig Stunden liegen."

Als Jane aus dem Bus stieg, sah sie einen Mann auf der obersten Treppenstufe vor ihrem Haus sitzen. Er war jung und sah recht gut aus. Er stand auf, als sie die Stufen hinaufkam, und fragte: „Mrs. Judson?"

„Ja."

„Ich bin David Murchison. Es ist niemand im Kirchenbüro, und hier hat auch keiner geöffnet; da hab ich eben gewartet."

Jane fühlte sich plötzlich verwirrt wie eine alte Frau. An diesem rauhen Januarabend wünschte sie sich nichts weiter als Tee, ein wenig Toast und ein warmes Bett. Doch der Name dieses jungen Mannes kam ihr irgendwie bekannt vor. Sie sagte: „Aber selbstverständlich! Guten Abend, Mr. Murchison. Treten Sie ein. Mein Mann müßte jeden Augenblick kommen. Er hatte heute nachmittag Krankenhausbesuche. Es tut mir leid, daß Sie warten mußten."

„Wie geht es Kathy?"

„Gut, danke. Sie hatte nur einen Schnupfen, als sie Sonntag zu Hause war. Sie arbeitet in der Sozialfürsorge und wohnt mit zwei anderen Mädchen im Village." Endlich bekam sie die Tür auf. „Es ist kalt und dunkel hier wie in einem Grab."

Sie knipste das Licht in der Diele an. „Möchten Sie eine Tasse Tee, Mr. Murchison?"

Er lächelte sie an, und das war das angenehmste Erlebnis dieses Tages. „Sehr gern, Mrs. Judson."

„Können Sie ein Feuer anmachen?" Sie machte auch im Wohnzimmer Licht. „Da ist alles dazu." Sie zeigte auf den Kamin. „Mein Mann hat gestern Holz heraufgeholt. Ich brühe inzwischen den Tee auf."

Während sie den Teekessel füllte, fiel ihr ein, wer David Murchison war. Sie trug den Tee und Gebäck ins Wohnzimmer, wo er inzwischen ein Feuer entfacht hatte. Er erzählte ihr von seiner Stellung am College von Wisconsin, als jemand die Haustür aufschloß. Sie wandte sich um, denn sie erwartete Martin, doch es war Kathy.

„Mutti –" Ihre Stimme war heiser. „Kann ich heute nacht hier schlafen? Ich –" Sie starrte Dave an. „Nanu – hallo! Was machst du denn hier?"

Er strahlte sie an. „Ich besuche einen Amtsbruder."

„Nein, so was!" Sie trat auf ihn zu, die Hand ausgestreckt, und etwas in ihrer Miene ließ Jane aufmerken, als sei mehr zwischen den beiden als eine bloße Bekanntschaft. Als Martin nach einigen Minuten kam, begrüßte er den jungen Mann herzlich. Bald begriff Jane, daß Dave seinen Posten in Wisconsin aufgegeben hatte. Wieder fühlte sie sich verwirrt. Hatte er es ihr bereits erzählt, ohne daß sie richtig zugehört hatte? Sie war in der letzten Zeit oft so zerstreut, daß sie bei Unterhaltungen nicht bei der Sache war. Sie mußte dagegen ankämpfen.

„Warum hat man dich hinausgeworfen?" fragte Kathy.

„Man hat mich nicht gerade hinausgeworfen", sagte Dave lächelnd. „Ich habe es nicht dazu kommen lassen. Das Kuratorium hat an meiner Philosophie oder Theologie oder was weiß ich Anstoß genommen. Jetzt suche ich eine Stellung."

„Was für eine Stellung suchen Sie?" Martin sah plötzlich so aufmerksam aus wie ein witternder Jagdhund.

„Ich weiß nicht genau", erwiderte Dave zögernd. „In Wisconsin wurde mir klar, daß ich ein Pastorat übernehmen möchte, wenn ich bei der Theologie bliebe. Aber meine Erfahrung ist – dürftig. Ich habe noch kein Begräbnis geleitet oder eine Hochzeit. Ich habe noch nicht einmal einem Sterbenden den letzten Trost gegeben. Ich bin auch nicht sicher, ob ich als Prediger etwas tauge, und –"

Martin beugte sich zu ihm. „Ich bin zur Zeit ohne Assistenten. Das Anfangsgehalt ist nicht groß – fünftausendzweihundert. Aber wenn Sie wollen, können Sie hier oben wohnen... Natürlich bleiben Sie zum Essen."

„Natürlich", bestätigte Jane und ging in die Küche hinunter. Sie wollte nachsehen, ob von gestern abend noch genug Schmorbraten übrig war, als Kathy dazukam, um ihr zu helfen.

„Wieder ein Assistent im Haus", sagte sie. „Dadurch wird's nicht leichter für dich, Mama. Und dein Leben scheint so – anstrengend. Mutter, was ist der Lohn dafür?"

Jane wandte sich dem Herd zu. „Kathy, der Lohn besteht darin, daß man sich den Forderungen eines jeden Tages stellt. Nicht immer bewältigt man sie, aber man packt sie an."

NACHDEM David im Februar Vikar geworden war, fragte ihn Martin, ob ihm irgendein kirchliches Problem besonders am Herzen liege.

„Ich wollte", erwiderte Dave, „wir könnten bei den jungen Menschen Anfang Zwanzig Interesse wecken. Das Versuchsalter – oder, wie man früher sagte, das Flirtalter."

EINES Tages zeigte Martin seiner Frau einen Brief von Lance Bishop. Zwei Töchter von Mitgliedern seiner Gemeinde, die gerade mit dem College fertig waren, hatten beschlossen, nach New York zu ziehen, wo sie in den „Nebenkünsten", wie Lance es ausdrückte, Stellungen hatten – beim Fernsehen und in der Werbung. Ihre Eltern machten sich Sorgen um sie und wünschten ihre Kinder unter dem Schutz eines „christlichen Einflusses" zu wissen.

„Ich wäre Dir und Jane sehr verbunden", schrieb Lance, „wenn Ihr sie unter Eure Fittiche nehmen und für Eure Gemeinde interessieren könntet. Obwohl Ihr meiner Ansicht nach – so ist das Leben nun einmal – ihnen vermutlich den größten Gefallen tun würdet, wenn Ihr sie mit ein paar netten Jungen bekannt machtet."

Jane sagte: „Da gibt's Horace McIntyre."

„Horace ist mit seiner Mutter verheiratet", sagte Martin. „Aber da ist Dave."

„Nein! Du verlangst zuviel von deinen Vikaren."

„Dann weiß ich niemanden", sagte Martin. „Dave hatte die richtige Idee, als er vorige Woche auf der Vorstandssitzung meinte –"

„Wir wollen erst einmal abwarten und die Mädchen kennenlernen. Ich werde sie zum Essen einladen, wir können uns ein Urteil über sie bilden und –"

„Ein Blick auf uns, und sie flüchten in den nächsten Beatschuppen", sagte Martin, „und du hast sie zum ersten- und letztenmal gesehen. Ende des ‚christlichen Einflusses'. Ich tu's nicht gern, was ich jetzt vorhabe, aber ich werde es tun." Er rief Tubby Larsen an und bat ihn um Hilfe.

Es waren nette, reizende Mädchen. Die beiden jungen Männer, die Tubby geschickt hatte, waren hingerissen. Beide wohnten und arbeiteten in der Nähe; sie gehörten zum Überschuß an junger Männlichkeit, über den die Kathedrale verfügte, und es war ihnen ein Vergnügen gewesen, dem Freund eines Freundes einen Gefallen zu tun, um so mehr, als der Abend angenehm weibliche Gesellschaft und ein gutes Essen versprach. Jane bat auch Kathy und Dave dazu, die zu der festlichen Atmosphäre der Party beitragen sollten.

In späteren Jahren sah Martin immer in diesem Abend den Beginn einer starken Jugendgruppe an der Old Fourth. Zweifellos trug auch zu dem romantischen Ruf der Gruppe bei, daß zwei von den vier jungen Leuten heirateten und Martin den Traugottesdienst hielt.

Es war, wie Jane sagte, überall eine Zeit der Romantik. Sie glaubte bestimmt, daß Dave Kathy liebte, aber sie war sich nicht über Kathys Gefühle für Dave im klaren.

Sie sprach mit Martin eines Samstagabends darüber, als Dave ihre Tochter zum Essen ausführte. „Kathy macht mir Sorgen", meinte sie. „Sie vertraut uns nichts mehr an. Ich weiß nicht, was sie von Dave hält, aber er ist verrückt nach ihr."

„Hat er dir das gesagt?"

„Natürlich nicht. Aber siehst du es nicht an der Art, wie er sie anschaut? Wie ein ergebener Schäferhund. So, wie du mich anzublicken pflegtest."

„Pflegte? Wie schaue ich dich denn jetzt an?"

„Mehr wie eine stark beschäftigte dänische Dogge. Ob er mit ihr in die Carnegie Hall gefahren ist? Dort singt heute der Chorverein. Wohin er wohl mit ihr essen geht? Sie hat nur gesagt ..."

Gegen elf Uhr gingen Martin und Jane zu Bett. Zu irgendeiner dunklen und stillen Stunde weckte sie ihn und sagte: „Da geht die Haustür! Wie spät ist es?" Martin meinte, es gehe sie nichts an. Doch er war hellwach geworden und fragte, ob Kathy die Nacht zu Hause verbringen wolle.

„Ich weiß nicht. Sie hat nichts erwähnt."

Sie hörten David die Treppe hinaufgehen und in seinem Zimmer verschwinden.

Also war Kathy heute nacht nicht zu Hause. Jane knipste die Nachttischlampe an und sagte: „Marty, es ist halb drei!"

„Ja und?"

„Ich dachte, sie würde heute nacht nach Hause kommen. Sie nach dem Konzert den langen Weg ins Village zu bringen ist doch sinnlos. Ein Glück, daß er morgen früh nicht zu predigen braucht."

„Jane, er nicht, aber *ich!* Das ist ja blödsinnig. Unsere Tochter wohnt nicht bei uns zu Hause, aber ihr Freund. Warum sollen wir seinetwegen wach bleiben?"

„Ich hätte nichts dagegen, wenn er ihr Freund wäre. Du mußt zugeben, es ist reichlich spät, wenn man am Morgen beim Gottesdienst –"

Martin gähnte und sagte: „Gute Nacht, Jane."

Vor dem Frühgottesdienst bemerkte Martin, daß Dave unausgeschlafen war. Und er versprach sich in der Bibellesung aus dem Buch Hiob. Kathy erschien erst spät in der Kirche und setzte sich neben ihre Mutter. Wie es bei ihnen Sitte geworden war, hatten sie Tischgäste zu Mittag – Joe, wie fast jeden Sonntag, Kathy und Dave. Er sagte, er wolle ihnen einen Cocktail machen, und verließ das Zimmer.

Jane fragte Kathy, ob ihr das Konzert gefallen habe.

„Was für ein Konzert, Mama?"

Jane war verlegen. „Ich habe mir irgendwie eingebildet, ihr wolltet in die Carnegie Hall."

„Ich weiß nicht, wie du darauf gekommen bist. Wir waren in einem Lokal im Village, das ein Freund von Dave leitet. Es heißt ‚Bei Harry' – eine amüsante kleine Bar. Harry ist Neger – ein Laienprediger."

Jane runzelte die Stirn, und Martin beobachtete, daß Kathy sie freundlich anlächelte. Konnten er und Jane denn mit den sich wandelnden Zeiten überhaupt noch Schritt halten?

Am Abend sagte Jane: „Dave ist so nett. Er wird einen guten Pastor abgeben, nicht wahr ...?"

Martin glaubte es auch. Und er würde sich bemühen, ihm auf jede Weise zu helfen.

DAVES bewundernswerteste Eigenschaft war sein ausgeprägter Sinn für das Praktische. Doch es fehlte ihm an der Geduld, die ein Seelenhirt braucht, wenn er gerufen wird, was er spöttisch „Händchenhalten" nannte. Martin versuchte, ihm auch hier zu raten und zu helfen. Daves Predigten waren unkonventionell, zwanglos im Vortrag, und er sprach fast ausschließlich über aktuelle Fragen.

Sein größtes Problem war ebenfalls verständlich, denn es ging beinahe jedem jungen Geistlichen wie ihm: Er wollte sich mit dem Tod nicht beschäftigen. Martin nahm ihn in Krankenhäuser mit, so unerbittlich, wie man ein Füllen an die Kandare nimmt. Daves erstes Erlebnis eines Krebstodesfalles erschütterte ihn derart, daß ihm beinahe übel wurde, und Martin mußte ihn erst einmal mit einer Tasse Kaffee wieder auf die Beine bringen.

Er sagte: „Dave, Sie müssen sich an den Tod als Tatsache gewöhnen. Ihre wichtigste Aufgabe als Pastor besteht darin, dem Sterbenden das Alleinsein zu erleichtern. Sie haben die Einsamkeit der Neger im Süden begriffen und versucht, sie mit ihnen zu teilen. Sie bemühen sich, das Leben einsamer Kinder angenehmer zu machen. Aber das alles ist harmlos, verglichen mit dem Alleinsein beim Sterben."

„Sicher haben Sie recht", sagte Dave. „Aber ich hätte nicht gewußt, was ich Mrs. Klassen über das Leben nach dem Tode hätte sagen sollen, wenn sie nicht Sie, sondern mich gefragt hätte."

„Hätten Sie ihr nicht sagen können, daß man uns gelehrt hat, es gibt ein Leben danach, und daß sie es also glauben solle?"

„Man hat es uns gelehrt, Martin, aber wir haben viele Gründe, es nicht zu glauben. Warum können Sie nicht einfach sagen, Sie wissen es nicht? Wissen Sie es denn wirklich?"

„Natürlich nicht. Ich glaube daran, aber ich weiß es nicht. Vielleicht hätte ich gesagt, ich weiß es nicht, wenn Sie der Sterbende gewesen wären, der mich gefragt hat. Weil Sie sich, mit Ihren Zweifeln, weniger einsam gefühlt hätten, wenn Sie sich bewußt geworden wären, daß auch ich nicht mit unumstößlicher Autorität sprechen kann. Aber ich konnte weder Mrs. Klassen oder mir selber etwas vorlügen; und so habe ich sie einfach gebeten zu versuchen, den Glauben mit mir zu teilen. Und das hat sie ein wenig getröstet."

Dave sagte: „Mir fallen Gebete schwer."

„Mir auch – wenn ich öffentlich bete. Mit privaten Gebeten ist es anders. Vermutlich bete ich viel, weil ich viel hoffe. Ich bete nicht mit einem Sterbenden, wenn er es nicht will. Heute habe ich gebetet, weil Mrs. Klassen es gewünscht hat. Es war nicht so schwer wie früher, weil ich gelernt habe, so zu beten, als sei ich allein."

Während der ersten beiden Juliwochen schloß die Kirche ihre Pforten, so daß notwendig gewordene Renovierungsarbeiten ausgeführt werden konnten. Martin und Jane waren mit Abe nach Vermont gefahren, als ein Freund Daves, Mac Fuller, ihn für das Wochenende anschließend an den 4. Juli, den Unabhängigkeitstag, an die Küste von Jersey einlud und hinzufügte, er könne eine Freundin mitbringen, wenn er wolle. Mac, Pastor in Indiana, und seine Frau Meg seien prachtvolle Menschen, sagte Dave zu Kathy. Er war stolz und froh, als sie einwilligte, mit ihm hinzufahren.

Sie verließen New York mit Daves Volkswagen am Morgen des 4. Juli und waren mittags an Ort und Stelle. Das Haus, das die Fullers gemietet hatten, war klein und stand einsam an einem herrlichen Sandstrand. An die Tür war ein Zettel geheftet, den Dave erstaunt las: Mac teilte mit, seine Schwiegermutter sei ernstlich erkrankt und sie seien beide nach Scranton gefahren. Dave und seine Freundin sollten es sich bequem machen.

Kathy las den Zettel und sagte: „Freundin – pflegst du mich so zu nennen?"

„Nein, Kathy, es ist Mac, der dich so nennt."

Das Häuschen bestand aus zwei winzigen Schlafkammern rechts und links eines kleinen Raums, der als Küche, Eß- und Wohnzimmer diente.

„Wo haben sie sich gedacht, daß wir schlafen sollen?" fragte Kathy.

„Ich weiß nicht.“ Dave grinste. „Vielleicht haben sie ihr Schlafzimmer, und wir haben unseres.“

Kathy wechselte das Thema. „Ich komme um vor Hunger.“ Sie öffnete den Kühlschrank. „Meg scheint keine besondere Hausfrau zu sein. Ein paar vertrocknete Würstchen, Marmelade, Erdnußbutter.“

Sie machte Rühreier, und sie aßen die Würstchen dazu. Dann zogen sie ihre Badeanzüge an und gingen ins Wasser. Als sie genug geschwommen hatten, legten sie sich auf den Strand. Kathy lag auf dem Rücken, die Augen gegen die blendende Sonne geschlossen, Sand im dunklen Haar. Er hockte mit gekreuzten Beinen neben ihr und sah sie bewundernd an.

„Ich liebe dich, Kathy.“ Er hatte nicht die Absicht gehabt, es zu sagen; und jetzt, da er es ausgesprochen hatte, überkam ihn Furcht. Als sie sich nicht rührte und auch die Augen geschlossen ließ, wiederholte er es.

„Ich hab es schon beim erstenmal gehört.“ Warum öffnete sie nicht die Augen?

„Glaubst du, du könntest dich jemals in mich verlieben?“

Sie wandte den Kopf und blinzelte ihn an, doch ihr Gesicht blieb ernst. „Könnt ich schon.“

Er blieb regungslos sitzen, obwohl er am liebsten in die Höhe gesprungen wäre, und sagte: „Das sollte mich eigentlich glücklich machen; doch meistens bin ich traurig. Ich wohne in eurem Haus, und du wohnst in einem anderen.“

Sie setzte sich auf und umschlang ihre Knie mit den Armen. „Da liegt der Hase im Pfeffer. Ich bin auch nicht glücklich. Ich habe meinen Job satt und meine Zimmerkolleginnen und meine ganzen Verabredungen. Aber ich weiß nicht, wohin ich gehen will oder was ich statt dessen machen möchte. Ich kann nicht zu Hause wohnen, weil du da bist.“

War das ein gutes oder ein schlechtes Zeichen? Er nahm es für ein gutes und sagte: „Ich werde ausziehen.“

„Mutter und Vater würden dich vermissen. Er sagt, aus dir werde eines Tages ein bedeutender Geistlicher.“

Dave mochte jetzt nicht daran denken. Er beugte sich zu ihr und legte eine Hand um die liebliche Rundung ihrer Wange. Sie wandte den Kopf, drückte seine Hand zwischen ihr Kinn und ihre Schulter und sprang auf. „Ich bin voller Sand“, sagte sie und lief ans Meer. Er rannte ihr nach, und sie schwammen in die Wellen hinaus.

Dann duschten sie, zogen sich an und fuhren zu einem Laden, wo sie ein Steak, Tomaten, Holzkohle und Bier kauften. Die untergehende Sonne warf ihre wechselnden Abendfarben auf den Strand. Als es dunkelte, machte Dave ein Feuer, das fröhlich flackerte und den salzigen Meeresduft um den guten Geruch von Steak und Holzkohle bereicherte, und als die Sterne blinkten, aßen sie herzhaft.

Danach fachte Dave das ersterbende Feuer neu an. Sie ging hinein, um sich einen Pullover zu holen, und als sie zurückkam und sich wieder ans Feuer setzte, schauerte sie plötzlich, und sie sagte, ihr sei immer noch kalt. Er streckte den Arm aus und rieb ihr den Rücken warm; sie wandte ihm den Kopf zu und blickte ihn an. Dann umschlangen sich ihre Arme, und sie küßten sich. Schließlich sagte Kathy: „Ich liebe dich, Dave."

Er spürte ihr Zittern in seinen Armen. Es konnte nur ein Augenblick vergangen sein, als sie sich von ihm löste, doch das Feuer war ausgebrannt. Dann verschwand Kathy. Er folgte ihr in den Bungalow, erschüttert von dem Bewußtsein, daß sie seine Leidenschaft erwiderte.

Sie hatte Licht in der Hütte gemacht und saß am Tisch, blaß und unglücklich. „Ich wünschte, die Fullers kämen zurück", sagte sie.

Er wünschte es plötzlich auch.

„Dave, wir können heute nacht nicht hierbleiben."

„Aber wo sonst?" Er ging ruhelos im Zimmer auf und ab und ließ sich auf einen Stuhl fallen. „Kannst du Rommé spielen?"

Sie sah ihn an, als sei er nicht ganz bei sich, dann erwiderte sie: „Ja." Sie suchten nach einem Kartenspiel, und als sie keines fanden, sagte er: „Möchtest du nach Delaware fahren?"

„Was ist in Delaware?"

„Dort kann man in ungefähr einer Stunde getraut werden."

Sie lächelte zögernd. „Nein. Das ist gewiß das Schönste, was je einer zu mir gesagt hat oder sagen wird. Aber – nein."

„Du willst lieber eine große kirchliche Trauung in Old Fourth?"

„Nein, natürlich nicht. Und wir können nicht im Pfarrhaus wohnen."

„Ich weiß. Ich werde mich nach einer anderen Stelle umsehen. Ich habe von einem interessanten Kommunalprojekt in Buffalo gehört –"

„Nein. Du wünschst dir eine eigene Kirche."

„Du sagst immer bloß nein. Kathy, wir sollten nicht warten."

Ihr Gesicht wurde ernst. „Ich weiß es."

Um ihr etwas Positives vorzuschlagen, sagte er: „Dein Vater sollte uns trauen."

„Ja, das wünsch ich mir auch."

„Wie lange dauert es, bis man in Vermont eine Heiratserlaubnis bekommt?"

Sie sah ihn mit großen Augen an. „Ich weiß nicht."

„Bist du müde?"

„Großer Gott, nein. Heute nacht würde ich kein Auge zutun."

„Also gut. Es ist erst zehn. Zum Frühstück können wir dort sein."

Und sie waren es. Abe hatte sich zu einem Tagesausflug aufgemacht, und Martin und Jane tranken gerade Kaffee in der Küche. Sie waren hoch erfreut von dem, was sie hörten, und Jane hätte beinahe geweint. Nachdem er einige Telephongespräche geführt hatte, sagte Martin, sie könnten am Dienstag heiraten.

9

WAS Kathy an der Erscheinungskirche am meisten verwunderte, war nicht die Zahl von wenig über hundertfünfzig Gemeindemitgliedern, sondern die Tatsache, daß sie überhaupt existierte. Im Februar 1964, als David Murchison dort Pastor wurde, hatte die Kirche acht unsichere Jahre hinter sich, an der West Side von Manhattan in einem Gebäude, das früher eine Synagoge gewesen war.

Das Absterben der Synagoge schien unerklärlich, denn es wohnten viele Juden in der Nachbarschaft. Doch die Entstehung einer protestantischen Kirche an derselben Stelle schien noch sonderbarer.

Wenige, die in dem Viertel lebten, hätten es als Slum betrachtet; doch es fehlte nicht viel dazu. Puertorikaner, Kubaner, Neger, Italiener erfüllten die Straßen, zum Kummer eines kleinen, festen Kerns von Iren, einer französischen Kolonie, die man hier nicht erwartet hätte, und einer großen Zahl von jüdischen Geschäftsleuten. Die Erscheinungskirche war protestantisch im echten Sinne des Wortes, denn sie war von Leuten gegründet worden, die gegen vielerlei Aspekte des gesellschaftlichen Lebens protestierten. Diese Gemeinde verlangte von einem Pastor alles, was ein solches Amt nur fordern konnte – außer Trägheit und Anpassung.

Der Gemeinderat war ein getreues Abbild der Kirchenmitglieder: zwei Hausfrauen, zwei Geschäftsleute, ein Schauspieler und sieben

gewerkschaftlich organisierte Handwerker. Die Gewerkschaftler, die in der Majorität waren, verlangten Stabilität, Wachstum und Verbesserungen und waren dafür bereit, dem Organisator ihres Unternehmens ein Gehalt zu zahlen, von dem er existieren konnte. David erhielt sechstausendfünfhundert Dollar im Jahr und eine Wohnung im ersten Stock des zweigeschossigen Hauses neben der Kirche. Er gefiel ihnen, weil er ein unverkennbares Organisationstalent besaß; und die Frauen schlossen Kathy ins Herz, weil sie ein Kind erwartete.

Von Anfang an bewunderte Kathy den Stil, den Dave entwickelte, und die Mitglieder standen ihr darin nicht nach. Die Kirche, die in acht Jahren sechs Pastoren gehabt hatte, bestand aus einem trübseligen Gemeindesaal und aus einem noch trostloseren Kellergeschoß. Klappstühle an Stelle von Kirchenbänken gaben dem Saal das Aussehen einer Auktionshalle. Die Beleuchtung war schrecklich. Es schien Kathy nichts vorhanden zu sein, was den Eindruck erweckte, hier versammelten sich Menschen, um Gott zu verehren.

Daves erster Sonntagsgottesdienst war für Kathy und für alle anderen eine Überraschung. Es wurde ein Choral gesungen, und dann trat Dave an den Rand des Podiums und fing ohne jede Förmlichkeit zu sprechen an. Sein Thema war ihre Kirche – was sie war und was für Hoffnungen er in sie setzte. Danach bat er um Äußerungen aus der Gemeinde, und die Leute antworteten mit einem Strom von Anregungen und Fragen – einige überlegt, andere töricht. Die Diskussion dauerte eine gute Stunde, und Nick Ricco, ein früherer Katholik, der jetzt dem Vorstand angehörte, meinte, sie sei das Beste gewesen, was sich seit Jahren hier ereignet habe.

Joe Sanders, der an diesem Sonntag Martins Gottesdienst ausließ, damit er in der Erscheinungskirche dabeisein konnte, lud Kathy und Dave zum Mittagessen ein und war von Daves Plänen begeistert. Am nächsten Tag sandte er einen Scheck über tausend Dollar. Dave gab ihn dem Schatzmeister und sagte, er möge ihn daraufhin nicht für einen großen Kapitalvermehrer halten.

Jedermann war mit Dave und Kathy der Meinung, daß der Gemeindesaal unbedingt mehr Ähnlichkeit mit einer Kirche bekommen müsse. Vorschläge wurden besprochen, Pläne entworfen. Der Einbau eines richtigen Kirchengestühls wurde abgelehnt, weil der Saal außer den Sonntagsgottesdiensten auch noch anderen Zwecken zu dienen hatte. An den Abenden und den Samstagen opferten Zimmerleute, Elektriker und Gipser ihre Freizeit, und Dave und

Kathy schwangen die Anstreicherpinsel. Dann wurde das Erdgeschoß unter ihrer Wohnung verändert. Frühere Pastoren hatten das Vorderzimmer als Arbeitsraum benutzt und die beiden Hinterzimmer leer gelassen. Dave richtete sein Arbeitszimmer hinten ein, und sie überlegten hin und her, wie die anderen Räume am sinnvollsten genutzt werden konnten. Lebhaften Anteil an ihren Plänen nahm John O'Hare, der Polizeikommissar, weil er glaubte, daß alles, was den Einwohnern seines Reviers zugute kam, zugleich Gesetz und Ordnung diente. Einige Tage nach ihrem Einzug rief er an und sagte, Dave könne seinen Volkswagen Tag und Nacht um den Block parken, wo er wolle.

„Nur eins möchte ich Ihnen empfehlen, Herr Pastor. Wir haben mit Kreide auf Ihre Reifen Kreise gezeichnet. Halten Sie sie frisch. Dann wissen die Leute Bescheid. Auch die ‚Schwarzen Katzen'. So nennen sich die Rocker in unserem Viertel. Sie werden Ihren Wagen nicht anrühren."

Ein paar Tage später fand Dave eines Morgens seinen Wagen auf der Hinterachse; die Räder und Reifen waren abmontiert. Als er den Diebstahl meldete, fluchte der Wachtmeister und telephonierte. Es habe sich herausgestellt, daß es nicht die Schwarzen Katzen gewesen seien, meldete er David.

Kathy sah zu, wie Dave neue Räder anmontierte. Drei Halbwüchsige saßen auf einer Türschwelle in der Nähe und schauten ebenfalls zu. Als Dave fertig war und mit Kathy ins Haus gehen wollte, rief einer der Jungen ihm nach: „He, Pastor! Sie haben was vergessen." Er ging auf das Auto zu, zog ein Stück Kreide aus der Tasche und malte Kreise auf die Hinterreifen.

Dave lächelte ihm zu. „Danke, daß Sie mich daran erinnert haben. Wollen Sie eine Tasse Kaffee mit uns trinken?"

Die Jungen blickten mißtrauisch von ihm zu Kathy; dann folgten sie ihm schweigend hinauf. Dort, während alle Kaffee tranken und Kuchen aßen, sprach Dave scheinbar beiläufig mit ihnen. Schließlich gingen sie, ohne sich zu bedanken, doch unten an der Treppe sah einer den großen, leeren Vorderraum und sagte: „He, Dave, hier ist ja Platz für einen Billardtisch."

Ein neuer war unerschwinglich. Aber Kathy hatte eine Idee. „Frag doch O'Hare danach."

Der Billardtisch kostete neunundvierzig Dollar. Er wurde von vier mürrischen Männern aufgestellt, die wie auf Bewährung entlassene

Sträflinge aussahen. Kaum waren sie gegangen, klingelte es. Die drei Schwarzen Katzen, die vor ein paar Tagen bei ihnen Kaffee getrunken hatten, kamen mit vier Freunden wieder. Sie untersuchten den Billardtisch sorgfältig, und einer fragte David, ob er spielen könne.

Es wurde gelost, und Dave spielte mit dreien gegen die anderen vier Jungen. Zu ihrem Verdruß gewann er mit seinem Team das Spiel. Am nächsten Nachmittag erschienen die Schwarzen Katzen mit ihrem Anführer Studs Gennari, der Dave zu einer Karambolagepartie mit drei Bällen aufforderte. Er sagte, er werde einen Dollar setzen, worauf Dave ihm erwiderte, das sei hier nicht erlaubt.

Studs blickte ihn an und sagte: „Hören Sie, Pastor, Sie können uns nicht daran hindern. Wir schreiben einfach auf und verrechnen die Pinke hinterher."

„Erst einmal", sagte Dave, „heiße ich nicht Pastor, sondern David Murchison. Wenn ihr um Geld spielen wollt, dann geht zu Gino und zahlt einen Vierteldollar für den Anstoß. Aber hier nicht. Das ist die Hausregel. Wer sie bricht, hat hier nichts zu suchen. Wollen Sie noch drei Bälle mit mir spielen?"

Studs, der ihn noch immer ausdruckslos angeblickt hatte, nahm ein Queue und rieb die Spitze mit Kreide ein. Er war ein sehr guter Spieler, aber Dave gewann.

Studs sagte: „Wie kann man Billard spielen, wenn nicht mal eine Musikbox da ist, die einen richtig in Schwung bringt?" Er ging, und zwei gingen mit ihm. Doch acht blieben.

Polizeikommissar O'Hare sah Dave erstaunt an, als er ihm das Problem auseinandersetzte. „Eine Musikbox für umsonst, wo man keine Münzen einzuwerfen braucht? Wissen Sie, wieviel so etwas kostet? Ungefähr dreihundert pro Woche. Das wird Ihnen niemand geben, Herr Pastor. Wenn Sie mir nicht glauben, dann gehen Sie doch mal zu Tony Maretta." O'Hare gab ihm die Adresse der Firma auf der Achten Avenue.

Es war schwer, eine Verabredung mit Maretta zu treffen. Doch schließlich gelang es ihm. Maretta, ein Mann mit einem Fuchsgesicht, sah ihn undurchdringlich an, als Dave erklärte, wer er sei und was er wolle. Ein junger Mann, der neben dem großen Schreibtisch saß, antwortete für seinen Chef: „Dreihundert pro Woche."

David zuckte resigniert die Achseln, und Maretta fragte ihn, ob er die Absicht habe, die Schwarzen Katzen zu sprengen.

„Sprengen nicht. Aber ich möchte sie von der Straße wegholen. Ihnen zeigen, daß es ein besseres Leben gibt als das, was sie führen. Aber ich glaube, Sie denken darüber nicht nach oder Ihnen sind solche Dinge gleichgültig, Mr. Maretta."

Maretta beugte sich zu Dave hinüber und fragte, wieso er wissen könne, was er, Maretta, denke. „Die Jungens schicken Sie zu mir. Sie können nicht zahlen. Sie kommen zurück, und die lachen Sie aus und türmen. Erzählen Sie mir mehr. Warum sind Sie Pastor?"

Dave erklärte es ihm, so gut er konnte.

„Okay. Sie wissen nicht, was Tony Maretta denkt. Vergessen Sie das nie. Sie kriegen eine Box für einen Dollar pro Monat. Wird noch heute aufgestellt." Er sah seinen Assistenten an. „Eine sechsundneunziger. Jeden Monat neue Platten. Geben Sie den Dollar jedesmal dem Mann, der die Platten auswechselt."

Der verblüffte Dave wollte ihm danken, doch Maretta schnitt ihm das Wort ab. Er stand nur auf, reichte ihm die Hand und sagte: „Viel Glück, Herr Pastor."

Als Dave zu Hause berichtete, was geschehen war, konnte Kathy nicht glauben, daß Maretta Wort halten würde. Aber noch am gleichen Nachmittag installierten ein paar Männer den Musikautomaten, und um fünf Uhr hatte sich schon ein gutes Dutzend Schwarze Katzen versammelt. Zum erstenmal behandelte jeder von ihnen Dave mit Hochachtung. Sie spielten Billard; sie spielten Tischtennis auf zwei Tischen, die in dem anderen Zimmer aufgestellt worden waren. Einige zündeten sich Zigaretten an, aber Studs Gennari herrschte sie an, sie sollten sie ausmachen. Warum? „Ihr Strolche, es sind doch keine Aschbecher hier."

Einer fragte Dave, ob er rauche, und er antwortete: „Nicht im Büro." Und fortan nannten sie das Spielzimmer „das Büro".

Als Dave eines Nachmittags aus war, hörte Kathy ungewohnte Stimmen durch das Dröhnen des Musikautomaten. Sie ging hinunter und sah, daß ein Streit ausgebrochen war. Einige Jungen hatten vier Mädchen mitgebracht, und Studs versuchte, ihnen den Standpunkt klarzumachen. „Keine Bienen! So ist die Hausordnung!" Dann sah er Kathy und sagte: „Nicht wahr, Kathy?"

„Ich schlage vor", sagte sie, „daß die Mädchen zu mir heraufkommen."

Zögernd folgten sie ihr. Sie mochten vierzehn oder fünfzehn sein, sahen jedoch älter aus. Ach, diese Mädchen! dachte Kathy. Mit siebzehn schwanger und mit dreißig verblüht. Sie wünschte, sie hätte einen Weg gewußt, sich mit ihnen zu verständigen. Sie zeigte ihnen die Wohnung, legte einige Platten auf. Wenn auch die Musik nicht ganz nach ihrem Geschmack sein mochte, so war es doch immerhin eine Ablenkung und Zerstreuung.

Dave hatte mit den Jungen ein Beispiel vorexerziert: keine Fragen stellen. Und bald begannen die Mädchen, von selber zu erzählen und zu fragen: „Wie war Ihnen zumute, als Sie gemerkt haben, daß Sie ein Kind kriegen? Was nehmen Sie für Ihr Haar, damit es diesen Schimmer bekommt?" Nach und nach gingen sie aus sich heraus und verrieten ihre Wünsche: schön sein, heiraten, bewundert werden und in Sicherheit leben. Waren diese Ziele von denen Kathys so sehr verschieden?

Als die Mädchen gingen, nahmen sie dankbar die Einladung an, wiederzukommen und Freundinnen mitzubringen. Die Besuche wurden im Juni unterbrochen, als Kathy ins Roosevelt-Hospital ging. Dort brachte sie einen gesunden Knaben zur Welt, über sieben Pfund schwer, den sie Steve nannten.

In der Klinik dachte Kathy über Dave nach und seine – ihre – Gemeinde. Wo waren sie gelandet? Pfarrer bei den Armen zu sein sollte mehr bedeuten, als ihnen größere soziale Privilegien zu verschaffen. Bei den seltenen Gelegenheiten, wo sie versucht hatte, mit Dave darüber zu sprechen, hatte er ihre Frage abgewehrt, als ob er sich selber ihrer Richtung nicht sicher sei.

Sie hatten Verbindung mit den jungen Menschen in ihrem Sprengel aufgenommen. Dave hatte ein Programm für sie entwickelt. Aber konnte er sie aus ihrer schäbigen Umgebung hinausführen in ein besseres Leben? Keiner von ihnen war bis jetzt zum Sonntagsgottesdienst gekommen, worin Kathy den wichtigsten Unterschied zwischen einer Kirche und einer sozialen Einrichtung sah. Doch Dave sagte, er wolle sie nicht mit Religion ködern.

Seitdem er Pastor geworden war, hatte er sechs neue Mitglieder geworben, darunter drei Neger, die von den gewerkschaftlich organisierten Familien toleriert wurden, weil Dave sie nicht beim Glauben, sondern beim Stolz und ihrer Fortschrittlichkeit gepackt hatte; er hatte ihnen gesagt, daß jetzt auch Neger in die feineren Kirchen des Stadtzentrums aufgenommen würden, und tatsächlich wollten sie hinter den wirtschaftlich und gesellschaftlich Bessergestellten nicht zurückstehen.

Im wesentlichen vermied Dave geistige Gespräche in der Gemeinde und bemühte sich hauptsächlich um solche Probleme wie die Zähmung der Schwarzen Katzen. Vielleicht sollten sie sich doch lieber gleich nach einer anderen Kirche umsehen. Aber keine andere Gemeinde würde ihn ernst nehmen, wenn er nicht mindestens ein Jahr an der Erscheinungskirche ausgehalten hatte.

An den Freitagabenden spielten die Mädchen jetzt unter Kathys Leitung im Gemeindesaal Stegreiftheater nach eigenen Ideen. Wie Kathy sagte: „Wir machen es so, wie's uns gerade einfällt." Gegen Weihnachten waren ungefähr zwanzig Mädchen, von denen die meisten vorher noch nie eine Kirche betreten hatten, jeden Sonntagmorgen in der Gemeinde.

Eines Freitagmorgens im Februar 1965 sprach Kathy beim Frühstück über ihre Mädchen. „Sie lernen wirklich etwas beim Theaterspielen", meinte sie. „Sie lernen denken, sprechen, sich benehmen, sich bewegen und finden auf diese Weise zu sich selber . . ."

Dave fragte sich, ob Kathy mit ihren Mädchen mehr Glück haben werde als er mit seinen Jungen. Ein paar Schwarze Katzen kamen zwar zum Gottesdienst; doch er bezweifelte, daß seine Predigten ihr Leben ernsthaft beeinflußten. Die meisten kamen, meinte er, aus Anhänglichkeit zu ihm, den sie als ihren Führer betrachteten, nachdem Studs Gennari einberufen worden war.

Nach dem Frühstück ging er in sein Arbeitszimmer. Zum viertenmal in den letzten Wochen hatte er Mühe mit der Vorbereitung einer Predigt. Sein Thema für den nächsten Sonntag war schwierig, vielleicht unausführbar: Was konnte ein Bürger, welchen Glaubens auch immer, zum Frieden in der Welt beitragen? Er war tief in Gedanken, als es an der Haustür klingelte. Im nächsten Augenblick hörte er das Klicken von Billardbällen. Es waren sogenannte „Büro"-Stunden eingerichtet – vom Schulschluß bis zehn Uhr abends –, und so ging er hinunter, um nachzusehen.

Sein Schwager Abe, in der Uniform seiner Militärschule, beugte sich über den Spieltisch. Er brachte seinen Stoß zu Ende und blickte Dave an, ohne zu lächeln.

„Hei, Abe! Was ist los?"

„Nichts ist los. Was ist mit dir los?"

Abe konnte ihn nicht leiden, ohne daß Dave wußte, warum. Als er an die Old Fourth gekommen war, hatte Abe ihn mit Gleichgültigkeit behandelt. Doch nachdem er seine Schwester geheiratet hatte, war Abe ausgesprochen feindselig geworden.

„Mit mir ist nur los, daß mir meine Predigt im Kopf herumgeht."

Abe rieb sein Queue mit Kreide ein und tat einen neuen Stoß. „Erstaunlich. Was dir so alles im Kopf herumgeht, meine ich. Paps hält dich für vollkommen. Mama auch. Sie mögen dich entschieden mehr als mich."

„Das ist nicht wahr, Abe", erwiderte Dave. „Du bist ihr Liebling. Sie sind nett zu mir, weil ich in die Familie geheiratet habe. Weshalb bist du nicht in der Schule?"

„Der Laden ist die ganze Woche geschlossen. Asiatische Grippe oder so was. Jeder, der noch laufen konnte, wurde nach Hause geschickt. Ich bin bei einem Kumpel in Long Island geblieben. Hab heute abend eine Verabredung in Poughkeepsie. Dachte, ich sage schnell Kathy und dann den alten Herrschaften guten Tag. Na, bis später dann. Fröhliches Nachdenken!"

Er ging zu Kathy hinauf.

Dave kam immer noch nicht mit seiner Predigt zurecht, und er beschloß, sich von Martin ein Buch auszuleihen, das ihm vielleicht weiterhelfen könnte. Als er das Gemeindebüro betrat, stutzte er, denn die Frau, die aufblickte, war anders als irgendeine Sekretärin der Old Fourth, die er bisher kennengelernt hatte. Sie mochte etwa dreißig sein, war blond, hübsch und gut angezogen. Dave stellte sich vor und fragte nach seinem Schwiegervater.

„Er ist in Washington, Mr. Murchison, bei einer Bundesversammlung. Mein Name ist Martha Frome. Kann ich etwas für Sie tun?"

Dave sagte, er wolle sich ein Buch von Paul Tillich ausleihen und er wisse ungefähr, wo es in Martins Regalen zu finden sei.

Mrs. Frome lächelte. „Vielleicht steht es nicht mehr da, wo Sie meinen. Ich habe Mr. Judsons Bücher neu geordnet. Sie waren alle durcheinandergeraten."

„Wie lange sind Sie schon hier, Mrs. Frome?"

„Montag habe ich angefangen. Ich habe mich auf eine Anzeige in der *Times* gemeldet."

Er trat in Martins Arbeitszimmer, und sie begleitete ihn. Bibliothek und Schreibtisch waren in tadelloser Ordnung. Er fand das Buch; dann ging er in die Wohnung hinauf, um Jane zum Essen einzuladen. Jane begrüßte ihn herzlich; doch sah sie sehr müde aus. Zuerst lehnte sie ab und wies darauf hin, daß es Freitag sei und Kathy und er mit den Jungen- und Mädchenklubs zu tun hätten. Doch dann erhellte sich ihr Gesicht, denn ihr fiel ein, daß sie bei Stevie bleiben konnte, wenn die beiden aus waren.

Als sie gingen, sagte Jane: „Du weißt, Marty ist erst gestern nach Washington gefahren, doch mir kommt es vor, als sei er schon einen Monat fort. Er wollte heute abend zurückkommen, aber ich habe ihm gesagt, er solle sich eine Nacht Ruhe gönnen und erst am Morgen nach Hause fliegen ... Dave, wir brauchen doch kein Taxi!"

Er war sonst sparsam mit Taxis, aber Jane sah im Zwielicht so zart, so hinfällig aus, daß er es nicht über sich brachte, sie in der Hauptverkehrszeit einem überfüllten Omnibus auszuliefern.

Im „Büro" schmetterte die Musikbox; die Jungen spielten Billard und Tischtennis und schrien sich die Seele aus dem Leib. Dave bemerkte, wie Jane zusammenzuckte, und sagte ihnen, sie sollten sich mäßigen. Oben krähte auch Stevie kräftig; ob aus Vergnügen oder Zorn, wußte Kathy nicht zu sagen. Als Jane ihn hochnahm, beruhigte er sich.

„Ich hoffe, es macht dir nichts aus, wenn wir früher essen", sagte Kathy. „Aber um sechs ist eine Hochzeitsprobe. Mama, du hättest uns sagen sollen, daß Vater fort ist. Du könntest hierbleiben."

„Wo es still und friedlich ist", ergänzte Dave.

Jane blickte auf Steve, der in ihren Armen lag. „Hat er nicht ein wunderhübsch geformtes Köpfchen? Dave, hast du Mrs. Frome kennengelernt? Ist sie nicht nett?"

„Sehr. Kathy, du solltest dir Vaters neue Sekretärin ansehen. Eine Wucht. Fast so schön wie deine Mutter."

„Ach, hör auf." Jane lächelte. „Sie ist intelligent und gut erzogen. Ich bin gespannt, wie lange wir sie behalten werden. Sie ist aus Indianapolis und geschieden. Es muß eine traurige Geschichte gewesen sein. Aber soviel ich aus Gesprächen mit ihr gemerkt habe, ist sie die letzte, die davon sprechen wird. Sie bekommt nur achtundzwanzig Dollar die Woche, weißt du. Marty sagt, sie ist sehr tüchtig und könnte überall mehr verdienen."

Nach dem Essen erbot sich Jane, das Geschirr abzuwaschen, während die beiden zur Probe in den Saal gingen. Doch Kathy sagte, sie brauche nicht unbedingt dabeizusein, und beredete Jane, Dave zu begleiten. Sie ging gern mit. Als sie in die Wohnung zurückkehrten, zog sich Dave einen Pullover an, Jeans und Segeltuchschuhe und ging zu Fallers Sporthalle. Über vierzig Jungen tummelten sich bereits dort.

O'Hare, der gelegentlich vorsprach, war mit Chuck Sandren, einer ehemaligen Schwarzen Katze, gekommen, der jetzt Streifenpolizist auf Probe war. Dave begrüßte Sandren und fragte, wie ihm sein Dienst gefalle. Chuck trank eine Cola und sagte, er sei froh, daß er Polizist geworden sei. Wenn er es könne, dann könnten es die anderen auch.

Als sie aufbrachen, sagte O'Hare: „Ich fahre Sie nach Hause, Dave." Im Wagen bemerkte er, er habe heute abend acht Jungen beobachtet, aus denen gute Polizisten würden.

„Ach, das mach ich also?" fragte Dave. „Polizisten ausbilden? Wissen Sie, O'Hare, daß ich selber gesessen habe?"

„Wahrhaftig?" O'Hare blickte ihn an. „Ich hab schon immer das Gefühl, Sie haben den Instinkt für Kriminalität. Was war denn los?"

Dave erzählte ihm von seinen Abenteuern im Süden, bis sie vor der Kirche anlangten. „Kommen Sie zu einer Tasse Kaffee mit hinein?"

„Da sage ich nicht nein."

Als Dave ihn Jane vorstellte, zeigte sich O'Hare von einer charmanten Seite, die Dave nicht an ihm vermutet hatte. Zu seiner Überraschung sagte Jane, sie hätte gern ein Gläschen Sherry. „Kommissar O'Hare –" Sie hob ihr Glas. „Auf einen Gentleman, der ein Freund meiner Kinder ist ..."

Schließlich verabschiedete sich O'Hare und lobte Daves Jugendarbeit. Jane blickte Dave an, als O'Hare sich an Kathy wandte. Sie sagte: „Du machst es doch gern und ohne Überwindung, nicht wahr, Dave?"

Ja, es mache ihm Freude, erwiderte er.

Sie schaute ihn immer noch nachdenklich an. „Es ist schwierig, heutzutage Pfarrer zu sein. Es gibt so viel Verschiedenes zu berücksichtigen. Die Alten und die Jungen. Predigen und – eine Unmenge anderer Sachen, scheint mir."

„Zu viel", antwortete Dave, „als daß einer allein es gut machen könnte. Ich wünschte mir Martins Vielseitigkeit."

„Die hast du. Oder du wirst es noch lernen. Er hat auch viel Erfahrung gebraucht. Laß dir Zeit."

Er merkte, daß sie verstand und mitempfand, was an seinem Amt für ihn so schwierig war, und fühlte sich ihr plötzlich näher als je zuvor.

Als sie sagte, sie müsse gehen, sagte O'Hare, er werde sie in seinem Streifenwagen nach Hause bringen.

Jane lächelte. „Das wäre wundervoll. Ich bin noch nie in einem Polizeiwagen gefahren. Ich würde gern mal die Sirene hören."

Kathy und Dave begleiteten sie auf die Straße und gaben ihr einen Gutenachtkuß. Das letzte, was sie von ihr sahen, war, daß sie sich angeregt mit O'Hare unterhielt, der seine Sirene aufheulen ließ, als sie um die Ecke sausten.

Martin kam am nächsten Morgen um zehn nach Hause. Überrascht, von Mrs. Bentley zu hören, daß Jane noch schlief, ging er hinauf, um sie zu wecken. Sie lag in ihrem Bett und war tot.

10

Am Mittwoch nachmittag hielt Martin außerhalb von Newcomb an einer Tankstelle und kaufte Schneeketten. „Wo soll's hingehn?" fragte der Tankwart.

„Nach Alden", erwiderte Martin.

„Jetzt brauchen Sie die Ketten noch nicht. Aber es wird ziemlich dick kommen."

„Man fühlt es." Er sah zum grauen Himmel hinauf und kehrte dem scharfen Wind den Rücken, der nach Nordost drehte. „Das Barometer fällt?"

„Ja. Mächtig – seit Mittag."

Als er weiterfuhr, dachte Martin, dies sei der befriedigendste Wortwechsel gewesen, den er seit vier Tagen geführt hatte. Freundlich, aber unpersönlich. Es war nichts zu sagen, doch die Leute hatten natürlich in den endlos scheinenden Tagen und Abenden seit Sonntag morgen alles mögliche zu sagen versucht. Jetzt hoffte er, die schwerste Last seines Kummers in New York zurückgelassen zu haben. Er hatte niemandem gesagt, wohin er fuhr, nur, daß er einige Zeit nicht dasein würde.

Wahrscheinlich hatte Abe seinen Zufluchtsort geahnt. Überraschenderweise war es gerade Abe gewesen, der seinen Wunsch nach Schweigen begriff. Mit Ausnahme von einigen Tränen, die er nicht zurückhalten konnte, verbarg er seinen eigenen Schmerz hinter einem finsteren Gesicht. Nach dem Begräbnis gestern, als Martin ihn zur Schule zurückfuhr, schwiegen sie die ganze Zeit. Am Tor hatte er Martin umarmt und gesagt: „Nimm es nicht zu schwer, Paps."

Nun, da er sich Alden näherte, glaubte Martin, daß die kahle Weiße der Hügel und Täler unter dem drückenden grauen Himmel eine gewisse heilsame Wirkung ausübte. Er wollte sich eigentlich Lebensmittel in Alden kaufen; doch Jane hielt stets für alle Fälle die Speisekammer gefüllt. Und er mochte nicht auf Fragen antworten, die man ihm in den Geschäften der Stadt stellen würde, wo ihn jedermann kannte; deshalb schlug er einen Abkürzungsweg ein und gelangte zum Haus, ohne gesehen zu werden. Die praktischen Dinge, um die er sich kümmern mußte, waren jetzt wie ein Segen. Er hielt auf der gebahnten Straße, legte die Schneeketten an und fuhr die Auffahrt hinauf, bis der Wagen von den Lorbeerbüschen verborgen war.

Die Tür öffnete sich quietschend, und er fürchtete sich plötzlich, den vertrauten Raum allein zu betreten. Es roch angenehm nach Moschus, und über sich hörte er die trippelnden Füße von Eichhörnchen auf dem Dachboden. Er stellte den elektrischen Strom an; doch dann entdeckte er, daß das Wasser eingefroren war. Also mußte er geschmolzenen Schnee benutzen. Aber auch der Elektroherd war auf geheimnisvolle Weise tot. Er holte trockenes Holz aus dem Keller und genoß das Vergnügen, in dem großen Kamin Feuer zu machen, und die Freude wurde größer, als er sah, daß es von neuem zu schneien begann.

Er ging hinauf und betrat ihr Schlafzimmer so heimlich wie ein Fremder. Die Kälte war unerträglich. Doch nachdem er warme Sachen gefunden hatte, ließ er seine städtischen Kleider verstreut liegen, als seien sie Überbleibsel aus einem früheren Leben. Dann trug er einige Armvoll Holz, das vor dem Haus gestapelt war, hinein und legte es zum Trocknen vor das Feuer.

Es war fast dunkel geworden, und zum erstenmal seit Tagen verspürte er Hunger.

Die Konserven in der Speisekammer waren ein kostbarer Fund. Es war sogar eine versiegelte Dose Kaffee darunter, den er mit Schmelzwasser aus dem Elektrotopf aufbrühen konnte. Er holte sich eine Büchse Bohnen und eine mit Corned beef; fand im Keller einen Eisenrost, wartete, bis die Flammen halb erloschen waren, und legte ihn in den Kamin. Dann schleppte er eine Matratze, Decken und ein Kissen von oben herunter, machte sich ein Bett auf dem Fußboden vor dem Kamin und hoffte auf einen warmen, ruhigen Nachtschlaf, nachdem er gegessen hatte. Bohnen – Corned beef – Kaffee. Auf einmal und wider jede Vernunft hatte er das Verlangen nach Brot.

In seinem Wunsch, sich von jedem Menschen unabhängig zu machen, beschloß er, selber einen Laib Brot zu backen. Er hatte in einem Regal Mehl und Hefe gesehen. Seine Mutter und Jane pflegten Brot zu backen. Dazu brauchte man Mehl, etwas Backfett, Wasser, Salz und Hefe – vielleicht noch etwas? Der Teig mußte an einem warmen Platz stehen, damit er aufging, so viel wußte er. Aber wieviel Hefe sollte er nehmen? Auf alle Fälle fügte er noch etwas Backpulver hinzu. Allmählich wurde aus der Mischung ein Teigklumpen, was ihn mit einer kindlichen Genugtuung erfüllte, die er seit Jahren nicht empfunden hatte.

Er tat den Klumpen in eine Schüssel, breitete eine Serviette darüber, wie er es bei Jane gesehen hatte, und stellte sie in die Nähe des Feuers. Ab und zu warf er einen Blick unter das Tuch und glaubte schon festzustellen, daß der Teig seine Gestalt veränderte. Dann holte er den tragbaren Herd vom Dachboden. Dort entdeckte er ein Paar Schneereifen, stellte fest, daß die Riemen sehr trocken waren, und beschloß, sie im Schnee aufzuweichen. Doch zuerst sah er nach seinem Teig. Er war kolossal aufgegangen, tatsächlich lief er schon über den Rand der Schüssel. Als er ein Brett suchte, um den Teig darauf auszubreiten, hörte er Fußestampfen vor der Tür. Jemand rief: „Wer ist da drin?"

„Wer ist denn draußen?" rief Martin zurück.

„Ich bin's, Jim Whitcomb, Mr. Judson."

Martin seufzte und öffnete. Der alte Jim, der Joe Sanders' Haus hütete, trat ein. Er starrte verwundert auf das Durcheinander.

„Machen Sie die Tür zu!" Martin bemerkte, daß seine Stimme beinahe wie ein Knurren klang.

„Ich habe hier Licht gesehen", erklärte Jim, „und mich gewundert. Habe vor ein paar Wochen mit Mr. Sanders telephoniert. Er sagte, vielleicht kommt er her. Sie machen wohl selber einen kleinen Winterurlaub? Wie geht es Mrs. Judson und den jungen Leuten?"

Martin wandte sich ab. Er hatte das Gefühl, nie wieder sprechen zu können.

Es gab einen lauten Knall, einen zischenden Ton. Der aufgegangene Teig zerlief in eine flache Masse. „Verdammt noch mal!" rief Martin, und Jim Whitcomb suchte das Weite.

Er war gerade mit seinen Bohnen, dem Corned beef und dem Kaffee fertig, als der elektrische Strom ausging. Er zündete eine Karbidlampe an. Wenn das Wetter so blieb, würde es Tage dauern, bis er sich wieder ausgegraben hatte – eine erfreuliche Abgeschiedenheit und Gelegenheit zur Kontemplation. Er nahm sich die Bibel vor und las in den Psalmen. Gegen Mitternacht fühlte er, wie ihm der Kopf schwer wurde. Er schürte das Feuer, zog nur seine Stiefel aus, wickelte sich in die Decken und legte sich auf die Matratze. Er hörte sich sagen: „Nacht, Jane“, und es klang gar nicht sonderbar, denn ihm schien, sie sei bei ihm.

Er erwachte im Morgengrauen, indem er zu ihr sprach. Aber sie war nicht da. Zuerst war er verwirrt, dann verstört und schließlich tief betrübt. Das Feuer war ausgegangen, und das Haus knirschte vor Kälte. Seiner Armbanduhr zufolge war es fünf Minuten nach elf. Er zog seine Stiefel an und begann ein neues Feuer zu machen.

Vielleicht würde Essen ihm helfen, seine Depression zu überwinden. Der Gedanke an die Bohnen, das Corned beef und den Kaffee von gestern abend stieß ihn ab, doch die Vorstellung von Brot machte ihn heißhungrig. Woher kam diese fixe Idee? Als er ruhelos hin und her ging, hatte er einen Einfall. Auf dem Dachboden waren Skier, aber der Schnee war besser für Schneereifen geeignet. Er würde sich Brot beschaffen! Jenseits des Bergrückens, in Bolt's Landing, gab es das beste Brot, das je gebacken worden war; im Sommer waren sie oft die acht Kilometer dorthin gefahren, um das Brot zu kaufen, das Miß Janet Craig selber buk und in ihrem kleinen Laden, in dem es alles gab, verkaufte. Über den Bergrücken zu Fuß waren es nur drei Kilometer.

Er zog einen zweiten Pullover an, fand gefütterte Handschuhe, eine Sonnenbrille und einen Rucksack von Abe. Als er die Tür hinter sich schloß, dachte er: Es macht wirklich nichts aus, wenn ich nie mehr in dieses Haus zurückkehre.

Es hatte aufgehört zu schneien. Die Luft unter dem zerrissenen grauen Himmel war ruhig; der Wind hatte sich gedreht, schien sich neu zu sammeln und noch nicht schlüssig zu sein, was er als nächstes tun sollte. Es hatte zehn Grad Kälte. Tatsächlich waren die ausgetrockneten Darmsehnen der Schneereifen wieder geschmeidig geworden. Er zog sie an und tat ein paar stolpernde Schritte. Vielleicht würde er es gar nicht schaffen.

Auf den Wiesen waren die meisten Orientierungszeichen verschwunden. Sogar der Bach schien tief begraben, aber dann bemerkte er ein unbestimmtes Rieseln, eine dunkle Ader im bleichen Fleisch der Schneedecke. Martin richtete sich nach einer Gruppe von Schierlingstannen, die etwas höher standen. Dort pflegte immer eine Eule zu hocken, von Amseln und Eichelhähern belästigt; doch sie blieb unentwegt sitzen und heulte und klagte in den Mondnächten. Was war aus all diesem Leben geworden? Wie eine Antwort auf seine Frage barst eine Schar von Rebhühnern auseinander, wie ein Schrapnellgeschoß in lauter Kugeln zerplatzt, und stob in alle Windrichtungen davon.

Es war halb zwei, als er bei den Kastanien unter dem Kamm anlangte. Er scheuchte ein Reh auf und dann ein zweites; und er machte einen Umweg, um sie nicht von ihrer Futterhöhle zu vertreiben, die sie sich gescharrt hatten. Auf dem Grat des Bergrückens peitschte der Wind sein Gesicht. Er blickte zurück. Sein eigenes Haus war von den Tannen verdeckt, aber er sah Joes Haus neben der gekräuselten Schneefläche des Sees. Ein Schneepflug bahnte sich seinen Weg über die Straße, die am See entlangführte.

Es war Wahnsinn, weiterzuwandern. Der Wind würde den Südhang des Berges mit Eiskrusten bedecken. Es wurde ihm klar, daß sein Marsch nicht nur von dem Verlangen nach Brot bestimmt war. Wäre es das allein gewesen, so hätte er es bequemer zu Joes Haus gehabt und sich welches von Nancy Whitcomb geben lassen können. Vielleicht war Brot nur das Symbol für den Wunsch, Verbindung mit Menschen aufzunehmen. Er würde sich weitermühen, weil er nicht in die Einsamkeit des Hauses zurückwollte.

Nach kurzer Zeit rutschte er auf der Eisschicht aus und fiel auf den Rücken. Er drehte sich benommen um sich selber, glitt abwärts, bis er atemlos in einer bläulichen Schneesenke Halt fand und wieder stehen konnte. Vor seinen Augen spielte sich der fünfzig Meter lange Absturz wie eine Filmszene ab, und er mußte unwillkürlich lachen. Doch er bewegte sich jetzt vorsichtiger weiter.

Es war fast drei Uhr, als er die Schneereifen vor der Ladentür in Bolt's Landing auszog und eintrat. Miß Janet Craig, eine hagere, bejahrte Frau, schnitt Pökelfleisch in Scheiben. Ohne ihre Arbeit zu unterbrechen, sah sie ihm entgegen und sagte: „Guten Tag, Mr. Judson. Es hat ein bißchen geschneit."

„Uh – das kann man wohl sagen. Ich bin auf Schneereifen herübergekommen."

„Ach? Trinken Sie eine Tasse Kaffee, während Sie sich ausruhen."

„Ja, gern. Haben Sie heute früh gebacken?"

„Natürlich."

„Dann nehme ich zwei Brote – oder drei." Er stampfte mit den Füßen und rieb mit klammen Händen sein erstarrtes Gesicht. „Könnten Sie mir ein paar Scheiben abschneiden, die ich zum Kaffee essen kann?"

„Ich habe einige Schnitten parat, Mr. Judson. Setzen Sie sich an den Ofen."

Während er den Kaffee trank und dazu ein köstliches Schinkenbrot aß, sagte er, was er noch außer dem Brot im Rucksack mitnehmen wollte – zwei große Schnitten ihres selbstgeräucherten Schinkens, Butter, Kartoffeln, Mohrrüben. Von Milch und Eiern riet sie ihm ab. „Sie werden sie nur zerbrechen und sich verletzen, wenn Sie hinfallen." Dann bemerkte er, daß er seine Brieftasche vergessen hatte. Aber Miß Craig sagte: „Um Himmels willen, Mr. Judson, wenn Sie keinen Kredit bei mir haben, dann kann ich meinen Laden zumachen."

Als er aufbrach, sagte sie: „Gehen Sie nicht über den Berg zurück. Nehmen Sie die Straße. Sie ist sicherer, und vielleicht nimmt Sie jemand mit."

„Der Weg über den Hügel ist kürzer. Es klart auf."

Als er die Schneereifen wieder anzog, fiel ihm etwas ein. Er ging in den Laden zurück und sagte: „Miß Craig, meine Frau ist am Sonntag gestorben – eine Embolie, wie der Arzt sagte. Ich wollte heraus aus der Stadt. Vielleicht komme ich dort drüben besser darüber hinweg."

Ihre Unterlippe zitterte, ehe sie sprechen konnte. „Es tut mir schrecklich leid, Mr. Judson. Ihre Frau war der feinste Mensch, der je hierhergekommen ist." Sie zögerte. „Ich dachte mir gleich, da stimmt etwas nicht, als ich Sie kommen sah. Meine Kusine Hattie hat immer gesagt, keiner kommt nach Bolt's Landing, außer er will nirgends sonst sein."

Als er den Berg wieder zur Hälfte erklommen hatte, bedauerte er, daß er nicht die Straße genommen hatte. Nur Tiere sind bei solchem Wetter draußen, dachte er. Sein Vater pflegte von Hunden und Pferden zu erzählen, die rasend werden, wenn sie ihren Gefährten verlieren. War das bei ihm auch der Fall? Lag ein selbstmörderischer Instinkt in diesem Auf und Ab durch Schnee und Eis? *Arzt, hilf dir selbst!* Vielleicht hatte der Gesundungsprozeß schon begonnen, nachdem er in Bolt's Landing mit Miß Craig ein paar Worte gewechselt hatte. In einem gewissen Sinn war sie der erste Mensch, mit dem er seit Janes Tod vernünftig gesprochen hatte.

Er erschrak über diese erste Selbsterkenntnis nach Tagen. Was hatte er in all diesen Jahren zu beweisen versucht? Wie würde er jemals wieder wagen können, jemanden zu trösten, den der Schmerz überwältigte? Er hatte nicht Gottes Willen oder seine Existenz angezweifelt, als er Jane tot aufgefunden hatte. Er wußte es nicht, doch er hoffte, daß es ein künftiges Leben gab, in dem sie und er wiedervereinigt sein würden. Sein Glaube hatte ihm nicht zu der Seelenruhe verholfen, die er anderen zu geben versucht hatte. Doch das bedeutete nicht, daß sein Glaube wertlos war; es bedeutete nur, daß er ihn in seiner Einsamkeit vergessen hatte. Jetzt war es an der Zeit, den Glauben gegen die Verzweiflung zu setzen.

Schließlich erreichte er taumelnd den Gipfel des Bergrückens und sank keuchend zurück. Die Augen tränten ihm in dem beißenden Wind. Jetzt wollte er nur noch so schnell wie möglich nach Hause. Die Welt jenseits des Kammes bestand aus einer weißen Wüstenei – so ähnlich sah er die Zukunft, die vor ihm lag. Doch zitronengelbes Mondlicht ließ einige Konturen erkennen.

Ein Licht blinkte irgendwo, dann ein zweites. Er ließ sich die Schneewehen hinuntergleiten.

Am Fuße des steilen Hanges war ihm, als höre er jemand pfeifen. Er hielt inne – es wiederholte sich – und dann ein Ruf aus der Richtung der Schierlingstannen. Er war zu durchgefroren, um zurückzupfeifen, und sein Versuch zu rufen klang mehr wie ein Brummen, als er sich weitermühte. Schließlich sah er im Mondlicht, daß ihm jemand zuwinkte, und die Stimme war unverwechselbar: „Martin?“

„Ja.“

„Um Himmels willen, wo bist du gewesen?“

Er sammelte seinen Atem, bis er nur noch wenige Meter von Joe entfernt war. „Ich bin über den Berg gestiegen, um Brot zu holen. Was machst du denn hier?“

„Dich suchen. Dabei ist mir das hier kaputtgegangen ...“ Er war wieder ganz der alte Feldwebel Sanders, als er erklärte, der linke Ski sei zerbrochen.

„Das ist kein guter Skischnee“, sagte Martin.

Aus irgendeinem Grund fand Joe das ungeheuer komisch. Er schlug Martin auf den Rücken und sagte: „Nun weiß ich, daß du wieder in Ordnung bist.“

Sie humpelten und stolperten zusammen talwärts, wobei Joe seinen rechten Ski benutzte und sich mit dem linken Fuß auf Martins rechten

Schneereifen stützte. Öfters fielen sie hin und halfen sich gegenseitig wieder auf die Beine, wie Clowns im Zirkus.

In Martins Haus war die Stromleitung wieder in Betrieb. Sie machten Licht und ruhten sich aus, um Atem zu schöpfen, bis Joe sagte: „Ich hatte mir gedacht, du würdest hier aufkreuzen. Mach dir keine Mühe mit dem Feuer – komm doch mit zu mir hinüber."

„Ich möchte lieber hierbleiben. Aber du kannst mir Gesellschaft leisten, wenn du mit gefrorenem Brot und Schinken zufrieden bist."

Joe grinste. „Klar doch. Fein, daß du mich einlädst. Martin, du wirst wieder der alte sein."

Wenn auch nicht der alte, dachte Martin – aber *sein* werde ich wenigstens.

GEGEN Ende Mai entschloß sich Martha Frome, die Sekretärin, der Kirche beizutreten. Doch am Freitag vor dem Sonntag, an dem sie aufgenommen werden sollte, sagte sie zu Martin, sie habe etwas mit ihm zu besprechen.

Sie machte keine Umschweife: „Martin – kann man wirklich von neuem geboren werden?" Sie hatte Schriften gelesen, die er ihr gegeben hatte, und bezog sich auf die Worte Jesu im Johannes-Evangelium: *Wahrlich, wahrlich, ich sage dir: es sei denn, daß jemand von neuem geboren werde, so kann er das Reich Gottes nicht sehen.* Sie sagte: „Mein früherer Mann hat mich gestern abend angerufen. Er möchte, daß wir es noch einmal versuchen. Aber ich will nicht." Sie erzählte Martin, sie sei ein Jahr in einem kleinen College im Mittelwesten gewesen, dann sei sie nach Hause zurückgekehrt und habe drei Jahre ihre invalide Mutter gepflegt. Nach dem Tode der Mutter habe sie für eine pharmazeutische Firma gearbeitet und dort einen Chemiker namens Malcolm Scott kennengelernt und geheiratet.

„Ich hielt ihn für vollkommen. Aber ich wollte durchaus Kinder haben; und er wollte noch warten. Vielleicht war das bezeichnend. Nach einem Jahr erhielt er ein besseres Angebot nach Chikago. Er brauchte eine Weile, bis er sich dort etabliert hatte. Nun" – sie verzog das Gesicht –, „er lernte in Chikago eine andere Frau kennen, verliebte sich in sie und bat mich um die Scheidung – alles in ein paar Wochen. Ich war völlig fertig. Nach der Scheidung nahm ich meine Arbeit wieder auf; aber es war alles anders. Leute, die ich seit langem kannte, taten so, als hätte ich mich verändert. So beschloß ich, einen neuen Start in New York zu versuchen. Und jetzt hat Malcolm mich angerufen. Rein in die Liebe, raus aus der Liebe – großer Irrtum – Martha, wir wollen es von neuem versuchen."

„Und Sie haben nein gesagt."

„Nicht endgültig. Sie wundern sich vielleicht, warum ich Sie bemühe und es überhaupt zur Sprache bringe. Ich – nun, ich hoffe, am Sonntag aufgenommen zu werden. Aber ich wollte Ihnen etwas aus meinem Leben erzählen, weil Sie mir immer so ein guter Freund gewesen sind. In gewisser Hinsicht fühle ich mich nicht als den richtigen Kandidaten für Ihre Art Religion."

„Das wichtigste ist", sagte Martin, „daß Sie Ihre Wahl getroffen haben und danach handeln. Ich glaube, das ist es, was Jesus mit *von neuem geboren* meinte. Nicht jeder bemüht sich, sich selber zu prüfen. Aber Sie haben es getan."

Martha wurde in die Gemeinschaft aufgenommen, und danach lud Joe Sanders sie und Martin zum Essen ein. Sie sagte dankbar zu und unterhielt sich aufs beste. Tatsächlich nahm Joe sie so in Anspruch, daß Martin sich wunderte, weshalb er gleichfalls aufgefordert worden war. Offensichtlich gefiel sie Joe. Nun, sie war eine sehr anziehende Frau. Und es schien Martin, daß auch Joe ihr gefiel.

In der nächsten Woche, als Martha einmal kurze Zeit nicht im Büro war und er auf ihrem Schreibtischkalender etwas nachsah, um einen Telephonanruf zu beantworten, war er wie vor den Kopf geschlagen, als er gedankenlos weiterblätterte und am Samstag die Eintragung fand: „Abendessen Joe Sanders 18 Uhr". Er schämte sich seiner Indiskretion, schlug schnell die Seiten zurück und sagte dem Anrufer, Mrs. Frome werde ihm Bescheid geben.

Doch am Samstag abend um sechs, als er allein in dem großen Speisezimmer des Pfarrhauses saß und Mrs. Bentley ihm servierte, ertappte er sich dabei, daß er darüber nachdachte, wo Martha und Joe essen würden. Und was würden sie danach tun?

Er haßte es, allein zu essen. Am liebsten ging er zu Kathy und Dave und tollte mit dem kleinen Stevie umher; aber er beschränkte seine Besuche auf einmal in der Woche. Die zahlreichen Einladungen von Mitgliedern der Gemeinde, so gut gemeint sie waren, langweilten ihn, und er übte sich darin, Ausreden zu erfinden. Mit Joe war er gern zusammen; doch der hatte möglicherweise jetzt eine reizvollere Tischgesellschaft gefunden.

Die Gelegenheit, die sich im Juni bot, war zu gut, als daß er sie hätte vorübergehen lassen können. Eine große Kirche in Denver brauchte für den Monat Juli einen Pastor. Ein Vikar, der Martin kannte, hielt ihn für den richtigen Mann. Über seinen Anruf freute sich Martin aufrichtig. Mit einem Schlag konnte er mehrere Probleme lösen oder ihnen ausweichen: das Leben in dem verödeten Pfarrhaus; seine Unlust, in diesem Sommer allein nach Vermont zu gehen. Abe hatte sich für ein Ferienlager in Colorado gemeldet, wo er Gelegenheit hatte, nach Herzenslust Tarzan zu spielen. Jetzt konnte ihn Martin, der sich dauernd Vorwürfe machte, er vernachlässige ihn, nach Colorado fahren und ihn während der Ferien hie und da sehen. Er hoffte, sie würden neue Wege finden, einander näherzukommen.

Abe saß den größten Teil der Fahrt am Steuer, und ihre Unterhaltung beschränkte sich auf Baseball, Fußball, Sportwagen und Mädchen.

Martin gefielen Denver und die Kirche, und er wünschte, er brauchte nicht mehr zur Old Fourth zurück. Am Nachmittag nach seiner letzten Predigt bot ihm der Gemeinderat die Pastorenstelle an.

Er hätte am liebsten sofort zugesagt; doch dann erbat er sich einen Monat Bedenkzeit.

Man bot ihm achtundzwanzigtausend im Jahr, während sein Gehalt in New York nur zwanzigtausend betrug. Doch, zum Glück oder nicht, es war ihm gleichgültig, wieviel er verdiente. Wichtiger war: er würde einfach diese blühende Kirche in Denver übernehmen, die andere aufgebaut hatten. Auch Old Fourth gedieh jetzt, aber es war seine und Janes Schöpfung.

Kathy, Dave und Stevie waren in New York, aber wahrscheinlich würden sie nicht immer dort bleiben. Abe konnte irgendwo landen. Gewiß, er hatte Freunde wie Moe und Tubby; er hatte seinen geliebten Sommersitz in Vermont, doch für diesen Sommer war er ihm verleidet.

Im August war er in einer Jagdhütte bei Aspen, wanderte, angelte und las, als eines Nachmittags Joe auftauchte. Er war in düsterer Stimmung. Nach dem Essen saßen sie vor dem Kamin, und Martin erzählte von dem Angebot nach Denver und daß er es ernsthaft in Erwägung ziehe.

Joe ging zur Bar, kam mit einem doppelten Scotch zurück und sagte: „In dieser Woche habe ich Pech. Ich habe Martha einen Heiratsantrag gemacht. Sie hat nein gesagt."

„Sie hat *nein* gesagt?" wiederholte Martin ungläubig.

„Genau. Sie kann mich gut leiden, aber sie liebt mich nicht. Und nun erzählst du mir auch noch, du willst von New York weggehen."

„Nun, ich habe noch nicht gesagt, daß ich gehen will. Ich habe nur –" Und dann fragte er sich, warum er eigentlich nicht bleiben sollte.

Im November fiel Martin auf, daß Martha jetzt mehr denn je für die Kirche arbeitete. Sie hielt die Jugendorganisation in Schwung und machte Überstunden im Büro. Sie erfüllte viele Aufgaben eines Katecheten. Martin veranlaßte, daß in Anbetracht ihres größeren Arbeitspensums ihr Gehalt erhöht wurde, und hoffte, daß sie für immer bei der Old Fourth bliebe.

Und dann wünschte er sich unerwarteterweise, sie möge gehen. Es geschah zu Weihnachten.

Er, Abe, Martha und Joe waren von Kathy zum Weihnachtsessen eingeladen. Am Abend vorher bat Martha ihn und einige andere nach dem Heiligabendgottesdienst zu einem Drink zu sich in ihre Wohnung. Es wurde ein netter Abend; sie spielten und unterhielten sich. Joe, der von einer Firmenfeier kam, konnte ausnahmsweise keinen Alkohol mehr vertragen und machte sich zeitig davon. Um Mitternacht war Martin der einzige Gast.

Er konnte sich nicht entschließen, nach Hause zu gehen. Er hatte die unklare Vorstellung, die ganze Nacht aufzubleiben, den Tag durchzuarbeiten und morgen abend erschöpft ins Bett zu sinken. So hätte er den Geist vergangener Weihnachtsfeste am liebsten ausgetrieben. Doch um eins merkte er, daß Martha schläfrig wurde; er erhob sich und sagte: „Ich bin zu lange geblieben. Verzeihung. In diesem Jahr ist aus mir ein egozentrischer alter Tölpel geworden."

Martha blieb ruhig sitzen und sah ihn offen an. „Martin – halten Sie sich wirklich für einen alten Tölpel?"

„Ja, wirklich. Nicht, daß ich mir leid täte. Ich bin zufrieden mit dem, was die Kirche geleistet hat, aber es ist keine richtige Freude mehr darin."

„Warum nicht?"

Er wußte nicht, was er antworten sollte, und sagte nur: „Ist es nicht augenfällig?"

Sie senkte den Blick. „Wie ist Ihnen also zumute? Sie haben gesagt, daß Sie nicht glücklich sind. Was würden Sie lieber sein oder tun?"

Er nahm eine Muschel vom Kaminsims und hielt sie ans Ohr. Er hörte nichts; er hatte noch nie das leiseste Rauschen in einer Muschel gehört. „Ich weiß tatsächlich keine Antwort. Aber ich weiß, heute abend hätte ich mir nichts mehr gewünscht, als hier zu sein. Ich danke Ihnen für die Einladung."

Sie begleitete ihn zur Tür, nachdem er seinen Mantel angezogen hatte. „Gute Nacht, Martin. Frohe Weihnachten." Zu seiner Überraschung küßte sie ihn auf die Wange.

Dann geschah es, blitzschnell und unglaublich. Er schlang seine Arme um sie, und ihre Lippen vereinten sich in einem Kuß. Ein leises Stöhnen – oder war es ein Schluchzen? – entrang sich ihm; dann war es vorüber. Er lief den Korridor zum Fahrstuhl entlang, und erst auf der Straße merkte er, daß er seinen Hut vergessen hatte. Er konnte unmöglich zurück und ihn holen. Doch er würde es als die größte Demütigung seines Lebens empfinden, wenn Martha ihn morgen zu Kathy mitbrächte.

Die Nacht war kalt, und auf den verlassenen Straßen lag Puderschnee. Er wanderte ziellos eine Stunde umher. In seinem Inneren tönte es: *Jane, ich liebe dich so.* Und warum begehrte er dann Martha?

Er kam schließlich nach Hause und sah, daß die Haustür offenstand. Abe lag in seinem Zimmer über das Bett gestreckt, völlig angezogen und schlafend. Martin brachte ihn in eine bequemere Lage und deckte ihn zu.

Als er ihn einhüllte, murmelte Abe: „Mama?"

Martin ging in sein Zimmer, die Augen voller Tränen.

Als er mit Abe am nächsten Tag zu Kathy kam, sagte Martha nur „Hallo, Martin!" und beschäftigte sich dann mit irgend etwas anderem. Sie hatte den Hut nicht mitgebracht und benahm sich, als sei nichts Ungewöhnliches zwischen ihnen vorgefallen; und er bemühte sich, es ihr nachzutun. Als er nach Weihnachten in sein Büro kam, hing der Hut am gewohnten Haken, und Martha ging wie immer ihrer Arbeit nach.

Sie wollte ihm wohl zeigen, alles sei wie sonst. Aber wie konnte alles sein wie bisher?

MARTINS Einsamkeit war unverkennbar, und daß er manchmal wie ein verlorenes Kind umherlief, rührte Kathy zu Tränen. Eines regnerischen Nachmittags besuchte er sie. Sie machte Kaffee, sie unterhielten sich, und er spielte mit Stevie. Kathy hatte ihm den Rücken zugekehrt und sagte plötzlich: „Vater, hast du noch nicht daran gedacht, wieder zu heiraten?"

Sie fühlte sofort die Spannung, die das Zimmer erfüllte. Er schwieg, regungslos, während Stevie um die Fortsetzung des wunderbaren neuen „Backe-backe-Kuchen"-Spiels bettelte. Schließlich sagte er: „Warum fragst du das, Kathy?"

„Weil ich es für eine gute Idee halte. Es ist schrecklich für dich, in dem großen leeren Haus umherzulaufen. Wir sind zwar in der Nähe, aber werden es nicht immer bleiben. Dave ist neuerdings unruhig und sieht sich nach einer anderen Kirche um. Er hat das Gefühl, er wird die Erscheinungskirche nie richtig in Schwung bekommen."

Er versuchte, das Gespräch auf Dave und seine Suche nach einer neuen Kirche abzulenken, doch Kathy kam beharrlich auf ihr Thema zurück. „Meine Frage war ernst gemeint, Vater. Ich habe sogar schon eine passende Frau für dich: Martha."

Er setzte Stevie behutsam auf den Boden. Seine Miene spannte sich. „Warum sagst du das?"

„Weil ich glaube, daß sie eine gute Ehefrau ist und daß ihr glücklich miteinander würdet."

„Sie ist sicher eine gute Ehefrau, Kathy, aber ich bin einundfünfzig, und sie ist dreißig. Wenn sie so alt ist, wie ich jetzt bin – falls ich dann noch lebe –, bin ich ein alter Mann – nicht gerade der richtige Ehepartner für eine schöne, lebenskräftige Frau."

Kathy sah ihn an. „Dann fühlst du dich von ihr angezogen – sexuell?"

„Ja." Er hielt ihrem Blick stand. „Es ist mir noch nie vorher widerfahren – außer bei deiner Mutter. Ich bin sicher, es geht vorüber. Vermutlich nur die törichte Anwandlung eines alternden Mannes."

Sie streichelte seinen Arm. „Du Armer. Die Spannung muß schrecklich für dich sein. Und für sie auch, denn sie fühlt sie zweifellos und spürt wahrscheinlich dasselbe. Das Gefühl für Dave überkam mich ganz plötzlich, und es war ziemlich schlimm, bis ich wußte, er empfindet für mich ebenso. Aber warum nennst du es töricht?"

„Was ist es sonst?"

„Ich erinnere mich, daß ich einmal mit Mutter über das Leben gesprochen habe, das ihr beide geführt habt. Damals schien es mir ein hartes Leben. Ich hab sie gefragt, welcher Lohn darin liege. Sie sagte: ‚Der Lohn besteht darin, daß man sich den Forderungen eines jeden Tages stellt. Nicht immer bewältigt man sie – aber man packt sie an.‘ Vater, das Leben will gelebt werden. *Dein eigenes Leben* – nicht das irgendeines anderen.“

Er blickte sie eine Weile an, dann sagte er: „Ich will es mir überlegen, Kathy. Ich möchte mir noch etwas Zeit lassen ...“

DAVES Ruhelosigkeit steckte schließlich auch Kathy an. Sie empfand wie er, als er sagte: „Ich dachte, wir kämen hier in den Mittelpunkt der Ereignisse. Aber jetzt scheint mir, die Ereignisse entwickeln sich nach anderen Richtungen. Es wird Zeit, daß wir uns auch in eine andere Richtung aufmachen.“

Im Mai wurde er aufgefordert, in einer Kirche auf Long Island zu predigen. Ein Blick auf die Gemeinschaft strafte ihre Skepsis über die Vororte Lügen. Wenn sie da hinüberwechselten, so würde es ein höheres Gehalt bedeuten, ein hübsches Haus mit einem großen Garten und eine ausgezeichnete Schule für Stevie. Kathy fand, Daves Predigt sei die beste, die sie je von ihm gehört hatte. Die Kirchenmitglieder waren freundlich und interessiert. Sie betete, die Kirche möge Dave berufen.

Die *Times* vom 9. Juni berichtete, eine Delegation südvietnamesischer Staatsmänner werde am Nachmittag auf dem Kennedy Airport eintreffen. Noch ehe sie ihr Frühstück beendet hatten, kam ein Anruf von der Anti-Vietnam-Kriegs-Gruppe, deren Mitglieder sie waren. Ein Protestmarsch zum Flughafen war beabsichtigt, um gegen die militärische Unterstützung Südvietnams zu demonstrieren – ob sie teilnehmen könnten? Dave sagte zu; Kathy, nachdem sie sich vergeblich um einen Babysitter bemüht hatte, fand sich damit ab, zu Hause zu bleiben.

Dave ging in sein Arbeitszimmer; dann kam er plötzlich hinaufgelaufen. „Sie wollen mich haben!“ Er schob Kathy einen Brief zu. Die Gemeinde in Long Island forderte Dave auf, ihr Pastor zu werden, und hoffte, er könne am 1. September anfangen. „Ich setz mich gleich hin und schreibe die Zusage. Ruf deinen Vater an und erzähl ihm die gute Nachricht.“

Kathy sah nach der Uhr. „Beeil dich mit dem Brief, damit du am Nachmittag rechtzeitig auf dem Flughafen bist.“

Gegen Mittag rief Kathy ihren Vater an. Martha, die sie mehrere Wochen nicht gesehen hatte, war am Telephon. „Ja, Kathy.“ Marthas

Stimme war ohne die gewohnte Wärme. „Ihr Vater kommt erst am Nachmittag zurück. Ich werde ihm eine Notiz hinterlassen, daß Sie angerufen haben." Sie zögerte. „Merkwürdig, daß Sie telephonieren, denn ich wollte Sie gerade anrufen, um Ihnen Lebewohl zu sagen."

„Lebewohl?" rief Kathy aus. „Wohin gehen Sie?"

„Mein Urlaub beginnt am Montag, und ich habe beschlossen, mir eine andere Stellung zu suchen."

„Martha – wovon, um Himmels willen, reden Sie?"

„Ich habe gerade meine Kündigung Ihrem Vater auf den Schreibtisch gelegt. Sie können sich höchstwahrscheinlich denken, wie ein paar von den alten Hühnern hier herumklatschen."

„Jetzt hören Sie mal, Martha", sagte Kathy mit erhobener Stimme, „Sie nehmen sofort Ihre Kündigung von Vaters Schreibtisch und kommen zu mir herüber. Wenn nicht, nehme ich Stevie auf den Arm und komme zu Ihnen."

Martha schwieg einige Augenblicke, dann sagte sie: „Gut, ich komme."

Als sie eintraf, sah sie blaß aus und zog nervös an ihren Handschuhen.

Kathy fragte: „Wie wär's mit einer Tasse Kaffee?"

„Ich hätte nichts dagegen."

„Nun, wer hat geklatscht?" wollte Kathy wissen.

„Mrs. Percival zum Beispiel."

„Sie ist eine Lügnerin und eine alte dumme Gans." Kathy reichte ihr die Kaffeetasse. „Das ist zwar nicht die Sprache, die ich von meiner Mutter gelernt habe, aber –"

„Aber wie kann einer von uns je so sein wie Ihre Mutter?" Marthas Stimme zitterte. „Ich weiß, Sie wissen es. Ich liebe ihn. Und die Spannung ist einfach zu stark geworden. Ich muß gehen."

„Mein Vater kann der härteste Dickschädel sein. Hart wie Stein. Und es gibt nur eins, womit man Stein sprengen kann – Dynamit. Vater liebt Sie. Und ich liebe euch beide. Wenn ich Ihnen raten darf – gehen Sie nicht mehr ins Büro zurück. Sonntag nachmittag werden Dave und ich Sie mit Stevie in den Wagen bugsieren und mit Ihnen nach Vermont fahren. Vater wollte eigentlich erst im Juli hinkommen, aber ich habe so eine Ahnung, daß er früher aufkreuzen wird."

Martin rief gegen zwei Uhr an. „Kathy – etwas Merkwürdiges ist passiert. Martha ist heute nicht ins Büro gekommen. Ich habe sie in ihrer Wohnung angerufen, aber es hat sich niemand gemeldet."

„Sie war im Büro." Kathy warf Martha einen Blick zu. „Ich habe mit ihr gesprochen, als ich dich zu erreichen versuchte. Sie hat sich woanders vorgestellt. Man hat ihr einen guten Posten angeboten. Sie sagte, wahrscheinlich kommt sie morgen auch nicht."

„Nun gut", sagte er. Und dann fuhr er fort: „Aber es sieht ihr so gar nicht ähnlich, einfach davonzulaufen und mir nichts davon zu sagen."

„Ich kann genau verstehen, wie ihr zumute ist. Was erwartest du eigentlich von einer Frau, die dich liebt? Ich vermute, sie hält einen vollständigen Bruch für das beste. Sie verbringt übrigens ihren Urlaub mit Dave und mir in Vermont. Ich denke, wir werden dann erfahren, was sie vorhat."

„Sie hat mir nichts davon gesagt, daß sie nach Vermont fährt."

„Vater, wenn du verstehst, wovon ich die ganze Zeit rede, sehe ich nicht ein, warum sie dir etwas erklären soll."

„Nun gut", sagte er.

11

Am Freitag morgen ging Martin zeitig ins Büro. Als er in die *Times* blickte, erregte eine Schlagzeile seine Aufmerksamkeit – Ankunft der vietnamesischen Delegation – Zusammenstoss zwischen Demonstranten und Polizei. Er überflog den Bericht. Auf Seite fünf war ein Bild von Dave, der sich mit zwei Polizisten herumschlug. Er war nicht verhaftet worden – er war nur das Opfer eines übereifrigen Photographen.

Martin beschloß, nicht anzurufen. Es war Daves gutes Recht zu protestieren; ihn bewegte nur die Frage, welchen Eindruck es auf andere machen würde.

Um neun war Martha immer noch nicht da. Er steigerte sich in den rechtschaffenen Ärger eines Chefs hinein. Was für eine Undankbarkeit, nachdem er ihr Gehalt großzügig erhöht hatte! Und wo sollte er jemand finden, der sie ersetzte?

Etwas später rief Tubby an. „Tubby", sagte Martin, „auf meinem Kalender steht, daß ich dich heute anrufen will. Wie geht es dir?"

„Nicht so besonders." Seine Stimme klang niedergeschlagen. „Marty, ich möchte, daß du heute zu mir kommst. Wann es dir paßt. Ich bin zu Hause."

Er machte sich Sorgen um Tubby, der seit Monaten kränkelte und sich vor zehn Tagen gründlich von Dr. Hopkins hatte untersuchen lassen. Oh, dieses Altwerden!

Als das Telephon wieder klingelte, meldete er sich und war erstaunt, Abe zu hören, der als Rettungsschwimmer an der Küste von Jersey tätig war.

„Paps, ich bin ganz in der Nähe. Hast du ein paar Minuten Zeit für mich?"

Fünf Minuten später kam er. Im Gesicht des großen und kräftigen jungen Mannes waren noch die Züge des kleinen Abe abzulesen. Und diese Kindermiene war es, die Martin jetzt so dringlich anschaute.

„Paps, ich habe meinen Job vorgestern aufgegeben und denke darüber nach, was werden soll. Da ich nicht genug Grips habe, um auf die Militärakademie zu gehen –"

„Natürlich hast du", erwiderte Martin. „Du hast nur zu wenig gearbeitet. Aber jetzt, wo man dich da aufgenommen hat –"

„Dieses Lausenest! Ich gehe nicht wieder hin. Gestern habe ich mich bei den Ledernacken gemeldet. Nicht wegen ‚Hipp, hipp, hurra!' und ‚Ran an den Feind', sondern weil ich glaube, es ist das Richtige für mich. Du weißt, wie ich – nun, ein bißchen herumschludere. Vielleicht treiben sie mir das bei den Ledernacken aus."

Martin starrte ihn ungläubig an, dann sank er auf einen Stuhl. Er war erschüttert. „Brauchst du nicht – meine Erlaubnis oder so etwas Ähnliches?"

„Nein, Paps, ich bin schon dabei. Heute nachmittag fahre ich ins Ausbildungslager. Hoffentlich ist es kein zu harter Schlag für dich. Du hast alles für mich getan, was du kannst. Jetzt versuche ich, mich auf eigene Füße zu stellen."

Also zu den Ledernacken gehst du? dachte Martin verzweifelt. Doch er konnte Abes Motive verstehen. „Ich glaube, ich kann dir folgen. Und so – also willst du heute mittag mit mir essen?"

Abe blickte ihn gründlich an. „Nein, danke, Paps." Seine Stimme war nicht ganz fest, als er fortfuhr: „Ich möchte noch Kathy Lebewohl sagen, und es ist besser so. Schnell."

Martin sagte irgend etwas, woran er sich später nicht mehr erinnern konnte. Er wußte nur, daß sie sich die Hände gegeben hatten und daß Abe gegangen war. Plötzlich hielt er es im Büro nicht mehr aus. Auf der Straße fiel ihm Tubby ein. Manchmal brauchte ein

Pastor einen Pastor. Oder vielleicht brauchte nur ein Mann einen anderen Mann. Er winkte ein Taxi heran . . .

Eunice begrüßte ihn erregt und führte ihn zu Tubby, der in einem Sessel vor dem offenen Fenster eines sonnendurchfluteten Erkers hockte. Sein Gesicht war aufgedunsen, und nichts erinnerte an den Tubby von früher außer seinen klaren, blauen, sonderbar unschuldigen Augen. Ein Todesschauder überlief Martin, als er sich zu ihm setzte.

Tubby machte keine Umschweife. Er sagte ruhig: „Hodgkinsche Krankheit, Marty. Du weißt, was das bedeutet . . .“ Es schien unmöglich, daß es Tubby erwischt hatte, den Kräftigen und Unzerstörbaren. „Du weißt, wie die Ärzte tun, wenn sie einem Hoffnung zusprechen wollen. Aber ich erwarte für mich nicht mehr viel. Jetzt geht es darum, daß ich zurücktreten muß. Ich habe schon zu viele Wochen die Kanzel versäumt.“

„Was wirst du tun?“

Tubby schnitt eine Grimasse. „Sterben höchstwahrscheinlich, Marty. Ich weiß, was du sagen willst. Wir sind nicht schlecht dran. Alle möglichen Versicherungen, Güte und Freundlichkeit, alles. Eunice und die Kinder brauchen sich keine Sorgen zu machen. Aber erzähl mir, was du die letzte Woche getan hast – wie geht's mit der alten Arbeit?“

Martin verschwieg die Ereignisse der letzten Tage. Tubby hatte genug mit sich selber zu tun. Er sprach ein wenig über die Kirche und seine tägliche Routinearbeit, denn er wußte, dies war es, was Tubby vermißte und hören wollte.

Schließlich sagte Tubby: „Also, Marty, gestern abend habe ich den maßgebenden Vorstandsmitgliedern die Lage erklärt. Ich sagte ihnen, sie müßten nun allmählich an einen Nachfolger für mich denken. Und sie kamen mir mit einer interessanten – und schmeichelhaften – Frage. Wen *ich* vorschlagen würde. Sie fragten mich besonders nach *dem* Mann. Und da habe ich ihnen den besten Prediger von New York und vielleicht des ganzen Landes genannt“ – er verzog die Lippen zu einem Grinsen –, „mich natürlich ausgenommen. Dich.“

Nicht gerade jetzt, war Martins erster Gedanke. Die Dinge stürzten zu schnell auf ihn ein.

„Hast du Interesse, Marty?“

Natürlich hatte er. Es würde die unerwartete ruhmreiche Krönung einer Laufbahn sein, bei der er bisher nicht allzuviel Ruhm geerntet hatte. Doch, gerade jetzt, sofort, dachte er. Eine positive Entscheidung in diesem Augenblick würde alles andere zurechtrücken. „Ja. Ich habe Interesse."

„Gut. Ich habe ihnen gesagt, du seist *der* Mann..." Doch seltsamerweise fiel Martin gleichzeitig ein, was Jane vor Jahren gesagt hatte, als es ihn nach der Stellung an der Kathedrale gelüstete: „Ich bin nicht sicher, daß es das richtige für dich ist." Sie hatte nicht gesagt: „Ich bin nicht sicher, daß du der Richtige dafür bist." Was hatte sie gemeint?

„Es ist eine Gelegenheit, Marty. Dein Leben könnte hier sehr angenehm werden."

Dann sprach Martin plötzlich von Martha. „Kathy und Dave meinen, ich sollte sie bitten, mich zu heiraten – wozu sie sehr wohl nein sagen könnte."

„Ich weiß, wie einsam dein Leben seit anderthalb Jahren ist. Aber du sagst, Martha sei geschieden. Und dann der Altersunterschied. Marty, kein Bischof in einer hierarchischen Kirche ist so unbarmherzig wie eine demokratische Gemeinde."

So stand es also: kein Quentchen Rat von seinem besten Freund. Tubby lebte völlig im Einklang mit der öffentlichen Meinung.

„Ich meine –" Tubby zögerte. „Warum die Eile? Wenn du wirklich den Posten an der Kathedrale haben willst, dann heirate nicht vom Fleck weg. Warte, bis du die Stellung hast, und dann – vielleicht..."

Er verließ Tubby und ging zur Untergrundbahn. Die Türen der Kathedrale waren geöffnet, und der Organist spielte aus Bachs Messe in h-Moll. Die mächtigen Orgeltöne zogen ihn hinein, wo er sich auf eine der hinteren Bänke setzte. Weit vor ihm stand die leere Kanzel und sah wie der einsamste Platz von ganz Amerika aus.

Bald fand er sich im Gebet. Und was nicht oft geschah – er konnte sich später an einen Gedanken seines Gebetes erinnern. *Ich möchte diese Kirche. Aber, Gott, gib mir Einsicht, nicht Klugheit.*

„SIND sie noch da?" fragte Dave. Seit neun Uhr demonstrierten ein Dutzend Gemeindemitglieder auf der Straße und trugen Tafeln. Dave und Kathy waren verblüfft. Die Meinung war deutlich genug: MURCHISON SPRICHT NICHT FÜR UNS.

„Kathy, das erste, was ich dachte, als ich heute morgen die Zeitung aufschlug, war, daß die *Times* in Long Island gelesen wird. Diese

Demonstranten da draußen bringen mich zu dem Schluß, daß ich nirgendwo Pastor sein möchte. Sie haben ebensoviel Recht zu demonstrieren wie ich; aber ich habe das Gefühl, sie protestieren nicht so sehr gegen mich als gegen mein Amt. Was sie tatsächlich sagen, läuft darauf hinaus, daß ein Pastor kein selbständig denkendes Wesen sein kann. Ich bestehe jedoch auf dem Recht, eins zu sein. Darum habe ich die Nase voll von der Kirche – nicht von Gott oder meiner Vorstellung von Gott –, sondern ganz einfach von dieser verdammten *Kirche!*"

Das Telephon läutete. „Mr. Murchison, hier spricht Ray Paulson..." Er war Vorsitzender des Gemeinderats von Long Island. „Unter diesen Umständen..."

„Aber ich habe nur meine persönliche Meinung zum Ausdruck gebracht, Mr. Paulson."

„Wir haben von Ihrem sozialen Engagement gewußt... wir sind auch dafür, durchaus, aber... unter diesen Umständen..."

Als Dave auflegte, trat Kathy näher und sah ihn ernst an. „Sie haben dich abgelehnt?"

„Ja." In ihren Augen sammelten sich Tränen, aber sie ließ sie nicht fließen. „Ach, Kathy, nicht doch." Er nahm sie in die Arme.

„Nein, ich weine nicht", sagte sie. „Ich hatte nur gehofft, in Long Island wäre es anders. Das verrückte ist – ich bin gern die Frau eines Pastors."

„Möchtest du, daß ich es bei einer anderen Kirche versuche?"

„Nein. Du hast etwas Wahres über den geistlichen Beruf gesagt. Daß man ein selbständig denkendes Wesen sein muß. Und nur das zählt für uns. Wir haben einander, und wir haben Stevie."

Das Telephon klingelte von neuem. „Joel Steinberg, Mr. Murchison. Von HEART. Hätten Sie heute Zeit, einmal vorbeizukommen? Ich möchte Ihnen ein Angebot unterbreiten."

Dave stammelte irgend etwas. HEART war eine private, reich dotierte Organisation, die mit städtischen, staatlichen und bundesstaatlichen Behörden zusammenarbeitete, um heruntergekommene Stadtteile zu sanieren. Vor einem Monat hatte David ihr ein Exposé vorgelegt und ein Gespräch mit Joel Steinberg geführt, doch seitdem nichts mehr darüber gehört.

„Mr. Steinberg, haben Sie heute früh die *Times* gelesen?"

„Natürlich. Deshalb rufe ich ja an. Wir haben eine kleine Differenz mit einem Geistlichen gehabt, der für uns tätig war. Es handelte sich, nun also, um einen Mangel an Zivilcourage. Aber was gestern geschehen ist, überzeugt mich davon, daß bei Ihnen diese Schwierigkeit nicht zu befürchten ist. Wann können Sie kommen?"

„Wenn es Ihnen paßt – jetzt gleich!" rief Dave.

KATHY streifte unruhig in der Wohnung umher, ungeduldig, was für Dave bei dieser Unterredung mit HEART herausspringen würde. Schließlich ging sie zum Telephon und wählte die Büronummer ihres Vaters.

An diesem Tag der Überraschungen wunderte sie sich dennoch am meisten darüber, daß Martha sich meldete.

„Ich habe versucht, Ihrem Rat zu folgen", sagte Martha. „Ich bin nur hier, um meine Sachen in Ordnung zu bringen."

„Sie fahren doch mit uns nach Vermont?"

„Ja, wenn Sie mich noch haben wollen." Martha versprach, Martin zu bitten zurückzurufen, sobald er käme.

Kathy ging zum Fenster und sah die Demonstranten abziehen. O'Hare sprach mit einigen, die noch zurückgeblieben waren. Dann sah sie ihren Vater. Als er eintrat, kreischte Stevie entzückt. „Was für ein Tag!" sagte Martin. „Überall schlechte Nachrichten. Wie geht es Dave?"

Kathy setzte sich, ehe sie sprach. „Vater, ich fürchte, dir wird auch nicht gefallen, was du von Dave hörst."

Sie erzählte ihm von der Reaktion in der Gemeinde und bei der Kirche in Long Island. „Er ist jetzt bei HEART, um dort über eine Stelle zu verhandeln."

„Ja." Martin saß regungslos da, den Kopf gesenkt. „Ja, ich kenne diese Organisation. Sie soll gut sein."

Er sah auf einmal so müde, so niedergeschlagen aus, daß Kathy unwillkürlich aufstand. „Kaffee." Ihre Stimme zitterte. „Ich werde erst einmal Kaffee machen. Und Brot mit Thunfisch, nicht wahr?"

„Kathy", sagte er, ohne den Kopf zu heben. „Wie ist dir bei alldem zumute?"

„Es tut mir leid, daß die Dinge diese Wendung genommen haben. Aber ich glaube, Dave hat die richtige Entscheidung getroffen. Und ich bin auf seiner Seite."

Als sie aufstand, um den Kaffee zu kochen, kam Dave singend die Treppe herauf. Beim Anblick seines Schwiegervaters lächelte er und sagte: „Ich habe gute Nachrichten. Am ersten August ziehen wir nach Rochester, einer Stadt, die keine Slums und sozialen Probleme haben will. Und wir werden uns mit allen möglichen Leuten herumstreiten, Häuser einreißen und das Milieu verändern."

„Wunderbar!" sagte Kathy.

„Gratuliere!" sagte Martin. „Ich meine, wenn du davon überzeugt bist, daß es das ist, was du suchst."

„Es ist das, was ich suche", versicherte Dave. „Es ist kein Wunsch, der erst heute früh aufgetaucht ist. Ich habe mich lange genug damit beschäftigt. Ich glaube immer noch, woran ich viele Jahre geglaubt habe. Aber ich glaube nicht mehr, daß die Kirche das geeignete Mittel ist, meine Überzeugungen in die Tat umzusetzen."

Kathy sagte: „Vater – ist es nicht der gleiche Grund, weshalb du selber einmal der Kirche den Rücken gekehrt hast?"

„Ja. Aber ohne das Pastorat hat mir was gefehlt. Auf sozialem Gebiet außerhalb des religiösen Glaubens Gutes zu tun bedeutet für mich soviel, wie mit einem Flugzeug ohne Maschine zu fliegen. Da kann man nur schweben und auf eine sichere Landung hoffen."

„Aber ich nehme meinen Glauben nach Rochester mit", antwortete Dave. „Ich kenne in der ganzen Geschichte kein größeres Vorbild als Jesus von Nazareth. Er wußte, woran die Welt krankte, und hatte ein Programm, sie gesunden zu lassen. Er hat nicht im Rahmen der damaligen kirchlichen Organisationen gearbeitet. Er hat sich von ihnen getrennt."

„Ich verstehe, was du meinst. Aber ich glaube, du verstehst nicht, was ich meine. Vielleicht ist meine Generation unterwürfiger. Ich brauche die Organisation der Kirche, um das zu stützen, woran ich glaube. Während ich lernte, mit ihren Unvollkommenheiten zu leben, habe ich gelernt, mit meinen eigenen zu leben. Na, ich wollte nicht damit angeben."

„Das hast du nicht", sagte Dave. „Ich verstehe dich besser, als du denkst."

Martin fragte, ob Martha noch die Absicht habe, mit ihnen nach Vermont zu gehen.

„Ja", erwiderte Kathy. „Ich habe vorhin mit ihr gesprochen."

MARTHA war noch im Büro, als Martin zurückkehrte. Er war froh, sie zu sehen, beherrschte sich jedoch. Hatte sie tatsächlich vor, Old Fourth zu verlassen? Er brachte es nicht über sich, sie zu fragen, und er wollte auch die Kathedrale nicht erwähnen. Sie benahm sich kühl und förmlich, als sie ihm seinen Terminplan für die kommende Woche vorlegte. „Mrs. Pomfret erwartet Sie Dienstag abend zum Essen“, sagte sie.

„Ich weiß noch nicht genau, ob ich am Dienstag hier bin. Ich habe daran gedacht, mir einen Stellvertreter zu nehmen.“ Doch hatte er wirklich vor diesem Augenblick daran gedacht? Zu seinem eigenen Erstaunen hörte er sich sagen: „Ich muß mich entscheiden, ob ich mich um ein anderes Pastorat bemühe. Habe zuviel im Kopf. Joe hat mir angeboten, mit ihm Urlaub zu machen.“ Das ist allerdings eine dicke Lüge, dachte er. „Joe und ich könnten nächste Woche zum Angeln nach Vermont fahren.“

Sie zeigte sich überrascht.

„Kathy hat mir erzählt, Sie werden den Urlaub mit ihr und Dave in unserem Sommerhaus verbringen“, fuhr er fort. „Ich finde das großartig. Es wird Ihnen gefallen, denke ich. Und ich kann Sie dort öfter sehen. Joes Haus ist ja ganz in der Nähe.“ Er reichte ihr die Hand und wußte, daß sein Lächeln gezwungen war. „Erholen Sie sich gut, Martha.“

„Danke.“ Sie wandte sich um und verließ schnell das Zimmer.

Um halb sieben saß er in seinem Stuhl zurückgelehnt, die Füße auf dem Tisch, und dachte nach. Wenn er Martha bat, ihn zu heiraten, könnte sie ja sagen. Aber wenn er sie nicht fragte – würde er es deshalb unterlassen, weil er fürchtete, seine Chance, Pastor an der Kathedrale zu werden, zu beeinträchtigen?

Er rief Joe Sanders an, ließ sich von ihm zum Essen einladen und fuhr mit einem Taxi zu dem Hotel, wo Joe jetzt wohnte. Sie tranken einen Scotch, ehe sie sich das Essen aufs Zimmer bringen ließen, und dann erzählte Martin von Abe und Dave. Er unterschlug seinen Besuch bei Tubby, und er wollte eigentlich auch nichts von Martha erwähnen; doch nach einer Weile konnte er sich nicht mehr zurückhalten.

„Ich habe Martha heute nachmittag eine kolossale Lüge aufgetischt: ich sagte, du hättest mich nächste Woche in dein Sommerhaus zum Fischen eingeladen.“

„Das ist eine glänzende Idee. Aber warum hast du es gesagt?“

„Sie verbringt ihren Urlaub mit Kathy und Dave in meinem Haus.“

„Ach?“ Joe starrte ihn an. „Ich hab mich schon die ganze Zeit gewundert. Du hast dir nichts anmerken lassen, doch ich habe mir meine Gedanken gemacht.“ Er goß sich noch einen Scotch ein.

„Martin, was eigentlich glaubst du ihr in Vermont sagen zu können, was du ihr nicht auch hier in New York sagen kannst?"

„Nichts. Ich brauche Zeit zum Nachdenken. Ich will nicht in mein Haus, wenn sie da ist. Ich hab mir sogar vorgemacht, ich wäre froh, wenn sie ein paar Wochen weg ist. Und nun muß ich gestehen, ich freue mich bei dem Gedanken, in ihrer Nähe zu sein ..."

MONTAG nachmittag erreichten sie Alden. Martin warf durch die Ahornbäume einen Blick auf die Gemeindewiese und sah ein großes Leinwandzelt mit einem Lastwagen und einem Anhänger daneben. „Jahrmarkt", sagte Joe.

„Evangelisation", berichtigte Martin. „Schau dorthin."

Auf einer großen Tafel standen die Worte: ICH BIN DAS LICHT DER WELT. Und ein ähnliches Schild verkündete: Pastor T. T. Bonham hält um acht Uhr den Abendgottesdienst ab.

„Hier ist seit Jahren kein Erweckungsprediger mehr gewesen", sagte Martin. „Bonham – der Name kommt mir bekannt vor, aber ich kann mich nicht erinnern –"

Plötzlich fiel es ihm ein. T. T. Bonham war der Mann gewesen, mit dem er vor Jahren in Honeywell jene lange und fruchtlose Korrespondenz geführt hatte. Jetzt war Bonham endlich doch nach Neuengland gekommen. Er erzählte es Joe, während sie die Stadt hinter sich ließen. „Ich denke, ich werde ihn mir anhören." Doch hinter Alden nahm Martin die Landschaft ganz gefangen.

„Da sind sie", sagte Joe.

Martin sah sie – Kathy, Martha, Dave und Stevie – von weitem im Wasser an dem kiesigen Strand spielen und planschen.

Um drei Uhr war er mit Joe in zwei Booten draußen auf dem See. Dave, der sie vom Ufer aus sah, pfiff und winkte. Sie winkten zurück.

Sie ruderten dorthin, wo das Wasser am tiefsten war. Der Tag war warm und ließ ein Gewitter am Abend befürchten. Martin zog die Ruder ein, nahm einen mit Blei beschwerten Köder und verfiel dem Reiz des gemächlichen Spiels der Wellen, die an das Boot schlugen. Er warf die Angel ein dutzendmal aus, ehe er es zucken fühlte. Er zog einen kleinen Sommerfisch herauf, hakte ihn los und warf ihn wieder ins Wasser.

Auch für den Rest des Nachmittags hatte er nicht mehr Glück, und um fünf ruderte er zurück. Joe folgte ihm und zeigte an, daß er auch nichts gefangen hatte. Martin fühlte sich entspannt, den Wirrnissen der letzten Tage weit entrückt. Er beschloß, heute abend zu T. T. Bonham zu gehen.

Er duschte und zog sich vor dem Essen um. Joe sagte, er werde zu Hause bleiben und fernsehen.

Um sieben fuhr Martin mit Joes Wagen los. Als er an seinem Haus vorbeikam und Martha, Kathy und Dave auf der Veranda sitzen sah, bog er in die Einfahrt ein. Als sie sich begrüßten, merkte er, daß sich die Zurückhaltung zwischen Martha und ihm gelockert hatte. Auf seiner eigenen Veranda kam er sich wie ein Nachbar vor, der guten Abend sagt und über nachbarliche Angelegenheiten plaudert. Dann erzählte er ihnen, was er von Bonham wußte und daß er beabsichtige, sich seine Predigt anzuhören.

„Ich bin noch nie bei einer Evangelisation gewesen", sagte Dave. „Ich möchte dich begleiten. Kathy, wenn du auch mitkommen willst, können wir Stevie auf den Schoß nehmen. Er wird den ganzen Abend schlafen." Kathy wollte lieber mit dem Kind zu Hause bleiben, doch Martha, die auch noch keine Evangelisation erlebt hatte, sagte, sie käme gern mit.

Die große Anzahl von Autos, die um die Gemeindewiese parkten, setzte Martin in Erstaunen. Etwa dreihundert Leute saßen auf Bänken unter dem weiten Zeltdach, das an einer Mittelstange hing. Auf der Rednertribüne spielten zwei junge Männer elektrische Gitarren und sangen alte Kirchenlieder mit ländlichen Melodien. Zwischen Dave und Martha blickte Martin sich um. Die Zuhörer waren Menschen aller Altersstufen; doch schienen sie mehr Neugier als Frömmigkeit zu zeigen.

Dann trat ein hochgewachsener, hagerer Mann mit einem großen weißen Haarschopf auf die Tribüne. Er trug ein weißes Hemd mit einer schwarzen Krawatte zu einer schwarzen Hose. Er ergriff das Mikrophon, und sein Gesang klang lauter und verführerischer als die Stimmen der jungen Leute. Dann plötzlich unterbrach er sich.

„Wer bin ich?" Seine Stimme hallte wie ein Ruf vom Gewölbe einer Meeresgrotte. „Ich bin T. T. Bonham. Und wer seid ihr?" Er streckte die Hände nach seiner Zuhörerschaft aus, und einige nannten ihre Namen. „Was sagt ihr?" Er legte eine hohle Hand ans Ohr und lächelte. „Ich sagte, ich bin T. T. Bonham. Wer seid ihr?" Die Zurufe mehrten sich. „Wer?" Jetzt brausten die Antworten aus dem Publikum zahlreich und vernehmlich.

„Gut, nun kennen wir einander.“ Bonham tänzelte einige Schritte vorwärts. „Ich bin T. T. Bonham aus Ardsley in Tennessee, Pastor der Einzigen Wahren Evangelischen Kirche Gottes, die jetzt, nach dem gestrigen Eröffnungsgottesdienst, auch unter euch Mitglieder hat. Wir haben den Ruf des Evangelisten Lukas empfangen: *Gehe du aber hin und verkündige das Reich Gottes.*“ Er blickte nach oben. „Wir haben die Verkündigung gehört, guter Freund Lukas. Wir sind mit froher Botschaft nach Neuengland gekommen ...“

Bonham wechselte schnell zur Offenbarung des Johannes über, aus der er ausgiebig zitierte. Wie vorauszusehen gewesen, rief er den zornigen Gott an. Es war nicht Martins Weg, sich Gott zu nähern; doch schien Bonham es aufrichtig zu meinen und war es deshalb wert, daß man ihm Beachtung schenkte. Martin versuchte, sich zu konzentrieren, aber seine Aufmerksamkeit schweifte ab. Martha, das sah er, war ganz Ohr. Dann bemerkte er, daß Dave ebenfalls abgelenkt war. Er blickte hinaus, wo in der Ferne blasse Blitze zuckten. Ein schwaches Donnergrollen war zu hören, und ein kühler Wind wehte durch das Zelt. Bonham ließ diese Zeichen des Himmels nicht unerwähnt. „Ja, meine guten Freunde. Er hört uns und gibt Antwort.“

Doch Bonham hatte ein besonderes Thema: „Der unedle Geist“. Den Text nahm er aus den Sprüchen Salomos, Kapitel 22, Vers 22: *Siehst du einen Mann behend in seinem Geschäft, der wird vor den Königen stehen und wird nicht stehen vor den Unedlen.* Martins Aufmerksamkeit wanderte wieder zu dem aufkommenden Wind, dem herannahenden Sturm. Wie viele hielt Bonham in Bann, und wie viele dachten an ihre offenen Autofenster? Dann fing Martin etwas auf, was ihn schnell wieder zu Bonham zurückbrachte.

„Eine Geschichte habe ich erzählt in allen Teilen eures Yankeelandes. Ich wurde viele Jahre daran gehindert, auch nach Neuengland das Wort Gottes zu bringen. Warum? Wegen eines unedlen Geistes. Es war ein vermeintlicher *Christ,* ein Mann, der große Stiftungen zu verwalten hatte, die *christlichen* Zwecken bestimmt waren. Und wie war seine Antwort auf meine Bitte um ein wenig Hilfe, um euch das *wahre* Wort Gottes zu bringen? Er lehnte ab ...“

Martin lief es kalt den Rücken hinunter, nicht von dem Wind, der durch das Zelt fegte, sondern wegen der sonderbaren Verkettung, die ihn mit Bonham verband. Warum sollten plötzlich abergläubische Vorstellungen in ihm aufsteigen, die ihm fremd waren? Er saß hier unter dem großen Zeltdach aus freiem Willen und bloßem Zufall.

„Es war ein unedler Geist“, fuhr Bonham fort. „Alle von uns, die sich gewünscht hatten, vor Königen zu stehen, haben vor seinesgleichen gestanden. Wir kennen den großen Zorn, der uns erfüllt, wenn wir so niederträchtig behandelt werden. Ich werde niemals den Namen dieses Mannes vergessen. Ich habe mir oft gewünscht, ihn von Angesicht zu Angesicht zu sehen …“

Martin war wie betäubt.

Bonham fuhr fort: „Aber wenn ich ihn träfe, würde ich das nämliche tun, was ich damals tat. Freunde, ich habe seinem unedlen Geist *vergeben.* Ich habe für ihn *gebetet* in der Hoffnung, er werde eines Tages den Geist eines Königs erlangen. Das ist es, was alle von uns tun müssen. Lobet Gott, sage ich, lobet Gott …“

Ein Blitz leuchtete auf, der Donner dröhnte. Der Wind zerrte an den Zeltplanen, der Regen peitschte die Leinwand. Bonhams Miene wurde ekstatisch bei diesem Ausbruch himmlischer Bundesgenossen.

„Seht!“ rief er. „Es begibt sich, wie ich euch aus der Offenbarung erzählt habe. Blickt hinaus und seht, es ist so, wie in Jesaja beschrieben: *Wie könnten denn wir entrinnen? Dies ist die Last über die Wüste am Meer: Wie ein Wetter vom Mittag kommt, das alles umkehrt, so kommt's aus der Wüste, aus einem schrecklichen Lande …*“

„Lobet Gott!“ schrie eine Frau hysterisch.

Andere riefen durcheinander, mehr von dem Sturm in Panik versetzt, dachte Martin, als von Bonhams Eifer bewegt. Eine Frau kreischte und zeigte nach oben. Das große Zeltdach wurde vom Winde gebläht, die Mittelstange bog sich. Es krachte wie bei einer Explosion, und Martin sah noch flüchtig Bonhams Schreckensmiene, ehe das Zelt in Dunkelheit getaucht war. In dem Chaos ergriff er Marthas Arm mit der einen Hand, Daves mit der andern und rief ihnen zu, sitzen zu bleiben. Das Zelt fiel zusammen, und er glaubte zu ersticken.

Joe kam gegen elf in Jim Whitcombs Wagen und brachte Jims Frau Nancy mit, damit sie bei Stevie bleibe. „Das Evangelisationszelt ist im Sturm zusammengebrochen“, berichtete er Kathy. „Ihr Vater hat aus dem Krankenhaus in Newcomb angerufen. Nehme an, daß alle ein bißchen durcheinander sind. Wir wollen hinfahren.“

Im Krankenhaus wurde es Kathy zur Gewißheit, daß etwas Ernstliches geschehen war. Die Vorhalle war überfüllt. Ein Mann, der

aussah wie ein Prophet aus dem Alten Testament, kreischte Worte, die niemand verstand. Das mußte Bonham sein, der Erweckungsprediger. Wo war Dave? Wo waren Vater und Martha?

Ihre Angst nahm zu, als Joe mit der Aufnahmeschwester sprach. Irgend jemand sagte, vier Menschen seien verletzt, davon einer schwer. Dann erschien Martin, bleich im Gesicht, und sagte: „Komm, Kathy." Er führte sie zu einem Warteraum im Innern des Krankenhauses, wo Martha saß. Kathy sah, daß sie geweint hatte.

„Was ist geschehen?" rief Kathy. „Wo ist Dave?"

„In der chirurgischen Abteilung. Er ist nicht bei Bewußtsein. Sie sind dabei – das Ausmaß des Schadens zu untersuchen. Die Zeltstange ist ihm auf den Kopf gefallen."

Die Tränen quollen Kathy in die Augen, und sie rief aufgeregt: „Warum ist er überhaupt hingegangen? Es wäre nicht nötig gewesen. Warum..." Martin blickte sie traurig an, bis sie sich beherrschte. „Vater, was können wir tun? Können wir ihn nicht in ein besseres Krankenhaus bringen als dieses kleine..."

„Nein, er darf sich nicht bewegen. Wir können nur – warten und hören, was die Ärzte hier sagen."

Sie schloß die Augen und betete. *Dein Wille geschehe.* Aber doch, o bitte... Als sie die Augen wieder öffnete, sah sie, daß ihres Vaters Kopf gebeugt war. Dann sah er sie an, und sie wußte, daß auch er gebetet hatte. Sie sagte: „Ich frage mich, ob ich wirklich eine Pastorenfrau werden wollte. Ich wollte ja doch nur Daves Frau sein. Ich dachte, ich hätte eine besondere Stärke. Aber ich habe keine. Ach, Vater, ich fürchte mich so."

„Ich fürchte mich auch, Kathy."

Joe trat ein, hinter ihm der alte Prediger, die Augen in qualvollem Ausdruck halb geschlossen. „Ich bin Pastor Bonham. Ist dies die Familie? Ich möchte Ihnen sagen, wie sehr es mir leid tut. Diese Zeltstange – Ich habe gehört, der junge Mann heißt David Murchison und sein Zustand ist bedenklich. Freunde, wir wissen, alle diese Dinge liegen in Gottes Willen. Laßt uns beten."

„Mr. Bonham", sagte Martin, „wir *sind* beim Beten. Ich muß Sie bitten, draußen zu warten; ich komme dann zu Ihnen."

Joe ergriff Bonham beim Arm und führte ihn hinaus.

„Danke", sagte Kathy. „Ich hätte jetzt seine scheinheilige Salbaderei nicht ertragen können. Ich wäre in Schreikrämpfe ausgebrochen, wenn er nicht gegangen wäre."

„Er meint es ehrlich“, sagte Martin. „Wir wollen vertrauen, daß Dave sich wieder erholt. Entscheiden wir uns für das Leben!“

Für das Leben! Die Worte gaben Kathy eine Kraft, stärker als das Gebet, Gottes Wille möge geschehen.

MARTIN trat aus dem Portal des Krankenhauses ins Freie, wo er den Duft des Farnes roch und die Zikaden im dunklen Abend hörte. „Mr. Bonham, ich bin David Murchisons Schwiegervater und heiße Martin Judson.“

Bonham sprang einen Schritt zurück. Seine Stimme klang heiser, als er endlich sprach. „Ich wollte, Sie wären es nicht, Mr. Judson. Ich bin nicht rachsüchtig. Die Geschichte damals hat mich nicht so tief getroffen, wie es vielleicht klang. Es ist nur eine mir eigene Art – die Leute aufmerksam zu machen. Ich glaube nicht, daß Gott Rache für *mich* sucht, für das, was *Sie* mir angetan haben.“

„Ich glaube es auch nicht“, sagte Martin.

„Glauben Sie überhaupt an Gott, Mr. Judson? Was sind Sie jetzt?“

„Ein Geistlicher.“

Bonham sprang einen Schritt nach links, dann zwei nach rechts, als ob er Pfeilen auswiche. Er sagte: „Lassen Sie uns gemeinsam beten.“

Martin schloß die Augen und betete für sich, sein eigenes Gebet.

Bonham gab ihm die Hand, ehe Martin wieder hineinging. Der Oberarzt war gerade erschienen. David hatte einen Schädelbruch und war noch bewußtlos. Aber der Arzt konnte noch nicht das Ausmaß der Verletzung bestimmen. „Wenn Sie einen Spezialisten heranziehen wollen, einen Neurologen, könnte ich Ihnen einen Kollegen in Boston empfehlen –“

„Rufen Sie ihn“, sagte Martin.

Der Neurologe, Dr. Krauss, kam am nächsten Vormittag und sprach mit den beiden um zwei Uhr. Er war sachlich. „Er hat zunehmende Perioden des Bewußtseins. Das ist gut. Sprache, Gesicht, Gehör, Nerven- und Muskelkapazität sind in Ordnung. Das ist ausgezeichnet.“

„Darf ich ihn sehen?“ fragte Kathy.

„Gleich, Mrs. Murchison. Aber nur kurz. Sie haben das Glück, einen Gatten zu besitzen mit – nun, ich würde es eine starke Lebenskraft nennen. Nicht körperlich, verstehen Sie. Starke Lebenskraft ist etwas anderes. Ich werde Sie begleiten. Ich möchte sein Gedächtnis testen. In Augenblicken des Halbbewußtseins scheint er eine lebhafte Erinnerung an Rochester zu haben. Etwas über seine Arbeit an irgendeinem Stadtsanierungsprojekt."

„Rochester!" rief Kathy aus. „Wir sind noch gar nicht dort gewesen. Ich meine, wir wollen dorthin, waren aber noch nicht da."

„Ich verstehe. Sehen Sie, das meinte ich, als ich von seiner starken Lebenskraft sprach."

Martin suchte und fand Gründe, seine Rückkehr nach New York zu verzögern – und ebenfalls die Frage an Martha aufzuschieben, ob sie ihn heiraten wolle. Zuerst wollte er nicht abreisen, bevor Dave aus dem Krankenhaus entlassen wurde. Dann, eine Woche nach dem Unfall, als sie Dave in Joes Haus brachten, damit er sich dort erhole, fand Martin andere Ausreden für seine Unentschlossenheit.

Am Dienstag sagte Joe, er müsse an die Westküste fliegen, und bat Martin, ihn zum Flughafen von Rutland zu bringen und mit seinem Wagen nach New York zu fahren, sobald er zurückkehren wolle. Als sein Flugzeug aufgerufen wurde, sagte er: „Martin, laß dir Zeit mit der Heimkehr. Old Fourth steht schon lange. Es wird noch ein bißchen auf dich warten können."

Martin war verwirrt – Joes Bemerkung mahnte ihn, daß er in seinem Verlangen nach der Kathedrale seiner ersten wahren Liebe untreu werde. Als er Joes Haus erreichte, saßen Dave und Kathy in Liegestühlen am Strand, während Martha mit Stevie in dem flachen Wasser spielte. Martin streckte sich in einem Liegestuhl neben Dave aus. Nach einer Weile sagte er: „Ich weiß nicht, ob es nicht an der Zeit ist, daß ich mich verändere."

Dave sah ihn verwundert an. „Daran habe ich nie gedacht, Martin. Es käme mir komisch vor, dich nicht mehr an der Old Fourth zu wissen – als ob die Sonne eines Morgens nicht mehr im Osten aufginge."

Was also kam bei Gesprächen heraus? Wer konnte ihm raten?

Am Nachmittag rief Tubby an. Er erkundigte sich zuerst nach Dave, denn auch er hatte von dem Unfall gehört.

„Es geht ihm gut", erwiderte Martin. „Wir haben ihn gestern aus dem Krankenhaus hierhergebracht. Und dir selber?"

„Nicht besonders, Marty. Am Sonntag muß ich Schluß machen."

„Ach, Tubby!" Es fehlten ihm die rechten Worte, seine Empfindung auszudrücken.

Tubby fuhr langsam fort: „Ich habe ein paar Leuten hier von dir erzählt. Sie sind begeistert." Er zögerte. „Marty, ich will meine Nase nicht in Dinge stecken, die mich nichts angehen, aber ich glaube, du verstehst mich. Hast du Martha gefragt?"

Martin starrte aus dem Fenster auf den Strand. Schließlich sagte er: „Nein. Nein, ich habe sie nicht gefragt, Tubby."

„Gut. Dann werde ich dich vorschlagen ..."

Am nächsten Morgen bot Martin ihr an, mit ihm fischen zu fahren. Martha stimmte erfreut zu. Sie hatte den Kniff sofort heraus und warf die Angel mit besonderer Anmut. Ihre Aufregung und Freude steckten ihn an. Obwohl er nichts fing, hatte ihm das Angeln in vielen Jahren nicht so viel Vergnügen bereitet. Oder war es die angenehmste Begleitung seit ... seit wann?

Erstaunt, daß sie vier Stunden draußen gewesen waren, wendete er das Boot. Als er ruderte und sie dabei anblickte, wünschte er, sie könnten den ganzen Tag auf dem See zusammenbleiben. „Wir müssen das öfter machen", sagte er. „Hier kann man den ganzen Sommer gut fischen."

„Aber mein Urlaub ist fast zu Ende", sagte sie.

„Nun, dann im nächsten Sommer. Wie wär's, wenn Sie nächsten Sommer überhaupt nicht mehr arbeiten? Ich meine – wenn wir im Frühling heiraten?"

Sie blickte beiseite. „Das ist fast ein Jahr, Martin. Zuviel kann in einem Jahr geschehen."

Den Rest des Nachmittags fühlte er sich benommen, bestürzt. Was für ein alter Egoist er doch war! Er hatte geglaubt, sie würde ihn heiraten, wann immer es ihm paßte. Und jetzt erklärte sie ihm ganz einfach, daß sie nicht warten wollte.

Seine Verwirrung dauerte bis Donnerstag. Am Abend sagte er, er fahre am nächsten Morgen nach New York, und zu seiner eigenen Verblüffung fügte er hinzu: „Würden Sie gern mit mir kommen, Martha?"

Und zu seinem noch größeren Erstaunen antwortete sie: „Ja."

Sie brachen zeitig auf. „Es gibt nur eine Route von New York nach Vermont", erklärte er. „Das ist die kürzeste. Aber es gibt verschiedene Möglichkeiten, um von Vermont nach New York zu gelangen. Ich möchte gern die Autobahn vermeiden und einen Umweg machen." Ihre Fahrt nach Süden war für ihn wie eine Fahrt in die Vergangenheit.

Rutland. „Hier hatte mein Vater eine Kirche, als ich noch ein Baby war. Es gelüstete ihn nach einer größeren Kirche in Buffalo, aber er entschloß sich, in Neuengland zu bleiben. Und nach einer Weile wurden die Kirchgemeinden kleiner."

Bennington. „Vor vielen Jahren wurde hier Kathy einmal schrecklich übel vom Autofahren. Wir blieben in einem dieser alten Touristenhotels."

Williamstown. „Mein erstes College. Aber das dickste Stipendium gab's in Brown."

Sie machten Mittagspause in einem Gasthaus in Connecticut, dann ging es weiter nach New York.

Am Nachmittag kamen und vergingen einzelne Regenschauer. Die dunklen Wolken schienen sich zu neigen, und der Regen strömte von der Seite, als sie nach Manhattan hineinfuhren. Dann strahlte plötzlich die Sonne durch das Gewölk und beleuchtete den großen Turm der Kathedrale links vor ihnen.

Martin lenkte den Wagen in eine Ausweichstelle und hielt an.

„Etwas nicht in Ordnung?" fragte Martha.

Er antwortete nicht gleich. Er betrachtete den riesigen Kirchturm, der schnell in einer neuen Regenbö verschwand. Wie hatten doch Jane und er immer gesagt: Jedesmal, wenn sie umzogen, regnete es.

„Alles in Ordnung", sagte er schließlich. „Hör mal – wenn wir in *diesem* Sommer heiraten, könnten wir *diesen* Sommer wieder nach Vermont zurück."

Obwohl es etwas blödsinnig klang, verstand sie sofort. Denn sie sagte: „Langsam, Martin. Vielleicht geht es ihnen in Old Fourth gegen den Strich. Du hast dort – etwas Schönes und Dauerndes geschaffen. Ich möchte nichts tun, was es verdirbt."

„Das kannst du nicht. Wir sind dort unter Freunden. Es wird großartig sein. Ich habe dich etwas gefragt, Martha. Du hast mir noch keine Antwort gegeben."

„Ja", sagte sie.

Er wollte seinen rechten Arm um sie legen, doch ein Polizeiwagen fuhr vor, und ein Polizist fragte: „Irgendwas los?"

„Nicht, daß ich wüßte", erwiderte Martin. „Wie komme ich zu der Kathedrale da drüben?"

„Nächste Ausfahrt."

Der Streifenwagen entfernte sich. Martha fragte: „Was wollen wir in der Kathedrale?"

„Ich will nur einen Augenblick anhalten und Tubby die gute Nachricht bringen", sagte Martin.

Charles Mercer

Charles Mercer ist der Sohn eines Baptistenpredigers und hatte acht Onkel, die ebenfalls Geistliche waren. Er wuchs als einziges Kind in Landpfarrhäusern im Staat New York und in New Jersey auf. „Die Sonntagnachmittage in einem Pfarrhaus auf dem Lande können recht eintönig sein", erinnert er sich. „So habe ich mit zwölf Jahren angefangen, mir selber Geschichten zu erzählen, um mir die Zeit zu vertreiben."

Fast zwanzig Jahre später, als Mercer – nach Universitätsstudium, Heirat und der Teilnahme am zweiten Weltkrieg als Presseoffizier – Berichterstatter einer Nachrichtenagentur geworden war, nahm er seine Gewohnheit wieder auf, sich in einsamen Stunden Geschichten auszudenken. Seine erste Erzählung erschien 1949. Er widmete Morgen für Morgen zwei Stunden seiner Schriftstellerei und hat im Lauf der Jahre eine stattliche Reihe von Kurzgeschichten und Zeitschriftenartikeln, drei Jugendbücher, zwei Sachbücher und zwölf Romane veröffentlicht. Nach dem Welterfolg seiner *Rachel Cade*, die in zwölf Sprachen übersetzt und auch verfilmt wurde, lebte er zehn Jahre als freier Schriftsteller. Heute, mit fünfundfünfzig, leitet er die Jugendbuchabteilung eines großen New Yorker Verlags.

Mercer sagt, der Charakter seines Helden Martin Judson verdanke viel dem Vorbild seines eigenen Vaters: „Ich habe versucht, in Martin das Gottvertrauen und den aufrichtigen Glauben darzustellen, die mein Vater hatte. Denn was wir auch heute brauchen – und vielleicht nötiger denn je – sind solche Geistliche und eine so lebendige Kirche."

Die Ausreißer

Eine Kurzfassung
des Buches von
Victor Canning

Ins Deutsche übertragen
von Peter Dülberg

Illustrationen
von Thomas Beecham

Deutsche Buchausgabe: „Die Ausreißer“ (The Runaways)
Paul Zsolnay Verlag Gesellschaft m. b. H., Wien/Hamburg 1972

Grinser war mächtig erschrocken, als er entdeckte, daß er sein wunderbares Versteck mit einem ausgewachsenen Gepardenweibchen teilte. Doch nachdem er einen Weg zur friedlichen Koexistenz gefunden hatte, waren die Gefühle des fünfzehnjährigen, aus der Erziehungsanstalt weggelaufenen Jungen erst recht gemischt: Einerseits hätte er die gefährliche Raubkatze wohl den zuständigen Behörden ausliefern müssen, andererseits aber war sie ja auch ein Ausreißer wie er.

Die Geschichte des steckbrieflich gesuchten Jungen und „seiner" Gepardin Yarra ist ein ungewöhnliches Buch: gebannt folgt der Leser den beiden Ausreißern auf ihren Spuren in der Freiheit, bezaubert von der Schönheit der ländlichen Gegend Südenglands, die Victor Canning so anheimelnd schildert, und vom feinen Humor, mit dem das Ganze erzählt ist. Mit Grinser begegnen wir liebenswerten, ein bißchen verschrobenen Charakteren: dem kauzigen Angler, der zwar hin und wieder wildert, aber wie Grinser „nie was wirklich Schlechtes" getan hat, dem pensionierten Major, der so gerne Detektiv spielt, und der resoluten Hundezüchterin, die fest davon überzeugt ist, daß man junge Menschen ihre Probleme selber lösen lassen soll. Ob sie damit in Grinsers Fall recht hat – das herauszufinden, ist so spannend wie vergnüglich.

Kapitel I

Die ganze Nacht hatte es geregnet und den ganzen Vormittag; hatte überall in Dorset, Wiltshire und Hampshire gegossen. Es war ein kalter Februarregen, der über verstopfte Gullys hinwegsprudelte und die tiefer liegenden Straßen unter Wasser setzte, so daß die durchfahrenden Wagen weite Sprühbogen aufpflügten. Jetzt, genau um halb zwölf, da Grinser, von zwei stämmigen Wachtmeistern eskortiert, in einem Streifenwagen dahinfuhr, braute sich über ihnen ein Gewitter zusammen. Ein leichtes Grummeln war es anfangs, das dann aber langsam in ein lautes Grollen und Poltern ausartete. Plötzlich ließ zischend ein gewaltiger Schwertstoß die ganze Welt in blendendes Feuerwerk aufgehen. Grinser fuhr von seinem Sitz hoch und schrie: „Herrdumeine!"

Der Polizist neben ihm lächelte. „Nur keine Bange, Söhnchen! Überleg doch einmal – wenn wir dich nicht mitgenommen hätten, wärst du noch viel nässer geworden." Er warf einen Blick auf das Häufchen durchweichter Kleidung auf dem Wagenboden und dann auf die in Decken gehüllte Gestalt.

Die Decke war rot und gelb gestreift; das von Grinser Sichtbare war nur sein Kopf, der oben aus ihr herausguckte, mit den immer noch nassen blonden Haaren. Grinser – in Wirklichkeit George Rinser – war fünfzehn, ziemlich groß, gut gewachsen, freundlich schlichtes Gesicht, leicht eingebogene Nase und zwei himmelblaue Augen, die dreinblickten, als könnte er kein Wässerlein trüben. Er war vor vierzehn Tagen aus einem Erziehungsheim weggelaufen und am Morgen von der Polizei aufgegriffen worden. Erwischt hatte man ihn dank dem Hinweis eines Bauern, in dessen Scheune er sich versteckt und dessen Hühnereier er ausgetrunken hatte.

Angst hatte Grinser nicht: der Blitz hatte ihn nur hochgescheucht, das war alles. Es gehörte schon einiges dazu, um ihm Angst einzujagen. Außerdem gab es noch ziemlich vieles, was er nicht mochte: Schulen, zum Beispiel. Ganz besonders Erziehungsheime nicht, und aus seinem war er nach einem Aufenthalt von genau dreizehn Tagen und vier Stunden getürmt. Fürs Landleben war er auch nicht sehr; mittlere und große Städte waren ihm lieber, wo sich mehr Gelegenheit bot, an die vielen Kleinigkeiten zu kommen, die das Leben erträglich machten.

Schließlich mußte einer ja, wenn er meistens auf sich selbst angewiesen war, ein paar Shilling in der Tasche haben und ab und zu mal ins Kino gehen können und sich in einem Lokal eine Coke leisten, wenn ihm nach Gesellschaft zumute war. Müßiggang liebte er nicht; er tat gerne was. Der Haken war nur, daß die Leute sich bei manchem, was er tat, so anstellten – wenn er etwa eine vor der Haustür stehende Flasche Milch klaute oder im Laden ein Buch mit Comics mitgehen hieß.

Am allerwenigsten schätzte Grinser die langen Zeiten, in denen sein Vater, ein Schiffskoch, zur See fuhr. Anstatt mit ihm in einem möblierten Zimmer zu hausen und ein herrliches Leben zu führen, wurde er dann bei seiner Schwester Ethel und ihrem Mann Albert abgeladen. Die waren zwar nett, aber sie stellten sich so an mit ihrem Haus und dem Mobiliar und brummten, wenn die Hände Spuren auf dem Anstrich hinterließen.

Der Fahrer grinste Grinsers Bild im Rückspiegel an. „In der Decke siehst du aus wie 'n Indianer! Häuptling Sitzender Bulle."

In diesem Moment gab es einen gewaltigen Donnerschlag, und zweihundert Meter vor ihnen zuckte ein flammender Blitz erdwärts, fuhr in eine Baumkrone, schlängelte sich am Stamm hinunter und schlug mit einem solchen Krach in den Boden, daß die Erde erbebte. Ein großer Ast stürzte quer über die Straße. Schlitternd kam der Polizeiwagen zwanzig Meter vor dem Hindernis zum Stehen. Ein kleines entgegenkommendes Auto hatte aber Pech und wurde seitlich in das Geäst geschleudert.

Die beiden Polizisten sprangen aus dem Streifenwagen und sausten durch den Regen, um dem andern zu helfen; sie brauchten drei, vier Minuten, bis sie über den Ast geklettert waren und sich überzeugt hatten, daß der Fahrer drüben nicht allzu bös dran war. Einige weitere Minuten verstrichen, bis der Polizeifahrer in seinen Wagen zurückfand und über Funk seine Dienststelle von der Blockierung der Straße informieren und Hilfe anfordern konnte.

Bei der Durchgabe stellte er fest, daß er noch eine andere Meldung zu erstatten habe: die von der Flucht aus Polizeigewahrsam eines gewissen George Rinser. Im Innenspiegel konnte er den Rücksitz sehen: der einzige Beweis für Grinsers vormalige Anwesenheit war ein feuchter Fleck auf dem Leder.

Grinser lief in diesem Augenblick am Rande eines Sturzackers entlang; seine Sachen hatte er in der Decke bei sich. Während er auf die bewaldete Kuppe zu eilte, die durch die treibenden Regenschwaden eben noch zu erkennen war, lächelte er doch – weil er frei war. Und er war gewillt, es diesmal zu bleiben. Was er mit seiner Freiheit eigentlich anstellen sollte, wußte er nicht, außer daß er sie genießen wollte, bis sein Vater von See zurückkäme. Der würde dann im Handumdrehen die Mißverständnisse aufklären, durch die sein Sohn in das Erziehungsheim gekommen war.

Inzwischen war der zweite Polizist zu dem Wagen zurückgekehrt. Er warf einen Blick auf den Rücksitz und fragte: „Ist der weg?“

„Mit unserer Decke“, sagte der andere. „Sollen wir hinter ihm her?“

„In dem Wetter? Kaum. Der kommt nicht weit, wenn die Suchanzeige erst mal läuft.“ Der Polizist schmunzelte und sagte spaßig: „Gesucht: Häuptling Sitzender Bulle, Größe einsfünfundfünfzig, Haare blond, Augen blau, Alter gute fünfzehn, bekleidet mit einer gelb-rot gestreiften Decke. Vorsicht bei Annäherung! Der Mann ist gefährlich!“ Er hielt inne und setzte dann hinzu: „Das Gesicht des Gesuchten ist stark sommersprossig.“

Als Grinser im Wald die Deckung erreichte, sauste er wie eine Rakete in das Unterholz und scheuchte damit ein paar Fasanen auf, die kreischend davonstoben. Ihr Lärm erschreckte ihn dermaßen, daß er ausrutschte und längelang hinfiel.

Wie er da so lag und wieder zu Atem zu kommen suchte, hielt er sich eine Standpauke; er war groß darin, sich in kritischen Augenblicken die Leviten zu lesen.

„George R.“, sagte er – „Grinser“ nannten ihn die andern, ihm selbst gefiel dieser Name nicht –, „du mußt das hier mal klar bis zu Ende denken. Du bist naß und hungrig und halb nackt. Wirst polizeilich gesucht wie ein richtiger Verbrecher, was du gar nicht bist. Bist ja gar nicht der gewesen, der der alten Dame die Handtasche weggenommen hat! Punkt Nummer eins also: Du mußt dich aufwärmen, was zu essen kriegen und ein Versteck finden. Punkt Nummer zwo: Zieh lieber die nassen Sachen wieder an. In einer bunten Decke fällst du auf wie ein Zirkusindianer.“

Also rappelte er sich hoch und zwängte sich in seine Niethosen. Er war noch dabei, als nach Westen zu wieder Donner krachte und der ganze Himmel von neuem in grellem Blitzlicht hell wurde. Was Grinser nicht wissen konnte: ebendieser Blitzschein leistete einem anderen Gefangenen den gleichen Dienst wie der vorherige Einschlag ihm selbst.

Sechzehn Kilometer entfernt lag etwas südwestlich von Warminster in Wiltshire das große Landgut des Marquis von Berth, Longleat. Ein Teil seines Parks war in ein Wildtierreservat umgewandelt worden. Fast täglich kamen Wagen mit Touristen, die die Löwen von Longleat und die anderen Tiere in den riesigen Umzäunungen des Parkgebiets sehen wollten.

Die Straße führte zuerst durch die Ostafrika-Abteilung, die Giraffen, Zebras, Strauße und Antilopen enthielt; dann ging es weiter durch einen Affen-Urwald, in dem die Paviane sich so gern ein Stück auf den Autodächern mitnehmen ließen; dann kam man ins Löwenschutzgebiet, wo die königlichen Bestien manchmal faul quer auf der Straße lagen und nicht weichen wollten. Zuletzt kamen die Wagen in das Gepardengehege.

An diesem stürmischen Februartag befanden sich nicht mehr als drei oder vier Autos im Reservat. Tatsächlich waren auch nur wenige Tiere zu sehen. Die Paviane waren in ihren Höhlen, die Löwen in ihren Verschlägen.

Im Gepardengebiet hatten alle Tiere Unterschlupf in ihren Hütten gesucht – alle außer einer Gepardin, die Yarra hieß.

Namen hatten sie alle: Apollo, Chester, Lotus, Tina, Schultz. Yarra war ein voll erwachsenes Weibchen. Fast neunzig Zentimeter waren ihre schmalen Schultern hoch; und von der schwarzen Nasenspitze bis zum Ende ihres langen, büscheligen Schwanzes maß sie zweihundertdreizehn Zentimeter: ein prächtiges Tier. Im Regen glänzten die Flecken auf ihrem fahl orangefarbenen Pelz pechschwarz. Die dunklen Linien ihrer Gesichtsmaske, die von den inneren Augenwinkeln im Bogen um das Maul verliefen, waren kühne Kohlestriche. Kehle und Bauch waren sahneweiß, die Augen bernsteinfarben.

Fuhr der Gepardenwärter in seinem Landrover durch das Gehege, so konnte es sein, daß Yarra mit einem mühelosen, langgewellten Sprung auf dem Wagendach landete. Manchmal ließ er dann, um die Geparden zu trainieren, ein Stück Fleisch hinter dem Wagen schleifen, damit sie hinterherjagten. Bei fünfundsechzig Kilometer in der Stunde konnte es Yarra noch leicht mit dem Wagen aufnehmen. Selbst wenn der Wärter hundert gefahren wäre, hätte sie mit ihm eine ganze Weile Schritt gehalten.

Heute war Yarra sonderbar rastlos. Es war nicht die Unruhe, die sie überkam, wenn ihr scharfer Blick auf den freien Hügeln außerhalb des Geheges ein Perlhuhn, einen Fasan, ein Rehkitz sich regen sah; dann raste sie an das Drahtgitter, voll Sehnsucht nach freier Trift und Jagd.

Was sie so umtrieb, wußte Yarra nicht; wo sie sich normalerweise vor dem Regen in Sicherheit gebracht hätte, stelzte sie nun mit einmal an dem langen Grenzzaun auf und ab. Er bestand aus starkem, fünf Zentimeter weitem Maschendraht und war über dreieinhalb Meter hoch, oben nach der Innenseite zu vorspringend; starke Holzpfosten hielten ihn, dazu in Abständen noch dicke Betonpfeiler zur Verstärkung. Ein zweiter, etwa ein Meter zwanzig hoher Zaun, über den die Geparden mühelos hinweggekonnt hätten, verlief innen, aber sie ignorierten ihn.

Leises Donnergrollen war zu hören, und ein stärkerer Guß peitschte Yarras Gesicht. Sie setzte sich dicht vor den inneren Zaun hin, schüttelte den Kopf und blinzelte gegen den Regen an.

In diesem Augenblick – gerade während drüben Grinser seine nassen Niethosen anzog – barst mit einem erderschütternden Donnergebrüll der Himmel. Ein gewaltiger Blitz fuhr aus den tief herabhängenden Wolken und schlug, nur ein paar Meter von Yarra entfernt, in den Außenzaun des Gepardengeheges, traf die Metallbolzen in einem der Betonpfeiler – und Zaun und Träger wurden aus dem Boden gerissen. Die stützende obere Hälfte des Pfeilers schlug gerade vor Yarra den inneren Zaun nieder. Fauchend vor Schreck, sprang sie in die Luft und landete auf dem zusammengekrachten Teil des Außenzauns. Als von neuem zorniger Donner daherrollte, war sie schon fort. Von Furcht und Schrecken gehetzt, schoß sie draußen den langen Grashang vor der Einzäunung hinauf zu einem Gehölz.

Keine zwanzig Minuten später entdeckte der Gepardenwärter in seinem Landrover, daß Yarra auf und davon war. Er machte sich sofort an die Organisation einer Suchabteilung. Yarra war inzwischen schon fünf Kilometer weit entfernt, jenseits des Waldes, und stieg dort langsam im Windschatten eines kleinen Apfelgartens zu Tal. Das

Gelände vor ihr fiel steil ab. In zwei Kilometer Entfernung sah sie eine Straße mit vorüberflitzenden Autos.

Sie beobachtete die Straße eine Zeitlang und fing dann an, sich parallel zu ihr einen Weg quer durch das Gelände zu suchen.

HIELT Yarra sich instinktiv daran, Straßen und Menschen zu meiden, so wirkte der gleiche Instinkt auch in Grinser. Jetzt wieder in seinen eigenen Kleidern, trabte er die sich vom Wald her erstreckenden grasigen Hänge entlang, immer darauf bedacht, sich dicht unterhalb der Kämme zu halten. Wo er war, ahnte er nicht, er wußte nur, daß die Polizisten ihn nach Salisbury hatten bringen wollen.

Auf diese Manier wanderte er zwei Stunden fort, und keine Sekunde lang hörte es zu regnen auf. Der Regen durchweichte Grinsers dicke Tweedjacke so, daß sie zu einer aufgeschwemmten, schwammig-schweren Last wurde. Die nassen Niethosen scheuerten ihm inzwischen die Schenkel, das Wasser lief ihm über die blonden Haare herunter und klatschte sie ihm wie dick aufgeschmierte Butter an den Kopf. Er hatte Hunger, und herrliche Bilder von dampfenden Würsten, Frikadellen und goldgelben Kartoffelschnitzen schwebten ihm vor, bis er sich schließlich streng zur Ordnung rief: „George R.! Kümmer dich um Gefährliches, nicht um Freßchen!“ Zugleich war ihm aber klar, daß er für die kommende Nacht ein Obdach finden mußte.

Er überquerte mehrere Straßen, wobei er sich erst in den Hecken verbarg und dann auf die andere Seite flitzte. Ab und zu sang er leise vor sich hin, um sich aufzumuntern, Lieder, die er zur Mundharmonikabegleitung seines Vaters gesungen hatte. Manchmal, wenn der zu Haus war, machten sie auf geliehenen Fahrrädern Ausflüge und fuhren im Freilauf, beide wie verrückt singend, die Talstrecken hinunter. Ein paarmal hatte sein Vater ein Auto gemietet und ihn ausgefahren. Wenn sie dann auf einer ruhigen Straße gewesen waren, hatte er ihn chauffieren lassen.

Er marschierte ein Tal hinauf, dessen Flüßchen, rechts von ihm, Hochwasser führte, als er vor sich eine niedrige graue Steinbrücke sah; vorsichtig trat er ins Freie und näherte sich ihr – zu sehen war nirgends jemand. Drüben stand, etwas vom Wasser entfernt, ein langes, niedriges, strohgedecktes Cottage. Auf einem Holzschild am Gartentor stand „Haus an der Furt“. Hinter dem Haus war eine Scheune.

Grinser besah sich das Haus eine Zeitlang. Aus den Schornsteinen kam kein Rauch, und an allen Vorderfenstern waren die Vorhänge zu. Leise vor sich hin pfeifend, überlegte er und schlenderte dann zum Hofeingang. Hinter einem großen, mit einem Vorhängeschloß gesicherten fünfstrebigen Gattertor lag ein Hof, mitten darin ein Brunnen und dahinter die Scheune mit einem offenen Wagenschuppen an der einen Seite. Neben dem großen Tor gab es noch ein Seitenpförtchen, das unverschlossen war. Grinser trat ein, ging um das Haus und die Scheune herum, spähte durch die Vorhangspalten und ging dann geradewegs in die Scheune, wo er die Leiter zu dem vollen Heuboden hinaufstieg. Nichts deutete auf Leben, und es waren auch keine frischen Fahrspuren im weichen Boden vor dem Wagenschuppen. In ihm stand hinten ein altes Fahrrad.

In das Haus zu kommen war für Grinser nicht schwer. In seiner Heimatstadt gab es gewisse Jungen, die sich in den Gewohnheiten der Wohnungsinhaber mit ihren Schlüsseln auskannten. Fast jedermann schloß, wenn er verreiste, die Vordertür ab und nahm den Schlüssel mit, und fast jeder verschloß auch die Hintertür und versteckte deren Schlüssel irgendwo so, daß jemand, der kam, um nach allem zu sehen, ihn bequem finden konnte. Der Hintertürschlüssel von diesem Cottage lag hinter einem Sparren des Vordaches versteckt.

Die Tür führte direkt in eine große Küche. Grinser trat ein und machte die Tür hinter sich zu. Es war eine hübsche Küche, obgleich durch die zugezogenen Vorhänge jetzt etwas düster. Er knipste den Schalter neben der Tür an: die Deckenlampe ging an, und er knipste sie wieder aus, ging dann an den Ausguß und drehte den Kaltwasserhahn auf: das Wasser lief.

Fünf Minuten später hatte Grinser das Landhaus wieder verlassen – die Hintertür war zugemacht und der Schlüssel an seinem alten Platz – und befand sich oben auf dem Heuboden. Bei sich hatte er zwei Büchsen Sardinen, ein Paket Zwieback und eine große Flasche Apfelwein – alles das schleppte er in einer dicken Wagendecke mit, die er in der kleinen Vorhalle hinter der Küche gefunden hatte.

Grinser suchte sich eine Stelle auf den Heuballen, wo er liegen und durch ein staubiges, spinnwebenbedecktes Fensterchen den Hof überblicken konnte. Stück für Stück zog er seine Sachen aus und breitete sie zum Trocknen auf die Ballen; dann wickelte er sich in die Decke und begann etwas für seine innere Natur zu tun. Binnen einer Viertelstunde hatte er die ganzen Sardinen intus, dazu den größten

Teil der Zwiebäcke, und den Pegel der Apfelweinflasche hatte er beträchtlich gesenkt. Fast unmittelbar darauf bereute er es aber, weil ihm von dem Wein duselig zu werden begann. Er mußte ständig mit den Augendeckeln klappern, um klar zu sehen und den Hof draußen im Blick zu behalten. Es gelang ihm jedoch nicht; das letzte, woran er sich erinnerte, bevor er in den Schlaf sackte, war ein ordentlicher moralischer Anpfiff, den er sich verpaßte: „George R., mein Lieber, du hast dein Essen runtergeschlungen und dir den Apfelwein reingegossen wie ein Vielfraß. Wenn du davon nicht das Spucken kriegst, ist es ein Wunder."

WÄHREND Grinser oben in der Scheune schnarchte, befand Yarra sich etwa zweieinhalb Kilometer entfernt talaufwärts. Die Unruhe steckte noch immer in ihr, und hungrig war sie auch. Es war zwischen fünf und sechs Uhr nachmittags, also schon nach der normalen Fütterungszeit für die Geparden. Dazu kam, daß heute Dienstag war, was hieß, daß Yarra seit Sonntag nichts gefressen hatte. In der Freiheit jagen die großen Katzen, fressen dann und erlegen neue Beute erst wieder, wenn sie von neuem hungrig werden. Hätte man die Geparden regelmäßig jeden Tag gefüttert, so hätte das ihrer Freßlust und schließlich ihrer Gesundheit geschadet. Also knurrte ihnen in Longleat jeden Montag der Magen.

Einen Grasrain vor einer eingezäunten Weide entlangstreifend, gewahrte Yarra plötzlich etwas Weißes und blieb erstarrend auf dem Fleck stehen, den rechten Vorderlauf halb erhoben. Jenseits des Zaunes stand ein großes hölzernes Geflügelhaus, und rundherum tummelte sich eine Schar weißer Leghorns.

Yarra beobachtete sie und zog lange Geschmacksfäden. Stumm streckte sie den Unterkiefer vor und ließ sich dann flach nieder. Der untere Rand des Drahtzaunes hörte schon dreißig Zentimeter über der Erde auf. Bei all ihrer Größe wand Yarra sich doch wie eine lautlose Flut geschmolzenen Goldes unter ihm hindurch. Fünfzig Meter vor sich entdeckte sie den ersten Außenseiter der Schar, einen Hahn mit weißbuntem Schwanz und leuchtend zinnoberroten Kehllappen. Bis dahin hatte Yarra noch niemals wirklich gejagt, um Beute zu machen, aber jetzt pirschte sie sich so sicher heran, als hätte sie in der Wildnis, in der sie geboren war, ihr ganzes Leben verbracht.

Zwanzig Meter war sie von dem Hahn entfernt, als er sie sah. Sein Kopf zuckte hoch, und in zwei langgestreckten Sprüngen schoß

Yarra über das winterfahle Gras. Der Hahn schrie entsetzt auf und fuhr mit wild flatternden Flügeln in die Höhe. Yarra erwischte ihn einen Meter über dem Boden, ihre Kiefer schlossen sich um seinen Hals und brachen ihm die Wirbel. Eine große weiße Federwolke zerbarst im windigen Sprühregen. Aufgeschrecktes Gackern stieg aus dem Schwarm der anderen Hühner, die Zuflucht suchend in ihr Haus flitzten.

Yarra lief, die Beute im Maul hochhaltend, an den Zaun zurück und setzte mit leichtem Sprung darüber, fand eine kleine, von Stech- und Besenginster umstandene Mulde und fing niedergekauert zu fressen an. Als sie fertig war, blieb von dem stolzen Hahn nichts übrig als die Flügel, der eben noch so kühn gewölbte Schwanz und die dicken gelben Beine. Yarra schleckte und putzte sich und lag dann gesättigt ein Weilchen auf der Seite.

Der Regen hörte auf, und allmählich räumte der Wind die Wolken vom Abendhimmel, so daß schwach ein paar Sterne sichtbar wurden. Yarra erhob sich, wieder von ihrer unnennbaren Rastlosigkeit erfüllt. Diesmal aber spielte auch die Gewohnheit mit. Im Gepardengehege wurde Yarra mit allen anderen jeden Abend von dem Wärter in seinem Landrover in den Schlafstall am untersten Ende der Einfriedigung getrieben. Die Nacht rückte jetzt rasch näher, und Yarra machte sich auf die Suche nach einem Unterschlupf.

Eine halbe Stunde später kam sie in der zunehmenden Dämmerung in ein Tal und an einen steilen Abhang oberhalb einer Hauptstraße. Ein Auto fuhr vorbei, aber Yarra war an Autos gewöhnt – Fahrendes beunruhigte sie nicht. Mit geschlossenen Vorder- und Hinterläufen ließ sie sich den Hang hinuntergleiten und war auch schon wie ein Schatten über die Straße gehuscht. Auf der anderen Seite führte eine Nebenstraße zum Fluß. Zwölfhundert Meter weiter weg hielt sich Grinser unterdessen stöhnend den Kopf und wußte, daß er sich in wenigen Minuten ganz fürchterlich übergeben werde.

Yarra trottete das Sträßchen dahin und schlenkerte dabei ab und zu ärgerlich die eine oder die andre Vorderpfote aus, weil der Boden von einem überlaufenden schmalen Straßengraben her unter Wasser stand. Am Ende des Weges passierte sie eine Steinbrücke und machte dann plötzlich halt vor einem geschlossenen weißen Tor – der Hofeinfahrt zum Haus an der Furt. Obgleich es inzwischen fast dunkel war, konnte sie auf der anderen Hofseite die Scheune mit einer leeren Türöffnung in der unteren Verschalung erkennen; sie erinnerte sie an die ihrer Schlafhütte in Longleat. Yarra machte einen großen Satz über das fünfstrebige Tor hinweg und trabte auf die Scheune zu.

Sie war fast bei dem alten Ziehbrunnen angelangt, als aus der Scheunentür eine Gestalt trat. Yarra erstarrte. Die Gestalt wandte sich sonderbar taumelnd zur Seite, ging die Scheune entlang und verschwand um die Ecke. Yarra erkannte, daß es ein ziemlich großer Mensch war, einer, den man mit Respekt zu behandeln hatte. Die ganz kleinen Menschen waren es, die in ihr und ihresgleichen Mordinstinkte weckten – die Kinder, die durch die Fenster der im Wildpark umherfahrenden Autos guckten. Sie waren für Yarra kleines Wild, jagdbar wie Rehkitze.

Eine Zeitlang wartete sie, um zu sehen, ob die Gestalt zurückkäme. Dann ging sie langsam hinüber zu dem Scheunentor.

Kapitel II

Grinser hatte sich in dem Obstgärtchen hinter der Scheune übergeben. Ihm war wohler, aber der Kopf tat ihm immer noch weh, und der empfindliche Magen stand auf der Kippe. Grinser ging einen Pfad an den Fluß hinunter, kniete sich hin und spülte sich Wasser über Hinterkopf und Gesicht.

Fünf Minuten darauf kam er zur Scheune zurück. Die zum Heuboden führende Leiter war gleich hinter der Tür. Der übrige Scheunenraum verlor sich etwa zehn Meter weit ins Dunkel. Grinser, in dessen pochendem Schädel sich nach wie vor alles drehte, schwankte zur Tür herein und tastete nach den Leitersprossen. Die plötzliche Bewegung der erschrockenen Yarra hörte er gar nicht. Sie stand mit geöffneten Kiefern auf, die Gesichtsmaske von Angst und Zorn verzerrt, und stieß ein warnendes Fauchen hervor – das aber von Grinser beim Ersteigen der Leiter ebenfalls unbemerkt blieb.

Yarra legte sich von neuem auf dem Strohlager zurecht, flach auf der Seite, den Kopf zurückgeworfen. Sie war müde, außerdem beunruhigt durch ihre Rastlosigkeit. In den Zitzenreihen an ihrem Bauch spürte sie eine leichte Reizung; der Bauch selbst fühlte sich sonderbar und leicht aufgetrieben an. Was sie nicht wußte und was der Gepardenwärter höchst entzückt aufgenommen hätte, war, daß sie Junge werfen sollte. Deren Vater war Apollo – die Paarung hatte vor dreißig Tagen stattgefunden. In etwa sechzig Tagen sollte Yarra ins Kindbett. Geparden pflanzen sich in Gefangenschaft selten fort; was vielleicht der Grund war, wieso Yarras Zustand unbemerkt geblieben war.

Mit der nachlassenden Unruhe schlief sie allmählich ein.

Über ihr schlief in einem Heunest sanft schnarchend auch Grinser.

Eben vor Morgengrauen erwachte Yarra und verließ die Scheune. Sie ging hinunter an den Fluß, wo sie sich niederkauerte und trank. Dann zog sie den schmalen Fußpfad entlang, den Angler in der Forellensaison benutzten. Hundert Meter vom Cottage erhob sich, fast vor Yarras Nase, ein unachtsames Teichhuhn von der Schilfstreu. Sie holte es sich mit einem einzigen schnellen Tatzenhieb.

Grinser wachte mehr als eine Stunde später auf. Ihm war warm und trocken und wohler. Er lag nachdenklich auf dem Heu da und sah durch das verstaubte kleine Fenster. Irgendwelche großartigen Zukunftspläne zu schmieden war unmöglich; so mußte er sich mit einer kurzfristigen Planung begnügen. Es galt, möglichst niemandem vor Augen zu kommen und eine feste Ausgangsbasis zu finden, die ihm Unterkunft, Wärme, Essen und Trinken böte. Das Haus an der Furt schien ihm dafür geeignet, falls es noch eine Zeitlang leer bliebe. Tiefkühler und Küchenschränke waren, wie er wußte, mit Vorräten wohl versehen. Daß er sich des Hauses und der Lebensmittel eines anderen bedienen würde, machte ihm weiter keine Sorgen. Letzten Endes, sagte er sich, wenn ihm das Haus nun selbst gehört hätte und da wäre so ein junger Bursche wie er auf der Flucht gewesen – weil alle alles in den falschen Hals gekriegt hatten –, da hätte es ihm auch nichts ausgemacht, wenn der sich selbst bedient hätte. Punkt eins war also: herauskriegen, ob das Cottage zur Zeit wirklich nicht bewohnt wurde, und womöglich auch, für wie lange nicht.

Von seinem Scheunenfenster aus beobachtete Grinser also das Haus den ganzen Vormittag. Der einzige Mensch, der kam, war ein Briefträger, der ein paar Briefe durch den Schlitz in der Hintertür schob. Grinser aß zu Mittag die übriggebliebenen Zwiebäcke und trank dazu ein bißchen Apfelwein.

Eine Stunde später bekam er einen Schreck: ein älterer Mann kam die Straße daher, blieb am Hoftor stehen und blickte zur Scheune her. Grinser sah ihn den Kopf schütteln und dann durch die Seitenpforte herüberkommen. Drunten wurde die offene Scheunentür zugeschlagen; sie schnappte hörbar ein. Klopfenden Herzens sah er dann erleichtert, daß der Mann wieder durch den Hof auf den Heckenweg trat. Als er fort war, kreidete Grinser sich seine Unvorsichtigkeit übel an. Das Tor war ursprünglich zugewesen, und er hatte es offengelassen. Da der Mann es geschlossen hatte, mußte er wissen, daß niemand im Haus war. Schließlich geht man ja nicht eben mal hin und schließt einem Bekannten das Scheunentor zu, wenn man weiß, daß er – sagen wir: abends – wieder zurücksein wird.

Eine Weile nachdem der Mann weggegangen war, verließ Grinser die Scheune, machte hinter sich zu und schlüpfte nach drüben zur Hintertür, die er mit dem Schlüssel öffnete. In der Küche nahm er die Post aus dem Korb unter dem Einwurfschlitz. Sie bestand aus zwei an einen „Major H. E. Collingwood, Haus an der Furt, Crockerton“ adressierten Briefen und einer Ansichtskarte an Frau B. Bagnall im Cottage. Auf der Postkarte war eine Ansicht vom Montblanc; was dazu geschrieben war, hob Grinsers Stimmung beträchtlich:

> Liebe Frau B.,
> glücklicherweise kann ich Ihnen mitteilen, daß es Frau Collingwood viel besser geht, obwohl es noch gut einen Monat dauern wird, ehe der Arzt sie für ganz gesund erklären kann.
> Wollen Sie bitte, wenn Sie das nächstemal kommen, den Ölstand im Heizungstank nachprüfen.
> Freundliche Grüße an Sie, liebe Frau B., Herrn B. und die Familie
> Ihr H. E. Collingwood

Da sind also, dachte er, der Major und seine Frau noch für eine ganze Zeit weg. Er brauchte weiter nichts zu tun, als vor Frau Bagnall auf dem Quivive zu bleiben! In sehr viel besserer Laune legte er die Post in den Korb zurück und machte dann einen raschen Rundgang durch das Haus, nahm sich jedoch vor, das später ausführlicher zu wiederholen.

Danach schlich er durch die Hintertür hinaus und zu seiner Scheune; die Tür schloß er hinter sich.

Mitgenommen hatte er – absolut leihweise – ein Transistorradio, das er im Arbeitszimmer des Majors gefunden hatte. Sein Hemd war innen vollgestopft mit einer Büchse Corned beef, einer Packung Zwieback und einer Flasche Limonade. Beim Essen stellte er ganz leise das Radio an.

Noch bevor es richtig dunkel wurde, las Grinser seine leeren Sardinenbüchsen und sonstige Abfälle zusammen, drückte sie sich an die Brust und stieg so, ohne die Hände zu benützen, vorwärts die Leiter hinunter. Mit der einen Schulter stieß er die Klinke auf und schlüpfte nach draußen. Da er nur ein paar Meter weit bis an den Fluß wollte, ließ er das Tor offen.

Yarra kam oben im Garten durch das Dunkel gegeistert. Sie sah Grinser seine Abfälle in den Fluß werfen, schlich jedoch weiter, ohne sich groß für ihn zu interessieren. Wäre sie hungrig und schlechter Laune gewesen, dann hätte schon sein Anblick ihren Unmut wecken können; aber sie war gesättigt und sehnte sich nur noch nach behaglicher Strohwärme. Den größten Teil des Tages hatte sie in den Wäldern am Fluß verbracht und sich jedesmal verdrückt, wenn sie Stimmen oder Geräusche hörte, die sie beunruhigten. Am Spätnachmittag hatte sie einen Hasen aus einem dürren Büschel Adlerfarn aufgestöbert. Er hatte einen Vorsprung von fünfzehn Metern, aber obgleich er in höchster Geschwindigkeit Haken aller Art geschlagen hatte, war sie wie ein goldorangener Lichtfleck hin und her geflogen und hatte ihn sich nach nicht einmal hundert Metern geholt. Sie hatte ihn gefressen; das ihr noch fremde Fleisch fand sie köstlich.

Jetzt kam sie um die Scheune und durch die offene Tür, um sich auf ihr Strohlager fallen zu lassen. Wenige Augenblicke später trat Grinser, leise vor sich hin summend, in die Scheune. Im ersten Moment verzerrte sich Yarras Maske, und sie öffnete das Maul, aber wirklich böse wurde sie nicht.

Grinser schloß die Tür, tastete in der Dunkelheit nach den Leitersprossen und stieg auf seinen Heuboden. Vor dem Einschlafen hörte er Radio, voller Neugier, ob in den Nachrichten irgend etwas über seine Flucht käme. Er wurde enttäuscht; man erwähnte jedoch eine andere Flucht: ein am Vortag aus Longleat entwichener Gepard war bisher nicht wiedergefunden worden. Jeder, der das Tier sichten sollte, wurde gebeten, gebührenden Abstand von ihm zu halten und die Polizei oder die Verwaltung des Longleat-Parks zu benachrichtigen. Dann gab es ein Interview mit einem Mann von dort, der einige allgemeine Auskünfte über Geparden erteilte und dabei erwähnte, bei dem flüchtigen Tier handele es sich um ein Weibchen namens Yarra.

Grinser lag gemütlich im Heu und dachte über die Gepardin nach. Von der Wohnung seiner Schwester aus, in Fishponds am Stadtrand von Bristol, war er oft in den Zoo gegangen, konnte sich aber nicht entsinnen, dort einen Geparden gesehen zu haben. Eigentlich hatte er für Zoos nicht viel übrig. In einem Käfig auf und ab zu tigern war keine Art zu leben. In einer Erziehungsanstalt war's ziemlich ähnlich. Tu dies, tu das – und dabei die ganze Zeit beaufsichtigt und mit dem ständigen Bewußtsein der Gefangenschaft. Selbst einen großen Auslauf zur Verfügung zu haben reichte im Grunde doch nicht aus. Nicht, wenn man ein Wildtier war. Yarra, das war ein hübscher Name, gewissermaßen so was wie Tarzan! Er sah sich im Lendenschurz durch das Dschungelgeäst schwingen, während ihm tief unten seine getreue Gepardin Yarra nachfolgte. Er gähnte, schaltete das Radio ab und streckte sich zum Schlafen aus.

SOWEIT hatten Grinser und Yarra Glück gehabt: sie waren beide noch von niemandem gesehen worden. Zwei Wärter von Longleat hatten versucht, Yarras Fährte zu verfolgen, aber feststellen müssen, daß der Regen sie verwaschen hatte. Grinsers Spuren waren von keinem verfolgt worden; dafür hatte die Polizei alle Streifenwagen und das Revier alarmiert und ihnen seine Personalbeschreibung durchgegeben. Sie hatte auch seine Schwester Ethel wissen lassen, daß sie ihn sofort zu melden habe, falls er bei ihr aufkreuzte.

Ethel und ihr Mann saßen zur Stunde in dem Wohnzimmer ihrer kleinen Villa in Fishponds und tranken vorm Schlafengehen noch Kakao. Es war ein kleines, propres Zimmer – alles auf Hochglanz poliert, ausgebürstet und abgestaubt.

Ethel sagte: „Der Junge hat immer schon Schwierigkeiten gemacht und wird es auch weiter tun. In dem steckt was Ungebärdiges, was Verstocktes."

Albert wußte, daß in jedem Menschen dies und jenes steckt. Er war viel umgänglicher als Ethel und hatte Grinser gern. Er sagte: „Meiner Meinung nach ist er da ausgerückt, weil er wußte, daß er überhaupt nicht in die Anstalt hineingehört."

Ethel stellte ihren Kakaobecher hin. „Dahin gekommen ist er, weil er schlecht war! Eine alte Dame zu Boden schlagen und ihr die Handtasche wegreißen! Und schon davor hat er immer Sachen gestohlen! Böser Umgang verdirbt gute Sitten!"

Albert seufzte leise. „Geklaut hat er, ja; aber gewalttätig? Nein! Der würde keiner Fliege was zuleide tun, einer alten Dame schon gar nicht. Stimmt, damals hab ich selber gemeint, er hätt es getan; aber jetzt glaub ich's nicht mehr."

„Geklaut hat er immer und ist dafür immer in die Klemme geraten. Wie man's beginnt, so treibt man's fort, man stiehlt immer größere Sachen und kommt in immer größere Kalamitäten."

Nachdenklich sagte Albert: „Alles eine Frage der Psychologie. Grinser hat, wie man sagt, einen Ausgleich für sein Familienleben gesucht, oder vielmehr für das nicht vorhandene! Keine Mutter und sein Pa drei Viertel vom Jahr weg auf See. Er hat damit gegen das protestiert, wie man sagt, was die Gesellschaft ihm antut."

Ethel schnob vernehmlich. „Na, ich muß schon sagen! Das Ausgefallenste, was ich je gehört habe! Jedenfalls ist doch die alte Dame vorm Jugendgericht sofort aufgestanden und hat ihn wiedererkannt!"

Albert erhob sich; sein Kakao war alle, und er wollte jetzt hinaus in seine Werkstatt und seine Gutenacht-Zigarre rauchen. Er saß da gern auf seiner Werkbank und paffte vor sich hin und träumte Unmögliches, zum Beispiel, daß er im Salon und im Schlafzimmer rauchen könnte, auf alles, wohin er wollte, die Füße legen und vielleicht ab und zu einmal vorm Zubettgehen statt Kakao eine Flasche Bier trinken dürfte.

„Die alte Dame war so blind wie 'n Maulwurf!" sagte er sarkastisch. „Die hätte doch ihr eigenes Spiegelbild nicht wiedererkannt!" Er ging zur Tür und setzte hinzu: „Na, hoffentlich hat der Junge ein ordentliches Nachtquartier gefunden. Draußen friert's."

Albert hatte recht; die ganze Nacht über war starker Frost. Als das erste Tageslicht am Ostrand des Tales emporstieg, enthüllte es eine Welt, die mit zarten Reifgirlanden geschmückt war. Die Sonne schlug Funken weißen, goldenen und blauen Feuers aus jedem Zweig und Ast.

Der heller werdende Lichtstreifen unter der Scheunentür weckte Yarra. Sie drehte sich herum, setzte sich auf und spannte die Muskeln ihrer langen Vorderläufe an, um die nächtliche Trägheit aus ihnen zu vertreiben. Wie eine altägyptische Katzengöttin saß sie da und beobachtete mit Bernsteinaugen das Licht unter der Tür. In Longleat war die Tür ihrer Hütte nachts immer geschlossen und wurde frühmorgens vom Wärter geöffnet. Nun wartete sie auf seine Schritte draußen. Eine halbe Stunde verging, und er kam nicht. Yarra erhob sich auf alle viere, ging an die Tür und beroch sie. Dann richtete sie sich auf den Hinterläufen auf und kratzte, ungeduldig rüttelnd und trommelnd, an ihr herum.

Das Geräusch weckte schließlich Grinser. Ein, zwei Minuten brauchte er, um sich zu besinnen, wo er war; als er es dann wußte, sprang er rasch auf. Da unten war jemand! Mit Herzklopfen hob er vorsichtig die Falltür und lugte hindurch. Einen Augenblick sah er verdutzt hinab. Dann ließ er die Tür fallen, sank auf das Heu zurück, schlug sich die Hand vor die Stirn und sagte ganz laut: „Ach du heiliges Kanonenrohr!"

Die Kopfhaut gefror ihm leicht schaudernd, als er sich klarmachte, wie knapp er noch einmal davongekommen war. „Das Viech" war schon in der Scheune gewesen, als er zurückkam, nachdem er die Abfälle weggebracht hatte! Er hatte das Tor zugemacht und war die Leiter hinauf, und „das Viech" mußte ihn dabei beobachtet haben! Und jetzt war „es" da unten und er hier oben! Er ging an die Falltür zurück und hob sie eine Handbreit an. Drunten trabte Yarra rastlos auf und ab. Bei einem Seitenblick bemerkte sie die leichte Bewegung der Bodenluke und fuhr mit böse aufgerissenem Maul herum.

Grinser konnte sie jetzt deutlich erkennen. Er sah ihre weiß aufleuchtenden Fänge, das unruhige Hinundherfahren des langen Schwanzes, die Schlankheit der Vorderläufe und des Körpers. Er ließ die Klappe wieder fallen. „George R.", sagte er zu sich, „was du dir da unten eingetan hast, das ist die weggelaufene Gepardin! Yarra. Und jetzt sitzt du da und kannst hier nicht raus, solang du *sie* nicht raushast! Das ist ohne Frage Punkt Nummer eins."

Er trat an das Fenster. Als er es sich zum erstenmal richtig ansah, bemerkte er, daß es gar nicht, wie er gemeint hatte, fest gerahmt war. Es ließ sich öffnen, und er schaute hinaus. Fast zwei Meter unter ihm war die Oberkante der Scheunentür. Die Klinke bestand aus einem geschwungenen Griff mit einem darüber sitzenden Drücker, durch den innen ein kleiner Sperrhebel betätigt wurde. Wie er sich erinnerte, war die Tür schlecht eingehängt – sobald der Schnäpper hochgedrückt war, ging sie vermöge ihres eigenen Gewichts nach innen auf.

Den Kopf zum Fenster hinausgestreckt, überlegte er seinen Schlachtplan. Das Fenster war groß genug zum Durchkommen. Bis auf die Erde ging's ziemlich tief, aber doch nicht so, daß es ihm Sorgen bereitete. Wenn er erst einmal im Hof wäre, brauchte er nur noch – tja, was? Auf den Drücker drücken und dann ums liebe Leben laufen, während das Viech hinter ihm her sauste wie ein goldener Lichtstrahl? „Verflucht noch eins, das kaum!" sagte er sich. Sich einfach hinunterfallen lassen und dann der Polizei oder sonst wem wegen der Gepardin Bescheid sagen? Da hätten sie ihn im Handumdrehen auch schon wieder im Erziehungsheim. Nein – es gab nur einen einzigen Weg: er mußte die Tür von hier oben aus aufkriegen und Yarra allein losziehen lassen.

Was er brauchte, war ein langer Stock, mit dem er bis an den Drücker kam. Hinten auf dem Boden fand er eine Heugabel mit abgebrochenem Oberteil; sie war etwa einszwanzig lang und würde nicht bis an die Tür reichen. Aber in einer Ecke befand sich ein alter Hühnerstall, dessen Boden aus langen Holzlatten bestand. Er riß eine davon heraus und band sie mit etwas Schnur von den Heuballen an das Ende der kaputten Heugabel fest. Diese selbstgemachte Stange schob er durch das Fenster ins Freie, und nach mehreren Versuchen gelang es ihm, den Drücker niederzustoßen. Die Tür öffnete sich langsam.

Noch ehe er seine Stange wieder hereinziehen konnte, war Yarra schon draußen. Einen Meter vor der offenen Tür blieb sie stehen und sah mit ihren Bernsteinaugen zu Grinser hinauf, zischte ihm einen schnellen Faucher zu und sprang dann leichtfüßig um die Ecke der Scheune davon.

Kapitel III

Yarra verbrachte den Tag in der Umgebung. Sie wanderte flußaufwärts und machte an einer Stelle halt, um zu trinken, wo ein Nebenflüßchen über einen niedrigen Wasserfall einmündete. In dem Gehölz weiter oberhalb fiel ihr ein Fasan auf, der zwischen welkem Laub nach Futter suchte. Sie brachte zwanzig Meter Gelände hinter sich, bevor er sie sah. Mit einem einzigen Wischer ihrer scharfen Tatze holte sie ihn herunter.

Während sie ihn verzehrte, hörte sie auf der anderen Flußseite Kinder lachen und spielen und das Jaulen von Autos auf der Hauptstraße zwischen Warminster und Mere.

Der Frost hatte den ganzen Tag angehalten, und als die Sonne allmählich sank und es kälter wurde, kam Yarra durch die Flußwälder herab. Gerade durchquerte sie ein dichtes Gehölz, als zehn Meter vor ihr ein Forstaufseher, die Flinte unter dem Arm, auf den Pfad heraustrat.

Der Mensch und das Tier erblickten sich gleichzeitig. Yarra wich zurück, Kopf und Schultern drohend gesenkt, und stieß ein tiefes Knurren aus. Instinktiv riß der Forstmann die Flinte an die Schulter und schoß.

Obwohl noch niemals nach ihr geschossen worden war, genügte ihr die rasche Bewegung der Flinte als Warnung durchaus. Mit einem Seitensprung suchte sie Deckung in einer Gruppe junger Birken. Der Forstaufseher feuerte erst aus dem einen, dann aus dem anderen Lauf, während Yarra verschwand. Ein paar Schrotkörner aus dem Streuschuß trafen sie in die linke Flanke. Dann war sie auch schon wie der Blitz im Wald verschwunden.

Zehn Minuten später rief der Forstaufseher von seinem Häuschen aus die Polizeiwache in Warminster an.

NACHDEM Yarra fort war, blieb Grinser noch auf dem Heuboden, um zu sehen, ob der Postbote etwas brächte oder vielleicht Mrs. Bagnall käme, um Hausarbeit zu machen. Schließlich sah er den Postboten auf seinem Rad vorbeifahren, ohne irgend etwas einzuwerfen.

Eine Stunde danach war Grinser im Haus, bei verschlossener Hintertür – deren Schlüssel lag wieder draußen hinter dem Schrägbalken. Die Tür hatte ein Schnappschloß, das von innen ohne Schlüssel zu öffnen war. Er trank einen Schluck Wasser, spülte sich über dem Ausguß Kopf und Nacken und machte dann eine Dose mit fertigen Bohnen in Soße auf und aß die. Hinterher brachte er alles wieder peinlich genau in Ordnung und begab sich anschließend auf einen weiteren Inspektionsgang durch das Haus.

Der Korridor, der zur Vordertür führte, war mit einem roten Teppich ausgelegt und mit vielen Vogel- und Blumenbildern geschmückt. In ein Eßzimmer ging es auf der einen, in ein großes Wohnzimmer auf der anderen Seite. Die eine Wand des Wohnzimmers bestand ganz und gar aus Bücherregalen, und in einer Fensternische stand ein mit rotem Maroquinleder ausgelegter Schreibtisch: ein so hübsches Zimmer, wie Grinser nur je eines gesehen hatte.

Im oberen Stockwerk waren drei Schlafzimmer. Das eine war groß, mit zwei Betten drin. Die anderen hatten jedes ein Einzelbett. Von dem großen Zimmer aus ging es in ein geräumiges Bad mit einem Spiegelschränkchen an der Wand. Grinser sah sich da seinem Ebenbild gegenüber: Stupsnase, blaue Augen, das Gesicht sommersprossig getüpfelt wie ein Lerchenei, dazu blonde Strubbelhaare. Er nahm einen Kamm von dem Bord unter dem Schränkchen und brachte sie in Ordnung.

Dann ging er nach unten in das Wohnzimmer und besah sich die Bücherregale. Eine Menge Bücher über Fischerei und Jagd waren da, reihenweise Romane, ein Stapel Landkarten in einem der Börter und in dem untersten die Lexikonreihe der *Encyclopaedia Britannica.* Grinser mochte Bücher. Zwei Stunden lang saß er auf dem Fußboden und unterhielt sich da sehr gut. Im Lexikon schlug er „Gepard" nach und las, daß sie in Persien und Indien für die Jagd auf Niederwild und Antilopen benutzt worden waren. Sie bekamen dazu Hauben auf, ehe sie ins Freie gebracht wurden, und wenn man ihnen die Haube abnahm, preschten sie hinter der Beute her. Grinser legte sich auf den Rücken, sah sich selber mit einer behaubten Yarra an der Leine, wie sie selbander über einen großartigen Berghang dahinschritten. Und dann – hui! Weg die Haube! Die Leine gelöst! Und Yarra schoß davon, einem Hirsch nach!

Grinser setzte sich auf und grinste. Die Idee allein! Die Gepardin war doch inzwischen, wenn sie halbwegs bei Verstand war, kilometerweit weg! Er schob den Band wieder in das Bort zurück. Dabei sah er, daß am Ende dieses Bortes eine große Whiskeyflasche mit eingebauchten Seiten stand; in ihren Kork war ein Schlitz geschnitten, so daß man Münzen hineinwerfen konnte. Die Flasche war zu drei Vierteln mit Sechspencestücken gefüllt. Grinser holte das Ding heraus und schüttelte es. Für zehn Pfund, dachte er, müssen da mindestens drin sein.

Als er die Flasche an ihren Platz zurücktat, hörte er einen Schlüssel im Hintertürschloß stochern. Wie nichts war er auf den Beinen und durch die Vordertür hinaus, raste durch den Garten und den Hang hinauf in ein kleines Gebüsch von verkrüppelten Eiben. Von dort aus konnte er auf das Haus und die Scheune hinuntersehen. Wenigstens hatte er im Haus keine verräterischen Spuren hinterlassen, überlegte er. Die Whiskeyflasche war an ihrem alten Platz und die ganzen Bücher auch. Und in der Küche hatte er aufgeräumt, den Ausguß nach seiner Wäsche trockengewischt und die leere Bohnendose in den Abfalleimer getan. Die Bohnendose! Was, wenn die Person da in den Eimer guckte und sie sah? Na ja, da war jetzt nichts zu wollen.

Nach ungefähr fünf Minuten sah Grinser eine Frau über den Hof kommen. Sie hatte ein Fahrrad bei sich, an dessen Lenkstange ein schwarzer Einholbeutel hing, und sah rundlich und schon etwas älter aus. Sie schob das Rad durch das Seitenpförtchen und fuhr über die Brücke davon.

Nachdem sie weg war, ließ Grinser erst ein paar Minuten verstreichen; dann kam er den Abhang herunter, als wäre er auf einem Spaziergang, ging an dem großen weißen Tor vorbei und weiter auf die Brücke zu. Dort lehnte er sich über die Brüstung und tat so, als betrachte er sinnend den Fluß. Aber sein Blick galt dem Haus – es konnte auch mehr als nur eine Person hineingegangen sein. Das erwies sich als eine sehr kluge Voraussicht. Er hatte noch nicht lange so gestanden, als die Vordertür aufging und ein Mädchen heraustrat. Es schlug die Tür hinter sich zu und kam dann über die Straße auf die Brücke zu.

Nett sah das Mädchen aus, hatte ein gebräuntes Gesicht, schulterlanges schwarzes Haar und trug einen glänzenden roten Plastikmantel und hohe schwarze Stiefel.

Grinser war Mädchen nicht abgeneigt, hatte aber für die meisten nicht sehr viel Zeit übrig. Anscheinend sagten oder taten sie doch niemals etwas besonders Interessantes!

Als das Mädchen auf die Brücke kam, sah sie ihn, blieb hinter ihm stehen und sagte: „Hallo!"

Er drehte sich halb um. „Hallo", sagte er.

„Was machst du denn hier?"

„Guck mir bloß den Fluß an", sagte Grinser. Sie lächelte freundlich, und ihm fiel ein, daß er von ihr nützliche Auskünfte bekommen könnte. Mit dem Kopf wies er auf das Cottage. „Wohnst du da?"

„Nein. Mutti macht denen den Haushalt. Ich begleite sie."

„Die da, die mit dem Rad weg ist?"

„Genau. Ich komm hinten auf ihrem Rad mit her. Aber auf dem Rückweg geht's immer bloß bergauf, da geh ich zu Fuß. Heut ist sie hier gewesen, um die Briefe rauszunehmen, aber ich bin noch geblieben und hab im Eßzimmer Staub gewischt."

„Dann wohnt da jetzt überhaupt niemand?"

„Die sind verreist. Dich hab ich hier in der Gegend doch noch nicht gesehen, oder?" Das Mädchen lehnte sich neben ihm über die Brüstung.

„Nee."

„Wo bist du denn her?"

Grinser zögerte und sagte dann: „Ach, von drüben hinter Warminster. Und wo wohnst du?"

„Oben am Berg; so anderthalb Kilometer." Das Mädchen zupfte ein Bröckchen Moos von der Brüstung, warf es ins Wasser und sagte: „Ziemliche Strömung!"

„Viele Fische drin hier, nehm ich an."

„Forellen und Äschen. Forellen gibt's welche von drei Pfund! Mein Vater ist hier Flußaufseher. Wie heißt du denn?"

Grinser, etwas gelöster, antwortete: „Johnny, Johnny Pickering." Das war ein Junge, den er kannte, aber nicht leiden konnte. „Und du?"

„Ivy, aber ich mag's nicht gern. Meine Freunde nennen mich alle Pat."

„Mir gefällt ‚Pat' auch besser. Wie oft kommst du mit deiner Mutter hier runter?"

„Einmal die Woche. Meistens am Mittwoch. Aber ich komm nicht immer mit." Sie richtete sich auf und lächelte ihn strahlend an. „Na, ich muß los! Aber wenn du in Warminster wohnst, dann seh ich dich ja vielleicht mal. Da fang ich nächste Woche einen Job an. Bei Woolworth. Tschüs!"

Sie ging den Berg hinauf und drehte sich, eben bevor der Weg um die Ecke bog, um und winkte. Für ein Mädchen, dachte Grinser, war sie gar nicht übel.

Er wartete noch ein paar Minuten und schlich dann über den Hof zur Hintertür. Mrs. Bagnall – denn das mußte sie gewesen sein – hatte den Schlüssel in die Gabelung gelegt. Er trat ein und stellte fest, daß die Briefe aus dem Korb an der Tür weg waren. Seine Bohnendose lag noch im Abfalleimer; er steckte sie in die Tasche. Dann nahm er sich noch eine Büchse Sardinen aus dem Schrank, dazu ein paar Brötchen aus der Tiefkühltruhe, und ging nach oben auf den Heuboden.

Die Brötchen legte er auf dem Fenstersims in die Sonne, um sie aufzutauen, und legte sich selbst dann auf sein Heu, um ein wenig nachzudenken, da es ihm jetzt klar war, daß sein strategischer Plan noch nichts taugte. Er lebte ja praktisch nur von Tag zu Tag und von der Hand in den Mund. Außerdem lebte er in gefährlichem Gelände, wo er leicht einmal einen ganz blöden Schnitzer machen und sich damit verraten konnte, wie zum Beispiel mit dieser Bohnendose! Oder Mrs. Bagnall käme dahinter, daß Sachen fehlten... Nein, er mußte sich richtig absichern. Neun Monate dauerte es noch bis zur Rückkehr seines Vaters, vielleicht auch ein Jahr, und er mußte sich die ganze Zeit davor hüten, eingesperrt zu werden... Anhaltendes Nachdenken war ermüdende Schwerarbeit, das Heu warm und weich. Mit Sardinen und Brötchen angenehm gefüllt, schlummerte er ein.

Nachdem der Forsthüter Yarra angeschossen hatte, lief sie eilig weiter. Sie war wütend und verstört, aber sie hatte buchstäblich ein dickes, drahthaariges Fell, und die paar Schrotkörner in der linken Seite hatten ihr keinen ernstlichen Schaden zugefügt. Sie lief den Talhang entlang, ziemlich weit oberhalb des Flusses, und schließlich quer durch eine Tannenschonung bergab bis ans Ende.

Dort saß sie und blickte hinunter ins Tal. Mit jedem Moment wurde es jetzt dunkler. Links von ihr, flußaufwärts, waren die Brücke, das graue Dachstroh und die weiße Außenmauer vom Haus an der Furt. Flußabwärts, nach Norden und Warminster zu, konnte sie die Lichter von Häusern sehen. Manchmal flitzten Autoscheinwerfer über die Hauptstraße.

Nach einer Weile lief sie zum Fluß hinunter, traf auf den Anglerpfad und ging gemächlich der Brücke zu. Wie ein Schatten glitt sie dicht an das Haus und dann hinüber zu der Scheune. Aber die Tür war zu; Yarra begriff nicht, warum. In Longleat wurde die Hüttentür abends immer geöffnet, damit die Geparden hineinkonnten. Lässig reckte sie das Kinn und stieß ein dumpf protestierendes Knurren aus. Dann kratzte, rüttelte und schüttelte sie an dem Scheunentor herum. Als es nicht aufging, fauchte und spuckte sie wütend.

Grinser fuhr aus seinem Schlaf gerade noch rechtzeitig hoch, so daß er Yarras Rütteln zu hören bekam. Rasch war er auf den Beinen und am Fenster. Yarra wich in diesem Augenblick zurück, hockte sich hin und starrte die Tür an. Er sah sie ganz deutlich, schlug sich die Hand vor die Stirn und rief: „Himmeldonnerwetter-aber-auch! Da ist die wieder!“ Was er tun mußte, stand für ihn fest. Instinktiv begriff er, daß er Yarra, da sie wie er selbst ein Flüchtling war, das Obdach nicht verweigern dürfe. Er holte also seine selbstfabrizierte Stange und machte das Scheunenfenster auf. Yarra hörte ihn, wich ein paar Meter zurück, hob den kurzen Kopf und knurrte von neuem.

„Schon gut, Mädchen“, murmelte er, „Sekunde!“ Er stieß im Dämmerlicht nach dem Türdrücker. Nach ein paar Versuchen traf er ihn auch, und die Tür ging langsam nach innen auf. Yarra sah noch einmal zu ihm hinauf, trottete in einem kleinen Halbkreis um die offene Tür und dann hinein.

Grinser ging ins Bett zurück und stellte im Radio die Lokalnachrichten an. Ein George Rinser wurde da nicht erwähnt, aber über Yarra kam vieles. Die Öffentlichkeit wurde informiert, daß die Gepardin über Tag einige Kilometer von dem Dorf Crockerton gesichtet worden sei; daß sie Erwachsene nur angreife, wenn sie in die Enge getrieben oder unversehens überrascht werde. Kleinen Kindern dagegen könne sie gefährlich werden; deren Eltern wurden davor gewarnt, sie ohne Begleitung draußen umherlaufen zu lassen. Das Gebiet, in dem Yarra gesichtet worden sei, werde soeben abgeriegelt. Man erwarte, sie ehestens einzufangen.

Grinser fing nun doch an, sich Sorgen zu machen. Yarra an sich machte ihm kein Kopfweh, und es regte ihn auch nicht auf, wenn sie vielleicht hinter ein paar Hühnern her sein sollte – aber sie war eine Gefahr für kleine Kinder! Müßte er da nicht etwas tun? Müßte er nicht eigentlich zum Fenster hinaus und zum nächsten Wachtmeister?

Und wenn er's täte? „Tja, George R.", sagte er zu sich selbst, „dann wär Feierabend! Dann hieß es: ‚Bist ja ein braver Kerl und hast das Rechte getan', aber in die Anstalt bringen sie dich dann doch wieder."

Ein schwieriges Problem war es. Morgen liefe Yarra auf und davon und würde fast unweigerlich eingefangen – und er selbst wäre immer noch in Freiheit. Auf jeden Fall: allzu erpicht darauf war er nicht, jetzt gleich aus dem Fenster zu springen, damit Yarra aus der Scheune hinter ihm her käme! Wenn sie morgen aber nicht eingefangen würde? Dann würde sie hier wieder in ihr Quartier zurückgelatscht kommen. Na gut – morgen wollte er dann die Scheunentür offenlassen, er selbst bliebe drüben im Haus und paßte auf. Sowie er Yarra zurückkommen sähe, ginge er nach Crockerton hinauf. Eine Fernsprechzelle mußte da ja sein. Er könnte die Polizei anrufen, Bescheid geben, wo Yarra wäre, sich aber zu sagen weigern, wer er selber wäre – und dann müßte er eben schleunigst loszittern.

Drunten hörte er Yarra auf ihrem Stroh rumoren; laut sagte er: „Meine Gute, wenn du nur ein bißchen Grips hast, dann kommst du morgen nicht wieder! Hoffentlich – denn ich mag mein schönes Nachtquartier nicht loswerden!"

Die Sonne stand schon ein gutes Stück überm Talgrund, als Grinser erwachte. Er reckte sich gähnend, stand auf, machte die Falltür auf und sah nach unten: Die Scheune war leer, Yarra fort.

Grinser stieg hinunter, linste vorsichtig um die Scheunentür herum, um zu sehen, ob die Luft rein sei, machte die Tür zu und ging dann hinüber zum Cottage. In der Küche trank er erst einmal Wasser, aß ein paar Zwiebäcke und wusch sich die Hände.

Obgleich er schlechte Angewohnheiten hatte, wie etwa die, gelegentlich eine Zigarette zu rauchen oder keinen großen Respekt vor kleineren Gegenständen im Besitz anderer Leute zu haben, wenn er sich gerade langweilte und nichts zu tun hatte, so war Grinser im Grunde doch ein anständiger Kerl. Kam es darauf an, so verfügte er auch über Schläue und Weitblick. Und jetzt kam es darauf an: nämlich darauf, George R. vor dem Zugriff der Polizei zu bewahren. Tags zuvor war er zu einigen sehr klaren Folgerungen gekommen:

1. Neun Monate lang konnte er sich nicht in dem Cottage und der Scheune herumdrücken und Kost und Logis nassauern.
2. Solange aber Major Collingwood weg war, konnte er die Scheune als Schlafstelle benutzen.
3. Er mußte los und Arbeit finden, damit er Geld für Essen und andere Sachen bekam.
4. Arbeit finden war aber so einfach auch wieder nicht, weil jeder Polizist ihn sofort, wenn er wo aufkreuzte, erkennen würde. Also mußte er sich irgendwie verkleiden.
5. Und da die Leute dauernd was zu fragen hatten, mußte er Antworten parat haben – wer er wäre, wo er wohnte und so weiter.
6. Und ab und zu mußte er die Reederei in Bristol anrufen, um rauszubekommen, wann sein Vater zurückerwartet wurde, damit er sich mit ihm treffen konnte.

Eine lange Liste war es, aber er hatte das Gefühl, die Antworten für den größten Teil der aktuellsten Probleme doch ausgearbeitet zu haben; er machte sich nun entschlossen ans Werk. Zunächst ging er in das Wohnzimmer und holte aus der Whiskeyflasche für zwei Pfund Sterling Sechsermünzen, die er in sein Taschentuch wickelte. Dann durchstöberte er einen Stapel Landkarten, bis er eine mit der Aufschrift „Warminster“ fand, und beschloß, sie mitzunehmen.

Als nächstes ging er hinauf in das Badezimmer. Zwei Dinge hatte er dort gesehen, die ihm bei der Lösung eines seiner Probleme zustatten kommen konnten. Das eine war eine Flasche mit Bräunungscreme, das andere eine mit Haartinktur. „Dunkelbraun“ stand auf dieser zweiten Flasche. Er las sich die Gebrauchsanweisung sehr genau durch: „Man feuchte das Haar an und trage die Flüssigkeit wie ein Shampoo auf, verreibe sie, bis sie schaumig wird, und lasse den Schaum fünf, zehn oder zwanzig Minuten einwirken, je nachdem, wie dunkel die Tönung gewünscht wird. Danach spülen und das Haar nach Wunsch frisieren.“ Grinser mußte grinsen.

Er zog das Hemd aus, ließ etwas Wasser ins Waschbecken laufen und machte sich an die Arbeit. So einfach, wie es laut Gebrauchsanweisung klang, war es nicht, aber nach zwanzig Minuten sah sein Haar dunkel genug aus. Dann rieb er sich mit dem Pigment das Gesicht, die Hände und den Nacken ein. Es kaschierte die Sommersprossen zwar keineswegs, sah aber sonst ganz richtig aus. Hinterher brauchte er ziemlich lang, bis er das Waschbecken wieder sauber hatte. Er bewunderte sein Spiegelbild und fing dann an, das Haus nach Anziehbarem zu durchsuchen. Seine Hose wollte er behalten, aber ein paar Hemden und Socken brauchte er und irgendwas als Ersatz für seine braune Tweedjacke, die ja wohl mit in seiner Personalbeschreibung von der Polizei aufgeführt war.

Major Collingwood war ein kleiner Mann, wie Grinser bald begriff. Er fand zwei alte blaue Flanellhemden, die halbwegs passen konnten, drei Paar dicke Wollsocken, einen grauen Pullover und einen ziemlich abgetragenen grünen Anorak. In einem Regal unter der Treppe stieß er auch auf ein Paar Zugstiefel, die ihm paßten.

Was für Freiheiten er sich da herausnahm, war ihm bewußt; er übersah auch nicht, daß man ihn tatsächlich aufgreifen könnte, und fand, er müsse den Versuch machen, sich mit Major Collingwood gut zu stellen. Er suchte sich Papier und Bleistift und schrieb:

> Sehr geehrter Herr Major!
> Hoffentlich finden Sie diesen Brief und verstehn, daß ich die Sachen wirklich nur ausborge und alles in Ordnung bringen will, wenn mein Pa wiederkommt, also bezahlen für die Lebensmittel und was ich an Kleingeld aus der Flasche genommen habe, falls ich es nicht vorher selber tu.
> Ich habe versucht keine Unordnung zu machen, außer etwas Haarfarbe an der Ecke vom Vorhang im Badezimmer. Das Haus ist nett und hoffentlich erholt Ihre Frau sich gut.
>
> Ich zeichne als Gejagter!
> Der Gejagte
>
> NS: Meinen richtigen Namen kann ich momentan nicht angeben aus gewissen Gründen.
> Ferner das Rad und noch ein paar Kleinigkeiten, die ich Ihnen vielleicht zurückschicken lasse. D. G.

Er brachte den Brief in den Schrank, den er vorher schon inspiziert hatte und der Flaschen und Gläser enthielt, dazu eine halbleere Kiste Zigarren. Grinser überlegte, daß Mrs. Bagnall sie wohl kaum öffnen werde, vielleicht aber der Major, wenn er zurückkäme, schon am ersten Abend. Er tat den Brief in die Kiste.

Als er wieder in der Scheune war, verstaute er allen Kleinkram unter einem Heuballen. Angetan mit sauberem Hemd, ebensolchen Socken, seiner eigenen Hose, dem grauen Pullover, dem Anorak und den Stulpenstiefeln, war er gerüstet, es mit Warminster aufzunehmen.

Nachdem er die Scheune zugemacht hatte, holte er das Fahrrad aus dem Wagenschuppen, schob es durch das Seitenpförtchen, fuhr den schmalen Weg zur Hauptstraße, bog nach rechts ab und war nach zwanzig Minuten in Warminster. Er hatte sich bereits einen Vortrag über die Wichtigkeit eines natürlichen Auftretens gehalten – man fällt nur auf, wenn man sich die Angst davor anmerken läßt! So radelte Grinser denn pfeifend in Warminster ein. In einem Laden in der Hauptstraße kaufte er sich eine Nummer des Lokalblattes. Dann kreiste er in der Stadt umher, um sich etwas zu orientieren und eventuelle Fluchtwege zu erkunden.

Er landete auf einem gebührenfreien Parkplatz beim Bahnhof, ging in ein Selbstbedienungslokal, holte sich einen Teller mit Wurstbrötchen, zwei Stück Teekuchen und eine Tasse Kaffee und setzte sich damit ans Fenster, von wo aus er sein abgestelltes Fahrrad im Auge behalten konnte.

Er aß und trank mit Genuß und fand, der heutige Tag könnte sich noch als Glückstag erweisen. Bislang hatte niemand ihn auch nur neugierig angesehen, nicht einmal der Wachtmeister, der an ihm vorbeigegangen war, als er aus dem Zeitungsladen kam.

In der Rubrik STELLENANGEBOTE war eine Anzeige, die gerade wie für ihn gemacht schien:

> Kräftiger Bursche ges. f. Arbeit in Hundezwinger,
> Erfahrg. nicht erforderl., gute Bez., Mittagessen
> frei. Mrs. Angela Lakey, Zwinger Danebury, Heytesbury

Na schön, George R., dachte er, das klingt doch richtig, vor allem das freie Mittagessen! Einen Augenblick dachte er sehnsuchtsvoll an Ethels Irish-Stew. Einerlei, was sie im übrigen alles *nicht* war – eine prima Köchin war sie jedenfalls. Hundezwinger! Aber wo lag Heytesbury? Von seiner Scheune wollte er tunlichst nicht allzu weit weg. Er sah auf der Karte nach, hatte Heytesbury auch bald gefunden und arbeitete sich eine Route aus, die, falls er den Job bekam, hin und zurück jedesmal nur fünf, sechs Kilometer ausmachen würde.

Ein paar Minuten später radelte Grinser in Richtung Heytesbury und fragte sich dabei, wie diese Mrs. Angela Lakey wohl wäre.

YARRA folgte, als sie an diesem Morgen die Scheune verlassen hatte, ihrem gewöhnlichen Weg flußaufwärts, immer innen am Waldrand entlang, aber als Jägerin hatte sie Pech. Etwa achthundert Meter hinter dem Haus stöberte sie einen wilden Erpel am Rand einer kleinen Sumpfmulde auf. Der ging wie eine Rakete hoch, und mit ihm floh auch sein Weibchen. Die Wahl zwischen den zweien ließ Yarra zögern, und als sie nach der Ente sprang, verfehlte sie sie um zwei Handbreit. Hinterher scheuchte sie tiefer im Wald einen gewitzten alten Hasen hoch. Der sauste den waldigen Abhang hinunter – Yarra ihm nach; aber seine Haken zwischen den Bäumen hin und her behinderten ihr den schnellen, zielstrebigen Lauf. Am Fluß machte der Hase einen langen Satz, platschte ins Wasser und schwamm ans andere Ufer. Yarra bremste sich mit den Hinterläufen und verzog angewidert das Gesicht. Eine Stunde danach war sie fast am Ende des waldigen Talhanges, als sie am Rand des Wassers eine hagere graue Silhouette sah.

Es war ein Reiher, der im seichten Wasser stand, wo der angeschwollene Fluß das Ufer überschwemmte; eine rückläufige Wirbelströmung hatte gleich unter dem Ufer ein tiefes Wasserloch herausgespült – für fischende Reiher ein besonders beliebter Platz. Yarra kauerte sich nieder und pirschte sich dann, gedeckt durch die winterdürren Büschel von Rohrkolben und Schilfgras, an ihn heran.

Der Reiher, der klügste und umsichtigste aller Vögel und mit unendlicher Geduld begabt, war sich Yarras durchaus bewußt. Aber wie alles Wildgetier während der mageren Wintermonate hatte er Hunger und wollte seine Mahlzeit. Keinen Meter weit unter ihm stand eine Äsche, mal höher, mal tiefer, kam aber bislang niemals so hoch, daß er einen Schnabelstoß riskieren mochte.

Yarra arbeitete sich, flach auf dem Boden, weiter voran. Sie spannte die Muskeln schon an für den Sprung, als wie ein schlankes U-Boot die Äsche zur Oberfläche aufstieg. Degengleich fuhr der Schnabel des Reihers hinunter und fing den Fisch. Bei dieser Bewegung sprang Yarra zu, der Reiher flog auf, die großen perlgrauen Flügel weit ausgebreitet, die langen Beine an den Leib gezogen, und schwebte davon.

Hinter ihm gab es einen Klatscher: Yarra hatte mit der rechten Tatze den Reiher verfehlt, und da sie sich nicht mehr bremsen konnte, war sie im Wasser gelandet. Sehr übellaunig rettete sie sich ans Ufer, setzte sich hin, leckte sich zornig knurrend die Schultern und das Nackenfell.

Im selben Augenblick hörte sie Männerstimmen und ratternde Stockschläge gegen Bäume.

Während sie, durch den Lärm aufgescheucht, im Trab flußaufwärts eilte, kam die Jagd hinter ihr her. Eine lange Treiberkette war am frühen Morgen in der Peripherie von Warminster gebildet worden und drang jetzt flußaufwärts vor; der Gepardenwärter stand in diesem Augenblick an der Uferstelle, wo der Hase ins Wasser gesprungen war, und untersuchte die Fährte, die Yarra in dem weichen Boden hinterlassen hatte.

ZWEI Uhr nachmittags war es, als Grinser bis zum „Zwinger Danebury“ hingefunden hatte. Haus Danebury war ein großer roter Ziegelbau mit einem ungepflegten Rasen vorn und den Stallungen und Zwingeranlagen hinten. Als er die Auffahrt hinaufkam, meinte er, hundert Hunde bellen und heulen zu hören.

Er läutete an der Haustür. Sie wurde ihm von einer sehr umfangreichen, etwa vierzigjährigen Frau aufgemacht, die mit einem grünen Pullover und Reithosen bekleidet war. Sie hatte ein großflächiges, fast quadratisches, rotes Gesicht mit einem unordentlichen Schopf kurzer schwarzer Haare. In der Hand hielt sie ein Hühnerbein und kaute daran, während sie Grinser musterte, als wäre er etwas Widerliches, das der Hund ins Haus geschleppt hätte. Dann hatte sie ausgekaut und fragte brüsk: „Na, Junge?“

Grinser zog die Zeitung aus der Tasche und sagte: „Bitte, gnä’ Frau, ich komme wegen dem Posten hier.“

Mrs. Lakey beäugte ihn einen Moment. „Oh, deswegen also, ja? Gut, komm rein und laß dich mal anschaun.“ Sie packte ihn mit festem Griff beim Arm. „Wie stark bist du denn?“ Ihre Stimme klang energisch, aber nicht unfreundlich, und in ihren dunklen Augen blitzte es ein bißchen.

„Stark genug bin ich, glaub ich, gnä’ Frau.“

„Wird sich zeigen.“ Mrs. Lakey sah ihm prüfend ins Gesicht und sagte: „Für die Jahreszeit bist du sehr braun, nicht?“

Grinser antwortete schnell: „So ist meine Haut immer, gnä’ Frau.“

„Nenn mich nicht ‚gnä’ Frau‘ – sag Frau Lakey zu mir! Schon gut, komm rein und gib mir deine Personalien an.“ Sie drehte sich um und ging in die Halle. Als er ihr folgte, rief sie ihm über die Schulter zu: „Tür zumachen! Frische Luft ist für draußen, nicht für drinnen.“

Sie ging ihm voran in einen weiten hellen Raum mit Ausblick auf den Rasen. Die Wände waren vollgehängt mit Fuchsköpfen und -lunten. Vitrinen mit präparierten Fischen und ausgestopften Vögeln, mit Photographien von Pferden und Hunden. Über dem großen offenen Kamin hing ein Ölgemälde von bedeutenden Ausmaßen: ein grauhaariger Mann mit frischen Zügen, in weißer Reithose und rotem Jagdrock (Grinser erfuhr später, daß das Mrs. Lakeys verstorbener Vater war, ein ehemaliger Husarenoberst). Vor dem Feuer stand zwischen zwei abgewetzten Ledersesseln ein runder Tisch mit einem Tablett, auf dem sich eine kalte Platte befand nebst einem Glas mit etwas Dunklem drin, das Grinser nach dem weißen Schaum als Starkbier identifizierte. Gleich hinter der Tür stand ein Schreibtisch mit offenem Rolldeckel, bis zum Überlaufen voll mit Schreibkram.

Mrs. Lakey sagte, er solle sich ans Feuer setzen, ging an den Schreibtisch, suchte sich einen Bleistift und ein Stück Papier und brachte beides an den runden Tisch. Sie setzte sich Grinser gegenüber, nahm eine Tomate vom Tablett und sagte: „Heut gibt’s kalt. Milly ist weg zum Einkaufen. Ich hab heut nachmittag eine Menge zu tun, du erlaubst also, Junge –“ Das Lächeln, mit dem sie ihn ansah, nahm ihrem Gesicht plötzlich alle Strenge. „Ich verproviantiere mich und nehm dabei deine Personalien auf. Name?“

„Pickering“, sagte er, ohne zu zögern. „Johnny Pickering.“

Mrs. Lakey schrieb es hin und fragte: „Alter?“

„Fünfzehneinhalb.“

„Adresse?“

„Ich wohne bei meiner Tante, Frau Brown, in Crockerton, Hillside Bungalow. Meine Mutter und mein Vater – ja also, die sind tot. Vor drei Jahren bei ’nem Autounfall ums Leben gekommen.“

„Tut mir leid, das zu hören! Verdammte Autos. Glatter Mord auf den Straßen! Bei Pferd und Wagen – da knallte man hin, kriegte Beulen und damit basta. Na egal. Die Zeit geht weiter. Schon mal irgendwo gearbeitet? Zeugnisse?“

„Nein, gnä' Frau, ich meine: Frau Lakey. Ich bin zu Weihnachten von der Schule."

„Irgendwelche Erfahrungen mit Tieren?"

„Nein, Frau Lakey. Aber ich hab Tiere gern. Und einen Hund hab ich mal gehabt."

„Bereit?"

Unsicher antwortete er: „Aber ja, ich bin bereit, den Posten zu übernehmen."

„Nein, Junge! Ich meine, bist du bereit, harte Arbeit zu leisten? Enthaltsam, fleißig, sauber und ordentlich? Kann dich nicht um mich haben, wenn du das nicht alles bist – und vergnügt dazu! Und einen guten Appetit mußt du haben. Milly erträgt's nicht, wenn sie für Suppenkasper kochen soll, die bloß im Essen rumstochern. Also, was sagst du?"

Etwas von den Socken, sagte Grinser: „Ich denke, doch, Frau Lakey."

„Gut." Sie trank ihr Starkbier aus. „Scheinst mir ein vielversprechender Bursche zu sein. Lohn: drei Pfund die Woche. Mittagessen gratis. Sonntags frei; falls die Arbeit es erlaubt, auch mal halbtags. Arbeitsbeginn sieben Uhr dreißig; Schluß, zu dieser Jahreszeit, um fünf. Wenn's länger hell bleibt, später. Überstunden zu fünf Shilling. Arbeitskluft wird gestellt. Macht dir davon irgendwas bange?"

„Nein, Frau Lakey."

„Na, den meisten jungen Faulenzern würd es das aber, heutzutage! Die so 'nen Vierstundentag und zwei Monate bezahlten Urlaub jährlich möchten und sich noch wundern, wieso das Land vor die Hunde geht – was dabei die größte Beleidigung ist, die man Hunden jemals angetan hat. Zum Thema Hunde laß dir sagen: Ich belle zwar, aber ich beiß trotzdem, und mein Biß ist schrecklich!" Sie zwinkerte ihm plötzlich zu.

Grinser, noch etwas im unklaren über sie, fühlte sich dadurch ermuntert. Lächelnd sagte er – und sein Grinsen konnte, wie seine Schwester Ethel immer behauptete, „die Vöglein von den Bäumen herunterlocken" – : „Mir kommen Sie sehr nett vor, Frau Lakey!"

Sie sah ihn an, fing ihrerseits zu grinsen an und rief dann begeistert aus: „Aber so was, da krieg ich ja ein Kompliment! Das erste nach zehn Jahren! Aber jetzt verkrümel du dich erst mal. Sei morgen früh um halb acht hier; da werden wir dann sehen, wie du dich machst."

Als er wegfuhr, kam ein kleiner Jack-Russell-Terrier aus einem Gebüsch geschossen und jagte, nach seinem Hinterrad schnappend, die ganze Auffahrt abwärts hinter ihm her. Aber ihm war's schnuppe. Er fuhr die Straße dahin und pfiff sich eins. George R., dachte er, du hast den Laden geschmissen! Hast aus dem Handgelenk einen Job gekriegt! Herrje! Um halb achte! Sollte er sich in Warminster einen Wecker kaufen? Ja, müßte er, allerdings. Wenn er da zu spät erschiene, bekäme er Frau Lakey auf den Hals, und deren Biß war schlimmer als ihr Gebell. Aber Essen gratis und drei Pfund die Woche! Fettlebe!

KAPITEL IV

AUF DER Hochfläche am Ende des Tales trat Yarra zwischen den Bäumen hinaus ins Freie und machte sich daran, das Gelände nach Osten zu durchstreifen, quer über die bräunlichen Wiesen. In der Nähe einer Fichtenschonung stieß sie auf einen Hasen. Der legte die Löffel zurück und fuhr los wie der Wind, Yarra hinter ihm her. Am Rand der Schonung fand der Hase den Weg durch einen engmaschigen Drahtzaun versperrt.

Er raste zehn Meter vor Yarra an ihm entlang nach rechts, aber sie schnitt ihm den Weg ab und schlug mit einem Schlußsprung ihm die Tatzen in den Rücken, daß sie mit dem Hinterteil herumfuhr und in den Zaun knallte.

Gerade als sie sich an ihre Mahlzeit machte, kam von rechts ein Landrover über eine Kuppe herauf und holpernd und schwankend an dem Zaun entlang. Yarra hielt inne und beobachtete ihn furchtlos. Dergleichen hatte sie in Longleat schon viele gesehen. Sie war hinter Fleischstücken hergejachtert, die von Landrovern nachgeschleift worden waren, und oft war sie auf das Autodach gesprungen. Jetzt aber wünschte sie Ruhe beim Essen.

Der Landrover war nur noch vierzig Meter weit weg von ihr, als sein Fahrer sie erblickte und stoppte. Der Mann neben ihm fing an, in sein Funksprechgerät zu sprechen – Yarras „Standort“ wurde den Polizeiwagen unterwegs und den Treibern gemeldet, die jetzt langsam durch den Wald von Southleigh herankamen; dessen oberster Bereich lag ein paar hundert Meter unterhalb der Gepardin.

Da der Landrover sich nicht bewegte, fraß sie wieder weiter. Fast noch im selben Augenblick fingen ihre wachen Ohren die Geräusche der hinter ihr durch den Wald herannahenden Männer auf. Sie packte den großen Hasen mit den Kiefern und sprang über den Zaun in die Fichtenpflanzung, durchquerte sie im Trab und lief so immer weiter, bis sie über die Straße nach Crockerton hinweg war.

Ein paar Minuten drauf stapfte sie in ein großes Rhododendrongebüsch und kauerte sich nieder, um ihre Mahlzeit fortzusetzen. Da begannen vom bleigrauen Himmel die ersten dicken Schneeflocken zu sinken, ein wenig schräg in dem nun aufkommenden kalten Wind, der rasch immer heftiger wehte.

Grinser fuhr nach Warminster, um sich bei Woolworth seinen Wecker zu erstehen. Das Mädchen an der Kasse fand es sehr komisch, als er ihn mit lauter Sechsern bezahlte.

„Hab ich mir zusammengespart“, sagte er. „Geschenk für meine Ma.“ Während er die Straße nach Crockerton dahinradelte, dachte er, es wäre doch nett gewesen, wenn der Wecker wirklich ein Geschenk für sie wäre. Seine Mutter war ein Jahr nach seiner Geburt gestorben, aber er wußte sehr viel von ihr – durch seinen Vater, der ihr Andenken hoch in Ehren hielt.

Noch bevor er das Cottage erreichte, setzte Schneefall ein, und es wehte heftig. Große, schwere Flocken füllten wirbelnd und treibend die Luft. Er zog sich die Kapuze seines Anoraks über den Kopf. Als er sich dem Haus näherte, fiel ihm Yarra ein. Wenn sie wiederkäme, müßte er etwas unternehmen.

Er versteckte das Rad im Obstgarten und schlich dann, immer auf der Hut vor ihr, um die Ecke und machte die Scheunentür auf. Im Hof lagen schon gut zwei Zentimeter Schnee. Die schnell fallenden Flocken überdeckten im Nu seine Stiefelabdrücke auf dem Weg zur Hintertür des Hauses.

Er schloß auf und ging hinauf in das Badezimmer, um von dort aus die Scheunentür zu beobachten. Er hatte eine Packung Zwieback und eine Schweinspastete mitgebracht, die er sich in Warminster gekauft hatte.

Aus zweierlei Gründen hoffte er, daß Yarra nicht zurückkehrte. Einmal, weil er sich wie ein Verrückter vorkommen müßte, wenn er sie verriete, wo sie doch wie er selbst auf der Flucht war – obgleich er wußte, daß er es tun mußte, der Sicherheit anderer wegen. Und zweitens, weil er sonst einen Haufen Scherereien haben würde. Er hatte keine Lust, loszuziehen und ein Telephon ausfindig zu machen, weil das hieße, daß er, ehe Yarra eingefangen wäre, nicht gefahrlos zum Cottage zurückkönnte.

Aber sie kam nicht. Irgendwann nach Einbruch der Dunkelheit hörte es zu schneien auf, und es wurde klar, so daß Grinser sie hätte mühelos sehen können, wenn sie an der Scheune erschienen wäre. Pflichtschuldig wartete er, bis die (von Mrs. Bagnall allwöchentlich aufgezogene) Achttageuhr auf der Diele neun schlug. Da nahm er sich denn in einem der Gastzimmer ein paar Decken, wickelte sich hinein und entschlummerte.

Der Schnee bewahrte Yarra davor, erwischt zu werden. Während sie ihren Hasen verspeiste, eilten die Treiber durch die Jungfichten und überquerten hinter ihr die Straße nach Crockerton. Man sichtete die Gepardin beim Verlassen der Rhododendronbüsche. Ein paar von den Leuten fingen unklugerweise laut zu rufen an, was Yarra erschreckte – sie sprang im Galopp davon, setzte über eine Hecke in ein Feld mit Winterweizen und lief dann innen an der Hecke weiter. Solange sie die Leute hörte, behielt sie ihr Tempo bei und verlangsamte es erst, als der Lärm allmählich verstummte.

Sie war jetzt in einer fremden Gegend, und ihr Weg wurde von dem Gelände bestimmt. Sie hielt sich dicht an die Hecken, und bei offenen Flächen trabte sie schnell aus der Deckung einer Buschgruppe hinüber zur nächsten. Vor dem Überqueren von Straßen hielt sie Ausschau nach Anzeichen von Menschen. Der Schnee und die nahende

Nacht waren ihre Verbündeten; der Schnee füllte rasch die von ihr hinterlassenen Spuren und machte ihren Verfolgern ein schnelles Vorankommen schwer. Sie hatten nach einer Stunde jeden Kontakt mit ihr verloren, und die Jagd wurde, außer für die Polizeiwagen, abgeblasen.

Hätten sie nur gewußt, daß sie ihre Zeit vergeudeten! Yarra hatte das Gebiet, das sie durchstreiften, längst verlassen.

Das Rauschen eines kleinen Wasserfalles führte sie an den Fluß, und sie folgte ihm talwärts, parallel zu der Straße von Warminster nach Heytesbury. Keinen Kilometer weiter ragten am Ufer aus dem Dunkel und dem schwächer werdenden Schnee die Umrisse von etwas Schwarzem: ein verfallenes Anglerhüttchen mit einem breiten Sitzbrett drinnen. Yarra ging hinein, beroch alles und sprang dann auf das Brett. Sie putzte und striegelte sich, leckte ihre verdreckten Beine ab, kaute an ihren schwellenden Zitzen, in denen ihr die innere Unruhe zu stecken schien. Sie war müde und schlecht gelaunt; einmal stieß sie, um sich zu erleichtern, mit verzerrtem Gesicht und glühenden Augen einen wütenden Faucher aus. Wäre jetzt jemand an die Tür des Hüttchens gekommen, er wäre aufs wärmste empfangen worden.

Schließlich machte sie es sich auf dem harten Brett bequem und fiel in einen leichten Schlummer. Leise rauschte der Fluß vorüber. Eine Wasserratte sprang platschend in die Strömung und begann ihre nächtliche Futtersuche entlang der Böschung. Eine Schleiereule schwebte auf lautlosen Flügeln tief über die Uferwiesen und forschte im Gras und Schilf nach einer Maus. Ein flußaufwärts streifender Fuchs witterte Yarra, verzichtete dankend und machte eiligst einen weiten Bogen um die Hütte.

Das Tief, das von Westen her Schnee gebracht hatte, zog jetzt ostwärts weiter, und die Temperatur stieg an; der Schnee schmolz rasch, und nach ein paar Stunden war er, außer in geschützten Senken und an den Nordhängen der Hochlagen, wieder weg.

Morgens um drei erwachte Yarra, steif geworden und voller Mißbehagen; sie verließ die Hütte und lief weiter am Fluß zu Tal. Am Rand von Heytesbury traf sie auf eine Nebenstraße, die über eine Brücke in den Ort führte. Sie trottete hindurch, über die Hauptstraße und dann auf einem anderen Seitenweg weiter. Die Nacht war ruhig und kein Mensch zu sehen; als Yarra jedoch am Eingang zu Haus Danebury vorbeikam, erspähte der Jack-Russell-Terrier sie vom

Erkerfenster des Schlafzimmers seines Frauchens aus, sprang auf und fing zu bellen an. Aus ihrem Bett langte Mrs. Angela Lakey im Halbschlaf hinunter auf den Fußboden, wo sie zu diesem Zweck einen kleinen Stapel Kissen bereitliegen hatte, schleuderte eines davon nach dem Terrier und murmelte: „Schlaf schon, alter Dummkopf!"

Oberhalb des Hauses ging die Straße weiter in die Gefilde der Salisbury-Ebene, die der Armee als Übungsgelände für Artillerie, Panzer und Infanterie dienten. Ein rot-weißer Schlagbaum trug ein Schild mit der Aufschrift:

TRUPPENÜBUNGSGEBIET IMBER
Straße gesperrt

Yarra lief unter der Schranke hindurch und bog dann von der Straße ab in das verwilderte Heideland. Nach zehn Minuten stieß sie auf einen alten, verrosteten Sherman-Panzer, der als Ziel für Schießübungen diente. Sein Turm war aufgerissen und saß schief, und in der Flanke der leeren Karosserie klaffte ein großes Loch. Yarra sah ins Innere. Irgendwer hatte vor langer Zeit eine Ladung Farnkraut hineingekippt und es mit ein paar alten Säcken zugedeckt, um ein Ruhelager draus zu machen.

Yarra sprang hinein, beschnüffelte das kleine Gelaß und fing dann an, sich die Säcke und das Farnkraut zu einem Bett zurechtzutrampeln. Als es ihr endlich recht war, ließ sie sich hineinplumpsen und war in wenigen Minuten eingeschlafen.

Ihr zu Häupten hatte jemand auf die Innenplatten mit Kreide geschrieben: „Art. Uffz. Andy Coran nur noch 5. J. und 13 T. Dienst."

Darunter stand: „Bitte verlassen Sie dies Hotel, wie Sie es vorzufinden wünschten."

DIE WECKERGLOCKE ließ Grinser mit einem Satz aus dem Bett fahren. Draußen war es noch dunkel. Er wusch sich flüchtig in der Küche, aß ein paar von den übrigen Zwiebäcken und räumte dann alles auf.

Als er ins Freie trat, sah er, daß der ganze Schnee weg war; ein frischer Wind wehte. Auf Zehenspitzen ging Grinser hinüber zur Scheune. Er mochte sie nicht den ganzen Tag offenlassen, übersah aber die Möglichkeit nicht, daß Yarra über Nacht zurückgekommen war. Als er an das Tor trat, griff er rasch nach der Klinke und zog die Tür mit einem Knall zu. War Yarra drinnen, so müßte das Geräusch sie geweckt haben. Er stand da und horchte, aber aus der Scheune kam kein Laut.

Wenig später schob er sein Rad den Hügel hinter dem Haus an der Furt bergauf und hielt sich eine Standpauke, weil er sich keine Fahrradlampe gekauft hatte. Wenn es zum Sehen auch hell genug war, so war's doch von Amts wegen noch so dunkel, daß er mit Beleuchtung hätte fahren müssen – und von einem Polizisten angehalten zu werden war das letzte, was er sich wünschte.

In Pullover und Anorak warm und behaglich eingepackt, folgte er der von ihm ausgearbeiteten Route. „Außen herum nach Heytesbury". Für Landkarten hatte er ein gutes Gedächtnis, hatte „Ortssinn", wie Albert immer sagte. Bei dem Gedanken an Schwester Ethel und ihren Albert beschloß er, sie doch nun bald davon zu benachrichtigen, daß es ihm gut gehe. Er mochte nicht, daß sie ihn für tot hielten und es seinem Pa schrieben. Das Problem, ihnen eine Nachricht zukommen zu lassen, ohne sich selbst zu verraten, beschäftigte ihn während der ganzen Fahrt.

Auf Haus Danebury traf er um zwanzig nach sieben ein. Am Tor zur Auffahrt empfing ihn ein Terrier, dessen Name, wie er dann erfuhr, Tonks war. Der hieß ihn kläffend willkommen und trottete neben ihm die Auffahrt hinauf.

Mrs. Lakey begrüßte ihn herzhaft, klopfte ihm auf den Rücken und sagte: „Morgen, Junge! Pünktlich. Das seh ich mal gern. Gleich so angefangen, wie's weitergehn soll." Sie gab ihm in der Küche eine Tasse Kaffee und führte ihn dann nach draußen, um ihm zu zeigen, „wo vorn und hinten" sei.

Mrs. Lakey und ihre Schwester, Miß Milly Finn, betrieben eine Zucht von englischen und Gordon-Settern, nahmen außerdem aber auch fremde Hunde in Pension. Ferner gab es eine kleine Abteilung, die Platz für etwa acht Katzen bot. Diese Katzen unterstanden Miß Milly, obwohl Grinser sie dann die meiste Zeit doch selber zu betreuen hatte. Miß Milly verwaltete das Haus, machte die Küche und führte die Bücher, alles ohne fremde Hilfe.

Zu den genannten Tieren kamen noch eine Fuchsstute, Penny, und ein brauner Wallach, der aus unbekannten Gründen Bacon hieß. Sie wurden im Stall gehalten und an Leute vermietet, die reiten oder jagen wollten. In einem Auslaufgehege am Ende des Gemüsegartens lebten, bekannt als „die Apostel", zwölf weiße Leghornhennen. Hinter den Ställen stand ein Lagerhaus, wo das ganze Futter für die Hunde und Katzen aufbewahrt und gekocht wurde.

Grinsers Aufgabe war es, alle Hunde und Katzen zu füttern und für stets gefüllte Wassernäpfe zu sorgen. Die Zwinger sollte er zweimal die Woche säubern, hatte täglich die Hühner zu füttern und zu tränken, ihre Eier einzusammeln, außerdem die Setter spazierenzuführen. Zweimal wöchentlich waren alle Hunde zu putzen und zu striegeln; Brennholz war ins Haus zu schaffen, er sollte die Pferdeboxen reinigen und, wenn ihm noch Zeit blieb, im Gemüsegarten umgraben.

Als ihm Mrs. Lakey am ersten Morgen das alles herunterbetete, wurde ihm ganz blümerant – er glaubte nicht, jemals damit fertig werden zu können. Nach ein paar Tagen schaffte er's jedoch glatt, obgleich er wegen seiner Abneigung gegen alles Umgraben dafür sorgte, daß er nicht häufig Zeit dazu hatte.

Das Erfreulichste für ihn war Miß Milly, die jünger als Mrs. Lakey war. Von Figur war sie klein und pummelig, hatte blondes Haar, ein frisches Gesicht und war lustig und freundlich. Ihre Küche war makellos sauber und duftete ständig nach Gebackenem und Gekochtem. Sein erstes Gratismittagessen bei ihr war ihm eine Offenbarung, die selbst Ethels kulinarische Meisterkünste in den Schatten stellte. Er bekam Kalbs- und Nierenpastete, Rosenkohl und Kartoffelmus. Zum Nachtisch gab's Siruptorte mit Puddingsoße, und zuletzt hätte er auch noch Cheddarkäse und frisch gebackenes Brot haben können, wenn ihm dafür noch Platz geblieben wäre.

Einen peinlichen Augenblick für ihn gab es zum Beschluß des Tages. Als er in die Spülküche kam, um seinen Overall wegzuhängen, war da Miß Milly und putzte gerade ein Paar von Mrs. Lakeys Reitstiefeln blank.

„Wie lang brauchst du denn bis nach Haus, Johnny?" fragte sie.

„Ach, nicht lang, Miß Milly."

Sie starrte nachdenklich auf den von ihr hervorgebrachten Hochglanz des einen Stiefels und sagte: „Ich kenn mich gut aus in Crockerton. Hillside Bungalow? Wüßt ich gar nicht, Johnny. Wo ist das?"

Grinser nahm seinen ganzen Grips zusammen und sagte: „Tja – so an der Post vorbei und dann seitlich, zum Fluß hinunter."

„Nach der Alten Mühle zu, meinst du?"

„Genau, Frollein Milly."

„Na, dann sei vorsichtig beim Nachhausfahren!"

Als er sein Rad aus dem Hof schob, kam gerade Mrs. Lakey auf Penny um die Ecke. Sie zog die Zügel an und fragte: „Fertig für heut, Junge?“

„Ja, gnä' Frau – wollt sagen: Frau Lakey.“

„Gut. Na, aus dir machen wir was, Junge! Du läßt dich gut an. Solltest den Kurs halten, falls deine Puste reicht. Schlaf ordentlich und komm morgen früh putzmunter wieder!“

In Heytesbury hielt Grinser an einer Tankstelle und kaufte sich von seinen letzten Sechspencestücken eine Radlampe. Der Kassierer besah sich die Münzen, zwinkerte ihm zu und sagte: „Wohl den Armenkasten ausgeraubt?“

Kapitel V

Yarra hatte ihren Unterschlupf in dem Panzerwagen bald nach dem Morgengrauen verlassen. Draußen reckte und streckte sie sich und beschäftigte sich dann einige Minuten ganz und gar mit ihrer Toilette. Es war ein heiterer, fast wolkenloser Tag mit einem frischen Wind, der aus Südwest über die Ebene blies.

Nachher sprang sie in großen Sätzen den Hügel hinab, fand dort eine Pfütze mit Regenwasser und trank. In den folgenden zwei Stunden zog sie in weitem Bogen über die östliche Salisbury-Ebene, ein Gebiet von etwa zehn Kilometer Länge und acht Kilometer Tiefe. Das ganze Plateau war ungefähr dreißig bis fünfzig Kilometer lang, ein weites, gewelltes Land vergilbter Grasflächen und Hügel. Alles gehörte dem Verteidigungsministerium; die Öffentlichkeit hatte fast nirgends Zutritt. Wurde er an den Wochenenden gestattet, dann hatte man auf den holperigen Feldwegen und Straßen zu bleiben, die mit Schildern bestückt waren, auf denen stand:

GEFAHR! BLINDGÄNGER!
NICHT DIE FAHRSTRASSE VERLASSEN!
SIE WURDEN GEWARNT!

Wenn an den Zufahrtsstellen die roten Flaggen wehten, hatte außer den an den Manövern beteiligten Heeresangehörigen überhaupt niemand Zutritt. Landaufseher patrouillierten über die Straßen und Wege, um dafür zu sorgen, daß kein Unbefugter das Gebiet betrat.

Tagsüber den Truppen überlassen, bot das Plateau vielem Getier eine Behausung – Hasen und Füchsen, dem Hermelin und dem Wiesel, dem Rotwild, den Ratten und den Kaninchen. Droben in der Luft flogen Bussard, Turm- und Wanderfalk und Sperber, allesamt ausspähend nach Fasanen, Rebhühnern und kleinen Vögeln, die im hohen Gras und im Buschwerk ihr Wesen hatten. Obschon das Gelände unfruchtbar aussah, wimmelte es doch von Leben.

Hinter einem Steinblock stöberte Yarra ein Kaninchen auf und rannte nach Herzenslust mit ihm um die Wette im Kreis und schlug Haken, erlegte es aber endlich und fraß es. Mittags lag sie unter einer Hangkante in der Sonne; ihr orangerot-schwarzer Pelz ging in ihrer Umgebung so unter, daß sie aus fünfzig Meter Entfernung praktisch schon nicht mehr zu sehen war. Anderthalb Kilometer weiter weg stand an einem Abhang ein alter englischer Panzerwagen. Als Yarra mit ihren bernsteingoldenen Augen in die Sonne blinzelte, krachte etwas plötzlich laut drüben, rechts von ihr. Vor dem Panzer schossen Erdfontänen, Grasbüschel und schwarze Rauchwölkchen in Reihen hoch. Yarra riß zum Zeichen ihres Mißfallens stumm den Rachen auf.

Von links kam ein weiterer krachender Einschlag – eine Panzerabwehrgranate traf den Kampfwagen in die Stirnseite, und ein großes Plattenstück flog in die Luft. Yarra machte sich auf die Suche nach einem anderen Ruheplätzchen. Sie hatte noch viel zu erfahren. Sie sollte Schlachtenlärm kennenlernen, angefangen von dem wahnsinnigen Rattern der Schnellfeuerkanonen bis zu dem langsamen, schweren Donnern explodierender Granaten großen Kalibers, dem Gerassel eines herannahenden Panzerwagens, dem unheimlichen Surren von

Hubschraubern in der Luft – und wie man dem allem entkam. An den meisten Tagen war jedoch das Plateau frühmorgens und dann wieder von fünf oder sechs Uhr an in den langen Abendstunden für sie und die anderen Tiere frei.

An diesem Yarras erstem Tag zog sie noch ziemlich friedlich auf Wanderschaft und Jagd. Nachmittags schlug sie zwei Hasen und fraß sie auf. Da sie nur etwa anderthalb Kilo Fleisch am Tag brauchte, um satt zu werden, unternahm sie nichts weiter. Als das Licht schwand, kehrte sie zu ihrem Sherman-Panzer zurück. Sie richtete sich ihr Bett, ließ sich hineinfallen und schmiegte sich in den Schlaf.

ZEHN oder zwölf Kilometer weiter weg richtete sich Grinser zur Nacht in der Scheune ein. Er hatte jetzt alles, was er brauchte, hatte was anzuziehen, sein gepumptes Radio, zwei gepumpte Decken aus den Gästezimmern, einen kleinen Mundvorrat, den er auf dem Heimweg eingekauft hatte, Trink- und Waschwasser in einem Eimer, den er unten gefunden hatte. Der erste Tag seiner neuen Lebensform war fast vorüber.

Drüben auf Haus Danebury saß unterdessen Mrs. Lakey zigarrerauchend in einem Ledersessel vor dem Kaminfeuer und trank einen Whiskey. Tonks lag schlafend vor dem Feuer. In dem andren Sessel saß Miß Milly und nippte an einem Gläschen Marsala.

Mrs. Lakey sagte: „Na, was hältst du von dem Jungen, Milly?“

„Ein braver Kerl ist das, Gällchen.“ Das war ihr Spitzname für ihre Schwester Angela, die sich nachgerade an ihn gewöhnt hatte.

„Möglich“, ließ Mrs. Lakey verlauten. „Tonks hat sich mit ihm angefreundet. Gutes Zeichen.“

„Ich auch“, sagte Miß Milly; sie setzte hinzu: „Aber, Gällchen, für all die Arbeit, die Johnny machen muß, sind drei Pfund die Woche nicht genug. Vier müßte er haben.“

„Unsinn! Dreie tun’s reichlich. Jungen sollten aus Liebe zur Sache arbeiten!“

„Vier. Er muß doch seiner Tante was bezahlen.“

Mrs. Lakey seufzte und sagte: „Los du es aus.“

„Recht so“, erwiderte Miß Milly, holte einen Shilling aus der Handtasche und ließ ihn auf dem Tisch trudeln. „Kopf vier, Schrift drei!“ Die Münze kippte um: Kopf!

„Hab gewonnen!“ sagte Miß Milly lächelnd.

„Du hast ein weiches Herz, Milly.“

„Und du auch, bloß zeigst du's nicht sehr oft. Sobald ich Gelegenheit habe, fahr ich hin und besuch Johnnys Tante in Crockerton. Der arme Junge, wie schrecklich – Vater und Mutter auf die Art zu verlieren!"

Als Grinser am nächsten Morgen zur Arbeit erschien, wurde er an der Hintertür von Mrs. Lakey begrüßt und auf eine Tasse Kaffee hereingeholt. Während man trank, sagte sie ihm, er lasse sich so vielversprechend an, daß sie beschlossen habe, seinen Lohn auf vier Pfund wöchentlich zu erhöhen. Allerdings müsse er's dann übernehmen, die Ställe auszumisten und Penny und Bacon zu füttern. Wenn er wolle, werde sie ihm später das Reiten beibringen.

In den folgenden Tagen unterzog sich Grinser seiner Arbeit vergnügt und bereitwillig und kannte sich bald überall aus. Einige von den Tieren wurden seine Lieblinge. Besonders gern hatte er einen gelb-weißen englischen Setter namens Zitrönchen und eine schwarzrote Gordon-Setterhündin, die Fee hieß. Wenn er die Hunde zu einem Spaziergang in das kleine Tal hinaufführte, mußte er Zitrönchen, der es liebte, seine eigenen Wege zu gehen, ständig im Auge behalten.

Auf Haus Danebury herrschte stets reges Kommen und Gehen. Grinser lernte alle Lieferanten kennen, den Fleischer, den Bäcker, den Milchmann – und jeder lernte ihn („Johnny") kennen und akzeptierte ihn. Miß Milly umsorgte ihn wie eine Glucke, und er speiste wie ein Fürst. Draußen hielt Mrs. Lakey ihn streng zur Arbeit an; das machte ihn stark und leistungsfähig. Nach vierzehn Tagen setzte sie ihn auf Penny und gab ihm die erste Reitstunde. Sie endete damit, daß er mitten auf der Koppel in einen Tümpel mit Wasserkresse verfrachtet wurde; aber als die erste Woche vorbei war, sagte Mrs. Lakey: „Gut, Junge! Ganz so wie 'n Sack Heu auf einer Wippschaukel siehst du schon nicht mehr aus!"

Auf der Straße zwischen Crockerton und Heytesbury kannte man Grinser allmählich auch und winkte ihm zu, wenn er vorüberfuhr. Im Haus an der Furt lief alles jetzt wie am Schnürchen. Jeden Abend ging er, wenn er zurückkam, ins Haus und sah die Post durch, für den Fall, daß eine Karte von Major Collingwood an Mrs. Bagnall mit der Nachricht von seiner Ankunft dabei wäre. Sonntags machte er mit dem Rad Erkundungsfahrten in die Umgebung und fuhr am Abend nach Warminster ins Kino. Seinen Lohn sparte er größtenteils und häufte so allmählich einen kleinen Hort von Pfundnoten an, den er in einer Blechdose hinter einem lockeren Brett im Heuboden aufbewahrte. Den Rest seiner Habe versteckte er, bevor er morgens aufbrach, jedesmal unter dem Heu.

Noch ehe der erste Monat vergangen war, brachte er es auch soweit, an Ethel und Albert zu schreiben. Der Hundefuttermann lud ihn eines Tages ein, am Sonnabend nach Southampton zu einem Fußballspiel zu fahren. Also nahm Grinser sich den Tag frei und kam mit. In Southampton gab er einen Brief folgenden Inhalts auf:

> Liebe Schwester und Albert! Macht euch keine Sorgen um mich. Mir geht es gut ich fahre fürn halbes Jahr zur See. Kann türlich keinen Namen sagen. Keine Sorge ich habs prima.
>
> George R.

Albert leitete, von Ethel dazu gedrängt, diese Nachricht an die Polizei in Southampton weiter, die in Docks und Reedereien Nachforschungen anstellte, aber „türlich“ nichts herausbrachte.

Die Wochen vergingen. Der März kam mit seinen starken Böen und den gelegentlich schon überwarmen Tagen, die einen an den Sommer denken ließen. Hasel- und Weidenkätzchen blühten, und die Schneeglöckchen wichen den Krokussen und Narzissen. Ein oder zwei heftige Schneestürme gab es noch, um jedermann daran zu erinnern, daß der Winter nicht ohne einige Rückzugscharmützel weichen werde.

Alle vierzehn Tage fuhr Grinser nach Warminster hinein und kaufte sich bei Woolworth eine Tube Tinktur und etwas Sonnenbräune, um Haar und Haut neu herzurichten. Danach sah ihn Mrs. Lakey jedesmal am nächsten Morgen etwas sonderbar an.

Einmal ging er auch an die Theke mit Elektroartikeln, um sich eine neue Batterie für sein Transistorradio zu besorgen. Als er sich die Auslagen ansah, sagte eine Stimme: „Du, hallo!“

Er blickte auf und in die dunklen Augen von Ivy Bagnall (die sich lieber Pat nennen ließ). „Hallo“, sagte er.

„Du bist doch Johnny Pickering, nicht? Kennst mich noch?“

Grinser antwortete: „'türlich! Pat Bagnall.“

„Wohnst du noch in Warminster?“

„Ja, sozusagen. Gleich draußen vor.“

„Kommst du gelegentlich ins Jugendhaus?“

„Nee, der Laden liegt mir nicht.“

„Solltest es aber doch probieren. Lust, mit mir abends mal hinzugehen?“ Sie fragte lächelnd und warf dabei den Kopf etwas zurück, was Grinser sehr gefiel. Aber ein Jugendklub war nun wirklich das letzte, wo er hinwollte. Die Leiter von solchen Klubs hatten immer Fragen und interessierten sich für einen.

„Kann wirklich nicht", sagte er. „Die meisten Abende arbeite ich."

„Wo denn?"

Er überlegte rasch. „Ach, Garage, nach Heytesbury zu." Um das Thema zu wechseln, fuhr er fort: „Gefällt's dir hier?"

„Na ja, halbwegs. Hab aber vor, mir was andres zu suchen."

Grinser gab den Gedanken, eine Batterie zu erstehen, auf und sagte: „Tja, dann auf Wiedersehn irgendwann mal!"

Nach Arbeitsschluß sagte das Mädchen von der Kosmetikabteilung zu Pat: „Wer ist denn der Junge, mit dem du da geredet hast? Einer in 'nem grünen Anorak."

„Ach, der! Den kenne ich bloß so."

„Färbt sich die Haare, nicht? Und nimmt so Zeug für Sonnenbräune?"

„'türlich nicht!"

„Tut er aber doch, weißt du! Kommt regelmäßig alle vierzehn Tage her." Sie kicherte. „Und da heißt es immer, die Eitlen, das wären wir Mädchen!"

An diesem Abend sagte, als beide Damen nach Tisch bei Whiskey und Marsala saßen, Mrs. Lakey: „Dieser Junge. Mit Tieren kann der's. Hat den deutschen Schäferhund, dies Biest vom Hauptmann Black, kleingekriegt! Der würde ihm die Stiefel lecken, wenn der Junge es verlangte."

„Tiere sind gute Menschenkenner", sagte Miß Milly.

„Wären die Menschen auch, wenn sie Augen und Ohren aufsperren wollten. Irgendwas an ihm, was dich stört, Milly?"

„Nein. Er tut seine Arbeit und hat ordentlich Appetit. Höflich, vergnügt; und sauber – für einen jungen Burschen. Wieso?"

„Ich frag mich nur, Milly. Hast du seine Tante schon mal aufgesucht?"

„Noch nicht. Ich bin in der Richtung nicht wieder gewesen."

„Na, laß gut sein. Ich habe den alten Richter Renton gestern in Warminster getroffen; der wohnt nach Crockerton zu. Hab ihn nach dem Jungen und seiner Tante gefragt. Er sagt, sie ist eine gute, anständige Person. Hat auch gut von dem Jungen gesprochen. Mach dir also keine Sorgen, Milly; du hast sowieso genug auf dem Hals." Mrs. Lakey nahm sich eine Zeitung und versteckte sich hinter ihr.

Als es April wurde, stand Yarra schon dicht vor ihrer Niederkunft und war schwer und füllig geworden. Wenn sie jetzt einen Hasen, ein Kaninchen jagte, schlug sie ihre Beute rasch, weil sie nicht mehr längere Zeit im Höchsttempo lief. Nahrung und Wasser zu finden fiel ihr nicht schwer. Sie hauste meistens in dem alten Panzerwagen, wenn sie auch noch andere Schlafplätze hatte.

Im Longleat-Park hatte man von ihr, seit ihre Spur in dem Schneetreiben verlorengegangen war, nichts weiter gehört. Das machte dem Gepardenwärter Sorge: er befürchtete, daß sie durch einen Unfall ums Leben gekommen sein könnte. Möglich, daß ihr Kadaver inzwischen irgendwo still in einem einsamen Dickicht, in einer Bachschlucht verrottete. Andererseits machte er sich klar, daß sie sich auch hinauf auf das Plateau durchgeschlagen haben könnte; er hatte die Landaufseher gebeten, nach ihr Ausschau zu halten.

Bislang hatte niemand sie zu Gesicht bekommen, hauptsächlich, weil sie in den frühen Morgenstunden und spätabends unterwegs zu sein pflegte. Aber viele Vögel und Vierbeiner kannten sie. Am Flug einer Krähe war zu erkennen, wo Yarra morgens und abends die Runde machte: wo sie ein Tier riß, kreiste der Vogel zu ihren Häupten, bis sie sich gesättigt hatte, und kam dann herab, um sich an den Resten gütlich zu tun. Das Rotwild kannte sie schon und verzog sich schleunigst, wenn es Wind von ihr bekam. Auch ein, zwei Hasen, die ihr entwischt waren, wußten, wer sie war.

Der einzige Mensch, der Yarras in dieser Zeit ansichtig wurde, war Grinser. An einem Apriltag, als die dicken Blattknospen die Bäume übergrünten und geschützte Hänge vom blassen Glanz der Primeln schimmerten, verlor Grinser bei einem Ausgang talaufwärts Zitrönchen. Er vermißte den Hund erst, als er wieder beim Zwinger war. Es war vier Uhr, und sowohl Miß Milly als auch Mrs. Lakey waren außer Hause. Er sperrte daher die anderen Hunde ein und machte sich auf die Suche nach dem fehlenden. Wo er ihn wohl finden würde, wußte er schon: ganz oben im Tal lag ein kleines Gehölz von hohen Buchen mit glattrindigen Stämmen, wo Zitrönchen leidenschaftlich gern hinter Eichhörnchen her jagte. Als Grinser noch fünfzig Meter bis zu den Bäumen hatte, hörte er ihn bellen. Er merkte, daß Zitrönchen am oberen Ende des Wäldchens war, wo ein Drahtzaun dafür sorgte, daß sich kein Weidevieh auf das Plateau verlief. Er ging in das Gehölz und fand am Fuß einer großen Buche neben dem Zaun den Hund, der, wutentbrannt bellend, an ihr hinaufsah.

Auch Grinser blickte nach oben und blieb sofort wie angewurzelt stehen. Auf einem dicken Ast lag da Yarra und starrte aus einer Höhe von gut vier Metern auf Zitrönchen herab. Von Zeit zu Zeit stieß sie ein drohendes Zischen aus und zuckte mit dem langen Schweif hin und her.

Ein Weilchen sah Grinser sie ganz deutlich, da die Sonne auf ihren orangefarbenen Pelz mit den schwarzen Flecken fiel und ihr einer Vorderlauf über den Ast herunterhing. Dann aber erblickte Yarra ihn: einen großen Menschen – und da fand sie es doch besser, nicht länger zu bleiben. Sie erhob sich und sprang in hohem Bogen über den Zaun hinweg. Bald darauf war sie hinter einer Bodenwelle verschwunden.

Zitrönchen raste bellend und knurrend an den Zaun; Grinser hakte die Leine an seinem Halsband fest und zerrte den jaulenden Protestler weg. Er kam zu dem Schluß, daß es das beste sei, Yarra überhaupt nicht gesehen zu haben. Das Plateau wurde, wie er wußte, vom Militär benutzt; und Soldaten konnten schon selbst auf sich aufpassen. Meldete er Yarra seiner Mrs. Lakey, brächte das dann bloß die Polizei ins Haus, und er selber zöge zuviel Aufmerksamkeit auf sich.

Als er wieder nach Haus Danebury kam, waren Mrs. Lakey und Miß Milly noch immer nicht zurück, aber Joe Ringer, der Hundefuttermann, war da. Sein grünes Lieferwägelchen stand im Hof, und er selbst war dabei, Fleisch für die Hunde in das Lagerhaus zu schaffen. „Wo bist du denn abgeblieben, Johnny? Ich hätte ja das Silber aus dem Haus klauen können und ein Dutzend Eier austrinken!"

„Zitrönchen ist mir weg", sagte Grinser.

„Hat eben Ameisen im Hintern und 'ne scharfe Nase. Ist aber zu groß für feinere Arbeit wie... Na, lassen wir das." Joe blinzelte ihm zu.

Grinser wußte sehr genau, was Joe meinte, weil es jedem bekannt war, daß er in seiner Freizeit wilderte. Er war ein kleiner, drahtiger Mann mittleren Alters, der seit fünfzehn Jahren in der Gegend von Warminster und Heytesbury arbeitete. Er lebte für sich in einem kleinen Landhäuschen – und lebte fürstlich. Ob es nun die Jahreszeit dafür war oder nicht, Joe tischte sich selbst oder seinen Freunden stets vom Besten auf, was das Land zu bieten hatte – Forellen, Fasanen, Rebhühner, köstliche Kaninchenragouts und gebackene Äschen. Außerdem lag stets ein großes Faß Apfelwein gleich hinter der Küchentür. Als er Grinser erst zum Fußballspiel nach Southampton und dann zum Abendessen zu sich mitgenommen hatte, war der Junge dermaßen voll mit Essen und Wein gewesen, daß er kaum noch nach Hause radeln konnte. Manchmal ließ Joe ihn auf der Strecke zwischen Haus Danebury und Heytesbury den alten Lieferwagen selber fahren.

Joe, dessen Neugier auf jeden und jedes ging, wußte sehr wohl, daß Grinser (für ihn „Johnny") in Crockerton keine Tante wohnen hatte. Aber weil er ihn gern leiden mochte, behielt er das für sich. Jetzt sagte er: „Was machst du nächsten Sonntag?"

„Nix", antwortete Grinser.

„Na denn – ich hab da 'ne Bestellung auf frühe Kiebitzeier. Lust, mir beim Sammeln zu helfen?"

„Kiebitz?"

„Ja, Johnny, Kiebitze, die Vögel, die da oben im Hügelland nisten. Könnte sein, daß ein paar schon legen. Zehn Shilling fürs Dutzend kann ich kriegen. Geb dir ein Viertel vom Ertrag. Einverstanden?"

„Ja. Hätt ich Lust drauf, Herr Ringer."

„Also gut. Bei mir. Um achte. Und quassel nichts davon. Die Eier sind geschützt."

„Geschützt?"

„Von Gesetzes wegen. Sollst keine nehmen! Aber wenn niemand machte, was er nicht soll, dann würde die Welt sich zu drehen aufhören."

Als Grinser abends wieder zum Haus an der Furt kam, stattete er dem Cottage seinen üblichen Besuch ab, um nach den Briefen zu sehen. Keine Karte von Major Collingwood war da. Was Grinser nicht wußte, war, daß Mrs. Bagnall eine nach Hause bekommen hatte; und die besagte, daß der Major und seine Frau – die jetzt gesund war – am Sonntag nachmittag eintreffen würden.

WÄHREND Joe mit Grinser sprach, war Yarra auf dem Plateau unterwegs zu ihrem neuen Schlafplatz. Die Abende waren jetzt viel länger. Nachdem die Soldaten weg waren, blieb das Tageslicht noch gute zwei Stunden. Sie lief ungefähr fünf Kilometer weit nach Norden zu, dann einen langen, kahlen Hang hinauf, in dem hier und da mit Grassoden überdeckte Schützenlöcher waren. Schließlich kam sie oben auf dem Kamm an.

Unter ihr lag ein langes, enges Tal, das sich rechtshin in die Ferne der Hochfläche verlor. Drüben auf der anderen Seite lief weiter unten eine schmale Straße mit allerlei dörflichen Häusern hin, die Dächer und Fenster verfallen, die Gärten verwildert und wüst. Hinter ihnen stand am Abhang, teilweise durch die Büsche und Bäume sichtbar, eine graue Steinkirche. Das einsam und verlassen daliegende Dorf barg kein menschliches Leben mehr – außer wenn die Soldaten kamen.

Yarra rutschte den steilen Talhang hinab. Fünf Meter unterhalb des Kammes standen vier, fünf Eschen und Erlen. Hinter ihnen befand sich, von Brombeer und Weißdorn schön geschützt, eine kleine Ausbuchtung, die für Yarras Größe gerade ausreichte. Drinnen führte ein enger Gang in eine Höhle von etwa anderthalb Metern Durchmesser. Jahre hindurch hatten hier Kaninchen, Dachse und Füchse gehaust; sie war trocken und warm, und Yarra wollte hier ihre Jungen werfen. Sie ging hinein. Im Halbdunkel scharrte sie den lockeren Kalkboden auf, ließ sich nieder und machte es sich bequem, legte sich flach hin, die Läufe weit von sich gestreckt. Plötzlich zuckte sie zusammen und fuhr knurrend auf: in ihrem Leib hatte eines der Jungen um sich gestoßen.

Sie sollte in den nächsten achtundvierzig Stunden werfen.

Kapitel VI

Sie bekam ihre Jungen am Sonnabend um sechs Uhr abends. Es war ein wunderschöner, warmer Apriltag gewesen. Sie hatte auf der Kalkplatte gleich vor der Höhle gelegen und in die Sonne geblinzelt. Fast den ganzen Vormittag wechselten zwei Kuckucke ihre Rufe. Einmal saß ein Eichelhäher in einer Esche über Yarra und schimpfte auf sie hinunter. Die Regungen in ihrem Leib durchzogen sie in langsamen Wellen; sie wechselte ihre Lage immer häufiger, um es sich bequemer zu machen.

Als schließlich der Nachmittag zu Ende ging, stand sie auf und kroch ins Halbdunkel der Höhle. Binnen einer Stunde kamen zwei Junge zur Welt, ein Männchen und ein Weibchen. Sie waren wenig größer als Kätzchen, hatten die Augen noch zu, und auf ihren grauen Körperchen war die Fellzeichnung nur ganz schwach angedeutet. Yarra schob die Kleinen mit der Schnauze dicht an sich und leckte und putzte sie. Nach einer Stunde fanden sie die Zitzen und begannen zu suckeln.

Glücklich lag Yarra mit ihnen da, den Kopf dem Höhleneingang zugekehrt, die Lauscher jeden Lauts gewärtig. Als es Nacht wurde, schliefen die Jungen, eingebettet in den warmen mütterlichen Pelz. Yarra fuhr mit der Schnauze streichelnd über sie hin. Die Unrast war von ihr gewichen; sie war befriedet.

Bei Tagesanbruch verspürte sie Hunger. Sie stand auf; die Jungen purzelten unbeholfen zur Seite und fanden dann zusammen. Blindlings kuschelten sie sich aneinander, während Yarra die Höhle verließ.

Über den Talkamm ging sie hinauf in die Weite des Plateaus. Und plötzlich witterte sie einen vertrauten Geruch. Als sie erstarrend das Gelände durchforschte, fuhr vor ihr ein junger Damhirsch hoch und stob davon wie der Wind. Ihr Körper war jetzt leichter, und eine wilde Lust überkam sie, die ebenso wie der Hunger sie anspornte. Nach hundert Metern hatte sie das Wild auch schon überrollt, und als das Beingezappel aufhörte, hatten Yarras Kiefer sich in die Kehle ihrer Beute verbissen. Das Tier starb rasch, und Yarra machte sich an ihre Mahlzeit.

Sie fraß wählerisch und rührte den größten Teil der Decke nicht an. Als sie satt war, ließ sie den Kadaver liegen und ging ins Tal zurück. Hoch über ihr hatte die Aaskrähe die Jagd und den Schlag erspäht.

Als Yarra abzog, flog der Vogel zum Frühstück herbei.

Yarra ging nicht direkt zu ihrer Höhle, sondern weiter, außer Sicht vom Tal und von dem verlassenen Dorf her, wo sie gestern den Streifenwagen eines Landaufsehers gesehen hatte. Als sie unmittelbar oberhalb der Höhle war, kam sie, als geduckte Silhouette gegen den Himmel, wieder über den Kamm zurück und ließ sich die paar Meter bis vor den Höhleneingang hinab.

Drinnen hatten die Jungen sich verloren und miauten schaudernd. Yarra barg sie in die Wärme und Obhut ihres Bauchpelzes. Da hatten sie bald die Zitzen und fingen zu saugen an. Yarra legte sich, während sie tranken, zurück und schnurrte sanft.

Auch Grinser war an diesem Morgen früh auf den Beinen. Er aß in der Scheune rasch etwas Käse und Zwieback, wusch sich in seinem Eimer und fuhr dann mit dem Rad zu Joe Ringers Häuschen.

Joe erwartete ihn bereits an dem Lieferwagen. Er fuhr dann zu Grinsers Überraschung mit ihm nach Heytesbury und danach die Straße an Haus Danebury vorbei zum Plateau hinauf. An der Schranke hielt er und ließ Grinser den Schlagbaum hochheben. Grinser fragte ihn wegen der Hinweise auf Blindgänger.

„Alles Nepp“, sagte Joe. „Die haben der Öffentlichkeit das Land geklaut und wollen jetzt nicht, daß andre drauf rumlatschen! Aber die Offiziere und ihre Bekannten, die schießen und jagen da! Meinst du, die täten das, wenn da Minen und so was wären? Nein, mein Jung, da findst du bestenfalls mal 'ne Granate, die nicht rechtzeitig losgegangen ist.“ Joe fuhr die Straße gute anderthalb Kilometer bis zu einer verlassenen Nissenhütte, von der beide Enden fehlten. Unter die Metallwölbung brachte er seinen Wagen so, daß er gegen alle Blicke gesichert war.

Wenige Minuten später zogen die beiden auf die Suche nach Kiebitznestern über eine kleine Hochfläche. Joe hatte einen Feldstecher mit und setzte sich damit hin, um die Vögel in der Luft zu beobachten oder den Boden nach ihnen abzusuchen. Kiebitze nisten unter freiem Himmel; sie landen stets in einiger Entfernung vom Nest und laufen dann durch das hohe Gras darauf zu. Joe fand mühelos einige Nester, aber Grinser war noch sehr wenig findig. Er stand da und hielt Ausschau, als Joe sagte: „Geh, Johnny, du hast da ja ein Gelege!“

„Wo?“ fragte Grinser.

„Direkt vor deiner Nase!“ erwiderte Joe und zeigte hin.

Grinser blickte nach unten. Einen Meter vor ihm war auf dem fast kahlen Erdboden eine flache Mulde mit drei Eiern. Ihre grün-braune Zeichnung ließ sie gegen den Untergrund völlig verschwinden.

„Aus jedem Nest immer nur eins, denk dran“, sagte Joe. „Mutter Natur ist ein spendables altes Mädchen, aber gierige Leute kann sie nicht ausstehen!“

Sie verbrachten den ganzen Vormittag mit der Suche nach Nestern und dem Einsammeln der Eier, die Joe in kleine Kartons packte. Einmal riß er Grinser rasch zu Boden. „Steck den Kopf zwischen die Beine und die Hände unter die Arme – so! Und rühr dich nicht!“

Grinser tat, wie ihm geheißen. Nicht sehr weit weg hörte er ein Auto vorbeifahren. „Was ist denn, Herr Ringer?“ fragte er, den Kopf zwischen den Knien.

„Landaufseher. Aber der sieht uns nicht. Nicht aus so ’ner Entfernung. Weißes Gesicht und Hände, das verrät einen. Momentan sehn wir nur aus wie ’n paar große Maulwurfshügel.“ Als das Geräusch des Wagens verstummte, hob Joe den Kopf und zwinkerte Grinser zu. In Joes Obhut fühlte er sich geborgen und unterhielt sich großartig. Ein- oder zweimal geriet er in Versuchung, ihm von Yarra zu erzählen, beschloß zuletzt aber, es bleibenzulassen. Sollten sie der Gepardin zufällig begegnen, so würde Joe die Situation schon zu meistern wissen.

Mittags gingen sie zum Essen zu dem Lieferwagen zurück. Joe hatte kalte Schweinswürstchen, hartgekochte Eier, Brot, Käse und zwei Flaschen Apfelwein an Bord genommen. Nachdem sie gegessen hatten, sagte Joe: „Jetzt zeig ich dir, wo mein alter Papi aufgewachsen ist!“

Er führte ihn dann fast in der gleichen Richtung querfeldein, die Yarra vor ein paar Tagen eingeschlagen hatte. Als sie an das Tal mit dem verlassenen Dorf kamen, setzte sich Joe an den Abhang.

„Das ist Imber, Johnny. Was davon noch über ist. Hübschestes Dorf auf der ganzen Hochfläche war das, bis die Armeeleute es sich geholt haben. Siehst die Kirche? Da ist meine Oma begraben. Und mein Oller ist in einem Haus groß geworden, das steht gar nicht mehr.“

Er erzählte Grinser alles über den Ort: wie die Leute da, als der Zweite Weltkrieg kam, alle wegmußten, damit das Dorf zur Ausbildung von englischen und amerikanischen Truppen im Haus-zu-Haus-Kampf benutzt werden konnte. Dieses Training lief auch jetzt noch weiter. „Ich sag dir, Johnny“, sagte Joe, „wie die Leute da rausmußten, da hat das manchem das Herz gebrochen! ’türlich, die oben in ihrer großen militärischen Herzensgüte, die lassen sie ja ein- oder zweimal im Jahr wiederkommen! Als Sondervergünstigung ein Gottesdienst in der Kirche!“

Grinser sagte: „Muß sich hübsch gewohnt haben, hier oben!“

„Tja, so geht's, wenn man sich prügelt und Krieg macht!" Joe lehnte sich zurück und lachte. „Weißt du was, Johnny? Richtiges Geheimnis? Die haben mich vor langer Zeit zu den Soldaten geholt. Aber da bin ich auf und davon, und sie haben mich nie erwischt! Niemals. Bin ein Uraltdeserteur – und du bist der erste, dem ich das jemals erzählt hab, Johnny!"

„Oh, ich sag's niemand, Herr Ringer!"

„Komm du mir nicht immer mit diesem ‚Herr Ringer'! Für meine Freunde bin ich Joe."

Da Joe ihn nötigte, bei ihm im Häuschen einzukehren und zu Abend zu essen, kam Grinser sehr spät zum Haus an der Furt zurück. Er radelte durch die Dämmerung und stoppte an der Brücke und sah aufs Wasser. Joe hatte versprochen, ihm alles über Forellenfang – zu jeder Jahreszeit – beizubringen.

„Nur nicht mit Fliegen rummurksen! Brauchst du eine große Forelle, dann brauchst du einen großen Wurm am Haken!" Er wollte ihn auch auf der Salisbury-Ebene überall herumfahren. Der Gedanke durchrann Grinser und machte ihm warm: vielleicht sähe er Yarra wieder! Er hatte Joe beim Abendbrot gefragt, was er tun sollte, falls er der Gepardin begegnete, etwa oben auf dem Plateau. Joe hatte gesagt: „Einfach stehnbleiben, Junge. Und starr sie an. Die haut ab. Besonders bei einem Kerl von deiner Größe! Wenn du 'n kleiner Knülch wärst, da wär das vielleicht anders. Aber Tiere, die wollen meistens gar nix mit Menschen zu tun haben..." Glücklich, wenn auch müde, fuhr Grinser weiter.

Binnen weniger Sekunden war es mit seinem Glücksgefühl aus. Als er vor der Hofeinfahrt zum Cottage haltmachte, stand das Tor offen, und im Hof parkte ein Wagen. Aus dem Küchenfenster drang Licht, und hell war es auch im Wohnzimmer und im großen Schlafzimmer. Major Collingwood und seine Frau waren zurück.

Stumm stöhnte Grinser in sich hinein: Ach du liebes bißchen, du heiliger Bimbam! In diesem Moment klatschte ihm ein dicker Regentropfen auf die Hand. Innerhalb von zwei Minuten peitschte der Regen dermaßen herunter, daß der Fluß aufbrodelte und Grinser lossauste – zu dem einzigen Obdach, das er kannte.

Er fuhr wieder den Berg hinauf, versteckte das Rad im Gebüsch und schlich dann zurück und in die Scheune. Auf dem Heuboden zog er sich an dem verstaubten Fenster den Anorak aus und beobachtete das Wohnhaus. Was sollte er jetzt machen? *Was* sollte er *tun*? Dann riß er sich zusammen und hielt sich eine Standpauke: „George R.“, sagte er, „du hast ein bißchen Wasser übergenommen, aber gesunken bist du noch lang nicht! Denk doch mal alles durch. Klar und sachlich! Nicht durchdrehn. *Nicht den Kopf verlieren!*“

Drinnen im Cottage saß Major Collingwood allein im Wohnzimmer und trank nach dem späten Abendessen noch seinen Kaffee. Er stand gerade auf und ging an den Eckschrank, in dem die Getränke waren; es war ein langer Reisetag gewesen, und er hatte Lust auf ein Gläschen Cognac zum Kaffee. Als er ihn sich eingoß, fiel sein Blick auf die Zigarrenkiste; er griff nach ihr, besann sich dann aber eines anderen. Er rauchte selten Zigarren und hatte sie hauptsächlich seiner Gäste wegen im Haus.

Oben ging Mrs. Collingwood ins Badezimmer, um dort frische Handtücher hinzulegen. Beim Zuziehen der Vorhänge bemerkte sie braune Flecken an ihnen und runzelte die Stirn. Sie sahen nach Rostflecken aus, aber wie konnten Vorhänge rostig werden? Einen Augenblick rätselte sie daran herum und schlug es sich dann aus dem Sinn.

Der Major saß unten zufrieden bei Kaffee und Cognac. Er war glücklich, weil er zu Hause war, und noch mehr, weil seine Frau wieder ganz hergestellt war. Sein Blick fiel auf die Sechspenceflasche im Bücherbort. Sie sah noch genauso aus, wie er sie hineingelegt hatte – und das mußte sie auch, denn Grinser hatte alle von ihm ausgeborgten Münzen wieder ersetzt. Wenn die Flasche voll wäre, nahm der Major sich vor, würde er seiner Frau ein Geschenk kaufen.

Grinser hatte sich den Wecker auf fünf Uhr gestellt, und als es klingelte, stand er auf und machte sich an seinen Räumungsplan. All seine entbehrlichen Kleidungsstücke packte er in einem Bündel zusammen und steckte seine Geldschachtel samt der Uhr in die Tasche vom Anorak. Im Schein seiner Fahrradlampe räumte er dann den Heuboden auf. Das Transistorradio ließ er deutlich sichtbar auf einem Heuballen stehen. Dann verließ er die Scheune, nicht ohne Betrübnis – sie war für ihn doch so etwas wie ein Zuhause geworden.

Er holte das Rad und fuhr zur Brücke hinunter, hielt an und sah nach dem Cottage zurück, wo Major Collingwood und seine Frau in festem Schlaf lagen. Irgendwann, dachte Grinser, würde der Major den Brief und den Radioapparat ja finden und seine Anziehsachen und das Fahrrad vermissen. Was würde er dann machen? Anzeige bei der Polizei erstatten? In jedem Fall, überlegte er, konnte er selbst nichts anderes tun als ihm eines Tages die Wiederbeschaffungskosten ersetzen.

Er fuhr jetzt ganz langsam zur Arbeit und kam, wie er es vorgehabt hatte, pünktlich auf Haus Danebury an. Er wußte, daß Mrs. Lakey niemals vor halb acht draußen erschien, und fuhr daher nach hinten zum Stall und steckte dort seinen ganzen Kram oben auf dem Boden unter einen Strohballen. Dann las er die über Nacht gelegten Eier zusammen und brachte sie in die Küche hinunter.

Während er noch dort war, kam Mrs. Lakey herein; sie warf ihm einen sonderbaren Blick zu und sagte: „Heut morgen bist du ja früh dran, Junge! Schlechtes Gewissen oder schlecht geträumt oder beides?"

„Wegen dem vielen Regen, Frau Lakey. Hab nicht schlafen können."

„In deinem Alter solltest du auch einen Orkan verschlafen!"

Er war an diesem Morgen mit seinen Gedanken nicht recht bei der Arbeit. Gestern abend noch hatte er zuversichtlich Pläne geschmiedet, war sich jetzt aber seiner Sache nicht mehr so sicher. Die Leute mochten einen ja und waren freundlich, aber wenn es um einen richtigen Gefallen ging – tja, da sah die Sache ganz, ganz anders aus. Und doch, Trübsal blasen konnte er nicht lang, es war ein so herrlicher Aprilmorgen! Amseln und Drosseln erfüllten die Luft mit ausgelassenem Gesang, und die Koppel glich, als er die Hunde dort tummelte, einem smaragdgrünen Tuch.

Als der Tag zu Ende ging, fuhr Grinser hinauf zu Joes Häuschen und ließ das Rad mit seinen Siebensachen gleich innen hinter dem Gartentörchen stehen; dann ging er auf die Rückseite und traf dort Joe an, der die verblichene Schrift an seinem grünen Lieferwagen auffrischte: JOS. RINGER – WARENHANDEL ALLER ART – NIEDRIGSTE PREISE.

Joe drehte sich um und sagte: „Hallo, Johnny. Fertig für heute?"

„Ja, Herr Ringer."

Joe runzelte die Brauen. „‚Joe' heißt das, ein für allemal! Wozu huppst du denn so von einem Bein aufs andre?"

„Ich hab da 'n ziemliches Problem, Joe."

„Wirtschaftliches oder persönliches oder religiöses? Biete Hilfe in allen Fällen, außer im dritten."

Grinser zögerte und platzte dann los: „Ich muß mir eine Bleibe suchen, Joe! Und – da hab ich gedacht, du könntest mir dabei helfen."

Joe grinste. „Weil wir befreundet sind und Freundschaft doch dazu da ist, was? Aber wozu brauchst du denn 'ne Unterkunft? Erzähl mir bloß nicht, daß du mit deiner Tante Krach gekriegt hast!"

„Nein, gezankt haben wir uns nicht. Es ist nur – also..." Er mochte Joe nichts vorflunkern, mußte es der Sicherheit halber aber doch. „Sie ist verreist. Ihre Schwester ist schwer krank. In ... Bristol."

Joe sagte: „Und das hat deine Tante erst heute früh erfahren und hat ihr Zeug packen müssen und ist dann ab wie nix nach Bristol?"

„Ja."

„Bißchen plötzlich, wie? Wer kümmert sich um das Häuschen?"

„Die Frau von nebenan."

Joe, mit seinem braunen Gesicht wie polierte Eiche, betrachtete sich den Jungen ganz von nahem, halb nachdenklich, halb lächelnd, und sagte dann: „Johnny, mein Jung, ich bin ja nun ein Mensch, der seine Angelegenheiten gern für sich behält. Ich schlag mich durch, und wie ich das mache, das ist nicht immer ganz vorschriftsmäßig. Aber was wirklich Schlechtes hab ich noch nie getan. Du weißt, was ich damit meine?"

„Ich glaub schon, Joe."

„Besser, du *weißt* es, Johnny! Will damit sagen, ich möcht keinem helfen, eine Bleibe zu finden, der, sagen wir mal, Geld aus'm Opferstock geklaut hat – oder dem's nix ausmacht, wenn er, sagen wir, 'ne arme alte Dame vom Trottoir schubst und ihr dabei die Handtasche klaut. Also ehrlich geantwortet, Johnny! Hast du jemals so was gemacht?"

Grinser zögerte. Er sagte: „Ein paar Comic-Hefte hab ich manchmal geklaut. Und vielleicht auch mal 'ne Flasche Milch oder 'nen Riegel Schokolade. Aber so was Gemeines, wie du gesagt hast, das hab ich nie getan. Nie-mals!"

Joe nickte. „Wie ich's mir gedacht habe." Er stand auf. „Tja, zufälligerweise hab ich gern junge Gesellschaft hier im Hause. Und per Zufall sind hier zwei Schlafzimmer, und ich benutze nur das eine. Und Profitmachen bei 'nem Freund, darauf bin ich nicht aus: Kannst also das Zimmer für ein Pfund die Woche kriegen. Machst dir dein Bett selber, hältst das Zimmer in Ordnung – und hilfst im Haus. Dir recht?"

Entzückt rief Grinser: „O danke, Herr Ringer!"

Joe zog die Stirn kraus. „Noch was! Jedesmal, wenn du mich ‚Herr Ringer' nennst, machst du den Schweinestall sauber!"

„Will dran denken, Joe."

„Und Johnny, ich glaub nicht, daß man bei Mrs. Lakey und Miß Milly erwähnen sollte, daß du umgezogen bist. Die könnten der Ansicht sein, ich wäre nicht der richtige Wirt für dich."

„Wären sie doch 'türlich nie. Du bist prima!"

„Trotzdem, halt du dicht! Was Weiber nicht beißt, macht sie nicht heiß. Bring dein Zeug rein, und dann gehn wir und holen uns zwei fette Forellen zum Abendessen."

Zu ebender Zeit, da Grinser seine Habseligkeiten in Joes Häuschen schaffte, kam Yarra aus ihrer Höhle am Hang. Den ganzen Tag über war draußen Betrieb gewesen, waren Panzerwagen und LKWs durch Dorf Imber hin und her gefahren, hatte es vom Übungsschießen geknattert. Einmal war eine schlecht gezielte Mörsergranate in den Kamm dreißig Meter hinter der Höhle eingeschlagen. Yarra, jetzt empfindlich, weil sie Junge zu beschützen hatte, war wütend geworden. Hunger hatte sie auch, aber sie wollte nicht aus der Höhle, ehe die Mannschaften aus dem Dorf waren.

Als es in Tal und Dorf endlich wieder friedlich war, verließ sie ihre Behausung und kletterte rasch den Hang hoch. Die dürren, gelbbraunen Wintergräser zeigten jetzt Nachwuchs: Klee und Glockenblumen blühten auf kaninchenzernagten freien Flecken. Yarras wacher Blick bemerkte jede Regung ringsumher, den frühen Flug einer Biene, den Tanz eines kleinen Fliegenschwarms über einer Regenpfütze, Flügelgeschwirr und das Weiß eines Kaninchenstummels.

Hoch droben beobachteten drei Augenpaare sie. Zwei kreisende Bussarde ließen sich in ihrem Gefolge treiben und warteten darauf, daß sie Beute machte. Und gegen den Wind unter ihnen dahingleitend, überwachte auch die Aaskrähe die Gepardin. Die Krähe wußte, daß die Bussarde, falls Yarra etwas erlegte, nicht erlauben würden, daß andere von den Überresten zu Abend speisten. Jetzt aber war die Jahreszeit, da die Natur ihre Festtafel für Räuber zu decken begann. Nester füllten sich mit jungen Vögeln, und die Kaninchengehege bevölkerten sich. Die Aaskrähe wußte, daß jedes Loch, jede Spalte wahrscheinlich irgend etwas Gutes zu fressen barg.

Viele Tage hatte sie nun schon Yarra aus ihrer Höhle kommen sehen und war neugierig. Als sie sie in einer Senke verschwinden sah, flatterte sie in eine Esche vor dem Höhleneingang, reckte den Kopf und horchte, hörte jedoch nichts, weil die Jungen milchsatt in tiefem Schlaf lagen. Sie saß zehn Minuten lang da, während die Sonne Türkis- und Purpurfunken aus ihren Schwanzfedern schlug, stieß dann ein mißgelauntes „Kwaarrk!“ aus, flog näher und stelzte langsam in die Höhle hinein. Als ihre Augen sich an das Dämmerlicht gewöhnt hatten, sah sie im Hintergrund sich etwas bewegen: eines der Gepardenkinder regte sich im Schlaf. Sie ging vorsichtig weiter, den großen schwarzen Schnabel zum Zustoß bereit. Ein Hieb damit genügte, um einem jungen Kaninchen oder Kätzchen den Schädel einzuschlagen.

Auf dem Plateau stöberte Yarra aus einer kleinen Mulde voll mit welkem Adlerfarn einen Hasen auf: einen, hinter dem sie schon einmal her gewesen war. Damals war er unter das Wrack eines Panzerwagens gewitscht, aber diesmal war für ihn kein solches Refugium in Sicht. Mit angelegten Löffeln raste er davon und sah doch, wie Yarra hinter ihm ständig an Terrain gewann, einerlei, was für Haken er auch schlug. Als sie keinen Meter mehr von ihm entfernt war, setzte sie zum tödlichen Sprung an. Verzweifelt nahm er Zuflucht zu seinem letzten Trick. Als Yarra losfuhr, stoppte er auf der Stelle, und sie flog einen Meter weit über ihn hinweg.

Der Hase flitzte davon. Wütend und hungrig, wirbelte Yarra im Landen seitwärts herum und riß dabei Gras und Boden mit den Klauen auf. Nach fünfzig Metern hatte der Hase sie wieder hinter sich – und diesmal verfehlte sie ihn nicht.

In der Höhle stand die Aaskrähe neben den Gepardenjungen. Obgleich sie bis dahin so etwas wie Yarra noch nie gesehen hatte, überraschten die Jungen sie nicht. Wildkatzenkinder hatte sie schon viele geschlagen. Das hier waren Kätzchen, jung und zart. Sie lagen ein wenig getrennt voneinander, und die Krähe entschied sich für das größere. Mit gesenktem Schnabel schickte sie sich an, zuzuspringen und mit aller Kraft dreinzuhauen, als im selben Moment ein Schatten über die Höhlenöffnung strich. Die Krähe fuhr herum und sah sich Yarra gegenüber, die soeben in die Höhle kam, den Hasen im Maul.

Es war das letzte, was die Krähe sah. Yarra ließ den Hasen fallen und sprang sie an, packte sie mit den Kiefern beim Genick, als sie aufzuflattern suchte, tötete sie und schüttelte und schleuderte sie dann hin und her, daß die langen schwarzen Federn nur so stoben. Dann ließ sie sie fallen, ging zu den Jungen und weckte sie mit liebevollen Schnauzenstößen. Die beiden waren gerettet worden, weil in

Yarra, als sie sich im Gras zum Verzehren ihrer Beute niedergelassen hatte, ein neuer Instinkt wach geworden war – der Trieb, den Jungen zu fressen heimzubringen, wenn es auch noch viele Tage dauern sollte, bis sie fester Nahrung gewachsen waren.

IM HAUS AN DER FURT trat der Major in die Küche. Er hatte im Garten und in der Scheune herumgewirtschaftet. Er war ein freundlicher, nett aussehender Mann mit schon recht graumeliertem Haar. Zu seiner Frau, die soeben Eier für ein Omelett kläpperte, sagte er: „Denk dir, Liebes, da hat doch irgend so ein Schubbejack das alte Fahrrad aus der Scheune geklaut!"

Mrs. Collingwood lächelte und sagte: „Dann solltest du froh sein! Es war bloß noch Schrott!"

„Doch komisch", sagte der Major. „Nicht bloß wegen dem Rad. Aber ich habe in der Scheune schon das komische Gefühl gehabt, als wenn da was gewesen wäre."

„Na, vielleicht ist das der, der die Sardinen gegessen hat, denn Frau Bagnall, da bin ich ganz sicher, die hätte sie nie genommen."

„Heißt das, daß dir Sardinen fehlen? Hier aus der Küche?"

„Entweder das, oder ich hab mich verzählt, bevor wir weg sind. Sechs Dosen, hab ich gedacht. Jetzt sind nur drei da."

„Wie kannst du dich daran überhaupt noch erinnern?"

„Eine Frau kann das. Und jetzt geh du und mach dich zum Essen sauber."

Major Collingwood ging nach oben, sichtlich in Gedanken. Da er seine ganze Dienstzeit bei der Kgl. Militärpolizei verbracht hatte, hatte er Rätsel und Geheimnisse eigentlich ganz gern. Seine Frau hatte die Spuren auf den Badezimmervorhängen bereits erwähnt; bevor er jetzt anfing, sich zurechtzumachen, untersuchte er sie sehr sorgfältig.

ES WAR einige Tage bevor die Forellensaison offiziell wieder begann, aber das war Joe einerlei. Er wollte Grinser die ersten Erfahrungen als wildernder Angler machen lassen.

Sie gingen zu den Brutteichen am Ende des Feldes unterhalb von Joes Häuschen hinunter, wo das Wasser durch die Abflüsse in ein breites, tiefes Becken sprudelte. Joe befestigte einen Haken an das Ende einer Nylonschnurspule, durch die ein Stöckchen quer hindurchging. Dann steckte er mehrere Würmer auf den Haken, machte ein schweres Bleigewicht an der Schnur fest, warf sie aus und ließ sie ganz vorsichtig abrollen, während die Strömung das Gewicht langsam im Flußbett talwärts trieb.

„Du sitzt hier nu so, Johnny, mein Jung", sagte er, „und guckst ganz unschuldig und genießt die Aussicht. Und wenn dann ein Flußwart aufkreuzt, da läßt du die Spule einfach los, das ganze Zeug säuft ab, und am nächsten Tag kommst du wieder und fischst es dir raus!" Im Sprechen ließ er langsam die Schnur schießen. „Aber sonst gibst du Schnur einfach so wie jetzt. Früher oder später ist dann eine von den dicken Forellen, die unterm Stauschütz stehn, die die Herren Angler doch nie an ihre kleinwinzigen Fliegen kriegen – ist die dann hinter den Würmern her. Laß sie ihr alle! Nicht gleich aufspießen, wie die Fliegenangelleute das machen! Das Forellchen hakt sich im Nu ganz von alleine fest. Wie die da! Hat ihr schon!"

Die Schnur in Joes Hand straffte sich plötzlich, und flußaufwärts fuhr in einem großen silbrigen Wasserwirbel ein Fisch hoch. Joe hielt die Angelleine fest, während die Forelle untertauchte und kreuz und quer durch das Becken schoß. Dann holte er sie ohne weitere Umstände an Land, schlug ihr den Kopf auf einen Holzpflock, löste sie vom Haken und steckte sie in die Tasche. „Also jetzt", sagte er, „bist du dran. *Ich hab* mein Abendessen."

Grinser ließ die Schnur laufen, wie Joe es ihm gezeigt hatte, und schon nach fünf Minuten hatte auch er seines: eine herrliche braune Forelle mit roten und gelben Tupfen. „Mach sie schnell tot. Freundliche Rücksicht, um die sich diese Sportangler oft nicht kümmern. Schöner Fisch! Weit über 'n Kilo. Wird dir schmecken wie noch nie was!"

Später saßen die beiden in Joes Küche, aßen gegrillte Forelle und tranken Apfelwein dazu, wobei Grinser sehr auf seinen Konsum achtete, während Joe das Zeug wie Wasser hinunterschüttete. Hinterher wusch Grinser das Geschirr ab; dabei fiel ihm wieder ein, was für Sorgen er sich darum gemacht hatte, wie alles wohl werden würde. Und dabei hätte es nun überhaupt nicht besser ausgehen können! Obgleich er nicht wußte, was er wohl ohne Joe gemacht hätte. „George R.", hielt er sich vor, „vergiß du nie und nie, was Joe für 'n anständiger Kerl ist! ... Und daß du ihm das eines Tages auch mal vergüten mußt! Sagen wir beispielsweise, du wirst richtig reich! Da könntest du ihm doch einen neuen Lieferwagen kaufen!"

Wie er da in Tagträumen stand, trübte kein Wölkchen seinen Horizont. In fünf oder sechs Monaten war sein Pa zurück.

Während Grinser so in seinem neuen Quartier vor sich hin träumte, tranken Major Collingwood und seine Frau ihren Kaffee nach dem Essen. Der Major wollte sich ein Glas Cognac holen; und diesmal, angesichts der Zigarrenkiste und weil er sich besonders glücklich fühlte, da doch eigentlich nichts über das Daheimsein ging, vor allem, wenn man eine Frau wie Mrs. Collingwood hatte – diesmal sagte er sich, er könne ja nun wirklich zu seinem Cognac auch noch eine rauchen!

Also klappte er die Kiste auf und fand den Brief von Grinser. Während er ihn sich ansah, klingelte draußen auf dem Vorplatz das Telephon, und Mrs. Collingwood ging hin.

Der Ton des Briefes gefiel dem Major. Wer „der Gejagte" auch sein mochte, ein anständiger Kerl war er doch, der so was wie ein Gewissen hatte! Den Transistorapparat hatte der Major bereits in der Scheune gefunden, obschon er es seiner Frau noch nicht erzählt hatte. Der Brief bot ihm nun ein wenig Detektivarbeit, mit der er, wie ihm schien, noch manche lange Stunde würde füllen können. Da er indessen wußte, wie seine Frau sich bei dem Gedanken, jemand habe während ihrer Abwesenheit das Haus benützt, aufregen würde, nahm er sich vor, dem „Gejagten" für sich im stillen nachzuforschen.

Als er hinauf zum Schlafen ging, sah er sich den Vorhang im Badezimmer noch einmal genauer an, danach auch den Inhalt des ganzen Raumes. Er mußte lächeln. Wenn einer dunkelbraune Haartinktur benützte, konnte das doch nur dazu dienen, das Haar *dunkler* zu machen, nicht wahr? Aber wenn jemand „Sonnenbräune" *vor* dem Sommer verwendete... Na, das war doch interessant, oder nicht? Das mußte er noch herauskriegen.

Am nächsten Morgen fuhr Grinser quietschfidel zur Arbeit; während er dann herumwirtschaftete, summte er sich ein Liedchen vor, das er und Joe zuweilen abends sangen: „Geh und sag der Muhme Rose, die alte Graugans, die ist tot!" Jedesmal, wenn Miß Milly ihn draußen hörte, mußte sie lächeln und nickte. Mrs. Lakey sagte zu sich selbst: „Mit diesem Jungen ist es schlimmer, als wenn man einen Kanarienvogel im Haus hätte!" Doch sogar ihr gefiel es, denn das einzige Wesen mit langem Gesicht, das sie mochte, war ein Pferd.

Für Grinser begannen damit zwei Monate voller Glück und Zufriedenheit. Der April wurde zu Mai, und über den Tälern und Breiten lächelte der Frühsommer. Die Primeln gingen auf und schwanden, und die Glockenblumen kamen. Forellen und Äschen mästeten sich mit Fliegen, Larven und Maden. Die Jungvögel bekamen Federn und spürten in den Flügeln einen Drang, der ihnen in den überfüllten Nestern alle Ruhe nahm.

Auf der Hochfläche droben machten Yarras Kinder die Augen auf, und ihre Pelzchen bekamen allmählich die charakteristische Gepardenzeichnung. Yarra brachte ihnen kleine Vögel, Mäuse, Hasen und Kaninchen. Sie wurden kräftiger, standen fester auf ihren Beinen, und wenn sie Langeweile hatten, balgten sie sich. Das Männchen wagte sich zuweilen forschend bis an den Höhleneingang vor, wurde dann aber von der Mutter zurückgeschubst.

Auch Grinser lernte nachgerade das Plateau kennen, denn Joe nahm ihn oft zum Wildern dorthin mit. Abends manchmal – da mit dem Tageslicht jetzt die Abende an Länge zunahmen – borgte Grinser sich Joes Feldstecher aus und ging allein hinauf; nach und nach wußte er jede Senke, jede Böschung, jede Mulde und jeden Talhang im weiten Umkreis des verlassenen Dorfes Imber genau. Er fand es herrlich, direkt unter einem Hügelkamm zu liegen und die wogende Landschaft zu betrachten. Der Feldstecher vermittelte ihm die Bekanntschaft mit Füchsen und Raubvögeln, und am Rande des Plateaus sichtete er, oberhalb von Haus Danebury, einen alten Dachs.

Was ihn jedoch wirklich erregte, war, daß er Yarra *gesehen* hatte, zweimal! Joe hatte er nichts davon erzählt, weil der oftmals den Abend im „Engel" in Heytesbury verbrachte und dann, wenn er zuviel Apfelwein geladen hatte, die Zunge nicht mehr recht im Zaum halten konnte. Grinser wollte nicht, daß Yarra eingefangen würde. Ihm schien ihre Freiheit sich irgendwie mit seiner eigenen verbunden zu haben. Komischerweise hatte er das Gefühl, es könnte ihm nichts als Unheil bringen, wenn er sie jemals verriete.

Das erstemal sah er sie an einem Sonntagabend durch das Fernglas. Sie war draußen vor Imber auf Jagd, und er entdeckte sie, als sie gerade über die Kammlinie gelaufen kam und einen Hasen riß. Da sah er auch, was für ein ungeheures Tempo ein Gepard entwickeln kann. Beim zweitenmal sah er sie von einem verlassenen Gehöft oberhalb Imbers aus. Er beobachtete gerade ein kreisendes Bussardpaar, als der eine plötzlich aufschrie und abwärts schwebte, bis er außer Sicht war. Der andere folgte ihm. Als Grinser mit dem Glas tiefer ging, sah er Yarra über den Hügelkamm kommen.

Sie ließ sich ein paar Meter an der Steilkante hinunter und verschwand dann hinter dem schützenden Laub von Eschen und Erlen. Grinser ging auf die gegenüberliegende Talseite und suchte die Bäume mit dem Fernglas ab. Da er jetzt einen anderen Blickwinkel hatte, erkannte er die Bodenöffnung hinter den Bäumen sofort. Es war vermutlich Yarras Höhle; er nahm sich vor, ihr nicht zu nahe zu kommen.

So gingen die Tage für sie beide dahin. Bräune legte sich über Grinsers Sommersprossen, so daß er kein künstliches Braun mehr benötigte. Aber sein Haar färbte er sich alle paar Wochen (wenn es geschnitten werden mußte, besorgte Joe das im Hof), und zwar stets abends, wenn Joe einmal wieder drunten im „Engel" war. Hinterher machte er immer alles wieder sauber.

Wo Pat Bagnall arbeitete, wußte er jetzt. Er war in Warminster in den Lebensmittel-Supermarkt gegangen, und da saß sie an einer der Kassen. An einem Sonntagmorgen traf er sie wieder, als er unten am Fluß war, um für sich und Joe ein paar Forellen zum Abendbrot zu holen. Sie sagte, sie sei mit ihrem Vater da; der habe an den Brutteichen zu tun. Grinser war froh, gewarnt worden zu sein, denn er hatte im Gebüsch schon zwei fette Forellen versteckt.

Sie wollte wissen, ob er noch in Warminster lebe. Er schüttelte den Kopf und zeigte über das Feld auf Joes Häuschen. „Ich wohn da drüben, bei meinem Onkel, Joe Ringer."

Pat lachte. „Den kennt Vati gut! Die Idee, daß ihr verwandt seid! Vati sagt, er wär schlimmer als die Reiher, wo's um Fisch geht."

„Onkel Joe ist in Ordnung, glaub mir's", sagte Grinser fest.

„Wo arbeitest du? Noch in der Garage nach Heytesbury zu?"

„Jetzt nicht mehr. Hab 'nen Job auf Danebury. Bei Frau Lakey."

„Ach die! Die kennt Vati auch." Sie kicherte. „Nennt sie immer ‚Gib-ihm-Saures-Lakey'. Aber mögen tut er sie."

Grinser grinste bei dieser Beschreibung. „Tu ich auch", sagte er.

Mit verschmitztem Augenzwinkern fragte Pat dann: „Färbst dir noch immer die Haare?"

Er wurde rot. „Was meinst du damit?"

Pat lachte. „Ich kenn ein Mädchen bei Woolworth, die sagt, du hättest da immer Haartinktur gekauft – und Sonnenbräune."

Er besann sich rasch. „Na, und wenn? War ja nicht für mich."

„Für wen denn?"

„Na ja . . . Für meinen Onkel Joe."

„Wozu braucht *der* das?"

Verzweifelt gab er zur Antwort: „Ich kann's dir wirklich nicht sagen. Er mixt das alles zusammen und –" Plötzlich kam ihm eine rettende Idee: „Also wenn ich's dir erzähle, versprichst du, es nie wem weiterzusagen?"

„Versprech ich."

„Tja also, er nimmt's für weiße Hühnereier. Die Leute wollen lieber braune, aber manchmal hat Onkel Joe bloß weiße."

Pat lachte. „So 'n Gauner! Aber ich verrat's nicht."

Kapitel VII

Die Gepardenkinder waren gut über einen Monat alt und blieben schon nicht mehr den ganzen Tag im Bau. Frühmorgens und am späten Abend nahm Yarra sie täglich hinaus an den Hang oder nach oben auf das Plateau. Da fing sie dann eine Feld- oder eine Spitzmaus, ohne sie zu töten, und ließ sie wieder laufen, damit die Jungen hinter ihr her jagen konnten. Die beiden stritten sich dann darum, wer sie fressen durfte. Tagsüber achtete Yarra darauf, daß sie niemals zu weit weg vom Eingang liefen. Manchmal, wenn sie zusammen draußen waren, ließ Yarra die beiden für kurze Zeit allein, um ein Kaninchen oder einen Hasen zu erlegen, und kam zur Höhle zurückgetrottet, um gemeinsam Mahlzeit zu halten.

Gegen Ende Mai war es, daß Grinser die Jungen erstmals zu Gesicht bekam. Als er eines Abends den Eingang zur Höhle beobachtete, sah er Yarra heraustreten und eine Weile, die Luft prüfend, dastehen. Sie trat weiter vor, und die zwei Jungen folgten ihr nach.

Fast ließ er vor Überraschung sein Glas fallen. In höchster Spannung verfolgte er, wie Yarra in dem hohen Gras nach Mäusen sprang, und lachte vor sich hin, als die unbeholfenen Kleinen ihre Mutter nachzuahmen suchten.

Kaum vermochte er, als er abends zu Joe zurückkehrte, seine Aufregung zu verbergen. Es gelang ihm aber, sein Wissen für sich zu behalten. Daß dieses Geheimnis sein eigen war, erfüllte ihn mit angenehmer Wärme. Und noch ein anderes Gefühl hatte er: Yarra war wieder zum Wildtier geworden und zog, im Herzen des zivilisierten Englands, Nachkommen auf. Und er, der doch eigentlich eine Stadtpflanze war, war zu einem Landburschen geworden. Aus Unterhaltungen mit Mrs. Lakey und Miß Milly wußte er, wie die Landschaft zerstört wurde und wie schwer es Wildtieren heutzutage fiel, ihr Leben zu fristen. Man riß die Hecken nieder, in denen die Vögel nisteten, und setzte Drahtzäune an ihre Stelle. Grinser hörte von Schädlingsbekämpfungsmitteln und von chemischen Düngern, die die Tiere vergifteten und in die Gewässer sickerten, wo die Fische daran eingingen. Daß Yarra, ein nicht einmal einheimisches Tier, es schaffte, mitten in alledem am Leben zu bleiben, weckte in ihm eine große Sympathie für sie. George R. war fest entschlossen, sie nicht preiszugeben.

INZWISCHEN hatte Major Collingwood das Fehlen seines grünen Anoraks entdeckt und ahnte auch, was mit dem alten Fahrrad passiert war. Er hatte von der entlaufenen Gepardin gehört. Und des weiteren war ihm zu Ohren gekommen, daß ein junger Bursche namens George Rinser, der aus einer Erziehungsanstalt ausgerissen und dann von der Polizei erwischt worden war, sich auf dem Transport nach Salisbury doch wieder selbständig gemacht hatte. Das interessierte den Major sehr. Der Brief des „Gejagten" klang wie der eines Jugendlichen. Der Major ging auf die Polizei in Warminster und ließ sich eine Beschreibung von George Rinser geben.

Der Inspektor, ein Bekannter des Majors, schilderte ihm den Sachverhalt und fragte dann: „Wozu wollen Sie denn das alles wissen?"

Der Major zwinkerte und sagte: „Klingt doch sehr interessant! Falls Sie ihn noch nicht geschnappt haben, dachte ich, da könnte ich's selber mal probieren."

„Tja, dann werden Sie ins Ausland müssen, wenn Sie den kriegen wollen! Er hat seiner Schwester geschrieben, er ließe sich anheuern."

Ein paar Tage drauf fuhr der Major nach Bristol, um Ethel und Albert aufzusuchen. Ethel zeigte ihm Grinsers Brief, und der Major erkannte die Handschrift auf den ersten Blick wieder.

„Glauben Sie, daß er wirklich zur See gegangen ist?" fragte er.

Albert sagte: „Könnte schon sein. Das liegt ihm im Blut. Sein Pa ist ja auch draußen und kommt erst in ein paar Monaten zurück."

„Dem steckt mehr im Blut als die See!" sagte Ethel. „Das Wilde – denken Sie doch bloß mal, eine alte Dame niederschlagen und ihr die Handtasche wegnehmen!"

„Ich glaub das nicht!" sagte Albert. „Grinser tät so was nie. Und einerlei, wo er jetzt steckt, aufkreuzen tut er erst, wenn sein Pa zurück ist. Auf den schwört er; er meint, der bringt alles wieder in die Reihe."

„Sie müssen doch in großer Sorge um ihn sein!" sagte der Major.

Albert schmunzelte. „Nein. Wenn's jemals einen Jungen gegeben hat, der sich allein durchbringen kann, dann der."

Auf der Rückfahrt stellte der Major fest, daß Grinser ihn mehr denn je interessierte. Er kam zu dem Schluß, daß doch, wenn der Junge das Haus und die Scheune benutzt hatte, irgend jemand in der Umgebung ihn gesehen haben könnte. Er fragte Mr. Bagnall – der ihm aber keine Auskunft geben konnte. Mit dem gleichen Resultat erkundigte er sich bei dessen Frau. Dann traf er eines Tages Pat, wie sie ihr Rad von der Brücke den Berg hinaufschob. Er schwatzte ein Weilchen mit ihr und fragte dann: „Hast du jemals, während ich verreist war, hier in der Gegend einen jungen Burschen gesehen, so im Alter zwischen fünfzehn und sechzehn? Ziemlich groß und kräftig muß er sein. Dunkelbraunes Haar und ganz sonnverbrannt."

Pat überlegte. Die Beschreibung paßte genau auf Johnny Pickering. Pat kannte den Major gut und mochte ihn. Aber sie mochte auch Johnny gern. So sagte sie gleichgültig: „Nein, Herr Major, ich wüßte nicht!"

Weiter kam Major Collingwood momentan nicht, bei all seiner Klugheit und beruflichen Übung.

UNGEFÄHR um diese Zeit kam Mrs. Lakey dahinter, daß der Junge bei Joe hauste. Mrs. Lakey war eine engagierte Anglerin; an zwei Sonntagen hatte sie morgens beim Fischfang unterhalb des Staus über das Feld geblickt und Johnny gesehen, der da gerade in Joes baufälligem Schweinestall die Tiere fütterte. Einige Tage drauf fragte sie Joe in ihrer unverblümten Art: „Wohnt der Junge bei Ihnen?"

„Welcher Junge, gnä' Frau?"

„Zappeln Sie nicht wie 'n Wurm am Haken, Joe! Wohnt der bei Ihnen?"

„Ja, gnä' Frau."

„Warum?"

„Tja, weil ich gewissermaßen sein Onkel bin. Entfernt verwandt, sozusagen, mit seiner Tante."

„Wieso wohnt er denn nicht bei seiner Tante?"

„Bei der in Crockerton, meinen Sie, gnä' Frau?"

„Von einer andern hab ich nie gehört."

Joe lächelte. „O doch, gnä' Frau, er hat noch 'ne andre! Die in Bristol lebt. Und bei der ist sein Tantchen aus Crockerton jetzt gerade. Pflegt sie, weil sie krank ist. Hat ein ganz, ganz schlimmes Bein, das macht ihr jeden Sommer scheußlich zu schaffen! Und Heufieber noch dazu. Ist mit allen erdenklichen Leiden geschlagen!"

„Nach medizinischen Märchen ist mir jetzt nicht zumut. Der Junge wohnt bei Ihnen, während seine Tante verreist ist?"

„Ja, gnä' Frau."

„Und Sie passen bestimmt doch auf, daß er nicht auf Abwege gerät?"

„Gewiß doch, gnä' Frau."

„Wildert nie, oder?"

„Aber nein, gnä' Frau!"

„Oder klaut Forellen?"

„O nein, gnä' Frau. Er geht manchmal am Sonntag auch zur Kirche." Joe machte ein sehr ernstes Gesicht. „Und ich hoffe doch wirklich, gnä' Frau, daß Sie mich nicht etwa für ungeeignet halten, meinen eigenen Neffen zu erziehn! Hat er denn auf Danebury nicht zu Ihrer vollen Zufriedenheit gearbeitet, gnä' Frau?"

„Doch, Joe. Und ich möchte auch, daß es so bleibt. Also passen Sie auf bei ihm! Ein braver Junge – wie Jungen eben sind."

Insgeheim fand Mrs. Lakey, daß ein Junge ebensogut mit Joe wie mit irgendwem sonst zusammen hausen könne. Wenn sich beim Angeln nichts tat, war auch sie selber nicht darüber erhaben, mal einen Wurm auf den Haken zu stecken, um sich eine Forelle zu besorgen. Abgesehen von alledem, war Mrs. Lakey ein Mensch, der viel davon hielt, andere, vor allem junge Leute, mit ihren Problemen selbst fertigwerden zu lassen. Was für Schwierigkeiten der Junge hatte, wußte sie nicht, aber soweit sie es sehen konnte, schaffte er es im Augenblick durchaus allein.

AM 1. JUNI waren die Gepardenjungen sieben Wochen alt. Auf Mäusejagd konnten sie jetzt schon allein gehen und waren auch schon flink genug, um eine träge Junglerche oder einen Kiebitz im hohen Gras zu fangen. Obgleich Yarra immer noch für den Hauptanteil ihrer Nahrung sorgte, gab es jetzt Zeiten, wo sie sie von dem mitgebrachten Wild wegstieß: Sie ließ sie absichtlich hungern, um ihnen die eigenen Jagdinstinkte zu stärken. Wachte sie nachts auf und spürte, daß die beiden an ihr saugten, drehte sie sich von ihnen weg und verweigerte ihnen das bißchen Milch, das noch floß.

Da nun der Muttertrieb gestillt war, erwachte in Yarra ein neues Bedürfnis. Wie alle Geparden war sie ein geselliges Wesen; es verlangte sie nach der Gemeinschaft mit anderen ihresgleichen. Irgendwo in der Weite der Hochfläche mußte es noch einen anderen Apollo geben, mit dem sie sich paaren, andere Geparden, mit denen man im Rudel jagen konnte. Das war es denn, was sie eines Nachts dazu trieb, gegen einen steifen Nordwind, der über das Plateau blies, auf Streifjagd zu gehen.

Eine Stunde zog sie durch das Gelände, bis sie schließlich an einem steilen Kliff am äußersten Nordrand des Plateaus herauskam. Vor ihr ging es in ein großes Tal mit Kornfeldern, Weiden und Waldstücken hinab. Am Kliffrand verlief ein Stacheldrahtzaun. Yarra wandte sich nach links und lief an ihm ein paar hundert Meter entlang, den dicken, groben Pelz vom Wind durchzaust. Plötzlich trug er ihr einen neuen Geruch zu.

Sie hob witternd die Schnauze. Vom anderen Ende einer Weide jenseits des Zaunes drang ängstlich leises Blöken. Yarra gewahrte, daß sich dort etwas Kleines, Weißes regte. Neugierig sprang sie über den Zaun und ging darauf zu.

Der Zaun war alt und stellenweise niedergetreten. Zwanzig Meter vor Yarra lagen Stacheldrahtenden aufgerollt und verbogen herum. In einer der Spiralen hatte sich ein weißes, braungesprenkeltes Ayrshire-Kälbchen mit einem der Hinterbeine verfangen. Das Tier war nicht größer als manches Rotwild, das Yarra schon gejagt hatte, und an dem Geruch erkannte sie, daß es gut zu fressen war. Hochschultrig und zielstrebig schritt sie auf das Kalb zu. Das zerrte, als es Yarra witterte, um sich stoßend an dem Draht herum.

Die Bewegung reizte sie, und sie sprang zu, landete auf dem Rücken des Kalbes und riß es krachend zu Boden, fest die Kiefer in den Hals verbissen. Das Kalb stieß unter ihr um sich, während sie es hin und her schüttelte und langsam erdrosselte. Hoch über ihnen toste der Wind und pfiff durch die Buchen, riß Blätter mit sich fort und kleine Zweige.

Von weiter unten auf der Weide hatte die Mutter die Verzweiflungsrufe gehört; sie kam jetzt mit dem Wind im Rücken und suchte ihr Kalb. Yarra hörte keinen Laut von ihr, weil alles im Brausen des Sturmes unterging.

Das Kalb verendete unter ihr. Sie öffnete die Kiefer und ließ die Beute los; und zugleich sah sie die Kuh fast schon über sich.

Es war ein großes Tier mit glattem, weißem Fell, das rot und braun gefleckt war. Wie alle Ayrshirerinder hatte es sehr ausgeprägte Hörner – lang und nach außen und oben gebogen, furchtbare Waffen. Unter normalen Umständen würde die Kuh sich niemals Yarra genähert haben; jetzt aber senkte sie den Kopf und fuhr auf sie los. Yarra sprang zur Seite, aber um den Bruchteil einer Sekunde zu spät. Als sie durch die Luft fuhr, zuckte die Kuh mit dem Kopf in raschem Seitenschwung hoch. Ihr eines Horn drang wie ein langer Dolch Yarra tief in den Leib.

Vor Wut und Schmerz auffauchend, flog die Gepardin in hohem Bogen zur Erde, schlug auf, drehte sich um, raste vor der ihr nachsetzenden Kuh davon und sprang über den Zaun. Aus ihrer Wunde lief das Blut, während sie über das Plateau der Höhle zustrebte.

Mit jedem Schritt wurden ihre Schmerzen stärker, wuchs die Erschöpfung. Einmal hielt sie an, setzte sich und leckte die Wunde. Hinter ihr lagen die sturmgepeitschten Gräser, von ihrem Herzblut befleckt.

Immer wieder taumelte sie, raffte sich immer wieder auf und schleppte sich weiter, erreichte die Kammhöhe; halb rollend, halb rutschend, kam sie zur Höhle herab. Mit bebenden Flanken stand sie vor dem Eingang, tiefer und tiefer sank ihr der Kopf. Einen Schritt noch tat sie voran, taumelte dann und stürzte. Als sie sich aufzuraffen suchte, um zu ihren Jungen zu kommen, starb sie.

Das war an einem Freitag, vor Tagesanbruch. Als der Morgen kam, drehte der Wind auf Nordwest und schickte dichte Wolken über das Plateau; ein warmer, anhaltender Sommerregen setzte ein.

Die jungen Geparden erwachten beim ersten Tageslicht, kamen aus dem Bau und stießen auf ihre Mutter. Starr ausgestreckt lag sie da, das Fell vom Regen durchnäßt. Sie schnüffelten, ohne Yarras Regungslosigkeit zu begreifen, an ihr herum; das Männchen fuhr eine Weile mit der Pfote nach ihr und stieß sie mit dem Kopf an. Dann trottete es, da ihm der niederprasselnde Regen mißfiel, ins Trockene zurück. Länger blieb das Weibchen draußen. Leise miauend lief es um Yarra herum und gab dann, als es keine Antwort erhielt, übellaunige kleine Zischer von sich. Als Yarra sich dennoch nicht regte, ging es ebenfalls wieder in die Höhle.

Der Regen hielt die beiden den ganzen Tag eng aneinandergeschmiegt an der Rückwand ihres Baues. Gegen Mitternacht klarte es auf, und die frisch gewaschenen Sterne leuchteten diamanthell herab. Das junge Gepardenmännchen merkte in einem wachen Augenblick, daß kein Regen mehr rauschte, stand auf, streckte sich und ging auf den Eingang der Höhle zu; es hatte Hunger.

Einen halben Meter von der Öffnung entfernt war es, als ein lautes Poltern losbrach. Irgend etwas schlug ihm hart über das Genick. Es fauchte wütend und sprang zurück an die Rückwand – während die Wölbung des Zuganges einstürzte. Vom Regen aufgeweicht, hatte sie plötzlich nachgegeben und die Höhle verschlossen.

Über ihr rutschte draußen die Erde fast lawinenartig hinab und begrub Yarra zur Hälfte, so daß nur noch Kopf, Schultern und die Vorderläufe von ihr zu sehen waren. In der Nacht nahm später ein Fuchs ihre Witterung auf und kam sichernd heran, saß eine lange Zeit da, betrachtete sie und verzog sich dann. Bei Tagesanbruch erspähten die beiden Bussarde sie, die in ein paar hundert Meter Höhe kreisten. Eine weißbäuchige Maus, die im Unterholz herumstöberte, sah sie. Alle kannten Yarra, und alle hielten sich von ihr fern.

Hinter ihr in der Höhle miauten, knurrten und fauchten die beiden Jungen, die nichts mehr als ihren Hunger und den wachsenden Durst im Sinn hatten. Das Männchen entdeckte eine kleine Pfütze, die sich im Gang gebildet hatte. Es schlappte sie, alsbald zusammen mit dem Weibchen, auf. Gegen Vormittag war ihr Wasservorrat erschöpft.

Kapitel VIII

Kurz vor Mittag fuhr Grinser am Sonntag auf dem Rad zum Plateau hinauf. Er versteckte sein Vehikel in einem Feld, schlug einen seiner vielen Wege nach Imber ein und kletterte dann zu seinem bevorzugten Posten, von dem aus er Yarra und die Höhle beobachten konnte.

Kaum hatte er sein Fernglas richtig eingestellt, als er auch schon die halbverschüttete Yarra gewahr wurde. Deutlich waren der aufgerissene Heideboden und das Geröll zu erkennen, die den Höhleneingang verschlossen. Er sprang auf und lief in das Tal hinunter; aber als er unten war, hielt er inne. Yarra war ja vielleicht gar nicht tot! Sie konnte einfach in eine Falle geraten und bewußtlos geworden sein. Lebte sie noch, so konnte sie gefährlich werden. „Du mußt", sagte er sich, „vorsichtig sein, George R.!"

Die andere Talseite ging er so hinauf, daß er von der Höhle aus nicht ins Blickfeld kam. Oben auf dem Rand ging er langsam zurück, bis er nach seiner Schätzung oberhalb der Höhle war, kroch bis an die Steilkante und konnte von dort aus Yarra deutlich sehen. Nach der Art, wie sie dort lag, war ihm klar, daß sie tot sei: ihr Pelz war verfilzt und schmutzig, das Maul stand unnatürlich weit offen und ließ die Zähne sehen. Grinser fühlte, wie ihm schmerzvoll die Tränen aufstiegen, und kämpfte sie nieder. Er und Yarra waren gewissermaßen doch zusammen ausgerissen, und nun war's aus mit ihr!

Daliegend barg er eine Weile das Gesicht in den Armen. Dann richtete er sich langsam auf, stieg zu der kleinen Platte hinunter, wo

Yarra lag, ging zu ihr und faßte ihren Hals an. Als er den blockierten Einschlupf sah, ahnte er auch, wie es zu dem Einsturz gekommen war.

Da hörte er ein ganz schwaches, dünnes Miauen. Er trat an die herabgerutschten Erdmassen und legte das Ohr daran: die Geräusche kamen wieder, diesmal mit wütendem Fauchen vermischt. Grinser kratzte sich den Kopf. Die Geparden waren in der Höhle gefangen! Was konnte er um alles in der Welt tun?

„Mal langsam jetzt, George R.", sagte er sich. „Punkt Nummer eins ist: du mußt die da rauskriegen." Bestimmt hatten sie Hunger und Durst, und mit Jungtieren in dem Zustand konnte man seine Schwierigkeiten haben. Dann war da Yarra. Er mußte mit ihr was unternehmen.

Die Bussarde droben sahen ihn sitzen und drehten ab. Den ganzen Tag hatten sie Yarra im Auge behalten und waren drauf und dran gewesen, sich ihr zwecks behutsamer Besichtigung zu nähern. Am Taleingang hockte wachsam eine Aaskrähe auf der Spitze eines Baumes. Dutzende von Vögeln und Vierbeinern hatten ihn im Auge, wie er da grübelnd saß.

Schließlich erhob er sich und kletterte über den Hügelkamm. Nicht weit entfernt befand sich einer der vielen Beobachtungsstände, mit denen das ganze Plateau übersät war. In diesem lag, wie er wußte, ein alter Spaten.

INNERHALB von zwanzig Minuten war er auch schon angestrengt und eilig dabei, den blockierten Eingang zu der Höhle freizuschaufeln. Glücklicherweise bestand die eingefallene Decke ganz aus lockerer Erde und Grasnarbe. Mit einmal fuhr Grinsers Spaten durch das letzte Stück, und ein Loch, etwa so groß wie ein Mannskopf, tat sich auf. Drunten blendete das plötzliche Licht die beiden Gepardenjungen. Das Männchen machte einen Katzenbuckel und fauchte, halb aus Angst, halb aus Trotz. Das Weibchen hockte sich neben es und miaute vor sich hin.

Droben schnalzte Grinser mit der Zunge und redete ihnen gut zu. In seinem Rucksack hatte er als Mittagsproviant ein kaltes Brathühnchen; davon riß er ein Bein ab und hielt es direkt vor das Loch. Sehen konnte er die Kleinen nicht, hörte jetzt aber, wie sie sich bewegten und jammerten.

Plötzlich witterten sie beide das Fleisch. Das Männchen näherte sich langsam dem hellen Lichtfleck; es konnte Grinsers Gesicht teilweise sehen, aber der Hunger besiegte seine Furcht, und es kletterte über die lockeren Erdbrocken an die Öffnung hinauf.

Bebend vor Aufregung, erblickte Grinser dort den Gepardenkopf; dahinter tauchte das Gesicht des Weibchens auf. Er ließ das Hühnerbein direkt vor sie hinunterfallen, worauf die beiden fauchend und zischend ein Stückchen zurücksprangen. Grinser gab, ohne sich zu rühren, leise Schmeichellaute von sich.

Nach einem Augenblick kam das Männchen langsam nach vorn, packte in plötzlichem Sprung das Hühnerbein und verschwand wieder nach hinten; seine Schwester folgte ihm. Grinser zerriß dann den Rest des Hühnchens und warf die eine Hälfte hinunter, wo sie in der Nähe der kleinen Gepardin landete. Die schnappte sie sich und lief damit in einen Winkel.

Während die beiden futterten, verbaute Grinser wieder die Öffnung, die er gegraben hatte, indem er große Grassoden- und Erdklumpen in ihr anhäufte. Die jungen Tiere mußten gefüttert und getränkt werden; er konnte es aber nicht riskieren, daß sie aus dem Bau schlüpften und wegliefen. Wo Yarra nun tot war, mußte *er* darüber wachen, daß ihnen nichts zustieß, bis er sich einen Plan für sie ausgedacht hatte.

Da er einsah, daß er es mußte, zerrte er mit größtem Widerstreben Yarra aus dem Geröll, das sie teilweise bedeckte. Er wußte genau, was er mit ihr zu tun hatte. Versuchte er, sie zu beerdigen, so könnte er niemals die verräterischen Spuren seiner Grabarbeit beseitigen. Überall jedoch auf dem Plateau gab es alte, in längst vergangenen Zeiten gegrabene Brunnen. Der nächste lag keinen halben Kilometer weit entfernt. Grinser schleifte Yarra dorthin und zog die Bohlen, die den Brunnen bedeckten, beiseite. Er ließ das Tier in die gähnende Tiefe fallen; als er dann die schweren Planken wieder darüberschob, hatte er Tränen in den Augen. Es war ein Augenblick großen Kummers.

Er ging nach Dorf Imber zurück und suchte sich einen alten Eimer, den er an einer Quelle mit Wasser füllte, brachte ihn bis vor die Höhle und ging nochmals in das Dorf. Diesmal kam er mit drei kurzen Brettern und einer verbeulten Blechschüssel zurück.

Die nächste Stunde über war er eifrig bei der Arbeit und hielt währenddessen ständig Ausschau nach etwaigen Landaufsehern. Er erweiterte die kleine Höhlenöffnung und stieß dann die restliche Hühnchenhälfte zu den Jungen hinein. Sie holten sie sich und fingen an, sich darum zu zanken. Er füllte die Schüssel mit Wasser und schob sie ihnen durch. Zu seinem großen Entzücken rannten beide auf sie zu und begannen durstig aus ihr zu schlabbern, ohne sich um ihn zu kümmern. Es reizte ihn, hineinzulangen und sie zu streicheln, aber er war inzwischen durch sein Landleben gewitzigt und wußte, daß man, wenn man sich mit einem Tier anfreunden will, nichts übereilen darf.

Während die Jungen tranken und fraßen, brachte Grinser die drei Bretter senkrecht vor dem Höhleneingang an. Die Außenpfosten befestigte er sehr solide oben und unten, das mittlere Stück ließ er dagegen beweglich, so daß er es hochschieben und damit einen Zugang schaffen konnte. Da er nun wußte, daß die beiden Gepardenkinder es fürs erste gut hatten, ließ er sie allein.

Auf dem ganzen Heimweg beschäftigte er sich mit seinem eigentlichen Problem. Er mußte sich darum kümmern, daß die kleinen Geparden nach Longleat gebracht würden, wo man richtig für sie sorgen konnte. Das hieß, daß er bei der Polizei oder sonst wem anrufen mußte. Sowie er das aber täte, müßte er auch schon türmen! Auf der Stelle weg aus dieser Gegend. Denn selbst wenn er anonym anriefe – die Nachricht würde doch publik, und Joe würde sich dann seinen Vers darauf machen. Der wußte ja, wieviel Zeit Grinser auf dem Plateau zubrachte.

Lust zum Weiterziehen hatte er nicht; er arbeitete gern auf Haus Danebury, er mochte Miß Milly und Mrs. Lakey und hatte Joe lieber als irgendwen sonst, und Pat Bagnall traf er ab und zu eigentlich doch auch ganz gern. „*Aber,* George R.!" sagte er sich. „Egal, was *du* magst und was *du* tun möchtest – du mußt Bescheid sagen wegen den beiden Gepardenjungen, und das bedeutet, du *mußt* weiter! Nicht heut, nicht diese Woche; aber doch sehr bald."

Traurig kehrte er zu Joes Häuschen zurück und zählte seine Ersparnisse zusammen. Er hatte etwas über dreißig Pfund Sterling, ein paar Kleidungsstücke und ein Fahrrad. Jetzt fehlte ihm nur noch ein Plan.

Indessen, die jungen Geparden hatte er zu versorgen, und das war anstrengend. Lang ehe Joe morgens wach wurde, war Grinser schon auf und davon. An Haus Danebury vorbei fuhr er nach oben, versteckte das Rad und ging dann über das Plateau zu den Jungen. Ihr Futter war kein Problem. Er stopfte seinen Rucksack mit Hundefleisch aus Joes Beständen voll und warf zur Bezahlung ab und zu einen Shilling in Joes Kassette. Den zwei Jungen gab er das Frühstück, füllte ihnen die Wasserschüssel, sperrte die beiden wieder ein und war hinterher rechtzeitig zur Arbeit auf Haus Danebury. Abends nahm er sich etwas Hundefleisch vom Vorrat und fuhr wieder hinauf.

Nach drei Tagen kannten die beiden ihn schon; wenn er an das Höhlentor kam, pfiff er nach ihnen, und sowie er das mittlere Brett hochschob, warteten sie, vor Aufregung japsend oder fauchend, auf ihn. Aber Sorge machte es ihm, wie er ihnen Bewegung verschaffen könnte. Zum Glück löste das Männchen selbst das Problem.

Am vierten Abend stellte Grinser fest, daß das mittlere Brett hochgeschoben worden war und die beiden Jungen im Unterholz spielten. Er pfiff leise nach ihnen. Sie kamen rasch durch das hohe Gras auf ihn zugetrottet – und erinnerten ihn mit ihren hochschultrigen, anmutig ausgreifenden Bewegungen doch sehr an Yarra.

Er holte ein Stück Fleisch hervor, hielt es hoch und ging damit zum Höhleneingang hinauf. Beide Tiere folgten ihm. Eben bevor sie die kleine Platte erreichten, sprang das Männchen mit einem Satz nach dem Fleisch. Für Grinser kam das ganz überraschend; er hatte nicht geglaubt, daß ein Gepardenjunges schon so hoch springen könne.

Danach war die Sache einfach. Grinser warf zwei große Brocken Fleisch in die Höhle, und die Jungen liefen ihnen nach. Er gab ihnen Wasser und verstärkte dann das Brettertor so, daß sie nicht mehr herauskonnten. Auf dem Heimweg dachte er sich ein Trainingsprogramm für die Tierchen aus.

Das bewährte sich ausgezeichnet. Am nächsten Morgen zog er das Torbrett hoch und hielt seinen Rucksack voll Fleisch hin. Die beiden Jungen kamen herbei, Grinser wich zurück, und sie folgten ihm. Als er wieder zur Höhle ging und Fleisch hineinwarf, sprangen sie hinterher. Das war der Anfang ihrer Schulung; sie lernten schnell.

Anfangs folgten sie ihm nur, solang er das Fleisch bei sich hatte. Aber Mitte der folgenden Woche konnte er schon den Rucksack hoch oben an einen Ast hängen und weggehen, und anstatt daß die beiden beharrlich, wie sie es beim erstenmal getan hatten, unter dem Baum sitzen blieben, kamen sie jetzt mit ihm. So wurde es zur festen Regel, daß sie ihn zunächst auf einem Spaziergang begleiteten, ehe sie zur Fütterung zur Höhle zurückkehrten. Nachgerade ließen sie sich auch von ihm anfassen und den Nacken massieren, was sie sehr liebten. Er war allerdings dabei stets sehr vorsichtig, denn das Männchen hatte ihn schon zweimal unversehens gekratzt.

Das alles machte Grinser viel Freude. Solang das gute Wetter anhielt und die Gepardenkinder zu fressen und zu saufen bekamen, solang eilte es nicht, über ihre Zukunft zu entscheiden. Es wurde Juli, und jeden Morgen und Abend trainierte er die beiden oben in dem langen, engen Tal und auf einem angrenzenden Stückchen der Hochfläche. Liefen sie ihm ein bißchen davon, dann kamen sie doch auf seinen Pfiff hin zurück.

Oben am Taleinschnitt fuhr eines Abends ein junges Kaninchen aus dem Gras hoch; das Gepardenmännchen setzte ihm nach und fing es. Grinser begriff, daß es gefährlich wäre, wenn er versuchte, es ihm abzunehmen. Er machte also kehrt und ging in Richtung auf die Höhle zu; das Weibchen folgte ihm. Als er nach ihrem Bruder pfiff, folgte auch dieser, mit der Beute im Maul.

So lernte Grinser allmählich, die Jungen in den verschiedenen Situationen zu behandeln. Und er gab ihnen auch Namen: das Männchen nannte er Rico, das Weibchen Afra.

An einem Freitagabend sagte Joe zu ihm: „Johnny, mein Jung, morgen nachmittag werd ich dich zu was einladen. Und erzähl du mir nicht, du willst nicht, weil du rauf mußt auf das blöde Plateau! Was hast du denn da oben überhaupt? Geheime Goldgrube?"

„Ich bin einfach gern da, Joe."

„Ich ja auch, Johnny! Aber mal was anders kann dir auch nicht schaden. Gegen sechse sind wir wieder zurück, kannst also hinterher noch für 'ne Stunde nach oben, wenn du möchtest."

Joes Einladung ging wie versprochen vonstatten, und als Grinser wieder zu Hause war, wußte er genau, wie er einen Teil seines restlichen Problems zu bewältigen hatte.

Während Joe mit Johnny unterwegs war, trank Major Collingwood im Haus an der Furt mit seiner Frau Tee, draußen auf dem Rasen mit dem Blick auf den Fluß. Der Major dachte zwar zuweilen noch an den „Gejagten", war aber schon längst mit seinen Recherchen in einer Sackgasse gelandet. Die Sonnenhitze machte ihn ziemlich schläfrig, und ab und zu, während seine Frau mit ihm schwätzte, nickte er ein. Einmal tauchte er kurz aus dem Halbschlaf auf, als sie gerade am Schluß eines Satzes sagte: „... und wenn sie ihm drüben auch recht viel Arbeit aufpacken, hab ich doch gedacht, daß er dir jetzt, wo es so lang hell bleibt, etwas zur Hand gehen könnte."

„Wer, Liebes?" Der Major blinzelte sich wach.

Mrs. Collingwood lachte. „Wieso, Johnny natürlich!"

„Wer, um Gottes willen, ist Johnny?" fragte der Major.

Seine Frau schüttelte den Kopf. „Manchmal denk ich, dein Gedächtnis funktioniert überhaupt nicht mehr. Der Junge, der auf Haus Danebury arbeitet, wo ich manchmal zum Reiten hingehe! Ich hab dir doch schon von ihm erzählt."

„Nicht, daß ich mich erinnern könnte."

„Nun ja – ein netter Kerl; groß und kräftig, mit dunkelbraunen Haaren und etwas sommersprossig unter seiner Sonnenbräune. Wo Angela ihn her hat, weiß ich nicht. Anscheinend redet sie nicht so gern über ihn."

Des Majors altes Interesse für den „Gejagten" war plötzlich wieder erwacht, wenn er sich auch hütete, es zu zeigen.

Er sagte: „Ach ja! Ich glaube, ich habe ihn in Heytesbury gesehen. Hat er manchmal einen alten grünen Anorak an? So wie ich mal einen hatte?"

„Stimmt! Also jedenfalls, ich dachte mir, wenn er Zeit hätte..."

Der Major hörte es nicht, weil auch er sich etwas dachte – nämlich daß er sich diesen Johnny gern einmal genauer ansähe.

Das gelang ihm in den nächsten Tagen gleich zweimal. Er traf am folgenden Montag auch Miß Milly in Warminster und erfuhr von ihr, daß Johnny eine Tante habe, Mrs. Brown, die in Crockerton, Hillside Bungalow, wohne. Er wußte jedoch, daß es weder eine Mrs. Brown noch einen Hillside Bungalow gab; seine Gewißheit, daß Johnny in Wirklichkeit George Rinser sei, wuchs. Der Major, der ein freundlicher Mensch war, wenn auch an soldatische Zucht gewöhnt, sah sich einem Dilemma gegenüber. Es dauerte über eine Woche, bevor er zu einem Entschluß kam.

Die glückselige Zeit mit Rico und Afra sollte Grinser niemals vergessen. Das Treiben der beiden, wie sie am Talrand oben tollten und jagten, prägte ihm Bilder ein, die ihm für immer vor Augen blieben. Ihre Pelzchen nahmen jetzt die volle Färbung an; geschmeidig glitt ihnen das schwarzgefleckte Fell über die Muskulatur. Sie erlegten Mäuse, und zweimal schon taten sie sich zusammen und brachten einen jungen Hasen zur Strecke.

Manchmal, wenn Grinser im Gras lag, sprangen Rico und Afra im Spiel über ihn hinweg. Widerwillig dachte er dann an den näher rückenden Tag, den er sich schon gesetzt hatte, an dem sie alle drei Abschied nehmen mußten. Am liebsten wäre er für immer mit ihnen auf dem Plateau geblieben. Sie hätten dort leicht leben können: Wasser war da, Nahrung ließ sich finden, und Unterschlupf bot sich allerorten. Sogar im Winter kämen sie nach seiner Berechnung gut durch. Er sah sich schon in einer gemütlichen Höhle: am Eingang brannte ein Feuer, Afra und Rico lagen beisammen, derweil draußen die Winterwinde heulten.

Einmal sagte, als Mittagszeit war, Miß Milly: „Da hast du ja einen bösen Kratzer auf der Hand, Johnny! Den werd ich dir verbinden."

Rico hatte ihm liebevoll nach der Hand geschnappt und sie ihm aufgerissen. Während Miß Milly sich der Sache annahm, redete sie weiter: „Gällchen und ich gehn Freitag nach Crockerton zum Essen zu einem Major Collingwood. Der hat gefragt, ob du nicht Lust hättest, an den Wochenenden für ihn ein bißchen Gartenarbeit zu übernehmen?"

Ihm sträubten sich beinah die Haare. „Tja ... Miß Milly, ich hab am Wochenende doch gern ein bißchen Zeit für mich selber."

„Solltest du auch. Ich sag ihm, er soll sich anderswo umsehn!"

Hätte er ihr die Wahrheit sagen können, würde er ihr erzählt haben, daß das kommende Wochenende für ihn das letzte in dieser Weltgegend sein werde. Er hatte vor, am Sonntag morgen sich mit Rico und Afra in Joes grünem Lieferwagen davonzumachen. Das bedeutete, daß er, um an den Zündschlüssel zu kommen, sich zu Joe ins Schlafzimmer schleichen müßte; aber Joe schlief nach seinen sonnabendlichen Besuchen im „Engel" immer wie ein Klotz. Grinser plante, ihm einen Brief mit der Nachricht zu hinterlassen, wo er den Wagen finden könne. Der Gedanke, das Auto zu fahren, machte ihm keine Sorge; unter Joes Anleitung war er ein ziemlich sicherer Fahrer geworden. Aber der Gedanke, von Joe wegzugehen, war für ihn fast ebenso schlimm wie der, die Geparden zu verlassen.

KAPITEL IX

AM FREITAG ABEND gingen Mrs. Lakey und Miß Milly zum Essen zu Collingwoods. Auf dem Rasen vor dem Eßzimmer bekamen sie alle einen Drink; ab und zu kräuselte eine Forelle die Oberfläche des Flusses, und eine Bachstelzenschar spielte hin und her schnellend am Uferrand.

Mrs. Lakey und Miß Milly waren seit Ewigkeiten mit den Collingwoods befreundet. Deshalb fand der Major wenig Genuß an dem, was er tun sollte, hatte aber, als ein Mann des Militärs, beschlossen, es gleich zu tun. Nach ein paar Minuten geselligen Plauderns räusperte er sich und sagte zu Mrs. Lakey: „Angela, ich habe da was mit Ihnen und Milly zu besprechen. Es dreht sich um Ihren Johnny."

Miß Milly sagte: „Johnny ist ein guter Junge, aber am Wochenende möchte er frei haben. Deshalb will er leider keine Gartenarbeit bei Ihnen machen."

„Hat Angst vor jedem bißchen Extraarbeit. Wie alle Jungen", sagte Mrs. Lakey. „Obgleich er jedem anderen, den ich kenne, turmhoch überlegen ist."

„Ich spreche nicht von der Arbeit für mich", sagte der Major.

„Aber was könntest du denn sonst meinen, Lieber?" fragte seine Frau.

„Ich glaube, ich weiß, wo der Hase im Pfeffer liegt", sagte Mrs. Lakey. „Der Junge ist George Rinser, nicht wahr?"

Der Major sah sie erstaunt an. „Das *wußten* Sie?"

„Fast von Anfang an. Meinen Sie etwa, ich merk's nicht, wenn der Junge was zu verbergen hat, was sich unter gefärbten Haaren nicht verstecken läßt?"

„*Wer* ist dieser George Rinser?" fragte Miß Milly.

„Johnny!" erklärte der Major. „Ist aus einer Erziehungsanstalt ausgerückt."

„Ein guter, freundlicher, ehrlicher Junge ist er", sagte Miß Milly tapfer. „Ich glaube kein Wort von dem, was Sie da jetzt sagen wollen!"

Mrs. Collingwood seufzte. „Ich meinerseits – ich wüßte nur gern mal, wovon hier geredet wird!"

„Dann hör zu!" erklärte der Major fast ärgerlich. „Er heißt in Wirklichkeit George Rinser, ist hier im Haus gewesen, hat sich die Haare gefärbt, hat unsere Sardinen aufgegessen und meinen Anorak mitgenommen!"

Lächelnd sagte Mrs. Lakey: „Obendrein hat der Junge auch gar keine Tante, die Frau Brown heißt und in Crockerton wohnt; und wenn er aus einem Erziehungsheim und dann auch noch der Polizei ausgerissen ist, dann wünsch ich ihm alles Gute! Kann mir nichts vorstellen, wovor man besser türmt, als diese zwei!"

Der Major entgegnete hochtrabend: „Er hat einer alten Dame die Handtasche entwendet!"

„Niemals!" rief Miß Milly. „Wie furchtbar, so was von Johnny zu behaupten! Da muß ich noch ein bißchen Marsala bekommen."

Mrs. Collingwood goß ihr noch etwas ein und sagte dabei zu ihrem Mann: „Liebling, hol mal tief Luft, zähl bis zehn und fang richtig von vorn an. Komisch, ich hab doch gleich gedacht, das sieht nach *deinem* Anorak aus!"

Der Major machte sich also daran und erzählte die Geschichte von George Rinser, wie er sie kannte.

In Bristol war eines Nachmittags eine alte Dame von einem Halbwüchsigen vom Bürgersteig gestoßen und ihrer Handtasche beraubt worden. Ein Polizist hatte den Vorgang von weitem mit angesehn und war dem Dieb nachgeeilt. Jenseits einer Straßenecke hatte er einen davonlaufenden Jungen gesichtet, hatte ihn eingeholt und dann festgestellt, daß er die Tasche der alten Dame mit zehn Pfund drin bei sich hatte. Der Junge war George Rinser; er hatte den Diebstahl abgestritten, war aber *tatsächlich* schon mehrfach mit der Polizei aneinandergeraten.

George Rinsers Aussage ging jedoch dahin, daß er gerade drüben an der Ecke gestanden habe, als ein Junge, den er kannte, vorbeigeflitzt gekommen sei, ihm eine Handtasche zugeworfen und gerufen habe: „Versteck sie!“ Ein gewisser John Pickering sei das gewesen, kein Freund von ihm; sie konnten sich sogar überhaupt nicht ausstehen. Als man ihn festnahm, sei er im Begriff gewesen, hinter Pickering her zu laufen, um ihm die Handtasche wieder aufzunötigen.

Vor dem Jugendgericht aber, setzte der Major auseinander, hatten beide Eltern Pickering unter Eid erklärt, ihr Sohn sei den ganzen Nachmittag zu Hause gewesen. Einer ihrer Nachbarn hatte das ebenfalls beschworen. Das Gericht hatte George Rinser für schuldig erklärt und in eine Erziehungsanstalt eingewiesen.

An dieser Stelle sagte Miß Milly entschieden: „Das ist nicht wahr! So etwas würde Johnny niemals tun!“

„Von A bis Z erstunken und erlogen“, sagte Mrs. Lakey.

„Für unwahr halte ich's ja auch“, gab der Major zu. „Das entscheidende ist aber: Wenn Johnnys Unschuld bewiesen werden soll, müssen wir ihn der Polizei melden! Dann können wir den Fall wieder aufrollen lassen und für einen Freispruch sorgen. Er hat für Sie, Angela, schwer und ehrlich gearbeitet. Er hat das Geld zurückgezahlt, das er sich von mir geborgt hat. Er hat bewiesen, daß er sich selbst durchschlagen kann und –“

„Ich glaube, Liebster“, sagte Mrs. Collingwood, „wir alle sind deiner Meinung. Aber es wäre doch schlimm, wenn man jetzt –“

„– jammernd zur Polizei liefe!“ fiel Mrs. Lakey ein. „Aber was Collingwood da sagt, hat was für sich. Wie kann die Justiz was für den Burschen tun, solang sie ihn nicht hat?“ Sie blickte den Major streng an. „Sie glauben an die Unschuld des Jungen?“

„Absolut! Ich habe mich nach den Pickerings erkundigt; haben keinen guten Ruf. Ich glaube, sie haben gelogen, um ihren Sohn zu decken.“

„Und Sie sind der Meinung, die Sache zugunsten des Jungen klären zu können?“

„Jawohl“, antwortete der Major gewichtig. „Ich habe gute Bekannte bei der Polizei in Bristol. Wir brauchen dort nur zu sagen, wo Johnny ist, und dann wett ich hundert gegen eins, daß wir die Sache einrenken können.“

Miß Milly stand auf. „Sie wollen die Polizei *jetzt* anrufen?“

„Ja, Milly“, sagte der Major.

„Dann", sagte sie mit fester Stimme, „dann erwarten Sie nicht von mir, daß ich mich in Ihrem Haus zu Tisch setze! Wie könnte ich das, während die Polizei den armen Johnny holt und ihn über Nacht in eine Zelle sperrt!"

„Milly", sagte Mrs. Lakey, „nun mal sachte mit den jungen Pferden!" Sie wandte sich an den Major: „Der Junge ist seit Monaten in Freiheit. Jetzt machen zwölf Stunden Aufschub auch nicht viel aus, und ausreißen wird er nicht, weil er ja gar nichts von alledem weiß und –"

„Und weil ich", unterbrach Mrs. Collingwood sie, „mir meine Essenseinladung nicht verderben lassen will! Es gibt Räucherlachs und dann einen wunderschönen Lammbraten und eine Süßspeise hinterher, die mich den ganzen Nachmittag gekostet hat!"

Der Major sah beide nacheinander an und zuckte die Achseln. „Also gut. Dann rufe ich gleich morgen früh an."

„Der arme Johnny", sagte Miß Milly, setzte sich wieder hin und trank ein Schlückchen von ihrem Marsala. „Daß der eine alte Dame beraubt haben soll, glaube ich nie und nimmer."

„Wir werden beweisen, daß er's nicht getan hat", sagte der Major. „Bis das aber geschehen kann, muß er von der zuständigen Behörde in Gewahrsam gehalten werden."

In diesem Augenblick erschien Mrs. Bagnall, die stets aushalf, wenn Mrs. Collingwood Gäste zum Essen hatte, und sagte: „Es ist angerichtet."

WÄHREND Mrs. Collingwoods Gasterei vor sich ging, spazierte Grinser mit Rico und Afra den Weg zum Bau hinunter. Am Westhimmel schwand rasch das Licht. Die Dohlen kehrten zu ihren Schlafplätzen im Kirchturm von Imber zurück. Fuchs und Dachs brachen zu ihren nächtlichen Pirschgängen auf.

Als sie den Höhleneingang erreichten, kniete Grinser sich hin und rieb Afra und Rico die struppigen Hälse. Afra schnurrte und schmiegte den Kopf gegen Grinsers gebeugtes Knie. Rico drehte sich um und nahm zärtlich seine Hand ins Maul. Er wußte jetzt, wie fest er zubeißen durfte, ohne Grinser weh zu tun. Im blassen Licht hatten dic goldfarbenen Augen der Tiere einen weichen Schimmer, und die schwarze Gesichtszeichnung verlieh ihnen fast etwas Lachendes.

Grinser merkte, daß er einen Kloß im Hals hatte. „George R.", sagte er sich, „Sonntag früh machst du dich als erstes mit den beiden auf die Socken! Die werden das schöne Plateau hier nicht wiedersehn und du selber auch nicht.“ Er warf etwas Fleisch in die Höhle und paßte auf, wie die Jungen hineinschlüpften; dann verschloß er den Eingang mit dem Brett und machte sich auf den Heimweg.

Bei seiner Ankunft im Häuschen saß Joe in der Küche und trank soeben sein letztes Glas Apfelwein vorm Zubettgehen. „Oben gewesen, Johnny?“

„Ein Weilchen.“

Joe sah ihn lang an. „Was Besonderes passiert?“

„Nein. Bin bloß müde, Joe“, sagte Grinser.

Joe fragte: „Bestimmt nicht irgendwas los? Nichts, was du mir vielleicht doch erzählen möchtest?“

„Nein, wirklich. Mir fehlt nix.“

„Na schön, Johnny, mein Jung“, sagte Joe. „Dann geh du nur nach oben und steck den Kopf untern Flügel.“

So ging Grinser denn zu Bett, und Joe tat bald danach das gleiche.

Gegen vier Uhr morgens wurde Grinser davon wach, daß Kies gegen seine Fensterscheibe prasselte. Er setzte sich verdutzt auf, ging dann hin und blickte nach unten. Auf dem schmalen Weg dort erkannte er eine graue Gestalt.

„Johnny?“ Ein blasses Gesicht wandte sich zu ihm herauf. „Ich bin's, Pat!“

„Was machst du hier, um Gottes willen?“

„Will dich bloß warnen, Johnny! Zieh dich an und komm runter! Beeil dich – ich muß nach Haus, bevor die rauskriegen, daß ich weg bin.“

Grinser zog sich schnell an und ging leise, um Joe nicht zu wecken, nach unten. Pat Bagnall, in Niethosen und einem dicken Pullover, wartete vor dem Haus auf ihn. Sie kam ihm rasch entgegen und hakte sich bei ihm ein. „Jetzt hör mir mal zu, Johnny, und unterbrich mich nicht, hab dir nämlich viel zu sagen, und zwar ganz rasch.“

Sie erzählte ihm dann von dem Essen bei Collingwoods und wie ihre Mutter das Gespräch über George Rinser, genannt Johnny Pickering, durch die offenen Fenster mit angehört hatte. Als sie spätabends zurückgekommen war, hatte sie ihrem Mann den ganzen Tratsch aufgeregt berichtet.

„Heiliger Bimbam!“ sagte Grinser. „Was mach ich jetzt?“

„Sei nicht so dämlich“, flüsterte Pat. „Deine Sachen packen mußt du und Leine ziehn!“

Und Grinser sah ein, daß es genau das richtige war. „Na schön", sagte er. „Morgen hab ich ja sowieso weg gewollt. Danke, daß du her bist, um mir Bescheid zu sagen. Aber wieso eigentlich?"

„Was 'ne Frage! Weil ich dich leiden mag, natürlich. Und weil ich mir gedacht hab, du müßtest es selber entscheiden. Kannst ja auch bleiben und die Sache durchstehn, wenn du willst."

„Wohl kaum! Ich hau ab. Raushelfen kann mir da nur Pa. Der weiß, wie man mit so Leuten wie Herrn Pickering umspringen muß. Menschenskind, ist aber mutig von dir, daß du hier bist!"

„Aber gar nicht. Hast du Geld und so?"

„Ja."

„Dann zieh los! Und, Johnny –" Sie kam nah an ihn heran. „Wenn du mal wo festen Fuß gefaßt hast, da kannst du mir schreiben, wenn du Lust hast."

„'türlich, mach ich, wenn's zu machen geht."

Sie griff plötzlich nach ihm und gab ihm einen Kuß. Und dann lief sie mit einem leise aufsprudelnden Lachen über das Gras davon.

Grinser sah ihr nach und wußte nicht recht, wie ihm war, nur, daß ihm so noch nie zuvor gewesen war. Dann wandte er sich ab und ging ganz leise ins Haus. Seine Sachen waren alle schon mehr oder minder für die Abreise am Sonntag morgen gepackt gewesen. Jetzt mußte er einen Tag früher weg, und da gab es nun ein großes Problem: er mußte den Zündschlüssel für Joes Lieferwagen haben. Joe war am Abend nicht im „Engel" gewesen und konnte also aufwachen. Nun, das mußte riskiert werden!

Er raffte seine Siebensachen zusammen und legte sie leise auf dem kleinen Treppenvorplatz hin. Heimlich schlich er sich dann im Dunkeln an Joes Schlafzimmertür. Er wußte genau, wo Joes Jacke hing. Langsam streckte er die Hand nach dem Türgriff aus.

In diesem Moment ging die Tür auf, und im Frühlicht vom Fenster her stand vor ihm Joes Gestalt in weißem Nachtgewand, die Augen fest geschlossen.

Ehe sich Grinser von seinem Schreck erholen konnte, begann Joe mit seltsam ferner Stimme zu reden und sagte: „Bin schon von Kindheit an Schlafwandler. Hilft keine Medizin gegen. Schlimmes Leiden, wenn man am Steilufer wohnt. Beim Aufwachen weiß ich nie mehr, was ich gemacht oder gehört hab. Könnte ja zettbeh zweie haben reden hören unter mei'm Fenster. Könnt ja sein, der eine ist in der Klemme und muß schleunigst weg, möglichst weit! Und zu dem Zweck, da gibt's nix Besseres wie 'n Auto, mal sagen: netter kleiner grüner Lieferwagen! Immer vorausgesetzt, der wo ihn braucht, der hat auch den Schlüssel dazu –"

Seine Hand hob sich langsam und öffnete sich: in ihr lag der Zündschlüssel.

„Oh, Joe –", fing Grinser an, aber der unterbrach ihn heftig.

„Sprich du nie und niemals Schlafwandler an! Die können für den Rest des Lebens durchdrehn! Hier, Junge."

Der Schlüssel kam geflogen, und Grinser fing ihn auf.

Joe stand da, regungslos, aber ein Lächeln zog über sein Gesicht. Das eine Auge öffnete und schloß sich zwinkernd, und er sagte: „Na, dann Gottes Segen über jedweden, der grad in Hörweite ist – soll mir mal 'ne Postkarte schicken mit nix weiter drauf, wie daß ‚die alte Graugans nicht tot ist'."

Er zwinkerte noch einmal, ging dann wieder in sein Zimmer und machte die Tür zu. Mit Tränen in den Augen und einem Kloß in der Kehle ergriff Grinser seinen Kram und lief die Treppe hinunter. Fünf Minuten später fuhr er in Richtung Heytesbury zum Plateau hinauf.

Tonks, der Terrier, sah den grünen Wagen an Haus Danebury vorüberfahren und bellte sich die Lunge aus dem Leib, bis seine Herrin im Halbschlaf nach einem Kissen langte und ihn beinahe vom Fensterplatz schoß.

Miß Milly lag in ihrem Schlafzimmer schlaflos da, mußte ein bißchen weinen und gegen eine Versuchung ankämpfen. Sie hatte Lust, aufzustehen und zu Joes Häuschen hinüberzufahren, um Johnny zu warnen. Sie wußte aber, daß sie das nicht durfte. Sie war eine ehrbare Frau, und jedenfalls geschah letzten Endes doch alles nur zu Johnnys Bestem. Nach einem Weilchen mußte sie aber in sich hineinlachen – daß sie nie auf die Idee gekommen war, Johnny färbe sich die Haare!

Und in seinem Häuschen lag Joe im Bett und lachte ebenfalls im stillen. Die würden von Johnny nix mehr zu sehen kriegen! Sowenig wie von ihm selbst, wo er aus der Armee getürmt war. Braver Kerl, der Johnny. Möchte bloß mal wissen, wieso er sich so gehabt hat mit dem Plateau. Tiere, möcht ich wetten ... Die liebte der einfach, der Johnny. Gottes Segen über ihn.

Am Rand der Hochfläche stieg Grinser aus und hob den Schlagbaum hoch. Von dort aus verlief die Straße nach Norden und dann ins Imber-Tal. Grinser kannte inzwischen alle Straßen und Verbindungen hier wie seine Hosentasche.

Die perlmuttergoldne Flut am Osthimmel quoll mit dem Aufgang der Sonne hoch. Schon waren die ersten Lerchen singend in der Luft. Ein Pärchen Grünfinken flitzte vor dem Wagen über die Straße. Ein Turmfalke stand über dem Panzerwagen, den Yarra als ersten Unterschlupf benützt hatte und in dessen verrosteten Wänden er nach Mäusen spähte. Dicker Tau lag auf dem Gras, und die Spinnweben, die das niedere Buschwerk umhüllten, waren mit glitzernden Tröpfchen überperlt.

Nach zehn Minuten war er in Imber; er fuhr den Lieferwagen in eine offene Scheune außer Sicht, nahm seinen alten Rucksack, in dem er etwas Hundefutter hatte, ging die Talsohle hinauf und versuchte, nicht daran zu denken, daß dies nun der letzte Gang zur Höhle sei. Die Fahrt an Haus Danebury vorbei, Tonks Gebell, das war ein böser Augenblick gewesen. All die Tiere dort ließ er hinter sich. Dann aber, als er den steilen Hang hinauf zur Höhle kletterte, konnte er nur noch an Yarra denken und mußte heftig schnupfen. Yarra war ein für allemal dahin.

Und jetzt ging auch er selber ...

Am Höhlentor hob er die Bretter weg, und Afra und Rico kamen ihm entgegengesprungen. Bei ihrem Anblick wurde ihm sofort froher zumut. Sie waren jetzt schon recht groß, und das gefleckte Fell glitt ihnen, im Licht schimmernd, über die bewegten Glieder. Ricos Schweif war lang geworden und konnte, wenn er einem zufällig über das Gesicht fuhr, einen ziemlichen Hieb versetzen.

Grinser ließ sich auf die Knie nieder; Rico, stets der Gierige, wurde unruhig und fing an, den Rucksack auf Grinsers Rücken zu betatzen. „Schon recht, ihr Prachtstücke“, sagte er. „Erst spazierengehn und dann das Freßchen!“

Er ging los, den Steilhang hinab, wieder nach Imber zu. Rico rannte vornweg und begann, von einem Grasbüschel zum anderen nach Mäusen zu jagen. Afra fand ein zerknautschtes altes Fallschirmchen von einer Leuchtkugel und schleppte es eine Weile mit.

Die Vögel und Vierbeiner des Tales sahen den dreien nach. Die Bussarde, die tief am Rand des Abhangs dahinstrichen, fuhren hoch und hingen über ihnen in der Luft. Die Aaskrähe, mit einem toten

Kaninchen weitab an der Halde beschäftigt, blickte auf und beobachtete ihr Tun. Ein Reh auf seinem Farnlager verfolgte sie mit großen, schwimmenden Lichtern.

An der kleinen Quelle ließ Grinser die Gepardenkinder trinken; als sie genug hatten, folgten sie ihm zum Wagen hinauf. Er machte den einen Flügel der Hintertür auf, holte Fleisch aus seinem Rucksack und warf es in den Wagen. Rico sprang sofort hinein, während Afra wie angewurzelt stehenblieb. Grinser fragte sich, ob es mit ihr wohl noch Schwierigkeiten gäbe; er nahm noch ein Stück Fleisch, hielt es ihr kurz unter die Nase und schmiß es dann ins Wageninnere – und Afra sprang hinterdrein.

Er machte die Tür zu und verschloß sie, ging herum und setzte sich ans Lenkrad. Der hintere Wagenteil war von dem vorderen durch eine Bretterwand getrennt, in der sich aber eine kleine Luke befand. Er prüfte noch einmal, ob sie gut verriegelt sei, und fuhr dann los.

Er rollte ein paar Minuten später über den Nordrand des Plateaus hinab, nicht weit von der Stelle, wo Yarra von der Ayrshire-Kuh attackiert worden war. Wenig später hatte er die Hochfläche hinter sich und fuhr in westlicher Richtung die Hauptstraße entlang. Nach gut anderthalb Kilometern machte er halt, schob die Lukenriegel hoch und sah zu den Gepardenkindern hinein. Sie kamen beide an die Öffnung. Grinser kraulte ihnen die Gesichter und schob ihnen noch etwas Fleisch aus seinem Rucksack hinein.

Nachdem er die Luke wieder zugemacht hatte, fuhr er weiter. Er wußte genau, wohin er wollte, und von seinen Fahrten mit Joe kannte er sich aus. Sobald es ging, verließ er die Hauptstraße. Die Polizei konnte inzwischen ja schon bei Joe im Häuschen sein! Und falls Joe denen nicht verheimlichen konnte, daß sein Lieferwagen nicht da war, würden sie eine Suchmeldung durchgeben.

Tatsächlich hätte er sich aber keine Sorgen zu machen brauchen. Joe hatte das Fahrrad des Jungen zum Fluß gebracht und hineingeworfen. Als die Polizei kam, sagte er wahrheitsgemäß, daß Johnny ebenso wie sein Rad weg sei. Nach seinem Lieferwagen wurde er überhaupt nicht gefragt. Dessen Verlust meldete er am Mittag, als er in den „Engel" ging.

Etwas später an diesem Vormittag, als der Longleat-Wildpark gerade für das Publikum geöffnet worden war, lag Apollo, der Gepard, der Yarras Paarungspartner gewesen war, auf dem Stamm eines umgestürzten Baumes. Jenseits der Straße liefen zwei oder drei andere Geparden innerhalb des Drahtzaunes auf und ab und blickten in die freie Parklandschaft hinaus, durch die Yarra entflohen war.

Zuweilen kamen schon ein paar Autos durch die Gehege. Apollo beobachtete sie uninteressiert, gähnte, zog eine Grimasse und schnappte dann nach einem lästigen Brummer.

In diesem Augenblick kam ein grünes Lieferwägelchen um die Kurve hinter Apollos Rücken angefahren und machte am Straßenrand halt. Drinnen saß Grinser. Er wußte bestens Bescheid über den Longleat-Park und sein Tierreich! Hierher war er von Joe damals eingeladen worden und hatte sich im Gepardengehege lange Zeit aufgehalten.

Jetzt war er wieder da und brachte Afra und Rico mit. Sie liefen hinter ihm unruhig im Wagen hin und her, aufgeregt von den unterschiedlichen tierischen Gerüchen, die zu ihnen drangen.

Grinser blieb einen Augenblick sitzen und wünschte sich, er brauchte sein Vorhaben nicht weiter auszuführen, wußte jedoch, daß es für die kleinen Geparden so das beste war. Sowie er es hinter sich hatte, mußte er weiter, denn an der Einfahrt hatte er einen von den schwarzweißen Landrovern der Tierwärter gesehen.

Grinser schob den Riegel zurück und machte die Luke weit auf; Afra und Rico kamen an die Öffnung. Er hielt ein Stück Fleisch hoch und griff dann hinüber, um die Beifahrertür zu öffnen.

Als Rico daraufhin durch die Luke kroch, warf Grinser das Fleisch hinaus auf das Gras, und Rico sprang ihm nach.

Auch Afra kam heraus, setzte sich dann aber auf den Platz neben Grinser. „Los, Afra!“ drängte er sie. Aber sie hockte nur da und rieb sich den Kopf an seiner Schulter.

Verzweifelt schubste er sie vom Sitz auf den Wagenboden. Sie drehte sich kurz fauchend nach ihm um, hob dann jedoch die Schnauze. Ein Gemisch neuartiger und doch vertrauter Düfte drang durch die offene Tür. Sie sprang hinaus zu Rico ins Gras.

Grinser zog die Tür zu und fuhr ab. Die Tränen, die ihn bedrängten, kämpfte er nieder. Im Rückspiegel beobachtete er dabei Afra und Rico. Der lag bequem im Gras und kaute an seinem Stück Fleisch; Afra stand da und betrachtete, den stumpfen Kopf mit dem langen Hals hin und her wendend, das Gehege.

Apollo hatte, noch bevor er sie sah, die beiden Gepardenjungen schon gewittert. Als das Auto verschwand, erblickte er sie.

Wachsam geworden, reckte er den Kopf, erhob sich langsam und begann sich an dem umgestürzten Baumstamm entlang heranzupirschen. In der Gefangenschaft reagieren Geparden nicht immer freundlich auf neue Mitglieder. Plötzlich sprang er in hohem Bogen vom Ende des Stammes herab und ging langsam und entschlossen auf die beiden zu. Afra drehte sich nach ihm um und riß dann stumm das Maul auf, halb drohend, halb ängstlich. Rico sah von seinem Fleisch hoch und warnte Apollo mit einem Knurren vor dem Näherkommen.

Die anderen Geparden kamen allmählich, in kleinen Bögen sichernd, heran.

Apollo ging zu Rico und senkte den Kopf. Rico, sein eigener Sohn, schnappte nach dem Großen, um sein Fleisch zu beschützen – da fuhr Apollo mit der rechten Pranke zu und schlug ihn beiseite. Rico rollte fast einen Meter weit, kam dann aber wieder auf die Beine, schüttelte sich und kehrte zuversichtlich zurück. Apollo hatte ihm nichts weiter getan als manchmal Yarra schon.

Apollo sah zu, wie er wiederkam und sich, fast unter seines Vaters Maul, bei dem Fleisch niederließ. Einen Augenblick lang hob Apollo die Tatze, ließ dann jedoch Rico das Fleisch. Direkt hinter ihm stand Afra. In zehn Meter Entfernung hatten sich die anderen Geparden zusammengeschart und beobachteten Apollo.

Der senkte den Kopf und beroch Afra, die leise Klagelaute von sich gab. Apollo setzte sich auf, gähnte, blinzelte in die Sonne und ließ sich dann niederfallen, das Gesicht den anderen zugekehrt. Afra hockte ein paar Handbreit neben ihm, hinter ihm fraß Rico. Über die Straße fuhren langsam die Autos, und die anderen Geparden wandten sich ab und gingen ihrer Wege.

Apollo hatte Afra und Rico aufgenommen. Vater, Sohn und Tochter waren vereint.

Joes alter grüner Lieferwagen wurde noch am Nachmittag von der Polizei gefunden. Er stand herrenlos auf einem Parkplatz an der Hauptstraße, mehr als dreißig Kilometer von Longleat entfernt. Auf dem Fahrersitz lag ein Zettel mit dem Text: „Dieser Wagen gehört Joe Ringer in Heytesbury. Sagt ihm, die alte Graugans fliegt noch."

Victor Canning

Für gewöhnlich macht Victor Canning seine Bücher aus härterem Stoff, und seine Hauptfiguren sind Spione, Gangster und gewissenlose Politiker. Grinsers und Yarras Geschichte wäre vielleicht ungeschrieben geblieben, hätte nicht ein Postarbeiterstreik Victor Canning eine Zeitlang von der Außenwelt abgeschnitten. Lange schon hatten die beiden *Ausreißer* auf den richtigen Augenblick warten müssen; als sie sich jetzt in der unfreiwilligen Muße ihres Autors lautstark zu Wort meldeten, gab Victor Canning gerne nach und ließ seine freiheitsliebenden Kinder laufen. Nach fünf Wochen war das Buch fertig.

Schon in der Schule stand für Victor Canning, der 1911 in Plymouth geboren wurde, felsenfest, daß er nichts anderes werden wollte als ein guter Geschichtenerzähler; mit sechzehn, kaum aus der Schule entlassen, verkaufte er seine erste Geschichte, ein paar Jahre später folgte der erste Roman, und noch heute, nach fünfundvierzig Jahren, siebenunddreißig Büchern, acht Filmen und zahllosen Drehbüchern für das Fernsehen, ist es sein einziger Ehrgeiz, gute Geschichten gut zu erzählen.

In aller Welt wissen ihm die Leser Dank dafür; Cannings Bücher sind in vielen Sprachen erschienen – vor kurzem wurde eines sogar ins Isländische übersetzt. Sicher trägt auch die Gewissenhaftigkeit, mit der er recherchiert, zu seinem Erfolg bei – was er schreibt, stimmt bis ins kleinste Detail. Er macht nicht viel Worte, arbeitet konzentriert und systematisch und teilt seine Zeit sorgfältig ein, damit keine seiner Leidenschaften zu kurz kommt, weder die Familie – er hat vier Kinder und sechs Enkel – noch das Schreiben, das Angeln und das Golfspielen.

Victor Canning wohnt in einem winzigen Dorf in Hampshire, nicht weit von Grinsers und Yarras kleinem Paradies, und ist gerade dabei, ein wunderbares altes Haus wieder wohnlich zu machen. Er hat immer auf dem Land gelebt und will es weiter so halten – „wo könnte ich denn sonst", sagt er, „angeln und Golf spielen, wann immer mir danach ist?"

ERNSTFALL 1000

Eine Kurzfassung
des Buches von

David Lavallee

Nach der Übertragung
von Werner Gebühr
unter Mitarbeit
von Kapitän zur See
Friedrich Grade

Illustrationen
von Fred Freeman

Deutsche Buchausgabe:
„Ernstfall 1000" (Event 1000)
Goverts Krüger Stahlberg Verlag GmbH,
Frankfurt am Main 1972
ISBN 3 7740 0408 0

„Brücke frei! Klar zum Tauchen! Tauchen!" Doch für die Männer auf der Lancerfish, *dem Atom-U-Boot der amerikanischen Marine, kam dieser Befehl zu spät. Zu spät jedenfalls, um jenen „Ernstfall" nicht eintreten zu lassen, der bis dahin nur als Formel für eine bloße Möglichkeit, als „Übung 1000", bestanden hatte: Was hat zu geschehen, wenn ein Unterseeboot bewegungsunfähig auf dem Meeresgrund liegt und seine Besatzung keinen Weg mehr hat, aus eigener Kraft zur Oberfläche zurückzukehren?*

Alle herkömmlichen Rettungsversuche sind zum Scheitern verurteilt: durch die große Tiefe der Unglücksstelle und die starken Strömungen zwischen dem Wrack und den Bergungsschiffen, die zudem gegen eine rauhe See anzukämpfen haben. Zwar bannen die Lebensmittelvorräte an Bord des U-Boots, die Stromversorgung durch den Atomreaktor und das unbeschädigte Beatmungssystem die unmittelbarste Lebensgefahr – aber Meinungsverschiedenheiten innerhalb des Rettungskommandos, Kompetenzstreitigkeiten zwischen den verantwortlichen Behörden, ja sogar außenpolitische Rücksichten machen die verrinnende Zeit zum uneinholbaren Hauptfeind aller Betroffenen.

Wird es gelingen, die einzig aussichtsreiche Rettungskammer überhaupt einsatzfähig zu bekommen? Und werden sich die in der Tiefe Eingeschlossenen so lange gegen den Zugriff von lähmender Gleichgültigkeit und gefährlich aufflackernder Verzweiflung behaupten können? Tag um Tag, Woche um Woche verstreicht ...

Ein Roman, der sich wie ein Tatsachenbericht liest – und dessen Ausgangssituation schon morgen als Wirklichkeit Schlagzeilen machen kann.

1

HUNDERT MEILEN südöstlich des Ambrose-Leuchtfeuers vor New York City senkt sich der flache Meeresboden des Festlandsockels in die Tiefen des Atlantischen Ozeans. Die lange Dünung steigt und schwillt gegen das große Fundament des Kontinents. Dies ist die Grenze, die von Seeleuten die Hundert-Faden-Linie genannt wird. Hier ändert sich die Farbe der See von einem dunklen Grün in ein tiefes Kobalt, das in ein nächtliches Schwarz hinüberspielt.

Fast sechzig Meilen seewärts wurde die einsame Weite des Wassers vom Durchbruch eines Periskops aufgerissen. Es stieg in die mondlose Nacht, hinterließ ein brodelndes Kielwasser, das phosphoreszierend funkelte, und drehte sich rund um den Horizont. Dann kam wie ein großer Auswurf aus den Tiefen ein Unterseeboot in Sicht. Das Geräusch des Windes auf der Wasseroberfläche wurde jetzt durch das gedämpfte Surren der Turbinen und das Zischen des Wassers entlang den schlanken Seiten ergänzt.

In dem roten Licht der Befehlszentrale setzte sich der Rudergänger in seinem eimerförmigen Sitz zurecht und ging auf einen neuen Kurs. Dabei klickten beleuchtete Skalen. Der Bedienungsmann am Horchgerät starrte ins Leere, während er auf die zurückkehrenden Geräuschimpulse horchte, die Meilen von Wasser sondierten. Im Hintergrund des Raumes beugten sich der Kommandant, Kapitän Hascomb, und der Navigationsoffizier über eine Karte. Die *Lancerfish* befand sich jetzt außerhalb des Seewegs für getauchte Unterseeboote und würde über Wasser den Hafen anlaufen.

Der Kommandant kletterte auf die Brücke und pumpte seine Lungen auf. Die wohltuende frische Luft erinnerte ihn an gemähtes Gras oder geschnittene Wassermelonen. Über ihm blinkten die Sterne geheimnisvolle Botschaften aus einer schwarzen Leere. Eine klare und ruhige Nacht, die ihn erfreute. Die lange Flottenübung war vorüber; morgen würden sie in den Hafen einlaufen, um in New York den Tag der Streitkräfte zu feiern. Er dachte an seine Frau, und ihn überkam eine warme Vorfreude. Sie würden vier gemeinsame Tage haben, Theater, Konzert und morgens lange schlafen, einen wirklichen Urlaub nach Wochen der Trennung.

Leutnant Hayman, der junge Torpedooffizier, und zwei Mann Ausguck kamen zu ihrer Wache auf die Brücke. Hayman wechselte ein paar Worte mit seinem Kommandanten und erhielt seine Befehle für die Nacht. Kapitän Hascomb nahm einen letzten tiefen Atemzug der salzigen Luft, atmete mit einem Seufzer wieder aus und ging unter Deck.

Hayman lehnte sich mit seinem großen hageren Körper gegen das Schott, schob die Mütze zurück und entspannte sich, froh, daß der Alte nach unten gegangen war. Er hatte sich nie besonders gut mit dem Kommandanten oder irgendeinem der anderen Offiziere verstanden, die die Aura der Marineakademie ausstrahlten.

Hayman blickte auf die Kompaßtochter der Brücke und stellte fest, daß sie anderthalb Grad vom Kurs abwichen. Die Skala rührte sich nicht.

Er beugte sich über das Sprachrohr zur Zentrale: „Wer hat denn da unten das Ruder?“ fragte er beiläufig.

„Dirksen, Sir.“

„Okay, Rowboat, halten wir diesen Kahn doch auf richtigem Kurs.“

Ein kameradschaftliches „Klar, Sir“ antwortete ihm, und nach einem Augenblick folgte: „Drei-null-sieben liegt an.“

Hayman streckte sich und machte es sich auf der Brücke wieder bequem. Er blickte in die Tiefen des Himmels. Da waren der Orion, der Große Bär und die Wega. Vor diesem Hintergrund der Nacht sah er schwach den Umriß des Sehrohrs, das leicht schwankte. Die Wache und die Nacht waren wie viele andere, die er erlebt hatte. Dennoch hatte diese Wache eine Bedeutung, es war seine letzte auf der *Lancerfish*. Am nächsten Morgen würde er von Bord gehen, um ein neues Kommando anzutreten, und dieses Mal würde er in seiner Personalakte als qualifizierter U-Boot-Offizier ausgewiesen sein. Er würde eine fremde Besatzung und einen neuen Kommandanten kennenlernen und vor allem einen anderen I. Offizier. Das war für ihn das einzig Unerfreuliche auf der *Lancerfish* gewesen – Kapitänleutnant Crawford, der „Erste“, wie man ihn nannte.

Gegen 20 Uhr kam Leutnant Langworthy verschlafen auf die Brücke. „Bereit, Sie abzulösen, Robbie, aber geben Sie mir noch eine

Minute, um mich an die Finsternis zu gewöhnen.“ Er trank eine Tasse dampfenden Kaffee und blickte voraus. „Mein Gott, wie gut, wieder an Land zu kommen.“

„Bordkoller?“

„Ja, ich möchte mal was anderes sehen als behaarte Seeleute und ‚My Sin‘ riechen anstatt Hydrauliköl.“

„Das ist eine andere Art Koller“, sagte Hayman trocken. Es drängte ihn, die Wache zu übergeben. „Ich nehme an, Sie haben die Befehle für die Nacht gelesen. Wir liegen auf Kurs drei-null-sieben, Geschwindigkeit fünfzehn. Das Boot ist klar zum Tauchen, aber wir fahren den Rest der Strecke über Wasser.“ Er übergab Langworthy das Fernglas und erwiderte dessen beiläufigen Gruß.

„Okay, Robbie, ich habe übernommen.“ Langworthy schaltete die Sprechanlage ein und gab nach unten durch: „Hier ist Mr. Langworthy. Ich habe Brücke und Ruder übernommen.“

Hayman kam von der Brücke herunter und ging in die Zentrale, um seine Wache im Logbuch einzutragen. Er war derjenige mit dem Bordkoller, dachte er. In New York würde er das Boot verlassen, um in Key West sein neues Kommando anzutreten. Vor ihm lagen achtzehn freie Tage, und er würde viel Zeit mit Judy verbringen können, einem Mädchen, das er erst letzte Weihnachten kennengelernt hatte, das jetzt aber einen großen Teil seiner Zeit in Anspruch nahm. Er hoffte, Judy würde auf der Pier stehen, wenn sie am Morgen festmachten.

Sein neues Kommando war ein konventionelles Diesel-Elektrik-Boot, ein umgebauter Kriegsveteran. Nicht so glanzvoll wie das Atom-U-Boot *Lancerfish,* aber es würde einen günstigen Operationsplan haben. Statt geheimer Aufträge in der ganzen Welt hielten sich die alten Unterseeboote im allgemeinen in der Nähe ihres Heimathafens auf und dienten als Ziel- oder Schulboote. Zumindest an den Wochenenden würde er an Land gehen können.

Er las seine kurze Eintragung noch einmal durch, unterzeichnete sie und schloß das Logbuch. Alles, was er jetzt tat, geschah zum letztenmal. Er zog seinen Parka aus und sah sich in der Zentrale um. Der Raum war für die Nachtfahrt abgedunkelt. Das Echolot zirpte rhythmisch, während es das Profil des Meeresbodens auf die langsam sich drehende Papierscheibe zeichnete. Hinter dem zusätzlichen Wachgänger schimmerten undeutliche Reihen von Anzeigeinstrumenten,

Ventilen und Stutzen. Von Zeit zu Zeit ratterte der Rudermotor, wenn der Rudergänger den Kurs korrigierte. Am Gefechtsstand in der Mitte des Raumes standen der Steuermannsmaat und zwei Männer. Sie sprachen leise über ihre Freizeitpläne in New York.

Hayman bummelte nach achtern zum Eßraum im Mannschaftsquartier und hörte die Geräusche eines Films. Hayman blieb für den Rest des Films sitzen, dann schwang er sich durch das Schott zum Bugraum. Am Türvorhang vorbei gelangte er in sein Quartier und schaltete die Tischlampe ein. Sein Koffer stand neben dem leeren Schrank, bereit zum Aufbruch am nächsten Morgen. Es war immer ein wenig traurig, ein Boot zu verlassen, dachte er, und er kannte die *Lancerfish* besser, als es je wieder bei einem anderen Boot der Fall sein würde. Es war das U-Boot, in dem er sich für das goldene U-Boot-Abzeichen qualifiziert hatte. Es war nicht einfach gewesen. Die vielen Tage, um das Boot kennenzulernen, die unzähligen Systeme und Vorgänge, Tage, um Diagramme aufzustellen, und dazu das ganze komplizierte Schaltbild des ausgeklügeltsten Unterseeboots der Marine. Er zog sich aus, kroch in seine bequeme Koje und streckte sich aus. Das Unterseeboot rollte leicht, und er schlief ein.

LANGWORTHYS Nachtwache zog sich hin. Er verkroch sich in seinen Dufflecoat und vertrieb sich die Zeit, indem er sich mit den Positionen einer zunehmenden Anzahl von Schiffen beschäftigte. Alle schienen sie auf Nord- oder Südkurs zu liegen und von dem ihren weit genug entfernt. Um 23 Uhr 10 meldete der Backbord-Ausguck direkt voraus ein Licht am Horizont. Langworthy schaltete die Sprechanlage ein und befahl dem Bedienungsmann am Radargerät, den Kontakt auszumachen und im Auge zu behalten. Der Lautsprecher auf der Brücke klickte. „Radar meldet Kontakt drei-null-eins, Entfernung siebenundzwanzigtausend Yard. Kollisionskurs." Die Minuten vergingen, und der Bedienungsmann am Radar meldete wieder in mechanischem Tonfall: „Kollisionskurs, gleichbleibend drei-null-eins, Entfernung neunzehntausend Meter."

Das andere Schiff befand sich auf Gegenkurs. Wahrscheinlich lief es aus. Verflucht, dachte Langworthy, wir werden ausweichen müssen, und das genau zu dem Zeitpunkt, wenn ich abgelöst werde. Auf Grund der internationalen Seestraßenordnung waren beide Fahrzeuge verpflichtet, nach steuerbord auszuweichen. Das Schiff war noch über zehn Meilen entfernt.

Bei dreizehntausend Metern kam der andere immer noch genau auf sie zu. Langworthy rief Kapitän Hascomb an, machte Meldung und beschrieb, daß er bei neuntausend Metern fünfundzwanzig Grad nach steuerbord gehen wolle. So würde zwischen den beiden Kursen eine Entfernung von zwei Meilen entstehen. Kapitän Hascomb tastete sich auf die dunkle Plattform hinaus. Er nahm sein Fernglas vor die Augen. „Welche Entfernung?“ fragte er.

„Siebentausend Meter, Sir.“

„Gut, wir sollten lieber gleich nach steuerbord gehen, er kommt schnell heran. Sieht wie ein kleiner Handelsdampfer aus.“

„Ich habe den Kurs schon geändert. Wir liegen auf drei-drei-zwo.“

Eine Ahnung von Gefahr schlich sich in Hascombs Gedanken. Das andere Schiff hatte auch den Kurs gewechselt, aber in der falschen Richtung. Höchstwahrscheinlich lief es auf einen der transatlantischen Seewege zu und ließ sich von irgendeinem kleinen Fahrzeug, mehr als drei Meilen entfernt, nicht stören. Hascomb rief scharf in die Sprechanlage: „Radar, Entfernung zum Kontakt.“

„Sechstausend“, kam die Antwort. Er dachte einen Augenblick lang nach. Wenn er jetzt nach backbord ging, bestand die Möglichkeit, daß das andere Schiff sich plötzlich an die Regeln hielt und nach steuerbord auf das Unterseeboot zu kam.

„Gehen wir wieder auf den alten Kurs, Mr. Langworthy.“ Auf diese Weise müßten sie von dem herannahenden Schiff freikommen. „Gehen Sie voll ins Ruder, und geben Sie das Warnsignal.“

Bei zweitausendsiebenhundert Metern hatte das Schiff wieder den Kurs geändert, aber nach backbord. Es hielt direkt auf sie zu. Die dunkle Masse des Fahrzeugs war jetzt deutlich zu erkennen. Der Kommandant bekam Bedenken. Lieber kein Risiko eingehen und nach backbord ausweichen. Er brüllte in die Sprechanlage: „Ruder hart backbord.“ Er ließ das U-Boot fünfmal Signal geben, das internationale Gefahrensignal.

Der Bug der *Lancerfish* begann rasch nach backbord herumzudrehen. Es schien, als würden sie klarkommen. „Entfernung tausend Meter“, knarrte der Lautsprecher. Während er den undeutlichen Rumpf beobachtete, verschaffte Hascomb seinen Gedanken Luft. „Blödsinniger Hurensohn, der hätte uns fast erwischt.“ Plötzlich entdeckte er, daß die Silhouette der Frachterbrücke sich verändert hatte. Er erstarrte. Der Handelsdampfer schwenkte nach steuerbord, auf das Unterseeboot zu. Entfernung dreihundertsechzig Meter.

OCEAN BELLE

Kapitän Hascomb beobachtete voller Schrecken, wie der hohe Bug des Handelsdampfers wie ein schwerfälliges Untier daherkam. Vielleicht konnten sie unter ihm hindurch, dachte er. In einem schnellen Entschluß gab er Kollisions- und Tauchalarm. „Brücke frei! Klar zum Tauchen! Tauchen!“ rief er. Die Antwort kam sofort. Luft zischte aus den Tauchzellen-Entlüftungen. Langworthy und die Ausgucks waren nach unten verschwunden.

Zu spät, um das andere Schiff zu untertauchen. Hilflos blickte Hascomb hinauf, als das Vorschiff die Sterne auslöschte, und für einen Augenblick sah er oben vom Schanzkleid ein Gesicht zu sich hinunterstarren.

Der Schlag des Zusammenstoßes warf Hascomb gegen die Gräting. Es gab einen kreischenden, reißenden Lärm, und die *Lancerfish* rollte hart nach backbord. Hascomb bemühte sich, auf die Füße zu kommen, aber sein Knie war zwischen dem Deck und der Seite der Brücke eingeklemmt. Er zerrte an dem Bein, bekam es aber nicht frei. Es war sinnlos, blödsinnig. Verflucht noch mal, warum? Ein furchtbarer, unerträglicher Druck schloß sich um ihn, und im letzten bewußten Augenblick dachte er an seine Frau.

Als die *Lancerfish* ihre wilden Manöver begann, um dem Handelsschiff auszuweichen, wachte Hayman auf. Er spürte die zitternden Vibrationen, als das U-Boot die Geschwindigkeit steigerte. Das Signal des Kollisionsalarms ließ ihn aufspringen. Er stürzte zu dem Schott, das in den Torpedoraum führte. Dann hörte er die Tauchglocke, und der Zusammenstoß warf ihn in dem engen Gang hin und her. Er hörte das Geräusch von splitterndem Glas und als ob schwere Gegenstände auf das Deck fielen, und das alles übertönte das hysterische Schreien der Kollisionssirene.

Hayman ließ das Schott einschnappen und schloß die Verriegelung. Die Luft wurde dick und heiß, als sie vom Wassereinbruch irgendwo im Boot zusammengepreßt wurde. Dann schloß er die Lüftungsschieber an der Schottwand und stützte sich gegen die Schlagseite nach backbord. Er blickte durch das gläserne Guckloch und sah, daß der Torpedoraum nicht geflutet wurde. Sie mußten achtern getroffen worden sein. Männer in Unterzeug hasteten umher und sicherten den Raum. Hayman lief zur Zentrale; das Deck hatte einen Trimmwinkel nach unten. Schlaftrunken kamen andere Offiziere aus ihren Räumen. Vor Hayman befand sich der Erste und erreichte das Schott, das nach achtern führte. Er bückte sich schnell zu dem Guckloch hinunter, entriegelte die Tür und stieg durch die schmale Öffnung. Hayman folgte ihm und schlug sich am Süll das Schienbein an.

„Licht einschalten!“ hörte Hayman die scharfe Stimme des Ersten. Plötzlich erfüllte grelles Licht die Zentrale.

Haymans Blick fiel auf den großen Tiefenmesser, fast dreißig Meter und sinkend.

Langworthy befand sich am Gefechtsstand und gab den Männern an der Hydraulikanlage und den Luftdruckverteilern Befehle. „Alle Ventile schließen, Tauchzellen ausblasen... Bugauftriebszelle anblasen... Maschine volle Kraft zurück... Tiefenruder hart oben!“ Als die Druckluft in die Tauchzellen donnerte, schüttelte sich das Boot. Die Falltendenz auf dem Tiefenmesser verlangsamte sich, als vierzig Meter überschritten waren, dann kroch er auf zweiundvierzig, hielt inne und blieb reglos stehen. Der Erste stellte fest, daß der Kommandant nicht da war. Weiß im Gesicht und flatternd, begegnete Langworthy seinem Blick. „Der Kommandant war auf der Brücke... Wir konnten nicht warten.“

„Torpedoraum achtern antwortet nicht.“ Die Stimme des Mannes am Telefon war schrill. Seine Augen weiteten sich, als er weitere Meldungen wiederholte.

„Der Hauptantriebsraum meldet, daß der Wassereinbruch nicht unter Kontrolle gebracht werden kann. Sie bitten um Erlaubnis zum Aufsuchen des Hilfsmaschinenraums.“

Crawford nahm einen Telefonhörer von der Schottwand. „Hilfsmaschinenraum, hier ist der Erste. Wie hoch steht das Wasser im Hauptantriebsraum?“ Als er auf die Antwort horchte, verdunkelte sich sein Gesicht. Einen halben Meter über der Unterkante der Schotttür. Die Besatzung konnte den Raum nicht verlassen. Der Tiefenmesser zeigte, daß sie wieder sanken. „Alle Reservezellen ausblasen“, schrie Crawford. „Hilfsmaschinenraum, Luft in den Hauptantriebsraum und den Torpedoraum achtern blasen.“ Wenn die Bruchstelle tief genug lag, könnte es ihnen gelingen, genügend Wasser hinauszudrängen, um wieder Auftrieb zu bekommen. Er sah auf den Wassertiefenanzeiger und stellte fest, daß die Tiefe mehr als fünfhundert Meter betrug. „Volle Kraft voraus“, befahl er und wandte sich dann zum Kartentisch. Sie befanden sich über dem Hudson-Canyon, fast acht Meilen von der Hundert-Faden-Linie entfernt. Wenn sie es schafften, daß die *Lancerfish* noch ein paar Minuten lief, würden sie flacheres Wasser erreichen. Wenn sie sich hier auf den Grund legten, gäbe es keine Hoffnung auf ein Überleben. „Kurs drei-fünf-null", befahl er.

Der Mann am Telefon wandte sich an den Ersten. „Keine Antwort aus dem Hauptantriebsraum und dem Torpedoraum achtern."

Die Männer in der Zentrale, die den Tiefenmesser beobachteten, standen völlig starr da. Das entfernte Geräusch der Schraube war beruhigend, aber die Achterlastigkeit nahm zu.

Die Standortbestimmung ergab fünf Meilen bis zur Hundert-Faden-Linie. Langsam ging die *Lancerfish* mit ausgeblasenen Zellen auf den Grund. Der Zeiger des Tiefenanzeigers bewegte sich jetzt schneller: 205 ... 207 ... 215.

„Der Hilfsmaschinenraum meldet, daß die Schraube nicht mehr läuft", rief der Mann am Telefon Crawford ins Gesicht. Der ungeheure Wasserdruck in dieser Tiefe hatte jetzt ohne Zweifel alles Leben in den Räumen hinter dem Hilfsmaschinenraum ausgelöscht.

„Dreihundertfünfzig Meter gehen durch", meldete der Steuermannsmaat. „Boot kommt gleich auf Grund." Die Geschwindigkeit fiel jetzt schnell zurück, so daß nun offensichtlich der Festlandsockel nicht mehr erreicht werden konnte.

Es gab einen Stoß und dann einen zweiten, und sie wurden heftig durcheinandergeworfen. Der Bug senkte sich langsam, und das Boot bekam eine Schlagseite nach backbord. Von außen kam eine Art von gedämpftem Kreischen und Stöhnen, als der Rumpf des Bootes durch Schlamm und Sand pflügte. Tiefe: 405 Meter, die *Lancerfish* lag auf dem Meeresboden.

„Druckluft abstellen", befahl Crawford. Jetzt hatte alles Blasen keinen Zweck mehr. Es galt nun, den noch vorhandenen Druckluftvorrat festzustellen.

Als das Geräusch der zischenden Luft aufhörte, breitete sich ein tödliches Schweigen aus. Für einen Augenblick sprach keiner von ihnen, dann durchbrach eine gequälte Stimme die Stille. „Heilige Mutter Gottes, seht euch die Tiefe an."

Die Männer blickten einander an und dann den Ersten. Die *Lancerfish* veränderte die Lage noch ein wenig, und wieder entstand ein entferntes, knurrendes Geräusch. Das Deck krängte zwölf Grad nach backbord und hatte eine Achterlastigkeit von sechs Grad. Crawford blickte auf die Lecksicherungstafel. Die Felder für den Hauptantriebsraum und den Torpedoraum achtern waren geflutet. Alle anderen

Räume waren in Ordnung, dort war kein Wassereinbruch. Der Atomreaktor erhielt die Hilfsstromversorgung aufrecht. Das Beatmungssystem für die Luftreinigung und Sauerstofferzeugung arbeitete. Crawford blickte in die Gesichter der Männer, die sich um ihn versammelt hatten. Er sah den Chief, den Leitenden Ingenieuroffizier des Bootes, Guy Harris, und gab ihm den Befehl, anhand der Rollentafel festzustellen, wer sich im Achterschiff befand, und durch eine Sicherheitswache die Bilgen überprüfen zu lassen.

„Außerdem, Chief, möchte ich, daß ein wachhabender Elektriker ständig das Beatmungssystem unter Kontrolle behält."

„Jawohl, Sir. Wenn das zusammenbricht, machen wir es höchstens noch zwei bis drei Tage."

Dann befahl Crawford allen anderen Offizieren, die Räume zu überprüfen, für die sie jeweils verantwortlich waren, und in der Offiziersmesse Meldung zu machen.

HAYMAN kroch in den Torpedoraum. Mehrere Männer hockten auf ihren Kojen, die sich hinter dem Bündel der Torpedorohre befanden. Eine Stimme flüsterte: „Der Torpedooffizier ist da", und alle Köpfe wandten sich ihm zu.

McGovern, der Torpedomann erster Klasse, kam zwischen zwei Reihen von Torpedorohren hervor; seine Hosen waren naß und voller Schmierfett, da er durch die Bilgen gekrochen war. „Alles in Ordnung, Mr. Hayman, wir nehmen kein Wasser über."

Hayman dankte und gab die Anweisung, daß Signale bereitgelegt werden sollten. Ein junger Matrose beugte sich über den Rand seiner Koje und fragte: „Meinen Sie, daß sie mit einer Rettungsglocke zu uns herunterkommen, Leutnant?"

„Ja, ich denke schon." Hayman ließ seine Stimme so beiläufig wie möglich klingen. „Wir liegen auf ziemlich ebenem Boden."

„Mr. Hayman, sehen Sie doch einmal."

McGovern stand hinter dem Ausstoßrohr für Notsignale und sah es mißbilligend an. Aus der Verschlußklappe sickerte Wasser, und das Messingrohr, das nach oben durch den Druckkörper hinausführte, war beschlagen. Das Ausstoßrohr war voll Wasser. Damit war die Möglichkeit ausgeschlossen, Signale aufsteigen zu lassen. Hayman ging nach achtern, um es dem Ersten zu melden.

Kapitänleutnant Crawford stand mit einer Notlampe am Kopf des Messetisches, als die Offiziere hereinkamen und schweigend ihre

Plätze einnahmen. Einige blickten auf den schwitzenden Druckkörper, andere wandten ihre Köpfe dem Ersten zu und warteten, daß er das Wort ergriff. Es war eigenartig, daß der Kapitän nicht dabei war. Crawford stellte fest, daß Hughes, der Elektrikoffizier, nicht anwesend war. „Wo ist Hughes?" fragte er.

Tom Evers, der junge Navigator, antwortete mit flacher Stimme: „Er war achtern" und blickte auf seine Hände.

Chief Harris steckte seinen Kopf in den kleinen Raum und übergab dem Ersten ein Stück Papier. Crawford überflog es schnell. Von dreiundachtzig Mann waren einundzwanzig achtern gestorben, der Kommandant nicht mitgerechnet. Crawford hoffte, daß der Handelsdampfer ihn aufgefischt hatte. Er wandte sich an die anderen. „Wir liegen in vierhundertfünf Meter Wassertiefe." Er brauchte ihnen nicht zu sagen, daß ein Ausstieg Mann um Mann bei einer solchen Tiefe nicht in Frage kam. „Unsere einzige Hoffnung", fuhr er fort, „ist die Rettungskammer."

Leutnant Evers meldete sich. „Aber die Rettungskammer hat eine Operationstiefe von höchstens dreihundert Metern. Liegen wir nicht zu tief?"

„Ich weiß, aber diese Kammern haben einen Sicherheitsfaktor. Das Bojenkabel, das wir mit unserer Signalboje hinauflassen, hat eine Länge von etwa fünfhundert Metern." Er wandte sich an Hayman. „Torpedooffizier, das gehört in Ihren Bereich. Haben Sie die Länge des Bojenkabels bei der letzten Schiffsüberholung geprüft?"

„Nicht persönlich." Hayman spürte die Blicke der anderen Offiziere. „Die Länge dieser Kabel soll vierhundertfünfzehn Meter ohne jeden Spleiß betragen."

„Die Wassertiefe ist über der Signalboje am Bug um fast neun Meter geringer als der Grund, auf dem der Kiel liegt", sagte Crawford. „Das verschafft dem Kabel einen Spielraum von etwa zwanzig Metern."

Leutnant John Fitzgibbons, der Operationsoffizier, begann mit leiser, mürrischer Stimme zu reden. „Wir sind alle tot, das ist nur eine Frage der Zeit. Diese Glocke wird es bis hierher ..."

„Ruhe!" Crawford schlug mit der Notlampe auf den Tisch. „Es sieht schlecht aus, aber ich glaube, daß es zu schaffen ist." Er entspannte sich und wandte sich dann wieder an Hayman. „Wie steht es eigentlich um das neue Rettungsunterseeboot, an dem die Marine arbeitet?"

„Das Tiefseerettungsfahrzeug", sagte Hayman und lächelte schwach. „Das erste TSRF wurde letztes Jahr vom Stapel gelassen, aber es ist noch nicht einsatzbereit. Außerdem müßte das Boot verändert werden, damit die Anschlüsse passen."

Crawford stand mit einem Seufzer auf. „Lösen Sie jetzt die Signalboje. Auch wenn sie die Wasseroberfläche nicht erreicht, könnte sie vom Sonar geortet werden. Wir alle müssen uns positiv auf unsere Lage einstellen."

Leutnant Roche, dem Versorgungsoffizier, befahl Crawford, eine Aufstellung ihrer Vorräte zu machen. Dann kehrte er in die Zentrale zurück, um die Wache zu kontrollieren, die Chief Harris aufgestellt hatte.

2

In der Befehlszentrale des Dritten Küstenwachen-Distrikts im unteren Manhattan saß ein einsamer Funker, der um Mitternacht seine Wache angetreten hatte. An der ganzen Ostküste war das Wetter gut, und die Handelsschiffahrt hatte es leicht. Die Verkehrsmeldungen waren durchgelaufen, und jetzt blickte er aus dem Fenster auf New York. Kein lebendes Wesen zu entdecken.

In einen der Fernschreiber an der Wand kam Leben. Der Funker las die kurze aufrüttelnde Mitteilung. Kollision! Er lief hinunter zum Wachraum des Offiziers, klopfte kurz an und trat ein.

„Sir, ein Notruf aus Cape May auf fünfhundert Kilohertz." Er wartete, daß der Leutnant zu sich kam. Der Offizier setzte sich auf und blinzelte in das grelle Licht von der Decke. Er sah auf seine Uhr – 0 Uhr 10 –, nahm dann die Nachricht und las:

> NOTRUF VON SS OCEAN BELLE. KOLLISION MIT NICHT IDENTIFIZIERTEM UNTERSEEBOOT. U-BOOT TAUCHTE IN POSITION 39 GRAD 25 MINUTEN NÖRDLICHER BREITE UND 72 GRAD 03 MINUTEN WESTLICHER LÄNGE. BLEIBEN IN POSITION WEGEN ÜBERLEBENDER. KEINE VERLUSTE AN BORD. LEICHTER SCHADEN AM BUG MIT GERINGEM WASSEREINBRUCH. 23 UHR 55 ORTSZEIT.

Der Offizier war jetzt ganz wach. „Alarmieren Sie den Kutter zwo-eins-neun, er soll so schnell wie möglich zur Kollisionsstelle auslaufen", ordnete er an.

Im U-Boot-Stützpunkt New London, Connecticut, dem Heimathafen der *Lancerfish,* entstand in den ersten Morgenstunden beträchtliche Aktivität. Seit der ersten Meldung suchten Zerstörereinheiten und Flugzeuge das Kollisionsgebiet ab. Das U-Boot-Rettungsschiff *Kingfisher* war um 2 Uhr 30 ausgelaufen, sobald der größte Teil der Taucher an Bord war. Noch jetzt, in der heraufkommenden Dämmerung, zerriß das Aufheulen der Alarmsirene in regelmäßigen Abständen die Luft. Ein ständiger Strom von Autos drängte zum Haupttor des Stützpunktes. Im Operationsraum des U-Boot-Bereichs Atlantik durchblätterte Kapitän Barnaby C. Holmes, Kommandeur des Zweiten Unterseebootgeschwaders, einen Stoß Meldungen. Die letzte Mitteilung von der *Lancerfish* war zum Zeitpunkt ihres Auftauchens eingetroffen. Jetzt antwortete die *Lancerfish* auf keiner Frequenz. Sie mußte es gewesen sein. Holmes trat an den Kartentisch und las die Tiefenangaben in diesem Seegebiet. Über fünfhundert Meter! Holmes dachte an den Kapitän der *Lancerfish,* Joe Hascomb. Lag er jetzt auf dem Grund des Atlantiks und wartete auf eine Rettung, die unmöglich erschien? Oder vielleicht war das Unterseeboot in einen der tiefen Gräben in der Nähe geraten, und der Rumpf war gebrochen, und es gab keine Überlebenden.

Früh am Morgen hatte der kommandierende Admiral des U-Boot-Bereiches Atlantik, Thomas Calhoun, persönlich Holmes angerufen, um ihm die Nachricht mitzuteilen. „Eines Ihrer Boote ist gesunken, Kapitän. Es sieht so aus, als ob die *Lancerfish* vor der Küste gerammt wurde. Ich habe den Befehl Ernstfall 1000 ausgegeben. Fahren Sie bitte mit der *Barnett* hinaus. Ich melde mich bei Ihnen, wenn Sie hier sind."

Holmes hatte weniger als eine halbe Stunde gebraucht, um in das Hauptquartier zu gelangen. Ernstfall 1000, hatte er gedacht, als er die Treppe zum Operationsraum hinaufgelaufen war. Wie oft hatten sie diese Notlage geübt, die in der Ausbildung als Übung 1000 bezeichnet wurde. Aber nun ging es um die Wirklichkeit, um einen Ernstfall. Nach einer kurzen Besprechung mit dem Admiral warf Holmes einen letzten Blick auf die Karte, bevor er sich zum Aufbruch bereitmachte.

Der Zerstörer *Barnett* wartete an der Pier. Die Leinen waren schon losgemacht, und die Kessel standen unter vollem Dampf. Flußaufwärts in den Hafenbecken lagen die schwarzen, unheimlichen Schatten von Unterseebooten.

Holmes lief die Gangway der *Barnett* hinauf und gleich zur Brücke weiter, wo der Kommandant ihn erwartete. Die Männer im Ruderhaus versteiften sich sichtlich, als Holmes über das Deck kam. Er war ein stattlicher Mann. Der dunkle Teint ließ das volle weiße Haar noch stärker hervortreten, und das fleischige Gesicht mit dem froschartigen Mund und den vorstehenden Augen war beinahe häßlich. Er trug seine bekannte blaue Windjacke mit dem Spitznamen „Barney" auf dem Rücken.

Fünf Stunden nach der ersten Kollisionsmeldung ging die *Barnett* rückwärts in den Thames-River hinaus, drehte und lief mit vorgeschriebener Geschwindigkeit flußabwärts. Eine auffrischende Brise setzte dem Wasser weiße Schaumköpfe auf. Draußen war eine rauhe See zu erwarten.

Die *Kingfisher* und die *Barnett* erreichten beinahe gleichzeitig die Position, weil das Rettungsschiff viel langsamer war. Holmes befahl dem anderen Schiff beizudrehen, während der Zerstörer die Suche mit dem Sonar aufnahm. An der Kollisionsstelle hatte die Küstenwache eine Boje ausgelegt. Die Ausgucks wurden instruiert, auf die Signalboje des Unterseeboots zu achten. Sie war leuchtend orangefarben und glich in Größe und Form einer Kinderbadewanne. Ihr Platz war unter einer ausfahrbaren Klappe am Bug des Unterseebootes. Wurde der Auslösemechanismus eingeschaltet, stieg die Boje nach oben und zog das Stahlkabel von der Trommel im Innern des Rumpfes mit sich. Falls die Boje die Oberfläche erreicht hatte, konnten sie die Ausgucks am Namen des Bootes und der Aufschrift GESUNKENES U-BOOT erkennen.

Am späten Nachmittag frischte der Wind zu Stärke 6 auf, und die rauhe See behinderte den Sonargebrauch. Holmes stützte sich an Steuerbord mit den Ellbogen auf das Schanzkleid der Brücke und blickte auf die tiefblauen, weiß schäumenden Wellen. Er beobachtete die Möwen, die in das Kielwasser des Zerstörers herunterstießen; ihre grellen Schreie klangen unheilvoll.

Gegen Sonnenuntergang kam im Westen ein kleines Schiff in Sicht. Es war ein gechartertes Boot aus Brielle, New Jersey, und mit Reportern besetzt. Als es auf Befehl der Küstenwache eine Meile von der *Barnett* entfernt beidrehte, beobachtete Holmes es durch das Fernglas. Im Ruderhaus erkannte er eine Ansammlung von Gestalten. Die Presse war eingetroffen, um die Tragödie zu beschreiben.

Ein Funker kam auf die windgepeitschte Brücke hinaus und übergab dem Wachoffizier eine Meldung, die dieser dem Kommodore schnell weiterreichte. Es war eine Mitteilung vom kommandierenden Admiral des U-Boot-Bereichs Atlantik, an Kapitän B. C. Holmes adressiert, die ihm das Kommando für die Suche und Rettung übertrug. Er lächelte über die Ironie. Holmes hatte immer wieder seine Bedenken geäußert, daß die Marine kein Rettungssystem für die neuen tieftauchenden Boote besaß. Noch vor kurzem hatte es mit dem Admiral eine hitzige Debatte über einen Zeitschriftenartikel gegeben, den Holmes veröffentlicht hatte. In ihm hatte er der Marine die nachhinkende Entwicklung des Tiefseerettungsfahrzeugs vorgeworfen.

„Sie haben einen entscheidenden Punkt getroffen, Barney", hatte der Admiral gesagt, „aber die Mittel sind gekürzt worden, und im übrigen sind mehr als fünfundzwanzig Jahre vergangen, seit zum letztenmal die Besatzung eines Unterseeboots nach einem Unfall gerettet werden mußte."

Das war 1939 gewesen, als die *Squalus* vor New England gesunken war. Damals hatte die McCann-Rettungsglocke der Marine dreiunddreißig Männer gerettet. Von 1939 bis zum jetzigen Tag hatte es keinen Unglücksfall gegeben, bei dem man die Besatzung hätte retten müssen. Weder beim Untergang der *Thresher* 1963 noch beim Verlust der *Scorpion* 1968 hatte es Überlebende gegeben. Im Lauf der Jahre war die McCann-Glocke verbessert worden, aber die Technik und ihre Grenzen waren die gleichen geblieben. Wenn es an Bord der *Lancerfish* Überlebende gab, dachte Holmes verbittert, würde er sie mit der gleichen Kammer wie bei der Rettung der Squalus-Besatzung herausholen müssen, nur daß es um die fünffache Tiefe ging. Das neue Tiefseerettungssystem, dessen Entwicklung aus dem Verlust der *Thresher* hervorgegangen war, sollte nahezu fertig sein. Aber es war zweifelhaft, ob dieses komplizierte Gerät rechtzeitig bereitgestellt werden konnte. Wegen der Etatkürzungen – verursacht durch die Verpflichtungen in Vietnam, die inflationistische Wirtschaft und das Wettrüsten – war es Jahr um Jahr zurückgestellt worden. Das Schicksal hatte sie überholt.

Offensichtlich hatte sein Aufbegehren das Vertrauen seines Vorgesetzten in ihn nicht erschüttert, überlegte Holmes und überflog noch einmal die Mitteilung. Aber zunächst mußte die *Lancerfish* gefunden werden, und das erwies sich als schwieriger, als er vorhergesehen hatte.

Dunkelheit breitete sich über die Suchoperationen, und das Bewußtsein der Dringlichkeit schlug in ein Gefühl der Hoffnungslosigkeit um. In jener Nacht schlossen sich der *Barnett* zwei weitere Zerstörer an und suchten den Meeresboden ab. Holmes ging unter Deck, um mit dem Kommandanten zu Abend zu essen.

„Die Bedingungen für die Sonarortung sind schlecht. Das Wasser ist zu tief, und die Sprungschicht liegt bei etwa achtzig Meter", sagte Kapitän Johnson, als er sich Fleisch und Kartoffeln von der Platte nahm, die der Steward ihnen reichte. „Wir haben keine große Chance, sie auszumachen, wenn sie ihre Boje nicht ausgelegt hat." Der Kapitän sah Holmes an. „Sie wissen, wie tief das Wasser hier ist. Wenn wir das U-Boot finden und noch Leute am Leben sind, wie wollen Sie sie herausholen?"

„Zunächst einmal müssen wir das herausfinden, Harry. Eines nach dem anderen."

Während des Kaffees brachte der Funker eine Nachricht vom Kommandeur des Dritten Marinedistrikts in New York. Er schlug vor, daß zwei Korrespondenten an Bord der *Barnett* übernommen würden, um für alle über die Suchaktionen zu berichten. Holmes schrieb eine kurze Antwort auf den unteren Rand der Nachricht. „Erlaubnis gewährt. Bitte vergewissern, daß die Reporter zugelassen sind."

„Da haben wir's. Die Presse wird bald bei uns sein, und ich kann die Fragen beinahe schon hören", sagte Holmes mit grimmigem Gesicht.

Am nächsten Morgen war es düster und wolkig. Der Wind hatte während der Nacht nach Nordosten gedreht und kalten, peitschenden Regen gebracht. Aus der Takelage der *Barnett* hörte man leises Stöhnen, als sie sich in den Wind drehte und auf den Küstenkreuzer zu hielt, auf dem sich die Reporter aus New York befanden. Mehrfach und ohne Erfolg war das Gebiet rund um die Markierungsboje abgesucht worden. In der Nachtwache hatten sie zweimal falsche Kontakte festgestellt, die einige Aufregung verursachten.

Als sie sich jetzt dem weißen Boot auf eine Viertelmeile genähert hatten, signalisierte ihm der wachhabende Offizier, längsseits zu kommen. Holmes stützte sich mit übereinandergelegten Armen auf das Schanzkleid und sah zu, wie die beiden Zivilisten ungeschickt nach der Jakobsleiter griffen, die heruntergelassen worden war. Kameras, ein Tonbandgerät und ein großer schwarzer Kasten wurden auf die *Barnett* hinaufgereicht.

„Bringen Sie sie in mein Quartier“, rief Holmes zu dem Offizier hinunter, der die Reporter begleitete. „Ich werde gleich unten sein.“

Die Kabine war klein, aber bequem. Sie gehörte dem Kommandanten des Schiffes, der aus Rücksicht auf den Kommodore in seine Seekabine nahe dem Ruderhaus gezogen war. In der Kabine befanden sich eine große Koje mit Schubladen darunter, ein Schreibtisch und ein Kleiderschrank. In der Mitte stand ein runder Tisch mit grüner Bespannung. Die beiden Journalisten saßen einander am Tisch gegenüber. Der eine war groß und dünn mit scharfen Gesichtszügen, die ein gepflegter Schnurrbart noch unterstrich. Er trug einen teuren Maßanzug aus Tweed. Leonard Wright war Korrespondent der vereinigten Fernsehanstalten. Mit weltmännischer Belustigung betrachtete er seinen Kollegen. Edgar Lewis war ebenfalls ein großer Mann, aber dicklich, mit einem großen Gesicht, das fast übergangslos auf einem halslosen Körper saß. Er war der Vertreter der UPI, und die lange rauhe Fahrt an Bord des Küstenkreuzers hatte ihn verdrießlich und seekrank gemacht. Er hatte seinen leicht verblaßten blauen Mantel nicht abgelegt – als ob er jeden Augenblick aufstehen und davongehen wollte. Er schüttelte den Kopf: „Himmel, je älter ich werde, desto härter die Aufträge. Während des Krieges war ich anderthalb Jahre bei der Marine, und jedesmal, wenn jetzt etwas kommt, was mit Wasser zu tun hat, schickt man mich auf die Reise.“

Die Kabinentür öffnete sich, und ein tadellos gekleideter Steward brachte ein Tablett mit Kaffee, das er vor den Männern absetzte. Die Tür öffnete sich wieder, und Holmes kam herein. Er nahm die unangezündete Zigarre aus dem Mund und stellte sich vor. Die Andeutung eines Lächelns zog seinen breiten Mund auseinander.

„Ich nehme an, daß es ein bißchen ungemütlich war in der Nußschale, in der Sie herausgekommen sind. Sobald Kapitän Johnson von der Brücke herunterkommt, werden wir Sie mit einem Frühstück wieder auf die Beine stellen. Inzwischen möchte ich zusammenfassen, was bisher geschehen ist.“ Er zog seine Windjacke über den Kopf und warf seine Mütze auf die Koje.

Wright übernahm die Vorstellung für sich und Lewis. Holmes’ Erscheinung imponierte Wright. Genauso wie ein alter Seebär aussehen sollte, dachte er.

„Ich möchte nachher mit Ihnen auf der Brücke ein paar Sechzehn-Millimeter-Szenen drehen“, sagte Wright. „Der Küstenkreuzer könnte dann den Film in die Stadt zurückbringen. Aber natürlich nur, wenn

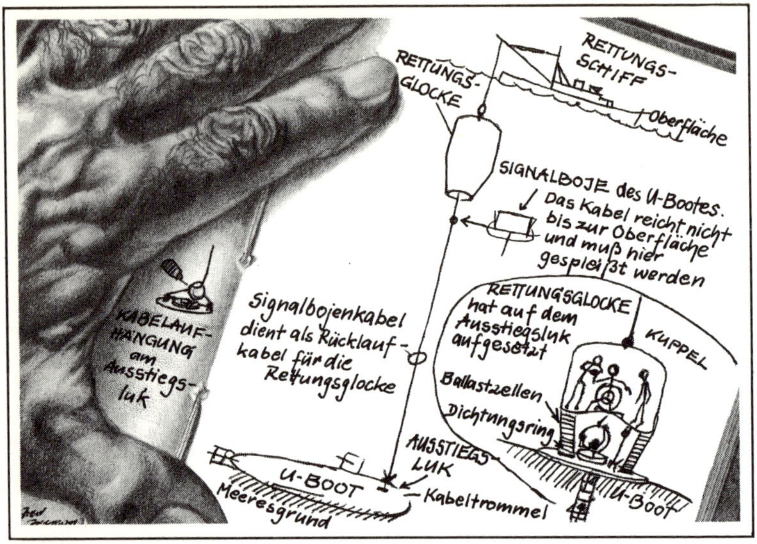

es Ihnen recht ist. Auch würden wir, wenn es möglich ist, gerne eine Ihrer Funksprechanlagen benutzen, um Berichte durchzugeben."

Holmes sah ihn nachdenklich an. „Ja, das können Sie, aber das Wetter verschlechtert sich, und ich glaube, daß ein Sturm auf uns zukommt. Ihr Kreuzer wird in den Hafen zurückmüssen." Er nahm einen Stuhl und setzte sich an den Tisch. Wenn das Schiff in die Wellen hinunterging, zitterten leise das Deck und die Schotten. Holmes hielt die rutschende Tasse fest, die der Steward ihm vorgesetzt hatte, und fuhr fort: „Wir fahren jetzt zur Markierungsboje zurück – an die Stelle, wo die Kollision sich ereignet hat –, um noch ein weiteres Tiefenprofil des Meeresbodens aufzunehmen."

Er erwähnte, daß die Untersuchung der Kollisionsursache bereits im Gange sei. Dann erklärte er die Methoden, um das gesunkene Unterseeboot zu orten, und skizzierte für die Journalisten, wie die Rettung der Besatzung ablaufen sollte, wenn das Unterseeboot erst einmal gefunden war. Während er sprach, beobachtete er die Korrespondenten. Durch sie würde die Öffentlichkeit, vor allem die besorgten Familien der Besatzungsmitglieder, über die Katastrophe unterrichtet werden, und es galt, vorsichtig zu sein, daß sie die Maßnahmen nicht falsch auslegten.

Leonard Wright war Holmes bekannt; er erschien häufig in den Nachrichtensendungen im Fernsehen. Der Ausdruck seines schlanken Gesichts mit dem gepflegten Bart schien übermäßig entgegenkommend und aalglatt respektvoll. Während Holmes sprach, schrieb er von Zeit zu Zeit etwas in ein kleines Notizbuch. Lewis andererseits schien kaum zuzuhören. Er bat den Steward, ihm Kaffee nachzuschenken, schob sich in seinem Stuhl herum und legte beide Unterarme auf den Tisch.

„Gibt es irgendwo an Bord Magentabletten, Kommodore?"

Der Steward verschwand mit dem Auftrag, sie aus dem Krankenrevier zu besorgen, und Holmes fuhr fort: „Sie sehen also, daß unsere Suche durch den unebenen Meeresboden noch schwieriger gemacht wurde. An der Stelle, wo die *Lancerfish* unterging, loten wir mehr als fünfhundert Meter. Durch den zerklüfteten Boden erhalten wir im Sonar falsche Echos."

„Wie stehen die Chancen, daß irgend jemand noch am Leben ist, Kommodore?" fragte Wright.

„Das hängt davon ab, wie schnell das U-Boot unterging, aber es gibt eine sehr gute Chance, daß sich an Bord Überlebende befinden."

„Und wenn Sie sie finden, was dann? Können Sie sie herausholen?"

Holmes trank einen Schluck Kaffee und hielt dabei die Tasse wie eine Schale. Er setzte sie vorsichtig ab. „Wir werden sie mit der Rettungsglocke holen müssen. Für den Einzelausstieg ist der Druck zu groß."

Er wußte nur zu gut, welchen Problemen sie gegenüberstehen würden. Wenn das Boot die Markierungsboje aufsteigen lassen konnte, würde diese nicht bis an die Wasseroberfläche reichen. Aber das Sonar würde das Kabel ausmachen können und ein Taucher eine Verlängerung des Kabels anspleißen müssen. Dann kam das Problem, unter der Boje die Glocke anzusetzen.

„Diese Leute da unten, wieviel Zeit bleibt ihnen?" fragte Lewis.

„Das ist schwer zu sagen, solange wir keine Verbindung haben. Ich möchte jetzt keine Mutmaßungen über die Möglichkeiten anstellen."

Wright schloß sein Notizbuch. Der Steward brachte die Magenkapseln für Lewis und begann den Tisch für das Frühstück zu decken.

Die Nachricht von der U-Boot-Katastrophe verbreitete sich schnell durch das Land. Als die Funkhäuser und Fernsehanstalten ein Bulletin aus Washington erhielten, unterbrachen sie ihre Programme. Die Zeitungen kündigten mit knalligen Typen an: Unterseeboot Lancerfish gesunken. Ironischerweise versäumte es eine Zeitung, eine kurze Notiz auf den hinteren Seiten herauszunehmen, die die Ankunft der *Lancerfish* meldete und darauf hinwies, daß das Unterseeboot am Tag der Streitkräfte von der Öffentlichkeit besichtigt werden könnte. Einer der Artikel brachte ein Interview mit der Frau des Torpedomanns C. T. Rodgers. Ein Foto daneben zeigte Mrs. Rodgers und drei Kinder, die ausdruckslos in die Kamera starrten. Am Ende des Artikels wurde sie zitiert: „Ich weiß, daß es Claude gut geht. Ich vertraue auf Gott und die Marine der Vereinigten Staaten."

Wegen des Sturms vergingen zwei Tage, bevor die intensive Suche wiederaufgenommen werden konnte. Holmes wartete ungeduldig auf besseres Wetter. Er hoffte, daß das U-Boot die Markierungsboje hatte auslegen können, und dann würden sie mit dem Sonar das Kabel finden können. Außer der *Barnett* befanden sich jetzt noch vier Zerstörer auf dem Schauplatz.

Am 17. Mai kabelte der kommandierende Admiral des U-Boot-Bereichs Atlantik, daß das Unterseeboot *Striker* ausgelaufen sei, um bei der Suche behilflich zu sein. Dieses U-Boot gehörte zur selben Klasse wie die *Lancerfish* und würde unter Wasser mit dem Sonar suchen, da die Sprungschicht die Sonarstrahlen verzerrte, die die Überwasserschiffe aussandten.

Die *Barnett* war zur Kollisionsstelle zurückgekehrt, hatte beigedreht und rollte in der Dünung. Wind und Wellen beruhigten sich, und Holmes versuchte von neuem, über das Unterwassertelefon mit der *Lancerfish* Verbindung aufzunehmen. Er war überzeugt, daß an Bord noch Männer lebten. Ein Funkgespräch mit dem Steuermann der *Ocean Belle,* der zum Zeitpunkt der Kollision auf der Brücke gewesen war, hatte ihn darin bestärkt. Er berichtete, daß er gesehen habe, wie der schwarze Rumpf verzweifelt nach backbord abdrehte, und daß er den Kollisions- und den Tauchalarm gehört habe. Holmes, der wußte, wie schnell eine Besatzung ein Boot dicht machen konnte, nahm an, daß das Vorschiff des Bootes unbeschädigt geblieben war.

Holmes saß mit Kapitän Johnson in der dunklen Stille der Befehlszentrale. Der Radarmann saß vor seiner Konsole, auf der der Lichtschein um den Horizont lief und die anderen Schiffe des Verbands aufleuchten ließ. Geisterhaft beleuchtete Tafeln und der Navigationsplot sahen in dem abgedunkelten Raum wie illuminierte Spinnengewebe aus.

Die Tür öffnete sich für einen Augenblick, und blendendes Tageslicht fiel herein. Mit einem kurzen „Guten Morgen“ bestätigte Holmes, daß er Wrights Anwesenheit zur Kenntnis genommen hatte.

Kapitän Johnson hielt ein kleines Mikrophon vor die Lippen: „Hallo, *Lancerfish, Lancerfish, Lancerfish,* hier spricht die *Barnett.* Hören Sie uns? Ende.“

Mehrfach wiederholte er seine Rufe. Schließlich sagte Holmes: „Wenn sie uns hören, Harry, können sie sicher nicht antworten.“ Er erhob sich, stand hinter der Radarkonsole und blickte abwesend auf den Lichtstreifen.

Eine verstärkte Stimme zerriß die Stille. „*Lancerfish, Lancerfish,* hier spricht die *Barnett.* Hören Sie uns? Ende.“ Für einen Augenblick beschleunigte sich Holmes’ Puls, dann drehte er sich dorthin um, woher die Worte gekommen waren. Wright beugte sich über sein kleines batteriegetriebenes Tonbandgerät und lächelte schwach. „Das wird meinem Kommentar heute abend ein wenig dramatische Farbe verschaffen“, sagte er.

Verärgert ging Holmes hinaus und sagte zu Kapitän Johnson: „Drehen wir noch eine Runde. Lassen Sie es mich wissen, wenn die *Striker* eintrifft.“

Wright ging nach unten in die Offiziersmesse, wo er Lewis traf, der in der Sitzecke sorgfältig mit der Hand seinen Bericht schrieb. Aus der Kaffeemaschine auf dem Büfett goß sich Wright eine Tasse voll ein und setzte sich. „Ich glaube nicht, daß sie das U-Boot finden werden, aber der Kommodore hat das Gefühl, daß es da unten Überlebende gibt. Ich fragte ihn, wie lange die Suche fortgesetzt würde, und er sagte: ‚Bis wir sie finden.‘“

NACH DEM Mittagessen ging Holmes in sein Quartier, wo Wright ein Interview mit ihm machen wollte. Der Reporter hatte sein Tonband aufgestellt und erwartete ihn. Nachdem sie Platz genommen hatten, eröffnete Wright das Interview. Seine Stimme war selbstsicher und wohlklingend.

„17. Mai, an Bord der USS *Barnett* im Kollisionsgebiet des Unterseeboots *Lancerfish*. Neben mir sitzt Kapitän Barnaby C. Holmes von der US-Marine, der die Such- und Rettungsoperationen für das gesunkene Unterseeboot befehligt." Wright wandte sich mit einer leichten Drehung Holmes zu. „Kommodore Holmes, Sie sagten vorhin, daß Sie glauben, in dem Unterseeboot seien Männer am Leben. Würden Sie bitte Ihre Gründe für diese Annahme darlegen?"

Holmes dachte einen Augenblick nach und berichtete dann von seinem Gespräch mit dem Besatzungsmitglied der *Ocean Belle*. Während er sprach, stellte er sich vor, daß er selbst auf der Brücke des Unterseeboots stand. Wenn er erkannt hätte, daß die Kollision drohte, würde er Tauchalarm gegeben haben. Er sah die Zentrale vor sich, das wilde Ausblasen der Tauchzellen nach der Kollision, das für eine Zeitlang das Sinken verlangsamen würde. Dann, volle Kraft voraus... abdrehen... Teufel, ja! Abdrehen und voraus und versuchen, durch Geschwindigkeit soviel Auftrieb zu erhalten wie möglich, und nichts wie ab in flacheres Wasser. Er sprang auf, ließ den erschrockenen Wright sitzen und stürmte zur Tür. Zwei Stufen auf einmal, lief er zur Brücke hinauf. Er ging ins Kartenhaus und bestimmte den Kurs von der Kollisionsstelle zum Ambrose-Leuchtfeuer. „Von der Boje auf Kurs drei-drei-null gehen", befahl er. „Nach drei Meilen auf sechs Knoten heruntergehen und das Echolot einsetzen. Die gemessene Wassertiefe ist laufend zu melden."

Zum Teufel, ja, dachte er von neuem. Die *Lancerfish* mußte Richtung Norden liegen. Holmes steckte den Kopf in das Ruderhaus. „Läufer, bitten Sie Kapitän Johnson zu mir auf die Brücke. Auf dem Rückweg holen Sie mir einen Schwarzen mit Zucker." Hoffnungslosigkeit und Müdigkeit der letzten zwei Tage schienen verflogen zu sein.

3

WÄHREND der ersten Stunden auf dem Meeresboden hatte die Besatzung der *Lancerfish* sorgfältig die Zeit ausgerechnet, die es dauern würde, bis mit der Wasseroberfläche Verbindung aufgenommen werden könnte. Jeder hoffte darauf, daß schon am ersten Tag sich jemand bei ihnen melden würde. Danach wäre es nur noch eine Frage von Stunden, bis ein Rettungsschiff über ihnen ankerte und das Bojenkabel aufnahm. Sie hatten sich überlegt, daß das Bojenkabel nicht nur die geforderten vierhundertfünfzehn Meter lang war, sondern höchstwahrscheinlich noch länger. Chief Harris meinte, sich an eine Markierung auf der Trommel bei vierhundertfünfzig Meter erinnern zu können. Das wären dann fast vierhundertsechzig Meter, mehr als genug, um die Oberfläche zu erreichen.

Der Erste versuchte, die Männer auf die Möglichkeit von Verzögerungen vorzubereiten, und drang in sie, ihren Optimismus aufrechtzuerhalten.

Leutnant Delmore Ritter, der Maschinenoffizier, hörte im Reaktorraum auf die Stimme des Ersten aus dem Lautsprecher über seinem Kopf. Er zupfte an seiner Nase, und sein Blick streifte über die Druck- und Temperaturanzeiger auf der Schalttafel aus blankem Stahl. Der Reaktor war immer das Zentrum seiner technischen Domäne gewesen. Die riesige, abgeschirmte Masse summte leise vor gebändigter Kraft. Kilometer hochpolierter Stahlrohre in einem Flechtwerk mechanischer Eingeweide beförderten die Lebenskraft, die ein großes brennendes Herz hervorbrachte. Ständig zusammenstoßende Atome brachten unendlich kleine Energiefunken hervor. Die Hitze verwandelte Wasser in Dampf, der unter Druck die Turbinen antrieb. Er blickte auf einen Druckmesser, klopfte zufrieden dagegen und dachte, solange die große Maschine lebt, leben auch wir.

Ritter blickte auf, als George Benson, der leitende Ingenieur im Hilfsmaschinenraum, hereinkam. Chief Benson, ein fetter Mann, atmete schwer von der Anstrengung, die Leitern aus den einzelnen Räumen hinunter- und hinaufzuklettern, wo er gerade alle Bilgen überprüft hatte. Er wischte sich sein rotes Gesicht mit einem Tuch.

„Bei zwei Ventilen nehmen wir ein bißchen Wasser über, aber das ist kein Grund zur Beunruhigung. Die Hygienetanks eins und zwei müssen ausgeblasen werden, aber wegen des Drucks in dieser Tiefe werden wir vorsichtig sein müssen, und einen fürchterlichen Gestank wird's geben." Er rieb sich nachdenklich das Genick. „Sicher wird es lange dauern, bis irgend jemand zu uns kommt."

Auch der Erste dachte darüber nach. Sie sollten jetzt irgendeinen Kontakt mit der Oberfläche haben. Er hatte ohne Ergebnis mehrfach Versuche mit dem Unterwassertelefon unternommen, doch war das wegen der geringen Reichweite nicht überraschend. Das Warten wirkte sich ungünstig auf die Moral aus. Ein ungewohntes Geräusch wie etwa ein herunterfallendes Werkzeug oder das Schließen eines Kastendeckels ließ die Männer jedes Gespräch unterbrechen, und sie horchten gespannt. Die Totenstille während der Zeit, als sie wegen der Kollision alles abgeschaltet hatten, war unerträglich gewesen. Jetzt verschaffte ihnen das gewohnte leise Pfeifen der Gebläse wieder das Gefühl normaler Umstände.

Durch Schläge gegen das hintere Schott des Hilfsmaschinenraums hatten sie festgestellt, daß der Hauptantriebsraum zu mehr als zwei Dritteln voll Wasser stand. Dadurch, daß sie das Wasser mit Luftdruck bis zur Leckstelle heruntergedrückt hatten, war im oberen Teil eine Luftblase entstanden. Die *Lancerfish* würde nie wieder an die Oberfläche gelangen. Eine Aussicht, die einen frösteln machte, dachte Crawford, aber irgend etwas war sicherlich zu machen, die Marine würde sie hier nicht einfach aufgeben. Auch wenn die Tatsache, daß nie ein Rettungsversuch mit einem Unterseeboot in einer solchen Tiefe durchgeführt worden war, ihn ein wenig bedenklich machte. Aber wenn sie erst einmal mit ihren Rettern sprechen und sie über den Zustand des Bootes informieren könnten, würde die Aktion anlaufen. Er blickte auf seine Uhr. Zu Hause mußten sie es jetzt erfahren haben. Er fragte sich, wie seine Frau es aufnehmen würde.

Die Verschlussklappe des Ausstoßrohres für Signalkörper wurde jetzt mit Klemmschrauben gegen den ungeheuren Wasserdruck gehalten. Leutnant Hayman untersuchte die Ausführung mit aller Sorgfalt. Wenn diese innere Klappe brach, würde das Wasser mit mehr als vierzig Kilogramm je Quadratzentimeter in den Torpedoraum hereinbrechen, und dann wäre ihr einziger Fluchtweg abgeschnitten.

Wenn die Rettungsglocke sie erreichen konnte, mußte sie auf der oberen Luke der Ausstiegsschleuse aufsetzen, und die befand sich oberhalb des Torpedoraums. Hayman stellte sich das Stahlkabel vor, das sich von der Oberseite der Luke über Hunderte von Metern durch schwarzes Wasser erstreckte. Er bezweifelte die Behauptung des Chiefs, daß sich auf der Trommel mehr als vierhundertfünfzehn Meter Kabel befunden hätten. Allerdings gab es einen Spielraum von fast zwanzig Metern; die Boje mußte an der Oberfläche sein. Da durchzuckte ihn ein unerfreulicher Gedanke.

Wenn es hier eine Strömung gab, und sei sie auch nur mäßig, dann würde die Boje von ihr fortgezogen werden, und der sich daraus ergebende Winkel könnte bedeuten, daß die Boje sich noch unter der Wasseroberfläche befand.

Hayman ging nach achtern in die Zentrale, wo der Erste stand. „Haben Sie einen Augenblick Zeit?“ Er zeigte auf die Seite des Raumes, wo sich niemand befand. Er beschrieb ihm seine Beurteilung von Signalboje und Kabel.

Crawford hörte ihm geduldig zu und meinte dann: „Chief Harris ist ziemlich sicher, daß auf der Trommel vierhundertfünfzig Meter waren, als sie abgeliefert wurde.“

„Das ist Wunschdenken. Der Chief möchte glauben ...“

„Ich habe Achtung vor diesem Chief, Hayman. Und im übrigen haben Sie damals Ihre Zeit vertrödelt, anstatt die Länge zu prüfen.“ Crawford lächelte, aber seine Augen waren hart.

Hayman ging zur Offiziersmesse und fraß die Abfuhr in sich hinein. Sein altes Ressentiment stieg wieder hoch. Er war ein „Mustang“, ein Offizier, der durch die Mannschaftsdienstgrade aufgestiegen und während seiner sechzehn Dienstjahre in der Marine ständig auf Unterseebooten gefahren war. Dennoch traute der Erste Chief Harris stets mehr berufliche Fähigkeiten zu als ihm. Zum Teufel, dachte Hayman, schließlich war auch er einmal Chief gewesen, bevor er befördert wurde, und dennoch behandelte der Erste ihn wie irgendeinen grünen Fähnrich. Auch Harris selbst in seiner ruhigen, selbstsicheren Art gab nicht viel darauf, daß jemand, der aus seinem Stand aufgestiegen war, ihm Befehle erteilte. Wenn in der Vergangenheit Harris mit Hilfe des Ersten Hayman ausgespielt hatte, rollte der Chief seinen Kaugummi im Mund herum, lächelte leicht und ging lässig und blasiert davon.

Hayman vermutete, daß viele ihn für einen Hochstapler hielten, weil er nie in Annapolis seine Mütze in die Luft geworfen hatte. Vielleicht war er überempfindlich und identifizierte sich zu sehr mit dem Mannschaftsstand. Manchmal war er bewußt grob, um von der Besatzung akzeptiert zu werden. Er hatte nie das Gefühl, in das Vorschiff zu gehören – die Region der Offiziere.

Zum Teufel damit, dachte Hayman, er erfüllte seine Aufgabe besser als die anderen jüngeren Offiziere. Er tröstete sich damit zu wissen, daß er ein „Profi" war.

In der Messe traf er Langworthy, der sich mit einem Schaubild des Sauerstoffgenerators beschäftigte. Die auseinandergefalteten Seiten der Betriebsanleitung lagen auf dem Tisch ausgebreitet, und der Hilfsingenieur beugte sich aufmerksam über sie.

„Ritter verlangt von uns, daß wir die CO_2-Jenny ständig überwachen", sagte Langworthy. „Wir sollen die Pannen ahnen, bevor sie eingetreten sind." Und er ahmte Ritters Angewohnheit nach, mit Daumen und Zeigefinger über seine Nase zu streichen. „Ganz schön verrückt, was?"

Hayman setzte sich auf die gepolsterte Bank an einer Seite des Tisches, und Langworthy fuhr fort: „Mann, wenn ich aus dieser Mausefalle herauskomme, dann können mir alle Unterseeboote gestohlen bleiben. Und schon aus einem Grund möchte ich hier herauskommen, um gegen diesen Idioten auszusagen, der uns überrannt hat." Sein Gesicht verdüsterte sich bei diesen Erinnerungen, und dann dachte er laut: „Ich frage mich, ob sie den Alten aufgefischt haben."

Der schwarze, hagere Hilfssteward Rumford, wie immer in einer weißen Jacke, kam in die Messe. Seine Größe von fast ein Meter neunzig hatte ihm den Spitznamen „Totem" eingebracht. Durch das Leben an Bord von Unterseebooten hatte er eine ständig gekrümmte Haltung, weil er sich immerzu bücken mußte. Er wartete, bis Langworthy seinen Plan zusammengelegt hatte; dann breitete er das schwere Leinentuch aus und verteilte die Servietten und das Silber.

„Was gibt's zu Mittag, Totem?" fragte Hayman.

„Erbsensuppe, Sir, und kalten Braten mit der Kirschpastete von gestern abend." Er grinste vergnügt.

Einige der anderen Offiziere erschienen nach und nach. John Fitzgibbons, der Operationsoffizier, ließ sich auf seinen gewohnten Platz fallen. In seinem runden Gesicht stand ein leerer und irgendwie beunruhigter Ausdruck. „Wo ist unser Chef?" fragte er gedehnt. Hayman betrachtete ihn mit einiger Verärgerung. Er mochte diesen pausbäckigen Südstaatler nicht, der einem Zwang unterlag, zu fast allem, was in der Messe gesagt wurde, seine unpassenden Kommentare abzugeben oder ärgerlich zu kichern. Jedoch gegenüber der Mannschaft bewies Fitzgibbons eine hochmütige Herablassung, und die Leute mochten ihn nicht. Eine seiner zusätzlichen Pflichten auf der *Lancerfish* hatte ihm seine Ernennung zum „Moralischen Führungsoffizier" eingebracht. Seine besondere Qualifikation dafür leitete sich aus der Tatsache her, daß er eine kurze Zeit lang auf ein geistliches Amt hin studiert hatte. In dieser Eigenschaft veranstaltete er manchmal an Sonntagen Laiengottesdienste. Wegen seines Verkündigungseifers hatte ihn einer von Haymans Torpedomännern einmal „John den Täufer" genannt. Fitzgibbons, der das hörte, meldete den Mann prompt zum Rapport.

Weitere Offiziere kamen in die kleine Messe, nahmen ihre Plätze ein und warteten auf den Ersten. Diese Versammlung zum Mittagessen ließ Hayman das Fehlen des Kommandanten noch bewußter werden. Als Crawford schließlich am Kopf des Tisches saß, lehnte er die Suppe ab und verlangte nur ein Sandwich. Dann wandte er sich an Leutnant Evers: „Tom, nach dem Essen lösen Sie Chief Harris in der Zentrale ab und rufen alle zwei Minuten durch das Unterwassertelefon hinaus. Jetzt müßte sich ein Suchfahrzeug in dem Gebiet befinden."

„Jawohl, Sir."

Die Offiziere begannen in sich versunken mit dem Essen. Angenommen, Hayman hatte recht und die Signalboje hatte es nicht bis nach oben geschafft, dachte Crawford. Er blickte zu dem Torpedooffizier hinüber, der am Ende des Tisches saß, die Schultern vorgebeugt.

Für Crawford gab es keinen Zweifel, daß Hayman höchstwahrscheinlich ein Mann von außergewöhnlichen Fähigkeiten gewesen war. Aber wenn die Marine einen höheren Dienstgrad aus dem Mannschaftsrang beförderte, ersetzte sie oft einen guten Seemann durch einen mittelmäßigen Offizier. Er hoffte, daß Harris mit Hinsicht auf die Länge des Bojenkabels recht hatte.

„Hier unten ist es still wie in einem Grab." Fitzgibbons' schleppende Stimme durchbrach das Schweigen. „Nun ja, das war kein guter Vergleich", fügte er hinzu. Er sah den Ersten an und lachte kurz auf. „Mein alter Herr sagte immer, man müsse sich seinen Sinn für Humor bewahren, wenn man in einen Engpaß gerät."

Hayman warf Fitzgibbons einen ungeduldigen Blick zu und stellte fest, daß in seinen Augen eine ruhelose Gespanntheit lag, wie bei einem in die Enge getriebenen Tier. Vor Angst nicht ganz bei Sinnen, vermutete Hayman.

Der Zweite Operationsoffizier und Navigator, Leutnant Evers, erhob sich von seinem Platz und ging zur Tür. Als er sich um den Stuhl des Ersten herumschob, zog er den Bauch ein, und seine Brust schwoll an. Er war ein großer, athletischer Junge, der erst vor zwei Jahren die Marineakademie verlassen hatte. Jetzt machte er einen sachlichen und konzentrierten Eindruck.

„Ich löse jetzt Chief Harris ab, Sir", sagte er zum Ersten, als übernehme er eine außergewöhnliche Aufgabe.

Auch er hat Angst, dachte Hayman, aber er klammert sich an seine Pflichten. Mir scheint, wir sind alle ein bißchen durcheinander. Ich möchte wissen, wie mein Gesicht aussieht.

Leutnant Ritter kam in die Messe und nahm Evers' Platz am Tisch ein. Er zog seine Serviette aus dem Ring und blickte von einer Seite zur anderen den Tisch entlang, um zu sehen, was es zu essen gab. „Totem, ich nehme etwas von Ihrer Suppe", rief er in die Durchreiche zur Pantry. Er wandte sich an den Ersten und sagte munter: „Alles klappt tadellos, Bob, der Reaktor arbeitet völlig normal." Mit Ausnahme des Kapitäns war Ritter der einzige Offizier, der den Ersten mit seinem Vornamen anredete. Hayman mochte Ritter und bewunderte seine selbstsichere Tüchtigkeit. Der alte Del hatte keine Angst.

„Ruhe!" Der Erste hörte zu kauen auf und hielt sein Sandwich wie eine Opferspende vor sich, den Kopf geneigt, um zu horchen. Sie alle sahen ihn starr an, während sie ebenfalls horchten. Hayman hörte nichts Ungewöhnliches, aber er wartete mit angehaltenem Atem. Crawford entspannte sich. „Ich dachte, ich hätte von draußen etwas gehört", erklärte er und fuhr fort zu essen.

Im Raum achtern saß fast die Hälfte der Überlebenden in der Eßnische der Besatzung in der Nähe der warmen Kombüse. Einige rekelten sich auf den Bänken der Messe, andere drängten sich vor der Tür der Kombüse und sahen zu, wie der Koch und ein Seemann Suppe und Sandwiches zubereiteten. Die Männer erwiesen einander eine ungewöhnliche Höflichkeit. Selbst die Witze auf Kosten anderer waren selten geworden.

Unter normalen Bedingungen war die Eßnische das gesellige Zentrum für die Männer, die keine Wache hatten. Sie war groß und sah eher wie ein modischer Eissalon aus als wie ein Raum in einem Unterseeboot. Die Tischflächen waren in verschiedenen Pastellfarben gehalten und die Bänke mit rotem Kunststoff gepolstert. An der Backbordseite befanden sich Fernsehapparat und Stereo-Tonbandgerät, die zu anderen Zeiten fast unaufhörlich spielten.

Matrose Cruthers saß mit hochgelegten Füßen auf einer Eckbank, den Rücken in eine Krümmung der Schottwand gelehnt. Er war klein und wirkte auf den ersten Blick wie ein Junge unter zwanzig Jahren. Sein sehr blondes Haar und seine unausgeprägten Gesichtszüge betonten seine körperliche Unreife. Die Besatzung nannte ihn „Maus", ein Name, gegen den er sich während der ersten Monate an Bord der *Lancerfish* hilflos gewehrt hatte, den er aber jetzt resignierend hinnahm. Er beugte sich seitlich über den Tisch zu Dirksen.

„Gib mir einen Glimmstengel, Rowboat, bevor sie die Lampe mit der Raucherlaubnis wieder ausschalten."

Wehmütig schüttelte Dirksen eine Zigarette aus der Packung und beklagte sich: „Du bist ewig am Schnorren." Gedankenverloren setzte er sich ihm gegenüber.

Dirksen war noch nicht einmal zwanzig und erst seit gut einem Jahr bei der U-Boot-Waffe. Er war groß, aber seine milchweiße Haut ließ ihn fast wie eine Frau aussehen. Seine blauen Augen starrten ausdruckslos auf die Zigarettenschachtel, die er von einer Seite zur anderen stieß. „Dir kann ich es sagen, Maus, ich möchte hier heraus."

„Das geht nicht nur dir so. Sieh es einmal so an: hier ist's wasserdicht, der Reaktor kocht, und wir haben Luft. Also brauchen wir nur hier sitzen zu bleiben und zu warten, bis sie uns herausholen. Wenn wir hinaufkommen, kriegen wir einen neuen Seesack, dreißig Tage Urlaub für Überlebende und werden die Helden sein."

Dirksen sah ein wenig gelockerter aus. „Ja, so wird es sein, aber ich hoffe nur, daß die CO_2-Jenny uns nicht verreckt."

Der Koch brachte ein Tablett, auf dem sich die Sandwiches häuften, und stellte es auf einen Tisch. „Okay, Seeleute, haut rein. Holt euch die Suppe aus der Kombüse." Die Männer drängten sich um den Tisch, und der Haufen schrumpfte zusammen.

Der Eßraum füllte sich mit Männern, einige von ihnen trugen Windjacken, denn im Torpedoraum war es feucht und kalt. Die Suppenschüsseln mußten festgehalten werden, damit sie wegen der

Schlagseite nach backbord nicht vom Tisch rutschten. Die Tatsache, daß die *Lancerfish* um mehr als zwölf Grad geneigt und fest auf dem Grund lag, war eine ständige Erinnerung an ihre Situation. Alles war zu still und zu gleichbleibend.

Cruthers hatte keine Zweifel, daß sie am Ende aus dem Unterseeboot aussteigen würden. In den Unterrichtsstunden an Bord hatte er gelernt, daß alles für den Katastrophenfall vorbereitet war. Wenn zum Beispiel irgendwo einmal ein Kurzschluß entstand, konnte die Leitung sofort umgeschaltet werden. Jedes System wurde in irgendeiner Weise durch Noteinrichtungen gestützt. Auch jetzt, da aller Restauftrieb verlorengegangen war, konnten sie mit der Rettungsglocke aussteigen. Er aß sein Sandwich.

„Ja, Rowboat, du brauchst nichts weiter zu tun, als zu warten. Morgen wird das Bergungsschiff hier sein. Und selbst wenn sie nicht mit der Glocke kommen, können wir mit dem Tauchretter aussteigen. Und dafür brauchen wir nur fünf Minuten bis zur Oberfläche."

Bootsmann Timothy Ryan, der Sanitäter der *Lancerfish,* hörte diesen unschuldigen Vertrauenskundgebungen geduldig zu. Bevor er zu den Unterseebooten kam, war er Taucher gewesen. Er hörte auf, seine Suppe zu löffeln, und sagte vor sich hin: „Mach dir nichts vor, das geht nicht." Er wandte sich belehrend an den jungen Seemann. „Wir haben kein gemischtes Gas zum Atmen. Mit komprimierter Luft würde man in dieser Tiefe eine Sauerstoffvergiftung bekommen. Oder eine Embolie durch Ausdehnung der Druckluft, bevor man an die Oberfläche gelangte. Die einzige Möglichkeit, hier herauszukommen, ist die Rettungsglocke. Und wenn es mit ihr nicht klappt, dann solltest du dich lieber gleich mit deinem lieben Gott in Verbindung setzen." Seine Worte hinterließen ein Schweigen in dem Raum, jeder von ihnen war mit seinen Gedanken allein.

In jener ersten Nacht auf dem Meeresboden lag Hayman wach in seiner Koje und kämpfte gegen ein Angstgefühl, das ihn wiederholt befiel. Der Gedanke, daß es im Augenblick – und vielleicht für immer – keine Möglichkeit gab, aus der *Lancerfish* herauszukommen, steigerte sich bis an die Grenze der Panik. Bis jetzt hatte er die Qual der Platzangst noch nie empfunden. Irgendwie konnte er der Rettungsglocke kein Vertrauen entgegenbringen. Es mußte einen Grund geben, daß deren Operationstiefe nur dreihundert Meter betrug. Dann widersetzte er sich seinen Überlegungen und dachte an die Bemühungen, die höchstwahrscheinlich schon in diesem Augenblick im Gang waren. Er starrte in die fast dunkle Kabine und wünschte, daß Hughes, der junge Elektrikoffizier, mit dem er den Raum geteilt hatte, nicht bei dem Untergang im Hauptantriebsraum gewesen wäre. Sein Fehlen war eine ständige Erinnerung an den Tod, an sein eigenes Schicksal vielleicht.

Kurz nach Mitternacht hörte Hayman im Torpedoraum einen lauten Ausruf und dann eine zweite erregte Stimme: „Ich habe es auch gehört!"

Propeller! Innerhalb von Minuten hatte sich die Neuigkeit in der gesamten Besatzung verbreitet. Ein Schiff war über sie hinweggefahren. Diejenigen, die das Geräusch der Propeller gehört hatten, hielten es für das eines Zerstörers. Ein Großteil der Besatzung blieb für den Rest der Nacht wach, und ihre Gespräche waren zuversichtlich. Irgend etwas wurde zumindest unternommen dort oben.

Am Sonntag, den 16. Mai nahm der Erste die Rufe über das Unterwassertelefon wieder auf. Während des Mittagessens dieses zweiten Tages herrschte unter den Männern sowohl in der Offiziersmesse wie im Eßraum der Besatzung eine wesentlich bessere Stimmung. Sie nahmen sogar die Möglichkeit hin, daß bis zur Rettung noch ein weiterer Tag vergehen würde. Crawford blickte in die Gesichter der Offiziere, die sich auf ihr Essen und ihre Gespräche konzentrierten. Sie schienen ein wenig müde, und die zwei Tage alten Bärte machten sich bemerkbar, aber sie waren gut gelaunt.

Die Stunden schleppten sich dahin. Am Nachmittag rief Ritter den Ersten in den Reaktorraum, wo sich ein Problem zu entwickeln schien. Eine der Außenbordpumpen überhitzte sich. Wahrscheinlich war die Austrittsleitung durch Schlamm verstopft.

Crawford ließ sich durch die kleine Luke in den Reaktorraum hinunter. Die Hitze überraschte ihn, und zwischen den Röhren und Meßgeräten fühlte er sich fehl am Platze. Ritter näherte sich Crawford und überschrie den Lärm der Pumpe. Sie würden für eine Weile eine Ersatzpumpe einsetzen, um die andere abkühlen zu lassen. Dann könnte man sie zur Inspektion auseinandernehmen und wenn nötig das Flügelrad ersetzen. Dadurch würde natürlich das Problem nicht gelöst werden. Sie konnten nur von einer Pumpe auf die andere umwechseln, wenn sie sich erhitzten.

„Und was ist, wenn sie schließlich beide ausfallen, Del?" Crawford sah den Maschinenoffizier fragend an.

„Dann werden wir den Reaktor abstellen müssen." Ritter begegnete Crawfords betroffenem Blick, und seine Mundwinkel verzogen sich, als ob er lächeln wollte. „Und dann sitzen wir in der Tinte", sagte er.

Crawford kehrte in die Zentrale zurück, wo Fitzgibbons, der seine Wache gerade hinter sich hatte, seine Eintragung in das Logbuch machte.

Schließlich schloß Fitzgibbons das Logbuch und steckte den Stift in die Tasche seines Hemdes. Auf seinem Gesicht lag ein schwermütiger Ausdruck, als er nach vorn in die Offiziersmesse ging. Crawford öffnete das Logbuch. Er runzelte die Stirn, als er an den neuen Eintrag gelangte, den Fitzgibbons auf der nächsten Seite vorgenommen hatte.

„12–16 Uhr: Gesunken wie zuvor in 405 Meter Wassertiefe, Position 39° 28′ nördlicher Breite, 72° 7′ westlicher Länge. Es ist zweifelhaft, ob eine Rettungsglocke in diese Tiefe gebracht werden könnte, selbst wenn wir gefunden würden. Das Notatmungssystem der *Lancerfish* kann uns für Wochen, vielleicht für Monate am Leben halten, aber am Ende des Wartens steht der Tod, der einzige Ausweg. Möge Gott uns Kraft geben, bis Er kommt."

Diese überflüssige Eintragung in dem offiziellen Logbuch ärgerte Crawford. Aber noch mehr beunruhigte ihn die geistige Verfassung, die Fitzgibbons hier enthüllte. Im allgemeinen war die Haltung der Männer gut. Er konnte nicht zulassen, daß Fitzgibbons die anderen beeinflußte. Vielleicht würde er mit ihm sprechen müssen.

Jetzt jedoch mußte er die Männer auf eine weitere Nacht des Wartens vorbereiten. Crawford stemmte seinen untersetzten Körper auf den Kartentisch und nahm das Mikrophon der Bordsprechanlage vor den Mund. „Hier spricht der Erste. Ich weiß, daß dieses Warten allmählich zu einer Belastung wird. Aber es gibt ein paar ganz einleuchtende Gründe, warum man uns bisher noch nicht gefunden hat. Zum Zeitpunkt der Kollision war die Wettervorhersage sehr schlecht, und wahrscheinlich haben wir oben jetzt einen Sturm. Darüber hinaus sind wir, nachdem wir gerammt worden waren, mit voller Kraft auf flacheres Wasser zu gelaufen. Dadurch sind wir fast vier Meilen von der Stelle entfernt, an der wir getaucht sind. Es kann noch ein oder zwei Tage dauern, bis sie sich dorthin vorgearbeitet haben, wo wir liegen. Jetzt kommt alles darauf an, daß wir uns nicht verrückt machen."

Als der Lautsprecher klickte, erhob sich in der Messe der Mannschaft ein Gemurmel von Stimmen. Cruthers legte ein Tonband mit populären Folk- und Protestsongs ein und regulierte die Lautstärke. Die Musik verbreitete eine gemütliche, optimistische Stimmung. Die Unterhaltungen brachen ab, und die Männer hörten zu.

Hayman blieb bei der Kaffeemaschine stehen, füllte eine Tasse und lehnte sich gegen einen Tisch. Nach ein paar Gitarrenakkorden füllte die reine und weiche Stimme eines Mädchens den Raum. Es war eine traurige Ballade. Cruthers drückte auf einen Knopf, und das Band drehte sich schnell mitten in ein Trompetensolo.

Das Lied hatte die Männer unvorbereitet getroffen. Es schien sie alle in ihre ganz persönlichen Gedanken zurückgedrängt zu haben. Auf manchen der Gesichter erkannte Hayman unverhüllte Angst, die auch die in Haymans Unterbewußtsein lauernde, verzweifelte Angst freilegte. Seine Handflächen waren naß, und ein fröstelnder Schauer lief ihm vom Schädel durch die Wirbelsäule bis in die Beine. Sie waren alle gleich, angstvolle menschliche Tiere. Seine Leutnantsstreifen waren plötzlich bedeutungslos. Er mußte irgend etwas sagen, sie alle wieder zu Verstand bringen. Er rief zu Cruthers hinüber: „Der Erste sagt, wir könnten heute abend einen Film sehen. Was haben wir denn noch nicht gehabt?"

Der junge Seemann zog ein kleines Bündel von Programmprospekten hinter dem Fernsehapparat hervor und breitete sie wie ein Kartenblatt aus. „Der einzige, den wir noch nicht zweimal vorgeführt haben, ist ‚Die Bibel', aber er ist zu lang. Wie wär's mit ‚Rückkehr ins Paradies', Mr. Hayman? Der ist nicht schlecht, und da sind ein paar gut aussehende" – er unterbrach sich und warf Hayman seinen unschuldigen Chorjungenblick zu – „Bienen drin."

Hayman goß den Rest aus seiner Tasse in das Spülbecken. „Okay, Maus, nach dem Abendessen lassen wir ihn laufen."

Als er auf dem Weg nach vorn am Raum des Ersten vorüberkam, stellte er fest, daß Fitzgibbons auf dem Stuhl am Tisch saß und Crawford sich auf seiner schmalen Koje ausgestreckt hatte. Sie redeten ernsthaft miteinander, und Hayman fragte sich, um was es in dieser privaten Besprechung ging.

In der Messe traf Hayman Langworthy, Evers und Roche, die sich unterhielten. Sie saßen an einem Ende des Tisches, auf dem schmutzige Tassen und leere Saftdosen herumstanden. Langworthy sprach über den Luftvorrat.

„Das Problem ist, wie wir den CO_2-Gehalt niedrig halten. Der Sauerstoffgenerator kann mit dem Verbrauch Schritt halten, aber einer der CO_2-Absorber arbeitet nicht, und so baut sich das Kohlenstoffdioxyd in den unteren Räumen auf. Die Leute sollen sich ruhig verhalten, um möglichst wenig entstehen zu lassen."

„Wir müssen bald gefunden werden", meinte Evers. „Ich frage mich, wie lange sie weitersuchen würden, wenn sie uns nicht entdecken." Er blickte über den Tisch Hayman an. „Was denken Sie, Robbie?"

Hayman machte es Freude, gefragt zu werden. Er sprach zuversichtlich, als ob er die Überzeugungskraft seiner Worte empfände. „Die Marine weiß, daß wir getaucht beinahe unbegrenzt durchhalten können. Ich würde sagen, daß sie die Suche niemals abbrechen." Der Untergang der *Scorpion* war ein Beispiel dafür. Eine ganze Flotte hatte den Atlantik von Norfolk bis zu den Azoren durchgekämmt, bis sie gefunden wurde. Und der Verlust der *Thresher* war ein weiteres Beispiel. In jenem Fall hatte man gewußt, daß das Unterseeboot in sehr tiefem Wasser untergegangen war, fast siebenmal so tief wie die *Lancerfish.* Die Marine wußte, daß es keine Überlebenden geben konnte, und doch wurden große Anstrengungen unternommen, den zertrümmerten Rumpf zu finden.

„Aber ich weiß, daß wir nicht unbegrenzt durchhalten", sagte Roche. „Unsere Vorräte sind knapp." Da die *Lancerfish* kurz vor der Rückkehr in den Hafen gestanden hatte, waren nahezu alle frischen Vorräte aufgebraucht worden. Milch und Eier waren so gut wie ausgegangen. Abgesehen von etwa hundert Pfund eingefrorenen Schweinekoteletts und etwas Butter, hatten sie von jetzt an nur noch Trockennahrung und Büchsen. Roche lächelte nachdenklich. „Das wäre eine Ironie; auf dem Meeresboden zu verhungern, anstatt zu ersticken."

Hayman betrachtete den jungen Offizier. Trotz seiner Jugend strahlte Roche reife Erfahrung aus. Er war das einzige Kind einer wohlhabenden Familie, von der der Heranwachsende alle Vorteile des Reichtums erhalten hatte. Doch am meisten beeindruckte Hayman an Roche, daß er gegenüber seinem Wohlstand und seiner gesellschaftlichen Position eine völlig unblasierte und zwanglose Haltung einnahm.

Roche fuhr mit nüchterner Sachlichkeit fort: „Sicher werden wir am Ende gefunden werden, und das wird ein gewisser Trost sein.

Aber, Robbie, auch wenn Ihre Boje die Oberfläche erreicht hat, ist es zu bezweifeln, daß eine Rettungsglocke diese Tiefe schafft.“

„Notfalls wird man sie dafür herrichten“, sagte Hayman, obgleich er weniger optimistisch war als seine Worte. Das würde eine lange Zeit in Anspruch nehmen, und es gab viele Dinge, die ihrem Dasein rasch ein Ende bereiten konnten. Wenn sie die CO_2-Absorptionsanlage nicht reparieren konnten und das Kohlenstoffdioxyd auf einen tödlichen Prozentsatz stieg oder wenn der Reaktor selbst abgeschaltet werden mußte und kein Sauerstoff mehr hergestellt werden konnte, dann war alles in ein paar Tagen vorbei. Lange bevor irgendein neues Rettungsgerät bei ihnen war, konnten sie alle schon tot sein.

Der Schrecken des Dahinvegetierens und das vergebliche Warten auf eine unmögliche Rettung fielen von neuem über ihn her. Dennoch durfte er seine Angst nicht zeigen, nicht zu den anderen darüber sprechen. Das eigene Ich und die Dienstvorschriften der Marine ließen es nicht zu, seine Furcht zu zeigen. Vor Jahren hatte er einmal von einem Wissenschaftler gelesen, der mit einer Taucherkugel die Tiefsee erforschen wollte. Für den Fall, daß das Kabel brach, hatte er eine Pistole mitgenommen; er war nicht bereit, dem Tod länger als nötig ins Auge zu blicken.

Die Gegenwart der anderen begann Hayman zu langweilen. Das ständige Gerede über ihre Situation und die Aussichten ihrer Rettung deprimierte ihn. Er verließ die Messe, um sich in seiner Kabine zu verkriechen. Nur das Licht auf dem Tisch brannte. Er setzte sich auf die Koje, die Rumford sorgfältig gebaut hatte.

Es war Sonntag, und eigentlich hätte er mit Judy jetzt in New York ein vergnügtes Wochenende verbringen sollen. Er nahm seine Schreibmappe heraus. In der Innenseite steckte das Foto eines hübschen, dunkelhaarigen Mädchens, das lächelte. Unten stand in einer schmächtigen Handschrift: „Meinem Seemann – auf ewig, Judy.“ Auf ewig? Die Erinnerung an ihn würde verblassen. Sie war fröhlich, fast oberflächlich, und eines Tages würde ein anderer Mann in ihr Leben treten. In einem Monat, vielleicht sogar früher, denn es ist natürlich, eine Tragödie so schnell wie möglich zu vergessen. Wie würde sie dann sein?

Der Vorhang vor seinem Raum wurde plötzlich zur Seite geschoben, und Fitzgibbons stand in der Tür. „Was machen Sie, Robbie, schreiben Sie einen Brief?“ Er gab ein kurzes Kichern von sich, kam in den winzigen Raum und setzte sich auf den einzigen Stuhl. Hayman antwortete nicht. Dieser Überfall ärgerte ihn, weil er sich angreifbar fühlte. Das Licht der Tischlampe ließ Fitzgibbons' Gesicht im Schatten. „Sie sind sehr ruhig, Robbie. Was, meinen Sie, geht in mir vor?"

„Ich weiß nicht, Fitz. Um was geht es?"

„Ich glaube, daß der Erste ziemlich optimistisch ist, wenn er davon redet, wir könnten hier herauskommen."

„Was kann er denn anderes tun?"

„Ein wenig realistischer sein, die Männer vorbereiten."

„Wie?"

„Nun, ihnen etwas geben, an das sie sich halten können, vielleicht mehr geistige Führung." Seine Stimme wurde leiser, und er beugte sich auf dem Stuhl vor. „Glauben Sie an das Gebet, Robbie?"

„Ach, kommen Sie, Fitz, und das nennen Sie realistisch?"

„Ich meine es ernst, Robbie. Ich denke, wir sollten zu Gott beten, uns zu retten." Er starrte Hayman bedeutungsvoll an. „Wirklich, das meine ich, Robbie."

Hayman war irgendwie verlegen und dann gereizt. Er akzeptierte die Kirche, Gott und die Kraft des Gebets als Teil der Welt, die als gut galt, aber sie ging ihn nichts an.

„Sie sollten sich lieber an jemanden in greifbarer Nähe wenden, Fitz." Dann versuchte er, die Situation zu entspannen, und fügte spaßhaft hinzu: „Übrigens ist das mit dem Gebet wahrscheinlich so ähnlich wie mit den Radiowellen, sie bleiben im Wasser stecken."

„Das kann nicht Ihr Ernst sein, Robbie. Ich werde den Ersten fragen, ob ich alle Leute zu stiller Meditation anleiten darf, so daß jeder mit seinem Schöpfer reden kann."

Beten! Warum ärgerte er sich so über Fitzgibbons? Vielleicht war es die Unterstellung, daß es keine andere Hoffnung gab. Hayman stand gereizt auf. „Offen gestanden, halte ich mehr vom Unterwassertelefon, aber machen Sie nur, Fitz, und sprechen Sie auch eins für mich."

WEIL Sonntag war, gab Crawford Fitzgibbons die Genehmigung, im Torpedoraum einen Gottesdienst abzuhalten. Einmal während der Versammlung blieb Hayman am Schott zu dem Raum stehen. In der ersten Reihe sah er die breiten Schultern von Tom Evers, der seinen Männern pflichtschuldig mit gutem Beispiel voranging. Einige Männer hatten sich auf die Kojen über den Torpedorohren gehockt, und andere saßen gehorsam fromm auf Deck und hatten die Arme um die Knie gelegt. Es waren Besatzungsmitglieder, die Hayman dort erwartet haben würde, bis auf einen, Dirksen. Warum er wohl dort war, überlegte Hayman, das größte Lästermaul der ganzen Besatzung?

Im Eßraum wurde an jenem Abend der Film gezeigt, und das Publikum war auf dreißig Mann beschränkt worden, um das Ansteigen von Kohlenstoffdioxyd in dem Raum zu vermeiden. Aber es kam ohnehin nur die Hälfte dieser Zahl.

Während des nächsten Vormittags beschäftigte Crawford die Besatzung. Es wurde eine Eimerkette gebildet, um die Bilgen des Torpedoraums auszuschöpfen. Das Wasser wurde in den hinteren Teil des Raums gereicht und in den Offiziersabort geschüttet. Als der Tank voll war, wurde er verschlossen und nach außenbords gelenzt. Obgleich der Hygienetank nach dem Ausblasen über einen Kohlefilter entlüftet wurde, verursachte dies einen starken septischen Gestank. Nach dem Ausfall der CO_2-Absorptionsanlage Nummer eins war ihre Luft um einiges schlechter geworden. Die Anlage war repariert worden, arbeitete aber nur von Zeit zu Zeit. Weil Sonntag nacht der Kohlenstoffdioxydgehalt angestiegen war, wurde jeder Raum mit tragbaren Lüftern ventiliert. Das würde dazu beitragen, Konzentrationen des Gases in den unteren Räumen zu vermeiden. Crawford wußte, daß sogar kleine Mengen Kohlenstoffdioxyd Müdigkeit und Depression hervorriefen. Er ordnete an, daß der Torpedoraum Sauerstoff aus den Reserveflaschen erhielt. Vielleicht würde das die Stimmung der Männer heben. Seit Sonnabend war das Rauchen verboten, und das war für einige eine schwere Quälerei.

Nach dem Mittagessen wurden die Männer wieder aufgefordert, sich nicht vom Fleck zu rühren oder sich in ihre Koje zu legen. Hayman hatte die Nachmittagswache in der Zentrale. Er hockte in dem eimerförmigen Sitz des Rudergängers und dachte, wie seltsam alles in der Befehlszentrale der *Lancerfish* wirkte. Es war wie im Hafen, wenn der Rudergänger nicht benötigt wurde. Das Messing glänzte noch, und Meßgeräte zeigten Druck, Temperatur und Zustand der Maschine. Er fragte sich, wie lange das alles so erhalten bliebe. Wie würde es in einem Jahr aussehen – oder in hundert Jahren?

Die Wache bestand aus nur drei Mann, aber Hayman stellte fest, daß fünfzehn bis zwanzig andere herumlungerten. Durch das Unterwassertelefon würde hier der Kontakt mit der Oberfläche hergestellt werden.

Kurz vor 16 Uhr wurde die Wache in der Zentrale abgelöst. Hayman hatte seinen Platz an Langworthy übergeben und stand jetzt vor dem Unterwassertelefon, um seine Eintragung in das Logbuch vorzunehmen. Er hielt inne – irgend etwas hatte sich geändert. Aus dem Lautsprecher war ständig ein gedämpftes Geräusch gekommen. Plötzlich setzte es aus und kam dann wie zuvor wieder. Das konnte nur eines verursachen – ein Ruf von außen! Crawford, der am Kartentisch saß, hatte es auch gehört, sprang an die Schalttafel und griff nach dem Mikrophon.

„Hallo, an alle ... an alle, hier spricht die *Lancerfish,* die *Lancerfish.* Bitte kommen. Ende." Er starrte gebannt auf den Lautsprecher. Schon wollte er von neuem rufen, als eine laute Stimme in den Raum dröhnte und alle aufspringen ließ. „*Lancerfish,* hier spricht die *Barnett.* Ich höre Sie schwach, aber deutlich. Wie Sie mich? Ende."

Crawfords Hand zitterte, als er das Mikrophon wieder an die Lippen nahm. Es verschlug ihm für einen Augenblick die Sprache. Hinten im Raum hörte er irgend jemanden rufen: „Kontakt! Sie haben uns gefunden!"

Crawford räusperte seine Kehle und sprach endlich: „*Barnett,* hier spricht die *Lancerfish.* Sie sind laut und deutlich. Torpedoraum achtern und Hauptantriebsraum sind geflutet, Tauchzellen fünf und sechs aufgerissen. Der Tiefenanzeiger steht auf vierhundertundfünf Meter. Haben Sie unsere Signalboje? Ende."

„Das letzte negativ. Wir beginnen in unmittelbarer Umgebung die Suche nach Ihrer Boje."

Erleichterung und Freude beherrschten die Überlebenden, die sich in der Zentrale zusammendrängten, aber Crawford war enttäuscht. Er meldete, wer er war, und erklärte, daß Kapitän Hascomb auf der Brücke geblieben sei. Er fragte, ob man den Kapitän aufgefischt habe. Die *Barnett* antwortete mit einer nüchternen Verneinung. Eine Reihe weiterer Gespräche verdeutlichte die Situation in dem Unterseeboot.

Eine Viertelstunde nach dem ersten Kontakt meldete die *Barnett* am Telefon, daß ihr Sonargerät die Boje geortet habe. Das Unterseeboot-Rettungsschiff *Kingfisher* schloß zu dem Zerstörer auf, und in der *Lancerfish* hörte man das Geräusch ihrer mächtigen Propeller. Taucher der *Kingfisher* gingen eine Stunde vor Sonnenuntergang über Bord und entdeckten die Boje. Sie hing gut fünfundzwanzig Meter unter der Wasseroberfläche, und das Kabel lief schräg in die Dunkelheit der Tiefe.

4

Es WURDE Mittwoch, bis das Rettungsschiff *Kingfisher* in einer siebenfachen Verankerung über der *Lancerfish* in Position lag. Wegen der Tiefe des Wassers hatten zusätzliches Stahlkabel und zwei Vier-Tonnen-Anker aus dem Marinearsenal in Philadelphia geholt werden müssen. Zweimal mußten Anker wieder gehoben und neu eingesetzt werden, weil sie zu weit mitgeschleppt wurden, bevor sie hielten. Jetzt rollte die *Kingfisher* leicht in den sieben langen Tauen in der Mitte der Bojen, als ob sie in einem gigantischen Spinnengewebe hinge.

Bald nachdem die *Lancerfish* gefunden worden war, hatte Kommodore Holmes die *Barnett* verlassen und war auf das Rettungsschiff umgestiegen. Zwei Schiffe der Suchflotte hatte er entlassen, doch die *Barnett* und die *Frobisher* sollten als Wachschiffe dienen, um zu verhindern, daß andere Fahrzeuge durch das Gebiet liefen. Zugleich brauchte man sie als schnelle Transportmittel zwischen Rettungsgebiet und Küste.

In der Offiziersmesse der *Kingfisher* wurde an jenem Vormittag eine Konferenz abgehalten. Der Kommandant des Unterseeboots *Striker,* der Kommandant der *Kingfisher,* Kapitän Jenkins, sein Tauchoffizier, Leutnant Morgan, und der Cheftaucher Petrosky waren anwesend.

Das einzige einsatzfähige Gerät, das die Männer retten könnte, die McCann-Glocke, war ein zwölf Tonnen schwerer, in zwei Abteilungen gegliederter kreiselförmiger Stahlballon. Im unteren Teil befand sich die mit einem starken Antriebsmotor ausgerüstete Winsch, deren Greifer das Bojenkabel aufnahm und auf eine Trommel spulte, während sie die Glocke dem Kabel entlang nach unten drückte, bis sie fest auf dem Ausstiegsluk des Unterseebootes aufsaß. Dann wurde das Wasser aus der unteren Abteilung herausgepumpt und der Druckunterschied zwischen der Glocke und dem Unterseeboot ausgeglichen, und das Luk konnte geöffnet werden. Sobald die Überlebenden in die Kuppel der Glocke eingestiegen waren, wurde die untere Abteilung von neuem geflutet. Wenn die Tauchzellen aufgeblasen waren, stieg die Glocke an die Oberfläche, und die Winsch spulte das Kabel wieder ab.

Während der Sitzung wurden mehrere Theorien und Methoden entwickelt, wie die Glocke eingesetzt werden konnte. Der Kommandant der *Striker* meinte, der Ausstieg könnte in wenigen Stunden beginnen, wenn die Glocke unter Wasser an dem Kabel befestigt werden konnte. Auch wenn die Glocke die Oberfläche nicht erreichte, würde sie die Männer bis auf dreißig Meter hinaufbringen. Von dort aus könnten sie, wenn der Druckausgleich in der Glocke vorgenommen worden wäre, frei aussteigen.

Holmes wandte sich an den grauhaarigen Tauchoffizier. „Was halten Sie davon, Ben?“

„Die Gefahr, das Kabel zu verlieren, wäre sehr groß, Kommodore, und es gibt keine Taucher, die es wieder holen können.“

Das bestätigte Holmes’ Reaktion, aber er hatte es vorgezogen, daß Morgan, als Taucher ein alter Praktiker, sie aussprach. Während dieser Diskussionen hatte Cheftaucher Petrosky auf dem Notizblock vor ihm herumgekritzelt. Er war ein hagerer, ledern aussehender Mann mit verblaßten Tätowierungen auf den Unterarmen. Plötzlich sprach er, und sein lauter Bariton erfüllte die Messe. „Kommodore, darf ich dazu etwas sagen?“

Holmes nickte, und Petrosky, dessen Gehör in vielen Jahren des Tiefseetauchens gelitten hatte, brachte dröhnend seinen Plan vor. „Wir können das Kabel spleißen. Zuerst setzen wir bei fünfzig Metern einen Flaschenzug und eine Boje an das Kabel. Dann schlagen wir die Signalboje ab und machen von einer Arbeitsbühne aus einen langen Spleiß in das Kabel. Wenn wir es dann erst einmal an Deck haben, können wir die Stützboje wieder abnehmen, und los geht’s.“

Holmes dachte für einen Augenblick nach und rollte die frisch angezündete Zigarre zwischen den Fingerspitzen. „Was halten Sie davon, Ben? Meinen Sie, daß die Winsch einen Spleiß verkraftet?“

„Das könnte sein, Sir. Petroskys Idee ist gut, und wir können die Winsch in der Zwischenzeit testen. Die Bedienungsvorschrift besagt, daß das Kabel nicht gespleißt sein darf, aber ich meine, es könnte gehen. Und auf jeden Fall wäre eine zweite Boje an dem Kabel eine gute Sicherheit, bis die Arbeit getan ist. Wir brauchen entsprechendes Kabel und ein Spleißgerät.“ Sie besprachen noch Einzelheiten. Das Kabel würde man von der Signalboje der *Striker* nehmen. Über Funk sollte ein neues Spleißgerät angefordert werden, das auf dem Luftweg herausgebracht werden könnte. In der Zwischenzeit sollten die Schiffsmonteure eine Arbeitsbühne zu bauen beginnen.

Als die Sitzung aufgehoben worden war, ging Holmes hinauf in das Ruderhaus, wo sich auf einer Konsole das Unterwassertelefon befand. Er war erleichtert, daß mit Hinsicht auf die Rettung irgend etwas unternommen werden konnte. Auf der Signalbrücke standen die beiden Reporter, die nun im Mannschaftsraum der *Kingfisher* untergebracht waren. Lewis kannte sich auf dem Schiff schon aus. Manche der Seeleute sprach er mit dem Vornamen an, und sie nannten ihn Ed. Wright andererseits hielt sich zurück und war eher in der Messe oder auf der Brücke zu finden. Leonard Wright hatte sein tragbares Tonbandgerät und eine Filmkamera bei sich. Um den Hals von Edgar Lewis hingen noch zwei Kameras. Holmes winkte den beiden hereinzukommen. „Dies wird für Sie von Interesse sein. Ich werde mit Kapitänleutnant Crawford unten sprechen."

Als Holmes anrief, antwortete sofort eine Stimme aus dem gesunkenen Unterseeboot. Wright schaltete sein Tonband ein und hielt das Mikrophon nahe an den Lautsprecher.

Holmes fragte nach dem Ersten und wartete dann, daß er sich meldete. Wie seltsam, dachte Holmes. Es war, als ob er jemanden ganz normal ans Telefon rufen ließe, aber die Überlebenden direkt unter ihnen befanden sich in einer ebenso fernen Welt wie die Berge auf dem Mond.

Der Lautsprecher klickte: „Hier Crawford."

Holmes erläuterte dem Ersten, wie sie vorgehen wollten, und erklärte, es würde zwei Tage dauern, bis der Spleiß gemacht und die Rettungsglocke einsatzbereit war. Zum Schluß fragte er: „Meinen Sie, daß Sie alle es noch ein Weilchen durchstehen können?" Er hatte mit soviel Optimismus und Zuversicht gesprochen, wie er aufbringen konnte.

Es folgte ein kurzes Schweigen, und dann kam Crawfords Stimme aus dem Lautsprecher: „Ah... Ja, Sir. Verstehe, daß es zwei Tage dauern kann, bis Sie soweit sind. Ja, Sir, wir sind sicher, daß es keine Probleme geben wird." Crawfords Nervosität und Enttäuschung waren im Unterton durchaus spürbar.

Holmes, dem Lewis und Wright folgten, trat auf das Brückendeck hinaus. Es war ein ruhiger Tag mit einer nur leichten Dünung. Durch eine dünne Schicht von Zirruswolken schien schwach die Sonne. Für das Spleißen unter Wasser würden sie gutes Wetter brauchen, und Holmes hoffte, daß es sich halten würde. Am Horizont kreisten die beiden Zerstörer. Das knatternde Geräusch eines einmotorigen Flugzeugs zog über ihnen dahin. Holmes blickte auf und sah, daß es über ihnen eine Kurve zog. Weitere Zeitungsleute.

Wright sprach den Kommodore an: „Sir, ich möchte Sie gern um die Erlaubnis bitten, das Unterwassertelefon für ein paar Minuten zu benutzen, um einen der Männer in der *Lancerfish* zu interviewen."

Holmes sah dem Reporter in die Augen. „Ihr Wunsch ist durchaus verständlich, Mr. Wright, aber ich muß Ihnen das abschlagen. Es wäre für die Familie des Mannes zu hart." Sein breiter Mund wurde zu einer schmalen Linie. „Tut mir leid."

Wright nickte verständnisvoll, aber so leicht würde er nicht aufgeben. „Kommodore, bitte verstehen Sie, daß ich mit Ihnen und der Marine einer Meinung bin, wenn Sie das Aufsehen über diese Tragödie so gering wie möglich halten möchten. Eine Menge Leute stellen aber Fragen, etwa, warum es kein Rettungsgerät für tieftauchende Unterseeboote gibt. Oder warum es so lange dauert, das vorhandene Gerät zum Einsatz zu bringen. Meine Aufgabe ist es, der Öffentlichkeit diese Probleme zu erklären, und das kann ich nicht ohne die rückhaltlose Zusammenarbeit der verantwortlichen Offiziere. Um das öffentliche Bedürfnis nach Informationen zu befriedigen, brauche ich mehr als nackte Tatsachen."

„Was hat das mit dem Interview mit einem der Überlebenden zu tun?" Holmes machte ein finsteres Gesicht. „Verdammt noch mal, mit einem Seemann zu reden, der kaum mehr richtig bei Verstand ist, das wird Ihnen kaum den Einblick geben, den Sie wünschen." Er brach das Gespräch endgültig ab und verließ die Messe.

Das schöne Wetter hielt sich, und am Freitag vormittag glich das Achterdeck der *Kingfisher* einer Bühne, bevor der Vorhang aufgeht. Die große orangefarbene Signalboje der *Lancerfish* war vom Kabel gelöst worden und hing steuerbords am Schanzkleid. Eine Stützboje hielt das Kabel vom Unterseeboot. Cheftaucher Petrosky würde den Spleiß machen.

Am Tag zuvor war eine große rechteckige Plattform zusammengeschweißt worden. In der Mitte der Arbeitsbühne stand in einem Gestell das Spleißgerät, das an diesem Vormittag geliefert worden war. In Arbeitshosen und Sweater überwachte Petrosky die Vorbereitungen. Er wollte, daß alles in Ordnung war, wenn er mit der Arbeit unter Wasser anfing. Auf der Arbeitsbühne hatte er seine Werkzeuge mit geteerten Marlleinen befestigt, Hammer, Zangen, Drahtscheren und eine Rolle Draht. Das Stahlkabel der *Striker* war schon vorbereitet worden und lag mit einem zum Spleißen freien Ende aufgerollt daneben. Die einzelnen Stränge des Kabels waren weit aufgerollt worden. Petrosky war zufrieden. Er sagte mit seiner lauten Stimme: „Okay, dann wollen wir."

Er zog die Schuhe und das Arbeitszeug aus und ging zu einem zweiten Taucher hinüber, der bereits in seinem Ölzeug auf einer Bank saß. Die Helfer hielten Petrosky den Anzug auf, und er stieg hinein. Er zog ihn über die Schultern und zwängte die Hände durch die engen Gummimanschetten. Brustplatten, Schuhe mit Bleisohlen und Gurte mit Gewichten wurden den beiden Tauchern angelegt. Ein Seemann setzte ihnen sorgfältig die Tauchhelme auf und drehte sie zurecht. Die Sprechverbindungen mit der Tauchkontrolle wurden überprüft. Alles war bereit. Luft strömte durch die Schläuche, und die Gesichtsplatten wurden ihnen vorgelegt. Die Taucher regelten Luftdruck und Ventile. „Okay, Petrosky? Jim?" fragte Leutnant Morgan. Sie nickten, und Morgan versetzte jedem der Helme einen Klaps.

Vom Deckshaus herunter beobachteten ein paar Zuschauer die Vorgänge auf der Taucherstation. Kommodore Holmes und Kapitän Jenkins lehnten über die Reling, und die Reporter saßen auf dem Ventilator. Da die *Lancerfish* im Brennpunkt des Interesses stand, hatte die Marine ein eigenes Informationsteam herausgeschickt, das über die Rettungsoperationen berichten sollte. Ein junger Leutnant, der Offizier für Öffentlichkeitsarbeit, und seine beiden Marinefotografen waren an diesem Morgen mit dem Hubschrauber eingetroffen und fotografierten. Mehrere Seeleute versammelten sich respektvoll hinter dem Kommodore und ihrem Kapitän.

Der Ladebaum schwenkte die Arbeitsbühne in die Luft, und die beiden Taucher standen breitbeinig Rücken an Rücken. Als sie in der grünen Tiefe verschwanden, änderte sich das zischende Geräusch der ausströmenden Luft plötzlich in ein fröhliches Blubbern. Die Zuschauer begannen sich zu zerstreuen. Die Taucher würden den ganzen Vormittag unten bleiben.

Die *Kingfisher* hob und senkte sich in einer langen, glasigen Dünung. Der Kommodore kletterte über eine kleine Leiter auf das Hauptdeck hinunter und kam zu dem Tauchoffizier am Schanzkleid. „Dieses gute Wetter hilft uns", bemerkte Morgan. „Wenn die Arbeitsbühne ruhig liegt, kann Petrosky schneller arbeiten."

Holmes zog eine Zigarre aus der Tasche seines Hemdes. Er zog die Zellophanverpackung herunter und beobachtete, wie sie an der Bordwand herunterflatterte. „Es kann sein, daß wir mehr Schwierigkeiten mit der Strömung haben werden als mit dem Wetter hier oben", sagte er, biß die Kuppe der Zigarre ab und spuckte sie ins Wasser. „Ist Ihre Glocke einsatzbereit?"

„Ja, Sir. Der beste Bedienungsmann steht bereit, ein erstklassiger Techniker, und ein zweiter zu seiner Unterstützung."

DIE NÄCHSTEN Stunden vergingen langsam. Um 14 Uhr 05 hatten die Taucher die Dekompression hinter sich und stiegen wie mythische Gottheiten aus der See. Aus ihren Helmen und Anzügen strömte Wasser und funkelte im Sonnenschein. Auf Deck lief jetzt alles mit präziser Schnelligkeit ab. Die große Rettungskammer wurde von ihrem Schlitten gehoben.

Um 15 Uhr 30 befand sich die Glocke im Wasser und war zum ersten Absenken bereit. Holmes unternahm zusammen mit dem Mann, der die Glocke zur Luke des Unterseeboots führen würde, eine letzte Überprüfung. Er war ein untersetzter, gut gebauter Seemann mit blauen Augen in einem sehr gebräunten Gesicht. Er erweckte eher den Eindruck eines Burschen auf einer Farm als eines Marinetauchers.

„Wie tief sind Sie mit der Rettungsglocke schon getaucht?"

„Zweihundert Meter, Sir, bei einem Test in der Nähe der Bermudas."

„Okay, Sie werden heute zweimal so tief tauchen. Ich brauche Ihnen nicht zu sagen, daß Sie vorsichtig sein müssen. Lassen Sie sich Zeit, und setzen Sie langsam auf der Luke auf. Wahrscheinlich werden Sie sie erst im letzten Augenblick erkennen können. Irgendwelche Fragen?"

Der Taucher sah den Kommodore ruhig an. „Wie viele Leute?"

Holmes hatte sich das schon am Tag zuvor überlegt. Außer den Bedienungsmännern konnte die Glocke neun Mann aufnehmen. Das hieß mindestens sieben Tauchfahrten und beim letzten Mal nur sieben Mann. „Wir fangen mit acht Mann an. Wenn das gut geht, können wir auf neun erhöhen. Ich werde nach der ersten Fahrt mit Ihnen darüber sprechen."

Die Taucher gingen nach achtern auf ihre Posten. Sie mußten schwere Sweater und Windjacken anziehen, denn die Wassertemperatur auf dem Meeresboden betrug nur etwa acht Grad. Sie verschwanden in der Luke und schlossen sie hinter sich. Einen Augenblick später meldete der Taucher sich bei Leutnant Morgan über die Sprechanlage am Taucherkontrollstand. Das Kabel wurde gelöst, und jetzt war die Glocke mit der *Kingfisher* nur noch durch das Rücklaufkabel und den Schlauch verbunden. Die Ballastzellen wurden geflutet, und die Glocke sank tiefer; dann packte die Winsch das Kabel und zog die Glocke hinunter.

Sobald das Wasser sich über der Glocke schloß, ging Holmes zusammen mit Kapitän Jenkins in das Ruderhaus. Für die wartenden Überlebenden der *Lancerfish* hatte er eine gute Nachricht, aber zunächst wollte er sich vergewissern, daß die Winsch den Spleiß bei dreißig Metern überwunden hatte. Er wartete vor dem Unterwassertelefon und rollte seinen kurzen Zigarrenstummel von einem Mundwinkel in den anderen. Neben ihm stand ein Telefonist, der auf die Meldung von der Tauchstation auf Deck wartete.

„Dreißig Meter, langsam tauchend", meldete er.

Die Zeit schien in der Luft zu hängen, während Holmes den Telefonisten anstarrte.

„Zehn Meter unter dem Spleiß", sagte der Telefonist, „keine Probleme, stetig tauchend."

Holmes drückte den Knopf des Unterwassertelefons. „Hallo, *Lancerfish,* hier spricht die *Kingfisher.* Die Glocke ist im Wasser und unterwegs. Veranlassen Sie, daß acht Mann zum Aussteigen bereit sind. Ende."

Eine zitternde, dumpfe Stimme aus dem Unterseeboot antwortete: „Verstanden, wir sind bereit."

Die Minuten zogen sich dahin. Bei neunzig Metern stellte die Glocke an dem scharfen Winkel des Kabels unter ihr eine starke Strömung fest. Plötzlich meldete sich der Telefonist: „Die Glocke meldet, daß das Kabel heftig vibriert, und der Greifer klinkt aus, wenn sie tiefer zu gehen versuchen. Sie stehen bei einhundertfünfundzwanzig Meter."

Holmes übergab Jenkins das Mikrophon. „Ich gehe nach achtern, um zu sehen, was los ist."

Als Holmes sich dem Tauchoffizier näherte, merkte er, wie besorgt jener war. „Sie haben noch ein paar Meter geschafft, sie sind jetzt bei hundertdreißig. Der Sicherheitsgreifer faßt nicht mehr, obgleich er auf das Maximum eingestellt ist."

„Was würden Sie tun, Ben?" Holmes versuchte seine Ungeduld zu unterdrücken.

„Wir könnten sie heraufholen und Bleiballast hinzugeben, um es für die Winsch leichter zu machen. Das Blei könnte dann im U-Boot bleiben."

„In Ordnung. Brechen wir den Tauchversuch ab und machen, was Sie vorschlagen." Holmes kehrte mit bösen Vorahnungen in das Ruderhaus zurück. Seine Nachricht an die *Lancerfish* war unbestimmt. „Wir holen die Glocke wieder herauf, um noch etwas zu verbessern. Innerhalb einer Stunde sollten wir wieder starten können."

Aber es dauerte viel länger. Die Glocke wurde an Bord gehievt, damit die Winsch untersucht werden konnte. Es gab keine Möglichkeit, sie zu verstärken. So wurden fünfhundert Pfund Bleiplatten in der oberen Abteilung auf das Deck gepackt. Erst kurz vor 18 Uhr war die Glocke wieder im Wasser.

Bei diesem zweiten Versuch erreichte die Rettungsglocke nur neunzig Meter. Der Bleiballast hatte ihren Auftrieb verringert, aber dadurch erhielt sie in der Strömung eine scharfe Schlagseite. Der Greifer der Winsch klinkte wiederholt aus und verhinderte, daß die Glocke größere Tiefe erreichte.

Holmes ordnete an, daß die Glocke an Bord gebracht und in ihren Schlitten gestellt wurde. An diesem Abend würden keine weiteren Versuche mehr unternommen werden, und erst mußte ein Taucher das Kabel inspizieren. Auch wollte Holmes die Meinung der Konstrukteure der Winsch einholen. Sie sollten am kommenden Morgen eintreffen. Er stellte Kommandant Crawford auf dem Meeresboden die Lage ausführlich dar, weil er jede Überstürzung für sinnlos hielt.

Holmes und Jenkins trafen sich zu einem späten Abendessen in der Offiziersmesse. Wright und Lewis hatten vorher gegessen und saßen noch am Tisch. Wright ging es darum, für seinen Bericht eine Erklärung zu bekommen.

„Kommodore, es ist schwer, die Ereignisse des Tages zusammenzufassen. Ich würde lieber etwas Hoffnungsvolles sagen als einfach nur, daß der Einsatz der Glocke heute fehlgeschlagen ist."

Holmes bat den Steward mit einem Wink um Kaffee und sagte: „Mir wäre es lieber, Mr. Wright, es gingen heute abend überhaupt keine Meldungen heraus."

Wright antwortete nicht sofort. Dies war charakteristisch für das Militär – wann immer etwas nicht klappte, verschlossen sie sich, aber wenn sie aus irgendeinem Anlaß Sendezeit brauchten, dann verhielten sie sich ganz anders. „Aber, Kommodore, das ganze Land wartet darauf zu erfahren, ob die Männer gerettet werden oder nicht."

Holmes wischte seine Hände an der Serviette ab. „Wenn Sie einen Bericht machen müssen, dann sagen Sie nur, daß die Glocke Schwierigkeiten mit der Strömung hatte und daß die Arbeiten morgen fortgesetzt werden."

Als die Reporter gingen, bemerkte Holmes den jungen Offizier für Öffentlichkeitsarbeit in der Sitzecke. Er lud ihn mit einer Handbewegung ein, an ihrer Sitzung teilzunehmen. „Wilkins, nicht wahr?"

„Watkins, Sir."

„Nun, Mr. Watkins, ich hoffe, Sie haben mit diesen New Yorker Reportern schon Ihre Erfahrungen gemacht. Sie versuchen alles, um etwas aus Ihnen herauszubekommen. Seien Sie vorsichtig." Holmes sah den Offizier prüfend an, als er sich einen Stuhl an den Tisch zog. Er schien etwa vierundzwanzig Jahre alt zu sein. „Ich hatte gehofft, der Kommandeur würde uns jemanden schicken, der etwas mehr Diensterfahrung hat."

Watkins rutschte unruhig hin und her. „Ich bin Junggeselle, Sir, und der Informationsoffizier des Distrikts, Kapitän Billings, meinte, daß dies hier zu einem langwierigen Auftrag werden könnte."

Diese Marine in Friedenszeiten! Es ging ihnen nur darum, ob sie nach fünf Uhr noch arbeiten mußten. „Nun, Sie können dableiben, Mr. Watkins, um zu erfahren, was wir tun. Bitte, sprechen Sie Ihre Berichte mit mir durch, bevor Sie sie an den Kommandeur schicken."

Am Sonnabend um 9 Uhr wurde Oberstabsbootsmann Whittier auf seiner Arbeitsbühne hinausgeschwenkt. Er trug einen Tiefseehelm und hatte den Auftrag, das Kabel zwischen neunzig und hundertfünfzig Metern zu untersuchen.

Kommodore Holmes, der zugesehen hatte, wie Whittier hinuntergelassen wurde, kehrte in seine Seekabine zurück. Am Abend zuvor war der Hubschrauber der *Frobisher* nach New York geschickt worden, um an diesem Vormittag die Besucher herauszubringen, Kapitän G. G. Shepherd, den Leiter des Projekts Tiefseerettungssysteme, und zwei Ingenieure, die sich mit der Winsch beschäftigen sollten. Holmes hoffte, daß die Ingenieure eine einfache Lösung finden würden, um dem Greifer der Winsch mehr Zugkraft zu verleihen. Kapitän Shepherd hatte er ein einziges Mal getroffen. Er erinnerte sich an ihn als einen hochintelligenten, wenn auch ein wenig anmaßenden Offizier.

Morgan meldete sich in Holmes' Seekabine. Der Taucher hatte an dem Kabel keinerlei Beschädigung entdeckt, aber sein Bericht über die Strömung war weniger ermutigend. „Whittier meint, daß da unten gute drei bis vier Knoten gingen, als er sechzig Meter hinter sich hatte. Er sagt, daß das Kabel stark abgewinkelt ist.“

So mußten sie alle Hoffnung aufgeben, mit der Glocke einen weiteren Versuch zu unternehmen, bevor nicht die Winsch geändert worden war.

Holmes ging an Deck und sah das Motorboot mit den Besuchern kommen. Kapitän Shepherd kam als erster das Fallreep herauf. Er grüßte die Flagge, bat routinemäßig, an Bord kommen zu dürfen, und näherte sich dem Kommodore. „Ah, Kapitän Holmes, ich freue mich, Sie wiederzusehen.“ Er streckte ihm seinen langen, dünnen Arm entgegen. Er war groß und knochig. In seiner Art zu sprechen bemühte er sich um Genauigkeit, hatte einen leichten, einstudierten Oxfordakzent. Sein mageres, ein wenig spitziges Gesicht überragte Holmes, den er durch eine dicke, schwarz gefaßte Brille ansah. „Ein scheußliches Geschäft, was?“

Dann stellte er Holmes die beiden Ingenieure vor. Er übergab Holmes einen Stoß Zeitungen. „Ich dachte, es würde Sie interessieren, was die Presse zu Ihren Bemühungen zu sagen hat.“

Holmes bat die Gruppe in die Offiziersmesse, um ihnen einen kurzen Lagebericht zu geben. Shepherd nahm zur Rechten von ihm Platz und hörte seine Ausführungen ohne jeden Kommentar an. Holmes faßte seinen Plan zusammen: „Da wir wissen, daß die Überlebenden für den Augenblick relativ sicher sind, beabsichtige ich, die Winsch der Glocke zu ändern.“

Shepherd nahm seine Brille ab und putzte sie nachdenklich. Er sah Holmes an. „Ich stimme in diesen Vorbereitungen mit Ihnen überein, Kommodore, aber was wollen Sie in der Zwischenzeit unternehmen?“ Er schien jedes Wort zu suchen, es zu wägen und dann dem Satz hinzuzufügen.

Holmes unterdrückte eine grobe Antwort und fragte in aller Ruhe: „Und was empfehlen Sie, Kapitän?“

Shepherd blickte jedem der Männer am Tisch prüfend ins Gesicht und wandte sich dann an den Kommandanten der *Kingfisher.* „Kapitän Jenkins, wie ist Ihre Position über der *Lancerfish?* Liegen Sie genau über der Ausstiegsluke?“

„So genau, wie wir die Position bestimmen können, Sir.“

„Nun, mir scheint, daß das möglicherweise nicht der Fall ist. Sonst würde das Kabel nicht einen so großen Bogen beschreiben.“ Er lächelte, als ob er die Antwort auf alle Probleme gefunden hätte.

Jenkins sah, daß Holmes nicht zu antworten beabsichtigte. „Sir, wenn die Glocke an dem Kabel hängt, ist sie bis auf das Rücklaufkabel vom Schiff ziemlich unabhängig. Durch die Strömung verliert die Glocke ihre Richtung.“

Shepherd nickte langsam, um in übertriebener Weise seine Geduld zur Schau zu stellen, und dann setzte er zum Sprechen an, aber Holmes, den die Selbstgefälligkeit und der Dünkel Shepherds verärgert hatten, fuhr ihm rasch dazwischen: „Nun, meine Herren, wir reden jetzt nur ins Blaue hinein. Ich schlage vor, daß wir uns jetzt die Glocke ansehen und uns dann vor dem Mittagessen hier noch einmal treffen.“

Als die Besprechung fortgesetzt wurde, faßte einer der Ingenieure seine Beurteilung der Winsch zusammen. Er glaubte, daß der Motor seine volle Leistung erreichte, daß aber die Greiferplatten abgenutzt seien. Er empfahl den Austausch der gesamten Winsch und schätzte, es würde zwei bis drei Tage dauern, bis eine neue an Bord sein könnte. Der Kommodore bat ihn, die notwendigen Schritte zu unternehmen.

Nach dem Essen unterhielten sie sich vor allem über das neue Rettungssystem, das Tiefseerettungsfahrzeug, an dem Shepherd arbeitete. Shepherd berichtete begeistert von der neuen Konstruktion, die nahezu einsatzbereit war, obgleich sie zur Rettung der Männer in der *Lancerfish* nicht benutzt werden konnte, weil das Rettungsfahrzeug nicht auf die Ausstiegsluke des Unterseebootes paßte. „Doch hat uns die Vertragsfirma darauf aufmerksam gemacht, daß sie rund um die Uhr an einer veränderten Konstruktion arbeitet, und wenn alles andere schiefgeht, könnte es in wenigen Wochen fertig sein.“

„Wenn die neue Winsch es nicht schafft, dann wird der nächste Schritt sein, daß Sie dieses Rettungsfahrzeug zum Einsatz bringen“, sagte Holmes.

Als Shepherd die *Kingfisher* verlassen hatte, ging Holmes in seine Kabine. Auf der Koje lagen die Zeitungen, die Shepherd an diesem Morgen mit herausgebracht hatte. Die Geschichte der Rettungsbemühungen füllte die ersten Seiten aller Ausgaben. Eine der Schlagzeilen lautete: ERSTER U-BOOT-RETTUNGSVERSUCH FEHLGESCHLAGEN, und darunter stand: VORWURF MECHANISCHEN VERSAGENS. Andere zitierten Holmes mit der Vorhersage, daß alle Überlebenden am Sonnabend, dem 22., gerettet seien. Lewis und Wright mußten ihre Berichte am Vorabend über Sprechfunk durchgegeben haben. Ihre neuen Darstellungen waren nicht falsch, aber sie hatten die Tendenz, sie alle als hilflose Dummköpfe erscheinen zu lassen.

Am Montag, dem 24. Mai, erhielt Holmes morgens eine Meldung vom Informationschef. Er überflog sie: „An den Kommandeur der Rettungsflotte. Es hat Klagen von den Vertretern der Massenmedien gegeben, daß ihnen mit Hinsicht auf die Rettungsoperationen der *Lancerfish* nicht die wünschenswerte Zusammenarbeit zuteil werde. Sie sind angewiesen, den akkreditierten Vertretern von Presse und Fernsehen alle mögliche Unterstützung zukommen zu lassen. Zurückgehalten werden nur Informationen, die die Sicherheitsbestimmungen verletzen oder Unglücksfälle der Beteiligten betreffen. Sie werden den Vertretern der Massenmedien im Rettungsgebiet die Verbindung erleichtern, ohne in ihre Arbeit einzugreifen."

Für Holmes gab es keinen Zweifel, daß Leonard Wright der Urheber der Beschwerde gewesen war, weil er ihm das Interview mit einem der Überlebenden verweigert hatte. Holmes war wütend. Er wußte, daß Wright ihn wegen seines Interviews von neuem bedrängen würde. Angesichts der Anweisung vom Informationschef war er gezwungen nachzugeben.

Tatsächlich bat Wright kurz darauf um die Erlaubnis, das Unterwassertelefon für ein Interview zu benutzen. Dann machte er sich sofort daran, sein Tonbandgerät im Ruderhaus aufzubauen. Lewis war gekommen, um Wright am Unterwassertelefon zu fotografieren. Auch mehrere Mitglieder der Besatzung hatten sich eingefunden.

„Okay, Leute", ermahnte sie Wright, als er seine letzten Vorbereitungen traf, „ich möchte Sie bitten, nicht zu sprechen, solange wir uns unterhalten." Dann sprach er in das Mikrophon des Bandgeräts und nannte Ort und Datum. Wright hatte die Namensliste der Besatzungsmitglieder der *Lancerfish* schon überflogen und war zu dem Schluß gekommen, daß Johnson, der Funker, nach einer guten Möglichkeit für sein Interview aussah: seine Frau und zwei Söhne lebten in Norwich, Connecticut. Als Holmes die *Lancerfish* anrief, schaltete Wright das Band ein.

Während Johnson an das Unterwassertelefon geholt wurde, gab Holmes dem Ersten Offizier der *Lancerfish* eine Zusammenfassung der Vorbereitungen für den nächsten Rettungsversuch. Holmes spürte in Crawfords Stimme eine gewisse Anstrengung. Die Männer lagen jetzt seit mehr als neun Tagen auf dem Meeresboden, und der einzige Rettungsversuch war ein Fehlschlag gewesen. Und sie mußten noch zwei weitere Tage warten, um zu erfahren, ob die neue Winsch der Glocke es schaffen würde.

Crawford meldete, daß der Funker Johnson neben ihm stehe. Dann nahm Wright Holmes' Platz vor dem Unterwassertelefon ein, räusperte sich und rief: „Hallo, Johnson? Hier spricht Leonard Wright. Ich mache die Fernsehnachrichten über die Rettungsoperationen. Zu Hause sorgt man sich natürlich um Sie und Ihre Kameraden. Ich glaube, Ihre Angehörigen werden zuversichtlicher sein, wenn sie von einem der Besatzung etwas hören. Können Sie mir ein paar Fakten geben? Ende."

Nach einem Augenblick kam Johnsons Stimme. „Ja, Sir." Die Übertragung war klar, jedoch von einer seltsamen Echowirkung, die Wright sehr recht war, denn sie gab einen dramatischen Beigeschmack. Für Holmes war der Klang der hohlen Stimme erschütternd.

„Johnson, wie ist Ihr voller Name, wie alt sind Sie, und wo sind Sie zu Hause?"

„C. Taylor Johnson. Ich bin fünfundzwanzig ... in ein paar Monaten sechsundzwanzig. Ich lebe in Norwich, Connecticut."

„Was heißt C.? Ende."

„Claude, aber ich heiße immer nur C. T."

„Nun, C. T., wie lange sind Sie schon auf der *Lancerfish?*"

„Zu lange, möchte ich sagen. Etwa zwei Jahre, und bin dran, versetzt zu werden."

„Davon bin ich überzeugt." Wright blickte die Männer um sich herum an und grinste grimmig.

Dann fragte er mit ernstem Nachdruck: „Wie ist es da unten auf dem Meeresboden?"

„Nun, wir haben Luft, und es ist auszuhalten. Im Torpedoraum ist es kalt, aber im übrigen Boot einigermaßen warm. Die Verpflegung wird uns ein wenig knapp, aber wir haben jede Menge Schweinefleisch- und Reiseintopf. Wir sind in ziemlich guter Verfassung, möchte ich sagen, auch wenn einige sich Erkältungen zugezogen haben."

„Wie verbringen Sie die Zeit, während Sie auf die Rettungsglocke warten?"

„Wir sitzen herum und unterhalten uns. Manche liegen viel in der Koje. Wir haben alles an Bord gelesen, sogar die Bedienungsvorschriften. Zunächst hatten wir eine große Pokerrunde, aber die hat sich irgendwie totgelaufen."

„Das hört sich so an, als ob es da unten ein bißchen ruhiger wäre als hier oben. Die See ist ein wenig rauh heute, und die *Kingfisher* rollt ..." Holmes versetzte Wright einen Stoß und schüttelte ganz entschieden den Kopf. Wright fuhr fort: „An was denken Sie am meisten, wenn wir von der Rettung absehen?"

„Niemals wieder den Fuß auf ein Unterseeboot zu setzen", antwortete Johnson mit einem drolligen Unterton in der Stimme. „Nein, ich denke am meisten an meine Familie, möchte ich sagen. Sie müssen sich Sorgen machen, aber ich würde meiner Frau gerne sagen, daß sie sich nicht allzu viele Gedanken machen soll. Es geht uns hier nicht schlecht, und wir werden bald zu Hause sein."

„Haben Sie einen besonderen Wunsch, C. T.? Ende."

„Ja. Abgesehen davon, daß ich meine Frau und meine Kinder wiedersehen möchte, würde ich mich gerne in der Sonne aalen."

„Nun, Johnson – C. T., hier arbeiten viele daran, Sie herauszuholen. Kommodore Holmes tut alles menschenmögliche. Vielen Dank für dieses Gespräch. Wir hoffen, Sie alle bald zu sehen."

Holmes beendete die Verbindung. Ihn hatte dieses private Gespräch mit einem Besatzungsangehörigen ganz besonders verstört. Was für eine Zerreißprobe mußte es für die Überlebenden sein, da unten zu warten und keinerlei Gewißheit zu haben, daß sie je herauskommen würden. Dennoch hofften sie und waren sogar zuversichtlich, daß es in zwei oder drei Tagen vorüber war und sie irgendwo in der Sonne liegen würden. Angst und Spannung des Wartens auf die nächsten vierzig oder fünfzig Stunden mußten nahezu unerträglich sein. Holmes ging auf die Brücke hinaus, während Wright das Interview zurückspulte. Mit unsicheren Schritten kam Lewis auf Holmes zu. „Ganz unter uns, Kommodore. Welche Chancen haben sie noch, wenn die Glocke es nicht schafft?" fragte er.

Holmes sah ihn an, bevor er sprach. „Ich weiß es nicht, Ed. Ich möchte nicht daran denken, daß die Glocke es nicht schafft."

AM MITTWOCH MORGEN wurde die neue Winsch, die per Flugzeug von der Herstellerfirma in Cincinnati nach New York und vom Zerstörer *Frobisher* zum Rettungsschiff gebracht worden war, an

Bord der *Kingfisher* in die Rettungskammer eingebaut. Früh am Tag erschienen zwei Presseboote am Schauplatz. Weitere private Fahrzeuge, darunter Kabinenkreuzer bis zu zwanzig Meter Länge, tauchten auf und umkreisten das Rettungsgebiet. Die Besitzer dieser Jachten wollten fotografieren und ihre Neugier befriedigen. Die leuchtenden Rümpfe und verchromten Aufbauten bildeten einen scharfen Kontrast zu den grauen Kriegs- und Arbeitsschiffen der Marine. Ein weiterer Besucher war ein großer, geheimnisvoll aussehender Fremdling. Das Schiff blieb weiter draußen an der Peripherie. Als die *Barnett* es in Augenschein genommen hatte, berichtete sie dem Kommodore, daß es sich um ein sowjetisches Schiff handelte – entweder um ein großes Fischerei-Mutterschiff oder aber um ein Forschungsfahrzeug. Da das Schiff sich außerhalb des Sicherheitsbereichs aufhielt, kümmerte sich Holmes nicht weiter darum. Schließlich befanden sie sich in internationalen Gewässern.

Von neuem gab er den Bedienungsmännern letzte Anweisungen, war aber dieses Mal weniger optimistisch. Wenn die *Lancerfish* mitten in starken Strömungen lag, würden die Taucher verdammt schwere Arbeit haben, die Glocke fest aufzusetzen und abzudichten. Holmes rief das Unterseeboot und sagte den Überlebenden, daß es sich um einen Versuch handelte. Er wollte vermeiden, daß sie allzu viele Hoffnungen darauf setzten.

Chief Petrosky verriegelte die Luke, meldete, sie seien bereit, und wieder wurde die große orangefarbene Glocke in die Luft gehoben und über Bord geschwenkt. Bald teilte Petrosky mit, daß sie den Spleiß überwunden hatten. Bei siebzig Metern berichteten sie von einer in der Glocke entschieden spürbaren Strömung, aber die Winsch zog sie weiter hinunter. Es sah so aus, als ob sie es dieses Mal bis zur *Lancerfish* schaffen würde.

Die Glocke überwand die frühere Tiefstmarke und stoppte bei zweihundertdreißig Meter. Petrosky meldete über die Sprechanlage: „Wir haben sehr starke Vibrationen. Wir liegen fast fünfzehn Grad schräg, und das scheint sich zu verstärken, je tiefer wir kommen. Die Bodenströmungen machen sich immer stärker bemerkbar."

Holmes, der sich am Taucherkontrollstand befand, sagte: „Lassen Sie ihn noch zwanzig Meter hinuntergehen, und dann soll er sich wieder melden."

Voller Spannung lief Holmes ein paar Schritte vor und zurück und blieb dann hinter Morgan stehen, die Arme in die Seiten gestemmt.

Ganz langsam verging die Zeit. Vier Minuten nach seiner letzten Meldung dröhnte Petroskys rauhe Stimme aus dem Lautsprecher: „Wir setzen den größtmöglichen Zug auf das Kabel an. Hier drinnen dröhnt es wie in einer Baßgeige."

Wright und Lewis befanden sich auf ihrem gewöhnlichen Beobachtungsplatz beim Deckhausventilator. Von dort konnten sie alle Vorgänge an Deck überblicken. Plötzlich hörte man wieder Petroskys erregte Stimme aus dem Lautsprecher. Die Reporter konnten nichts verstehen, aber in der Tiefe geschah irgend etwas Ernstes.

Dem Motorkutter, der an Backbord trieb, rief Leutnant Morgan zu: „Sofort weg da! Das Kabel ist gerissen, und die Kammer kommt außer Kontrolle hoch!" Das Boot schoß davon. Augenblicke später tauchte die Glocke aus dem Wasser; sie fiel wieder zurück und schwang langsam aus. Der Kutter ging längsseits, eine Leine wurde festgemacht, dann schleppte der Kutter die Glocke zum Schiff zurück.

Langsam stieg Holmes die Treppe zum Ruderhaus hinauf, den breiten Mund zu einer schmalen Linie verkniffen. Er sah zu, wie die Glocke aus dem Wasser gehievt wurde. Das jetzt schlaffe Kabel wurde an Bord gezogen und aufgerollt. Es war an der Aufhängung der *Lancerfish* ausgebrochen.

Als erstes berichtete Holmes den Überlebenden im Unterseeboot, was geschehen war, und sagte ihnen, er werde sie informieren, sobald beschlossen worden sei, was jetzt getan werden könne. Dann zog er sich in seine Kabine zurück, um eine lange Meldung für den kommandierenden Admiral des U-Boot-Bereichs Atlantik abzufassen.

5

NACHDEM er die entmutigende Meldung erhalten hatte, daß das Bojenkabel gerissen war, berief Admiral Foster Moran eine Konferenz ein, um zu beraten, was getan werden konnte, um die Männer der *Lancerfish* zu retten. Abteilungsleiter, Entwicklungsingenieure und U-Boot-Spezialisten seines Kommandos erhielten den Befehl, daran teilzunehmen. Die Firma Electric Boat Division of General Dynamics, der Hersteller der *Lancerfish*, hatte drei Ingenieure geschickt. Admiral Calhoun, Kommandeur der Unterseeboote in der Atlantikflotte, Kapitän Holmes und Kapitän Shepherd kamen ebenfalls nach Washington.

Kurz vor 10 Uhr nahmen alle an dem langen Konferenztisch ihre Plätze ein. Admiral Moran stand an der Stirnseite des Raumes auf einem kleinen Podest und begrüßte seine Bekannten unter den Teilnehmern mit einem kurzen Kopfnicken. Hinter ihm befand sich eine rollbare Tafel, auf die eine grobe Skizze der Wasseroberfläche und des Meeresbodens gezeichnet worden war, wo die *Lancerfish* lag. Holmes, der morgens mit dem Flugzeug herübergekommen war, saß nahe am Rednerpult, einen Zeigestock quer über den Knien.

Nach der Einleitung und einer kurzen Ansprache des Admirals sollte Holmes einen Lagebericht geben. Seine Darstellung war kurz. Er erläuterte die starken Bodenströmungen und das unberechenbare Wetter in dem Gebiet. Er war der Meinung, er würde die Männer jetzt heraufgeholt haben, wenn das Bojenkabel nicht gerissen wäre. Der nächste Schritt mußte jetzt sein, das kleine Forschungsunterseeboot *Seasearch* die Ausstiegsluke inspizieren zu lassen. Dann mußte irgendwie ein neues Kabel befestigt werden.

Als er seinen Bericht beendet hatte, bat er um Fragen. Am anderen Ende des Tisches hob Kapitän Shepherd seinen schlanken, uniformierten Arm.

„Kapitän Holmes, welche Alternativen haben Sie in Erwägung gezogen, falls die Glocke nicht benutzt werden kann?“

Holmes wußte, daß es Shepherd nur darum ging, seine eigene Abteilung ins Spiel zu bringen. „Im Augenblick keine. Ich muß mir die *Lancerfish* erst von der *Seasearch* aus ansehen. Jedoch hoffe ich, daß die Vertreter der Industrie uns heute Vorschläge unterbreiten werden“, sagte Holmes mit einem Anflug von Lächeln. „Oder vielleicht gibt es auch in Ihrem Bereich etwas, was einsatzbereit ist, Kapitän.“

„Die *Seasearch,* ja...“ Shepherd machte eine gewichtige Pause und fuhr fort: „Es wäre interessant herauszufinden, wie tief das Unterseeboot sich in den Grund gebohrt hat. Wir könnten den Versuch in Betracht ziehen, die *Lancerfish* am Heck zu heben. Wenn Schlingen unter ihre Heckflossen geschoben werden könnten, dann wäre es vielleicht denkbar, daß die neuen Bergungskräne sie heben könnten. Schließlich hat das U-Boot vorn Auftrieb.“

Holmes war skeptisch. „Ihr Hebekabel könnte sich durch die Strömung verknoten, Kapitän, und die Schlingen...“

„Aber es ist der Erörterung wert“, fiel ihm Shepherd ins Wort. „Es ist eine Alternative, meinen Sie nicht auch?“

„Wir werden natürlich alles in Betracht ziehen, aber in vierhundert Meter Tiefe Schlingen anzulegen..." Holmes verschlug es für einen Augenblick die Sprache. „Nun, das würde Wochen dauern, wenn nicht Monate."

Shepherd lächelte nachsichtig, fügte ein „Wenn überhaupt" hinzu und setzte sich. An die Allgemeinheit gewandt, sagte er dann noch: „Ich meine, man sollte die Rettung durch Bergung nicht vorschnell abtun."

Dieser Wortwechsel hatte Holmes verärgert. Holmes hätte Shepherds Hilfe mit Freuden akzeptiert, wenn er einen realistischen Vorschlag bringen könnte, der durchführbar war. Shepherd war ohne Zweifel als Ingenieur ein brillanter Theoretiker, dachte Holmes, aber kein Seemann. Er kannte die Elemente nicht.

Kapitän Jenkins stand auf Deck, als Holmes an jenem Nachmittag auf die *Kingfisher* zurückkehrte. Ohne jede Vorrede erklärte Jenkins: „Ihre CO_2-Absorptionsanlage Nummer eins ist ausgefallen, und mit der anderen haben sie auch einige Schwierigkeiten." Er folgte Holmes auf die Brücke und setzte seinen Bericht fort. „Crawford meint, daß sie die noch arbeitende Anlage wieder hinkriegen. Er scheint sich keine allzu großen Sorgen zu machen."

„Aber ich, Jim. Ich weiß nicht, wie lange es dauern wird, ein neues Kabel zu befestigen." Holmes blickte zum Tender der *Seasearch* hinüber.

Es war ein umgebautes Minensuchboot mit dem großspurigen Namen *Marine Explorer,* das eine halbe Meile steuerbords ankerte. „Kann ich mit ihrem Dings jetzt tauchen?" fragte Holmes und zeigte mit einem Nicken zu dem Tender hinüber.

„Sie haben in jeder Hinsicht startklar gemeldet, als sie heute morgen ankamen, Kommodore." Jenkins ging eilig in den Funkraum, um den Tender anzurufen.

DIE *Seasearch* erschien Holmes unglaublich klein, als er eine halbe Stunde später über eine kurze Leiter auf das Heck der *Marine Explorer* hinaufkletterte. Sie war nicht einmal zehn Meter lang und sah wie eine riesige orange angemalte Okarina aus. Im kugelförmigen Vorderteil befanden sich zwei große Bullaugen, die nach unten und schräg nach den Seiten gingen und wie Glasaugen wirkten. In der Mitte unter den Gucklöchern hing ein mechanischer Arm wie der Rüssel eines Elefanten. Mit Hilfe dieses Armes konnte die Besatzung auf dem Meeresboden vom Unterseeboot aus arbeiten. Auf der bulligen Stirn waren vier druckfeste Quecksilberflutlichter und eine Tiefseekamera angebracht.

Ein junger Mann in einem himmelblauen Overall trat aus einer Gruppe von Männern am Heck hervor, wo der Propeller getestet wurde. „Ich bin Tom Parsons, Kommodore, Steuermann der *Seasearch.*“ Parsons beschrieb ungezwungen und stolz das kleine Unterseeboot. „Dieses Baby hat eine Arbeitstiefe von mehr als dreitausend Metern und ein Notatmungssystem für achtundvierzig Stunden. Die Dauergeschwindigkeit beträgt mehr als fünf Knoten und bei voller Kraft acht Knoten.“

Holmes nickte und erklärte Parsons das Gefälle des Meeresbodens. Dann ließ sich Holmes in die kugelförmige Kabine der *Seasearch* hinunter. Das Innere war voller Instrumententafeln und Kontrolllampen; es sah wie das Cockpit eines Düsenflugzeugs aus. Parsons glitt in den Steuermannssitz, zog die Luke dicht und verschraubte sie. In schneller Folge bediente er eine Reihe von Kippschaltern und schaltete die Atmungsventilation ein. Auf einem kleinen Fernsehschirm erschienen die winzigen Gestalten der Männer auf Deck.

Als die Kontrolle der Instrumente beendet war, wurden sie hinausgeschwenkt und in das Wasser hinuntergelassen. Der Steuermann kontrollierte das Unterwassertelefon: „*Marine Explorer,* hier spricht die *Seasearch,* wir tauchen.“ Er griff hinter sich und öffnete das Ventil, um die Ballastzellen zu fluten. „Wir sind unterwegs, Kommodore“, sagte er leichthin. Das blaue Licht aus den Gucklöchern wurde dunkler, und Holmes verfolgte auf dem beleuchteten Tiefenmesser, wie sie hinuntergingen. Nach hundertfünfzig Metern hatte sich das Wasser draußen zu einem dämmerigen Zwielicht verdunkelt. Das Unterwassertelefon wurde erneut getestet, und dieses Mal mit der *Lancerfish.*

Die Stimme aus dem gesunkenen U-Boot klang verstümmelt. Das spielte aber kaum eine Rolle, dachte Holmes, weil es eigentlich nicht nötig war, mit ihnen in Verbindung zu sein.

Bei zweihundert Metern schaltete der Steuermann die Flutlichter ein. Holmes bückte sich über eines der Beobachtungsfenster und entdeckte plötzlich den Meeresboden, der vor ihnen schräg anstieg. Er schien sich zu bewegen. Der harte Schlamm und der Sand waren durch den Sog der Strömung abgeschliffen und eingekerbt. Schlanke Würmer hingen aus dem Boden heraus, alle in der gleichen Richtung gebeugt, als ob ein leichter Wind über sie hinstrich. Das Terrain war kahl und düster, und Holmes verspürte eine fast verzweifelte Sorge um die Männer in der *Lancerfish.*

Die *Seasearch* drehte bei und folgte dem in die Tiefe abfallenden Boden. Ein heller Punkt auf dem Bildschirm zeigte ein Ziel an; das mußte das Unterseeboot sein. Der Steuermann korrigierte den Kurs. Von der Strömung unterstützt, liefen sie mit mehr als sechs Knoten über den Meeresboden. Als sie sich auf fünfzig Meter genähert hatten, schaltete der Steuermann den Rückwärtsgang ein, und ihre Fahrt wurde auf ein langsames Kriechen reduziert. Holmes war vor Kälte verkrampft. Er rieb von Zeit zu Zeit das Guckloch, wenn es sich beschlug. Die Flutlichter warfen einen hellen Kegel, der über eine surrealistische Landschaft kroch. Dann kam eine Bodenerhebung, und im Halbdunkel erhob sich der dunkle Bug der *Lancerfish.*

Der Steuermann veränderte ihre Trimmlage, als sie sich der Backbordseite des Wracks näherten, und Holmes konnte Einzelheiten vom Vorschiff des Bootes erkennen, dessen Schlagseite ihnen zugekehrt war. Der große, leere Sockel, in dem die Signalboje gehangen hatte, bevor sie freigelassen wurde, war deutlich zu sehen. Dann erkannte er das Ausstiegsluk des Torpedoraums. Alles war so still, es war schwer zu glauben, daß gleich hinter diesem Druckkörper Männer lebten und atmeten. Langsam zogen sie an der schräg liegenden Bordwand entlang, und der Steuermann löste die Außenkamera aus. Wie in einem Sommergewitter flammte der Blitz auf. Einen Augenblick später kam ihnen die hohe Kanzel des konischen Turmaufbaus entgegen. Die Plexiglasscheibe der Brücke reflektierte ihre Flutlichter.

„Gehen Sie näher heran, Tom. Ich glaube, auf der Brücke irgend etwas treiben zu sehen. Das ist... noch ein bißchen weiter.“ Ein Grauen überkam ihn. Ein Mann winkte ihm zu. Die Arme ragten in der Strömung auf, als ob er ganz langsam ein Orchester dirigierte. Der Druck des Wassers drehte den Körper Holmes entgegen. „Mein Gott, das ist Joe!“

„Was ist?“ Der Steuermann versuchte, Holmes über die Schulter zu blicken.

„Das war Kapitän Hascomb, der Kommandant der *Lancerfish.* Irgend etwas muß ihn an Deck festgehalten haben, und so wurde er von dem Boot mit heruntergezogen.“ Eine fürchterliche Angst stieg in Holmes auf, und er wünschte, weit weg zu sein. Fort von diesem Gespenst des Todes, fort von dieser ganzen verdammten, elenden

919
919

Tragödie der *Lancerfish*. Das grausige Bild war jetzt verschwunden, aber er fühlte sich schlapp, kalter Schweiß war ihm am ganzen Körper ausgebrochen.

Die Tiefenruder am Heck lagen noch klar über dem Meeresboden, obgleich der Rumpf vom Bug bis kurz vor ihnen tief in den Schlamm eingegraben war. Sie machten weitere Fotos, und Holmes wußte, daß Shepherd besonders an diesem Teil interessiert sein würde. Auch wenn Schlingen achtern unter die Tiefenruder geschoben werden konnten, war es fraglich, ob das Wrack gehoben werden konnte. Fast fünf Meter des U-Boot-Rumpfes hatten sich in den Grund gebohrt, und dies würde eine ungeheure Saugwirkung ausüben. Als die *Seasearch* das Heck des Unterseeboots umrundete, stellte Holmes fest, daß der Umfang der Beschädigungen durch die Kollision sehr groß war. Der wuchtige Aufprall der *Ocean Belle* hatte die Stahlplatten der Tauchzellen und des Druckkörpers auf etwa acht Meter horizontal aufgeschlitzt. Ein schmaler Strom von Blasen stieg aus dem zerfetzten Loch – wahrscheinlich eine nicht abgeschaltete Luftleitung.

Sie passierten von neuem die Brücke, und Holmes war erleichtert, daß der Leichnam von hier aus nicht zu sehen war.

Auf dem vorderen Luk war überhaupt nichts zu entdecken. Von der Kabelaufhängung waren nicht einmal mehr Bruchstücke übriggeblieben. Als der Steuermann versuchte, die *Seasearch* in der Nähe des Lukes zu stoppen, stellte er fest, daß sie durch die Strömung außer Kurs gebracht wurden und sich langsam drehten.

„Gut, Tom, machen wir uns wieder davon“, sagte Holmes.

Während sie an die Oberfläche zurückgelangten, versank Holmes in seinen Gedanken. Sie würden ein zweites tieftauchendes Unterseeboot benötigen, um die *Seasearch* zu unterstützen. Dann konnten sie Befestigungen anbringen, um das Arbeitsboot über der Luke zu halten, während ein neues Kabel aufgehängt wurde.

Als Holmes auf die *Kingfisher* zurückkehrte, ging er in das Ruderhaus, um sich mit der *Lancerfish* in Verbindung zu setzen. Kommandant Crawford klang müde und hatte Schwierigkeiten zu sprechen. Seine Erkältung war offensichtlich schon fortgeschritten. Er berichtete, fast die Hälfte aller Überlebenden hätte sich mit Infektionen der Atemwege hingelegt und zwei seien ernsthaft krank.

„Es sieht nach Lungenentzündung aus, Kommodore. Unser Sanitäter macht eine sehr pessimistische Prognose, falls wir sie nicht in etwa einem Tag hier herausbekommen.“ Es entstand eine lange

Pause, bevor Crawford heiser und atemlos fortfahren konnte. „Wir haben ein Sauerstoffzelt aus Bettüchern aufgebaut, aber es scheint ihnen schlechter zu gehen.“

„Ich hoffe, daß es nicht viel länger dauern wird“, sagte Holmes. „Wir werden morgen vormittag versuchen, das Kabel zu befestigen. Wir tun, was wir nur können.“ Seine Versicherungen gegenüber Crawford klangen lahm. Holmes begann die Gespräche mit dem U-Boot zu fürchten.

Wenn er später auf diesen Tag zurückblickte, dann bedeutete er das Ende einer Phase in den Rettungsoperationen der *Lancerfish*. Zum letztenmal konnte er noch optimistische Hoffnung aufbringen. Zum letztenmal hatte er mit Kapitänleutnant Crawford gesprochen.

6

Als am Mittwoch ein letzter Versuch unternommen wurde, die Überlebenden mit der Rettungsglocke zu erreichen, entstand wieder Hoffnung in ihnen, die dann um so grausamer zerschlagen wurde, als das Kabel sich losriß. Dann folgte am nächsten Morgen das bedrohliche Versagen der Absorptionsanlage für Kohlendioxyd. Die schlechte Luft ließ die Männer bei der geringsten körperlichen Anstrengung ins Keuchen geraten. Alle Mann wurden wieder in ihre Kojen befohlen, um das Ansteigen des Kohlendioxydgehalts zu reduzieren, und in dem Unterseeboot herrschte Totenstille.

Hayman lag auf seiner Koje und dachte an die Männer, die im Maschinenraum am Luftreinigungssystem arbeiteten. Verglichen mit der unmittelbaren Gefahr vergifteter Atemluft, schien sogar der Fortgang der Rettungsarbeiten an der Wasseroberfläche unwichtig. Hayman rechnete sich aus, daß sie weniger als zwölf Stunden überleben würden, wenn beide Systeme ausgefallen waren. Es war ganz klar, daß es auch unter den günstigsten Bedingungen sehr viel länger dauern würde, bis ein neues Kabel angebracht war.

Er stand auf und ging nach achtern. Als er in die Zentrale gelangte, mußte er um Atem ringen. Crawford saß am Kartentisch, mit hängendem Kopf, und die Arme stützten die hochgezogenen Schultern. Als Hayman herankam, blickte er auf; die rotgeränderten Augen waren glasig, und das rötliche Gesicht zeugte von brennendem Fieber. Er sprach heiser flüsternd.

„Ritter sagt, der Absorber in Ordnung ... steigt nicht mehr. Wir drücken mehr Absorbermaterial nach achtern ... um die Luft schneller zu reinigen." Er hielt einige Augenblicke inne und versuchte, wieder zu Atem zu kommen. „Ich habe befohlen, in der Koje zu bleiben, Hayman."

„Ich bin aufgestanden, um zu sehen, ob ihr nicht ohne mich ausgestiegen seid."

GEGEN Mittag hatte sich die Luft verbessert, und die Männer durften herumlaufen, um sich ihr Essen zu holen, Schweinefleisch mit Bohnen und Birnen in Dosen.

In der Offiziersmesse traf Hayman nur Fitzgibbons, Roche und Ritter. Lustlos hockten sie vor der einfachen Mahlzeit, die Rumford zubereitet hatte. Sie saßen mit nachdenklichen Gesichtern am Tisch, hager und bärtig, und hatten wenig zu sagen. Roche starrte auf seinen Teller, stocherte mit der Gabel herum und teilte den anderen mit: „Noch zwei weitere haben sich mit Lungeninfektion hingelegt. Ryan glaubt, daß die schlechte Luft die Lungen reizt."

Ritter antwortete: „Ja, wir haben nur einen CO_2-Wäscher für einundsechzig Paar Lungen."

Er blickte auf und sah Chief Ryan in der Tür stehen. „Was gibt's, Chief?"

„Der Erste ist ziemlich übel dran, Sir. Temperatur über vierzig. Ich hab ihm eine Spritze gegeben, aber ich bin nicht sicher, daß Antibiotika viel helfen."

Ritter strich an seiner Nase entlang. „Und die anderen, wie geht's ihnen?"

Ryan schüttelte den Kopf. „Sieht schlecht aus. Sorensens Temperatur ist wieder gestiegen, und Evans hat Atembeschwerden. Jeder der Fälle fängt mit einer Reizung der oberen Atemwege an, die dann in die Lunge vordringt. Nach ein paar Stunden wird der Schweißausbruch dann schnell stärker – wie bei einer Lungenentzündung."

Fitzgibbons hörte zu essen auf und öffnete auf seinem Schoß ein Notizbuch. „Wie viele sind jetzt krank, Chief?" fragte er.

„Vier, Sir, und mit dem Ersten fünf." Fitzgibbons machte eine Eintragung in sein Notizbuch.

„Wozu soll das gut sein, Fitz?" fragte Roche interessiert.

„Ein Tagebuch, eine Art Chronik unserer Prüfung. Wenn der Herr uns zu befreien beschließt, werde ich es veröffentlichen."

„Angenommen, Ihr Freund wendet sich von uns ab und wir müssen hierbleiben", wandte Hayman ein. „Was machen Sie dann, Fitz? Stecken Sie es in eine Flasche und lassen es hinaustreiben?"

„Sie sollten nicht lästern, Robbie." Fitzgibbons sah beleidigt aus. „Solche Art Reden passen nicht in unsere Situation."

„Ach, lassen Sie doch. Bevor wir in diese Klemme gerieten, waren Sie nicht so heilig", höhnte Hayman. „Ich erinnere mich durchaus noch an unsere letzte Mittelmeerfahrt..."

„Ich leugne das nicht, aber ich habe mich verändert. Es mag sein, daß manchmal etwas wie dieses hier geschehen muß, um einem zu zeigen, daß man gesündigt hat. Sie sollten sich an Ihn wenden, Robbie, und Ihn um Erlösung anflehen."

„Fitz, Sie fallen mir auf die Nerven. Verdammt noch mal, lassen Sie uns doch hier herauskommen, und ich wette, daß all Ihre Frömmigkeit zum Schornstein hinausfliegt!"

Hayman stand auf und nahm seinen Teller mit, um ihn in der Pantry in das Spülbecken zu stellen. Fitzgibbons war ihm schon immer zuwider gewesen, aber seine fanatische Heiligkeit war unausstehlich.

TROTZ seines geschwächten Zustands hatte Crawford darauf bestanden, in der Kommandozentrale zu sein, während Kommodore Holmes in der *Seasearch* seine Inspektionsfahrt unternahm. Mehrere Männer drängten sich um den Befehlsstand, um zuzuhören, wie die Operation von der *Kingfisher* über das Unterwassertelefon beschrieben wurde. Wenn auch der Versuch, mit dem kleinen Unterseeboot Verbindung aufzunehmen, erfolglos blieb, war es doch ein Trost zu wissen, daß dieser Bote der Rettungsmannschaften so nahe war. Als später Holmes auf das Rettungsschiff zurückgekehrt war, erfuhren sie, daß auf Deck an dem Luk alles in Ordnung war. Und die Verzweiflung, die seit Mittwoch über ihnen gehangen hatte, begann von neuer Hoffnung verdrängt zu werden.

Hayman fiel auf, daß der Erste diese leichtere Stimmung nicht teilte. Nach dem Gespräch am Unterwassertelefon schleppte er sich mühselig in seinen Raum zurück. Während der Nacht besuchte Ryan den Ersten mehrfach, aber er konnte kaum etwas tun.

Am Freitag morgen wachte Hayman auf, als Fitzgibbons seinen Namen rief. „Kommen Sie, Robbie, stehen Sie lieber auf. Es gibt schlechte Neuigkeiten."

Hayman rieb sich das Gesicht und stützte sich dann auf den Ellbogen. „Wie geht's dem Ersten?"

„Wie vorher oder vielleicht noch schlechter. Ryan baut ein Sauerstoffzelt für ihn." Fitzgibbons schwieg einen Augenblick und sagte dann abrupt: „Sorensen ist heute nacht gestorben." Seine monotone Erklärung klang wie eine Anklage, als ob Hayman irgendwie verantwortlich sei. „Das ist der erste, Robbie, jetzt fängt es an. Einer nach dem anderen werden wir alle draufgehen." Fitzgibbons' melancholischer Blick suchte in Haymans Gesicht nach dessen Reaktion. Verschlossen zog Hayman sich an.

Ritter kam in die Kabine. „Hast du es gehört?" fragte er Hayman. „Ryan spricht jetzt am Unterwassertelefon mit dem Geschwaderarzt. Es sieht nicht so aus, als ob für die anderen viel getan werden könnte." Er stockte. „Wir werden irgend etwas mit der Leiche machen müssen."

„Im Torpedoraum sind vier von den Rohren leer. In eines von ihnen werden wir ihn legen", sagte Hayman.

„Ich halte den Gottesdienst", kündigte Fitzgibbons wichtigtuerisch an.

Chief Harris steckte den Kopf in die Offiziersmesse, wo Hayman eine Tasse lauwarmen Kaffee trank. „Wo ist Mr. Ritter?" fragte er.

„Hat sich hingelegt. Er war fast die ganze Nacht auf den Beinen."

„Ich habe ihm eine Nachricht von dem Rettungsschiff zu bringen." Harris wandte sich zum Gehen.

„Einen Moment, Chief", rief Hayman. „Was für eine Nachricht?"

Harris kam zurück in die Messe. „*Kingfisher* meldet, daß Kommodore Holmes zusammen mit Kapitän Shepherd, dem Direktor der Tiefseerettung, um Punkt zehn eine weitere Tauchfahrt zur Inspektion unternimmt."

„Schon gut, wecken Sie deswegen Leutnant Ritter nicht."

„Aber er hat angeordnet, ihn über jede neue Entwicklung auf dem laufenden zu halten." Der Blick des Chiefs verriet einen Anflug von Geringschätzung. „Ich nehme an, daß Mr. Ritter das Kommando hat, solange der Erste dienstunfähig ist."

„Leutnant Ritter erhält die Nachricht, wenn er aufwacht, Harris. Und im übrigen ist das kaum eine neue Entwicklung.“

Kurz vor Beginn des Trauergottesdienstes für Sorensen teilte die *Kingfisher* mit, daß die *Seasearch* ihre Tauchfahrt beendet habe. Ein zweites Unterseeboot sei zur Unterstützung zur Stelle. Es wurde damit gerechnet, daß die beiden Unterseeboote die Auswechslung des Führungskabels bis zum kommenden Abend geschafft haben würden. Der ständige Druck der Strömung machte es für das kleine Boot unmöglich, sich in einer festen Position über der Luke zu halten, während es dort eine neue Haltevorrichtung festschweißte. Man hatte ein trapezartiges Gerät hergestellt, das mit Schießbolzen auf dem Bootskörper vor der Luke befestigt werden sollte. Mit einem besonders konstruierten Ankerhaken würde das U-Boot in den Trapezrahmen einklinken. Wenn es erst festlag, konnte das U-Boot arbeiten.

Um 11.30 Uhr wurde aus der Zentrale durchgegeben, daß der Gottesdienst beginnen sollte, obgleich die Mehrzahl der Überlebenden sich bereits im Torpedoraum befand. In einem grünen lederartigen Kojenbezug lag die Leiche auf einer Bahre im Mittelgang. Hayman stellte fest, daß Fitzgibbons seine blaue Ausgehuniform angezogen hatte. Er hatte sich gegenüber den Verschlußklappen an Steuerbord aufgestellt. Die schwere Messingklappe war geöffnet worden und der düstere Grabtunnel zur Bestattung bereit.

Einige Männer sahen so ungepflegt aus, daß Hayman sie kaum erkannte. Bartolla, der Koch, hatte einen dicken schwarzen, verfilzten Bart. Ein ausgebeulter Khakisweater mit dunklen Flecken an den Armen und vor der Brust vervollständigte den abstoßenden Anblick. Andere, wie Cruthers oder der junge Lombard, trugen um ihre blassen Gesichter nur die Andeutung eines Backenbarts.

Hayman schob sich an Fitzgibbons' Seite vor. „Fitz, machen Sie so schnell, wie es geht. Bei so vielen Männern in einer Abteilung wird der Gehalt an Kohlenstoff sich bald steigern.“

„Ich gehe nach der Bestattungsordnung vor, die dauert nicht lange. Ein paar Minuten werden niemandem weh tun.“ Er wandte sich ab, öffnete ein kleines Buch und begann den Gottesdienst aus dem Handbuch für Bestattungen auf See zu lesen. Als er geendet hatte, nickte er vier Männern zu, die die Leiche aufhoben und behutsam in das Rohr schoben. Die schwere Verschlußklappe wurde geschlossen.

Als Hayman sich zum Gehen wandte, gab Ritter ihm ein Zeichen. „Der Erste möchte sofort alle Offiziere in seiner Kabine sehen.“

Die Kabine des Ersten, die Ritter mit ihm teilte, war zu klein, um sie alle aufzunehmen. Evers und Roche standen in der Tür und ließen Hayman sich zwischen sie drängen. Das Bettlaken, das als Sauerstoffzelt gedient hatte, war zur Seite gezogen worden. Hayman staunte, wie sehr Crawford sich verändert hatte. Das Gesicht war blaß, und über den eingesunkenen Augen lagen die Lider; die Lippen hatten einen bläulichen Schimmer. Sein schwerer Atem wurde kurz ausgestoßen, und dann folgte ein mühsames, langes Luftholen. Ritter beugte sich über ihn. „Alle hier, Bob." Für einen Augenblick kam keine Antwort, dann nickte Crawford fast unmerklich, öffnete aber nicht die Augen.

„Del, du ... übernimmst ..." Während einer schmerzhaften langen Minute kam nur noch das Geräusch seines keuchenden Atems. „In ein paar Tagen ist die Glocke da ... Halt die Moral in der Mannschaft hoch ..."

Die Augenlider öffneten sich, und er schien durch den Raum zu blicken, versank aber schon wieder im Koma. Chief Ryan trat vor, zog das Laken wieder vor und öffnete den Verschluß der Sauerstoffflasche. Er schob ein Stethoskop unter das Zelt und horchte angespannt. „Erhöhter Herzschlag – der akute Sauerstoffmangel wirkt sich aus."

CRAWFORD machte es fast noch dreißig Stunden. Die Meldung über seinen Tod kam von Fitzgibbons, der während des Spätnachmittags am Sonnabend bei ihm gewesen war. Er kam in die Zentrale, wo Ritter auf Nachricht von der Oberfläche über die Operationen der Unterseeboote wartete.

„Der Erste Offizier ist gerade hingeschieden", teilte Fitzgibbons den Männern in dem Raum mit. „Kapitänleutnant Crawford ist nicht mehr."

Wenige Minuten später meldete sich Kommodore Holmes über das Unterwassertelefon, um Ritter mitzuteilen, daß es notwendig war, das Tauchen des Unterseeboots für diesen Tag zu verschieben. Die Witterungsverhältnisse waren zu rauh geworden; sie konnten das Boot nicht aussetzen.

Als Ritter dem Kommodore sagte, daß Crawford gestorben war, folgte ein langes Zögern, und dann kam Holmes' schroffe Stimme: „Tut mir leid, Mr. Ritter. Sobald die See sich ein bißchen beruhigt, kommen wir zu Ihnen herunter."

In jener Nacht wurde die Bestattungsfeier im Torpedoraum wiederholt, aber dieses Mal war sie kürzer, und Fitzgibbons verzichtete auf seine Ausgehuniform.

Am Sonntag morgen, als die Unterseeboote mit ihrer Arbeit beginnen sollten, fiel das Unterwassertelefon aus, und die *Lancerfish* war vollständig von der Oberfläche abgeschnitten. Aber die Luft in dem Wrack war von dem Übermaß an Kohlendioxyd gereinigt worden, und das hatte die Männer wieder belebt und sie erneut optimistisch werden lassen. Ritter beschäftigte sie, indem er sie aus den Bilgen des Torpedoraums Wasser schöpfen ließ. Eine lange Kette reichte die Eimer weiter bis in den Maschinenraum, wo das Wasser in die großen Bilgen geschüttet wurde. Als das Wasserschöpfen beendet war, hielt Fitzgibbons im Torpedoraum den Sonntagsgottesdienst ab. Hayman stellte fest, daß Fitzgibbons seine Liturgie verbesserte und diese Veranstaltungen länger dauerten.

Den ganzen Vormittag lang wartete die Besatzung auf irgendein Geräusch von außen, um zu wissen, daß die Unterseeboote auf der Luke an der Arbeit waren. Johnson, der Spezialist für das Unterwasserortungsgerät, konzentrierte sich auf den Stromkreis des Unterwassertelefons. Kurz vor 17 Uhr lokalisierte er schließlich den Schaden und setzte ein Ersatzteil ein. Ritter rief das Rettungsschiff, und Holmes berichtete ihm, daß der starke Sturm an diesem Tag das Tauchen verhindert habe. Die *Kingfisher* habe Mühe, sich in ihren Verankerungen zu halten, und wenn die See noch gröber würde, müßten sie die Leinen einholen und das Gebiet verlassen. Ritter konnte sich nur mit Mühe vorstellen, daß das Rettungsschiff über ihnen rollte und stampfte. In dem Unterseeboot war es still.

DIE *Kingfisher* hielt aus, und am Montag begann die See sich zu beruhigen. Am Dienstag vormittag war es möglich, die kleinen U-Boote einzusetzen, und eine große Anzahl der Überlebenden versammelte sich im Torpedoraum. Man hörte ein Murmeln von Stimmen. Ein metallisches Kratzen über ihren Köpfen ließ die Unterhaltung abbrechen, und wie gebannte Zuschauer blickten sie zum Rumpf hinauf. Im ganzen Unterseeboot hörte man eine Reihe scharfer Knalle, als die Schießbolzen abgefeuert wurden. Die erste Phase der Arbeit war abgeschlossen; jetzt konnte das U-Boot auf der Luke arbeiten. Dann gab es eine dreistündige Unterbrechung, als die *Seasearch* an die Oberfläche zurückkehrte, um mit dem Schweißapparat ausgerüstet zu werden. Zum schwierigsten und längsten Teil der Arbeit wurde die Montage des neuen Kabels. Um zu verhindern, daß das Kabel sich in der Strömung verwickelte, wurde eine Trommel, die fünfhundert Meter Kabel enthielt, in einen stählernen Rahmen eingesetzt. Die *Kingfisher* ließ das aufgerollte Kabel zur Backbordseite der *Lancerfish* hinunter. Dann manövrierte die *Seasearch* das Ende des Führungskabels zum Luk des Unterseeboots, wo es von dem anderen kleinen U-Boot befestigt wurde.

Schritt um Schritt verfolgte die Besatzung in der *Lancerfish* den Fortgang der Arbeit, von dem ihr über das Unterwassertelefon berichtet wurde.

Als die Meldung kam, das Kabel sei gesichert, erhob sich in der Zentrale ein Chor von Cheers. Kurz darauf unterrichtete sie die Stimme von der Oberfläche, daß die Rettungskammer für den ersten Abstieg vorbereitet werde. Fitzgibbons, der sich in die Zentrale gedrängt hatte, rief: „Unsere Gebete sind erhört worden!" Er klatschte in die Hände und intonierte: „Dank Dir, o Herr, Dank Dir, daß Du unsere Gebete erhört hast."

Erleichterung und Freude verbreiteten sich auch in der hinteren Abteilung, wo Chief Ryan seine Patienten für den Transport in den Torpedoraum vorbereitete. Zwei von ihnen saßen auf dem Rand ihrer Kojen, und ihre blassen Gesichter lächelten schwach. Sie würden mit der ersten Ladung der Kammer aussteigen. Chief Evans war der einzige, der nicht wußte, daß ihre Rettung vielleicht bevorstand. Er lag im tiefen Koma, kaum mehr lebendig. Der Rest der Besatzung hatte nach dem Alphabet der Namen Zahlen erhalten und würde in dieser Reihenfolge das Boot verlassen.

In der Messe goß Cruthers die Reste seines Kaffees in das Spülbecken und sagte zu Dirksen: „Mein Gott, ich glaube, wir werden es schaffen, Rowboat." Und dann zu einem Mann, der wegen seines dicken Kraushaares Harpo genannt wurde und als Clown des Schiffes galt: „Was bietest du mir, wenn ich mit dir tausche und du mit der ersten Ladung aufsteigst?" Harpo antwortete nicht, weil er wußte, daß Cruthers es nicht ernst meinte. Die Rettung konnte alles in allem vierzehn bis sechzehn Stunden dauern.

Die Lautsprecheranlage unterbrach das Durcheinander von Stimmen: „Bitte um Aufmerksamkeit, hier spricht Leutnant Ritter. Falls die Rettungsoperationen heute nacht beginnen, ziehen Sie sich warm an und bleiben Sie in der hinteren Abteilung oder der Zentrale, bis

Ihre Gruppe aufgerufen wird. Wenn Sie in den Torpedoraum gehen, verhalten Sie sich leise, bleiben Sie in der Reihenfolge Ihrer Zahlen und befolgen Sie die Anweisungen von Mr. Hayman.“

Hayman stand unter dem Luk, das in die Ausstiegsschleuse und das Außenluk führte. Vorsichtig öffnete er das Entwässerungsventil der Ausstiegsschleuse. Sie war trocken, und so öffnete er das untere Luk und kletterte in den kleinen zylindrischen Raum. An der Seite befand sich ein runder Deckel, der für den Ausstieg in flacherem Wasser benutzt wurde. Oft hatte er dieses Luk benutzt, um aufs Oberdeck zu kommen, wenn sie an einer Pier in New London lagen. Wenn er es jetzt einfach öffnen könnte, um in den Sonnenschein eines Frühlingstags in Connecticut hinauszuklettern und den kühlen Wind im Gesicht zu spüren! Er ließ sich wieder in den Torpedoraum hinunter und schloß das Luk.

Nur langsam verging die Zeit, während sie warteten. Um 22 Uhr 25 gab die *Kingfisher* telefonisch durch, daß die Kammer im Wasser sei und sich langsam am Kabel nach unten arbeite. In Haymans Nähe wurde ein Telefonposten aufgestellt, damit er über das Vorrücken der Rettungsglocke auf dem laufenden gehalten werden konnte. Die erste Gruppe kam in den Raum und versammelte sich an der Steuerbordseite. Die beiden Fälle von Lungenentzündung waren in Decken gehüllt worden; Chief Evans sollte erst dann geholt werden, wenn die Glocke fest aufsaß.

Der Telefonposten berichtete Hayman: „Sir, die Zentrale meldet, die Kammer hat hundertfünfzig Meter überschritten und steigt weiter ab.“ Ein Lächeln lag auf seinem Gesicht.

Hayman bestätigte ihm, daß er verstanden habe, und sagte zu der Gruppe: „Fast der halbe Weg.“ Und er dachte bei sich, daß er in etwa acht Stunden an der Reihe wäre auszusteigen, wenn alles gut ging. Ritter würde als letzter Offizier von Bord gehen und als letztes noch einmal zum Reaktor zurückkehren, um ihn auszuschalten.

Eine weitere Meldung aus der Zentrale: die Glocke geriet in eine starke Strömung, aber hatte beim weiteren Abstieg keine Schwierigkeit. Tiefe zweihundertdreißig Meter. Ein überwältigender Optimismus drängte sich in Haymans Gedanken. Sie würden hinauskommen.

Das Gefühl verstärkte sich noch, als die Kammer bei dreihundertdreißig Metern berichtete, die Strömung sei ein wenig schwächer geworden. Sogar das Wetter auf der Wasseroberfläche besserte sich, und Holmes erzählte Ritter, daß es eine sternenklare Nacht sei.

Dann wurde von der Kammer dreihundertfünfzig Meter Tiefe gemeldet. Alle Männer im Torpedoraum waren erleichtert, aber es wurde wenig gesprochen. Fast atemlos warteten sie und hofften zu hören, daß die Kammer über dem Ausstiegsluk aufsetzte.

Die Minuten vergingen, und alle starrten den Telefonposten an. Um die Spannung ein wenig aufzulockern, sagte Hayman: „Sie werden sich dem Luk ganz langsam nähern, wahrscheinlich wird es ein paar Minuten dauern."

Die Erwartung in dem Raum steigerte sich.

„Immer noch bei dreihundertfünfzig Metern, Sir", meldete der Telefonposten mechanisch. Eine fröstelnde Vorahnung überlief Hayman. Warum waren sie dort steckengeblieben? Seit der letzten Meldung waren mehr als fünf Minuten vergangen.

„Mr. Hayman", brach der Telefonposten plötzlich das Schweigen, das sich in dem Raum verbreitet hatte, „Mr. Ritter bittet Sie in die Zentrale."

Ritter stand vor dem Unterwassertelefon, das Mikrophon in der Hand. „Ihre Winsch hat sich verklemmt", sagte er rauh. „Zu viel Kabel auf der Winschtrommel. Im Augenblick kann die Rettungskammer weder hinauf noch hinunter. Auf jeden Fall wird der Tauchversuch abgebrochen, wenn sie wieder klar sind."

Fünfzehn Minuten vergingen. Müde und resigniert kam die Stimme von Kommodore Holmes aus dem Lautsprecher: „*Lancerfish,* wir müssen das Kabel kappen, um die Kammer wieder herauszuholen. Es gibt keine andere Lösung. So bald wie möglich montieren wir es wieder und ändern die Winsch."

Die Besatzung der *Lancerfish* war vor Enttäuschung gelähmt. Langsam zogen die Männer in ihre Quartiere zurück. Die beiden Lungenentzündungsfälle wurden in ihre Kojen getragen. Chief Ryan steckte ihnen Thermometer unter die Zungen und blickte durch den schmalen Gang zu dem Tuch, hinter dem Chief Evans lag. Er hatte von dem ganzen Vorgang des Rettungsversuchs nichts mitbekommen, dachte Ryan und griff nach Evans' Handgelenk, um den Puls zu messen. Aber Evans war tot.

KURZ nach Mitternacht wurde die Leiche von Evans in das Torpedorohr gelegt. Fitzgibbons hielt eine kurze Andacht. Der Zustand eines der anderen beiden Kranken hatte sich verschlimmert, und Ryan ließ ihn in die Koje bringen, in der vorher Evans gelegen hatte. Das

Bettlaken diente weiter als Sauerstoffzelt. Von den Ereignissen des Tages seelisch erschöpft, legte der größte Teil der Besatzung sich hin.

Hayman ging nach achtern, um die anderen Abteilungen zu inspizieren, bevor auch er sich in seiner Kabine hinlegen wollte. In der Zentrale hatte Chief Harris zusammen mit dem Matrosen Cruthers, seinem „Aufklarer", die Wache. Als Hayman dort vorüberkam, wandte sich Harris an ihn: „Sie sollten einmal mit Schoenberg sprechen. Er hat sich geweigert, die Wache am Unterwassertelefon zu übernehmen."

Hayman blieb stehen und sah den Chief an. Mit seinen goldenen Ärmelstreifen und der Offiziersmütze zeigte er immer noch, daß er der Erste Ingenieuroffizier des Bootes war. „Er hat sich in seine Funkkabine verkrochen", sagte Harris, und sein Kiefer mahlte den Kaugummi langsam hin und her.

Der Funker war schon immer ein merkwürdig verschlossener Typ gewesen, und in letzter Zeit hatte er sich völlig von den übrigen Besatzungsmitgliedern zurückgezogen. Er hielt sich fast nur im Funkraum auf. Hayman murmelte: „In Ordnung, Chief, ich werde mit ihm sprechen." Eine gewisse Dienstordnung mußte eingehalten werden, gab Hayman zu.

Im Funkraum lag Schoenberg auf einer Matratze, die er in die winzige Kabine geschafft hatte. Im Schein einer Lampe über der Schreibmaschine sah Hayman, daß der Funker wach war. Er sagte nichts, als Hayman sich rittlings auf den Stuhl setzte und die Arme auf der Lehne verschränkte.

„Sie haben Krach mit dem Chief?" fragte Hayman beiläufig. Schoenberg hatte sich nicht gerührt und nur nach oben in das Dunkel gestarrt. Als er keine Antwort erhielt, fuhr Hayman fort: „Jeder ist diese Warterei ziemlich leid, und die Enttäuschung heute konnte einen schon fertigmachen. Aber in ein paar Tagen sollten wir hier herauskommen." Er blickte ihn an, um zu sehen, ob seine Worte irgendeine Reaktion hervorriefen.

Schoenbergs tiefe Stimme schreckte ihn auf. „Mir ist's gleich. Irgendwann sind wir alle dran. Und mir wäre es jetzt ebenso recht."

Die Bemerkung und die Resignation des Mannes machten Hayman unsicher. „Sie wollen doch Ihre Familie wiedersehen, nicht wahr? Bei Ihrer Frau sein, und ich erinnere mich daran, daß sie ein wahres Schmuckstück ist. Alle hier an Bord haben Sie um sie beneidet." Hayman verstummte und dachte an die lebhafte kleine Blonde, die er mit Schoenberg bei der letzten Bordparty gesehen hatte. „Stellen Sie sich vor, was sie sich für Sorgen macht und wie froh sie sein wird, Sie wieder zu Hause zu haben."

„Unsinn." Schoenberg setzte sich auf. Sein ungekämmtes Haar hing ihm in die Augen. „Schauen Sie, Leutnant, es geht um mehr, als daß wir hier unten festhängen. Ich hoffe, daß ihr alle herauskommt, aber mir ist das völlig gleichgültig."

„Was ist denn los?"

Schoenberg holte tief Luft. „Okay, Leutnant, ich werde Ihnen eine süße Geschichte erzählen." Er zog die Knie an und schwieg lange Zeit, als ob er nach Worten suchte. „Da gibt's diesen Kerl, einen Autohändler, der mir letzten Januar den Tee-Bird verkauft hat. Ein großer Schaumschläger – gebleichtes Haar, lange Koteletten, tiefbraun und was sonst noch. Dann, eines Nachmittags, bevor wir auf die Reise gingen, gab uns der Alte früh frei. Ich kam nach Hause, und dieser Kerl war bei Val. Ich überraschte sie nicht mehr dabei, aber ich wußte Bescheid." Schoenbergs Stimme klang erstickt und verzweifelt. „Ich wurde wild und verlor alle Beherrschung. Ich wollte ihn umbringen. Ich griff ihn an, aber er nannte mich immerzu ‚Kleiner' und schlug mich zusammen."

Hayman wußte nicht, was er dazu sagen sollte. Er saß da und ließ Schoenberg sich erholen. Nach einer Weile fuhr der Seemann fort: „Das war noch nicht das schlimmste, Leutnant. Sehen Sie, der Junge war da. Er ist erst vier, aber er begreift viel. Er sah, wie dieser Kerl mich schlug, und schrie. Er wird nie vergessen, wie ich zusammengeschlagen wurde. Ein paar Tage später hab ich Val gesagt, daß ich mich scheiden lassen und den Jungen haben will. Sie hat nur gelacht, wirklich gelacht, sie hatte getrunken. Dann hat sie mir gesagt, daß der Junge sowieso nicht von mir ist. Je mehr ich darüber nachdenke, um so mehr weiß ich, daß das wahr ist. Ich will keinen von beiden wiedersehen."

„Aber damit ist doch noch nicht alles vorbei", sagte Hayman. „Sie werden Ihre Angelegenheiten in Ordnung bringen müssen."

„Ich pfeif darauf."

Hayman stand auf. Er war müde, und Schoenbergs Geschichte hatte ihn maßlos deprimiert. Er mußte heraus aus diesem düsteren kleinen Loch. Warum müssen die Leute als erstes heiraten? dachte er.

Durch die Messe ging er weiter nach achtern. In fast allen Kojen des Schlafraums lagen Männer, und es stank widerwärtig. Seit mehr als zwei Wochen hatte niemand mehr baden dürfen. Schnell ging er in den Reaktorraum, dann eine kurze Leiter hinunter in den Maschinenraum. Im Summen der Maschinenanlage lag ein Trost.

Als Hayman wieder durch die Zentrale kam, vermied er es, mit Harris zu sprechen, der geschäftig die Sicherheitskontrolle vornahm. Bevor er sich in seine Koje fallen ließ, zog Hayman die Schreibmappe heraus und blickte auf das Foto des Mädchens. Mehr denn je erschien sie ihm wie eine Fremde. Sie sah so verdammt frisch und fröhlich aus.

KURZ vor vier Uhr schob sich Dirksen müde in die Zentrale, um zu melden, daß die nächste Wache geweckt worden sei. Er berichtete Chief Harris, er habe auch Ryan darauf aufmerksam gemacht, daß der Fall von Lungenentzündung unter dem Zelt sich schlecht anhörte. „Das Atmen ist wie ein Gurgeln“, beschrieb er es. Er hockte sich neben Cruthers, der zusammengekauert auf Deck saß, um auf ihre Ablösung zu warten.

Eine dumpfe Erschütterung dröhnte durch das Unterseeboot, und die Decks zitterten. Wie eine Marionette, die auf die Füße gezogen wird, sprang Cruthers auf und gelangte bis in die Messe, dann sah er den rotgelben Schimmer in den Bullaugen des Schlafraums. Dicke Rauchschwaden zogen über ihn hinweg. Er kehrte um zur Zentrale. „Feuer!“ schrie er zwischen keuchenden Hustenanfällen. „Feuer in der hinteren Abteilung!“ Als er sich durch die Öffnung schwang, hörte er hinter sich etwas, was wie ein Pfeifen klang, dann entwickelte es sich zum Schrei eines Menschen. Der Feueralarm übertönte den furchtbaren Laut, und Harris schrie ihm zu, das Schott zu schließen. Eine dicke Rauchwolke drang in die Zentrale.

„Aber Chief, die Jungs da drin ...“

„Schließen Sie das Schott!“ brüllte Harris von neuem und schloß zugleich die Klappen der Lüftungsanlage. Cruthers schob das massive Schott dicht und drehte den Verschluß zu. Harris ergriff das Mikrophon der Bordsprechanlage, und seine Stimme füllte die Abteilungen. „Feuer im Schlafraum!“

Betäubt und verwirrt kamen die Männer aus den vorderen Abteilungen in die Zentrale. „Zwei Mann von der Schadensbekämpfung sollen sich mit CO_2-Feuerlöschern bereit halten“, sagte Leutnant Ritter zu Hayman.

Dann ging er an das Schott und blickte durch das gläserne Guckloch. Die ganze hintere Abteilung war voller Rauch.

Hayman gab den beiden Männern Anweisungen, die sich eilig in das Geschirr ihrer Atemgeräte zwängten. Sie sollten das Feuer unter Kontrolle bringen und die Männer herausholen. Das Schott wurde für einen Augenblick geöffnet, und die Männer kletterten schnell durch die Öffnung. Der Rauch brannte den Männern in der Zentrale in den Augen und löste ein allgemeines Husten aus. Sobald das Feuer unter Kontrolle war, sollten die Abluftschieber geöffnet und der Luftverdichter angestellt werden. Ritter würde dann aus dem Notvorrat Luft in die Zentrale blasen. Auf die Weise würde die rauchgeschwängerte Luft nach achtern in den Maschinenraum gesogen, dann komprimiert und in eine leere Druckluftflaschengruppe gepreßt werden.

Die Feuerbekämpfer tasteten sich zurück in die Zentrale und meldeten, das Feuer sei gelöscht. Es war an der Backbordseite des Schlafraums ausgebrochen und offensichtlich durch eine Sauerstoffexplosion über dem kranken Mann verursacht worden. Die rauchenden Reste von Bettlaken, Matratzen und Kojenvorhängen wurden durchnäßt und in den Kühlraum geworfen.

Die zirkulierende Luft begann die hintere Abteilung zu reinigen, und die schlaffen Körper der Männer, die im Schlafraum gewesen waren, wurden in die Zentrale gezogen. Chief Ryan und alle Männer an der Backbordseite des Raumes waren fast sofort gestorben, als der Sauerstoff explodierte. Später, als Ryans Leiche unter den Trümmern freigelegt wurde, fand man in seiner verkrampften Hand ein kleines Feuerzeug. Der Chief hatte es gedankenlos unter dem Zelt benutzt. Und das hatte den Sauerstoff zu einem Flammenball entzündet.

Von den sechsunddreißig Mann, die sich im Schlafraum aufgehalten hatten, überlebten fünf. Sie wurden in den Torpedoraum geschickt, wo die Luft reiner war.

Für Hayman war jeder Atemzug ein krampfartiger Schmerz in der Kehle. Als er mit Langworthy zusammen Körper aus dem Mittelgang zog, hatte alles vor seinen Augen geschwommen. Dann schob er sich langsam zum Torpedoraum vor. Jeder Schritt war bleischwer.

Die Leichen mußten in den Schlafraum zurückgebracht werden; es gab keinen anderen Platz für sie. Sie wurden jede in einen Matratzenbezug gesteckt und auf eine Koje gelegt, die dann zum Teil zusammengeklappt wurde. Chief Harris überwachte die Arbeit und schrieb die Namen der Toten jeweils auf ein Stück Papier.

Später an jenem Tag zählte Cruthers die Namen seiner Kameraden auf, die gestorben waren. „Sie sind alle hinüber, Rowboat, Ryan,

Harpo... einfach so." Und dann fiel ihm plötzlich etwas ein: „Und Harpo schuldete mir noch zwanzig Eier, auch wenn das keine Rolle spielt. Ich würde einen Haufen mehr geben, um hier herauszukommen."

Als Ritter Kommodore Holmes die Liste der Toten verlesen hatte, erfuhr er, daß es mit dem neuen Kabel nur langsam vorangehe. Auch müsse die Winsch an der Rettungsglocke durch einen ganz bestimmten Typ ersetzt werden und das erfordere zusätzlich Zeit. Sie konnten frühestens am Sonntag einen neuen Tauchversuch erwarten.

Die beste Nachricht an jenem Nachmittag war, daß der Prozentsatz an Kohlendioxyd immer noch fiel. Und der Grund dafür sei, erklärte Fitzgibbons, daß sich jetzt weniger Lebende an Bord befänden – nur noch siebenundzwanzig. Mehr als die Hälfte der ursprünglich Überlebenden war tot.

Am späten Nachmittag ging Hayman in die Offiziersmesse. Er goß sich eine Tasse warmen Orangensaft aus einer Büchse ein, die Rumford dort stehengelassen hatte. Roche kam herein und setzte sich Hayman gegenüber. „Geht's besser?" fragte er und schenkte sich etwas Saft aus der Dose ein.

„Ja, aber ich habe Kopfschmerzen, die nicht nachlassen wollen. Was macht Ihr Husten?"

„Ich war im Torpedoraum und hab nicht viel von dem Rauch geschluckt. Ein paar andere sind in ziemlich übler Verfassung. Fitz will heute abend wieder eine Betstunde abhalten. Was macht man bloß mit Fitz? Ich meine, mit seiner fanatischen Art und Weise?"

„Ich glaube, daß irgend etwas bei ihm ausgeschnappt ist, nachdem wir gesunken sind", antwortete Hayman.

„Und er benimmt sich so verflucht dienstlich dabei. Von jedem will er das Glaubensbekenntnis wissen und ob er getauft oder ‚erlöst' worden ist. In seinem Tagebuch stehen alle unsere Namen, dazu Bemerkungen."

Hayman lächelte. „Kann sein, daß er etwas Gutes tut, wenn er den Männern ein bißchen Trost bringt. Das kann man nicht ausschließen."

„Nun, es ist noch nicht hoffnungslos, nur ein verteufeltes Warten, bis sie uns schließlich erreichen", sagte Roche.

Bis Sonntag, dem Ende der dritten Woche auf dem Meeresboden, waren keine Fortschritte erzielt worden. Am Tag zuvor war einer der Rauchvergifteten gestorben, einer der Männer am Unterwasserortungsgerät mit Namen Miller.

Schlimmer noch war die Nachricht, daß die Rettungsglocke nicht mit einer neuen Winsch ausgerüstet werden konnte. Statt dessen wurde eine andere Kammer aus dem Marinearsenal in Portsmouth für die Aufgabe vorgesehen. Sie mußte am unteren Gürtel erheblich verändert werden, und das würde zusätzliche Zeit erfordern.

Das tragische Feuerunglück und der Verlust so vieler Kameraden hatte die Stimmung unter den Überlebenden von Grund auf verändert. Außer bei den Mahlzeiten war die Messe der Besatzung jetzt verlassen, denn sie grenzte an den Schlafraum, in dem die Toten lagen. Auch Millers Leiche war in diesen Raum gebracht worden, den Cruthers „den Olymp" nannte. Wenn die Männer sich versammelten, um zu essen, was immer aus ihren schrumpfenden Vorräten zusammengebraut werden konnte, taten sie es schnell und schweigsam. Jetzt war der Torpedoraum ihr Aufenthaltsort, eine Zuflucht für die Lebenden.

Am Montag morgen kam Langworthy in die Offiziersmesse, wo Ritter gerade frühstückte, um zu melden, daß das Unterwassertelefon wieder ausgefallen war. „Man kann weder anrufen noch empfangen. Johnson arbeitet jetzt daran", sagte er, als er sich neben Hayman setzte. „Und, ach ja", erinnerte er sich, „bevor es ausfiel, rief die *Kingfisher* an. Sie haben vom Arsenal die Mitteilung bekommen, daß die neue Kammer am Mittwoch fertig sein wird, wenn sie die Winsch rechtzeitig bekommen." Noch einmal achtundvierzig bis fünfzig Stunden warten, rechnete Hayman aus, und noch einmal zwei Nächte voll schrecklicher Träume, die durchzustehen waren.

Hayman ging in die Zentrale, um die Vormittagswache zu übernehmen, und sah, daß Johnson sich mit dem Schaltbild des Unterwassertelefons beschäftigte. Der Schaltkasten war geöffnet, und von Zeit zu Zeit hielt der Funker einen Finger auf das Schaltbild, markierte die Stelle und suchte sie im Schaltkreis. „Ich weiß nicht, wo der Fehler liegt", antwortete er auf Haymans Frage nach seinen Fortschritten.

Wenn Hayman sich später an diesen Vorfall erinnerte, schien er unglaublich lange gedauert zu haben, und er hatte sich unauslöschlich in seine Vorstellung eingebrannt. Ritter war in die Zentrale gekommen und stand hinter Johnson, während dieser arbeitete. Nach jedem Handgriff schaltete Johnson die Anlage ein, um zu sehen, ob die Ausgangskontrollampe aufleuchtete. Ritter sah dem schwitzenden Spezialisten ungeduldig zu. Er machte unbewußte Bewegungen, als ob er Johnson den Schraubenzieher aus der Hand reißen wollte, um selbst weiterzureparieren. Plötzlich rief er: „Da haben wir's, Johnson, sehen Sie den Kondensator? Der ist durchgebrannt und hat den ganzen Stromkreis kurzgeschlossen." Er beugte sich über Johnsons Schulter, um die Stelle zu zeigen. „Hier, geben Sie mir den Schraubenzieher." Resignierend rückte Johnson zur Seite.

Dann passierte es. Zuerst war es nur ein zischendes Geräusch, das einige Augenblicke anzuhalten schien. Ritter drehte sich langsam nach rechts, als ob er einen schwierigen Tanzschritt tat. Sein leerer Blick schwenkte über die Männer im Raum, die nichts bemerkten. Er war bereits tot.

Als sein Körper von der Schalttafel zurückfiel, schlug ein scharfer Knall gegen die Stahlplatten. Ein blauer Blitz spiegelte sich auf Leutnant Ritters Gesicht.

7

KOMMODORE Holmes machte eine Runde über das Deck der *Kingfisher,* bevor er zum Frühstücken in die Messe ging. Es war der siebenundzwanzigste Tag der *Lancerfish* auf dem Meeresgrund. Er fragte sich, in welcher Lage sie sich jetzt befänden. Auch wenn es seit zwei Tagen keine Sprechverbindung mit dem Unterseeboot mehr gab, wußte Holmes, daß dort unten noch Besatzungsmitglieder am Leben waren. Zu Beginn jeder Wache schlug jemand gegen den Schiffsrumpf. Allerdings, in einer Beziehung war es ganz gut, daß das Unterwassertelefon ausgefallen war: es gab nichts zu berichten. Am Vorabend war eine lange Meldung vom Marinearsenal eingetroffen, die unvorhergesehene Probleme bei der Veränderung der Glocke darstellte.

Seit der ersten Woche kennzeichnete die öffentliche Meinung eine zunehmende Unzufriedenheit mit der Marine und auch mit seinen eigenen Bemühungen, aber zumindest hatte er die Presse- und Fernsehleute jetzt nicht an Bord. Nach dem fast katastrophalen Zwischenfall mit der Rettungskammer am Dienstag hatten Wright und Lewis die *Kingfisher* verlassen. Sie würden wiederkommen, wenn die neue Glocke bereit war. Das neue Kabel sollte jetzt zur *Lancerfish* hinuntergelassen werden.

Holmes blickte über das Wasser zu den Schiffen, die entweder in den Außenbezirken des Rettungsgebiets ganz langsame Fahrt machten oder ruhig vor Anker lagen. Es würde ein schöner Tag werden, mit nur wenigen Wolken und einer leichten Brise, in der schon ein Anflug von Wärme lag, eine Milde, die daran denken ließ, daß der Sommer nicht mehr fern war.

Kapitän Jenkins kam zu Holmes an das Schanzkleid, um ihm mitzuteilen, daß Admiral Moran und Kapitän Shepherd ihnen am Nachmittag einen Besuch abstatten würden.

Was könnte sie hier herausbringen, fragte sich Holmes. Shepherd hatte sich seit der Inspektionsfahrt mit der *Seasearch* in der vorhergehenden Woche nicht mehr sehen lassen. Es war entschieden worden, daß ein Bergungsversuch nicht in Frage komme. Die *Lancerfish* lag einfach zu tief.

Als der Admiral und Kapitän Shepherd am späten Nachmittag eintrafen, erwarteten Holmes und der Kommandant der *Kingfisher* sie am Fallreep. Der Admiral befahl dem Bootsmann festzumachen, weil er innerhalb von einer Stunde zurückzukehren beabsichtigte, und das erschien Holmes noch rätselhafter. Offensichtlich handelte es sich um eine Unterredung von ernsthafter Bedeutung, wenn er für so kurze Zeit herauskam.

Holmes führte sie in das Kartenhaus direkt hinter der Brücke. Er gab dem Admiral einen kurzen Lagebericht.

„Wo ist das russische Schiff, das sich hier herumtrieb?" fragte er.

„Wenn es da ist, ankert es gewöhnlich etwa fünf Meilen westlich", sagte Holmes, hielt die Hand über die Augen und blickte über das Wasser. „Es muß wieder unterwegs sein, ich sehe es nicht. Es führt mit Netzen irgendwelche Untersuchungen durch."

Admiral Moran nickte. „Wo können wir ungestört sprechen? Ich habe eine interessante Information für Sie, Barney, aber sie ist sehr vertraulich." Jenkins schlug seine Kabine vor, in der mehr Platz war. Als sie sich gesetzt hatten, wandte sich der Admiral an Holmes und fragte: „Nun, Barney, sitzen Sie fest?" Er machte eine Pause. „Heute vormittag hat der sowjetische Marineattaché, Admiral Michailowsky, mich und Mr. Hirsch vom State Department zu einer Konferenz in die russische Botschaft eingeladen. Die Sowjets bieten uns an, die Männer aus der *Lancerfish* zu retten." Die Andeutung eines Lächelns spielte über das Gesicht des Admirals, als er Holmes' Reaktion beobachtete.

„Verdammt anständig von ihnen", sagte Holmes. „Aber wie wollen sie das denn machen? Ihre Rettungskammer ist eine plumpe Kopie der McCann-Glocke."

„Abgesehen davon, daß sie eine größere Tiefe erreicht und über eine Winsch verfügt, die mit dem Kabel fertig wird. Wir haben die Abmessungen geprüft, und es scheint, daß der Dichtungsring über das Luk der *Lancerfish* paßt."

„Und wenn schon, aber bis die Roten ihre Glocke hierhergebracht haben, ist auch die unsere aus dem Arsenal da."

Der Admiral schüttelte den Kopf. „Nein, Barney. Bei der Lieferung des Antriebsmotors für die Winsch ist irgend etwas schiefgegangen. Ihre Kammer, die *Bentos V*, ist hier. Der Russe, der sich hier herumtreibt, ist die *Nikolaj Trunow*, ein ozeanographisches Schiff unter dem Kommando von Kapitän Wassilij Waschenko, und das Gerät befindet sich an Bord."

Shepherd, der bis jetzt geschwiegen hatte, erklärte: „Die Lage ist unangenehm delikat geworden. Die öffentliche Meinung hat die US-Marine wegen der Katastrophe zum Prügelknaben gemacht. Die Kommunisten nutzen die Gelegenheit in jeder Weise und behaupten, ihre U-Boot-Technik sei überlegen." Er nahm seine Brille herunter, rieb die Augen und fuhr mit Resignation in der Stimme fort: „Oh, es ist möglich, daß ihre Glocke die Rettung schafft, aber ob oder nicht, ist unwichtig."

„Warum haben sie mit diesem Vorschlag so lange gewartet?" fragte Holmes. „Seit fast zwei Wochen liegt ihr Schiff hier. Wenn sie die *Lancerfish* erreichen können, dann hätten sie die Männer, die im Feuer gestorben sind, retten können."

„Bis zu Ihrem letzten erfolglosen Versuch dachten sie wahrscheinlich, daß wir es schaffen würden", meinte der Admiral. „Auf jeden Fall werden wir sie uns vom Halse schaffen. Wir werden versuchen, das für Sie zu machen. Um den Schein zu wahren, soll Shep ihre Kammer besichtigen, und wir werden eine Erklärung abgeben, warum die *Bentos V* nicht eingesetzt werden kann."

Nachdenklich schwieg Holmes eine Weile. „Was an Propaganda sie auch herausschlagen könnten, das wäre es wert, wenn wir die Leute gerettet hätten."

„So einfach ist das nicht", sagte Shepherd und verzog seine Stirn in nachdenkliche Falten. „Wahrscheinlich würden wir ihnen den Bauplan für diesen Bootstyp vorlegen müssen, der ja als geheim klassifiziert ist."

„Nun, dann heben wir das für den Deckplan auf. Mehr brauchen sie ja nicht zu wissen, und wahrscheinlich kennen sie ihn bereits." Holmes zog eine Zigarre heraus. „Treiben wir diese Einstellung aus dem Kalten Krieg nicht ein bißchen zu weit?" Es ist mehr als wahrscheinlich, dachte er, daß die sowjetische Glocke es schafft. Einen Fehlschlag würden sie nicht riskieren.

„Es gibt noch einen weiteren Aspekt, den Sie übersehen, Barney", sagte der Admiral. „Die *Lancerfish* hat geheimste Unterlagen und weitere streng geheime Dokumente an Bord. Wir können diese Sachen nicht in einer sowjetischen Glocke heraufbringen, und wir können sie auch nicht einfach dalassen. Wenn die Russen tatsächlich das U-Boot erreichen können, dürfen wir sicher sein, daß sie wiederkommen, wenn wir verschwunden sind. Was auch immer mit der Besatzung dort unten geschieht, das wird nicht das Ende dieser Operation sein. Die *Lancerfish* muß vollständig zerstört werden."

Shepherd sah Holmes mit herablassender Überlegenheit an. „Darüber hinaus, Kommodore, haben wir vielleicht bald gute Nachrichten über das Tiefseerettungsfahrzeug. Der Lieferant schätzt, daß das Fahrzeug in zwei Wochen einsatzbereit ist. Sie kennen die schlechte Presse, die die Marine in dieser Angelegenheit gehabt hat."

„Schlagen Sie etwa vor, daß ich die Rettungsarbeiten aufhalte, um das Tiefseerettungsfahrzeug zu rechtfertigen? Ich will verdammt sein, wenn ich das tu."

„Nein, Barney", griff der Admiral versöhnlich ein. „Nehmen Sie es nicht wörtlich. Shep meint doch nur, daß Sie auf das Tiefseerettungsfahrzeug zurückgreifen können, wenn irgend etwas den Einsatz der McCann-Glocke verhindert."

Eine Zeitlang sprach niemand von ihnen. Dann fragte Holmes: „Wann sollen wir den Russen einen Besuch machen?"

„Ich werde versuchen, das vor dem Wochenende zu klären."

„Was ist, wenn sich herausstellt, daß ihr Apparat eingesetzt werden könnte? Wie wollen Sie ihren Vorschlag zurückweisen?" fragte Holmes ruhig.

„Das wird Ihre Aufgabe sein, Barney, Ihre und Sheps. Es sollte nicht zu schwer sein, irgendein Teil zu finden, von dem wir behaupten können, daß es nicht auf die *Lancerfish* paßt. Dann können wir ihr Angebot mit Anstand ablehnen."

Der Admiral sah auf seine Uhr. „Wir müssen gehen. Ich glaube, daß Sie ungefähr im Bilde sind. Natürlich brauche ich Ihnen nicht zu sagen, daß dies alles vertraulich ist", sagte er und blickte von Holmes zu Jenkins.

GEGEN Freitag mittag war die neue Halterung für das Führungskabel an dem Unterseeboot angebracht und verband von neuem die *Kingfisher* und die *Lancerfish.* Wegen des Besuches auf der *Nikolaj Trunow* hatte Admiral Moran nichts von sich hören lassen. Es kam jedoch eine Meldung von dem kommandierenden Offizier des Marinearsenals in Portsmouth. Sie war kurz und enthielt die Vermutung, daß die neue Kammer Ende der kommenden Woche geliefert werden könnte. Holmes stellte fest, daß auch Admiral Moran auf dem Verteiler dieser Meldung stand. Er bereitete einen direkten Funkspruch an den Admiral vor und berichtete, das neue Kabel sei befestigt und er könne sofort weitermachen, sobald die Kammer aus dem Arsenal eingetroffen sei.

Holmes und die meisten Offiziere der *Kingfisher* hörten die Sechs-Uhr-Nachrichten in der Messe. Am Ende der internationalen Übersicht wurden die Rettungsoperationen und das sowjetische Hilfsangebot kurz erwähnt.

Holmes lächelte vor sich hin. Nach all den Geheimhaltungsmaßnahmen hatte der Admiral die Nachricht selbst lanciert. Wahrscheinlich hatte er den Russen zuvorkommen wollen.

Sonnabend morgen war Holmes früh aufgestanden und lief auf der Brücke hin und her. Er war ein wenig verärgert. Die Marine hätte ihm inzwischen irgend etwas mitteilen müssen, wie es mit den Russen weitergehen sollte. Schließlich waren die Nachrichtenredaktionen ja schon informiert worden.

Die Radarwache meldete über die Sprechanlage der Brücke, daß sich ein fremdes Schiff ihrem Gebiet näherte. Es dauerte noch einige Minuten, bis Holmes mit dem Fernglas einen kleinen Fleck am Horizont ausmachen konnte. Als dieser den Kurs änderte, um die Rettungsflotte zu umgehen, erkannte er den ausladenden Klipperbug und den schrägen Schornstein des russischen Schiffes.

DER Marinehubschrauber aus New York landete auf der *Frobisher.* Kurze Zeit später kam ein Boot längsseits, auf dem Achtersitz Kapitän Shepherd. In frisch gebügeltem Blau machte er einen gepflegten Eindruck. Unten am Fallreep grüßte er formlos und rief fröhlich herauf: „Ein schöner Morgen, Kommodore, klar zum Besuchmachen?"

Als Shepherd neben Holmes auf dem Achterdeck stand, grinste er zu ihm herunter. „Können wir in Ihre Kabine gehen? Die sowjetische Botschaft hat der *Nikolaj Trunow* unseren Besuch für 14.00 Uhr angekündigt. Ich habe ein paar Instruktionen vom Admiral mitbekommen."

Holmes ließ Kaffee in die Deckskabine bringen, und als der Steward gegangen war, wandte er sich an Shepherd. Er bot ihm den einzigen Sessel an und setzte sich auf den Rand der Koje. „Ich habe gestern abend die Nachrichten gehört. Was machen wir jetzt?"

Shepherds Gesicht wurde ernst, während er seinen Kaffee umrührte. „Im Pentagon und im State Department haben gestern weitere Konferenzen stattgefunden. Sogar der Präsident wurde konsultiert. Es ist eine verzwickte Situation. Wie zu erwarten war, wird von seiten des Kongresses Druck auf uns ausgeübt, mit den Russen zusammenzuarbeiten. Verwandte der eingeschlossenen Besatzung verlangen durch ihre Abgeordneten, daß etwas unternommen wird. Die Politiker verstehen nicht, daß die Russen daraus Kapital schlagen wollen. Admiral Michailowsky hat angeregt, die *Nikolaj Trunow* solle den Ankerplatz der *Kingfisher* übernehmen."

„Über eine Tatsache müssen wir uns doch im klaren sein", sagte Holmes mit gepreßter Stimme. „Die US-Marine versucht, ihr Gesicht zu wahren. Wenn die russische Glocke paßt, könnte sie die Männer sofort retten. Sie könnte sogar die Geheimpapiere unangetastet mit heraufbringen."

Shepherd schwieg einen Augenblick und sagte dann entschieden: „Es ist beschlossen worden, daß die Männer in der *Lancerfish* durch die US-Marine herausgeholt werden, entweder mit der McCann-Glocke oder, wenn sie versagt, mit dem Rettungs-U-Boot. Das russische Schiff besuchen wir einzig und allein wegen der öffentlichen Meinung und ... dem Geheimdienst."

Reichlich vor 14 Uhr wurde Kapitän Jenkins' Boot an das Fallreep befohlen, und Holmes ging mit Shepherd, Morgan und Petrosky an Bord. Morgan und Petrosky waren vor der Abfahrt über den Besuch unterrichtet worden. Mit Kurs auf das sowjetische Schiff, das fünf Meilen westlich ankerte, schäumte das Boot durch das Wasser. Als sie sich der *Nikolaj Trunow* näherten, erhob Holmes sich von seinem Platz und blickte zu ihrem Ziel. Es war kein Marinefahrzeug, sondern als Handelsschiff klassifiziert, das dem sowjetischen Staat gehörte. In letzter Zeit war es in den Zeitungsmeldungen als Spionageschiff bezeichnet worden. Holmes war beeindruckt von seiner Größe. Der cremefarbene Rumpf lag breitseits vor ihnen, und er konnte erkennen, daß sich auf dem Hauptdeck Gestalten bewegten. Auf dem Achterdeck befand sich ein riesiger Turmkran.

Als sie auf das Fallreep zu fuhren, trat Shepherd zu Holmes an die Wetterbespannung. In der linken Hand trug er graue Handschuhe. Auch Holmes prüfte unbewußt den Sitz von Mantel und Mütze.

Über ihnen am Heck hing die große rote Flagge mit Hammer und Sichel in Gold. An der Rahnock flatterten die vertrauten Stars und Stripes der US-Farben in der leichten Brise. Ihr Besuch war viel formeller, als Holmes erwartet hatte.

Vom Fallreep rief ihnen ein jugendlicher, dunkelhaariger Mann mit einer Hornbrille zu: „Kommodore Holmes, nicht wahr? Kommen Sie längsseits."

Der britische Akzent überraschte Holmes. Als er, mit Shepherd dicht auf den Fersen, an Bord kam, vergaß er beinahe, das sowjetische Hoheitszeichen zu grüßen. Derselbe Mann, der ihnen zugerufen hatte, kam mit ausgestreckter Hand auf sie zu. „Willkommen an Bord, Sir. Mein Name ist Alexej Gornin. Kapitän Waschenko bat mich, Sie zu begrüßen, weil ich Ihre Sprache beherrsche – vier Jahre Cambridge." Er lächelte gutmütig. „Ich bin der leitende Wissenschaftler hier an Bord und werde Ihnen als Dolmetscher dienen."

Holmes stellte die anderen vor und blickte zu den Männern, die in respektvoller Entfernung standen und neugierig die Amerikaner beobachteten. Einige waren in Zivil, die Seeleute trugen zerknitterte, aber sehr sauber aussehende Uniformen aus hellblauem Drillich und fast knielange Stiefel.

„Wenn Sie mir bitte folgen wollen, meine Herren", sagte ihr Führer und ging voran in ein anderes Deck direkt hinter der Brücke.

Vor einer polierten Mahagonitür blieb der Russe stehen. Er klopfte zweimal. Eine tiefe Stimme antwortete. Alexej Gornin trat ein, hielt die Tür offen und meldete sie auf russisch. Ein untersetzter Mann Anfang Fünfzig kam hinter seinem Tisch hervor und ging zuerst auf Kapitän Shepherd zu, weil er den größeren und eleganteren Offizier für den Kommodore hielt. Für einen Augenblick entstand Verwirrung, die Gornin rasch korrigierte.

Kapitän Waschenko trug Khakihosen und einen weißen Rollkragenpullover. Er hatte schiefergraues Haar, und sein breites Gesicht war freundlich, auch wenn er nicht lächelte. Seine ruhigen blauen Augen strahlten Intelligenz aus.

„Bitte entschuldigen Sie mich, mein Englisch ist ...“, Waschenko suchte nach dem Wort, *„mal, en français.“* Er wandte sich fragend an Gornin, der „schlecht“ sagte.

„Ja, schlecht. *Peut-être, Commandant, nous parlons en français?*“ Er lächelte fragend.

„Verzeihen Sie mir, Kapitän“, sagte Holmes. „Ich fürchte, mein Französisch ist noch viel schlechter als Ihr Englisch.“

„Nehmen Sie Platz“, sagte Waschenko und deutete mit einer weiten Handbewegung auf die Sessel und eine kleine Ledercouch. Es war eine geräumige, mit dunklem Holz ausgetäfelte Kabine. Hinter dem Tisch hingen Bücherborde zwischen zwei großen ovalen Luken.

Gornin stellte sie vor. Als er damit fertig war, wandte sich Kapitän Waschenko lächelnd an Petrosky. „Ah, Sie sind Russe?“

„Nein, Sir, Pole“, antwortete der Cheftaucher mit seiner lauten Stimme.

„Ah, ganz gleich, ganz gleich“, sagte Waschenko. „Sie sind Slawe.“

Nach einem leichten Klopfen kam ein blonder Seemann mit einem Tablett Gläser herein, die kaum größer waren als Fingerhüte. Sie waren mit einer farblosen Flüssigkeit gefüllt, die Holmes für Wodka hielt, die sich aber dann als Sliwowitz erwies. Aus einem kleinen Kasten bot Gornin Zigaretten an, aber Holmes war der einzige Raucher in dieser Runde, und er zog seine Zigarre vor.

Obgleich er Gornins Hilfe sehr wenig benutzte, wenn er selbst sprach, verlangte Waschenko Übersetzungen, wenn sich jemand an ihn wandte. Er interessierte sich sehr für die Vereinigten Staaten und fragte jeden von ihnen nach seinem Heimatstaat. Als sie dann zum Anlaß ihres Besuchs kamen, erklärte Holmes, daß die US-Marine wünschte, er solle die *Bentos V* inspizieren.

„Ich bin überrascht, Kommandant, daß die Rettung Ihrer großen Marine so erhebliche Schwierigkeiten macht.“ Waschenkos Blick funkelte. „Aber es ist tief“, gab er zu. Dann schlug er sich aufs Knie und stand auf. „Kommen Sie“, sagte er und führte sie hinaus.

Offensichtlich hatten sie die *Bentos V* irgendwo unter Deck verstaut gehabt. Wahrscheinlich war das der Grund für die langen Höflichkeiten in der Kabine gewesen, dachte Holmes, damit die Russen Zeit fanden, die Glocke an Deck zu bringen. Waschenko würde den Amerikanern keinen Einblick in das Innere des Schiffes geben.

Die Glocke wurde von dem riesigen Kran heruntergelassen. Sie war größer als die McCann-Glocke. Irgendwie machte sie einen rohen und schwerfälligen Eindruck. Wo sie nach unten zu enger wurde, waren dicke Tiefsee-Schaulöcher mit darüber befindlichen Flutleuchten. Als Holmes näher herantrat, entdeckte er einige kleine Rostflecke und Stellen, die rasch übermalt worden waren. Als die Gruppe um die Kammer herumging, sagte Gornin: „Entschuldigen Sie bitte den etwas unsauberen Anblick. Sie ist auf dieser Reise sehr viel benutzt worden.“

„Benutzt worden?“ fragte Holmes überrascht.

„Ja. Hauptsächlich zu nächtlichen Beobachtungen. Wir studieren, welche Auswirkungen die Wasserverschmutzung für das pelagische Leben im Golfstrom mit sich bringt und welche Konsequenzen sich für unsere Fischindustrie ergeben werden.“

Natürlich, dachte Holmes, benutzten die sparsamen Russen eine Rettungskammer für Unterseeboote zu wissenschaftlicher Arbeit. Das erklärte die großen Schaulöcher und Lampen.

Man brachte ihnen eine Leiter, und bis auf Kapitän Waschenko, der auf Deck wartete, stiegen sie einer nach dem anderen in die Kuppel. Als erster schob sich Gornin in die Kammer, und die anderen folgten ihm. Das Innere war vollgestopft mit Drehstühlen vor den Schaulöchern, Bücherregalen und Kamerazubehör. Sicherlich würde die Glocke keine neun oder zehn Mann aufnehmen können wie die McCann-Kammer. Instrumente und Ausrüstung machten einen primitiveren Eindruck.

Gornin erklärte verschiedene Einrichtungen und beschrieb Funktion und Arbeitsweise. Dann öffnete er die Luke in die untere Abteilung. Holmes untersuchte die Winsch, die dick mit Fett eingeschmiert war. Sie war beträchtlich größer als die der McCann und konnte sicher fünfhundert Meter Kabel aufnehmen.

Leutnant Morgan stellte Gornin mehrere Fragen, vor allem über das Gewicht und die Einsatztechnik. Als der Russe sich einmal abwandte, wechselte Holmes einen Blick mit Petrosky. In schweigender Mißbilligung zeigte der Cheftaucher auf den Elektromotor der Winsch.

Nach der Inspektion kam Kapitän Shepherd als letzter zu den anderen, die auf Deck standen. Auf seinem Gesicht lag ein unbestimmt geringschätziger Ausdruck, als er seine Hände umständlich mit einem Tuch abwischte. „Darf ich fragen, Kapitän, ob die *Bentos V* je als Rettungskammer benutzt worden ist?" fragte er Waschenko mit nachsichtigem Lächeln.

Gornin mußte die Frage übersetzen, bevor Waschenko antwortete. „Aber nein. Nur zur Übung, zur Ausbildung. Verstehen Sie? Die russische Marine verliert kein Unterseeboot mit Männern darin."

Sie wurden zum Fallreep begleitet. Holmes dankte Waschenko für die Gastfreundschaft und erklärte, er werde sich später mit ihm in Verbindung setzen. Zunächst müsse er seinen Vorgesetzten Bericht erstatten und den Operationsplan festlegen.

„Ich verstehe, Kommodore", sagte Waschenko mit seiner tiefen Stimme. *„Bonne chance."* Holmes salutierte und folgte den anderen zum Boot hinunter.

Auf dem Rückweg zur *Kingfisher* sprachen die Männer über ihren Besuch und die russische Kammer. Sie stimmten überein, daß sie in der Lage sein könnte, die *Lancerfish* zu erreichen, aber es sei besser, die neue Kammer einzusetzen, die in Portsmouth ausgerüstet wurde, weil sie mehr Männer aufnehmen konnte. Petrosky hatte Zweifel hinsichtlich des Elektromotors der Winsch. Kurz bevor sie das Rettungsschiff erreichten, gab auch Shepherd seine Meinung von sich. „Offensichtlich völlig unzureichend, sehr primitiv."

Zusammen mit Shepherd, der nach Washington zurückkehrte, verließ Holmes an jenem Abend die *Kingfisher.* Er nahm die Linienmaschine nach Boston und wollte am nächsten Tag das Marinearsenal in Portsmouth besuchen. Nach der Inspektion der neuen Rettungskammer würde er den Lieferanten der Winsch anrufen. Er würde jeden nur möglichen Druck ausüben, um die Kammer in das Rettungsgebiet zu bekommen, vielleicht sogar noch vor Freitag. Wie muß es sein dort unten, nach all dieser Zeit? dachte er. Seit vier Wochen lagen sie auf dem Grund.

8

Für Leutnant Hayman wie auch die anderen in der *Lancerfish* war der Tod von Leutnant Ritter ein schwerer Verlust. Sein selbstsicheres Können und seine Erfahrung hatten ihnen das Vertrauen gegeben, das lebenswichtige Versorgungssystem werde ständig weiterarbeiten. Der Ausfall des Unterwassertelefons, jener beruhigenden Verbindung mit der Oberfläche, ließ die Verzweiflung der Männer noch drückender werden.

Endlich war der Mittwoch gekommen, der Tag, an dem die neue Kammer hatte eintreffen sollen, und von Stunde zu Stunde wartete Hayman mit wachsender Befürchtung, die am Abend in Hoffnungslosigkeit umschlug. Als am Donnerstag nichts auf weitere Unternehmungen hinwies, hatte er das Gefühl, daß sie alle verloren waren. Es war unfair, dachte er zornig. Wenn die Wachen in der Zentrale sich ablösten, schlugen sie mit einem Hammer mehrfach gegen das Schott. Ihre Retter sollten wissen, daß sie immer noch warteten, daß sie lebten, und so vielleicht ihre Vorbereitungen beschleunigen.

Am Freitag wurden dann im Torpedoraum rasselnde Geräusche gehört. Hayman war Chief Benson in den Maschinenraum gefolgt, da eine Salzwasserpumpe Sorgen machte. Rumford, der zweite Steward, teilte ihm mit: „Sie sind über dem Luk, Sir!"

Hayman, der irrtümlich glaubte, mit der Ankündigung sei die Kammer gemeint, eilte in den Torpedoraum. Mehrere Männer hatten sich unter dem Ausstiegsschacht versammelt. Rasch öffnete Hayman das untere Luk, und die Männer drängten sich um ihn und blickten in den winzigen Raum hinauf. Hayman kletterte in den Schacht, in dem die Luft wesentlich kühler war. Er horchte und nahm ein entferntes metallisches Geräusch wahr, dann das gedämpfte Surren eines Elektromotors. Es war das Unterseeboot. Natürlich, sie befestigten das Kabel.

Obgleich ihm das klargeworden war, beobachtete Hayman weiterhin das Handrad des Luks und hoffte, es sich bewegen zu sehen. Langsam stieg er wieder in den Torpedoraum hinunter und berichtete den Männern, was sich draußen tat.

Über das lebhafte Gespräch, das sich daran anschloß, hinweg hörte Hayman dann Fitzgibbons' verdrossene Stimme. „Was geht hier vor?“ fragte er und drängte sich durch die Männer zu Hayman. Hayman gab ihm eine kurze Erklärung. Seit dem Tod von Ritter der nächste in der Rangfolge, war Fitzgibbons unerträglich herrschsüchtig geworden. „Ich hätte wohl erwarten dürfen, daß irgend jemand *mich* informiert.“

„Es ist gerade eben erst geschehen, Fitz.“ Hayman war verärgert.

„Ich sah Rumford an der Messe vorbeilaufen, um es Ihnen zu sagen.“ Er fuhr herum und suchte nach dem Steward. „Und ich werde den Befehl erteilen, wenn irgendwelche Luken zu öffnen sind“, sagte er und blickte in die Ausstiegsschleuse hinauf. „Haben das alle verstanden?“

Hayman gab keine Antwort, weil er es für sinnlos hielt. Er zog das Luk dicht und gab Harris die Anweisung, alle Mann für die Operationen der Rettungskammer bereitzuhalten. Der Chief zögerte einen Augenblick, sah Fitzgibbons an und ging dann davon.

Die Stimmung der Männer wurde durch die Anwesenheit des Unterseeboots etwas zuversichtlicher, aber von der freudigen Erleichterung, die sie beim letzten Rettungsversuch empfunden hatten, war nichts zu spüren. Bis eine Rettungskammer sie erreichte und fest aufsaß, schien es noch weit. Es hatte schon zu viele Fehlschläge gegeben. Während dieser Wochen auf dem Meeresgrund hatte sich ihr körperlicher und seelischer Zustand erheblich verschlechtert. Sie hatten Gewicht verloren, und neun der fünfundzwanzig Überlebenden litten an Atembeschwerden und verbrachten die meiste Zeit in ihren Kojen. Leutnant Langworthy hatte seit zwei Tagen nichts mehr gegessen und wurde täglich schwächer. Die erschreckendste Veränderung war mit Tom Evers vor sich gegangen. Der junge Leutnant war vor dem Untergang ein strammer Zwei-Zentner-Athlet gewesen, und jetzt sah er ausgemergelt und alt aus. Hayman, der sein ganzes Leben lang dürr gewesen war, waren die Auswirkungen der Zerreißprobe weniger anzusehen.

Er blickte in die Runde der Männer im Torpedoraum. Es schien, als ob er sich immer von neuem daran erinnern müßte, wer noch am Leben war. Seit kurzem hatte er erschreckende Begegnungen mit Männern, die er für tot gehalten hatte. In halluzinatorischen Dämmerzuständen sah er den Ersten an der Tür seiner Kabine vorübergehen oder hörte vielleicht Ritter in seiner pragmatischen Art in der Messe sprechen. Es wurde für Hayman immer schwieriger, seine Träume von seinen wachen Stunden zu unterscheiden.

Als Hayman in den Hilfsmaschinenraum zurückkehrte, kam Benson ihm entgegen und schüttelte pessimistisch den Kopf. „Die Pumpe ist hinüber. Wir können kein Wasser mehr destillieren."

„Wieviel bleibt uns noch in den Tanks?"

„Gut dreitausend Liter, mehr als genug, um durchzuhalten, bis wir hinauskommen oder ..." Er zuckte mit den Schultern. „Das größere Problem ist die Luft. Ich glaube, daß der CO_2-Gehalt steigt." Hayman stimmte zu und ging zusammen mit dem Ingenieur zur Messe zurück. „Glauben Sie, Mr. Hayman, daß diese Glocke bald herunterkommt?"

„Ich weiß es nicht, ich weiß es einfach nicht." Kurzatmig quälte sich Hayman durch die Gänge.

In der Messe saß Fitzgibbons am Kopf des Tisches und redete, als Hayman hereinkam und sich auf einen Stuhl fallen ließ. „Die ganze Besatzung wird sich im Torpedoraum versammeln", sagte Fitzgibbons mit einem Seitenblick auf Hayman. „Unsere Retter werden heute kommen, und ich möchte einen Dankgottesdienst abhalten." Evers und Roche sahen ihn verständnislos an.

„Was macht Sie so sicher, daß sie kommen?" fragte Hayman.

„Göttliche Eingebung. Es ist Ihre und unser aller Pflicht, auf die Knie zu fallen und zu danken."

„Schauen Sie, Fitz, ich erlaube Ihnen nicht, daß Sie den Männern sagen, die Glocke wird kommen, bevor es sicher ist. Sie haben genügend Enttäuschungen erlebt."

„Mir nicht erlauben?" Fitzgibbons' Stimme überschlug sich. „Ich habe das Kommando, und ich befehle den Gottesdienst!"

Unter dem Tisch trat Roche Hayman auf den Fuß und schüttelte fast unmerklich den Kopf. Hayman wurde freundlich. „Fitz, Sie sind krank. Seien Sie doch vernünftig. Wenn es gelingt, ist es gut, und ich will alle Hallelujas singen, die Sie wünschen."

„Ich habe das Kommando!"

„Von was?" fragte Hayman, der wieder die Geduld verlor. „Wenn Sie so hysterisch weitermachen, dann werde ich Sie gefesselt in Ihre Koje packen."

Fitzgibbons setzte zur Antwort an, blickte aber dann statt dessen hinterhältig zur Seite.

Von außen wurden keine Anzeichen weiterer Aktivität gehört. Als die Stunden verstrichen, befiel die Überlebenden wieder die lautlose Verzweiflung.

Am nächsten Tag hörte Hayman Fitzgibbons irgendwo im vorderen Teil sprechen und stand auf, um zu sehen, was es gab. Er sah ihn an einem kleinen Tisch in seiner Kabine sitzen, die Hände fest gefaltet und die Augen krampfhaft geschlossen. Für einen Augenblick des Schweigens schwankte Fitzgibbons in inbrünstigem Takt hin und her. Dann sprach er von neuem, und die Worte wurden in klagendem Schrei aus seinem Körper gerissen. „Mein Gott, mein Gott, warum hast du mich verlassen? Mein Gott, des Tages rufe ich, so antwortest du nicht; und des Nachts schweige ich auch nicht, denn es ist hier kein Helfer."

Unerwartetes Mitleid überwältigte Hayman. Die nackte Angst des Mannes und seine Verlassenheit berührten ihn tief. „Fitz." Er legte die Hand auf den Arm des anderen. „He, Fitz, nehmen Sie's nicht so schwer."

Der andere ließ nicht erkennen, daß er Haymans Anwesenheit wahrgenommen hätte, und schwankte noch eine Weile hin und her. Dann hielt er inne, fiel reglos in sich zusammen und fragte: „Was wollen Sie?"

„Nehmen Sie's nicht so schwer, Fitz", sagte Hayman von neuem.

Langsam drehte Fitzgibbons sein erhobenes Gesicht Hayman zu und öffnete die Augen. Er starrte ihn feindselig an. „Sie!" war alles, was er sagte. Hayman hatte ihn noch nie so voller blankem Haß erlebt.

„Schauen Sie, Fitz, es tut mir leid, daß ich mich gegen Sie gestellt habe, aber ..."

„Sie!" Fitzgibbons' Stimme war leise und drohend. „Sie verdammenswerter Ungläubiger. Sie sind ein Teufel. Ihretwegen werden wir hier nie herauskommen. Nie!" Er sprang auf die Füße und stieß Hayman zur Seite, als er die Kabine verließ.

Hayman ging in die Messe und traf Roche, der allein Eintopf aus einer Büchse aß. „Er ist völlig hinüber, Andy", sagte er traurig. „Fitz ist total verrückt."

„Wir sollten ihn lieber unter Kontrolle behalten. Er könnte gefährlich werden", meinte Roche und schob die Büchse über den Tisch. „Hier, mögen Sie den Rest?"

Hayman aß etwas von dem Eintopf. Er war kalt und geschmacklos. Aus Angst vor Feuer wurde der Herd nicht mehr benutzt. „Ich glaube, es ist das beste", sagte er zwischen zwei Bissen, „ihm seinen

Willen zu lassen. Seine Verantwortung als ranghöchster Offizier nimmt er ziemlich ernst. Spielen wir mit, das kann nichts schaden."

Er sah Roche an, der gedankenverloren dasaß. Die gelblich dunklen Ringe unter seinen Augen wirkten wie Blutergüsse. Sein brauner Bart war schnell gewachsen, krauste sich an den Seiten und verlieh ihm ein mönchisches Aussehen. Hayman stellte sich vor, daß Roches Eltern die Katastrophe sehr hart treffen würde. „Warum sind Sie zur Marine gegangen, Andy?"

Roche runzelte die Stirn, als er sich aus seiner Träumerei befreite. „Ich wußte, daß die Wehrpflicht auf mich zukam, und so entschloß ich mich dazu. Unterseeboote faszinierten mich. Ich dachte, ich könnte sogar einen Beruf daraus machen, wenn nichts dazwischenkam." Er dachte einen Augenblick lang nach. „Aber ich glaube nicht, daß ich dabeigeblieben wäre." Daß er in der Vergangenheit sprach, irritierte Hayman.

„Sie wissen, daß wir es immer noch schaffen könnten. Daran müssen Sie sich klammern", sagte Hayman fast bittend. „Ich glaube, die Geräusche gestern bedeuteten, daß sie das Kabel befestigt haben."

„Ja, das glaube ich auch, aber dann hätte die Kammer schon kommen müssen. Offensichtlich geht da irgend etwas schief."

„Oder es liegt wieder am Wetter, Andy. Sie müssen Vertrauen haben."

„Jetzt tönen Sie wie Fitz", sagte Roche mit einem kleinen sarkastischen Lächeln. „Ich habe nicht das Gefühl, daß wir gerettet werden. Das hat alles schon viel zu lange gedauert."

Daß Roche ihr Schicksal hinnahm, verärgerte Hayman beinahe, weil das den Rest von Hoffnung in Frage stellte, den er von Zeit zu Zeit aufzubringen vermochte. Er wollte nicht aufgeben – noch nicht. Er hörte die Wache mehrfach gegen den Rumpf klopfen. Es war 16 Uhr.

Er stand auf und ging in die Zentrale, wo Benson zu ihm kam. „Ich glaube, daß der CO_2-Absorber nur noch für wenige von uns ausreicht, vielleicht zehn oder zwölf", sagte er.

Hayman blickte über die Reihe der Skalen, die den Druck in den Druckluftflaschen anzeigten. Bis auf die untere Luftflasche, in die die rauchvergiftete Luft gepumpt worden war, waren sie alle leer. „Haben Sie eine Vorstellung, wie lange wir noch aushalten können?" fragte er den Ingenieur.

„Ich möchte sagen, zwei, vielleicht drei Tage."

Hayman war enttäuscht. Er hatte vermutet, daß sie noch ein wenig länger überleben könnten. Obgleich das Essen im Laufe der Zeit immer eintöniger wurde, war für viele Tage noch reichlich Nahrung vorhanden. Zum Glück gab es mehrere Kisten mit Saft in Dosen, so daß die Männer nicht das brackige Wasser trinken mußten. Jetzt schien es, daß schließlich die Luft über ihr Leben entscheiden würde und nicht Nahrung oder Wasser.

Bevor er in seine Koje ging, besuchte Hayman jeden der Männer. Er ermahnte sie, sich so ruhig wie möglich zu verhalten, weil die geringste körperliche Anstrengung den Kohlendioxydgehalt steigen ließ. Obgleich Langworthy sich zuerst geweigert hatte, brachte er ihn dazu, etwas Saft zu trinken. Als er in seine Kabine ging, fragte sich Hayman, wer von ihnen die nächsten Stunden überstehen würde.

INGENIEUR Harris hatte lange neben Haymans Koje gestanden, bis dieser sich darüber klar wurde, daß er geweckt worden war. Er hörte sich den Chief fragen: „Was ist los?"

„Lennie hat sich erschossen. Mr. Fitzgibbons wollte, daß ich es Ihnen sage."

„Lennie?" Hayman bemühte sich zu verstehen.

„Ja, Lennie Schoenberg. Er hat den Fünfundvierziger für die Hafenwache aus dem Funkschapp genommen. Er ist tot."

Im Funkraum traf Hayman Fitzgibbons an, der etwas murmelte, was sich nach einem Segen anhörte, nach improvisierten Sterbesakramenten. Der Funker lag vornübergebeugt auf der Schreibmaschine, und an einer Seite tropfte Blut von dem Wagen. In all ihrem Schrecken war es eine bizarre Szene. Er ließ Fitzgibbons sein Ritual vollenden und wandte sich dann an Harris. „Wann ist das geschehen?"

„Gerade vor ein paar Minuten." Der Chief sah auf seine Uhr. „Etwa Viertel nach zwei. Ich war allein in der Zentrale und hörte einen lauten Knall. Es hörte sich an, als ob er von draußen käme. Dann guckte ich in den Funkraum, und da lag er."

Sie brachten den Leichnam nach achtern in den Schlafraum. „Wir sollten es den anderen nicht sagen", meinte Hayman, als sie in die Zentrale zurückgekehrt waren. „Zumindest nicht jetzt."

Hayman ging wieder in seine Kabine und brach schwer atmend auf seiner Koje zusammen. Schoenbergs Leiche zu tragen hatte ihn so angestrengt, daß er der Erschöpfung nahe war. Seine Gedanken beschäftigten sich mit dem toten Funker. Würden andere jetzt den gleichen Ausweg suchen? Nein, dachte Hayman, kein Mensch wird sich aufgeben, wenn die Begnadigung in jedem Augenblick eintreffen kann. Schoenberg wäre seiner persönlichen Hölle durch die Rettung allein nicht entkommen. Höchstwahrscheinlich wäre genau dasselbe geschehen, wenn dieser Untergang nie stattgefunden hätte.

Hayman hatte das Gefühl, daß irgendwann irgendeines Tages ihre Retter sie erreichen würden. Morgen würde er mit den Männern sprechen. Sie mußten Vertrauen haben.

Im Laufe des Vormittags meldete Chief Benson, daß das Beatmungssystem das Kohlendioxyd abzubauen schien. Als Hayman aufstand, verspürte er keinerlei Schwindelgefühl. Er würde sich recht wohl gefühlt haben, wenn ihn nicht der Gedanke an Schoenbergs Selbstmord bedrückt hätte. Hayman aß einen Fruchtcocktail, dann besuchte er die kranken Männer und inspizierte die Räume. Erleichtert stellte er fest, daß sie während der Nacht niemanden verloren hatten, obgleich drei der schwersten Fälle sich ständig verschlimmerten. Wenn keine Hilfe kam, würden sie sicher die nächsten vierundzwanzig Stunden nicht überstehen.

Die verbesserte Luft ließ Fitzgibbons aus seiner Erstarrung erwachen. Hayman machte keine Einwände, als Fitzgibbons seine Vorbereitungen für den Sonntagsgottesdienst traf. Es war eine gute Gelegenheit, zu den Männern zu sprechen. Als die kurze Andacht beendet war, gab Hayman einen Lagebericht. Er habe das sichere Gefühl, daß am vergangenen Freitag ein neues Kabel befestigt worden sei. Er betonte, daß die Marine niemals ihre Anstrengungen aufgeben werde, sie zu erreichen, solange man wisse, daß in dem Boot Menschen am Leben seien. Der entscheidende Punkt sei es, so lange wie möglich zu überleben, sagte er ihnen. „Seien Sie sich bewußt, daß es von nun an noch Tage oder auch nur fünf Minuten dauern kann. Es ist wichtig, jede körperliche Aktivität einzuschränken. Auch wenn unsere Luft besser geworden ist, müssen wir der Absorptionsanlage die Chance geben, Schritt zu halten. Keiner darf seine Koje verlassen. Haltet durch, Leute, wir werden es schaffen.“

Als Hayman in seine Kabine zurückkehrte, war er überrascht zu sehen, daß Fitzgibbons auf ihn wartete. Er saß am Tisch und vollendete rasch eine Eintragung in sein Tagebuch. „Robbie, ich wollte mit Ihnen sprechen", sagte er, ohne aufzublicken. Zum erstenmal seit vielen Tagen sprach er Hayman wieder mit dieser kameradschaftlichen Anrede an. Hayman setzte sich auf den Rand der Koje und wartete darauf, daß der andere fortfuhr. Wie sie alle hatte auch Fitzgibbons Gewicht verloren, und das Dickliche war aus seinem Gesicht verschwunden. Merkwürdig, wieviel besser er jetzt aussah, dachte Hayman. Die Gesichtszüge waren feiner, er sah fast gut aus.

Fitzgibbons schloß das Buch und schob den Stuhl herum, um Hayman anzusehen. „Robbie, heute ist der dreißigste Tag, seit die *Lancerfish* auf dem Grund liegt; wir haben eine Menge durchgemacht, und was uns auch noch bevorstehen mag, ich möchte gern, daß wir zusammenarbeiten." Er machte eine Pause und blickte auf seine zwischen den Knien gefalteten Hände. Er sprach wie ein Vater zu seinem widerspenstigen Sohn. „Wir haben unsere Differenzen gehabt, Robbie", seine Stimme bekam einen Anflug von Wehmut, und er blickte ernsthaft auf, „und ich weiß, daß Sie mich nie besonders gemocht haben."

„Es geht nicht ums Mögen, Fitz. Wir haben einfach nur nichts gemeinsam." Fitzgibbons schien wieder mehr der zu sein, der er einmal war, aber Hayman war vorsichtig.

„Durch die Umstände", fuhr Fitzgibbons fort, „bin ich zum ranghöchsten Offizier unter uns geworden, und als solcher muß ich meiner Verantwortung nachkommen. Wenn mir irgend etwas zustoßen sollte, geht die Verantwortung auf Sie über, da Sie dann der nächste sind. Ich komme darauf zu sprechen, weil Sie sich kürzlich, ohne mit mir zu beraten, gewisse Befehlsgewalt angemaßt haben."

„Befehlsgewalt angemaßt?" fragte Hayman verwirrt.

„Nun, zum Beispiel, ohne Erlaubnis das untere Luk der Ausstiegsschleuse zu öffnen und jetzt den Männern zu sagen, daß sie ihre Kojen nicht verlassen sollen. Es geht nicht darum, daß ich gegen diese Maßnahmen bin, aber Sie sollten sie mit mir besprechen. Wir müssen zusammenarbeiten. Sie erwecken den Eindruck, daß Sie das Kommando übernommen haben."

Es war alles so lächerlich. Verantwortung und Befehlsgewalt in einem gesunkenen Unterseeboot, in dem nur noch eine Handvoll Männer lebte! Außer im Reaktorraum gingen sie nicht einmal mehr Wache. Aber er war zu müde, um auf Fitzgibbons' Beschwerden einzugehen. „Ich wollte nicht, daß es so aussah, als ob ich das Kommando übernähme, Fitz. Sie haben recht, wir müssen zusammenhalten." Hayman ließ sich auf sein Kissen zurückfallen. „Wenn noch irgendwelche Entscheidungen zu treffen sind, Fitz, tun Sie es."

Er schloß die Augen, und nach einem Augenblick hörte er Fitzgibbons sagen: „Irgend jemand sehr viel Höherer als Sie und ich trifft die Entscheidungen. Er spricht durch uns, durch mich."

Als Hayman die Augen wieder öffnete, hatte er das Gefühl, daß mehrere Stunden vergangen seien, aber tatsächlich waren es nicht einmal zwei. Er sollte irgend etwas essen, und das hieß entweder weiße Bohnen oder Suppe oder Fruchtcocktail. Seit Sonnabend hatte der Steward alle Bemühungen aufgegeben, Essen zuzubereiten, und öffnete nicht einmal mehr die Büchsen. Hayman stand auf und stellte fest, daß Fitzgibbons' Tagebuch noch auf dem Tisch lag. Er nahm es auf, um es bei seinem Weg nach achtern zurückzugeben, hielt dann inne und durchblätterte mit leichter Neugier die Seiten. Fast die Hälfte des Buches enthielt tägliche Eintragungen, die oft bis in die letzten Einzelheiten alle Ereignisse beschrieben. In manche der Eintragungen waren lange Zitate eingefügt, meist religiösen Inhalts, und Hayman fühlte sich wegen seiner Indiskretion irgendwie schuldig.

Er blätterte nach vorn zurück und entdeckte eine Liste der Besatzung, ihre Namen in Druckbuchstaben. Die Toten waren sorgfältig gekennzeichnet und datiert worden. Die gesamte Besatzung stand in einer alphabetischen Liste, die Offiziere auf einer gesonderten Seite. Hinter dem Namen jedes Mannes stand eine Zahl, die der alphabetischen Ordnung entsprach. Diese Zahlen waren für die Rettungsoperationen gedacht, stellte Hayman fest. Aber hinter manchen Namen stand eine zweite Zahl, die er zunächst nicht begriff. Dann erkannte er, daß sie sich auf die noch Lebenden bezog. Es handelte sich vielleicht um eine neue Reihenfolge für die Rettungskammer, aber sie beruhte nicht auf der alphabetischen Ordnung. Er schlug die Seite der Offiziere auf und war erstaunt, hinter seinem Namen die Zahl eins zu sehen. Er fragte sich, welche Bedeutung hinter diesem Rang steckte.

9

Am Sonntag vormittag wurde Kommodore Holmes aus seinem Hotel in Boston von einem Dienstwagen abgeholt. Die Fahrt ging nach Portsmouth, N. H., ins Hauptquartier des Marinearsenals, wo Holmes mit dem zuständigen Ingenieur sprechen wollte. Als sie über die Zugbrücke zum Hauptquartier rumpelten, sah Holmes das Arsenal mit seinen rußverschmutzten Ziegelgebäuden. Da waren die Gießerei, die hohen Schornsteine, der Wasserturm und die riesigen Schienenkräne, die regungslos über den Trockendocks hingen. An den Piers lagen Barkassen, Schlepper und zwei Unterseeboote mit Gerüsten. An diesem Sonntag wirkte das Arsenal verlassen und ruhig.

Vor dem Haupttor hielten sie an, und ein blaugekleideter Matrose sprang salutierend vor. Er zeigte Holmes die Richtung zum Betriebsbüro, wo er Leutnant Hagger finden werde. Abgesehen von zwei Matrosen, die zum Haupttor gingen, trafen sie niemanden in dem Gelände, und sie mußten einige Minuten suchen, bevor sie den einstöckigen Fertigbau fanden. Beide Türen waren verschlossen, und Holmes wollte schon zum Haupttor zurückkehren, als ein grauer Jeep um eine Ecke und auf ihn zu kam. Ein großer Negeroffizier in Arbeitskhaki sprang heraus und salutierte flüchtig. „Ich bin Leutnant Hagger, Kapitän. Tut mir leid, daß ich Sie verpaßt habe, aber ich mußte den Schlüssel für die Werkstatt einunddreißig holen. Dort befindet sich die Tauchglocke."

„Und wo ist der zuständige Ingenieur, dieser Mr. Edwards?" Holmes schob seinen Mützenschirm hoch. Er begann ärgerlich zu werden.

„Wahrscheinlich zu Hause. Wir haben Sie erst heute nachmittag erwartet. Zivilisten verbringen im Arsenal nicht mehr Zeit, als sie müssen", fügte er umgänglich hinzu.

Holmes sah den Leutnant fest an. „Setzen Sie sich mit ihm in Verbindung und sagen Sie ihm, daß er so schnell wie möglich zu kommen hat", sagte er mit aller Entschiedenheit.

Hagger führte sie in sein Büro, um mit dem Ingenieur zu telefonieren.

Es war fast Mittag, als Edwards in Freizeithosen und kariertem Hemd eintraf. Er war ein Mann Ende Dreißig, etwas dicklich und mit sehr kurzem Kraushaar. Er schien ein wenig schlechter Laune, so kurzfristig ins Arsenal befohlen worden zu sein.

Sie gingen zu der Werkstatt, wo die Rettungskammer auf einem hölzernen Gestell stand. Holmes erschien die Glocke recht unfertig. Der obere Teil war fast ganz mit roter Grundierfarbe vorgestrichen. Der neue, umgebaute untere Teil war noch roher Stahl mit Kreidemarkierungen, und es lag schon ein feiner Rostschimmer darauf. Holmes war mehr als enttäuscht. Er wandte sich an Edwards, der verdrossen schweigend daneben stand. „Mir wurde gesagt, daß an diesem Projekt rund um die Uhr gearbeitet würde", sagte Holmes kurz angebunden, „einschließlich der Sonntage."

„Bis die Winsch kommt, können wir nichts mehr tun."

„Sie meinen, daß sie bis auf die Winsch fertig ist?"

Edwards ging langsam um den aufragenden Zylinder herum. „Nun, es müssen noch einige Schweißarbeiten gemacht werden ... die Bolzen für die Winschaufhängung, und deswegen haben wir den unteren Teil noch nicht gestrichen." Edwards erinnerte Holmes an einen Gebrauchtwagenhändler. In seiner Haltung lag ein Nehmen-Sie-oder-lassen-Sie-es, was Holmes' wachsende Ungeduld noch verschärfte.

„Können die Bolzen denn nicht jetzt angeschweißt werden, damit die Kammer um so schneller fertig ist, wenn die Winsch eintrifft?" fragte Holmes.

„Wir haben vom Hersteller nur die Verkaufszeichnungen, und die haben keine Abmessungen. Ich habe die Gesellschaft angerufen, und mir wurde gesagt, daß die Winsch in der nächsten Woche hier sein würde. Dann werden wir sehen, wie sie zu montieren ist. Das dürfte nicht viel Zeit in Anspruch nehmen."

„Seien wir uns über eine Tatsache im klaren", sagte Holmes und sah auch Leutnant Hagger an, „wir haben nicht mehr viel Zeit für irgend etwas. Da sitzen gut zwanzig Männer auf dem Meeresboden und warten auf Sie." Seine Stimme war hart. „Morgen werde ich den Hersteller der Winsch in Hoboken besuchen und werde die Konstruktionszeichnungen sofort schicken lassen. Wenn diese Kammer schneller fertig sein kann, dann will ich sie auch schneller draußen im Rettungsgebiet haben." Er wandte sich an Hagger. „Leutnant, Sie sind der verantwortliche Marineoffizier, und ich erwarte, daß Sie dieser Aufgabe Vorrang vor allen anderen geben."

Merkwürdig, dachte Holmes, als er das Arsenal verließ, um nach New York zu fliegen, je länger die *Lancerfish* da unten lag, desto weniger empfand es jedermann als einen dringenden Notfall. Es schien, als ob sich alle an die Tragödie gewöhnten. Die Dringlichkeit der ersten Tage nach dem Unfall war verflogen.

Am Montag morgen war es bewölkt und diesig, als ein anderer Dienstwagen Holmes zu seinem Treffen mit dem Präsidenten der Oceanographic Instruments, Inc., im Industrieviertel von Hoboken abholte. Im modernen und ziemlich kostspieligen Empfangsraum, der in krassem Widerspruch zu dem trostlosen Äußeren der Fabrik stand, kam ein Mann auf ihn zu. „Kapitän Holmes? Willkommen an Bord, wie man in der Marine zu sagen pflegt. Ich bin Jack Lippencott."

Holmes ergriff eine breite Hand und nickte. Der Präsident war ein stattlicher Mann von Mitte Fünfzig mit kleinen braunen Augen eng über einer fleischigen Nase. Sein dichtes schwarzes Haar wurde von einer klebrig aussehenden Substanz an seinem Platz gehalten. Die vollen, pistolengriffartigen Koteletten gaben sich moderner als sein bescheiden geschnittener Anzug.

Er führte Holmes in ein geräumiges Büro mit blauem Anstrich. Der riesige Schreibtisch und der hochlehnige Drehstuhl sahen aus, als ob sie in ein Direktionsbüro der Park Avenue gehörten.

„Es ist mir eine Freude, daß Sie hereinschauen, Kapitän. Wir haben viel von Ihnen gehört und von Ihrer Arbeit mit der ..." Er machte eine Pause. „Mit der, der ... *Launcherfish,* nicht wahr? Nein, *Lancerfish*", und er zog den Kopf ein wenig ein. „*Lancerfish.* Junge, Junge, ich ziehe meinen Hut vor den Burschen, die da eingeschlossen sind."

„Ich nehme an, Sie haben meine Nachricht bekommen, daß ich Sie heute besuche?" Holmes ging es darum, den Besuch abzukürzen. „Gestern war ich im Arsenal, um mich vom Fortschritt der Kammer zu überzeugen. Das einzige, was uns jetzt aufhält, ist die Winsch. Wann wird sie fertig sein?"

„Wir halten unseren Plan ein. Sie ist, glaube ich, zu neunzig Prozent fertig. Lassen Sie mich nachsehen, der Ablieferungstermin war ...?" Er öffnete einen Block, leckte den Daumen und durchblätterte die lachsfarbenen Auftragsseiten. „Der 11. Juni. Nein, das war der erste Termin. Dann haben wir eine zweite Anweisung bekommen, hier ist sie, 18. Juni. Ein Freitag, glaube ich. Kein Problem."

„Ja, der nächste Freitag", sagte Holmes. „Wenn irgend möglich, früher. Außerdem braucht Mr. Edwards, der zuständige Ingenieur, die Konstruktionszeichnungen."

Lippencott machte ein bedenkliches Gesicht. „Ja, ich habe mit Edwards letzte Woche gesprochen. Gleich nachdem wir den Vertrag bekommen hatten, haben wir ihnen die Verkaufszeichnungen geschickt. Er sollte damit weitermachen können, sie sind maßstabgerecht. Wir möchten die Konstruktionszeichnungen nicht aus dem Werk herausgeben."

Holmes versuchte, den Zorn zu beherrschen, der in ihm aufstieg. „Bitte, Mr. Lippencott, es wurde mir gesagt, daß Edwards die Abmessungen braucht, sonst muß das Arsenal warten, bis die Winsch eingetroffen ist, um die Bolzen anzuschweißen. Ich möchte keine unnötigen Verzögerungen."

„Die wird es auch nicht geben, das verspreche ich Ihnen." Lippencott stützte die Ellbogen auf den Tisch und legte die Fingerspitzen zusammen. „Sehen Sie, der Vertrag besagt: Konstruktion und Herstellung. Es ist unsere Konstruktion, Kapitän. Verstehen Sie meine Lage. Ich habe bei ähnlichen Verträgen schon meine Erfahrungen gemacht. Unsere Forschungs- und Entwicklungsabteilung bringt für irgendeine Sache ein neues Konzept heraus, das dem Militär übergeben wird, und dann weht ein anderer Wind in der Regierung, und sie läßt nach unseren Plänen irgend jemand anders dieselbe Sache herstellen. Wir gehören nur zu den Kleinen, Kapitän, und sind nicht General Motors. Ich muß mich absichern. Verstehen Sie, was ich meine?" Er lehnte sich zurück und fügte hinzu: „Sehen Sie, ich werde Edwards eine Zeichnung der Halterung mit den Abmessungen schicken, einverstanden?" Er stand lächelnd auf. „Möchten Sie sich im Werk umsehen?"

„Ich möchte nur die Winsch sehen. Ich muß am Nachmittag wieder in Washington sein", sagte Holmes ein wenig kurz angebunden.

Es WAR nichts Besonderes an der Winsch. Abgesehen von dem Antriebsmechanismus und der Ablaufvorrichtung, waren Trommel und Rahmen weitgehend wie die kleineren Ausführungen, die sie kannten. Holmes erfuhr, daß die einzige Verzögerung der Motor sei, der von einem anderen Zulieferer komme. Lippencott war optimistisch. „Wir müßten ihn morgen oder am Mittwoch haben. Um ihn einzubauen, brauchen wir nur ein paar Stunden. Dann ist die Winsch nach Portsmouth unterwegs." Er schwieg einen Augenblick und fragte dann: „Wie sieht es für sie aus? Wissen Sie, ob sie genügend Verpflegung und Wasser haben? Wie halten sie es durch?"

Holmes beschrieb kurz die Umstände und hielt sich dabei an die allgemeine Darstellung wie auch gegenüber der Presse. Er wollte aufbrechen; Lippencotts banale Fragen langweilten ihn.

Lippencott begleitete Holmes zu dem wartenden Dienstwagen, der ihn zum Flughafen bringen sollte. „Das wird eine große Sache – wenn Sie die Leute herausholen, meine ich.“ Er stützte sich mit beiden Händen am Fenster auf die Karosserie und blickte zu Holmes hinein. „Ich schätze, daß viele Fotos von der Kammer gemacht werden, wenn sie aus dem Wasser kommt.“ Er starrte einen Augenblick auf seine Füße. „Gibt es eine Chance, einen dieser Schnappschüsse zu bekommen? Wissen Sie, etwas, was ich in die Halle hängen könnte, um daraus in der Werbung ein bißchen Kapital zu schlagen?“

„Lassen Sie uns lieber erst sehen, ob sie funktioniert.“ Holmes nickte rasch zum Abschied. „Fahren wir.“

NACH weniger als drei Stunden bog Holmes' Taxi in Washington in die Auffahrt zum Haupteingang des Marinegebäudes ein. Auf dem Gehsteig hatte sich eine kleine Menge versammelt, die durch polizeiliche Absperrungen von der Eingangstreppe ferngehalten wurde. Holmes bezahlte den Fahrer, ging mit seiner Reisetasche an einer Gruppe von Zuschauern vorbei und fragte sich, um was es bei diesem Protest ging. Er blieb auf den Stufen stehen und blickte zu den sich ruhig verhaltenden Demonstranten hinüber. Sie trugen grob gemalte Plakate. Auf einem stand: RETTET DIE MÄNNER JETZT! Ein anderes, das ein junger Mann mit wildem Bart- und Haarwuchs hielt, verlangte: LIEBER VON ROTEN GERETTET ALS ZU TODE GEBETTET!

Als nächstes werden die Umweltschützer gegen die Gefahren der nuklearen Verschmutzung protestieren, dachte Holmes, als er sich abwandte.

Die Sitzung war zwanglos, und es nahmen nur ein paar Vertreter des Projekts Tiefseerettung, Kapitän Shepherd, Holmes und Admiral Moran daran teil. Holmes war der einzige Offizier in Uniform, und er saß in der Mitte des Raums gegenüber dem Schreibtisch des Admirals. Die anderen hatten in einer Sitzecke Platz genommen und vermittelten Holmes das Gefühl, daß er vor einem Gericht auszusagen hätte. Als er seinen Lagebericht über die umgebaute McCann-Rettungskammer beendet hatte, sprach er über seine Beurteilung der russischen *Bentos V*.

„Es gibt keinen Zweifel, daß sie die Tiefe schaffen kann. Wahrscheinlich paßt sie auf die *Lancerfish*. Ich weiß eigentlich wirklich nicht, aus welchem Grund wir ihr Angebot ablehnen könnten."

Der Admiral richtete sich in seinem Sessel auf. „Das dürfte kein Problem sein", sagte er und sah zu Kapitän Shepherd hinüber. „Shep hat eine gute Idee. Wir werden ihnen sagen, daß die Ausstiegsluke der *Lancerfish* eine ganz bestimmte Form hat und daß die *Bentos V* nicht über ihr aufsetzen kann. Wir können darüber hinaus sagen, das sei der Grund, warum wir unsere eigene Kammer umbauten. Ich glaube, Barney, es wäre das beste, wenn Sie als erstes den Sowjets diese Antwort zukommen lassen würden."

Shepherd, in dunklem Anzug, schlug die Beine übereinander und schnippte ein eingebildetes Staubkorn vom Knie. „Eigentlich glaube ich nicht, daß diese Ausreden notwendig sind. Bei aller Hochachtung vor dem Kommodore", sagte er und lächelte Holmes höflich zu, „bin ich doch der Meinung, daß die sowjetische Kammer unzureichend ist. Es ist ein schäbiges, rostiges altes Dings und höchstwahrscheinlich sogar gefährlich. Ich glaube nicht..."

„Ganz sicher ist sie nicht blitzblank", unterbrach ihn Holmes, „aber machen wir uns doch nicht selbst etwas vor, wahrscheinlich würde das verdammte Dings es schaffen."

Shepherd zuckte mit den Schultern. „Möglicherweise, aber es geht auch um ein Problem der Geheimhaltung. Wie auch immer, die Überlebenden sind jetzt schon fast einen Monat da unten. Auf ein paar Tage sollte es nicht mehr ankommen."

Admiral Moran tippte mit einem Bleistift auf den Schreibtisch. „Shep hat recht, Barney, wir brauchen uns damit nicht noch einmal zu beschäftigen. Die Entscheidung ist gefallen, wir lassen die Hilfe der Russen aus dem Spiel. Admiral Calhoun stimmt mit mir darin überein."

Holmes wandte sich an Shepherd und sagte: „Als diese Operation begann, waren einundsechzig Mann am Leben. Jetzt sind es sechsundzwanzig, vielleicht weniger. Ich habe ein neues Kabel montieren lassen und muß noch einmal vier Tage warten, daß diese Kammer aus Portsmouth kommt." Holmes hielt inne. Er wurde sich darüber klar, daß er die Unterstützung des Admirals brauchte. „Admiral, wenn wir die Sowjets dazu bringen könnten, daß sie die *Bentos V* der *Kingfisher* übergeben, könnten wir morgen einen Rettungsversuch machen. Dann wäre die Geheimhaltung nicht in Gefahr."

Der Admiral schüttelte den Kopf. „Nein, Barney, das geht nicht. Eine solche Anfrage von uns wäre das Eingeständnis, ihr System sei brauchbar, und dann müßten wir auf ihre Bedingungen eingehen." Er machte eine nachdenkliche Pause. „Oder stellen Sie sich die Empörten in der Bevölkerung vor. Die einzige Möglichkeit, diese Situation zu meistern, ist die, daß wir alles auf die umgebaute McCann-Kammer setzen oder" – er wandte sich zu Shepherd – „möglicherweise auf Sheps Tiefseerettungsfahrzeug."

Nach Unterstützung suchend, blickte Holmes von einem zum anderen, aber ihr Schweigen machte ihm klar, daß sie auf seiten des Admirals standen. Shepherd saß mit fest verschränkten Armen da, das Kinn gedankenschwer auf den Krawattenknoten gepreßt. Holmes wußte, daß er bei der Entscheidung, die Russen abzuweisen, wahrscheinlich die Triebkraft gewesen war. Die Widersetzlichkeit, die er hier und in allen Abteilungen der Materialbeschaffung der Marine zu spüren bekam, stammte aus einem älteren Ressentiment. Während seiner frühen Kampagnen für die Entwicklung von U-Boot-Rettungsgeräten waren viele seiner energischen Unternehmungen gegen diese hier gerichtet gewesen.

Der Admiral sprach wieder zu ihm. „Sie sind draußen gewesen und haben das Hornissennest nicht miterlebt, das dieser Untergang aufgescheucht hat. Der öffentliche Aufschrei über die sogenannte Unfähigkeit dieses Teils der Marine ist laut und wird noch lauter. Es wird von einem Untersuchungsausschuß des Senats geredet, wenn die Operation beendet ist. Und darüber hinaus hat sich, was die Russen angeht, auch das State Department eingemischt. Kehren Sie auf Ihr Schiff zurück, Kapitän, und informieren Sie Kapitän Waschenko, daß seine Glocke mit diesem amerikanischen Unterseeboot nicht fertigwerden kann." Der Admiral erhob sich. „Und sagen Sie ihm auf alle Fälle unseren herzlichen Dank."

Holmes fiel auf, daß er ihn nicht mehr Barney nannte. Die anderen gingen schon in den Vorraum, und Holmes, mit der Mütze in der Hand, war drauf und dran zu gehen.

„Eine letzte Frage, Admiral. Was ist, wenn unsere neue Kammer am Freitag versagt und dieses Tiefseerettungsdings mit seinen Schwierigkeiten nicht fertig wird?" Er wartete nicht auf die Antwort, denn er wußte, daß es keine gab.

Als er sich den großen Glastüren in der Halle näherte, stellte Holmes fest, daß sich die Zahl der Demonstranten draußen vergrößert hatte. Einige waren nur Mitläufer, die die Anwesenheit einer Fernsehkamera angelockt hatte. Auf dem Gehsteig trat Holmes ein Mann mit einem Mikrophon entgegen.

„Kapitän Holmes, wann werden Sie wieder versuchen, die Männer aus dem Unterseeboot zu retten?“ fragte er und hielt ihm das Mikro vor den Mund. Neugierig drängten sich andere um sie, so daß Holmes eingeschlossen war.

„Sobald das Arsenal die Rettungsglocke geliefert hat“, sagte Holmes und versuchte, zur Seite auszuweichen. „Wahrscheinlich am kommenden Freitag.“

„Kapitän, Sie haben sich mit den Sowjets getroffen, um zu sehen, ob ihr Rettungsgerät eingesetzt werden könnte. Ist es in irgendeiner Hinsicht besser als das der US-Marine?“

Holmes hörte das Surren der Kamera und spürte die Blicke der Menge. „Nein, es ist nicht besser. Das, was bei uns entwickelt wird, ist speziell für diese Tiefe konstruiert.“

„Manche Kreise glauben, wenn die britische Regierung ihre Hilfe angeboten hätte, würde die US-Marine sie akzeptiert haben. Würden Sie als Verantwortlicher für die Rettung der Männer in der *Lancerfish* nicht zögern, die russische Glocke einzusetzen, wenn Sie glaubten, sie könne die Rettung schaffen?“

Holmes fühlte sich in die Enge getrieben. „Nicht einen Augenblick. Das Entscheidende ist, Leben zu retten.“ Er begann weiterzugehen, und die Zuschauer machten ihm Platz.

Am Abend in seinem Hotelzimmer sah Holmes im Fernsehen die Nachrichten, und bei seiner letzten Erklärung zuckte er zusammen. Obgleich beschlossen worden war, die russische Glocke nicht zu akzeptieren, wußte Holmes plötzlich, daß er es den Sowjets nicht sofort mitteilen würde. Denn täte er es, würden die Sowjets wahrscheinlich weiterfahren, um ihr Forschungsprogramm fortzusetzen, und mit ihnen würde die einzige einsatzbereite Kammer aus dem Gebiet verschwinden.

AM DIENSTAG, dem 15. Juni, wurden die Gegebenheiten in der *Lancerfish* schnell schlechter. Seit Sonntag nacht waren vier Männer gestorben, unter ihnen Leutnant Langworthy und Hazleton, der letzte Techniker, der das Beatmungssystem beherrschte. Das Kohlendioxyd stieg wieder an und versetzte die letzten neunzehn Männer in eine fast restlose Erschöpfung.

Hayman hatte sich mit Fitzgibbons, Roche und Ingenieur Benson in der Offiziersmesse zusammengesetzt, um zu erörtern, was getan werden konnte, um ihr Leben zu verlängern. Fitzgibbons wies darauf hin, daß es der Beginn ihres einunddreißigsten Tags auf dem Meeresboden war. Niemand antwortete, weil das Anstrengung erfordert hätte.

Hayman erwog ihre Möglichkeiten durchzuhalten, bis die Glocke eintraf. Der Rest an CO_2-Absorptionsmaterial für den Notfall war in der vergangenen Woche verbraucht worden. Lithiumhydroxid-Kristalle lagen auf Tüchern in den Räumen und wurden von Zeit zu Zeit durcheinandergerührt, welch geringe Auswirkung das auch haben mochte. Die einzige Möglichkeit, die vergiftete Luft zu reinigen, war jetzt die eine Absorptionsanlage für Kohlendioxyd.

Als ob er seine Gedanken lesen könnte, sagte der Ingenieur zu Hayman: „Die Beatmungsanlage arbeitet, aber nur schlecht. Sie kann nur die Hälfte von uns am Leben halten, wenn überhaupt."

Fitzgibbons öffnete sein Tagebuch und suchte die Namen derer, die zuletzt umgekommen waren. Für eine Weile saß er nachdenklich da, dann richtete er sich mit erwachendem Elan auf. „Wir sind genau neunzehn", sagte er und blickte mit leuchtenden Augen von einem zum anderen. „Neunzehn, und wissen Sie, was die meisten sind?" Er hatte seine Frage an Hayman gerichtet. „Das sind diejenigen, die glauben, Robbie. Diejenigen, die sich nicht fürchten, zu beten und zu glauben, daß Gott sie befreien wird."

Hayman war zuerst verblüfft, dann begriff er Fitzgibbons' Andeutung. Die Männer auf der Liste der noch Lebenden waren mit wenigen Ausnahmen diejenigen, die sich zu den Gottesdiensten versammelten. „Ich denke, das ist eine Offenbarung." Fitzgibbons' Stimme wurde vor Ergriffenheit leise.

„Und ebenso ein Zufall", sagte Hayman. „Sie kommen fast alle aus dem Torpedoraum, wo Sie Ihre Gottesdienste abhalten. Ihre Zuhörer konnten gar nicht anders."

„Sie haben unrecht, Robbie. Sie wollen die göttliche Macht als Antwort nicht begreifen, und wissen Sie, warum? Weil Sie Angst haben, Angst, daß Ihre Zurückweisung Gottes Sie verdammt hat." Fitzgibbons lehnte sich atemlos zurück.

Die anderen starrten ihn an, und Benson rutschte unbehaglich hin und her. Hayman sagte ruhig: „Schon gut, Fitz, halten Sie es, wie Sie wollen."

Fitzgibbons stand auf und ging zum Gang. „Ich muß es ihnen sagen, ich muß ihnen Hoffnung machen. Sie werden leben!“ Er war verschwunden, und sie hörten ihn entlang dem schrägen Deck zum Torpedoraum torkeln. Hayman schob sich aus seinem Sitz, um ihm zu folgen.

„Ich darf ihn nicht zu verrückt spielen lassen“, sagte er.

Fitzgibbons ging in dem Raum bis nach vorn und kletterte auf die Laufplanke zwischen den Torpedorohren. Keuchend und schluckend, um wieder zu Atem zu kommen, stand er den Kojen gegenüber. „Männer!“ rief er heiser und versuchte die zu wecken, die schliefen, und die Aufmerksamkeit derer zu erregen, die einfach nur ins Leere starrten.

Hayman ging auf ihn zu. „Fitz, wecken Sie sie nicht auf, lassen Sie sie in Ruhe. Dadurch wird die Luft nur noch stärker vergiftet.“

„Ich werde sie aufrütteln. Männer!“ Er schlug mit einem Schraubenschlüssel auf ein Torpedorohr. Köpfe begannen sich zu erheben, und Blicke wandten sich ihm zu. „Hört, wir werden es schaffen. Eure Gebete sind erhört worden. Schaut euch um. Wer sind die Überlebenden? Genau dieselben, die unaufhörlich Ihn angefleht haben.“ Er mußte eine Pause machen, um sich wieder zu erholen, und fuhr dann mit leiserer Stimme fort: „Wir wollen beten.“ Er senkte seinen Kopf. In stockenden, atemlosen Rhythmen sprach er das Vaterunser. Dirksen richtete sich in seiner Koje halb auf und wiederholte wie in Trance die Worte, und jedes kam wie ein Schluchzen. Zwei oder drei andere schlossen sich dem Gebet undeutlich murmelnd an.

Hayman kehrte in die Messe zurück. Eine quälende Bitternis steckte in ihm. Sahen sie denn nicht, daß Fitzgibbons nicht bei Sinnen war? Wenn es einen Gott gab, warum sollte er jetzt Mitleid haben? Die Männer, die bereits umgekommen waren, hatten ebenso verzweifelt leben wollen. Schweigend setzte er sich in der Messe wieder an den Tisch und spürte, daß Roche und Benson ihn ansahen.

Er musste geschlafen haben, denn plötzlich wurde sich Hayman bewußt, daß sein Kopf auf dem Tisch lag. Er setzte sich auf und sah sich um. Nur Roche war noch da, in einem erschöpften Dösen in sich zusammengesunken. Was hatte Hayman aufgeschreckt? Er horchte in die Stille, und da war es wieder, eindeutig, unleugbar – der Morsecode!

Er packte Roche an der Schulter. „Andy, hören Sie!“ Der andere schreckte auf und starrte Hayman an, als ob er glaubte, er sei verrückt geworden. „Hören Sie . . . irgend etwas?“

Roche horchte, dann sprang er auf. „Ja, das ist das Codezeichen“, sagte er und blickte suchend nach oben, als ob er feststellen wollte, wo eine Fliege summte.

Sie traten in den Gang hinaus, aber zuerst konnten sie nicht ausmachen, woher das Geräusch kam. Es brach für einen Augenblick ab und setzte dann wieder ein und schien von vorn zu kommen. Sie gingen zum Torpedoraum, und die Zeichen wurden lauter. Hayman sah Cruthers in der Mitte des Raumes stehen. Er hielt eine Hand hoch, um Ruhe zu gebieten. Der Funker Johnson beugte sich mit einem Bleistift in der Hand über einen Block auf seinen Knien.

Hayman trat zu ihm und las mit, als er zum Ende kam: GLOCKE SOLL EINTREFFEN ACHTZEHNTER JUNI. Die Nachricht wurde zweimal wiederholt, und als sie ein drittes Mal begann, schlug Hayman auf den Ausstiegssockel, um „Verstanden“ zu melden.

Der Achtzehnte! dachte Hayman, das ist Freitag – noch drei Tage. Er bezweifelte, daß sie noch vierundzwanzig Stunden durchhalten könnten. Er wandte sich an Johnson. „Gibt es irgendeine Möglichkeit, ihnen eine Antwort zu schicken?“

„Wir haben es mit Klopfzeichen versucht, aber sie können unsere Punkte und Striche auf ihrem Horchgerät nicht auseinanderhalten.“ Er blickte nach oben. „Sie müssen einen sehr starken Sender benutzen, um uns hier unten zu erreichen.“

Hayman traf Fitzgibbons an der Tür zur Offiziersmesse. Er wiederholte ihm die Meldung von der Oberfläche, und ein glückseliges Lächeln verbreitete sich über Fitzgibbons' Gesicht. „Sehen Sie, Robbie? Sehen Sie . . . Gott spricht zu uns.“

„Aber, Fitz, wir können nicht bis zum Achtzehnten warten“, sagte Hayman resignierend. „Sie werden zu spät kommen.“

„Nein. Es ist nicht zu spät. Ein paar von uns werden trotzdem noch leben, und nur, weil wir niemals den Glauben verloren haben.“

FÜR EINE Weile saß Hayman allein am Tisch. Eine tiefe Verzweiflung hatte ihn überfallen. Der Rettung so nahe zu sein, nur um doch nicht zugreifen zu können, das war ein so ungerechter Zufall. Er war so in seine Gedanken versunken, daß er nicht gleich bemerkte, wie Roche in die Messe zurückkehrte. Der andere sah ihn über den Tisch hinweg an. Hayman begegnete seinem Blick, ihre Brustkörbe hoben und senkten sich, als ob sie einander die verpestete Luft streitig machten. Roche lächelte wehmütig und zuckte mit den Schultern. „Nun, so ist es. Wieviel Zeit, glauben Sie, bleibt uns noch?"

„Ein Tag, vielleicht." Hayman fiel ein, daß er Evers seit dem Vorabend nicht mehr gesehen hatte. „Haben Sie Tom von der Nachricht berichtet?"

„Ich hab gerade eben nach ihm gesehen. Ich hab mir nicht die Mühe gemacht, ihn zu wecken."

Fitzgibbons erschien. Auf seinem Gesicht lag immer noch der glückselige Ausdruck, als ob er sich über irgend etwas amüsierte. Er setzte sich und beobachtete aufmerksam die beiden anderen. „Ich sprach gerade mit Benson über unser Beatmungssystem. Er kann es nicht reparieren."

„Das wissen wir", sagte Hayman. „Wir müssen uns damit abfinden, Fitz. Niemand wird die *Lancerfish* verlassen."

„Doch, sie werden", erwiderte Fitzgibbons mit besonderem Nachdruck.

„In Gottes Namen, wie?" Hayman spürte die alte Verärgerung. Er lehnte sich zurück und schloß die Augen.

„Genau das ist es, Robbie. In Gottes Namen", sagte Fitzgibbons. „Er geht wunderbare Wege und geht sie durch mich. Acht werden überleben. So viel kann der Luftreiniger bis Freitag am Leben erhalten. Aber elf von uns müssen zu existieren aufhören, damit die anderen leben."

Hayman wandte sich Fitzgibbons verständnislos zu. Roche hatte den Kopf vom Tisch erhoben und blickte von einem zum anderen. „Wer, meinen Sie, wird freiwillig zu atmen aufhören?" fragte Hayman.

„Nicht freiwillig. Als dienstältester Offizier habe ich eine Auswahl getroffen. Das war nicht leicht, Robbie, ich habe um Beistand gebetet, und er kam. Sie haben mir die Antwort gegeben, Robbie, Sie mit Ihrer Überheblichkeit des Antichrist. Wer verdient zu leben? Beantworten Sie mir das. Nur jene, die niemals den Glauben an unseren Herrn verloren haben." Außer Atem hielt er inne. Auf seiner Stirn glänzte der Schweiß.

Haymans Gedanken überschlugen sich. Fitzgibbons war zerrüttet. Er mußte ihn bändigen. Er begegnete Roches verblüfftem Blick.

Fitzgibbons fuhr fort: „Ich habe eine Liste aufgestellt“, und er öffnete ganz sachlich sein Tagebuch. „Und ich habe einigen von denen, die leben werden, gesagt, was getan werden muß.“

Hayman stand auf und sagte zu Roche: „Hilf mir bitte, Andy. Ich werde Fitz einschließen, bevor er . . .“

„Setzen Sie sich, Hayman!“ befahl Fitzgibbons. Er hatte eine 45er Dienstwaffe in der Hand, den Abzug gespannt. Es war dieselbe, die Schoenberg benutzt hatte. Fitzgibbons hatte sich auf die Beine gestellt, und Hayman sah, daß drei Magazine in seinem Hosenbund steckten. „Ihre Zeit ist abgelaufen und ebenso die seine“, sagte er und zeigte mit dem Pistolenlauf auf Roche.

„Wie wollen Sie es tun“, fragte Roche, „und wann?“

„Heute. Harris gehört zu der Gruppe, die überleben wird. Er und ich werden jeweils einen Mann nach achtern bringen. Sie werden nicht wissen, was vorgeht, und ihr Leiden wird so kurz und menschlich wie möglich sein.“

Hayman verspürte nackte Angst, er mußte es ihm ausreden. Himmel, von einer Kugel zu sterben, die seinen Schädel durchschlug! Das war zu brutal. Er blickte auf die Mündung der Pistole und erinnerte sich an den Übelkeit erregenden Anblick von Schoenbergs Kopf auf der Schreibmaschine.

Fitzgibbons behielt die beiden Offiziere im Blick, nahm mit der freien Hand den Telefonhörer ab und wählte. „Harris? Ich bringe Mr. Hayman und Mr. Roche in die Zentrale. Sind Sie allein?“ Er hörte einen Augenblick zu und sagte: „Ja, wir müssen es jetzt tun. Im Pumpenraum wird es niemand hören.“ Er legte den Hörer auf, blickte kurz in den Gang hinaus und befahl dann Hayman und Roche, vor ihm herzugehen.

Das war zu phantastisch, und Hayman konnte nicht glauben, daß es tatsächlich geschah. Er spürte, wie Roche ihn von hinten anstieß, als ob es ihm darum ginge, es schnell hinter sich zu bringen.

Sie alle keuchten, als sie die Zentrale erreichten. Hayman duckte sich durch das Schott und sah Harris neben der Leiter zum Pumpenraum stehen. Als Hayman sich bemühte, wieder zu Atem zu kommen, blickte er in das zynische Gesicht, das ihn starr ansah. Wie konnte Harris das tun, auch wenn er wußte, daß er so sein Leben retten konnte?

„Steigen Sie hinunter“, befahl Fitzgibbons. Hinter Chief Harris kletterte Hayman die Leiter hinunter. Sobald sie in den engen, kleinen Raum gelangten, sah er sich nach einer Waffe um – einem Schraubenschlüssel, einem Rohr, irgend etwas. Er würde nicht sterben, ohne sich zu wehren. Die anderen kamen herunter, und Roche stellte sich neben Hayman.

Plötzlich gab es ein Handgemenge, eine lässige, aber schnelle Bewegung von Harris. Dann standen sie einfach nur da und sahen einander an. Harris hielt die Pistole am Lauf und bot Hayman den Griff dar. Fitzgibbons streckte die Hand nach der Waffe aus, schrie unverständlich, aber der Chief hielt ihn mit einem Arm zurück und übergab sie Hayman. Voller Haß starrte Fitzgibbons Harris an. „Sie ... Sie Judas, Sie verlogener Verräter!“ schrie er gehässig. „Wissen Sie, was Sie getan haben? Sie haben acht Männer getötet.“

„Tut mir leid, Mr. Fitzgibbons, aber ich konnte es einfach nicht tun. Das war nicht die Lösung“, sagte Harris.

Hayman drängte sich an den anderen vorbei und kletterte nach oben zurück. Das Erlebnis machte ihn beben, ihm war speiübel.

Roche und Harris folgten ihm in die Messe. Fitzgibbons hielt sich in seiner Kabine auf; Hayman hörte seine Stimme in einem flehenden Singsang. Es war nicht nötig, ihn jetzt noch einzuschließen; sie alle wurden ohnehin schon schnell genug schwächer.

„Danke, Harris“, sagte Hayman, als er sich an den Tisch setzte.

„Wofür, Leutnant? Sie vor einer Kugel bewahrt zu haben?“ Harris blickte auf seine verschränkten Arme hinunter. „Ich hab Ihnen eigentlich keinen Gefallen getan.“

„Sie haben den geisteskranken Plan eines Massenmörders verhindert.“

„Vielleicht. Aber sehen Sie, Leutnant, bis ich in den Pumpenraum hinunterstieg, wollte ich es tun. Als es dann soweit war, dachte ich an all die anderen, denen wir das antun wollten, nur um meine Haut zu retten ...“ Er machte eine Pause und schüttelte den Kopf. „Ich konnte es Mr. Fitzgibbons einfach nicht tun lassen.“ Er lächelte schwach. „Jetzt sind Sie für den Rest der Besatzung verantwortlich.“

„Es gibt nicht viel Hoffnung, Harris. Wir können nicht bis Freitag durchhalten. Nur ein Wunder kann uns noch retten.“

„Ja, ein Wunder“, sagte der Chief, als er davonging.

Hayman überraschte es, von Roche ein leises Lachen zu hören. „Also glauben am Ende auch Sie an Wunder, Robbie.“

„Aber nicht an die Entscheidung, wem das Licht ausgeblasen werden soll.“

„Wissen Sie, irgendwie ist das seltsam. Wer kann sagen, ob Sie recht haben oder Fitzgibbons. Fitz wollte es auf sich nehmen, elf Mann umzubringen, damit acht leben könnten. Sie halten das für Unrecht, vor allem weil wir zu den Opfern gehörten. Sie wollen uns wegen Ihrer Prinzipien alle sterben lassen."

Roche schwieg einen Augenblick. Dann sagte er mit kaum hörbarer Stimme: „Objektiv gesehen, Robbie, haben Sie sich nur vor einer unangenehmen Aufgabe gedrückt, wenn Sie sich weigern, die einen zu töten, damit die anderen leben."

„Aber, verdammt noch mal, das ist unmoralisch", platzte es aus Hayman heraus. „Das ist gegen die menschliche Natur. Ich bin kein Tier."

„Aber genau darum geht es. Sie sind ein menschliches Tier, und als solches haben Sie die Fähigkeit des Verstands. Betrachten Sie das Problem intellektuell und nicht emotional. Der Verstand sagt uns, daß nach Lage der Dinge acht Mann aushalten können. Das heißt, daß elf ausgelöscht werden müssen."

Schwindelgefühl brummte in Haymans Kopf. Das Gespräch, wie sie beide dasaßen und über die Moral des Tötens diskutierten, um Leben zu retten – das alles war unwirklich. Roche hatte recht. Wenn das der einzige Weg war, um einige zu retten – und sei es auch nur ein einziger –, dann mußte das getan werden. Was für eine Entscheidung für einen Menschen! Wie könnte er je eine Liste aufstellen, entscheiden, wer leben würde? Wem wäre er verantwortlich, wenn es wirklich etwas nach dem Tode gab? Dann kam ihm ein Einfall. Soll das Schicksal die Auswahl treffen. Sie würden eine Lotterie veranstalten. „Sie haben recht, Andy", sagte er schließlich. Er selbst hörte seine Stimme nur weit entfernt und seltsam verzerrt. „Okay, ich habe einen Plan. Lassen Sie Fitz und Harris holen."

WENIGE Minuten später brachte Roche Fitzgibbons und Harris herein. Seit dem Vorfall im Pumpenraum war mit Fitzgibbons eine Veränderung vorgegangen. Er starrte ins Leere, und sein Kinn hing schlaff herunter. Hayman nahm ihm die Pistolenmagazine ab und ließ die anderen am gegenüberliegenden Ende des Tisches Platz nehmen. Er selbst setzte sich an die Stirnseite des Tisches, wo der Kommandant zu sitzen pflegte, nach ihm Crawford, dann Ritter und schließlich Fitzgibbons. Vor ihm stand ein Kasten mit Pokerchips. Er zählte neunzehn weiße Plättchen ab und nahm Fitzgibbons' Tagebuch an sich. Offensichtlich bezeichneten die Zahlen, die Fitzgibbons hinter den Namen eingetragen hatte, die geplante Reihenfolge der Hinrichtungen von Besatzungsangehörigen. Sie begann mit Hayman als Nummer eins und endete mit Fitzgibbons. Die letzten acht Namen bezeichneten die, die am Leben bleiben sollten.

Mit großer Sorgfalt, um jeden Irrtum auszuschließen, numerierte Hayman die Pokerchips von eins bis neunzehn. Als er das getan hatte, erklärte er seinen Plan. Sie würden Lose ziehen und dabei Fitzgibbons' Zahlen benutzen. Die ersten acht Namen sollten die sein, die übrigblieben.

Während Roche Namen und Zahlen überprüfte, ging Hayman in den Kommandantenraum. Er öffnete das Schränkchen für Medikamente und Narkotika, nahm mehrere Päckchen Morphium, auswechselbare Spritzen und eine Flasche Seconal heraus. Dann kehrte er in die Messe zurück. Die weißen Chips waren sorgfältig vor seinem Platz auf dem Tisch aufgehäuft.

Das Vorgehen wurde erklärt. Nach vollendeter Ziehung würde Hayman die Pistole dem diensthöchsten Mann geben, der zu überleben bestimmt war. Das Ergebnis der Ziehung würde niemand außerhalb der Messe bekanntgegeben werden. Das Morphium war für jene gedacht, die getötet werden mußten. Doch bevor es injiziert wurde, sollten dem Mann zwei Kapseln Seconal verabreicht werden. Dieses Beruhigungsmittel konnte als ein Medikament gegen weitere Lungenkrämpfe ausgegeben werden. Denjenigen, die bereits im Koma lagen, konnte das Morphium sofort eingespritzt werden.

Nachdem er den Plan dargelegt hatte, blickte Hayman jeden der Männer an. Roche nickte kurz, und Harris starrte auf die Spritzen in der Mitte des Tisches. Nur Fitzgibbons sah Hayman ausdruckslos an. Die bezifferten Chips wurden in Harris' Mütze getan. Hayman hielt sie hoch und schüttelte sie lange Zeit.

„Nun, los geht's", sagte er. Er mußte sich beeilen, denn er hatte das Gefühl, daß seine Beine ihn nicht mehr lange tragen würden. „Andy, Sie lesen die Namen vor, sobald ich die Zahlen aufdecke, und ... viel Glück."

Er schob die Hand über den Mützenrand, ergriff ein Plättchen und legte es auf den Tisch. Es war die Nummer sechs. „Rumford", sagte Roche leise, aber deutlich. Hayman machte weiter. Zwei weitere aus dem Torpedoraum, Johnson und McGovern. Die vierte Zahl war Chief Benson. Hayman ertappte sich, wie er auf die nächste der ausgewählten Zahlen starrte, sie galt dem ersten unter ihnen am Tisch. Nummer neunzehn, Fitzgibbons! Als Roche den Namen las, gab Fitzgibbons ein kurzes Stöhnen von sich, das in ein schluchzendes Geräusch überging und wie Rülpsen klang.

Hayman schüttelte die Chips lange durcheinander. Nur noch drei von acht Überlebenden. Und drei von ihnen in der Messe waren noch nicht dabei. Er zog eine Zahl. „Dirksen", sagte Roche ruhig. Zumindest einer unter ihnen war zum Tode verurteilt. Der nächste Chip trug die Zahl eins, und Hayman verspürte eine angenehme Erleichterung. Die letzte Zahl war Bartolla, der Koch.

Hayman ließ sich auf seinen Stuhl fallen. Das war es, dachte er, Schicksal oder was auch immer, der reine Zufall hatte beschlossen, wer leben sollte. Er sah Harris an, dessen Augen starr auf ihn gerichtet waren. Sein Gesicht war blaß und zynisch verzerrt. Roche lächelte nervös und gab Hayman mit dem Daumen ein Zeichen. Seine Hand zitterte sichtlich.

Hayman legte eine der Pistolen auf den Tisch. Nach seinen Spielregeln mußte er sie dem Nächsthöheren übergeben – Fitzgibbons. Er zögerte und rieb vor Erschöpfung mit den Händen über sein Gesicht. Konnte er ihm vertrauen?

10

Als Holmes am Dienstag aus Washington zurückkehrte, beschäftigte ihn ganz besonders, wie er die Männer in der *Lancerfish* wissen lassen konnte, daß sie nur noch ein paar Tage zu warten brauchten. Er fragte den Bedienungsmann am Horchgerät, ob es irgendeine Möglichkeit gebe. Der Mann erklärte, daß sie Morsezeichen hören müßten, wenn ein Sender von ausreichender Stärke in der Nähe des Rumpfes angebracht werden könne. Impulse niedriger Frequenz würden unmittelbar in die Räume dringen. Holmes erfuhr, daß sie nicht nur über die nötigen Geräte verfügten, sondern daß ihr Unterseeboot den Sender auch in die gewünschte Nähe bringen konnte. Innerhalb von zwei Stunden war das geschehen, und die Männer in der *Lancerfish* wußten jetzt, daß die Glocke am Achtzehnten kommen würde.

Am Abend, nach dem Essen, fragte Kapitän Jenkins, ob Holmes sich ihm zum Besuch des Films am Heck anschließen wolle. Es war ein klarer und milder Abend, ideal für eine Vorführung auf Deck.

Wie üblich lehnte Holmes ab. Er würde auf der Brücke an die frische Luft gehen. Als er hinausging, kam ihm an der Tür ein Funker mit einer geheimen Nachricht von Admiral Calhoun entgegen. Er überflog sie rasch und las sie dann mit wachsender Erbitterung von neuem. Wortlos reichte er sie Jenkins und wartete auf die Reaktion des Kapitäns.

TIEFSEERETTUNGSFAHRZEUG AN BORD TENDER ETWA 20. JUNI. TIEFSEERETTUNGSFAHRZEUG ALS VORRANGIGE RETTUNGSMETHODE BESTIMMT. KAPITÄN G. G. SHEPHERD KOMMANDIERENDER OFFIZIER OPERATIONEN TIEFSEERETTUNGSFAHRZEUG.

In nachdenklicher Verwunderung schüttelte Jenkins den Kopf und gab die Meldung zurück. „Und was ist mit der McCann-Kammer? Sie sollte vor dem Tiefseerettungsfahrzeug hier sein."

„Ich weiß, aber die Tiefseerettungsleute haben Dampf gemacht, damit ihr neues Fahrzeug fertig wird und für die *Lancerfish* eingesetzt werden kann. Verdammt noch mal, Jim, und jetzt wollen sie alles aufhalten, nur um zu beweisen, daß Zeit und Geld für dieses Dings nicht umsonst verschwendet worden sind. Es ist ein komplizierter Apparat, und sie haben eine höllische Mühe gehabt, bis alle Systeme darin arbeiteten." Verärgerung und Enttäuschung in Holmes' Stimme waren nicht zu überhören. „Ich bin nicht mehr bereit zu warten. Das erste brauchbare und verfügbare Gerät wird eingesetzt, ob es nun das Tiefseerettungsfahrzeug oder die Kammer aus Portsmouth ist." Er wandte sich zum Gehen. „Wenn es irgend etwas Neues gibt, bin ich auf der Brücke zu finden."

Auf der Brücke lief Holmes von einer Seite zur anderen. Er konnte sich Shepherds Triumphgelüste vorstellen, bei dieser Gelegenheit das Tiefseerettungsfahrzeug vorzuführen. Daß Shepherd mit dem neuen Fahrzeug herauskam, um das Kommando zu übernehmen, würde aussehen, als ob Holmes für die Rettung ein zu großer Stümper sei. Er blieb stehen und blickte über das Wasser zu den Lichtern der anderen Schiffe. Der Zwanzigste, dachte er, bis dahin waren es noch fünf Tage. Es war schon schlimm genug, noch drei Tage auf die umgebaute Kammer zu warten. Nein, mein Gott, er würde nicht länger warten als unbedingt notwendig.

Holmes war kein Politiker, er war Seemann. Seine Aufgabe war es, so viele Männer wie möglich zu retten und mit gesundem Menschenverstand und seemännischem Können zu nutzen, was ihm zur Verfügung stand. Er blickte noch einmal auf die Flotte; in der Ferne konnte er die Lichter der *Nikolaj Trunow* ausmachen. Er wünschte, Admiral Moran hätte ihn wegen der *Bentos V* unterstützt. Wenn er mit den Russen hätte reden dürfen, hätte er sich vielleicht mit ihnen geeinigt, und ihre Kammer wäre der *Kingfisher* übergeben worden. Wenn sie es geschafft hätte, wären die Überlebenden jetzt schon oben. Es wäre einen Versuch wert gewesen, wie alles zu diesem Zeitpunkt.

Und das war es noch immer, dachte er plötzlich. Was könnte es denn schaden, mit Waschenko zu reden?

Holmes rief einen Signalgast auf die Brücke und befahl ihm, er solle das russische Schiff anrufen und fragen, ob am Morgen ein persönliches Gespräch mit Waschenko möglich sei.

Kurz darauf kam die Antwort. Sie besagte lediglich, daß die *Nikolaj Trunow* am nächsten Morgen ihre Kreuzfahrt fortsetzen wollte. Holmes war enttäuscht. „Noch irgendeine Antwort, Kommodore?" fragte der Signalgast höflich.

„Ja", sagte Holmes mit Entschlossenheit. „Sagen Sie ihnen: ‚Erbitte Besuchserlaubnis heute abend. Sehr dringend. Gezeichnet B. C. Holmes.'"

Eine halbe Stunde später saß Holmes in dem Motorkutter und fuhr durch die flache See. Nun, der Würfel war gefallen, dachte er; auf höchster Ebene würde das sicher einige Nachspiele mit sich bringen. Aber das änderte nicht viel, überlegte er vergnügt. Er hatte ohnehin in der Marine den höchsten Rang erreicht, den er je einnehmen konnte. Wenn die Männer in der *Lancerfish* gerettet wurden, würde die Marine ihm nur wenig vorwerfen können. Ein Fehlschlag dagegen brächte ihn höchstwahrscheinlich vor das Kriegsgericht. Auch wenn es gelang, würde es Admiral Moran Schwierigkeiten bringen. Eine Reihe rechtschaffener Bürger würde wissen wollen, warum die Marine eine Woche lang gewartet hatte, bevor sie beschloß, die russische Glocke zu benutzen.

Als sie sich jetzt der *Nikolaj Trunow* näherten, plagten Holmes einige Zweifel. Wenn der russische Kapitän sich mit seiner Botschaft in Washington in Verbindung setzte und sie bei ihren Bedingungen blieben, dann mußte Holmes damit rechnen, unverzüglich abgelöst zu werden, und Shepherd wäre dann der große Sieger.

Der dunkle Rumpf des Schiffes stieg vor ihm auf. Eine Jakobsleiter wurde ausgerollt. Holmes kletterte hinauf, und man half ihm über die Reling. Ein Zivilist, den Holmes noch nicht gesehen hatte, führte ihn in einen großen Salon. Mehrere Leute saßen dort oder standen herum, einige waren in ein Gespräch vertieft, andere spielten Schach oder lasen. Aus dem Durcheinander von Stimmen hörte er seinen Namen rufen und sah, daß Dr. Gornin ihm winkte. Holmes bahnte sich seinen Weg an Stühlen und Menschen vorbei und fühlte sich fehl am Platz und unsicher.

„Guten Abend, Kommodore Holmes, Kapitän Waschenko ist gerade hier." Gornins klare englische Worte ließen andere Stimmen in dem Raum verstummen, und Holmes spürte viele Blicke. Offensichtlich hing dieses Treffen von Wissenschaftlern und Schiffsoffizieren mit der Abfahrt am kommenden Morgen zusammen. Der russische Wissenschaftler stand mit einem Glas in der Hand vor ihm und lächelte freundlich. Er trug eine Kombination aus Hose und brauner Sportjacke, sah sehr akademisch aus und machte den Eindruck, als ob er sich als Universitätsprofessor auf dem Empfang seines Dekans befand. In seinem Arbeitskhaki und der Windjacke mit dem knalligen „Barney" auf dem Rücken fühlte Holmes sich allzu auffällig. Vor seinem Besuch war er zu sehr in Eile gewesen, um noch die Uniform zu wechseln.

„Guten Abend, Kommodore." Der sowjetische Kapitän setzte sein Glas ab und trat auf Holmes zu. „Wie steht's mit Ihrem Unterseeboot, Kommodore, machen Sie Fortschritte?" fragte er höflich lächelnd und fügte dann hinzu: „Trinken Sie etwas?"

„Vielen Dank, Kapitän, nein", antwortete Holmes. „Ich muß bald zu meinem Schiff zurück." Er stand jetzt nicht mehr im Mittelpunkt der Aufmerksamkeit, und die Gespräche wurden wiederaufgenommen. Er war unsicher, wie er sein Ersuchen vorbringen sollte. Was konnte Waschenko überhaupt tun? Am besten würde es sein, direkt vorzugehen und alles klarzumachen.

„Die Situation in der *Lancerfish* ist ernst, Kapitän Waschenko. Einige von der Besatzung sind noch am Leben, aber es kann noch drei oder vier Tage dauern, bevor wir einen neuen Rettungsversuch unternehmen können." Holmes machte eine Pause, er hatte zu schnell gesprochen, und Gornin mußte übersetzen. Dann fuhr Holmes fort: „Ich habe die Anweisung, in der Verankerung liegenzubleiben und die Ankunft eines neuen Geräts abzuwarten. Inzwischen haben wir aber das Kabel zu dem Unterseeboot, das von der *Bentos V* benutzt werden könnte. Ich glaube, wir könnten die Überlebenden mit

Ihrer Glocke ...", Holmes zögerte für den Bruchteil einer Sekunde, „... von der *Kingfisher* aus morgen heraufholen."

Waschenko stellte Gornin eine kurze Frage, verstand dann und fragte: „Sie möchten also die *Bentos V* von Ihrem Schiff aus einsetzen?"

„Ja, mit Ihrem Techniker natürlich", sagte Holmes.

Waschenko setzte zu sprechen an, verfiel aber ins Russische und wandte sich an Gornin. „Kapitän Waschenko sagt, daß die *Nikolaj Trunow* besser ausgerüstet ist, unsere Kammer einzusetzen, weil wir einen großen Kran haben und die *Bentos V* schwer ist. Für uns würde es viel einfacher sein, die Position über dem Unterseeboot einzunehmen und die Rettung durchzuführen, verstehen Sie?"

„Die *Kingfisher* hat einen Ladebaum, der die *Bentos V* heben kann. Darüber hinaus würde es erhebliche Zeit in Anspruch nehmen, Ihr Schiff in den Verankerungen festzumachen." Holmes atmete einmal tief durch und fuhr fort: „Ich will Ihnen gegenüber offen sein. Ich habe keine Vollmacht, das Angebot Ihrer Botschaft anzunehmen – das heißt, die Rettungsoperation der russischen Regierung zu übergeben. Ich gehe ein Risiko ein, wenn ich diese Bitte stelle, aber die Zeit arbeitet gegen die Männer in dem Unterseeboot, und ich möchte so viele wie möglich retten."

„Natürlich, Kommodore", sagte Waschenko. „Aber auch ich habe meine Anweisungen. Admiral Michailowsky hat mich unterrichtet, daß Ihre Marine die sowjetische Hilfe nicht wünscht." Mit schräg gehaltenem Kopf schwieg er nachdenklich. „Ich kann ihnen vortragen, was Sie wünschen."

„Nein, Kapitän, ich bezweifle, daß man das genehmigen würde. Wir müssen uns darüber im klaren sein, daß diese Verhandlungen politisch sind. Als ein Seemann den anderen bitte ich Sie um Ihre Hilfe." Holmes spürte, daß seine Argumente keine Wirkung hatten und er an Boden verlor. „Kapitän, ich weiß, daß in meiner Bitte auch für Sie ein Risiko liegt. Aber es ist ebenso die Gelegenheit, etwas Einzigartiges zu beweisen: Amerikaner und Russen arbeiten zusammen, um Leben zu retten."

Gornin schaltete sich ein. „Sie sind naiv, Kommodore", sagte er und milderte seine Bemerkung mit einem Lächeln. „Sie müssen ja nicht uns überzeugen, sondern Ihre eigene Marine. Sie hat ihre Entscheidung getroffen und kennt durchaus die Konsequenzen für die Überlebenden. Es ist unmöglich."

Die Hände hinter dem Rücken, starrte Waschenko, in Gedanken versunken, auf seine Füße. Er sah Holmes an, sagte aber nichts, dann wandte er sich ab, ging ein paar Schritte fort und blieb wie auf Kommando stehen. Er fuhr herum. „*Da.* Ja“, sagte er mit einem bestätigenden Kopfnicken. „Wir lichten morgen früh um acht den Anker. Ich komme nahe zu Ihnen herüber und setze die *Bentos V* ins Wasser. Kann Ihr Boot die Kammer hinüberschleppen?“

Holmes hatte diese plötzliche Entscheidung des russischen Kapitäns nicht erwartet, und als er Gornin ansah, wurde ihm klar, daß er ebenso überrascht war. Ein Gefühl der Erleichterung durchlief ihn. Was hatte Waschenko seine Meinung ändern lassen? Vielleicht hatte auch er in der russischen Marine den für ihn höchstmöglichen Rang erreicht?

DIE UNTERHALTUNG beim Frühstück am nächsten Morgen war lebhaft und die Atmosphäre vom Tatendrang gewissermaßen aufgeladen. Holmes hatte sich sehr spät hingelegt, nachdem er die Operation mit Kapitän Jenkins, Morgan und Petrosky besprochen hatte. Trotzdem fühlte er sich ausgeruht, und sein Elan war wieder da. Der Ladebaum war schon ausgefahren und sah wie eine riesige Angel aus, die über dem Wasser hing. Der Motorkutter wartete längsseits und hatte die Zugvorrichtung für die *Bentos V* im Schlepp. Das Wetter war ruhig geblieben.

Holmes trank gerade seine dritte Tasse Kaffee aus, als eine Nachricht vom Kommandeur der Materialbeschaffung eintraf, mit Einzelheiten über die Vorbereitungen des Tiefseerettungsfahrzeugs. Außerdem gab es eine kurze Mitteilung vom Kommandeur des Dritten Marinedistrikts, daß Lewis und Wright am Vormittag mit dem Hubschrauber auf die *Kingfisher* zurückkehrten.

Holmes blickte zum anderen Ende des Tisches zu dem Informationsoffizier Leutnant Watkins hinüber. „Ihre Freunde Lewis und Wright kommen wieder heraus, Mr. Watkins“, sagte er.

Dann zog er eine Meldung aus der Tasche und reichte sie Jenkins. „Schicken Sie sie erst dann ab, Jim, wenn ich es Ihnen sage. Und lassen Sie sie lieber als vertraulich abgehen. Die da oben sollen dann die Presse informieren.“ Er sah auf seine Uhr: fast 7 Uhr 30. „Machen wir uns an die Arbeit, und ziehen wir uns in der Verankerung genau über die *Lancerfish*“, sagte er und erhob sich vom Tisch. Von der Brücke aus sah die *Nikolaj Trunow* fünf Meilen westlich im

Morgendunst gespenstisch aus. Holmes beobachtete das Schiff durch sein Fernglas, konnte aber keinerlei Vorbereitungen entdecken, daß sie sich auf den Weg machen würde.

Um 8 Uhr 10 meldete Jenkins, daß das Kabel an Deck festgemacht war und das Schiff fast genau über dem gesunkenen Unterseeboot lag. Das ozeanographische Schiff hatte die letzten Meßwerte der Strömung herübergegeben; danach betrug die Geschwindigkeit am Meeresboden 2,7 Knoten. Das russische Schiff hatte sich noch immer nicht bewegt, obgleich aus seinem Schornstein eine dichte Rauchwolke kam.

„Okay, Jim", meinte Holmes und hob von neuem das Fernglas. „Warum, zum Teufel, brauchen die so lange, den Anker zu lichten?"

„Zumindest ist sie noch da, Kommodore. Ich hatte einige Befürchtungen, sie könnte heute morgen verschwunden sein."

„Sie könnte uns auch jetzt noch im Stich lassen."

Der Ausguck über Holmes' Kopf meldete: „Ein kleines Boot legt von der *Frobisher* ab."

Holmes drehte sich mit seinem Glas zu dem Zerstörer herum und stellte fest, daß der Hubschrauber zurückgekehrt war. „Das müssen Shepherd und die Reporter sein", sagte er. Er bat um die letzten Meldungen vom Horchgerät über die *Lancerfish.* Die Antwort war beunruhigend. Die Maschinengeräusche waren immer noch eindeutig, aber seit dem Vorabend hatte niemand mehr gegen den Rumpf geklopft. Angenommen, wir kommen endlich hinunter und alle sind tot, dachte Holmes.

Als das Boot von der *Frobisher* beidrehte, um am Fallreep anzulegen, sah Holmes, wie Kapitän Shepherd zur Brücke hinaufblickte und die Hand an den Mützenschirm legte, um vergnügt zu grüßen. „Der wird einen ganz schönen Schock bekommen", meinte Holmes zu sich selbst. Die anderen Passagiere waren Leonard Wright mit einem Kameramann und Edgar Lewis.

„Das russische Schiff nimmt Fahrt auf, Sir. Kurs auf uns", rief der Ausguck zur Brücke herunter.

Holmes wandte sich an Jenkins. „Ich führe sie in die Messe. Lassen Sie mich es wissen, wenn die Russen hier sind."

„Ja, Sir", nickte Jenkins, und als Holmes die Treppe hinunterzugehen begann, fügte er hinzu: „Und für den Fall, daß ich nachher keine Möglichkeit mehr dazu habe, Kommodore: viel Glück."

Als sie am Tisch Platz nahmen und der Steward den Kaffee auszuschenken begann, kochte Shepherd vor Ungeduld. Die Handflächen hatte er priesterlich zusammengelegt und wartete darauf, daß die anderen zur Ruhe kamen und er das Wort ergreifen konnte.

„Gentlemen", und er lächelte einen nach dem anderen an, „die Lösung für die Rettung der *Lancerfish* wird bald hier sein. Admiral Moran hat mich heute herausgeschickt, um Kommodore Holmes über diesen ersten Einsatz des Tiefseerettungsfahrzeugs zu unterrichten. Das Interesse der Massenmedien an dieser Operation ist mir klar." Er nickte den beiden Reportern zu. „Und wir werden versuchen, Ihnen in der Zusammenarbeit alle Erleichterung zu verschaffen, die Sie brauchen."

Holmes beobachtete Shepherd mit halb geschlossenen Augen durch einen Dunstschleier von Zigarrenrauch. Die *Nikolaj Trunow* mußte jetzt in der Nähe sein, und er wollte seine Bombe platzen lassen. „Über das Tiefseerettungsfahrzeug können wir ein andermal sprechen, falls das noch notwendig sein sollte. Im Augenblick bereiten wir einen Rettungsversuch mit der *Bentos V* vor, der russischen Glocke. Die *Nikolaj Trunow* läuft auf uns zu, um sie uns zu übergeben."

„Die russische Glocke?" fragte Shepherd staunend, und jede Spur seines Oxford-Akzents war verschwunden. „Admiral Moran hat nicht erwähnt, daß sie überhaupt in Betracht gezogen würde. Durch wen und wann wurde das entschieden?" fragte er mit wachsendem Argwohn.

Wright setzte schnell seine Tasse ab. „Übernehmen die Russen die Aktion, Kommodore?" Er pfiff leise durch die Zähne. Lewis ließ die Vorderbeine seines Stuhls zurückfallen und richtete sich auf.

Holmes antwortete Shepherd, und seine Stimme bekam einen harten Befehlston. „Wer? *Ich* habe die Entscheidung getroffen. Sie haben noch keine Mitteilung gesehen, weil noch keine abgeschickt worden ist. Die Russen übernehmen nicht, sondern sie leihen uns lediglich die *Bentos V*", fügte er, an Wright gewandt, hinzu.

„Das können Sie nicht machen", rief Shepherd dazwischen. Er suchte in seiner Aktentasche nach einer Anordnung des Admirals. „Das Tiefseerettungsfahrzeug ist vorrangig als Rettungsmittel bestimmt worden. Ich bin sicher, Sie haben gesehen ..."

„Natürlich habe ich es gesehen. Aber ich bin auch der Kommandant der Rettungsoperationen, und ich bin einzig und allein daran interessiert, die Seeleute in der *Lancerfish* zu retten. Und ich werde diese

Katastrophe nicht ausnutzen, um die Einsatzmöglichkeit eines neuen und unerprobten Konzepts zu demonstrieren."

„Bei allem Respekt, Kommodore, widerspreche ich als der verantwortliche Offizier für den Einsatz des Tiefseerettungsfahrzeugs ..." Shepherds Stimme überschlug sich fast. „Gewisse Vorbereitungen müssen getroffen werden, um dieses Unterseeboot einsetzen zu können. Das Kabel muß verschwinden –"

„Kapitän Shepherd, Sie wissen verdammt gut, daß das Kabel, wenn es notwendig ist, kurz vor dem Einsatz Ihres Fahrzeugs gekappt werden kann. Bis dahin habe ich die Absicht, es zu benutzen. Und wenn die russische Glocke es nicht schafft, werde ich es mit der neuen McCann-Kammer versuchen, sobald sie hier ist."

Das Telefon neben Holmes schrillte, und er nahm den Hörer auf. Es war Kapitän Jenkins, der meldete, daß sich die *Nikolaj Trunow* eine halbe Meile querab befand und langsam herankam. Holmes wies ihn an, die Meldung an den kommandierenden Admiral des U-Boot-Bereichs Atlantik hinausgehen zu lassen. Er stand auf und sagte zu den Presseleuten: „Sie können die Rettungsoperationen vom Bootsdeck aus aufnehmen. Bitte kommen Sie nicht auf das Hauptdeck."

DAS VORSCHIFF der *Nikolaj Trunow* schien sich schwer auf das Heck der *Kingfisher* zu legen, obgleich das Schiff noch fast zweihundert Meter entfernt war. Sie machte keine Fahrt mehr und drehte sich langsam, die Breitseite zeigend. Viele der russischen Seeleute und der Wissenschaftler auf den Decks hatten Kameras und machten Schnappschüsse von dem amerikanischen Fahrzeug. Auf der Brücke entdeckte Holmes die untersetzte Gestalt Kapitän Waschenkos, der ein Megaphon vor dem Mund hatte. Als der russische Kapitän Holmes sah, grüßte er mit erhobenem Arm. Einen Augenblick später legte das russische Motorboot mit Kurs auf die *Kingfisher* ab.

Edgar Lewis kam zu Holmes hinüber. „Eigenartig, mit ihnen zusammenzuarbeiten, nicht wahr?" sagte er. „Es scheint erst kurze Zeit her, als wir ihnen während der Kuba-Krise die Fäuste zeigten, und jetzt helfen sie uns, unsere Männer zu retten."

„Dies müßte für Sie eine große Sache werden, Ed. Ich hoffe, daß alles gut geht", sagte Holmes.

„Ja, für Sie ebenso wie für die Jungs in dem U-Boot. Aber was auch dabei herauskommt, ich glaube, daß Sie das Richtige getan haben."

Holmes ging hinunter, um Dr. Gornin zu begrüßen, der mit dem russischen Motorboot ankam. Das Hauptdeck der *Kingfisher* war voller Besatzungsmitglieder, und auch sie hatten ihre Kameras herausgeholt, um das russische Schiff zu fotografieren.

Dr. Gornin trug einen Overall und beabsichtigte offensichtlich, mit in der Glocke zu tauchen. Im Augenblick konzentrierte sich Gornin auf die Arbeit im Wasser. Die große, orange und weiß gestrichene Glocke wurde unter den Ladebaum bugsiert.

Als die *Bentos V* am Zugseil des Ladebaums befestigt wurde, zog sich Holmes mit Gornin, Kapitän Jenkins, Morgan und Petrosky zur Beratung in die Messe zurück. Shepherd, der noch dort saß, stand nicht auf, als sie hereinkamen, und begrüßte Dr. Gornin nur mit einem kurzen Nicken.

Holmes stellte Jenkins den russischen Wissenschaftler vor und bat sie alle, Platz zu nehmen. „Sobald wir sie befestigt haben, machen wir den ersten Tauchversuch“, sagte er, „aber vorher möchte ich Dr. Gornin einen Überblick über die Situation auf dem Meeresboden geben.“ Nach einer kurzen Erläuterung sagte er: „Ich würde Ihnen gern Cheftaucher Petrosky mitgeben. Er kennt das Unterseeboot und wird die Verbindung mit der Oberfläche aufrechterhalten.“

„Wie Sie wollen, Kommodore“, erwiderte Gornin. „Bis auf das untere Luk könnte ich es allein schaffen. Das Luk ist für einen Mann zu schwer.“

Holmes breitete eine Umrißzeichnung der *Lancerfish* mit den Einzelheiten der Decksaufbauten aus. In der Ecke unten rechts stand ein auffälliges GEHEIM. Holmes bemerkte Shepherds besorgtes Stirnrunzeln und lächelte in sich hinein. Wenn Shepherd irgend etwas damit zu tun hätte, würde das vor dem Kriegsgericht ein weiterer Anklagepunkt gegen ihn sein.

Gornin studierte die Zeichnung mit Interesse, stellte aber keine Fragen. Dann begann Gornin eine Beschreibung der Glocke, in erster Linie für Kapitän Jenkins, denn er hatte die Glocke vorher ja nicht gesehen.

„Oh, das ist uns alles durchaus bekannt“, sagte Shepherd von seinem Ende des Tisches herüber. „Schließlich wurde die Konstruktion der *Bentos V* ja aus unserer alten McCann-Kammer entwickelt.“

Gornin lächelte und wandte sich rasch an Shepherd. „Es gibt viele Unterschiede, Kapitän, und der bemerkenswerteste ist der, daß sie Ihr Unterseeboot erreicht und die McCann-Kammer nicht.“

„Vielleicht, aber wenn die Rettungsoperation mit dem heutigen Tag nicht abgeschlossen ist, womit ich durchaus rechne, könnten Sie die Gelegenheit haben, ein höherentwickeltes Konzept zu sehen."

Shepherds plumper Versuch, den Russen zu provozieren, machte Holmes wütend. „Kapitän Shepherd, ich würde es durchaus zu schätzen wissen, wenn Sie Ihre Bemerkungen auf unser Thema beschränken würden", sagte er.

„Es macht mir nichts aus, Kommodore", warf Gornin ein. „Es tut mir sehr leid, daß der Kapitän sein neues Gerät jetzt nicht benutzen kann."

Als angeklopft wurde, öffnete Morgan die Tür der Messe und fragte flüsternd einen Läufer: „Ist es wichtig?"

„Ja, Sir, eine geheime Meldung für den Kommodore."

„Lassen Sie ihn hereinkommen", sagte Holmes und entdeckte hinter dem Mann im Gang die Reporter. Er nahm das Blatt entgegen. Die Depesche lautete:

DIE BENUTZUNG DES UDSSR RETTUNGSGERÄTS DURCH DIESES KOMMANDO UND DURCH DIE SOWJETBOTSCHAFT ABGELEHNT. EMPFANG BESTÄTIGEN. GEZEICHNET T. CALHOUN

Ein direkter Befehl vom Admiral selbst. Die Marine mußte die sowjetische Botschaft informiert und gehofft haben, sie würde Kapitän Waschenko den Befehl erteilen, nicht mit ihnen zusammenzuarbeiten. Holmes fragte sich, ob der russische Kapitän Anweisungen erhalten hatte und in diesem Augenblick sich daranmachte, die *Bentos V* zurückzurufen. Er schrieb unten auf das Blatt seine Antwort:

KANN DEM BEFEHL NICHT NACHKOMMEN. SOWJETISCHE GLOCKE BEREITS IM EINSATZ. HOLMES

Als die Sitzung beendet war, kehrten sie alle zum Heck zurück, und es wurde der Befehl erteilt, alles zum Tauchen klarzumachen. Der Ladebaum hob die Glocke aus dem Wasser und ließ sie noch einen Augenblick außenbords hängen, solange das Wasser ablief. Seit Holmes sie das letztemal gesehen hatte, war sie neu angestrichen worden. Oberhalb der Gucklöcher standen deutlich sichtbar die Buchstaben: СССР БЕНТОС V. Es wurden Halteleinen angebracht, und dann schwenkte der Baum die große Kammer an Bord. Chief Petrosky kletterte oben auf die Wölbung, brachte die Schlauchhalterung sowie das Kabel für den Sprechverkehr an und befestigte das Rücklaufkabel.

Inzwischen hatte Gornin die untere Luke geöffnet, so daß zusätzliche Sauerstoffflaschen hineingestellt werden konnten. Falls im Unterseeboot Sauerstoff gebraucht würde, sollten sie übergeben werden.

Nachdem das Kabel in die Winsch eingeführt worden war, meldete Petrosky dem Tauchoffizier, alles sei bereit.

„Wie benimmt sich die Winsch?“ fragte Morgan.

„Oh, sie arbeitet“, dröhnte der Chief mit seiner lauten Stimme, „aber sie ist verteufelt langsam. Nur gut, daß sie genügend Kraft hat.“

„Es ist eine große Tauchtiefe“, sagte Holmes zu Gornin, der in der Luke stehengeblieben war, „und die Strömung am Meeresboden ist stark. Sie können Schwierigkeiten haben, über dem Luk aufzusetzen.“

„Ich bin zuversichtlich. Die *Bentos V* ist für solche Tiefen konstruiert“, sagte Gornin und begann rückwärts in die Kammer zu klettern.

Shepherd, der in der Nähe der Glocke an der Reling lehnte, sagte: „Wenn die Winsch nicht versagt hätte, würde unsere Rettungskammer es schon vor zwei Wochen geschafft haben.“

Der Russe blieb stehen und sah den hochgewachsenen Offizier fest an. „Es gibt ein altes Sprichwort der Kosaken, Kapitän: ‚Die Niederlage sollst du nicht deinem Pferd vorwerfen und dich selbst nicht zum Sieg beglückwünschen.‘“ Er zog die Luke dicht und verriegelte sie.

Die *Bentos V* wurde in die Luft gehoben und wieder über das Wasser hinausgeschwenkt. Die internationale Signalflagge ging hoch und zeigte an, daß getaucht wurde. Holmes sah auf seine Uhr: 11 Uhr 8.

In der *Bentos V* beobachtete Petrosky, wie Gornin an den Ventilen arbeitete. Sobald die Zellen geflutet waren, schraubte er die Ventile wieder zu, überprüfte noch einmal die Sauerstoffzufuhr und schien zufrieden.

Gornin setzte die Winsch in Betrieb, und aus dem gefluteten Raum unten kam ein gedämpftes Brummen. Petrosky meldete, daß das Tauchen begonnen habe, und sah, wie der Zeiger des Tiefenmessers zitternd in Bewegung geriet. Das Meßgerät war mit russischen Buchstaben beschriftet.

Einige Augenblicke später sagte Gornin: „Zehn Meter“, und Petrosky wiederholte das in das Übermittlungsgerät.

Die nächsten zehn Meter beanspruchten etwas mehr als eine Minute. Bei diesem Schnitt, rechnete Petrosky sich aus, würden sie fast eine Dreiviertelstunde brauchen, um die *Lancerfish* zu erreichen. Er blickte durch das kleine Guckloch, aber außer ein paar Blasenstreifen, die aufwärts sprudelten, war nichts zu sehen.

Bei hundert Metern begann die Glocke sich in der zunehmenden Strömung schräg zu legen. Immer wenn sie eine neue Tiefe erreichten, gab Petrosky monoton seine Meldungen durch, nur daß er jetzt auch die Schräglage der Kammer hinzufügte. Im Innern wurde es kälter, und an den nicht isolierten Wänden setzte sich Feuchtigkeit ab. Sie zogen Windjacken an. Vor den Gucklöchern war jetzt alles vollkommen schwarz, und sie hatten erst ein Drittel des Weges hinter sich. Petrosky dachte jetzt an die Männer, die dort unten in dem Unterseeboot eingeschlossen waren. Er wußte, daß viele von ihnen tot waren, und jetzt vielleicht sogar alle.

„Zweihundert Meter", sagte Gornin. Petrosky gab die Meldung durch und fügte hinzu: „Die Vibrationen werden jetzt stärker. Die Kammer hat eine Neigung von ungefähr zehn Grad."

Langsam kroch der Zeiger rund um den Tiefenmesser. In der Glocke wurde es noch kälter. Die Außenbordtemperatur betrug knapp neun Grad. Als sie dreihundert Meter erreichten, bremste Gornin den Abstieg ab. Er löschte die Innenbeleuchtung bis auf die der Schalttafel. Für einen Augenblick ließ er die Flutleuchten außen aufflammen, prüfte dann von neuem den Auslaufmechanismus der Winsch und stellte fest, daß er wie erwartet funktionierte. Sie tauchten jetzt mit einer geringeren Geschwindigkeit. Petrosky massierte seine verkrampften Schenkelmuskeln; seine Füße schienen völlig gefühllos zu sein.

Bei dreihundertzwanzig Metern wurden die Außenleuchten eingeschaltet. Der Cheftaucher hielt sein Gesicht nahe an das Guckloch, und zuerst blendete ihn das Licht. Kleine Meerestiere trieben an den Bullaugen vorüber. „Flossenfüßer", erklärte Gornin, „kleine Mollusken." Petrosky gab keine Antwort und starrte weiter nach unten in den Lichtkreis. Voller Spannung wartete er darauf, daß plötzlich der Rumpf der *Lancerfish* auftauchte, und er versuchte, nicht einmal zu blinzeln. Rasch warf er einen Blick auf den Tiefenmesser: nur noch knapp zwanzig Meter, bald müßten sie etwas sehen. Seine angestrengten Augen spielten ihm Streiche, und zweimal sah er das Deck des U-Boots.

Doch als erster entdeckte Gornin die Aufbauten. Sein Guckloch lag auf der Seite der Kammer, die schräg nach unten geneigt war. „Heiliger Himmel, da ist sie!“ rief er plötzlich. Er bremste die Winsch, und Petrosky kam auf seine Seite herüber.

„Warten Sie, ich zieh uns noch ein bißchen weiter. Wir sind ungefähr acht Meter über ihr.“ Petrosky meldete den Sichtkontakt an die Oberfläche und hörte, wie Leutnant Morgan das dem Kommodore wiederholte.

Das Vorschiff der *Lancerfish* war jetzt aus beiden Gucklöchern klar zu erkennen. Jetzt sahen sie, wie der Schatten der *Bentos V* über den Rumpf kroch, und ein Plattfisch von der Größe einer Bratpfanne wurde plötzlich lebendig und floh in die Dunkelheit.

Die Winsch wurde wieder angehalten und Druckluft in den unteren Raum geblasen. Dadurch würde eine Luftblase entstehen. Nachdem der Dichtungsring dann fest auf dem Rumpf aufsaß, würden sie diese Luft durch ein Ventil ablassen, und der ungeheure Druck der See würde sie herunterpressen. Das restliche Wasser im unteren Raum würde herausgepumpt werden, und dann hätten sie freien Zugang zum Torpedoraum.

Sie begannen wieder, langsam hinunterzugehen. Jeden Augenblick konnten sie aufsetzen. Petrosky spürte einen leichten Ruck und sah dann eine kleine Wolke Sand unter der Kammer hervorquellen. Gornin arbeitete jetzt mit der Winsch, ließ sie ziehen, schaltete ab, ein wenig mehr und dann wieder aus. Die Kammer machte den Eindruck, als ob ein Riese sie im Griff hätte, sie langsam herumdrehte und aufrichtete.

„Ich glaube, sie sitzt, Doktor“, sagte Petrosky.

Gornin öffnete das Ventil, und für einen Augenblick dröhnte die Luft, wechselte dann aber plötzlich den Ton. Sie saßen dicht auf.

Das restliche Wasser wurde herausgepumpt, bis ein Gurgeln zu hören war. Der untere Raum mußte leer sein. Gornin öffnete ein Ausgleichsventil, und jetzt hatten der untere und der obere Raum den gleichen Druck. Die Verriegelung wurde entfernt, und die beiden Männer starrten auf das Ausstiegsluk der *Lancerfish* hinunter. Für einen Augenblick packte sie ein Schauder, als ob es etwas wäre, was bei einer Exhumierung aus einem Grab zum Vorschein kam. Über dem Luk standen noch zwei, drei Zentimeter Wasser. Vorsichtig ließ sich Petrosky in den unteren Raum hinab, zwängte sich an dem Kabel und der Halterung vorbei. Er stellte einen starken Salzgeruch fest, und Wasser sickerte in seine Schuhe. Die Schnur seines Telefons ließ sich nicht länger strecken; er würde es ablegen müssen, bevor er versuchte, das Luk des U-Boots zu öffnen. Er meldete in die Sprechanlage: „Ich stehe auf der *Lancerfish*." Dann reichte er Gornin den Telefonapparat herauf und kniete sich auf das Luk. Es war eiskalt; seine Hände glitten ab, als er seine Kraft einsetzte, und er schlug sich am Kreuzgestänge des Handrads die Knöchel auf. Er setzte den Griff anders an und zog so stark wie möglich, aber es blieb unbeweglich. „Ich brauche Hilfe", rief er zu Gornin hinauf.

Gornin kletterte zu Petrosky herunter. Gemeinsam stemmten sie ihr Gewicht gegen das Handrad. Zuerst rührte es sich schwerfällig, dann ging es leichter. Die flache Wasserschicht rund um den Verschluß des Luks begann zu blubbern, als Luft aus dem Inneren des U-Boots in die Glocke aufstieg. „Warten Sie", sagte Petrosky. Es konnte durchaus sein, daß die Atmosphäre in dem Unterseeboot gar kein Leben mehr zuließ. Er war schon drauf und dran, in den oberen Raum zurückzukehren, um Atemgeräte zu holen, als er ein Geräusch hörte und durch die Finger am Handrad eine Bewegung verspürte. Irgend jemand arbeitete an dem Handrad. Irgend jemand in dem Unterseeboot war am Leben! Sie drehten das Handrad weiter, das Rauschen der Luft verstärkte sich, und sie ließ das Wasser um sie herum hochspritzen. Einen Augenblick später wurde der Luftstrom schwächer, und das restliche Wasser um sie herum verschwand. Der Druckausgleich mit der *Lancerfish* war hergestellt.

Petrosky zog das Luk hoch und blickte in einen hellerleuchteten Raum hinunter. Ein dicker, Übelkeit erregender Geruch stieg um sie herum hoch, und Petrosky starrte in ein Gesicht direkt unter ihm. Es war hager und vollbärtig. Glanzlose Augen in tiefen Höhlen blickten zu ihm zurück, und Petrosky war nicht sicher, ob der Mann tot oder lebendig war. Dann bewegte sich der Mund, und eine Stimme krächzte: „Hayman ... ich bin Leutnant Hayman."

11

Leutnant Hayman konnte seinen Blick nicht losreißen von den beiden Fremden, die zu ihm hinuntersahen. Er hatte Angst, sie würden verschwinden, sich auflösen wie so viele andere Trugbilder auch. Er wollte sie berühren oder sprechen hören, um zu wissen, daß sie endlich gekommen waren. Nur Minuten zuvor war er noch in der Zentrale gewesen, und McGovern hatte angerufen, um ihm zu sagen, daß er oben auf dem Rumpf Geräusche hörte. Einige Männer hatten sich unter der Ausstiegsschleuse versammelt, als er in den Raum kam. Auch andere hatten es gehört und mühten sich aus ihren Kojen. Hayman hatte das Innenluk geöffnet und war in die Schleuse gestiegen, um zu horchen und auf das Handrad des Außenluks zu starren. Dann bewegte sich das Rad ein bißchen, und Luft zischte durch die Dichtung. Das Luk wurde geöffnet! Er rief nach einem Schraubenschlüssel und schlug gegen die Unterseite, und das Geräusch der ausströmenden Luft wurde stärker. Der Druckunterschied zwischen den Räumen des Unterseeboots und der Glocke war nur gering, aber das Volumen war beträchtlich. Das Zischen dauerte eine unendliche Zeit, und mit dem fallenden Druck knackten die Trommelfelle der Männer, dann ging es schließlich in langes Seufzen über. Wasser tropfte durch die Dichtung des Luks und floß an den Wänden der Schleuse herunter. Dann waren sie da, zwei sprachlos starrende Gesichter.

Einer der Fremden sagte: „Ich bin Petrosky, Sir. Cheftaucher von der *Kingfisher*.“ Er ließ sich in die Schleuse hinunter. „Wieviel Überlebende, Leutnant?“

„Fünfzehn. Sie werden zweimal tauchen müssen“, sagte Hayman.

Der Cheftaucher schüttelte den Kopf. „Viermal, Sir, wir können nur vier oder fünf Mann auf einmal zusammendrängen.“ Er senkte seinen lauten Bariton und erklärte: „Das ist nicht unsere Kammer, es ist eine russische, die sie uns geliehen haben. Der Bedienungsmann ist ein sowjetischer Wissenschaftler.“

Petrosky folgte Hayman die Leiter hinunter in den Torpedoraum. Ausgemergelte, bärtige Männer drängten sich neugierig zusammen und schoben einer den anderen unter dem Luk weg, um in die Rettungskammer hinaufzublicken. Die Luft erschien Petrosky widerlich und ekelerregend, und er begann schon zu keuchen. Er erklärte, daß sie Sauerstoff mitgebracht hatten. Während die Flaschen ausgeladen wurden, konnte aus dem Druckluftvorrat der Glocke Frischluft durch die Räume geblasen werden.

Über dem Gewirr von Stimmen hörte Hayman Fitzgibbons' vertrauten Tonfall. Er lag im hinteren Teil des Raums auf den Knien und sprach in einem Singsang ein Dankgebet. Hayman erklärte Petrosky, daß das Kohlendioxyd am Vortag eine tödliche Konzentration erreicht hatte. Vier der Überlebenden waren dadurch umgekommen. Der letzte von ihnen war Leutnant Evers gewesen, der an diesem Vormittag starb. Das Lotteriespiel des Überlebens erwähnte Hayman nicht.

Er ging in die Offiziersmesse, um Fitzgibbons' Tagebuch zu holen, in dem sich die Liste der noch lebenden Besatzungsmitglieder befand. Danach würde er die Reihenfolge festlegen, in der die Männer hinaufgebracht werden sollten. Die Schwächsten sollten zuerst aussteigen. Er sah den Haufen Morphiumampullen in der Mitte des Tisches und dachte an jenen ereignisreichen Tag.

NACHDEM die Namen derjenigen feststanden, die überleben sollten, saßen die vier Männer lange Zeit schweigend da und zögerten, etwas zu unternehmen. Roche ergriff als erster das Wort.

„Ich schlage vor, daß Sie und ich es uns gegenseitig verabreichen", sagte er langsam zu Harris. „Aber zuerst will ich mich um die anderen kümmern." Der Chief starrte weiterhin auf seine Mütze, die noch auf dem Tisch lag, und nickte dann fast unmerklich seine Zustimmung. „Robbie, mir wäre es sehr lieb, wenn Sie mit mir kämen", fuhr Roche fort, „aber nicht, um Spritzen zu geben."

Hayman blickte zu Fitzgibbons. Seit der Ziehung saß er zusammengesunken auf seinem Stuhl und beachtete nicht einmal die Pistole vor ihm auf dem Tisch. Roche legte das Morphium und das Seconal in die Mütze des Ingenieurs. „Robbie, bringen Sie mir die Liste und geben Sie mir in alphabetischer Reihenfolge die Namen aller Männer", sagte er, als er aufstand. Hayman steckte die Pistole in den Hosenbund und folgte ihm.

Als sie den Torpedoraum erreicht hatten, wandte sich Roche fragend an Hayman. Dieser öffnete das Tagebuch, fuhr mit dem Finger die Namen entlang und sagte: „Cruthers." Cruthers? Warum mußte ausgerechnet er es sein, Haymans bester Seemann? Diese Auswahl des Zufalls war nicht gerecht.

Roche ging zu einer Koje und starrte auf den dort Liegenden hinunter. Es war Bartolla, der im Stumpfsinn versunken und kaum bei Bewußtsein war. „Wo ist Cruthers' Koje?“ fragte Roche mit leiser Stimme. Bartolla hob einen Finger und zeigte auf die Koje über sich.

Hayman sah zu, wie Roche einen Augenblick später von Cruthers' Koje wieder herunterkletterte. Auf seinem Gesicht lag ein merkwürdiger Ausdruck. „Er ist schon tot, Robbie“, sagte er und legte die unbenutzte Spritze in die Mütze zurück. „Er muß erst vor kurzem gestorben sein, denn als der Chief vorhin die Männer inspizierte, war er noch am Leben.“

Hayman und Roche untersuchten auch die restlichen Kojen und fanden noch einen weiteren Toten. Rumford. Der Steward hatte zu denen gehört, die am Leben bleiben sollten, aber jetzt war es zu spät. Er hatte nicht zu sterben. Verdammt noch mal, Totem, du hast den ganzen Plan vermasselt. Alles war jetzt ganz anders. Wer sollte Rumfords Platz einnehmen? Sollten er und Roche in die Messe zurückgehen und eine weitere Ziehung machen, um zu sehen, welcher der verurteilten Männer jetzt am Leben bleiben konnte? Hayman wurde es klar, daß sie kein Recht hatten, das Schicksal zu provozieren. Er sah Roche an. „Wir können das nicht machen, Andy. Dies ist kein Ausweg. Wir wissen im Grunde nicht, ob der Luftreiniger acht Mann, nur zwei oder siebzehn versorgen kann.“

Hayman riß die Seite aus dem Tagebuch und kehrte in den Torpedoraum zurück. Jetzt ist es vorüber, dachte er, als er sah, wie die letzte der großen grünen Sauerstoffflaschen heruntergereicht wurde. Die Luft von der Oberfläche machte das Atmen bereits leichter. Er verlas die Namen der Männer, die beim ersten Mal hinaufgebracht werden sollten. Den meisten von ihnen mußte beim Hinaufsteigen der Leiter geholfen werden. Fitzgibbons würde zur zweiten Gruppe gehören und die Geheimpapiere mitnehmen. Als Operationsoffizier war Fitzgibbons der Hüter des Codes und der Top-Secret-Dokumente. Was für eine seltsame Ironie, dachte Hayman, Geheimpapiere zu sichern, während sie von einer russischen Kammer gerettet wurden. Beim letzten Aufstieg würden sie nur noch drei sein: Benson, McGovern und er selbst.

Es war schwer für diejenigen, die zurückbleiben mußten, als die erste Gruppe Überlebender aufstieg. Sie empfanden große Erleichterung, als McGovern Hayman das zweite Aufsetzen der Glocke meldete. Als die Vorbereitungen getroffen wurden, die Kammer für den dritten Aufstieg zu verschließen, kam Hayman der Gedanke, daß die Russen, die jetzt die *Lancerfish* mit einer Kammer erreichten, es zu einem späteren Zeitpunkt ebensogut wiederholen konnten. Das wäre ein durchaus lohnendes Risiko, um aus erster Hand geheimes Material über die fortschrittlichste Unterwasserwaffe der US-Marine zu erhalten.

Vielleicht sollten sie die Räume fluten, wenn sie als letzte ausstiegen. Er riß eine Seite aus dem Tagebuch, schrieb eine Nachricht für den Kommodore darauf und übergab sie Petrosky.

Als die *Bentos V* zum letztenmal herunterkam und Petrosky in den Torpedoraum stieg, gab er Hayman dasselbe Stück Papier zurück. Unter seiner Nachricht stand lediglich: „Sichern Sie nur den Atomreaktor. Lassen Sie die Räume, wie sie sind. Bergung oder Zerstörung werden später versucht werden. Holmes."

Ingenieur Benson meldete Hayman, daß der Reaktor ausgeschaltet war und Beleuchtung und Ventilation auf Batterie liefen. Hayman befahl die letzten beiden Männer in die Glocke. Dann ging er durch die leeren, stillen Räume zu einer letzten Inspektion nach achtern. Als er durch den Schlafraum ging und auf die von den Leichen ausgebuchteten Kojen sah, empfand er ein unbestimmtes Schuldbewußtsein. Er dachte an den Ersten, an Ritter, Langworthy und Evers, an so viele Männer, die er zurückließ. Irgendwie schien es nicht richtig, daß er jetzt davonkommen sollte. In der Messe blieb er stehen und schloß die Ampullen ein. Dann machte er sich auf den Weg zur Ausstiegsschleuse.

Bis zur Wasseroberfläche brauchte die *Bentos V* nicht einmal eine Viertelstunde. Kurz bevor die Glocke aus dem Wasser brach, spürte Hayman endlich wieder einmal den Seegang. Das Licht in den Bullaugen wurde heller, und dann durchstießen sie die Wasseroberfläche. Er sah auf seine Uhr.

Es war kurz nach 17 Uhr, am 16. Juni.

Als man ihm aus der oberen Luke der Glocke heraushalf, fielen Hayman die vielen Menschen auf. Kameras richteten sich auf ihn, und für einen Augenblick blendete ihn ein Blitzlicht. Viele Leute schienen gleichzeitig zu reden. Automatisch antwortete er auf Fragen und sah sich um. Die kühle Luft des Spätnachmittags war angenehm weich, vom Salzgeruch durchsetzt. Auf dem Bootsdeck über sich sah er eine Menge Menschen hinter einem schwergewichtigen Marinekapitän. Der Vier-Streifen-Offizier blickte nachdenklich zu ihm herunter, während er eine Zigarre aus ihrer Zellophanhülle zog.

Hayman wurde ins Schiffslazarett gebracht. Nach einer kurzen Untersuchung sollte er wie die anderen Überlebenden zur *Frobisher* hinüberfahren. Von dort würde der Hubschrauber die Männer nach New York bringen.

Holmes betrat den winzigen Raum, hinter ihm kam Kapitän Shepherd. Holmes stellte sich vor und blickte auf den zum Skelett abgemagerten Offizier, der nur seine Hosen trug und dessen Puls gerade gemessen wurde. „Meinen Sie, daß Sie alle da unten bis Freitag durchgehalten hätten?"

„Nein, Sir, keinen einzigen Tag mehr. Für uns kamen Sie gerade noch rechtzeitig."

Holmes sagte nichts darauf und dachte, es war befehlswidrig, aber zumindest ich bin aus dem Schneider. Angesichts dieser Tatsache würde Tom Calhoun keine Anklage gegen ihn erheben. Wie aber würde es Kapitän Waschenko ergehen? „Nun, ich glaube, es war gut, daß sich das sowjetische Schiff gerade in dieser Gegend aufhielt", sagte er. „Ich werde einen Funkspruch an die russische Botschaft schicken und ihnen für die Hilfe ihres Kapitäns Waschenko danken."

SPÄTER, kurz bevor er das Boot betrat, das am Achterdeck wartete, blickte Hayman über das Wasser hinaus. So viele Schiffe. Waren sie die ganze Zeit über hiergewesen? Zwischen der *Nikolaj Trunow* und der *Kingfisher* hob und senkte sich in der langen Dünung eine große Boje. Die Farbe hatte begonnen abzublättern, und Rost bedeckte fast schon die Aufschrift *Lancerfish.* Steil landete eine Möwe darauf und tauchte kurz auf das dunkle Wasser des Atlantiks hinab.

David Lavallee

Eine U-Boot-Katastrophe im Jahre 1963 war, wie David Lavallee sagt, sein wichtigster Beweggrund für dieses Buch. Damals hatte er die heikle Aufgabe, als Verbindungsoffizier der Marine die Presse über den Untergang des Atom-Unterseebootes *Thresher* zu informieren, dessen Besatzung unrettbar verloren war, weil der gewaltige Wasserdruck das U-Boot zerstört hatte. Die schockierende Erkenntnis, daß die US-Marine damals über keinerlei Bergungsmöglichkeiten für tieftauchende Atom-Unterseeboote verfügte, ließ David Lavallee nicht ruhen. Er quittierte den Dienst in der Marine und stellte sich der Firma General Dynamics zur Verfügung, die an der Entwicklung des Tiefseerettungsfahrzeugs arbeitete, das auch in Lavallees Buch eine große Rolle spielt, und er verfaßte ein völlig neu konzipiertes Tiefseerettungshandbuch.

Wenn auch sein aufrüttelnder Roman vor allem von den Gefahren der modernen Seefahrt handelt, spiegelt er dennoch auch David Lavallees lebenslange Liebe zum Meer. Seit er sich 1942, fünf Monate nach dem Überfall auf Pearl Harbor, kaum siebzehnjährig freiwillig zur Marine meldete, hat sie ihn nicht mehr losgelassen. Drei Jahre College nach Kriegsende waren nur ein Zwischenspiel – er musterte wieder an und diente sechs Jahre lang im Mannschaftsrang auf Unterseebooten; dann schickten ihn seine Vorgesetzten auf die Offiziersschule. Wie Leutnant Hayman, einer seiner Hauptakteure, war er also ein „Mustang", ein aus der Mannschaft aufgestiegener Offizier.

Als er sein Patent in der Tasche hatte, verschrieb sich David Lavallee der Tiefseeforschung und der Unterwassertechnik, und bei diesem Arbeitsgebiet ist er auch als Privatmann geblieben. Forschungsaufträge und Tauchfahrten haben ihn ins Ägäische Meer, an die Küste Irlands und ins ewige Eis der Antarktis geführt.

MRS. POLLIFAX LEBT GEFÄHRLICH

Eine Kurzfassung des Buches von

DOROTHY GILMAN

Ins Deutsche übertragen von Annemarie Weber

Illustrationen von John Falter

Deutsche Buchausgabe:
„Mrs. Pollifax lebt gefährlich“
(The Amazing Mrs. Pollifax)
Wilhelm Heyne Verlag, München 1971

Als Mr. Carstairs vom CIA plötzlich jemanden brauchte, der sich in Istanbul einer übergelaufenen russischen Agentin annehmen sollte, fiel ihm auf einmal Mrs. Pollifax wieder ein – die reizende alte Dame aus New Brunswick in New Jersey. Denn wer könnte schon auf den Gedanken kommen, hinter Emily Pollifax' großmütterlicher, vom Blumenhut gekrönter Miene stecke mehr, als der Augenschein vermuten ließ?

Die Crux war bloß, daß in der Spionagewelt niemand dem Augenschein traut, mag er noch so harmlos wirken. Und so geriet Mrs. Pollifax, ehe sie auf Schlimmes gefaßt war, nicht nur ins Schußfeld einer ganzen Bande feindlicher Agenten, sondern obendrein in Mißkredit bei der türkischen Polizei. Während sie, auf der Flucht vor beiden, halb Anatolien auf recht abenteuerliche Weise kennenlernte, dachte sie manchmal doch sehnsüchtig an den Tee im Kunstverein, den sie um ihrer geheimen Mission willen versäumte.

Aber – den Lesern von Mrs. Pollifax kommt wie gerufen *ist das sicher noch vertraut: wenn alles schiefgeht, ist Mrs. Pollifax in Hochform. Auch hier versteht sie es wieder, sich inmitten hartgesottener Profis zu behaupten – mit viel Liebenswürdigkeit und ein paar Handkantenschlägen im rechten Augenblick.*

1

Mrs. Pollifax war am Sonntag vormittag in der Kirche gewesen, und als sie jetzt in ihrer sonnigen Küche zu Mittag aß, hatte sie den Hut – ein wahres Gartenbeet aus weißen Maßliebchen und grünen Blättern – noch auf dem Kopf. Sie neigte, was Hüte anging, zur Vergeßlichkeit – seit sie Karatestunden nahm, vergaß sie allerdings auch sonst noch manches –, und weil sie bald wieder ausgehen wollte, hatte sie ihren Hut da sitzen lassen, wo sie ihn schlechterdings nicht vergessen konnte. Das hielt ihr den Kopf für wichtigere Dinge frei, etwa die Repetition der druckempfindlichen Körperstellen oder die Technik, einen Angreifer durch eine leichte Aufwärtsbewegung des Ellenbogens aus dem Gleichgewicht zu bringen.

Da Mrs. Pollifax aber von Natur aus gewissenhaft war, hatte sie zwar ihr Karatelehrbuch rechts neben dem Teller liegen, links aber die Sonntagsausgabe der *New York Times*. Sie seufzte, weil die Wahl ihr Qual bereitete, wandte sich dann aber doch zuerst der *Times* zu und überflog die Schlagzeilen. IN ISTANBUL ASYL SUCHENDE KOMMUNISTISCHE AGENTIN SPURLOS VERSCHWUNDEN, las sie, und weiter: Das britische Konsulat hat keine Erklärung.

„Na!“ rief Mrs. Pollifax begeistert und vergaß sowohl Mittagessen wie Karate. Vor ein paar Monaten war ein kleiner Spionageauftrag wie eine Art Ausrufezeichen in Mrs. Pollifax’ langes, friedvolles Dasein geraten. Hinterher hatte sie ihre beschauliche Existenz mit einem Gefühl der Bereicherung wiederaufgenommen. Jetzt stürzte sie sich mit der Leidenschaft des Amateurs für sein professionelles Gegenstück auf die Zeitungsmeldung, denn nicht nur war die übergelaufene Agentin eine Frau, sondern eine Frau mit einer so langen Vergangenheit, daß sie nach Mrs. Pollifax’ Schätzung nicht viel jünger sein konnte als sie selber.

In die Schlagzeilen war die Agentin geraten, weil sie erschöpft und abgerissen auf dem britischen Konsulat in Istanbul um Asyl ersucht und sich als Magda Ferenci-Sabo ausgewiesen hatte. Um zehn Uhr war sie an jenem Sommerabend mit einer Tasse Tee und einem Beruhigungsmittel zu Bett gebracht worden, morgens aber war sie verschwunden, und in Istanbul umlaufende Gerüchte wollten wissen, sie sei entführt worden.

Da schon die Meldung allein eine Sensation darstellte, vertiefte Mrs. Pollifax sich mit besonderem Interesse in die biographischen Einzelheiten über Magda Ferenci-Sabo, die ein fixer Journalist zusammengestellt hatte. Teils schockierte die Lektüre Mrs. Pollifax, die nur ein paar Wochen als Agentin gearbeitet hatte, teils lernte sie daraus. „Magda Ferenci-Sabo, in den dreißiger Jahren eine Schönheit von Weltruf, erschien damals an allen ‚richtigen' Orten mit den falschen Leuten", kommentierte der Artikelschreiber, und ein ziemlich unscharfes Bild – auf dem nicht viel mehr zu erkennen war als Zähne und langes Haar – zeigte Magda, wie sie irgendwo an einem Strand Mussolini anlächelte. Dann ihre Ehen: die erste mit einem französischen Playboy, der ein Jahr nach den Flitterwochen auf rätselhafte Weise zu Tode kam (wobei der Journalist irgendwie durchblicken ließ, daß seine Frau ihn umgebracht habe); die zweite mit einem reichen Deutschen, der später hoher Nazifunktionär wurde; die dritte und letzte mit einem ungarischen Schriftsteller, einem Kommunisten namens Ferenci-Sabo, den 1956 Freiheitskämpfer ermordeten. Danach war die Frau verschwunden, nach Rußland vermutlich, wo sie innerhalb des Geheimdienstes tätig gewesen sein sollte.

Sicher eine ungewöhnliche Frau und offenbar auch skrupellos. Und aus welchen Motiven mochte sie jetzt wohl übergelaufen sein? Nur ungern legte Mrs. Pollifax die Zeitung beiseite, aber es war inzwischen fast zwei Uhr geworden, und vor dem Aufbruch zur Filmvorführung des Gartenklubs wollte sie noch die Wochenliste für den Kaufmann zusammenstellen. Damit hatte sie gerade angefangen, als das Telephon klingelte. Mit Bleistift und Zettel in der Hand ging sie ins Wohnzimmer und schrieb, ehe sie den Hörer abhob, noch *Eier* und *Orangensaft* auf ihre Liste. „Hallo", sagte sie geistesabwesend, weil ihr grade eingefallen war, daß sie für den Tee des Kunstvereins am kommenden Sonntag Gebäck mitzubringen versprochen hatte.

„Mrs. Emily Pollifax?" fragte eine helle junge Stimme.

„Am Apparat", antwortete Mrs. Pollifax und schrieb noch *Zucker, Vanille* und *Walnüsse* auf.

„Einen Augenblick bitte."

Vor Schreck brach Mrs. Pollifax die Spitze ihres Bleistiftes ab, als sie eine Stimme erkannte, die sie zuallerletzt erwartet hatte. „Guten Tag, Mrs. Pollifax“, sagte die Stimme. „Ich bin aber wirklich froh, daß ich Sie daheim antreffe.“

„Ja so was, Mr. Carstairs“, rief sie. „Reizend, Ihre Stimme zu hören.“

„Vielen Dank“, sagte er freundlich. „Ob ich wohl zwei Fragen an Sie richten darf, deren Beantwortung uns beiden unschätzbare Zeit ersparen könnte?“

„Warum nicht?“ meinte Mrs. Pollifax, „wenn ich mir auch schwer vorstellen kann, was Ihnen in bezug auf meine Person noch nicht bekannt ist.“

„Zum Beispiel weiß ich nicht“, sagte Carstairs, „ob Sie Zeit – und überhaupt Lust – hätten, wieder für mich zu arbeiten.“

Mrs. Pollifax’ Herz begann rascher zu schlagen. „Doch“, sagte sie, ohne sich weiter zu besinnen, und gelobte sich, das Überlegen ausnahmsweise auf später zu verschieben.

„Fein“, sagte Carstairs. „Frage Nummer zwei: Könnten Sie in einer halben Stunde aufbrechen?“

Jetzt verschlug es Mrs. Pollifax denn doch den Atem. Ihr Blick fiel auf die Besorgungsliste und dann auf das ungespülte Geschirr. „Aber wohin denn?“ Sie rang nach Fassung. „Und auf wie lange?“

„Sagen wir so“, Carstairs’ Stimme verriet keinerlei Ungeduld, „haben Sie ab heute bis kommenden Sonntag etwas Wichtiges vor?“

„Nur meine Karatestunde“, sagte Mrs. Pollifax, „und dann muß ich am Sonntag im Kunstverein Tee einschenken.“

„Pikante Kombination“, meinte Carstairs trocken. „Sagten Sie Karate?“

„Aber ja!“ Und dann ging die Begeisterung mit Mrs. Pollifax durch. „Es macht mir ungeheuren Spaß, und ich hab den Eindruck, Lorvale – Lorvale Brown, Wachtmeister im Ruhestand – ist ganz baff über meine Fortschritte.“ Sie hielt inne, weil ihr ein erschreckender Gedanke gekommen war. „Aber was in aller Welt soll ich denn den Leuten sagen? Wie soll ich denn das erklären, daß ich so einfach abhaue?“

„Ihre Schwiegertochter in Chikago wird krank werden müssen“, sagte Carstairs. „Wir könnten zum Beispiel alle Ferngespräche überwachen, falls Ihre Nachbarn in New Brunswick Ihren Sohn anrufen – aber das ist überhaupt kein Problem. Verlassen Sie sich auf uns.“

„Ja“, sagte Mrs. Pollifax und atmete tief durch. „Dann häng ich wohl am besten auf und mach mich fertig.“

„In zweiundzwanzig Minuten steht ein Polizeiwagen vor Ihrem Haus. Mein Sekretär hat die Anordnung schon durchgegeben, als Sie ja sagten –“

„Wie geht es Bishop denn?“ erkundigte Mrs. Pollifax sich herzlich.

„– und inzwischen packen Sie einen kleinen Koffer. Die Weisungen bekommen Sie innerhalb der nächsten Stunde. Auf Wiedersehen inzwischen.“

Carstairs hatte unvermittelt aufgehängt.

Langsam legte Mrs. Pollifax den Hörer nieder. „Na ja!“ sagte sie leise. Wie rasch sich doch im Leben alles ändern konnte! Als ihr Blick auf die Uhr fiel, sprang sie auf. Nachdem sie rasch das Geschirr abgewaschen hatte, zog sie ihr marineblaues Strickkostüm an, befestigte das Blumenhütchen neu und packte Wanderschuhe, Hautcreme und andere Toilettenartikel ein. Für die Zeitungsfrau und den Milchmann schrieb sie Zettel, dann rief sie Lorvale an.

„Ich muß eine kleine Reise machen, Lorvale“, erklärte sie. „Es tut mir leid. Aber meine Schwiegertochter in Chikago braucht mich ein paar Tage. Ich muß meine Stunde am Dienstag ausfallen lassen.“

„Das ist schade“, sagte er vorwurfsvoll. „Sie werden wohl keine Gelegenheit finden, Ihre Schulterübungen zu machen?“

„Nein, Lorvale“, erwiderte sie ernst. Dann schrieb sie einen Zettel für Miß Hartshorne, ihre Flurnachbarin, was schon schwieriger war, weil Miß Hartshorne Mrs. Pollifax' Sohn und Schwiegertochter erst an Weihnachten gesehen hatte. Die Mitteilung mußte einerseits alarmierend genug klingen, um Mrs. Pollifax' überstürzte Abreise zu motivieren – und eine Verabredung mit Miß Hartshorne zum Mittagessen abzusagen –, anderseits aber genügend Einzelheiten enthalten, damit Miß Hartshorne sich keine unnötigen Gedanken um Rogers Frau machte und vielleicht in Chikago anrief, um sich zu erkundigen.

Als es an ihre Tür klopfte, war Mrs. Pollifax wieder am Telephon, weil sie beinah den Tee im Kunstverein am nächsten Sonntag vergessen hatte. „Kommen Sie herein, die Tür ist offen“, rief sie, drehte sich um und nickte dem jungen Mann zu – einem Polizisten in Zivil ohne Zweifel –, den Mr. Carstairs schickte. „Da kommt mein Taxi“, sagte sie liebenswürdig zur Präsidentin des Kunstvereins. „Auf Wiedersehen, meine Liebe!“

„Mrs. Pollifax?“ fragte der junge Mann, als sie aufgelegt hatte. „Leutnant Mullin. Der Wagen steht draußen. Das ist Ihr Koffer?“

„Ja – vielen Dank.“ Mrs. Pollifax nahm ihre Handtasche – und dann zögerte sie. Während sie ihr liebes, vertrautes Zuhause mit einem Abschiedsblick umfaßte, erlaubte sie sich zum erstenmal einen Vergleich zwischen der Welt, aus der sie schied – einer sicheren, behüteten Welt, in der alles überschaubar war –, und jener andern, die sie nun betreten sollte – eine unsichere, problematische Welt, in der man mit allem rechnen mußte. „In meinem Alter“, murmelte sie, von Zweifeln angefochten, dann aber fiel ihr ein, daß sie in ihrem Alter – es war noch kein Jahr her – eine volle Woche in einem albanischen Gefängnis gesessen hatte und daß diese Woche sich hinterher als nicht nur aufregend, sondern als äußerst lehrreich erweisen sollte. Denn bevor sie eine Ausbrechergruppe zur Adria geführt hatte, war sie mit zwei rotchinesischen Generälen, einem russischen Spion und einem mit allen Wassern gewaschenen amerikanischen Agenten bekannt geworden. Daß sie denen hier in New Brunswick jemals begegnet wäre, war ziemlich unwahrscheinlich.

„Wir haben's eilig“, mahnte Mullin.

„Ja.“ Noch ein tiefer Atemzug, dann ließ Mrs. Pollifax ihre Tür hinter sich ins Schloß fallen. Und als sie den Zettel für Miß Hartshorne unter die Tür von Apartment 4 C schob, überlief sie etwas wie ein freudiger Schauer. Sie hatte sich auf ein neues Abenteuer eingelassen.

Dann öffnete sich die Aufzugstür im Erdgeschoß, Mullin eilte vornweg, um ihr die Haustür aufzuhalten, und sie traten in den stickig heißen Julinachmittag hinaus. Der neutrale Polizeiwagen stand am Bordstein neben dem Schild PARKEN VERBOTEN, und am Steuer saß ein zweiter Mann. Kaum hatte Mrs. Pollifax sich gesetzt und Mullin sich neben sie, als der Fahrer Gas gab, eine unsichtbare Sirene zu heulen begann und Mrs. Pollifax plötzlich eine Sekunde lang ihrem verblüfften Pfarrer ins Auge sah, der mit knapper Not dem Wagen entkommen war. „So ist das Leben“, rief sie ihm vergnügt zu, und schon lag die Stadt hinter ihnen, und sie fuhren zwischen Wagen durch, die beim Klang der Sirene nach rechts und links auswichen.

Augenblicke später schon ging es durchs Tor des kleinen Flugplatzes. Der Polizeiwagen raste über das Rollfeld und kam mit kreischenden Bremsen vor einem Hubschrauber zum Stehen, dessen Flügel sich bereits drehten. Mrs. Pollifax, die verzweifelt ihr Blumenhütchen umklammert hielt, wurde nach oben gehievt und hatte kaum ihre Hutnadeln neu befestigt, als sie schon auf einem riesigen Flugplatz landeten.

Man mußte sie erwartet haben: einem parkenden Wagen entstieg ein Mann in einem zerdrückten beigefarbenen Anzug und kam auf sie zugerast. „Mrs. Pollifax?" schrie er, als man sie ihm aus der Kabine in die Arme warf. „Da drüben wartet Ihre Maschine. Jamison ist mein Name."

„Ja, aber wo bin ich denn?" japste sie. „Und wohin fliege ich?"

„Sie sind auf Kennedy International", informierte er sie und half ihr eilends in den Wagen. „Die Maschine da drüben geht nach Washington. Carstairs wird Ihnen dort Ihre Anweisungen geben, ehe Sie das Land verlassen."

Also ins Ausland sollte sie. Mrs. Pollifax spürte den Schauer des Unwiderruflichen vor der ins Rutschen geratenen Lawine, die nicht mehr aufzuhalten war. Der Wagen hielt, die Tür ging auf, sie wurde Stufen hinauf und ins Flugzeug gedrängt, wo sie und Jamison sich sofort auf ihren Sitzen anschnallen mußten. Keine Stunde, und sie landeten abermals. „Dulles Airport", sagte Jamison. Er geleitete sie durch das Flughafengebäude zu den Parkplätzen.

Einer mächtigen schwarzen Limousine entstieg Carstairs, lang und dünn, das Bürstenhaar beinah weiß gegen sein sonnengebräuntes Gesicht. „Guten Tag, Mrs. Pollifax", sagte er ernst.

„Wie schön, Sie wiederzusehen", sagte Mrs. Pollifax und ergriff seine Hand. „Ist ziemlich viel Zeit vergangen seit dem letztenmal. Wie war's inzwischen?"

„Miserabel wie gewöhnlich", sagte Carstairs gut gelaunt. Er deutete auf einen phlegmatisch aussehenden jungen Mann in dunklem Anzug mit schwarzem Binder. „Ich möchte Ihnen Henry Miles vorstellen. Er wird ein Auge auf Sie haben." Mit der Andeutung eines Lächelns fuhr er fort: „Diesmal gehe ich kein Risiko ein. Also, Jamison, bringen Sie Henry zu Sitz zweiundzwanzig und sorgen Sie dafür, daß die Maschine nicht startet!" Und zu Mrs. Pollifax: „Sie fliegen nach Istanbul. Kommen Sie, wir setzen uns in den Wagen. Wir haben nur eine Viertelstunde Zeit."

„ISTANBUL!" echote Mrs. Pollifax.

„Ja, mit einem kitzligen Kurierauftrag, dessen Notwendigkeit sich erst eine halbe Stunde vor meinem Anruf bei Ihnen herausgestellt hat." Sie saßen jetzt hinten in der Limousine.

„Denken Sie“, sagte Mrs. Pollifax, „wenige Minuten vor Ihrem Anruf habe ich einen Bericht aus Istanbul gelesen! Hat es irgend etwas mit dieser Ferenci-Sabo zu tun, der kommunistischen Spionin, die überlaufen wollte?“

„Eine ganze Menge“, sagte Carstairs. Er öffnete den Reißverschluß einer dicken Aktenmappe. „Nur daß sich seit der Geschichte, die Sie gelesen haben, ziemlich viel zugetragen hat. Freitag abend ist Magda Ferenci-Sabo zum britischen Konsulat gekommen, wie, weiß der Himmel, und wurde aufgenommen. Nein, gefunden hat man sie noch nicht. Jetzt haben wir Sonntag nachmittag – in Istanbul ist schon später Abend –, und in diesen beiden Tagen haben sich Agenten aus allen Himmelsrichtungen in die Stadt ergossen, die einen in der Hoffnung, die Ferenci-Sabo zu finden und ihr in ihrem Lande Asyl anzubieten, die andern in der Hoffnung, sie zu finden und zum Schweigen zu bringen, je nach politischem Standort.“

„Dann ist sie also wirklich entführt worden“, sagte Mrs. Pollifax. „Ich dachte, die Briten hielten sie irgendwo versteckt.“

„Entführt worden ist sie, ganz richtig“, sagte Carstairs grimmig, „und zwar von Kommunisten, nehmen wir an. Das Sonderbare ist, daß sie entführt und nicht ermordet wurde. Hätte den Entführern lediglich daran gelegen, sie zum Schweigen zu bringen, dann hätten sie sie einfach in ihrem Bett im Konsulat töten können. Also ist anzunehmen, daß die lebende Ferenci-Sabo ihnen noch wertvoller ist als die tote. Ich habe mich an Sie gewandt, Mrs. Pollifax, weil an Ihnen in einer von Profis wimmelnden Stadt niemand auch nur einen Hauch von Verderbtheit oder Profitum wahrnehmen dürfte und Sie doch gleichzeitig“ – er verzog den Mund – „ganz offenkundig ein findiger Kurier sind.“

„Danke“, sagte Mrs. Pollifax, „aber Kurier wofür?“

„Wir haben Nachricht von der Ferenci-Sabo“, sagte er gelassen.

„Sie?“ Mrs. Pollifax war verblüfft. „Der CIA? Aber wie? Wieso?“

Er hob die Hand. „Bitte. Wir wissen fast nichts, außer daß sie vermutlich ihren Entführern entwischt ist, daß sie lebt und sich in Istanbul verborgen hält. Die Nachricht, die uns heute am späteren Vormittag erreichte, meldet lediglich, daß die Ferenci-Sabo jeden Abend um acht Uhr in die Halle des Hotels Itep – ein kleines türkisches Hotel im alten Teil der Stadt – geht und nach jemand Ausschau hält, der *Vom Winde verweht* bei sich hat. Wir benachrichtigten sofort unsern Agenten in Istanbul, der sich um acht Uhr mit dem Buch dort einfand." Carstairs preßte die Lippen zusammen. „Die Nachricht von seinem Tode war eine halbe Stunde vor meinem Anruf bei Ihnen eingetroffen, Mrs. Pollifax. Ich kann das einfach nicht für einen Unfall halten."

„Ach du liebe Zeit!" sagte Mrs. Pollifax ernst.

„Ja. Um Viertel nach acht ist er gesehen worden, wie er in Begleitung einer Frau das Hotel verließ – und plötzlich spielte ein Auto verrückt und drückte ihn gegen die Mauer. Er war sofort tot. Die Frau verschwand in der Menge. Praktisch treten Sie also an die Stelle eines toten Mannes, Mrs. Pollifax – nur mit einem Unterschied. In Ihnen kann nun wirklich niemand eine Agentin vermuten. In der Welt der Spione gibt es nur zwei lebende Wesen, die Ihnen je begegnet sind, und soweit das an mir liegt, soll es auch so bleiben. Henry Miles weiß nichts, als daß Sie überwacht werden müssen. Sie dürfen keine Telegramme schicken noch überhaupt Verbindung mit mir aufnehmen. Sie dürfen niemand trauen, und vor allem", schloß er grimmig, „müssen Sie sich vor rücksichtslosen Autofahrern in acht nehmen, wenn Sie in Istanbul die Straße überqueren. Mit Vergnügen werden Sie hören, daß Sie mit einem echten Paß reisen, der innerhalb einer Stunde für Sie fertiggemacht wurde."

„Wie nett", sagte Mrs. Pollifax, als er ihn ihr überreichte. „Sogar mit meinem Bild!"

„Ja, wir hatten eins zu unsern Akten genommen, wie Sie sich erinnern werden. Und Geld", fuhr er fort und händigte ihr einen festen Umschlag aus. „Ziemlich viel Geld, wegen der Unvorhersehbarkeit der – hm –, der Situation. Und in diesem zweiten Umschlag ist Geld für Magda Ferenci-Sabo nebst einem Paß für sie auf einen andern Namen. Ein Photo muß sie einkleben; alle nötigen Sichtvermerke hat der Paß, die nachweisen, daß sie vor einer Woche legal in die Türkei eingereist ist, und zwar als amerikanische Staatsbürgerin. Sobald Sie ihr jede Hilfe geleistet haben, die sie braucht, müssen Sie verschwinden. Hier sind Ihre Flugscheine samt *Vom Winde verweht* in einer Prachtausgabe. Ein Zimmer für Sie ist im Hotel Itep reserviert – auch Henry Miles wohnt dort, aber Sie kennen ihn nicht, verstanden? Und am Samstag vormittag fliegen Sie zurück, ob die Begegnung zustande gekommen ist oder nicht."

„Den ganzen Weg hin und zurück in sechs Tagen?" meinte Mrs. Pollifax. „Mein lieber Mr. Carstairs, dann komme ich ja noch beinah rechtzeitig zum Tee im Kunstverein am nächsten Sonntag."

„So ist es“, sagte er. Dann holte er einen Zettel aus seiner Mappe. „Ich gebe Ihnen die Adresse eines Mannes in Istanbul, an den man sich im Notfall wenden kann. Er lebt schon jahrelang dort, und Sie können sich auf ihn verlassen, falls Sie Rat und Hilfe brauchen. Aber nur, wenn Sie absolut keinen andern Ausweg sehen. Er ist eine hochgestellte Persönlichkeit; seien Sie also bitte diskret, wenn Sie ihn besuchen.“

„Ein Agent?“ fragte Mrs. Pollifax vergnügt.

Carstairs setzte eine gequälte Miene auf. „Ich wollte, Sie würden nicht solch dramatische Schlüsse ziehen. Er ist ein namhafter Kriminologe, Schriftsteller und Hochschullehrer. Er heißt Dr. Guillaume Belleaux. Der Name der Universität, an der er lehrt, und seine Adresse stehen hier auf diesem Zettel. Er braucht nicht geheimgehalten zu werden, denn Dr. Belleaux steht bei der türkischen Regierung ebenso hoch in Ansehen wie bei der unsern, und jeder Tourist könnte seine Adresse bei sich tragen. Nun“, er lächelte, „noch irgendwelche Fragen?“

„Ja“, sagte sie bedächtig. „Sie veranlassen eine Zusammenkunft mit einer notorischen kommunistischen Agentin.“ Sie zögerte. „Aber gesehen hat sie niemand, und Ihr Agent in Istanbul wurde umgebracht, als er sie treffen wollte. Fürchten Sie keine Falle? Trauen Sie dieser Frau wirklich?“

Carstairs lächelte verstohlen. „Gutes Argument, Mrs. Pollifax, und das ist der Grund, warum ich Sie unbedingt selber informieren wollte.“

Er reichte ihr ein gelbes Papier. „Hierdurch wurden wir über das Treffen im Hotel Itep ins Bild gesetzt.“ Mrs. Pollifax las:

> ISTANBUL: UM SECHS UHR ANGEKOMMEN. ACHT STUNDEN HOTEL ITEP AUSGERUHT. WÜNSCHTE SIE KÖNNTEN MICH TREFFEN. VOR FREITAG ROTE KÖNIGIN ODER SCHWARZEN JACK SCHICKEN. ALICE DEXTER-WHITE.

„Müßte ich das verstehen?“ fragte Mrs. Pollifax stirnrunzelnd.

Carstairs lachte. „Im Gegenteil. Die Chiffrierabteilung hat mehr als einmal ins Archiv gehen müssen, ehe sie das herausbekam. Es handelt sich um eine einfache Codereihe, die eine kleine, im besetzten Paris arbeitende Agentengruppe benützte. Code sechs – dieser hier, wenn Sie die Zeitangabe beachten wollen – hieß automatisch Treffen in einer Hotelhalle mit einem Exemplar *Vom Winde verweht,* falls

Identifizierung notwendig war. Code fünf bedeutete damals Metrostation – mit einer Bibel, wenn ich mich recht erinnere – und so fort. Die Rote Königin war eine Agentin namens Agatha Simms, die leider vor Jahren in Hongkong umgebracht wurde, und der Schwarze Jack war ein anderer Agent der Gruppe."

„Und Alice Dexter-White?"

Carstairs senkte den Blick auf seine Aktenmappe. „Eine sehr liebe Freundin von mir, weswegen der Fall mich angeht", sagte er ruhig. „Eine ganz bemerkenswerte Frau, die mir zweimal das Leben gerettet hat, als wir während jener Kriegsjahre zusammen gearbeitet haben." Er hob den Blick, sah Mrs. Pollifax an und tippte auf das Telegramm. „Diese Frau ist eine unserer wertvollsten Agentinnen, aber Alice Dexter-White ist nur ihr Deckname. In Wirklichkeit heißt sie Magda Ferenci-Sabo."

Mrs. Pollifax hielt den Atem an. „Gütiger Himmel", ächzte sie, „aber das stellt ja alles auf den Kopf!"

2

WÄHREND DER ersten Flugstunden über dem Ozean hatte Mrs. Pollifax Zeit, sich die Ereignisse des Nachmittags durch den Kopf gehen zu lassen, der ihr noch immer von Carstairs' Informationen summte. „Ich nehme an", hatte er noch gesagt, „daß Magda, wenn sie erst Geld und Paß in Händen hat, weiß, was sie tun muß. Vielleicht werden Sie um Beschaffung einer Verkleidung gebeten; aber Sie bleiben prinzipiell Kurier. Sollte es sich zufällig als zu heiß für sie erweisen, das Land legal zu verlassen, *dann* ist der Fall gegeben, sich an Dr. Belleaux zu wenden."

„Warum hat sie denn einen solch alten Code verwendet?" hatte Mrs. Pollifax gefragt, die jetzt auch die Wahl des Buches verstand.

„Weil es wahrscheinlich der einzige war, den sie genau im Kopf hatte. Damals waren die Codes einfacher. Und sie hieß Frau Wetzelmann", erinnerte er sich.

„Und Sie waren der Schwarze Jack?" tippte Mrs. Pollifax.

„Ja", sagte er gelassen und fuhr dann fort: „Mrs. Pollifax, wir wissen nicht, warum Magda nach Istanbul gekommen ist, und auch nicht, wie, aber sie ist eine bekannte kommunistische Agentin, der die Flucht ermöglicht werden muß. Nicht nur um ihrer selbst willen

– und wegen all dem, was wir ihr verdanken –, sondern auch um unsertwillen, denn wenn sie je zum Reden gebracht würde –" Er schauderte.

Auch Mrs. Pollifax fröstelte jetzt ein wenig, als sie alles bedachte. Es war einfach überwältigend. Sie schlug eine Nummer von „Das schöne Heim" auf, die sie auf dem Schoß hielt, schloß aber bald die Augen und schlief ein.

Der Montagmorgen dämmerte, als die Maschine London erreichte. Mrs. Pollifax stieg aus, und nachdem sie einen kleinen Türkeiführer gekauft hatte, ging sie in die Flughafenhalle, um auf ihre Maschine nach Istanbul zu warten. Sie stellte fest, daß Henry Miles sich in ihrer Nähe niederließ. Sie wechselten beiläufige Blicke, und dann gewann er Mrs. Pollifax' Zuneigung, indem er langsam ein Lid senkte und ihr einen verruchten Blick zuwarf. Bis dahin war er völlig unpersönlich geblieben; jetzt begriff sie, daß in dem unpersönlichen Henry Miles ein zweiter steckte, der ein lebendiger Mensch war.

Der Flug nach Istanbul wurde aufgerufen. Mrs. Pollifax ging an Bord und setzte sich auf ihren Platz dicht neben einer Tragfläche, während Miles ein paar Reihen vor ihr saß. Diesmal bekam sie eine Reisegefährtin, die atemlos anlangte und sämtliche Männerblicke auf sich zog. Auch Mrs. Pollifax starrte sie an. Das Mädchen war sehr jung, trug irgend etwas Gewandartiges in Grün und Purpur und als Krönung einen leuchtendgrünen Schlapphut. Als sie ihn abnahm, wurde ein makelloses Profil sichtbar. Lider und Lippen waren weiß geschminkt, die langen Wimpern lackschwarz getuscht, und das glatte rotgoldene Haar hing offen bis zur Taille. Nachdem sie ihre Reisetasche verstaut hatte, wandte sie sich Mrs. Pollifax zu, musterte ungeniert die Haarsträhnchen, die unter Mrs. Pollifax' Hütchen vorkamen, und als sie einem bewundernden Blick begegnete, lächelte sie.

„Hallo! Ich hab Sie doch nicht erschreckt? Ich erschrecke manchmal die Freunde meiner Mutter – wenn Mutter auch nicht viele spießige Freunde hat, so hat sie doch massenhaft spießige Bekannte, wo Vater MP ist."

„Parlamentarier!" sagte Mrs. Pollifax hingerissen.

„Sie sind Amerikanerin!" rief das Mädchen. „Klasse! Ja, Paps sitzt im Unterhaus, und ich bin seit neuestem Photomodell. Ist das nicht toll? Ich bin auf dem Weg nach Athen, beruflich. Tony ist schon da – er knipst mich in Herbstmodellen mit der Akropolis als Hintergrund und so weiter."

„Aha", sagte Mrs. Pollifax strahlend. „Das hatte ich ganz vergessen, daß wir ja in Athen zwischenlanden. Ich fliege durch nach Istanbul."

Das Mädchengesicht leuchtete auf. „Also das ist wunderbar! Dort ist nämlich mein Bruder Colin! Wenn mir Zeit bleibt, möchte ich rüberfliegen und ihn besuchen." Ein leichter Schatten fiel auf den unnatürlichen Glanz ihres Gesichts. „Wenigstens, wenn er noch dort ist, was ich hoffe. Er tut sich nämlich immer so schwer mit – na ja –, mit den Alltäglichkeiten. Es ist kaum zu glauben." Sie seufzte.

„Was macht er denn in Istanbul?" erkundigte sich Mrs. Pollifax.

„Nun ja, Onkel Hubert beschäftigt ihn bei sich", erklärte sie. „Meine Familie hat Colin einfach abgeschrieben, und keiner hatte eine Idee, was man sonst mit ihm anfangen könnte. Ich denke mir, in jeder großen Familie gibt's ein Mitglied, das nicht richtig reinpaßt. Und so jemand wächst dann auf – na ja, und fühlt sich, wie wenn er gar nicht da wäre. Und dann ist der Teufelskreis fertig, weil man einen, der gar nicht da ist, so leicht übersieht. Aber das versteht keiner."

Mrs. Pollifax lächelte und stellte fest, daß sie das Mädchen mochte. „Sie haben ihn doch gern. Das ist eine Form von Verständnis."

„Ja, ich verstehe, wo's ihm fehlt", sagte sie. „Colin hat kein Selbstvertrauen. Er ist furchtbar gründlich, aber er kommt einfach nicht dahinter, was er mit seiner Gründlichkeit anfangen kann. Ich schade ihm nur, weil ich ihn immer bemuttern will. Ich bin ein Mondkind, wissen Sie – im Zeichen des Krebses geboren, und ich laufe einfach über von mütterlichen Instinkten. Das haßt er. Ganz mit Recht – und er ist schrecklich gescheit. Oh, hoffentlich hab ich Zeit, ihn zu besuchen, aber viel Hoffnung hab ich nicht. Vermutlich gibt's Regen, und dann ziehen sich die Aufnahmen tagelang hin."

„Sie können ihm ja schreiben", schlug Mrs. Pollifax vor.

Das Mädchen starrte sie an. „Schreiben?" wiederholte sie bestürzt.

Mrs. Pollifax begriff, daß das Wort für das Mädchen und seine Generation eine Art Fremdwort war. „Das ist auch ein Weg, in Verbindung zu bleiben", sagte sie.

„Ja, ich weiß, was Sie meinen", sagte das Mädchen nachdenklich. „Wir sausen ziemlich viel rum, meine Freunde und ich. Aber ich fühl mich mit Colin verbunden, auch wenn wir uns überhaupt nicht sehen."

„Dann besitzen Sie etwas sehr Seltenes und Schönes", erklärte Mrs. Pollifax. „Ein Band."

Jetzt nickte das Mädchen strahlend. „Sie verstehen das, nicht wahr? Aber was wollen Sie in Istanbul?"

Ja, was wohl? dachte Mrs. Pollifax und verkündete, sie wolle einerseits Sehenswürdigkeiten besichtigen und anderseits eine Freundin treffen. „Eine Freundin, die den Nahen Osten bereist hat", ergänzte sie.

„Aber das ist ja toll", sagte das Mädchen. „Ob Sie wohl – wie lange bleiben Sie in Istanbul?"

„Bis Samstag morgen", sagte Mrs. Pollifax gelassen. „Ob ich wohl errate, woran Sie denken?"

Das Mädchen lachte begeistert. „Natürlich erraten Sie das, weil Sie ein Engel sind und weil Sie Gedanken lesen können. Aber wissen Sie, Colin könnte Ihnen vielleicht sogar nützlich sein, weil er schon seit vier Monaten in Istanbul lebt. Und falls ich doch keine Zeit hab, rüberzufliegen – es ist *so* wichtig für Colin zu spüren, daß sich jemand um ihn kümmert –"

Mrs. Pollifax lächelte. „Wenn Sie mir seine Adresse geben, will ich sehen, was ich tun kann."

„Oh, Sie *sind* ein Engel", sagte das Mädchen und zog einen Ring vom Finger. „Geben Sie ihm den. Eigentlich gehört er ihm. Er hat ihn mir gegeben, als er wegging. Seit Jahren machen wir das schon so, er geht hin und her als Talisman. Als Colin nach Oxford ging, hab ich ihn getragen – aber leider ist er *doch* durchgefallen", erklärte sie seufzend.

„Dann hat er ihn getragen, als er Staubsauger verkaufte – aber außer Mutter hat niemand einen gekauft. Und dann, als er Lexika vertrieb. Egal, geben Sie ihm den Ring mit meinen liebevollsten Grüßen."

„Aber es ist ein wertvoller Siegelring", gab Mrs. Pollifax zu bedenken. „Und es kann ja sein, daß ich keine Zeit finde –"

„Dann schicken Sie ihn mir einfach mit der Post zurück – ich gebe Ihnen auch meine Adresse."

Sie begann, sorgsam in Druckschrift auf einen Zettel zu schreiben, den sie dann Mrs. Pollifax überreichte: COLIN RAMSEY, RAMSEY GMBH, ZIKZAK DAR SOKAK 23, STAMBUL. Und darunter stand: MISS MIA RAMSEY c/o HEATHERTON-AGENTUR, PICCADILLY CIRCUS, LONDON W 1.

„Und ich heiße Emily Pollifax. Auch ein Mondkind“, fügte sie augenzwinkernd hinzu.

„Nein! Wirklich?“ Mia war ganz außer Atem. „Das muß ich wohl gespürt haben. Colin ist Steinbock. Deshalb liegt ihm wohl die Genauigkeit im Blut. Die meisten andern in meiner Familie sind Zwillinge. Ein Zeichen“, fügte sie nachdenklich hinzu, „das die Menschen ruhelos macht, wissen Sie. Tony ist Waage. Er möchte mich heiraten“, bekannte sie.

„Tony?“

„Der Mann, der für all das verantwortlich ist“, sagte sie mit einer schwungvollen Geste, die ihre eigene monströse Aufmachung einschloß. „Der, der mich in Athen erwartet. Er ist ein toller Photograph.“

Mia wurde nachdenklich. „Ich bin erst achtzehn. Glauben Sie, daß man mit achtzehn lieben kann?“

„Im allgemeinen nicht“, sagte Mrs. Pollifax.

„Das meine ich auch. Es ist schrecklich romantisch, aber ich möchte wirklich erst herausfinden, wer ich eigentlich bin. Ich möchte doch nicht x-mal heiraten. Das hat so was Wankelmütiges.“

In diesem Augenblick wurden sie vom Mittagessen unterbrochen – infolge der Zeitverschiebung gerieten die Mahlzeiten ziemlich durcheinander –, und dann landeten sie in Athen. Als die Maschine ausrollte und hielt, sah Mia Mrs. Pollifax mit großen Augen an. „Ist Ihnen klar, daß wir uns vielleicht nie wiedersehen?“ fragte sie entsetzt.

Mrs. Pollifax lächelte. „Aber es ist doch so schön, daß wir uns überhaupt kennengelernt haben“, sagte sie herzlich.

Mia lachte. „So bin ich, immer denk ich nur an mich – Sie sind viel weiser.“ Sie stand auf, beugte sich herunter und küßte Mrs. Pollifax spontan auf die Wange. „Gott segne Sie“, sagte sie liebevoll, und dann setzte sie ihren Schlapphut auf und ging den Gang hinunter, und wieder waren aller Augen auf die entschwindende Gestalt gerichtet.

Mrs. Pollifax landete auf einem Flugplatz, dessen Namen sie nicht aussprechen konnte, und in einem Zustand von Benommenheit ging sie durch den Zoll. Nicht einmal der erste Blick auf eine Moschee und die feine Spitze eines Minaretts halfen wider das beängstigende Gefühl von Ausgesetztheit. Jetzt erlebte sie, was es heißt, innerhalb von siebzehn Stunden einen Ozean und einen Kontinent zu überqueren. In Amerika war Montag morgen, und sie würde sich grade zum Einkaufen fertigmachen. Statt dessen war sie in Istanbul, und es war später Montagnachmittag. Als der Flughafenbus sie stadtwärts trug, machte ein keinen Augenblick abreißender Höllenlärm aus Hupengetöse, Eselsgeschrei und den lauten Stimmen der ihre Waren anpreisenden Händler ihre Verwirrung noch schlimmer.

Dann war sie im Hotel Itep und legte bei der Anmeldung ihren Paß vor. Es war genau fünf Uhr. Keine Spur von Henry, was sie daran erinnerte, daß sie ja jetzt in Istanbul waren und sie mit keinem beruhigenden Augenzwinkern mehr rechnen durfte. Der Angestellte am Empfang führte sie selbst auf ihr im ersten Stock gelegenes Zimmer und überließ sie ihrem Verlangen nach dem mit einem leuchtendroten Afghan bedeckten Bett. Ein wahres Lotterbett, dachte Mrs. Pollifax und näherte sich ihm, als ihr noch rechtzeitig einfiel, daß sie in nicht ganz drei Stunden unten in der Halle samt *Vom Winde verweht* ihren Posten antreten und dazu frisch sein mußte. Sie hatte ja schon im Flugzeug ein bißchen geschlafen, und ein weiteres Nickerchen würde ihr nur zu einem schweren Kopf verhelfen. Was sie brauchte, war etwas, was ihn klärte.

Ein Spaziergang! Ein ordentlicher, flotter Spaziergang! Die Basare waren vermutlich nicht mehr offen, aber da war ja Miß Ramseys Bruder! „Eine gute Idee und kostet bestimmt nicht viel Zeit!“ sagte sie laut. Dann wusch sie sich das Gesicht mit kaltem Wasser, verließ das Zimmer, ohne ihren Koffer aufzumachen, ging die mit schweren Teppichen belegte Treppe hinunter und trat auf die belebte Straße. Dem Führer nach war Istanbul eine geteilte Stadt: durch Brücken und Wasser und infolge ihrer geographischen Lage auf zwei Kontinenten – Europa und Asien. Das Hilton, stellte Mrs. Pollifax fest, lag im neueren Teil, der Beyoglu hieß, und folglich wären dort die neueren Wohnviertel, die teureren Hotels und die meisten Touristen zu finden. Der ältere Stadtteil, Stambul, schien die meisten Minarette, Moscheen, Basare und einheimischen Hotels zu enthalten sowie sie selber und Miß Ramseys Bruder.

Nachdem ihr das klargeworden war, winkte sie einem Taxi. Der Fahrer begrüßte sie überschwenglich, schwor in gebrochenem Englisch bei Allah, Zikzak sei nicht weit, außerdem sein Taxi das beste in ganz Stambul und er ein ausgezeichneter Fahrer. Stolz auf ihre Findigkeit, lehnte Mrs. Pollifax sich erwartungsvoll zurück. Besonders

Stambuls Alterspatina machte ihr Eindruck; in seinen zerfallenden Mauern, seinem abblätternden Verputz, seinen verwitterten Säulen steckte Größe. Auch die Heiterkeit der Stadt gefiel ihr, und ihr Gehör begann die Geräusche, die sie vorhin so bestürzt hatten, zu identifizieren. Der Handel ging vorwiegend auf Eselsrücken vor sich, auf denen Körbe voller Blumen, Brot, Blechwaren, Stoffballen, Wasserkrüge, Gemüse und Süßigkeiten transportiert wurden. Spielende Kinder schrien einander zu, und aus verhängten Fenstern und Türen drang fremde Musik an ihr Ohr, als das Taxi unglaublich steile Straßen hinauf- und hinunterfuhr.

Aber die Straßen wurden immer enger, dunkler und menschenleerer, und Mrs. Pollifax mußte sich eingestehen, daß ihr Mut sank. Zum erstenmal fielen ihr die beiden dicken Umschläge mit dem vielen Geld in ihrer Handtasche wieder ein, und als das Taxi in einer engen Sackgasse mit einer hohen Mauer auf der einen Seite hielt, war sie zunächst ganz und gar auf einen Raubüberfall gefaßt. Grade überlegte sie, ob sie ihre Karatekenntnisse ausprobieren sollte, als der Fahrer aus dem Wagen sprang und mit dem Kopf auf ein baufälliges Haus deutete.

„Zikzak 23."

„Wirklich?" fragte sie skeptisch.

„Evet, evet", versicherte er und hielt ihr die Wagentür auf. Mrs. Pollifax bezahlte ihn – viel zu hoch wahrscheinlich, aber sie kannte sich mit den türkischen Pfunden und Kurus noch gar nicht aus –, und als sie dann durch das Gäßchen auf eine schief in den Angeln hängende Tür zu ging, fiel ihr ein Stein vom Herzen. Sie war tatsächlich an ihrem Bestimmungsort angelangt, wenn er auch nicht grade vertrauenerweckend aussah! Auf einem Schild oberhalb der Klingel stand RAMSEY GMBH, auf einem kleinen Schild unterhalb stand *Ramsey-Dokumentarfilm, Hinterhof;* auf einem dritten schließlich las sie *Hubert Ludlon Ramsey.*

Mrs. Pollifax drückte auf die Klingel. Nichts geschah. Ferner Verkehrslärm, untermischt mit dem Ruf eines Muezzin, drang an ihr Ohr. Sie ließ die Eingangstür hinter sich, ging entschlossen den lehmigen Fahrweg hinunter, der zu Ramsey-Dokumentarfilm führte, und gelangte auf einen kleinen gepflasterten und rings mit Bougainvillea bewachsenen Hof, wo ein staubiger alter Jeep parkte, und dahinter sah sie einige kleine Gebäude aus Zementblöcken: eine Garage, ein Haus – offensichtlich das Wohnhaus – und ein winziges Büro mit einem Schild RAMSEY GMBH. Die Tür stand offen, und als Mrs. Pollifax näher trat, hörte sie jemand fluchen – pausenlos und fürchterlich fluchen –, und zwar auf englisch.

„Guten Tag!“ rief sie freundlich.

Das Fluchen brach ab, und um die Tür herum spähte ein rundes Gesicht mit Eulenaugen. „Was zum Teufel!“ rief der junge Mann, zu dem es gehörte. „Ich wollte natürlich sagen, es täte mir furchtbar leid, wenn Sie die Flucherei gehört hätten!“

„Wort für Wort“, versicherte Mrs. Pollifax liebenswürdig. „Gehört das zu Ihren Gewohnheiten?“

„Es wird langsam eine“, sagte er mürrisch und erschien im Türrahmen. Er war nicht groß, gedrungen, steckte in staubigen Kleidern – Hemd, Khakishorts, Stiefel – und trug eine finstere Miene zur Schau. „Ich fluche, weil ich in Abwesenheit meines Onkels ein bißchen gefilmt habe und nicht ein Film was geworden ist. Kann sein, daß mein Onkel mich rausschmeißt.“

„Weshalb sind die Filme denn nichts geworden?“

„Weil ich gestern die Verschlußkappe draufgelassen habe, und heute ist mir irgendwie Licht reingekommen.“

„Sie müssen Colin Ramsey sein“, sagte Mrs. Pollifax herzlich.

„Bin ich“, sagte er argwöhnisch. „Und Sie sind eine Bekannte von Onkel Hu?“

„Nein, von Ihrer Schwester. Das heißt, ich bin heute mit ihr von London nach Athen geflogen – ich heiße Mrs. Pollifax –, und sie hat mich gebeten, Sie zu besuchen und Ihnen diesen Ring mit ihren liebevollsten Grüßen zu übergeben.“

Sein Gesicht erhellte sich. „Wirklich?“ Er nahm den Ring und betrachtete ihn. „Schöne Mia – was in aller Welt macht sie denn in Athen? Hat sie wieder mal von der Schule die Nase voll?“

„Von Schule war nicht die Rede. Sie ist Photomodell.“

Ohne den Blick vom Ring zu lösen, nickte er. „Komisch“, sagte er nachdenklich. „Dieser Ring kam von Onkel Hu, als wir noch Kinder waren. Er behauptete, es sei ein Zauberring, und ich habe ihn jahrelang getreulich an einem Band um den Hals getragen. So hat's angefangen, und jetzt bin ich hier, arbeite für Onkel Hu, und der Ring ist auch hier.“ Er lachte bitter und schaute auf. „Ist wirklich anständig von Ihnen, daß Sie sich damit belastet haben, und ich bin gräßlich unhöflich und öde Sie mit meinem verkorksten Leben an. Darf ich Ihnen eine Limonade anbieten?“

„Sie sind doch gar nicht unhöflich gewesen, Sie waren einfach deprimiert", berichtigte Mrs. Pollifax. „Na ja, es war anständig von mir, aber abgesehen davon hatte ich Zeit, und neugierig war ich auch. Ja, eine Limonade hätte ich gern. Vielen Dank."

„Neugierig wegen Mia?" erkundigte er sich.

„Nicht nur. Ich fand es beruhigend, in einem fremden Land eine Adresse zu haben." Sie hielt inne. „Eben kommt mir der Gedanke – ich hab vermutlich ein bißchen Heimweh."

Er nickte. „Ihre erste Auslandsreise?"

„Ja und nein", sagte sie diplomatisch. „Jedenfalls die erste allein."

„Dann kommen Sie", sagte er einladend. „Übrigens: Wenn Sie allein reisen, wer ist dann der Bursche, den Sie bei sich haben? Ein Führer?"

Mrs. Pollifax sah ihn verständnislos an. „Ich habe niemand bei mir." Sie folgte Colins Blick auf das Gäßchen. „Was ist da?"

Er grinste. „Ein Kerl in einem dunklen Anzug mit einer Kamera. Er ist schon zweimal vorbeigegangen. Bis hierher kommen Touristen im allgemeinen nicht."

Henry, dachte Mrs. Pollifax, einen Augenblick überwältigt von Dankbarkeit ob solch rührender Fürsorge, aber dann schob sie den Gedanken beiseite, wandte sich um und folgte Colin ins Haus. „Aber daß Sie so etwas bemerken!" meinte sie.

Während er ihr die Haustür aufhielt, sagte er mit kläglichem Lächeln: „Kompensation vermutlich – Beobachtungsgabe ist mein einziges Talent. Ich bin die große Niete einer hochbegabten Familie – deswegen hat man mich auch hierher verschifft, in die Türkei." Sie betraten eine kahle, unfreundliche Küche, deren Haupteinrichtungsgegenstand ein uralter Kühlschrank war. „Reinstes Soho, zirka 1920", kommentierte Colin, und mit einer Handbewegung zum Nebenzimmer: „Nehmen Sie bitte Platz."

Dankbar sank Mrs. Pollifax auf eine Bank hinter dem langen Klapptisch. „Wie äußert sich denn die Hochbegabtheit Ihrer Familie?" erkundigte sie sich.

„In ihren Erfolgen", sagte Colin, der gerade eine Eisschale aus dem Kühlschrank zog. „Sie besteigen Berge. Sie sind Rugbykanonen und holen Einser in Oxford. Mein Vater ist MP. Meine beiden Brüder waren auf der Militärakademie Sandhurst und werden eines Tages Generäle oder auch MPs. Meine Schwester haben Sie ja kennengelernt. Sie ist das Nesthäkchen der Familie, aber wenn sie jetzt

Photomodell wird, dann bestimmt Spitzenklasse, und spätestens Weihnachten ist sie auf sämtlichen Titelseiten. Meine Mutter war sogar im Gefängnis, wegen Streikpostenstehens – so 'ne Art Arbeiterprotest. Auch das ist heutzutage Erfolg." Er reichte Mrs. Pollifax ein Glas Limonade und setzte sich ihr mit düsterer Miene am Tisch gegenüber.

„Na ja", meinte Mrs. Pollifax sarkastisch, „wenn sie alle solch extrovertierte Naturen sind und die Gipfel lieben, dann ist es doch ihr gutes Recht. Was tun *Sie* denn am liebsten?"

Er schaute nachdenklich vor sich hin. „Schwer zu sagen. Körperlich bin ich ein absoluter Feigling. Bergsteigen jagt mir Angst ein, Boxen bringt mich zum Schlottern, und Fechten versetzt mich in Panik. Das Militär, das hat sich gezeigt, war auch nicht mein Fall, und in Oxford bin ich durchgerasselt." Sein Gesicht erhellte sich. „Offen gesagt, *hier* gefällt es mir. Hier schert sich keiner darum, daß ich ein Ramsey bin, und die Alpinistik ist Onkel Hu vollkommen wurscht; er ist ausreichend mit diesem komischen Laden hier beschäftigt. Und verdammt noch mal, jetzt muß das passieren: Onkel Hu fährt eine Woche nach Erzurum, überläßt mir einen Zehnminutenfilm, nachdem er mich vier Monate lang eingearbeitet hat, und den vermurkse ich. Goldene Berge wirft der Betrieb hier nicht ab. Wie lange kann er sich so was wie mich leisten?"

Neugierig sah Mrs. Pollifax sich in dem kahlen Raum um. „Das hier ist die ganze Ramsey-GmbH?"

Colin nickte. „Im Sommer ist Onkel Hu meistens zum Filmen unterwegs – Reiseberichte, Werbefilme und so weiter. Er nimmt alle Sorten Aufträge an, aber seine wirkliche Leidenschaft sind Dokumentarfilme über die Türkei – er liebt das Land. Im Winter rüstet er einen Lieferwagen mit Schneeketten und einem Schneepflug aus und geht auf Fahrt. Führt in den Rathäusern türkische Filme vor – und manchmal auch einen aus England. In der Türkei gibt es Tausende von Kleinstädtchen, und für manche ist das der einzige Kontakt mit der Außenwelt. Das Unternehmen steht nicht gerade auf sicheren Füßen, aber es läuft."

„Und Ihre Familie mag Ihren Onkel?"

Colin rümpfte die Nase. „Früher war er mal *Sir* Hubert samt allem, was bei den Ramseys dazu gehört. Kam aus dem Zweiten Weltkrieg mit 'nem Haufen Blech auf der Brust und dem Adel. Eines Tages dann hat er das alles abgeschüttelt, einen Seesack gepackt und

England den Rücken gekehrt. Wegen einer Frau, sagt Mutter. Nein, *mögen* tun sie ihn nicht, aber sie lassen ihn ungeschoren." Er seufzte. „Nicht leicht, meine Familie zu schildern. Sie sind keine Unmenschen, wissen Sie. Sie stehen so wunderbar fest auf dem Boden der Tatsachen, sind interessant, ehrgeizig und ungehemmt. Ich hätte keinerlei Probleme, wenn ich –"

„Wenn Sie auch interessant, ehrgeizig und ungehemmt wären."

Er grinste sie an. „Jawohl. So ist es. Aber was machen *Sie* in der Türkei?"

Mrs. Pollifax wurde es plötzlich eiskalt vor Entsetzen. „Die Zeit!" Sie schaute auf ihre Uhr, aber die war stehengeblieben. „Haben Sie genaue Zeit? Ich muß um acht Uhr in meiner Hotelhalle eine Dame treffen."

Sofort wurde Colin lebendig. „Es ist noch nicht mal sieben. Ich bringe Sie natürlich mit dem Jeep hin! Das ist doch das mindeste, was ich für Sie tun kann, wo Sie mir doch Mias Botschaft überbracht haben. Treffen Sie Ihre Freundin zum Abendessen?"

„Freundin?" Mrs. Pollifax war überrumpelt. „O nein, das heißt, ich möchte schon, aber ich kenne sie nicht. Ich meine, ich weiß nicht, ob sie Zeit dazu hat. Ich liefere nur –" Außer sich wegen all ihrer Fehler, hielt sie inne. Sie war offenbar viel erschöpfter, als sie gemeint hatte.

Colin Ramsey lächelte sie an. „Sie sind nervös."

„Na ja, es würde mich schrecklich nervös machen, wenn ich mich verspätete", sagte sie, indem sie sich faßte. „Wie lange brauchen wir bis zum Itep?"

„Zum Itep?" fragte er. „Nicht zum Hilton?"

Mrs. Pollifax begriff plötzlich, warum sie sich zu Colin hingezogen fühlte. Beide hatten sie im Schatten glänzenderer Persönlichkeiten gelebt und waren – ein bißchen übersehen, aber nicht weniger intelligent als die andern – gute Beobachter geworden. An Colins Frage erkannte sie – weil seine Beobachtung so genau dem entsprach, was sie selber beobachtet hätte –, daß er das Itep mit seinem Bilde von ihr verglich und daß das Itep nicht in das Bild paßte.

„Zum Itep", wiederholte sie.

Mit amüsierter Miene stand er auf und spülte unter dem Wasserhahn die beiden Gläser. „Schon mal in einem Jeep gefahren?" erkundigte er sich, als er sie auf den Hof führte.

„Noch nie."

„Sie brauchen weiter nichts zu tun, als sich richtig festzuhalten“, erklärte er. „Halten Sie Ihren Rock unten und Ihren Hut oben.“ Das Blumenhütchen nötigte ihm ein Lächeln ab. „Sie werden eine neue Erfahrung machen.“

„Ja“, stimmte Mrs. Pollifax bei, denn sie begriff, daß er ihre ereignislose Existenz mit einem Erlebnis glaubte anreichern zu können.

„Aber ich hoffe immer noch, daß Sie mit mir zu Abend essen, worauf ich ernsthaft reflektiere“, gestand er. „Wenn Sie es mir nicht ausdrücklich verbieten, dann warte ich mal ab, was Sie mit Ihrer Freundin beschließen. Ich könnte Ihnen beiden“, fuhr er sehnsüchtig fort, „etwas von Istanbul zeigen – es ist schön bei Nacht. Die Galatabrücke, der Mond über dem Goldenen Horn. Und die Hagia Sophia ist ein Wunder. Wir könnten bei Pierre Loti essen, und –“

Sie spürte den tieferen Grund seines Eifers: er fühlte sich einsam. „Wir wollen sehen, ja?“ sagte sie freundlich.

„Ich parke vor dem Hotel und warte bis Viertel nach“, sagte er, half ihr in den Jeep und startete in einer Staubwolke.

FÜNF MINUTEN nach halb acht betrat Mrs. Pollifax das Itep und überließ Colin der Parkplatzsuche. Sie ging nach oben, holte *Vom Winde verweht* aus dem Koffer, verließ das Zimmer und schloß die Tür hinter sich ab. Ihr Geist hatte die Verschwommenheit von vorhin abgestreift und arbeitete wieder klar; plötzlich war sie Geheimagentin. Eigentlich hätte sie sich schon vorher die Zeit nehmen müssen, das Hotel zu erkunden, und so ging sie denn nach oben statt nach unten – einen Aufzug besaß das Hotel nicht – und stellte fest, daß das Haus nur zwei Stockwerke hatte. Sie öffnete eine Eisentür, die aufs Dach führte, sah weite Ziegelflächen vor sich, nickte anerkennend und ging dann über die enge Hintertreppe nach unten. Die Treppe endete im Erdgeschoß auf einem schäbigen Flur mit drei Ausgängen: einem in die Halle, einem in eine Seitenstraße und einem ins Kellergeschoß. Zufrieden mit ihrem Erkundungsgang, betrat Mrs. Pollifax die Halle und setzte sich mit dem Buch in der Hand nieder: zehn Minuten vor der Zeit.

Es war eine typisch türkische Halle mit Barockplastiken, alten Ledersofas und einem schönen Teppich in leuchtenden Farben. Mrs. Pollifax hatte sich für das Sofa in der Nähe der Hintertür entschieden, damit sie aus dem Verkehr zwischen Haupteingang und Haupttreppe heraus war und gegen das einzige Fenster der Halle, das auf die Seitenstraße ging, deutlich zu erkennen. Sorgsam legte sie ihr Buch so, daß es ebenfalls ins Auge fiel. Henry Miles war hereingekommen und saß mit halbgeschlossenen Augen scheinbar dösend in einer Ecke; in einer andern Ecke Hand in Hand ein junges Paar, und an der Wand gegenüber saßen zwei junge Männer, die rauchten und sich lebhaft unterhielten.

Als Henry aufschaute, wurde Mrs. Pollifax ebenfalls aufmerksam. Es war genau acht Uhr, und eine Frau war eingetreten. Ein Etwas an ihr veränderte die Atmosphäre der Halle so stark, daß Mrs. Pollifax meinte, es müsse jedermann auffallen. Dieses Etwas war ein Ausdruck primitiver Todesangst von solcher Realität, daß man sie fast mit Händen greifen konnte. Die Frau zögerte am Eingang und gab sich verzweifelte Mühe, unauffällig den Raum abzusuchen. Und indem sie wie gebannt dastand, erzielte sie genau das, was sie vermeiden wollte: man wurde auf sie aufmerksam. Und sie war in einer Hotelhalle auch bestimmt fehl am Ort. Ihr Kleid hatte Risse, war alt und schäbig und sie selber nicht nur mager, sondern geradezu abgezehrt. Nur ihr Gesicht – sie muß einmal eine Schönheit gewesen sein, dachte Mrs. Pollifax, als sie die dunklen Augen sah, die jetzt so gehetzt blickten,

Die Frau kam durch die Halle auf Mrs. Pollifax zu. „Ihr Buch", sagte sie leise, fast tonlos. „Sind Sie –"

„Setzen Sie sich", sagte Mrs. Pollifax schnell. „Sie fallen dann weniger auf, und Sie sind wohl auch erschöpft." Die Frau sank neben ihr aufs Sofa. „Ich bin Emily Pollifax. Werden Sie verfolgt?" Durchs Fenster sah Mrs. Pollifax Colin Ramsey in seinem geparkten Jeep sitzen und geduldig auf Gesellschaft beim Abendessen warten. Ihr war, als habe ihr Beisammensein in einer ganz andern Welt stattgefunden, in einer Welt der Unschuld, die sich angesichts dieser armen Kreatur in nichts aufgelöst hatte.

„Ich weiß nicht, aber – möglich ist es", flüsterte Magda Ferenci-Sabo. „Ich hätte nicht diesen Ort hier vorschlagen dürfen – so groß, so öffentlich." Sie schien am Ende ihrer Kräfte.

„Ich habe Geld und einen Paß für Sie", sagte Mrs. Pollifax kurz, „aber offensichtlich müssen Sie ausspannen und kräftig essen, ehe Sie davon Gebrauch machen können. Da, links neben mir, ist ein Hinterausgang, sehen Sie? Draußen ist noch eine Treppe, die in den ersten Stock führt. Meine Zimmernummer ist –"

Der Schreck verschlug ihr die Stimme, als sie den entsetzten Blick der Frau sah, die aufgesprungen war. „Oh, bitte", sagte sie atemlos. Mrs. Pollifax schaute zum Hoteleingang; als ihr Blick zurückkehrte, war die Frau verschwunden.

Zwei Männer in der Uniform der türkischen Polizei kamen durch die Halle, und einer beschleunigte seinen Schritt in Richtung Hinterausgang. Sein Gefährte steuerte unbeirrbar auf Mrs. Pollifax los, und als er neben ihrem Sofa stand, erhob sie sich unsicher. *„Pasaport, lutfen"*, sagte er und streckte die Hand aus.

„Paß?" fragte Mrs. Pollifax. „Sprechen Sie Englisch?"

„Sie sind Amerikanerin? Engländerin?"

„Amerikanerin." Sie öffnete ihre Handtasche und holte ihren Paß heraus, wobei sie sorgsam vermied, den zweiten Paß zu berühren.

Er überflog den Paß, verglich das Photo mit dem Original und das Original wieder mit dem Photo. „Sie sind heute nachmittag angekommen, wie ich sehe. Was führt Sie nach Istanbul?"

„Wieso – ich bin Touristin", sagte sie zögernd.

„Die Frau, mit der Sie sprachen – die, die geflohen ist –" Er brach ab, als sein Kollege durch die Hintertür die Halle wieder betrat. Der schüttelte den Kopf, deutete zur Decke und verschwand wieder, vermutlich, um das Hotel zu durchsuchen. Mrs. Pollifax' Inquisitor schob ihren Paß in die Tasche. „Sie kommen bitte mit zum Präsidium." Seine Stimme war nicht weniger autoritativ als die Hand, die er unter Mrs. Pollifax' Ellenbogen schob. Als sie aus dem Seiteneingang auf die Straße traten, sah sie Colin schalten und wegfahren. Offenbar hatte er jede Hoffnung auf einen geselligen Abend aufgegeben.

DER BEAMTE hinter dem Schreibtisch war uniformiert, ein zweiter Mann, der sich als Mr. Piskopos vorstellte, in Zivil. Während Mrs. Pollifax Platz nahm, versuchte sie sämtliche Erinnerungen an Carstairs und Alice Dexter-White aus ihrem Gedächtnis zu verbannen. Sie war eine amerikanische Touristin und sonst nichts ...

„Ich bin amerikanische Touristin", beantwortete sie laut die Frage des Polizeibeamten.

Er hatte ihren Paß aufgeschlagen vor sich liegen. „Wir haben plötzlich so viele Touristen in Istanbul", sagte er trocken. „Diese Frau, mit der Sie im Itep gesprochen haben ... waren Sie mit ihr verabredet?"

„Nein“, sagte Mrs. Pollifax gelassen. „Ich saß in der Halle, um mich vor dem Abendessen auszuruhen, als sie auf mich zukam und mich um Geld bat. Ich muß sagen, sie sah ganz so aus, als ob sie es nötig hätte.“

„In welcher Sprache hat sie Sie angegangen?“

„Auf englisch“, sagte Mrs. Pollifax und erkannte sogleich die Falle, die man ihr gestellt hatte.

„Englisch“, wiederholte er höflich. „In einem türkischen Hotel im alten Teil von Istanbul, wo nur wenige Touristen wohnen, kommt eine Bettlerin auf Sie zu und spricht englisch.“

„Sie muß mich für eine Amerikanerin gehalten haben.“

„Immerhin, für eine Bettlerin, falls sie das war, wäre es doch ungewöhnlich, daß sie Englisch konnte, nicht wahr?“

Mrs. Pollifax seufzte. „Da haben Sie recht, aber warum ist das so wichtig? Wer ist sie?“

Er reichte ihr ein kleines Photo. „Das ist doch die Frau, mit der Sie gesprochen haben, nicht wahr?“ Es war eine Feststellung in Form einer Frage.

Auf dem Schnappschuß waren die Augen halb geschlossen, aber Mrs. Pollifax erkannte das schmale hagere Gesicht und das schäbige Kleid Magda Ferenci-Sabos. Erstaunlich! Das Bild mußte gemacht worden sein, seit die Ferenci-Sabo am Freitag nach Istanbul gekommen war. Hatte die türkische Regierung ihre Entführung aus dem britischen Konsulat veranlaßt? Zum erstenmal ging ihr auf, wie wichtig ihnen eine abgesprungene kommunistische Agentin sein mußte. Rußland war der nächste Nachbar der Türkei. Im Osten standen sich auf Hunderte von Kilometern beider Grenzwachen Auge in Auge gegenüber. Aus einem übergelaufenen kommunistischen Agenten, der viel wußte, ließ sich eine Menge Information herausholen, und warum sollten die Türken die mit sonst wem teilen?

„Nun?“ fragte der Beamte. „Ist das die Frau?“

„Ähnlich sieht sie ihr bestimmt, aber – sie war eben so urplötzlich verschwunden! Wer ist sie?“ wiederholte Mrs. Pollifax ihre Frage. Als er sie überhörte, meinte sie ruhig: „Ich glaube, ich muß mich weigern, Ihre Fragen zu beantworten, solange ich nicht genau weiß, warum ich hier bin. Ich war immer der Meinung, die Türkei sei den Amerikanern freundlich gesinnt –“

„Den Amerikanern gewiß“, sagte der Mann einfach.

„Sie glauben nicht, daß ich Amerikanerin bin? Aber mein Paß –“

Er sah sie mitfühlend an. „Pässe können gefälscht sein." Er beugte sich zu ihr herüber. „Die Frau, mit der Sie gesprochen haben, wird von der türkischen Polizei gesucht. Ihre Freunde sind uns sehr wichtig, weil sie vielleicht unsere Feinde sind. Sie halten sich erst wenige Stunden in Istanbul auf, kommen direkt aus London und treffen diese Frau. Zufall? Wir werden sehen. Inzwischen halten wir Ihren Paß zurück, bis Ihre Identität gründlich überprüft ist. Wenn Ihre Angaben sich als richtig erweisen, können wir ihn bis etwa morgen abend zurückgeben. Sie dürfen jetzt in Ihr Hotel zurückkehren." Kein Händedruck; auch der andere Mann, Mr. Piskopos, nickte nur kurz, und Mrs. Pollifax ging.

Im Polizeiwagen erlebte Mrs. Pollifax die Verlassenheit der Ausgestoßenen. Zwar hatte sie Magda Ferenci-Sabo glücklich getroffen, aber nur, um sie fliehen zu sehen.

Und obendrein hatte sie auf vierundzwanzig Stunden ihren Paß eingebüßt. Eine Schande! Was jetzt?

Da lag schon das Hotel mit seiner glänzenden Neonfassade. In diesem Augenblick überholte ein Taxi den Polizeiwagen, hielt vor dem Itep, und Henry Miles stieg aus. Was er wohl über ihren Besuch auf dem Polizeipräsidium dachte? Das Taxi entfernte sich, als aber der Polizeiwagen auf die Lücke zu steuerte, schnitt ein anderes Taxi ihm den Weg ab; ihm entstieg eilig ein Mann, drückte dem Fahrer Scheine in die Hand und lief auf das Hotel zu. Aber irgend etwas ließ ihn innehalten; er schob die Hände in die Taschen und schlenderte wie von ungefähr hinein. Mrs. Pollifax begriff, was er erblickt hatte: den Rücken von Henry Miles, der in der Halle verschwunden war.

Er folgte Henry! Wie sonderbar. Nur ein paar Meter von hier war ja am Sonntag abend ein anderer amerikanischer Agent getötet worden. Das durfte Henry nicht zustoßen, sie mußte ihn warnen.

Sie bedankte sich bei ihrem Fahrer und ging ins Hotel. In der leeren Halle keine Spur von Henry. Sie trat zum Empfangstisch. „Hier wohnt doch ein Amerikaner? Ich habe gesehen, wie er das hier fallen ließ", sagte sie zu dem Angestellten und hielt ihm lächelnd ihren kleinen türkischen Reiseführer hin. „Wenn Sie mir seine Zimmernummer sagen, kann ich's ihm zurückgeben."

Der Angestellte nannte sie ihr, und Mrs. Pollifax ging nach oben. Die Tür von Nummer 214 war nur angelehnt, und das Licht brannte. Sie klopfte leise an. Als keine Antwort erfolgte, machte sie die Tür auf und spähte ins Zimmer. „Henry?“ rief sie leise. Auf dem Bett stand sein grüner Koffer, dessen Inhalt über die ganze Decke verstreut lag. Dann bemerkte sie, daß sämtliche Schubladen offenstanden und Henrys Trenchcoat in Fetzen am Boden lag. Während er vor dem Polizeipräsidium geduldig auf sie gewartet hatte, mußte jemand sein Zimmer durchsucht haben. Aber wo war Henry?

Die Vorhänge vor der Balkontür bewegten sich leise, was Mrs. Pollifax auffiel. Niemand vermutet mich hier, dachte sie. Angeblich kenne ich Henry ja überhaupt nicht und darf nicht dabei erwischt werden, wie ich seinen Namen rufe. Ohne irgend etwas anzurühren, ging sie rückwärts aus dem Zimmer und in ihr eigenes hinunter. Hier hatte sich nichts verändert, außer daß unter der Tür ein Zettel durchgeschoben worden war. „Henry!“ flüsterte sie erleichtert und hob den Zettel auf.

Aber er war nicht von Henry. Es war eine Mitteilung des Empfangschefs. Sie las: *Neun Uhr zwei, Anruf von Mr. Remsee. Sie verloren haben Päckchen bei ihm. Er bittet um kurzen Besuch vor Schlafengehen.* So jedenfalls deutete sie sich das letzte Wort, aber was sollte denn das heißen? Sie hatte heute überhaupt nichts verloren.

Nichts außer einer übergelaufenen Agentin, dachte sie, und indem sie sich Henry aus dem Sinn schlug, eilte sie auf die Straße hinunter und suchte nach einem Taxi.

3

IM DUNKELN hatte der Zikzakweg etwas Unheimliches. Die Vorderseite von Nummer 23 war unbeleuchtet. Im Hof warf nur der helle Mond zackige Schatten auf das Kopfsteinpflaster, aber – stellte Mrs. Pollifax erleichtert fest – hinter den Läden des Küchenfensters brannte Licht. Kaum hatte sie geklopft, als Colin aufmachte und sie hereinwinkte. „Hoffentlich hat Ihnen die Polizei nicht allzu hart zugesetzt!“

„Sie haben das *gesehen?*“ schleuderte sie ihm vorwurfsvoll entgegen, „Sie haben *gewußt,* daß die Polizei mich mitnahm, und sind einfach *weggefahren?*“

Er verriegelte die Tür. „Gewiß", sagte er, „weil ich Angst hatte, Sie würden auf den Jeep zu kommen und mich anreden. Dann hätte die Polizei Ihre Freundin bemerkt – die Frau, die bei Ihnen in der Hotelhalle gesessen hat. Ich hatte sie hinten im Wagen. Sie muß doch in Schwierigkeiten gewesen sein, wenn sie so herausgerannt kam!"

Mrs. Pollifax war sprachlos. „Wollen Sie sagen, daß sie in Ihrem Jeep saß, als Sie wegfuhren?"

„Aber das versuche ich Ihnen ja mitzuteilen", sagte er nachsichtig. „Sie befand sich doch wohl auf der Flucht, deshalb machte ich die Wagentür auf und sagte: ‚Steigen Sie nur ein, ich bin Mrs. Pollifax' Fahrer.' Sie plumpste rein, und ich warf eine Decke über sie. Sekunden später war der Polizist am Wagen und fragte mich, ob ich eine Frau aus dem Hotel hätte herauslaufen sehen. An mir sei niemand *vorbei*gelaufen, sagte ich, und so rannte er in die andere Richtung."

„Ja aber – was haben Sie dann mit ihr angefangen?" stotterte Mrs. Pollifax.

Er machte ein verblüfftes Gesicht.

„Gar nichts – sie sitzt noch im Jeep. Ich konnte sie nicht wach kriegen, deshalb hab ich sie einfach in der Garage eingeschlossen. Es *ist* doch Ihre Freundin, nicht wahr? Ich habe Sie miteinander in der Halle gesehen –"

Mrs. Pollifax hatte sich schnell setzen müssen, und jetzt fing sie an zu lachen. Als sie sich die Augen gewischt und die Nase geputzt hatte, sagte sie: „Ich weiß gar nicht, wie ich Ihnen danken soll, Colin."

„Aber ich weiß es – Sie können mir mitteilen, was zum Teufel das alles zu bedeuten hat", sagte er finster. „Die Frau ist doch keine Touristin. Aussehen tut sie wie der Tod. Sie braucht Bluttransfusionen im nächsten Krankenhaus, kein Abendessen bei Pierre Loti. Was wollte die Polizei von Ihnen?"

„Meinen Paß", sagte Mrs. Pollifax betrübt.

Er erschrak, das sah man. „Du lieber Himmel, ohne Paß können Sie ja hier überhaupt nichts anfangen – nicht mal das Hotel wechseln! Was in aller Welt legt Ihnen die Polizei denn zur Last?"

Mrs. Pollifax seufzte – sie war sehr müde. „Offenbar meinen sie, ich sei nach Istanbul gekommen, um eine bekannte kommunistische Agentin zu treffen."

Der Mund blieb ihm offen. „*Was* meinen die? *Sie?*"

„Ja." Sie stand auf. „Jetzt muß ich mit meiner Freundin sprechen, und dann will ich sie mitnehmen. Ich möchte Sie nicht da hineinziehen."

„Mich hineinziehen?" sagte er ärgerlich. „Ich bin ja schon drin. Bloß wüßte ich gern, in *was* eigentlich. Daß Sie beschattet werden, wissen Sie doch? Ich hab den Kerl heute nachmittag das Gäßchen auf und ab gehen sehen, und als ich Sie am Hotel abgesetzt hatte – also, der Teufel soll mich holen, wenn er Ihnen da nicht gefolgt ist. Höchstwahrscheinlich ist er jetzt wieder draußen."

Mrs. Pollifax strahlte. „O wäre das schön! Vor einer halben Stunde erst habe ich ihn im Hotel gesucht und nicht gefunden. Es ist Henry."

Mit seiner Fassung war es offenbar vorbei. „Henry", wiederholte er ausdruckslos. „Sie kennen ihn also. Wer zum Teufel sind Sie?"

„Ich bin Emily Pollifax, wirklich", sagte sie verständnisvoll. „Ich wohne in New Brunswick im Staate New Jersey, bin amerikanische Staatsbürgerin, habe zwei erwachsene Kinder und drei Enkel. Die türkische Polizei will mir das nicht glauben, aber es ist die lautere Wahrheit."

Er fühlte sich die Stirn. „Sonderbarerweise glaube ich Ihnen. Aber wozu sind Sie denn nach Istanbul gekommen?"

„Um eine bekannte kommunistische Agentin zu treffen", versicherte sie ihm wohlgelaunt. „Und jetzt zeigen Sie mir bitte, wo der Jeep ist."

„Sie wollen mich also weiter auf den Arm nehmen." Er holte von einem Brett oberhalb des Spülsteins einen Schlüssel, führte sie über den Hof zum Büro, schloß die Tür auf und winkte sie herein. „Da drinnen ist sie", sagte er, öffnete eine zweite Tür und machte Licht.

Sie betraten eine Doppelgarage, die außer dem Jeep ein paar alte Reifen und eine Apfelsinenkiste enthielt. Ein formloses Bündel hinten im Jeep regte sich, schüttelte eine Schaffelldecke ab, und Magda blinzelte ins Licht. „Guten Abend", sagte Mrs. Pollifax freundlich. „Mr. Ramsey hat uns offenbar wieder zusammengeführt."

Magdas Blick schweifte zu Colin. „Er auch?"

Mrs. Pollifax seufzte. „Nein, er nicht. Colin, hätten Sie etwas dagegen –"

„Ja", sagte er grantig.

„Nicht ein paar Minuten gewähren Sie uns?"

„Nein."

„Ein schwieriger junger Mann", sagte Magda.

Mrs. Pollifax lächelte. „Ja, aber er hat Sie vor der Polizei versteckt, und dies ist die Garage seines Onkels. Jetzt müssen wir überlegen, wie wir Sie hier herausbekommen. Sie *sind* doch die Frau, die ich treffen sollte, nicht wahr?"

Magda streifte Colin mit einem Blick. „Besser keine Namen nennen, aber da war ein Telegramm –"

Mrs. Pollifax nickte. „Man hat es mir gezeigt. Können Sie es wiederholen?"

„Ich denke." Magda schloß die Augen. „Es lautete: ‚Um sechs Uhr angekommen. Acht Stunden Hotel Itep ausgeruht. Wünschte –'" Sie öffnete die Augen. „Vielleicht könnten Sie fortfahren, damit auch ich sichergehe?"

„Natürlich", sagte Mrs. Pollifax. „‚Wünschte, Sie könnten mich treffen. Vor Freitag Rote Königin oder Schwarzen Jack schicken!'"

„Sieh mal an", sagte Colin und betrachtete sie mit Unbehagen.

„Und wer ist die Rote Königin?" fragte Mrs. Pollifax.

„Die Rote Königin ist Agatha Simms. Und können Sie Ihrerseits den Schwarzen Jack identifizieren?" Woraufhin Mrs. Pollifax sich über sie neigte und Carstairs' Namen flüsterte. Magda nickte. „Wir verstehen uns. Und jetzt müssen Sie mir bitte helfen, nach Yozgat zu kommen."

Mrs. Pollifax sah sie bestürzt an. „Yozgat? Wo in aller Welt ist das?"

„Eine Stadt bei Ankara", sagte Colin mürrisch.

„Aber das kommt gar nicht in Frage", sagte Mrs. Pollifax. „Ich habe einen Paß auf den Namen Alice Dexter-White für Sie und genügend Geld, daß Sie nach Amerika kommen. Sie müssen die Türkei sofort verlassen."

Colins erstickten Laut beachtete sie nicht.

„Ich kann dieses Land noch nicht verlassen", sagte Magda bestimmt.

„Aber die Polizei ist hinter Ihnen her!" rief Mrs. Pollifax.

„Das weiß ich – und die Russen und die Bulgaren auch –"

Jetzt ächzte Colin.

„– ganz zu schweigen von den Leuten, die mich aus dem britischen Konsulat entführt haben und die viel gefährlicher sind als die ganze Polizei. Aber wenn ich das Land ohne das verlasse, was ich mitgebracht habe, dann bedeutet mir mein Leben nichts mehr, also *muß* ich nach Yozgat. Was ist los?" fragte sie Colin. „Ist Ihnen nicht gut?"

Er saß auf der Orangenkiste und starrte die beiden Frauen in hellem Entsetzen an. „Mein Gott", japste er, „ich beherberge zwei ausgemachte Spioninnen!"

„Sie *wollten* ja zuhören", erinnerte ihn Mrs. Pollifax geduldig.

„Aber sie ist doch die Frau, hinter der alle Welt her ist! Und ausgerechnet in der Garage meines Onkels sitzt sie!"

„Ja, das tut sie", räumte Mrs. Pollifax ein, „aber ich zerbreche mir ja auch grade den Kopf darüber, wo ich sie hinbringen könnte. Sie waren schon so freundlich –"

„Freundlich!" sagte er niedergeschlagen. „Freundlich. Und Sie hab ich für eine so reizende ältere Dame gehalten!" Entsetzt brach er ab. „Also Sie müssen vielmals entschuldigen, so hab ich's nicht gemeint. Ach, der Teufel soll's holen!" sagte er erbost zu Magda. „Wissen Sie irgendeinen Ort, wohin Sie gehen könnten?"

„Ja, nach Yozgat. Was meinen Sie denn, warum sie mich noch nicht umgebracht haben?" fragte sie Mrs. Pollifax. „Weil sie das haben wollen, was ich mitgebracht habe. Ich bin über die bulgarische Grenze gekommen – fragen Sie mich nicht, wie –, und weil ich wußte, daß ich verfolgt wurde, habe ich mich davon getrennt und bin nach Istanbul gegangen, weil ich Hilfe brauchte. Jetzt muß ich nach Yozgat zurück und das Bewußte holen. Verstehen Sie ...?" Sie hielt inne. „Da ist jemand."

„Das muß Henry sein", sagte Mrs. Pollifax und drehte sich erwartungsvoll um.

Aber es war nicht Henry. Im Türrahmen standen zwei große, breitschultrige junge Männer in Trenchcoats und musterten interessiert die Szene.

Magda zog scharf den Atem ein, Mrs. Pollifax riß sich zusammen und fragte: „Wer sind Sie?"

Der massigere der beiden Männer zog eine Pistole.

„Polizei?" fragte Colin hoffnungsvoll und starrte in ihre sturen Gesichter.

„Glaub ich nicht", meinte Mrs. Pollifax bedauernd.

Magda seufzte. „Stefan, Sie und Ihr Freund Otto, Sie gehen mir auf die Nerven. Warum müssen Sie denn eine alte Frau wie mich verfolgen?"

Stefan grinste. „Wir verfolgen Sie gar nicht – die da hat uns hergeführt." Er deutete mit der Pistole auf Mrs. Pollifax. „Wer hätte das gedacht, daß die fette amerikanische Wachtel den schlauen russischen Fuchs kennt!" Während er sprach, erkundeten seine Augen die Garage, und dann ging er auf Colin zu. „Sie geben mir bitte den Jeepschlüssel", sagte er. Otto hinter ihm hatte jetzt ebenfalls eine Pistole in der Hand.

„Hören Sie mal, das ist doch nicht Ihr Jeep", sagte Colin aufgebracht. „Es ist nicht mal meiner, und Sie haben absolut kein Recht –"

„Den Schlüssel", wiederholte Stefan und drückte Colin die Pistole gegen den Magen. „Otto, mach die Garagentür auf, aber dalli."

Zögernd wühlte Colin in seinen Taschen und brachte einen Schlüssel zum Vorschein. „Sehr weise von Ihnen", sagte Stefan. „Bleiben Sie weise, dann bleiben Sie leben." Vorsichtig trat er rückwärts an den Jeep heran, wo Magda Ferenci-Sabo einen schwachen Versuch machte auszusteigen. Mit einem Arm schob er sie zurück. „Setzen Sie sich! Haben Sie wirklich geglaubt, wir wollten bloß den Jeep?" Er glitt auf den Führersitz und behielt alle im Auge. Erst als Otto das Garagentor geöffnet hatte, schob er den Schlüssel in die Zündung und rief über die Schulter: „Vergiß dein kleines Souvenir nicht, Otto!" Und Mrs. Pollifax anlächelnd, sagte er: „Sie sollen nicht mit leeren Händen zurückbleiben."

Aus dem Schatten der Bougainvillea zog Otto ein schweres, ungefüges Bündel hervor.

„Großer Gott!" hörte Mrs. Pollifax Colin sagen und sah entsetzt zu, wie Otto einen Mann in die Garage schleppte und zu ihren Füßen niederlegte. Sie starrte in Henry Miles' blickloses Gesicht. Als sie das kleine Schußloch an seinem Hemd gewahr wurde, füllten ihre Augen sich mit Tränen. Auf dem Londoner Flughafen hatte Henry ihr zugeblinzelt, seit ihrer Ankunft hier hatte er sie nicht aus den Augen gelassen, und jetzt war er tot.

Als der Jeep anlief, schaute sie auf. Stefan schaltete den Rückwärtsgang ein, und mit der leichenblassen Magda schoß der Wagen aus der Garage. Otto sprang auf und setzte sich neben sie; geschickt wendete Stefan, und der Jeep flitzte aus der Einfahrt. „Immerhin ist der Tank fast leer", sagte Colin mit erstickter Stimme.

Mrs. Pollifax sank neben Henry auf die Knie. Sie kam sich plötzlich uralt vor und war tief erschüttert. Alles war so schnell gekommen. Vor Minuten erst hatten sie zu dritt über Yozgat gesprochen. Jetzt war der Jeep fort, Henry lag tot am Boden, und Magda Ferenci-Sabo war ein zweites Mal verschwunden. In der leeren Garage stand Colin immer noch am selben Fleck. Als Mrs. Pollifax ihn ansah, blinzelte er. „Das war wie ein Blitz aus heiterm Himmel", sagte er. „Und Ihre Freundin haben sie mitgenommen."

„Ja. Und Henry umgebracht."

„Und den Jeep meines Onkels geklaut." Er preßte die Lippen zusammen. „Verflixt noch mal, wie ich das hasse, wenn man so mit mir umspringt." Er beugte sich über Henry. „Was machen wir mit ihm?"

Die Frage brachte Mrs. Pollifax zur Besinnung. „Ja – ich weiß nicht", sagte sie. Der tote Henry konnte sich als unüberwindliches Hindernis erweisen, und zweifellos deshalb hatte Stefan ihn ihr auch präsentiert.

„Wir hätten ihnen folgen sollen", sagte Colin. „Wir haben ja noch den Lieferwagen, aber jetzt ist es zu spät. Wenn sie weit fahren, ist der Tank bald leer, das Benzin reicht für höchstens sieben oder acht Kilometer. Hier können wir Henry nicht lassen", fügte er hinzu.

„Nein, das können wir nicht. Aber ich glaube, ich weiß, was wir mit ihm machen. Ich kann ihn zu Dr. Belleaux bringen."

„Zu wem?"

„Man hat mir für den Notfall einen Kontaktmann genannt."

„Aber mit einem *Leichnam?*"

„Gewiß, üblich ist das nicht", räumte Mrs. Pollifax ein, „aber wenn er doch auf Notfälle eingestellt ist – können Sie sich einen schlimmeren vorstellen, als wenn man plötzlich eine Leiche auf dem Hals hat? Ich habe Dr. Belleaux' Adresse hier in meiner Handtasche."

„Meinen Sie Dr. Guillaume Belleaux?" fragte Colin überrascht.

„Ja, kennen Sie ihn?"

„Dem Namen nach kennt ihn jeder."

„Na, sehen Sie, dann kann er bei der türkischen Polizei für mich bürgen! Von Magda können wir der Polizei nichts sagen, aber von Ihrem Jeep – dessen Spur kann man verfolgen –, und ich kann die beiden Männer beschreiben, die ihn gestohlen haben. Mit diesen Informationen kann die Polizei im Laufe der Nacht sehr wohl den Jeep und die Männer finden, und ich bekomme so einen Hinweis, wo Magda sein mag!"

„Also dann los!" sagte Colin. „Der Lieferwagen ist in der andern Garage. Ich fahre ihn raus, und dann können wir ja – Henry aufladen." Er verschwand durch eine Tür, und dann kam ein blockiger

Lieferwagen rückwärts auf den Hof gefahren. „Ich denke, ich mache vorerst die Scheinwerfer aus“, sagte Colin nervös und schaltete sie ab. Jetzt war das Mondlicht ihre einzige Beleuchtung. „Sie nehmen die Füße, ja? Ich nehm ihn an den Schultern.“ Langsam, mühselig trugen sie Henry zum Wagen und hoben ihn hinein, was sich als schwierig erwies, weil die Seitentüren zugeschweißt waren, damit man den Innenraum besser nutzen konnte. So mußten sie Henry ins Führerhaus hinaufhieven, und da sie keine Zeit damit vergeuden wollten, ihn innen über die Sitze zu heben, mußten sie ihn zwischen den Sitzen liegenlassen.

Wie betrunken lag er da.

„Hoffentlich macht es Henry nichts aus“, sagte Mrs. Pollifax atemlos. „Ich meine, seinem Geist oder was zurückbleibt.“

„Er ist ja wohl auch ein Spion?“ meinte Colin.

„Kann sein“, sagte Mrs. Pollifax mit einem Seufzer, „obwohl er hier nur für meine Sicherheit sorgen sollte.“

SCHWERFÄLLIG rumpelte der Lieferwagen die Einfahrt hinunter und durch die Zikzakgasse. „Sie haben Dr. Belleaux’ Adresse?“ fragte Colin.

Sie fand sie zwischen den Papieren in ihrer Handtasche und gab sie ihm. „Die untere ist die Privatadresse“, sagte sie.

Er hielt den Zettel unter das Licht des Armaturenbretts. „Das ist beim Taksimplatz. Um diese Zeit sind wir schnell da. Ich kenne die Straße – pfundig.“

Danach sprachen sie nicht mehr. Bestimmt machte Colin sich Gedanken um den Jeep seines Onkels – einen weiteren Minuspunkt für ihn! –, überlegte Mrs. Pollifax und gab sich Mühe, weder an Magda zu denken und was ihr vielleicht zustieß – noch was Henry schon zugestoßen war. Sie mußte seinen Mörder gestört haben, als sie auf sein Zimmer gegangen war, um ihn zu warnen. Als ihr wieder einfiel, wie die Vorhänge der Balkontür sich bewegt hatten, wurde ihr ganz kalt: Henrys Leiche mußte schon hinter dem Vorhang gelegen haben. Und es bestand kein Zweifel, daß auch Stefan sich dort verborgen gehalten und ihren Ruf gehört hatte – und dann hatte sie die Mörder geradenwegs zu Magda geführt. Niemals hätte ich in Henrys Zimmer gehen dürfen, dachte sie traurig. Mr. Carstairs hatte sie gewarnt, nein, befohlen hatte er ihr, keinerlei Kontakt mit Henry aufzunehmen. Wie hatte sie das nur vergessen können! In einem einzigen weichmütigen Augenblick hatte sie nicht nur Magda verraten, sondern auch ihren Feinden gezeigt, daß Mrs. Pollifax die nicht war, als die sie sich ausgab.

Sie hatten die dunklen Gassen hinter sich und rollten jetzt über die Galatabrücke, auf der sich selbst um Mitternacht noch Wagen und Lastesel mit Waren für die Märkte und Basare drängten. Die Lichter von Schleppern zerrissen das tintenschwarze Wasser, und vor dem bleichen Mondhimmel wirkte die Silhouette der Moschee am Fuß der Brücke wie eine Radierung. Seufzend zwang Mrs. Pollifax sich in die Gegenwart zurück. „Wie kommt es, daß Sie schon von Dr. Belleaux gehört haben?“ fragte sie Colin.

„Das ist unvermeidlich, wenn man in Istanbul wohnt“, sagte er. „Die Polizei konsultiert ihn bei Verbrechen – er schreibt und hält Vorlesungen über Kriminologie –, und die Archäologen konsultieren ihn wegen alter Knochen und so was. Er ist eine Berühmtheit und wird auf allen Partys herumgereicht, die ‚in‘ sind.“

„Wie sieht er aus?“

„Ich schätze ihn auf Ende Fünfzig oder Anfang Sechzig. Er trägt einen weißen Ziegenbart, ist ziemlich hager, redet viel und ist elegant – aha, da haben wir die Straße. Ich sagte Ihnen ja schon, daß sie pfundig ist.“

Die durch Parks getrennten Villen lagen dunkel da – bis auf eine hell erleuchtete in der Mitte. Vor ihrem Tor bremste Colin. „Sie haben Glück“, sagte er. „Dr. Belleaux ist nicht nur auf, nach all diesen Wagen zu schließen, gibt er sogar eine Party.“ Er manövrierte den Lieferwagen an den die Straße säumenden Autos entlang und hielt in der Nähe des Eingangs, zog den Zündschlüssel heraus und löschte die Lichter. „Was wollen Sie jetzt tun?“ fragte er Mrs. Pollifax.

„Mit einer Party hatte ich nicht gerechnet“, sagte sie. „Ich denke, ich sage ihnen an der Tür, ich käme vom amerikanischen Konsulat. Das wird genügen, bis ich Dr. Belleaux allein sprechen kann. Haben Sie Lust mitzukommen?“ Sie hatte Colin schon recht liebgewonnen, wie sie feststellte.

„Meinen Sie nicht auch, ich sollte Henry nicht verlassen? Wenn nun jemand im Vorübergehen einen Blick in –“ Das Weitere verstand sie nicht mehr, weil ein Wagen die Allee heraufgerattert kam und knatternd und fehlzündend in Dr. Belleaux’ Einfahrt einbog. Am höchsten Punkt des Weges kam er vibrierend zum Stehen, vom

Rücksitz sprang ein Mann ab, der ihn hinüberschob und, als der Wagen hauswärts zu rollen begann, wieder aufsprang.

Mrs. Pollifax schnappte nach Luft. „Colin –“

„Ich hab's gesehen.“ Auch er war entgeistert. „Ich hab Ihnen ja gesagt, daß der Tank beinah leer war. Verflixt, das ist mein Jeep!“

„Aber hier?“ flüsterte Mrs. Pollifax. *„Hier!“*

„Ich könnte schwören, daß es Otto war, der ihn angeschoben hat“, sagte Colin. „Und das Häufchen Elend auf dem Rücksitz muß Ihre Freundin gewesen sein. Kommen Sie?“ fragte er und sprang aufs Pflaster.

„Natürlich!“ sagte sie leidenschaftlich. Sie war völlig durcheinander. Es war doch einfach unmöglich, daß auch Stefan und Otto für Mr. Carstairs arbeiteten! Dann hätten sie doch Henry nicht umgebracht! Was aber taten sie *hier?*

„Einen Augenblick“, sagte Colin, stieg wieder auf und kam mit zwei mörderisch aussehenden Pistolen zurück. „Glauben Sie ja nicht, daß man damit schießen kann, sie sind aus Holz. Es sind Requisiten, die Onkel Hu für eine kleine Sache über Atatürk gemacht hat.“

Die Requisiten in der Hand, eilten sie die Einfahrt hinunter, wobei sie sich im Schatten hielten, bis sie den Hintereingang des Hauses erreicht hatten. Hier war der Jeep abgestellt, und die Tür stand weit offen; die Flügel der inneren Pendeltür schwangen noch leise. Aber obwohl von innen viel Licht und Lärm herausdrangen, war keine Seele zu sehen.

„Verflixt“, sagte Colin. Er sah Mrs. Pollifax gespannt an. „Sie wollen wohl nicht klopfen und nach Dr. Belleaux fragen?“

„Nein. Aber einen Blick nach drinnen will ich riskieren.“

Er war erschüttert. „Na, das dürfte ziemlich gefährlich sein.“

„Wie Sie wohl erraten haben“, sagte sie unbewegt, „bin ich einzig deswegen nach Istanbul gekommen, um Magda zu helfen. Sie ist da drin – und durch meine Schuld.“

Er nickte. „Dann geh ich mit Ihnen hinein.“

„Colin, ich kann Sie doch nicht noch tiefer dahinein verwickeln. Ich kann geschnappt werden, und Sie haben doch selbst gesagt, Sie seien ein Feigling.“

„Gewiß bin ich ein Feigling“, sagte er bitter, „aber diese Kerle haben den Jeep meines Onkels geklaut und einen toten Mann in meine Garage geworfen und Ihre Freundin entführt. Kein Wort mehr – ich gehe mit Ihnen!“

Mrs. Pollifax lächelte unmerklich. „In Ordnung." Auf Zehenspitzen ging sie zur Innentür und schlüpfte hindurch. Colin blieb ihr dicht auf den Fersen. Sie standen unmittelbar vor einer steilen Hintertreppe. Zur Rechten lag ein langgestreckter Raum, eine Küche, hell erleuchtet, aber menschenleer. Mrs. Pollifax entschied sich für die Treppe; auf halber Höhe hielt sie inne. Das Stimmengewirr der Party stieg und fiel in Wellen. Einen Augenblick lang fühlte sie sich wie in einer Falle, dann raffte sie sich zusammen, umklammerte die absurde Holzpistole fester und stieg weiter.

Die Treppe endete auf einem breiten, teppichbelegten Flur. Rechts führte er zu einem Treppenhaus, wo der Teppich die Stufen hinunterfloß wie ein goldener Wasserfall; aus diesem Treppenhaus stiegen Musik und andere Partygeräusche nahezu ohrenbetäubend auf. Mrs. Pollifax ging in die andere Richtung. Sie öffnete die nächste Tür, und sie und Colin schauten in ein Schlafzimmer, das bis auf barockes Mobiliar und reichverzierte Wandbehänge leer war. Die nächste Tür ging in eine Wäschekammer. Schon leise ungeduldig, öffnete Mrs. Pollifax die dritte Tür, um alsbald zu erfahren, daß Ungeduld immer vom Übel ist, denn diese Tür führte in einen Schlafraum, in dem sich drei Menschen aufhielten. Vor Schreck stockte ihr der Atem – und genauso erschrocken waren die drei Menschen, die sich umgedreht hatten und sie anstarrten.

Magda lag auf einer Couch, und Stefan zog soeben eine Spritze aus ihrem Arm. Otto, der Wache stand, war kaum einen Meter von Mrs. Pollifax entfernt. Er reagierte als erster, und zwar mit so drohender Haltung, daß Mrs. Pollifax, ohne sich eine Sekunde zu besinnen, die rechte Hand hob und mit der Außenkante, wie Lorvale es ihr beigebracht hatte, Otto einen festen Karateschlag seitlich gegen die Kehle versetzte. Einen Augenblick starrte er sie verwundert an, dann schlossen sich seine Augen, und er sank langsam zu Boden. „Mrs. Pollifax!" japste Colin hinter ihr.

„Nehmen Sie seine Pistole!" sagte Mrs. Pollifax kurz angebunden.

Colin bückte sich, hob sie auf und steckte seine Attrappe in die Tasche. „An die Wand!" befahl er Stefan, und als er den Mann, mit der Pistole wedelnd, in Schach hielt, wuchs seine Begeisterung.

Mrs. Pollifax, das Blumenhütchen kaum nennenswert verrutscht, ging sofort zu Magda, die aufzustehen versuchte. „Können Sie gehen?"

„Ich habe eine Spritze bekommen", sagte sie gequält.

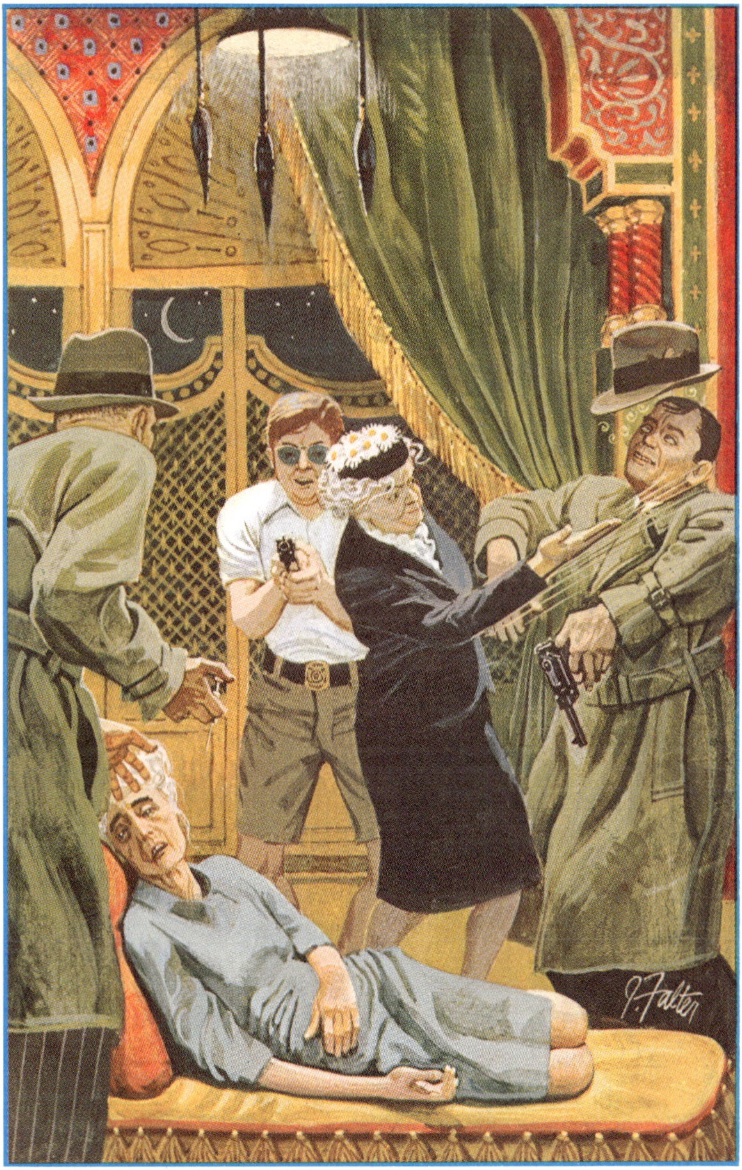
J. Falter

Mrs. Pollifax nahm sie am Arm und führte sie zur Tür, hinterher Colin, rückwärts gehend und die Pistole auf Stefan gerichtet. Aber Stefan blieb nicht an der Wand stehen: er machte einen Schritt und noch einen und folgte Colin mit einem hämischen Grinsen.

„Die Tür hat kein Schloß“, sagte Colin verzweifelt und versuchte, sie Stefan ins Gesicht zu schlagen. Mrs. Pollifax schaute über die Schulter zurück. Magda begann schon schwerer zu werden, und wenn Mrs. Pollifax ihren Arm zurückzöge, um Colin zu helfen, würde sie wahrscheinlich zusammensacken.

Stefan ließ sich nicht abhängen; er war nicht gesonnen, es diesem so offenkundig blutigen Laien leicht zu machen. „Wenn er Ihnen zu nah kommt, erschießen Sie ihn“, sagte sie gelassen und ging mit Magda den Flur entlang zur Treppe.

Aber am Kopf der Treppe hielt sie entsetzt inne, denn der untere Flur wimmelte jetzt von Personal. Die Schwingtür war aufgestellt, Eimer voll Eis wurden hereingetragen und leere Tabletts hinaus. Am Fuß der Treppe stand ein stattlicher Butler, der den Ausgang vollkommen blockierte.

Es blieb ihnen keine Wahl: sie mußten die Haupttreppe benutzen. Mrs. Pollifax, die Magda aufrecht zu halten versuchte und sie mehr schleppte als führte, ging darauf zu, griff nach dem Geländer und begann Schritt für Schritt hinabzusteigen. Bestimmt bildeten sie eine höchst lächerliche Prozession: sie und Magda eng aneinandergeklammert als Vorhut, der rückwärts gehende Colin, die Pistole auf den tückisch lauernden Stefan gerichtet, mit einigen Schritt Abstand als Nachhut. Im Hinuntersteigen bemerkte Mrs. Pollifax am Fuß der Treppe eine massive Haustür. Jenseits auf der Straße stand Colins Lieferwagen. Wenn sie nur diese Tür hinter sich brächten, ehe Magda die Besinnung verlor ...

Die Musik verstummte. Das Stimmengewirr wurde zu entsetztem Schweigen, und urplötzlich starrten Dutzende sprachloser Gesichter Mrs. Pollifax entgegen. Zwei Frauen hätten die Treppe vielleicht unbemerkt passieren können, dachte sie, aber Colin mit der Pistole erregte Aufsehen. Die ziemlich erschöpfte Mrs. Pollifax – der Abend war ja wirklich lang und aufregend genug gewesen – hob ihre Holzpistole und richtete sie auf das Gesichtermeer dort unten. „Den ersten, der uns aufhält, schieße ich nieder“, sagte sie. Ein uraltes Filmklischee, sie wußte es, aber es fiel ihr nichts Besseres ein.

„Holt Dr. Belleaux!“ rief jemand.

Mrs. Pollifax war am Fuß der Treppe angekommen, riß die Tür auf und hielt sie offen. Als der rückwärts gehende Colin bei ihr angelangt war und ihr schmerzhaft gegen den Knöchel trat, sagte sie leise: „Nehmen Sie Magda und laufen Sie."

Er nickte und drückte ihr die richtige Waffe in die Hand. „Da – ich konnte einfach nicht schießen."

„Ich kann", sagte sie gelassen. „Bringen Sie Magda schnell raus, sie verliert die Besinnung." Colin schleppte die zusammensinkende Magda in die Nacht hinaus, und Mrs. Pollifax stand Stefan gegenüber. „Den ersten, der nach mir durch diese Tür geht, schieße ich nieder!" rief sie, und es genierte sie wenig, daß sie das Klischee wiederholte. Zu ihrer Linken sah sie ein paar Gäste zur Seite treten, und eine Sekunde lang trafen ihre Augen die eines Mannes mit weißem Ziegenbart. Dr. Belleaux vermutlich, dachte sie, aber ihr Blick kehrte sofort zu Stefan zurück, der sich zum Sprung geduckt hatte, und sie schoß in die Decke über ihm. Dann warf sie die Tür hinter sich ins Schloß und lief.

Als sie den Lieferwagen erreichte, ließ Colin schon den Motor an, den toten Henry unten neben sich, die bewußtlose Magda auf dem Nebensitz. „Steigen Sie irgendwo auf", rief er, „egal, wo."

Mrs. Pollifax stieg auf und plumpste auf Magda, als der Wagen startete und die Allee hinunterzurasen begann. „Ich fahre zur Fähre. Ich bringe Sie aus Istanbul heraus, ehe die Hölle losbricht", rief er ihr zu. „In Ihr Hotel können Sie nicht, und der erste Ort, wo Stefan sucht, ist die Ramsey-Gesellschaft. Danach beobachten sie dann die Fähren und den Flughafen. Wir haben keine Minute zu verlieren."

„Ich bin ein von der Polizei gesuchtes Individuum", sagte Mrs. Pollifax verwundert.

Colin grinste. „Sehen wir den Tatsachen ins Auge. Die Polizei hat Ihren Paß und wird nach Ihnen suchen, Stefan und Otto werden nach Ihnen Ausschau halten. Man wird Ihnen Hausfriedensbruch und Menschenraub zur Last legen – und haben Sie auch schon einmal an unsere interessanten Mitfahrer gedacht? Ich kann mir nicht vorstellen, wie wir die Anwesenheit eines toten Mannes und einer betäubten Frau plausibel erklären wollen. Meinen Sie nicht, Sie sollten wegen Henry etwas unternehmen, ehe wir die Fähre erreichen?"

Das fand Mrs. Pollifax richtig, und während der Wagen durch die nachtstillen Straßen ratterte, zog sie Henry in den dunkelsten Winkel.

4

An der Kabata-Landungsbrücke war das Glück ihnen erstmals hold: eine Fähre war fertig zum Ablegen. Mit Schwung fuhr Colin hinauf, und nur noch ein Wagen folgte, ehe die Tore sich schlossen.

„Aber es gibt ja Telephone“, meinte Mrs. Pollifax trübe.

„Ja, die gibt's. Halten Sie den Daumen, daß uns am andern Ufer niemand erwartet!“

Während die Fähre den Bosporus überquerte, unternahmen die beiden beim Licht einer Taschenlampe eine Art Hausputz im Laderaum, der für gewöhnlich als Wohnwagen diente. Unter Colins Leitung stellten sie ein Feldbett auf und verankerten es mit Ketten an einer Langseite, legten die tief bewußtlose Magda darauf und breiteten eine Decke über sie. Henry schoben sie unter den fest eingebauten Arbeitstisch, der laut Colin zum Entwickeln von Filmen und zum Bereiten der Mahlzeiten auf einem Campingkocher diente.

„Meinen Sie, daß Dr. Belleaux' Gäste den Lieferwagen genau genug gesehen haben, um ihn beschreiben zu können?“

„Vom Fenster aus haben sie bei der Dunkelheit nur die Umrisse erkennen können“, meinte Colin. „Aber es braucht sich ja nur jemand nach den Fahrzeugen der Ramsey-Gesellschaft zu erkundigen, und schon hat er die Zulassungsnummer und die Beschreibung. Wir haben nur den Jeep, den andern Lieferwagen, mit dem Onkel Hu nach Erzurum gefahren ist, und diesen hier. Meinen Sie, Stefan hat mitgekriegt, daß Magda unbedingt nach Yozgat wollte?“

„Ich nehm's an.“ Mrs. Pollifax seufzte. „Das mit Yozgat gefällt mir überhaupt nicht. Ich hatte nur die Anweisung, Magda eilends aus der Türkei zu holen – und sie in ein Flugzeug zu setzen wäre noch immer verhältnismäßig einfach, während Yozgat ... Ich weiß nicht mal, wo das ist!“

„Ich hab nichts dagegen, Sie hinzubringen“, sagte Colin. „Nach Istanbul kann ich nicht zurück, ehe dies Gewitter abgezogen ist, und ich hab mich entschlossen, auf Achse zu bleiben, bis ich Onkel Hu finde. Der ist der einzige Mensch, der dieses ganze Knäuel entwirren kann, und er sollte morgen von Erzurum aus die Heimfahrt antreten.“

„Colin ...“

Er lächelte. „Ich weiß, es ist Ihnen gräßlich, mich dahinein zu verwickeln. Aber mich treibt die schiere Ritterlichkeit, denn natürlich hab ich meinen König Artus mit der Muttermilch eingesogen. Und ich könnte jetzt auch gar nicht aussteigen! Heute abend bin ich zum erstenmal in meinem Leben in was hineingeraten, was ich tatsächlich hingekriegt hab. Ich kann's kaum glauben. Ihre Freundin Magda ist offenbar ein Magnet für die mieseste Ganovenbande, die mir je untergekommen ist, und über Ihren andern Freund, den Dr. Belleaux, läßt sich auch nicht viel Lobendes sagen."

„Allerdings, und ich glaube, Mr. Carstairs wäre höchst überrascht, wenn er wüßte, was wir heute abend zu sehen bekommen haben."

„Mr. Carstairs? Wer ist das?"

„Der Herr in Washington, der – na ja, der meine Reise arrangiert hat."

Mit einem schiefen Lächeln meinte Colin: „Daß er Sie geschickt hat, verrät Sinn für Humor. Da – die Glocke! Kommen Sie ins Führerhaus, wir sind gleich da."

Sachte lief die Fähre an die Landebrücke, Ketten rasselten, Tore öffneten sich, und Motoren liefen an. Die Wagenkolonne vor ihnen setzte sich in Bewegung, und Colin fuhr zentimeterweise vorwärts. Langsam rollten sie von der Fähre hinunter und in die Nacht hinaus. Keine Polizeipfeifen, keine Haltrufe. Sie hatten den Bosporus überquert und Istanbul ohne Zwischenfall hinter sich gelassen. „Und wo sind wir jetzt?" wollte Mrs. Pollifax wissen.

„In Üsküdar, früher Chrysopolis, hauptsächlich wegen seines riesigen Friedhofes bekannt."

„Friedhof!" rief Mrs. Pollifax.

Colin sah sie an. „Sie wollen doch wohl nicht –"

„Aber wir müssen einen angemessenen Ort finden, wo wir Henry lassen können."

Er ächzte. „Und dabei sehen Sie so schrecklich ehrbar aus."

„Ich hab einen beweglichen Geist – das halte ich übrigens für eine der Lichtseiten des Alters", erklärte sie. „Ich finde die Jugend manchmal so grundsätzlich. Warum denn *kein* Friedhof?"

Colin seufzte. „Es entbehrt nicht einer gewissen Logik, muß ich zugeben."

Er hielt nach einem Schild Ausschau. „Meiner Meinung nach verläuft unsere Straße an der Längsseite des Friedhofes. Achten Sie auf einen Eingang, ja?"

Wenig später ließen sie die Welt mit Straßenbahnen, Lichtern und vereinzelten Autos hinter sich und befanden sich in einer unirdischen Nachtwelt voll ehrfürchtiger Stille. Knirschend kam der Wagen zum Stehen, und sobald Colin den Motor abgestellt hatte, war die Stille vom überwältigenden Zirpen und Schrillen der Grashüpfer und Zikaden erfüllt.

„Es ist ein riesiger Zypressenhain", erklärte Colin. Die Scheinwerfer entrissen dem Dunkel wirres Unterholz und Grabsteine, die nach allen Richtungen lehnten.

„Was für sonderbare Grabsteine!" sagte Mrs. Pollifax.

„Die Türken sind ja Moslems. Die Stelen mit Knöpfen oben sind für Frauen, die mit Turbanen für Männer. Dann gibt's noch Varianten für Priester und für Mekkapilger. Auf dem alten Teil liegt sogar ein Sultan begraben."

Er knipste die Scheinwerfer aus.

„Das muß wohl sein, daß Sie die Lichter ausmachen?" meinte Mrs. Pollifax beim geisterhaften Schrei einer Eule.

„Hier sollte uns jedenfalls niemand vermuten", erklärte Colin.

Behutsam hoben sie Henry vom Wagen und legten ihn ins feuchte Gras. „Wohin wünschen Sie ihn?"

Mrs. Pollifax überhörte den ironischen Ton. „Da drüben, neben den größeren Stein, meine ich. Er soll ja möglichst bald gefunden werden. Meinen Sie, daß diese gräßlichen Kerle seine Papiere gestohlen haben?"

„Anzunehmen", japste Colin, als sie Henry über den Pfad und einen kleinen Hang hinauf trugen. Neben dem von Mrs. Pollifax bezeichneten Grabstein legten sie ihn nieder. „Machen Sie das Licht aus!" sagte Colin scharf.

„Ich schreibe nur seinen Namen auf einen Zettel. Schon fertig!" sagte sie, knipste die Taschenlampe aus und reichte sie Colin. „‚Henry Miles, Hotel Itep'." Sie steckte den Zettel in Henrys Brusttasche. „Ich wünsche mir, daß für mich mal jemand dasselbe tut", sagte sie bestimmt. Einen Augenblick stand sie ganz still und schaute in das unheimliche Dunkel aus schwarzen Formen und ihren Mondschatten. „Er war ein sehr netter Mensch", sagte sie schließlich. „Jetzt wollen wir gehen."

„Haben Sie den umgelegt?" fragte eine amüsierte Baßstimme.

Aus dem Dunkel löste sich ein mächtiger Schatten, und ein Riese von einem Mann kam auf sie zugeschlendert. Als Colin die Taschenlampe anknipste, schrumpfte er immerhin auf einen Meter achtzig zusammen. Sein dunkelhäutiges Gesicht war unrasiert, er trug dreckige Seemannshosen, ein ehemals weißes Jackett, einen abgetragenen Rollkragenpullover und ein Paar Turnschuhe mit Löchern über den Zehen.

Colin faßte sich ein Herz.

„Wer zum Teufel sind Sie, und was haben Sie da hinter dem Grabstein gemacht?"

„Geschlafen", sagte der Mann, „bis Sie mich geweckt haben." Er stützte die Hände in die Hüften und musterte Mrs. Pollifax, ließ seine Augen auf ihrem Gesicht verweilen und nahm mit Interesse das Blumenhütchen zur Kenntnis. „Jetzt hab ich alles gesehen!" Er hockte sich auf den Boden und betrachtete Henry. „Er ist tot", sagte er. „Haben Sie ihn erschossen?"

„Nein. Jemand anders", sagte Colin unwirsch.

„Wir wußten nicht, was wir sonst mit ihm anfangen sollten", erläuterte Mrs. Pollifax. „Und weil wir grade hier vorbeikamen – aber was bringt Sie hierher?" fragte sie streng.

„Das ist meine Sache."

Er erhob sich wieder. „Ein Touristenpaar, das einen Burschen mit einem Einschuß in der Brust ablegt!" Er schüttelte den Kopf. „Das dürfte die Polizei interessieren."

Mrs. Pollifax wurde steif.

„Unsinn. Und ich bezweifle sehr, daß Sie es sich leisten können, mit der Polizei zu reden."

Er lachte schallend. „Sie sind ein mißtrauisches Gemüt. Na ja, ich nächtige auf einem Friedhof. Ich bin pleite. Aber Sie haben eine Leiche. Das gleicht sich aus. Und Sie haben auch einen Wagen, und ich muß hier raus. Ich denke, wir können einen Handel miteinander machen." Genüßlich betonte er das Wort „Handel". „Verflixt und zugenäht, Sie nehmen mich mit, vorausgesetzt, Sie fahren in meine Richtung."

„Und die wäre?" fragte Colin vorsichtig.

Listig stellte der Mann die Gegenfrage. „In welche Richtung fahren Sie denn?"

„Ja – wie fahren wir überhaupt?" erkundigte sich Mrs. Pollifax.

„Richtung Ankara."

„Abgemacht“, sagte der neue Gefährte und strahlte sie an. „Da hab ich ’nen Freund, der mir Geld schuldet.“

„Wie heißen Sie?“ fragte Colin.

„Sandor genügt. Einfach Sandor.“

„Grieche?“

„Gewissermaßen.“

„Seemann?“

„Gewissermaßen.“

„Können Sie fahren?“ fragte Mrs. Pollifax.

„Kann ich.“

Mrs. Pollifax wechselte Blicke mit Colin. „Unheilige Allianz“, kommentierte er.

„Reine Erpressung“, sagte Mrs. Pollifax gut gelaunt.

„Aber gegenseitige“, erinnerte Colin sie. „In Ordnung, Sandor, wir nehmen Sie mit.“

„Versteht sich“, sagte er. „Aber keine Tricks – kein Anhalten. Auf Empfangskomitees in Ankara lege ich keinen Wert.“

„Das – na ja, das ist ganz in unserm Sinne“, räumte Mrs. Pollifax ein.

Als sie zum Wagen gingen, flüsterte Colin ihr zu: „Sind Sie sich darüber klar, daß der von der Polizei gesucht wird?“

„Na, dann befindet er sich in guter Gesellschaft“, sagte sie. „Was kann er wohl verbrochen haben?“

„An der Küste blüht der Schmuggel, und wenn er Seemann ist, wird er damit zu tun haben.“

„Schmuggel“, wiederholte Mrs. Pollifax, und dann lächelte sie. „Damit wären wir also in die Unterwelt eingetreten! Das Leben ist doch voller Überraschungen!“

Als sie auf der Straße nach Izmit dahinfuhren, aßen sie von den Weintrauben, mit denen Sandor sich für seine Friedhofsnacht verproviantiert hatte. Nach dem ersten Schrecken bei der Entdeckung ihres andern Passagiers – „Ist die auch tot?“ hatte er gefragt – verkündete Sandor, er wolle erst schlafen und dann fahren. „Aber wenn Sie anhalten, merke ich das.“ Er zog eine Pistole aus der Tasche. „Keine Tricks, oder ich schieße.“ Woraufhin er sich auf dem Boden des Wagens zusammenrollte und alsbald zu schnarchen begann.

Der Mond, der ihnen vorhin lästig gewesen war, verschwand jetzt perverserweise, und um Mrs. Pollifax noch weiter zu deprimieren, wurde der Weg holperig. Eine Zeitlang heiterte die Bucht von Kadiköy mit ihren Lichtertrauben sie auf, später ein gelegentlicher Ausblick auf das Marmarameer, aber dann begann ein leichter Regen zu fallen und verwischte alle Hoffnungen auf schöne Aussichten.

Seit ihrer Ankunft in Istanbul am Nachmittag hatte Mrs. Pollifax weder geschlafen noch etwas Nennenswertes gegessen, und das machte sich jetzt bemerkbar. Auch das Abnorme ihrer Situation wurde ihr bewußt. Nachdem sie bisher niemals auch nur eine gebührenpflichtige Verwarnung bekommen hatte, wurde sie jetzt von der Polizei dieses gewissermaßen befreundeten Staates verdächtigt, und es war gar nicht ausgeschlossen, daß man im ganzen Land nach ihr fahndete. Außerdem wußte sie jetzt keinen Menschen mehr, an den sie sich hätte wenden können – an Dr. Belleaux schon gar nicht –, und als Schicksalsgenossen hatte sie einen Erpresser mit fragwürdigem Leumund und einen jungen britischen Kauz. Forschend betrachtete sie Colin von der Seite. Kauz oder nicht – Colin mußte sie einfach als ein kleines Wunder ansehen.

In einer Stadt namens Maltepe erreichte die Straße wieder das Meer und folgte dem Ufer bis zum Hafen von Kartal. Um Colin wach zu halten, las Mrs. Pollifax die Richtungsangaben aus ihrem Führer vor. Sie überlegten, ob sie hinter Izmit die Straße nach Ankara über Bolu oder die über Beypazari nehmen sollten. „Welcher Weg wird denn am meisten befahren?“ erkundigte sie sich.

„Über Bolu. Ausgezeichnete Straße.“

„Dann fahren wir meiner Meinung nach besser über Beypazari.“ Darüber waren sie sich noch nicht ganz einig, als sie um halb vier Izmit erreichten. Angesichts des sich lichtenden Horizontes im Osten nickte Colin. „Also dann Beypazari. Der Gedanke, schnell nach Ankara zu kommen, ist sehr verlockend – schließlich sind es vierhundertsiebenundsechzig Kilometer, und wir haben erst sechsundneunzig hinter uns –, aber wenn es Tag wird und die Polizei nach unserem Lieferwagen fahndet, dann kommen wir über Bolu vielleicht überhaupt nicht hin. Übrigens, was erwarten Sie dort eigentlich – als erfahrene Geheimagentin?“ fragte er trocken.

„Ich bin keine Geheimagentin“, sagte Mrs. Pollifax kühl. „Ich bin Kurier. Was ich erwarte? Ich bin so ziemlich auf alles gefaßt – aber wegen Dr. Belleaux, verstehen Sie?“

„Sie haben also noch keine plausible Erklärung für die Tatsache gefunden, daß Magda in sein Haus gebracht wurde?“

„Nein, hab ich nicht, und das wahrhaft Erschreckende daran ist, daß alle Welt dem Mann vertraut, die Polizei samt der türkischen und der amerikanischen Regierung nicht ausgenommen."

„Wonach wir also die beiden einzigen Menschen wären, die anderer Meinung sind. Verflixt scheußlicher Gedanke!"

Mrs. Pollifax schauderte. „Und ausgeschlossen, ihn zu bekämpfen – wenn wir überlegen, was für Möglichkeiten ihm offenstehen!"

„Überlegen Sie das lieber nicht", riet Colin freundlich.

Mrs. Pollifax nickte. Er hatte ganz recht: sie waren ja hilflos – wie der gejagte Tiger –, wenn die Polizei und Dr. Belleaux, einzeln oder gemeinsam, die Treibjagd eröffneten und sie immer enger einkreisten, bis sie schließlich zur Strecke gebracht waren. „Aber wenigstens habe ich Magda", sagte sie, wobei ihr aber alsbald klar wurde, daß sie nicht den Schatten einer Idee hatte, wie sie Magda unversehrt aus dem Lande bringen sollte.

„Könnten Sie Ihrem Freund in Washington ein Telegramm schicken?" fragte Colin.

„Ich weiß nicht. Ich habe strikte Weisung, es nicht zu tun." Sie begann wieder aus dem Fenster zu schauen.

Hinter Izmit führte die Straße bergab bis Geyve und schraubte sich dann durch Weizen- und Tabakfelder wieder bergauf. Als es hell wurde, befanden sie sich auf einer Hochebene; bald ging es über einen Paß, und dann rollten sie in eine Ebene hinunter. „Jetzt haben wir beinah zweihundertfünfzig Kilometer hinter uns", sagte Colin, „und ich bin müde. Jetzt kann Sandor seine Fahrt bezahlen. Sandor!" rief er. „Es ist halb acht, und Sie sind dran mit dem Fahren."

„Verflixt und zugenäht", sagte Sandor und gähnte geräuschvoll. Dann sagte er anklagend: „Die Dame hier hinten starrt mich an. Gibt es Frühstück?"

„Dahinten steht ein Campingkocher", sagte Colin, „und der Wasserbehälter ist voll. Bouillonwürfel müßten da eigentlich auch noch sein, staubig vielleicht, aber löslich."

„Das ist ja herrlich", sagte Mrs. Pollifax. Sie kroch nach hinten zu Magda, die mit verwirrtem Ausdruck gegen das Wagendach starrte. Als sie Mrs. Pollifax zu Gesicht bekam, sagte sie mit schwacher Stimme: „Wo bin ich denn? Und wer ist der Mann, der so schrecklich schnarcht?"

„Das ist nicht ganz leicht zu erklären. Wie fühlen Sie sich jetzt?"

„Schwach und sehr durstig. Bin ich noch einmal betäubt worden?"

Mrs. Pollifax nickte. „Es wäre vielleicht ganz gescheit, wenn Sie jetzt ein bißchen frische Luft schnappten. Hier hinten im Wagen ist es sehr warm. Colin macht Fleischbrühe für uns."

„Colin! Der ulkige junge Mann ist also auch noch da."

„Die Lage ist äußerst kritisch", sagte Mrs. Pollifax, „aber jedenfalls fahren wir Richtung Yozgat." Sie half Magda auf die Beine und dann nach draußen, wo Colin den Kocher in Gang gebracht hatte.

„Nachher durchfahren wir die anatolische Ebene", sagte Colin, „und das bedeutet noch mehr Sonne, Wind und Staub." Als das Wasser, das er beaufsichtigte, zu kochen begann, rührte er Bouillonwürfel hinein und verteilte die Brühe auf vier verbeulte Zinnbecher. „Hier bitte", sagte er.

Mrs. Pollifax behielt den ersten Schluck eine Weile im Mund, um seine Feuchtigkeit zu genießen, dann erst trank sie gierig. „Der reinste Nektar", sagte sie und bemerkte, wie in Magdas bleiches Gesicht eine Spur Farbe zurückkehrte. „Um welche Zeit werden wir Ihrer Meinung nach Ankara erreichen?" fragte sie.

Sandor leckte sich die Lippen. „So wie ich fahre, geht's wie der Wind. Noch mal sechzig Kilometer bis Beypazari, danach noch etwa neunzig. Bis zum frühen Nachmittag sind wir da. Hinterher geht's über Nebenstraßen. Sehr schlechte Straßen", meinte er bedauernd, „aber sehr einsam."

„Sie werden von der Polizei gesucht?" erkundigte sich Mrs. Pollifax.

Sandor grinste. „Sie sind eine reizende Dame, aber Sie fragen zuviel. In Ankara habe ich gute Freunde, und da lasse ich Sie frei."

„Frei? Ich hab gar nicht gewußt, daß wir gefangen sind."

Er klopfte bedeutungsvoll auf seine Tasche. „Ich hab Sie unter Aufsicht, vergessen Sie das nicht. Jetzt woll'n wir aber weiter, verflixt und zugenäht."

Während ihres Gespräches mit Sandor war Mrs. Pollifax eine kleine Sportmaschine aufgefallen, die langsam am Horizont dahintrieb. Mit einem Fuß auf dem Trittbrett des Wagens sagte sie erschreckt: „Colin, sehen Sie!" Denn die Maschine, die gerade hinter einem Höhenzug außer Sicht geraten war, tauchte plötzlich wieder auf und kam erschreckend niedrig auf sie zugeflogen. Colin, der mit dem Campingkocher hinter ihr stand, blinzelte zum Himmel hinauf. Mrs. Pollifax hatte schon einen Angriff im Tiefflug befürchtet, als die Maschine abrupt wieder stieg und in Richtung Ankara abdrehte.

„Verdammter Narr!" schrie Sandor und schüttelte die Faust gegen den Horizont.

„Was zum Teufel soll das bedeuten?" fragte Colin mit gepreßter Stimme.

„Aufklärung, denke ich mir", sagte Mrs. Pollifax. „Aber durch wen?" Indem sie ihre Angst verbarg, half sie Magda auf ihr Feldbett zurück und bestand darauf, daß Colin das zweifelhafte Vergnügen zukomme, auf dem Boden ein Nickerchen zu machen, weil er gefahren und darum müder sei als sie. Wieder nahm sie den Beifahrersitz ein, diesmal neben Sandor, und beim Starten klammerte sie sich fest an. Sandor fuhr hemmungslos, kurvte vergnügt um Löcher herum, fluchte auf türkisch und englisch und nahm öfter beide Hände vom Steuerrad, um sich den Staub aus den Augen zu reiben.

Sie erstiegen jetzt ein zerklüftetes, staubbedecktes Plateau. Es war heiß, Hitze wie Staub fingen sich im Wagen, und ihr Wasservorrat war zu Ende. Nur an einem einzigen Wagen kamen sie vorbei, und der war neben der Straße abgestellt. Nichts regte sich außer den Bergen am Horizont, die in der steigenden Hitze wie Luftspiegelungen zitterten, bis Mrs. Pollifax weit voraus einen sich nähernden Staubwirbel erblickte.

„Sandsturm?" fragte sie Sandor.

„Auto", antwortete er ebenso lakonisch.

Mrs. Pollifax nickte, und als der Wirbel näher kam, war es tatsächlich ein Wagen, ein uralter Packard, wie es schien. Die Sonne auf seiner Windschutzscheibe machte sie undurchsichtig. Als der Wagen fast heran war, erschien auf der Beifahrerseite ein Arm. „Vorsicht – Pistole!" rief Mrs. Pollifax und zog den Kopf ein; im selben Moment splitterte die Windschutzscheibe vor ihr.

Sandor stand buchstäblich auf der Bremse. „Verflixt und zugenäht!" schrie er und rang mit dem Lenkrad, um den Wagen von der Straße herunterzubekommen.

„Unten bleiben, Mrs. Pollifax!" schrie Colin hinter ihr.

Metallkreischen und Reifenquietschen, als der Lieferwagen über den unebenen Grund schlingerte. Mit einer Hand riß Sandor an seinem Gürtel und brachte die Pistole heraus, aber der Wagen war schon vorbei. Da – *päng!* – eine zweite Kugel hinten gegen den Lieferwagen. Erschreckt drehte Mrs. Pollifax sich um und sah Colin erstaunlich tüchtig reagieren. Stefans Pistole war ihm eingefallen, und jetzt zertrümmerte er das kleine Glasfenster an der Rückseite und schob die Pistole durch die Öffnung. Sandor neben ihr war wieder mit dem Lenkrad beschäftigt, um den Wagen auf die Straße zurückzumanövrieren.

„Vorsicht!“ schrie Mrs. Pollifax, denn auch der alte Packard hatte gewendet und kam jetzt mit steigender Geschwindigkeit auf sie zu, als wolle er sie rammen. Eine Sekunde lang drehten die Vorderräder des Lieferwagens sich leer über dem Straßengraben, dann ließ Sandor den Motor aufheulen, und sie schossen im selben Augenblick auf die Straße zurück, in dem der Packard sie verließ. Über Sandors Kopf hinweg summte eine Kugel, die Mrs. Pollifax um Haaresbreite verfehlte, ehe sie zum andern Fenster hinausflog. Aber Sandor feuerte auch. Er schien drei Hände zu haben, eine für den Schalthebel, eine für das Lenkrad und eine für die Pistole. Mit einer gewaltsamen Drehung wendete er und versuchte, auf den Packard zu schießen, der aber auswich, sich drehte, auf die Straße zurückkehrte und ihnen abermals entgegenkam.

Sekundenlang standen die Wagen sich auf eine Entfernung von etwa zwanzig Metern frontal gegenüber. Beide Fahrer brachten den Motor auf Touren und warteten. Dann kam der Packard mit Höchstgeschwindigkeit auf den Lieferwagen zu gerast.

„Hui!“ schrie Sandor mit funkelnden Augen und fuhr bedenkenlos auf den Packard zu. Mrs. Pollifax schrie, riß sich aber zusammen. Für einen Augenblick gewahrte sie ein bekanntes Gesicht – Otto! – ganz dicht vor ihr; dann war der Packard haarscharf an ihnen vorbei. Als er ihrem Gesichtsfeld entschwunden war, hörte sie Colin aus dem Rückfenster feuern, danach Reifenkreischen, das entsetzliche Geräusch splitternden Glases und zusammengedrückten Metalls. Mrs. Pollifax schlug die Hände vors Gesicht. „Sie haben sich überschlagen!“ schrie Sandor, bremste und sprang aus dem Wagen. Mrs. Pollifax glitt ebenfalls hinaus und rannte auf den Packard zu, der auf seinem Dach im Staube lag. „Wir müssen ihnen helfen!“ rief sie, aber im selben Augenblick erfolgte eine gewaltige Detonation, und dann verwandelten Flammen den Packard in einen Scheiterhaufen. Mrs. Pollifax wich zurück und hielt sich die Augen zu. „Ist jemand herausgekommen?“ fragte sie atemlos.

Colin stand neben ihr und legte ihr eine Hand auf die Schulter. Er war blaß und erschüttert.

„Nein“, sagte er. „Ich habe gesehen, daß Otto fuhr und ein Mann, den ich nicht kannte, schoß.“

„Was ist denen denn eingefallen?“ rief Sandor kriegerisch. „Diese Idioten haben uns umbringen wollen! Warum denn zum Teufel?“

„Es galt uns“, sagte Mrs. Pollifax mit zitternder Stimme.

Er war sprachlos. „Hinter Ihnen waren die Gangster her?“

Mrs. Pollifax nickte erschöpft. „Ja. Sie müssen eine Funkverbindung mit dem Flugzeug gehabt haben, und –“ Nach kurzem Zögern sprang sie über ihren Schatten: „Sie können's genausogut wissen, Sandor, daß nicht nur diese Männer hinter uns her sind, sondern auch die Polizei.“

„Die Polizei?“ Er starrte sie verblüfft an. „Hinter Ihnen?“

„Ja.“

„Dann haben Sie den Burschen, den Sie auf dem Friedhof abgeladen haben, also doch erschossen!“

„Nein – das war Otto –, der Mann, der den Packard gefahren hat.“

Sandor schienen die Zusammenhänge zu dämmern. „Der Teufel soll mich holen“, sagte er und musterte Mrs. Pollifax zu ihrer Überraschung mit beinah neidvoller Bewunderung. „Hol mich der Teufel“, wiederholte er und kratzte sich den Kopf. Und auf einmal brach er in Gelächter aus. „Ihr seid also auch Ganoven!“

„Also das verbitte ich mir“, sagte Colin steif.

„Soll keine Beleidigung sein, ich weiß, daß wir nicht demselben Verein angehören.“

Sandor grinste. „Und Sie haben die ganze Zeit eine Pistole gehabt. Als ich Sie dahinten aufgegabelt hab, haben in Wahrheit Sie mich aufgegabelt!“

„Ich meine, wir sollten weiterfahren“, sagte Mrs. Pollifax nüchtern, „ehe jemand den Rauch ausmacht und herkommt, um zu sehen, was passiert ist. Colin, gehen Sie zurück und beruhigen Sie Magda.“ Sie verharrte noch einen Augenblick vor dem rauchenden Trümmerhaufen.

„Das war uns zugedacht“, sagte sie mit einem Schauder. „Sandor, Sie sind großartig gefahren.“

Er betrachtete sie jetzt mit tiefstem Respekt. „Falls es Ihnen um Pinke geht“, sagte er, „ich hab in Ankara einen Kumpel, der für Sie Verwendung hätte.“

„Meiner Ansicht nach sollten wir jetzt nicht nach Ankara fahren“, sagte Mrs. Pollifax. „Sicher gibt es da Polizeikontrollen. Und vielen Dank, Sandor, aber an Pinke hab ich keinen Bedarf. Ich will weiter nichts als ungefährdet aus der Türkei hinauskommen.“

Sandor nickte verständnisvoll. „Dann wär das schlecht", sagte er, während er sie zum Wagen zurückgeleitete. Nachdem er ihr hinaufgeholfen hatte, schien er zu einem Entschluß gekommen. „Sie müssen nach Ankara", sagte er bestimmt. „Ich hab da gute Freunde. Nicht grade bürgerliche, aber" – er zuckte grinsend die Achseln – „verflixt und zugenäht, Sie brauchen Hilfe."

5

In Langley bei Washington war es Dienstag morgen halb neun. Carstairs war vor kurzem in seinem klimatisierten Büro im CIA-Hochhaus angekommen und trank gerade seine zweite Tasse Kaffee, als sein Sekretär eintrat.

„Ja, Bishop, was gibt's?"

Bishop schob ihm ein Blatt Papier hin. „Ein Routinebericht vom Auswärtigen Amt. Die scheinen im Lauf der Nacht eine dringende Anfrage wegen einer Mrs. Emily Pollifax bekommen zu haben, einer angeblichen amerikanischen Staatsbürgerin mit einem angeblich amerikanischen Paß."

Es handelte sich, wie Bishop schon gesagt hatte, um einen Routinebericht, den Durchschlag eines Rundschreibens, dessen Original auf der Paßabteilung des Auswärtigen Amtes schon abgelegt worden war. Eine ganz harmlose Anfrage, und doch empfand Carstairs bei der Lektüre ein gewisses Unbehagen. „Das gefällt mir nicht", sagte er. „Das gefällt mir ganz und gar nicht."

„Mir auch nicht, Sir."

„Wie ich sehe, ist die Anfrage um fünf Uhr fünfzehn heute morgen eingegangen. Da war es in Istanbul neun Uhr fünfzehn gestern abend." Er fluchte. „Kaum eine Stunde nach Mrs. Pollifax' erstem Versuch, die Ferenci-Sabo zu treffen." Was in aller Welt konnte, wo doch zahllose Leute in Istanbul kamen und gingen, die Aufmerksamkeit der Polizei auf Mrs. Pollifax gelenkt haben? Ihr Paß war als Dringlichkeitssache ausgestellt worden – ob man da etwas Wichtiges vergessen hatte? Ausgeschlossen, er persönlich hatte ihn zweimal kontrolliert.

„Das hab ich gern", sagte er trocken, „wenn der Polizei unter Tausenden, die herumlaufen, eine Person ins Auge sticht – und das ist dann unsere Agentin." Er schüttelte den Kopf. „Wir selbst können nichts unternehmen, Bishop, nicht direkt, aber auf Umwegen. Setzen Sie sich mit Barnes vom Auswärtigen Amt in Verbindung, bitten Sie ihn, bei unserm Konsulat in Istanbul in seinem eigenen Namen telegraphisch anzufragen, wie zum Teufel die türkische Polizei dazu kommt, den legalen Paß einer amerikanischen Bürgerin zu beanstanden. Falls die Polizei so weit gegangen sein sollte, Mrs. Pollifax zu vernehmen, müßte das Konsulat davon wissen, und wenn sie nichts wissen, dann können sie sich danach erkundigen, verdammt noch mal. *Mich* jedenfalls interessiert das."

Die Antwort des amerikanischen Konsulates war kurz. Die Polizei in Istanbul hatte Mrs. Pollifax gestern abend vernommen, sich aber geweigert, den Grund anzugeben. Ihren Paß hatte man auf vierundzwanzig Stunden einbehalten. Nach Eingang der Bestätigung aus Washington habe man ihr den Paß wieder zustellen wollen, sie sei aber nicht auffindbar gewesen. Im Hotel Itep, wo sie gemeldet sei, habe man sie seit Montag abend nicht mehr gesehen.

„Nicht mehr gesehen!" Carstairs fluchte kurz, aber kräftig. „Gottlob ist Henry bei ihr, aber wohin zum Teufel konnte sie denn ohne Paß schon gehen? Verflucht noch mal, und ich kann nicht die kleinste Einzelheit ausfindig machen, ohne Magda und Mrs. Pollifax gleicherweise zu gefährden."

„Da wäre ja noch Dr. Belleaux, Sir."

Er schüttelte den Kopf. „Noch nicht. Ich wollte strikteste Geheimhaltung wegen Mrs. Pollifax – und dabei muß ich jetzt bleiben. Ich möchte mit Henry Verbindung aufnehmen, ehe ich jemand anders gefährde – es hat geklopft, Bishop."

„Ja, Sir." Bishop öffnete und kam mit einer neuen Meldung zurück. „Von Barnes im Auswärtigen Amt, Sir. Er hat ein zweites Kabel vom Konsulat in Istanbul bekommen. BEDAUERN MITTEILEN ZU MÜSSEN DASS DIE LEICHE DES AMERIKANISCHEN BÜRGERS HENRY MILES –"

„Leiche?" echote Carstairs mit erstickter Stimme.

„Ja, Sir. – HEUTE MORGEN AUF DEM FRIEDHOF ÜSKÜDAR ENTDECKT WURDE. EINZIGER ANHALTSPUNKT HANDGESCHRIEBENER ZETTEL ZITAT HENRY MILES HOTEL ITEP ZITAT AUS. POLIZEI HAT HANDSCHRIFT IDENTIFIZIERT ALS DIE VON –" Bishop stockte plötzlich und schluckte schwer.

„Einen Anhaltspunkt haben sie also?" grollte Carstairs. „Lesen Sie doch weiter, Bishop, um Himmels willen!"

„– VON MRS. EMILY POLLIFAX AMERIKANISCHER BÜRGERIN AUS NEW BRUNSWICK NJ UND GEMELDET IM SELBEN HOTEL."

„Nein, nein!" ächzte Carstairs.

„Doch, Sir. Hier folgt noch ein Satz. HAFTBEFEHL GEGEN SIE AUSGEFERTIGT."

„Großer Gott!" Carstairs sank in seinem Sessel zusammen. „Henry tot, Mrs. Pollifax verschwunden und über Magda kein Wort. Am besten lassen wir die Hotelhalle bis Freitag jeden Abend überwachen – auf alle Fälle. Ist Hawkins noch in London?"

Bishop nickte.

„Leute nach Istanbul schicken", seufzte Carstairs, „das ist, als ob man sie in ein Faß ohne Boden schmeißt, und trotzdem müssen wir es weiter versuchen. Rufen Sie bitte in London an, Bishop, ja? Ich gebe Hawkins nur eine ganz knappe Anweisung, und wenn Magda noch lebt, wird er sie irgendwo versteckt halten müssen, bis wir uns überlegt haben, was wir als nächstes unternehmen."

„Und Mrs. Pollifax, Sir?"

Carstairs nickte. „Darauf wollte ich jetzt kommen. Kabeln Sie an Dr. Belleaux, Bishop. Machen Sie ihn darauf aufmerksam, daß Mrs. Pollifax zu unsern Leuten gehört und vielleicht den Versuch macht, ihn zu erreichen, in welchem Falle wir dankbar wären, wenn er ihr jede mögliche Hilfe leistete. Dazu eine genaue Beschreibung ihrer Person – und vergessen Sie auch das verflixte Blumenhütchen nicht!"

BEHUTSAM fuhr Sandor den Lieferwagen im Schrittempo durch Gassen, die so eng waren, daß man die Häuser auf beiden Seiten berühren konnte. Ab und zu versperrten ihnen Frauen mit Wasserkrügen auf dem Kopf oder gemächlich dahintrottende Esel die Durchfahrt. Es war drei Uhr nachmittags. Sonne und Staub lasteten schwer auf den Gäßchen samt einem Duftgemisch aus Gewürzen, Olivenöl, Holzkohle und Eselsmist.

Bei der Anfahrt auf Ankara hatten sie die Stadt im Halbkreis umfahren, ehe sie sich vorsichtig über den baumbestandenen Boulevard wagten, um in der Altstadt unterzutauchen. Während sie nun in einem Irrgarten von Gäßchen bergan fuhren, erblickte Mrs. Pollifax auf dem höchsten Punkt der Stadt die Zitadelle, die sie aber sofort wieder aus den Augen verlor. Gleich danach hielt der Wagen, und dann fuhr Sandor ihn rückwärts durch eine Lücke in einer zerfallenden Mauer in einen Hof, der leer war bis auf eine einsame, an einem Ring in der Mauer angebundene Ziege. Ein altes Lehmziegelhaus, in dessen Gemäuer der Himmel hineinschaute, bot Schatten für die mageren Grasbüschel, die das Tier abweidete.

Sandor stellte den Motor ab. „Sie warten hier", sagte er. „Ich mach mich auf die Suche nach Bengziz Madrali. Im allgemeinen nimmt er gestohlene Waren bei sich auf – ich will mich vergewissern, ob er auch *Sie* aufnimmt. Falls jemand kommt, verstecken Sie sich in dem alten *Khan.*" Ehe Mrs. Pollifax protestieren konnte, war er schon fort.

„*Khan,* was ist das?" fragte sie Colin.

„Ein Wirtshaus." Er schaute Sandor nach. „Eigentlich mag ich ihn", sagte er, „wenn ich auch nicht weiß, warum." Als er sich in dem Hofe umsah, hellte seine Miene sich auf. „Also wenn das da über der Tür kein Hethiterfries ist! Würden Sie mir meine Kamera herausreichen, bitte?" Er begann in den Trümmern herumzustöbern, wobei er ständig respektvollen Abstand von der Ziege hielt.

„Wie nett, Sie wiederzusehen!" sagte Magda erfreut, nachdem sie aus dem Wageninnern auf den Platz neben Mrs. Pollifax gekrochen war. „Vielleicht können Sie mir sagen, wo wir sind?"

„Wir sind in Ankara." Dringlich fuhr sie fort: „Wir haben noch nicht miteinander reden können, und Sie müssen verstehen, daß von meinem Standpunkt aus diese Reise nach Yozgat auf Treu und Glauben geschieht. *Weswegen* fahren wir eigentlich hin?"

Magda zögerte. „Ich wage es noch nicht zu sagen. Aber in Yozgat finde ich die Menschen, die mich aus Bulgarien in die Türkei geschmuggelt haben. Ich weiß nicht", fuhr sie ruhig fort, „wie Sie über Zigeuner denken, aber während des Zweiten Weltkrieges haben sie den Alliierten recht wertvolle Dienste geleistet."

„Zigeuner!" Mrs. Pollifax war überrascht.

„Ja. Manche wandern durch ganz Europa, während andere seßhaft geworden sind wie die Zigeunerkolonie in Istanbul. Dort habe ich mich verborgen gehalten, als ich Stefan und Otto zum erstenmal entwischt war."

„Sie wollen sagen, daß die Zigeuner Sie über die Grenze in die Türkei gebracht haben?" fragte Mrs. Pollifax verwundert.

Magda nickte. „Sie akzeptieren einen nicht leicht, denn sie sehen auf *gorgios,* wie sie alle Nichtzigeuner nennen, verächtlich herunter. Aber wir haben vor Jahren zusammengearbeitet, ich habe ihr Vertrauen erworben, habe ihre Sprache gelernt und ein paar von ihnen zu treuen Freunden gewonnen. Ja, den Inglescus habe ich alles anvertraut, als ich merkte, daß ich verfolgt wurde. Sie haben mir versprochen, in Yozgat ein paar Tage auf mich zu warten, ehe sie zu ihrem Sommertreffen nach Süden weiterziehen."

„Höchst erstaunlich", sagte Mrs. Pollifax. „Sie haben also Ihren eigenen geheimen Untergrund!"

„Der richtige Ausdruck", meinte Magda lächelnd. „Aber bitte, merken Sie sich den Namen Inglescu. Für den Fall, daß mit mir irgend etwas schiefgeht, suchen Sie sie auf und sagen ihnen, Magda schicke Sie."

„Konnten Sie ihnen denn anvertrauen, was Sie bei ihnen zurückgelassen haben?"

„Ja", sagte sie schlicht.

„Ich muß mich wundern, warum Sie Ihre alte Existenz plötzlich aufgegeben haben. Ist man Ihnen auf die Spur gekommen?"

„Nein." Magda lächelte. „Ich habe den Entschluß gefaßt, mich zur Ruhe zu setzen."

„Zur Ruhe zu setzen?" rief Mrs. Pollifax.

Ihre Miene brachte Magda zum Lachen. „Ist Ihnen noch nie in den Sinn gekommen, daß auch Menschen meiner Art Lust haben könnten, sich zur Ruhe zu setzen? Ohne Zweifel jage ich meinen Arbeitgebern damit einen Schrecken ein, denn von Agenten nimmt man ja ohne weiteres an, daß sie eines gewaltsamen Todes sterben und dazu in jungen Jahren. Aber ich habe nun mal überlebt – und noch nicht einmal Beiträge für die Altersversorgung geleistet."

„Was haben Sie denn vor?"

Magda zuckte die Achseln. „Meine Altersversorgung bringe ich mit, wie Sie sehen werden. Einfach ein ruhiges Leben möchte ich führen, Blumen ziehen, gute Gedanken denken, wirkliche Freunde haben. Ich bin der Gewalt, der Unsicherheit so müde, des Zwanges, immer gleichgültig zu bleiben, um nur ja keinen Menschen, den ich liebgewinnen könnte, verraten zu müssen oder von ihm verraten zu werden. Und am allermeisten bin ich die Doppelrolle leid."

Mrs. Pollifax sah Magda an und fühlte sich sonderbar angesprochen. Welche Gefahren diese Frau wohl bestanden haben mochte! Ihre Geschichte stand ihr deutlich im Gesicht geschrieben. Schöne Züge, dachte Mrs. Pollifax, Züge, die nicht nur Humor verraten, sondern auch Mitgefühl – und tiefe Traurigkeit. Ihre Hand suchte die Magdas.

„Es hat sich etwas ereignet", sagte sie ruhig, „was unsere Fahrt nach Yozgat zu den Zigeunern erschwert. Ehe ich Washington verließ, wurde mir der Name eines Dr. Guillaume Belleaux in Istanbul genannt, an den wir uns im Notfall um Hilfe wenden könnten. Das Haus, in dem Sie vergangene Nacht von Stefan und Otto betäubt wurden – war sein Haus."

Magdas Lippen formten ein O, und ihre Augen wurden ganz groß. „*Mon Dieu!* Aber weiß dieser Mann, daß Sie das wissen? Hat er Sie gesehen?"

„Beides muß ich bejahen. Colin hat er nicht gesehen, aber er und ich haben uns über eine Menschenmenge hinweg angesehen. Kurz, aber einprägsam."

„Dann spielt er also auch das doppelte Spiel!" Magda wandte sich Mrs. Pollifax zu. „Dann müssen wir wohl noch eine Weile am Leben bleiben, um ihn zu ärgern, nicht wahr?"

„Ja", sagte Mrs. Pollifax, aber ihr schauderte, als sie sich die Umstände vor Augen führte. Wußte sie denn, ob Sandor überhaupt wiederkam, obwohl sie sich auf sein skrupelloses Naturell verließ, das ihn vermutlich zurückführen würde, und wäre es nur, um die nächsten Schritte zu arrangieren.

Sie winkte Colin zu, der gerade aus dem Wirtshaus herausgeschlendert kam. „Sich vorzustellen, daß diese Mauern schon gestanden haben, als Tamerlan mit seinen Mongolen durch dies Gebiet zog", sagte er träumerisch und tätschelte seine Kamera. „Ich hab wunderbare Aufnahmen von dem Fries da und von den alten Mauern geschossen. Sandor noch nicht zurück?"

„Da kommt er", sagte Magda.

Mrs. Pollifax mußte sich Mühe geben, beim Anblick der zwielichtigen, schmuddeligen Gestalt, die da leichtfüßig und grinsend durch den Torweg geschlendert kam, ihre Freude nicht allzu deutlich merken zu lassen. Auch gebadet und rasiert – davon war sie fest überzeugt – würde sie ihn sofort wiedererkennen, an diesem unbändigen Lebensmut, der von ihm ausstrahlte, dieser Freude am Überlisten sämtlicher Widrigkeiten. Offensichtlich war er tätig gewesen, denn er hatte beide Arme voller Bündel.

„Da bin ich wieder!" rief er. „Ich habe Bengziz Madrali gefunden, und er will helfen. Wir gehen jetzt zu ihm, aber zunächst einmal sind hier richtige türkische Bauernkleider, so daß Sie inkognito sind. Für die Damen die Pluderhosen, den Schleier, den Rock und das

Tuch. Und für Sie", rief er Colin vergnügt zu, „den schwungvollen Schnurrbart, die Hosen und den Hut. Sie werden aussehen wie ich. Mehr kann man doch nicht verlangen, wie?"

„Bestimmt nicht", sagte Colin trocken.

„Ziehen Sie sich im Wagen um, verflixt und zugenäht, und dann nichts wie weg. Madrali wittert Ärger, und die Polizei hat schon Straßensperren errichtet."

Mrs. Pollifax, die mit ihren neuen Kleidern auf dem Arm schon den halben Hof überquert hatte, blieb stehen.

„Straßensperren?"

Er nickte liebenswürdig. „Seit zwanzig Minuten hält die Polizei – bums – jeden Wagen an. Offiziell handle es sich um eine Verkehrszählung, sagt Madrali, er hat aber gehört, daß sie nach bestimmten Leuten fahnden." Sandor strahlte sie an. „Bestimmte Leute wollen Sie ja wohl nicht sein, wie? Also rein ins Inkognito – aber dalli!"

Mrs. Pollifax fühlte sich in dem Raum, der genau wie eine Diebeshöhle aussah, äußerst behaglich. Kerzen in Wandleuchtern und die Glut des Holzkohlenöfchens, auf dem ihr Essen gekocht worden war, erzeugten lebendige Schattenspiele an der Decke. Bengziz Madrali, der mit gekreuzten Beinen, ein Tablett auf dem Schoß, am Boden saß, betrachtete mit zusammengekniffenen Augen die drei Pässe, die er für sie fälschte. Als er sein Werk mit der Lupe überprüfte, brummelte er ab und zu vor sich hin oder lächelte Mrs. Pollifax ermutigend zu.

„Sie heißen jetzt Yurgadil Aziz", kommentierte Sandor, der mit den Fingern aus einer Schüssel aß und Madrali über die Schulter schaute. „Die andere Dame heißt Nimet Aziz, und er" – er deutete mit einem fettigen Finger auf Colin – „heißt Nazmi Aziz."

Verschwunden: eine gewisse Emily Pollifax, dachte die Inhaberin des Namens und schaute kläglich auf die schwarzen Pluderhosen, die ihre Beine verschlungen hatten. Aus der Ecke klang Magdas amüsiertes Lachen. Ihr Haar war dunkel gefärbt und dann auf dicke Lockenwickel gedreht worden, die ihr scheußlich um den Kopf standen. Mit der Eleganz einer verwöhnten Dame rauchte sie eine türkische Zigarette, wobei ihre Hand sich so anmutig bewegte, als gehöre sie überhaupt nicht zu ihrem Körper, der sich in der voluminösen türkischen Gewandung völlig verloren hatte. Colin, der neben ihr saß, legte einen Film in seine Kamera, um ein Paßbild von ihr zu machen, sobald die Lockenwickel entfernt waren. Als er Mrs. Pollifax' Blick auffing, sagte er gereizt: „Sie wissen ja, daß das Photo erst noch entwickelt und getrocknet werden muß!"

In seiner neuen Gestalt stellte er sie alle in den Schatten, fand sie. Er trug eine schäbige, mit einer Schnur gegürtete Streifenhose, eine Weste, die ihn über der Brust spannte, ein purpurfarbenes Hemd und eine rosa Krawattenschleife. Der üppige Schnurrbart verdeckte seinen Mund fast völlig, und weil er ständig auf ihn hinunterstarrte, schielte er. Und trotzdem sah er ganz entschieden bedeutend aus. Da er sich nicht mehr als Versager empfand, hatte er den grimmigen Ausdruck eines Bergbriganten angenommen. Er hat mehr von seiner Familie an sich, als er weiß, dachte Mrs. Pollifax amüsiert. Sie erhob sich und befühlte Magdas Haar. Da es trocken war, entfernte sie die Lockenwickel und fragte Madrali nach der dunklen Schminke und dem hellen Hintergrund für das Paßphoto.

„Evet, evet", sagte er. „Da drüben, bittäh."

Colin schüttelte den Kopf. „Ich kann mir immer noch nicht vorstellen, wie Sie sie aus dem Lande herausbekommen wollen, wo wir nicht mal aus Ankara herauskommen."

„Dafür lassen Sie mich nur sorgen", sagte Sandor, der seine Mahlzeit beendet hatte.

„Gut. Die weiße Bluse, bitte", sagte Mrs. Pollifax. Sie ging mit Magda hinter einen Wandschirm und half ihr zur Probe aus der türkischen Tracht in Mrs. Pollifax' marineblaues Kostüm.

„Aber aus dem Lande kommt sie doch nicht ohne Paß", rief Sandor Mrs. Pollifax zu.

„Sie hat einen Paß", antwortete Mrs. Pollifax gelassen.

„Verflixt und zugenäht, fälschen Sie denn auch welche?"

„Es ist ein ganz legaler Paß", erklärte sie ihm, als sie mit Magda zu den andern zurückkam. Sie begann Magdas weißes Gesicht mit bronzefarbenem Make-up zu schminken. „So", sagte sie, „und jetzt den Lippenstift. Sieht sie nicht aus wie eine etwas unterernährte Dichterin, Colin?"

Mit geheimnisvoller Miene verließ Sandor das Zimmer. „Sie haben recht", sagte Colin, „ich hätte das nicht für möglich gehalten."

Nach einer Reihe von Blitzlichtaufnahmen legte Magda sich nieder und schlief bald. Da Colin beim Entwickeln des Films ziemlich grantig war und Bengziz Madrali mit seinen Fälschungen beschäftigt, öffnete Mrs. Pollifax die Tür und ging nach draußen.

Das winzige Haus, in dem Madrali lebte – oder sich verbarg –, lehnte gegen die Mauer der Zitadelle. Als Mrs. Pollifax den festgestampften Lehmpfad hinter dem Hause hinanstieg, schaute sie an den Mauern hinauf, die ein Jahrtausend lang Erdbeben, Plünderungen und Angriffen zum Trotz standgehalten hatten, und dann blickte sie hinunter nach den primitiven Häuschen, die in Reihen den Hügel bis zu seinem Fuß bedeckten. Die soeben in den fernen Bergen versinkende Sonne hinterließ am Himmel ein loderndes Farbenspiel, während die Ebene um Ankara schon im Dämmerlicht lag.

Als sie wie angewurzelt dastand, drangen von unten her die letzten Töne eines Muezzinrufes an ihr Ohr, die in der dünnen, klaren Luft etwas Geisterhaftes hatten. Ich muß hierher zurückkommen, dachte Mrs. Pollifax, um dieses Land wirklich zu sehen. Und doch, das wußte sie, wäre dann alles ganz anders. Denn grade das Unberechenbare ihrer aller Existenz machte ja das Lebendigsein so beglückend; die Sicherheit nach der Gefahr; das Sattwerden nach dem Hunger; die Ruhe nach der Erschöpfung; und auch die erstaunlichen fremden Menschen, die ihr zu Freunden geworden waren.

Sie stand immer noch da, als Sandor heraufkam. Es war rasch dunkel geworden. „Sind Sie das?" fragte er und spähte in ihr Gesicht.

„Ja. Wo sind Sie gewesen?"

„Ich hab tolles Glück gehabt", sagte er. „Der Bus nach Yozgat, der nur zweimal in der Woche fährt, geht in der Morgendämmerung ab. Heiß wird's sein und gestopft voll, aber billig. Am Ulusplatz hocken jetzt schon die wartenden Familien."

„Aber wird die Polizei denn nicht auch die Busse anhalten?"

„Wenn Sie den Bus sehen, dann wissen Sie Bescheid", sagte er. „Nur Türken benutzen ihn – Touristen nie –, und sie kaufen die Fahrkarten lange im voraus. Aber verflixt und zugenäht, für gutes Geld hab ich doch vier Karten nach Yozgat bekommen."

„Vier?" echote sie.

„Für ein kleines Trinkgeld komm ich mit", sagte er bescheiden. „Sie brauchen mich doch zum Dolmetschen."

Ihre Augen leuchteten vor Dankbarkeit. „Oh, das hab ich kaum zu hoffen gewagt –"

Sandor nahm ihren Arm. „Bitte, gehen Sie jetzt hinein, ehe uns jemand Englisch sprechen hört. Morgen bei Tagesanbruch geht's los nach Yozgat, und ich helfe Ihnen die Zigeuner finden, nach denen Sie suchen."

6

ALS IHR offizieller Führer übernahm Sandor ein strenges Kommando. Um drei Uhr morgens weckte er sie. „Wenn Sie richtige Bauern sein wollen, dann schlafen Sie die restlichen Nachtstunden am Ulusplatz wie die andern.“

Steif erhoben sich die drei von ihren Matten. Waschen sollten sie sich am öffentlichen Brunnen, erklärte Sandor. Madrali brachte ihnen zum Frühstück Tee und Obst nebst einem Proviantkorb für die Fahrt. Auch einen schäbigen Pappkoffer zauberte er hervor, in den Mrs. Pollifax ihr blaues Kostüm packte, das Magda später tragen sollte; Colin legte ein paar überzählige Abzüge der Paßaufnahme dazu. Seine Kamera trug er in einer Einkaufstasche. Mrs. Pollifax tastete in ihrer Hose nach den Banknotenpäckchen und Magdas Paß. Ihr Blumenhütchen übergab sie Mr. Madrali mit dem Auftrag, sich seiner zu entledigen. Desgleichen ihre leere Handtasche.

Im bleichen Licht der Morgendämmerung verließen sie das Haus. Am Fuß des Hügels drückten sie Bengziz Madrali dankerfüllt die Hand, und dann waren sie unterwegs. „Ich glaube, mit diesen Hosen könnte ich mich anfreunden“, meinte Mrs. Pollifax und machte größere Schritte. „Ist mein Schleier ordentlich um die Haube drapiert? Sind Sie überzeugt, daß wir echt aussehen?“

„Sehr echt“, sagte Sandor ernst. „Nur daß Sie sich wie eine Amerikanerin verhalten. Mit so einem Schleier vor dem Mund muß man recht scheu sein. Sie kommen ja aus einem kleinen Dorf. Und gehen Sie nicht so flott und so munter und, bitte, halten Sie sich hinter uns Männern!“ Er zuckte entschuldigend die Achseln. „Nicht meinetwegen, nur wegen der Rolle. Anatolische Bäuerinnen arbeiten schwer und reden wenig, verstehen Sie? So türkisch wie die andere Dame sehen Sie nicht aus“, fügte er hinzu.

„Oh, Verzeihung“, sagte sie zerknirscht und hielt sich hinter ihm und Colin.

„Und hören Sie auf, englisch zu sprechen“, gab ihr Colin noch eins drauf.

Magdas Augen über dem Schleier leuchteten vor Vergnügen. „Es hat schon gewirkt“, sagte sie, „jetzt sehen Sie richtig verschüchtert aus.“

Mit gespielter Eifersucht sagte Mrs. Pollifax: „Sie haben gut reden – *Sie* findet er ja richtig!"

„Touché", sagte Magda, und das unterdrückte Lachen in ihrer Kehle verriet Mrs. Pollifax, wie vergnüglich der Umgang mit ihr in weniger gefahrvollen Situationen sein mochte. Inzwischen waren sie in einen baumbestandenen Boulevard eingebogen und kamen an hochmodernen Gebäuden vorbei. Mrs. Pollifax hätte vergessen können, daß sie sich im Orient befand, wäre nicht ein Schwarm schreiender und flügelschlagender Truthühner über die Kreuzung getrieben worden.

Dann hatten sie den Platz erreicht, und am Straßenrand erblickten sie ein altes hölzernes Vehikel, um das Dutzende von Bauernfamilien herumhockten. Sandor ermahnte seine Gefährten, nicht mehr zu sprechen, sondern nur mehr verbindlich zu lächeln. Nach etwa einer Stunde kam pfeifend der Fahrer über den Boulevard daher, schloß den Bus auf und rief den Passagieren zu, sie sollten ihr Gepäck bringen, das auf dem Dach verstaut wurde. Ein Polizist trat herzu und jagte Mrs. Pollifax einen Schrecken ein, weil er Pässe und Fahrkarten sehen wollte.

„Nur keine Angst", flüsterte Sandor.

Als der Polizist bei Mrs. Pollifax ankam, konzentrierte sie sich völlig darauf, so klein und unterwürfig wie nur möglich auszusehen. „Yurgadil Aziz", sagte er gedankenlos, als er ihren Paß kontrollierte. „Fahrschein?" fragte er und streckte die Hand aus.

Sandor holte vier Fahrscheine aus der Tasche. Mrs. Pollifax begriff, daß sie, da sie Tage zuvor gelöste Fahrscheine besaßen, keine neuerdings zugereisten Amerikaner sein konnten, nach denen die Polizei fahndete. Die Fahrscheine wurden zurückgereicht, der Polizist ging weiter, der Busfahrer gab das Signal, und die Passagiere drängten in den Bus. Ein Schwein quiekte, Männer und Frauen lachten. Wer keinen Sitzplatz fand, hockte sich auf den Boden. Bald waren sie unterwegs nach Yozgat.

SIEBEN STUNDEN später holperte der Bus nach Yozgat hinein. Nachdem man so lange in engster Nachbarschaft beieinandergesessen hatte, wußte jedermann im Bus, daß drei Passagiere kein Türkisch sprachen: Fremde also, somit Gäste, denen man zulächelte, Süßigkeiten anbot und zu Plätzen im Gang verhalf, wo der durch die offenen Fenster hereinwehende Staub sie weniger belästigte. Trotzdem kam ihnen die Fahrt endlos vor, und Mrs. Pollifax litt Magdas wegen, die wieder schrecklich elend aussah.

Als der Bus dramatisch hupend auf dem Marktplatz von Yozgat hielt, stand Mrs. Pollifax auf und hielt nach Colin Ausschau, der hinten im Wagen eingekeilt war und nur winken und die Achseln zucken konnte. Sandor half Magda aufstehen. Am Vorderausgang des Busses sprang er zuerst ab, nach ihm Magda, die ihm beinah in die Arme fiel. Mrs. Pollifax, die ihnen folgte, hob den Kopf, warf einen ersten Blick auf Yozgat – und erstarrte vor Schreck.

Aus einer Menschenmenge auf dem Bürgersteig war ein Mann herausgetreten, der jeden Passagier eingehend musterte. Jetzt starrte er aufmerksam in Mrs. Pollifax' halb bedecktes Gesicht, dann glitt sein Blick weiter zu Sandor und Magda, die an Sandors Arm wankte. Der Mann war leicht an seinem kleinen weißen Ziegenbart zu erkennen. Es war Dr. Guillaume Belleaux.

Jetzt näherte er sich Mrs. Pollifax und sprach sie auf türkisch an, wobei seine Augen amüsiert auf den kleinen weißen Haarsträhnchen hafteten, die unter ihrem Kopftuch vorschauten. Ehe ihr noch ein Gedanke gekommen war, wie sie sich aus der Affäre ziehen könnte, schob er die Tücher zurück, um ihr Gesicht sehen zu können. „Mrs. Pollifax, nicht wahr?" sagte er liebenswürdig. „Genau die Dame, deren ich mich auf telegraphische Anweisung von Mr. Carstairs annehmen soll – was ich auf der Stelle tun werde! Und Ihre beiden Gefährten dürften Madame Ferenci-Sabo und Mr. Colin Ramsey sein." Er machte jemand auf der andern Straßenseite ein Zeichen. „Daß Sie Karate können, ist mir bekannt", fuhr er höflich fort. „Eine Bewegung auf mich zu, und die Pistole hier unter meiner Zeitung tötet Sie."

„Verflixt und zugenäht!" sagte Sandor, aber ob ihm nun die Verwechslung mit Colin in die Glieder gefahren war oder die Pistole, war nicht auszumachen.

Mrs. Pollifax seufzte. Da hatten sie nun auf der Flucht vor der Polizei von Ankara diese sieben Stunden Busfahrt auf sich genommen, nur um Dr. Belleaux in die geöffneten Arme zu laufen. Sie fand das ausgesprochen unfair.

„Der Wagen kommt – Geduld bitte", sagte Dr. Belleaux. Als er um sich schaute, bemerkte er Colin, der mit offenem Mund auf der untersten Stufe der Bustreppe stand. Mit scharfer Stimme rief er ihm ein paar türkische Worte zu.

Colin machte den Mund zu, und dann schnarrte er zu Mrs. Pollifax' Erstaunen mürrisch *„Evet, evet"* und ging steifbeinig davon. Da dämmerte ihr, daß Dr. Belleaux Colin nicht erkannt hatte; er war auf der Suche nach zwei Frauen und einem Mann gewesen, und die hatte er gefunden. Und Colin – Gott segne ihn – hatte sofort geschaltet. Sie und Sandor wechselten Blicke, dann fuhr der Wagen vor, und Dr. Belleaux sagte: „Steigen Sie bitte ein!" Er hielt die Tür auf. „Nein, Mr. Ramsey, Sie setzen sich bitte nach vorn, wo ich Sie erschießen kann, wenn Sie Umstände machen."

Um Sandor ins Bild zu setzen, sagte Mrs. Pollifax kühl: „Erlauben Sie mir, Sie vorzustellen. Dies ist, soviel ich weiß, Dr. Guillaume Belleaux, der Führer der Bande, die uns auf dem Weg nach Ankara umzubringen versucht hat." Sandors Augen blitzten. „Der Herr neben Ihnen", fuhr sie mit beißendem Spott fort, „ist Stefan, der Menschen entführt und auch betäubt."

Ohne sie zu beachten, beugte Dr. Belleaux sich vor. „Die Straße da drüben, Stefan, dann links und dann scharf rechts." Der Wagen verließ den Platz, fuhr an einem Eckcafé vorbei, auf dessen Schildern CIKOLATA – SIGARA UND KOKA-KOLA stand (ich kann das ja lesen, dachte Mrs. Pollifax), und dann eine gepflasterte Straße hinunter, die sich bald in einen Feldweg verwandelte.

„Wohin fahren wir?" wollte Mrs. Pollifax wissen.

„Nicht weit", sagte Dr. Belleaux. „Es schien uns am klügsten, ein leerstehendes Haus in Yozgat zu mieten, während wir auf Sie warteten. Ich nahm an, daß Sie sich verkleiden würden, um der Polizei zu entgehen. Aber die hatte natürlich keine Ahnung, daß Sie nach Yozgat wollten. Das hat Stefan und mir einen solch erfreulichen Vorsprung gebracht!" Er beugte sich wieder nach vorn. „Fahr zur Rückseite des Hauses, Stefan. Man braucht den Wagen nicht von der Straße aus zu sehen."

Sie hielten hinter einem niederen Lehmziegelhaus mit geschlossenen Läden, das mindestens vierhundert Meter vom nächsten Nachbarn entfernt lag. „Assim ist drinnen", sagte Dr. Belleaux. „Einmal hupen." Daraufhin erschien ein Mann mit einem zugleich brutalen und mürrischen Gesichtsausdruck, und die Gefangenen wurden ins Haus getrieben.

Als die Tür sich hinter ihnen geschlossen hatte, befanden sie sich in völliger Finsternis. Nicht einmal die Läden verrieten sich durch Lichtstreifen. Dr. Belleaux zündete zuerst eine Kerze, dann eine Laterne an. „Hier herein“, sagte er, und sie wurden in eines von zwei Hinterzimmern gestoßen. Diesen Raum hatten früher offenbar Menschen und Tiere gemeinsam bewohnt. Der Fußboden bestand aus gestampftem Lehm, in einer Ecke lag ein alter Heuhaufen, und es roch stark nach Mist. Eine Außentür war zugemauert, aber nicht übertüncht. Assim fesselte Hand- und Fußgelenke der drei an Holzstühle. Dann winkte Dr. Belleaux seine Helfer in den Nebenraum, und Mrs. Pollifax hörte sie türkisch miteinander reden.

„Magda“, flüsterte sie, „sind Sie wohlauf?“

Magda hob den Kopf und lächelte matt. „Ja, aber endlich nach Yozgat zu kommen, so nahe zu –“ Sie sprach nicht weiter.

Sandors Stimme war erstickt vor Zorn. „Sogar ich hab von diesem Dr. Belleaux gehört. Das ist ja ein starkes Stück. Es muß einen Weg geben, freizukommen!“

„Wie zum Beispiel?“ seufzte Mrs. Pollifax.

„Colin ist doch draußen.“

„Er weiß nicht einmal, wo wir sind“, sagte sie still. „Er ist allein und hat keine Erfahrung im Umgang mit der Gewalt.“

„Seit er Sie kennt, hat er doch einiges erlebt“, meinte Sandor. „Sollen wir denn einfach sterben wie das Vieh auf der Schlachtbank? Es muß ein Augenblick kommen –“ Er schwieg, weil Dr. Belleaux wieder ins Zimmer trat.

„Wir haben soeben das Weitere besprochen“, sagte er. „Ich bin an einer kleinen archäologischen Ausgrabung beteiligt, nicht weit von hier – dort werden Sie heute nacht beerdigt.“

„Und was gedenken Sie Mr. Carstairs zu sagen?“ fragte Mrs. Pollifax.

Dr. Belleaux lächelte liebenswürdig. „Nun, daß ich Sie überall gesucht habe und daß Sie mit Ihrer kleinen Gesellschaft spurlos verschwunden seien.“

„Er hat Ihnen wirklich meinetwegen gekabelt?“ Mrs. Pollifax konnte es nicht glauben.

„O ja, erst gestern abend, mit einer genauen Beschreibung Ihrer Person – und er hatte mir schon früher wegen Henry Miles gekabelt, ohne Sie zu erwähnen. Henry Miles zu beseitigen war nicht schwieriger als bei dem andern Burschen, den Miles ersetzen sollte, soviel ich weiß. Aber als Sie die Ferenci-Sabo aus meinem eigenen Hause entführt haben, hatte ich noch keine Ahnung, daß Sie für Carstairs arbeiten. Kaum zu glauben, nicht wahr?“

„Wie dumm müssen Sie sich vorgekommen sein", pflichtete sie heiter bei. „Seit wieviel Jahren arbeiten Sie als Doppelagent?"

„Das dürfte keine Rolle spielen. Gegenwärtig bin ich das, was man ‚Schläfer' nennt. Das heißt, ich werde in Reserve gehalten, bis etwas wirklich Lohnendes kommt. Madame Ferenci-Sabos Überlaufen war wichtig genug für den Befehl, sie um jeden Preis zu schnappen, auch um den Preis meiner Nützlichkeit als Freund der Amerikaner wie der Türken." Er lächelte. „Aber so hoch ist der Preis gar nicht. Schon morgen kann ich mein sehr angenehmes Leben in Istanbul wieder aufnehmen. Jetzt aber", schloß er mit veränderter Stimme, „muß ich an die Arbeit gehen."

„Hain", grollte Sandor.

„Was heißt das?" fragte Mrs. Pollifax.

„Verräter", sagte Dr. Belleaux gleichmütig. Er starrte auf Magda hinunter. „Was ich zuallererst erfahren möchte", begann er, „ist, auf welche Weise die Amerikaner ins Spiel gekommen sind, wie sie davon erfahren haben. Heben Sie den Kopf!" befahl er.

Langsam schaute Magda auf. „Ich wünsche, daß Sie reden", sagte er. Seine Stimme war plötzlich eisig geworden. „Sie werden mir sagen, warum und wie Sie mit Carstairs Kontakt aufgenommen haben. Sie werden mir sagen, wo die Papiere sind, die Sie mitgebracht haben, und warum Sie unbedingt nach Yozgat wollten."

„Nein", sagte Magda.

Haßerfüllt begann er, sie gegen die Backenknochen zu schlagen – rechts, links, rechts, links. Mrs. Pollifax mußte die Augen schließen, um ihre Tränen zu verbergen. Hin und her ging die Hand, hin und her, aber Dr. Belleaux hatte Magdas Widerstandskraft überschätzt. Plötzlich sank ihr Kopf – eine gnädige Ohnmacht erlöste sie.

„Bastard!" brüllte Sandor.

Dr. Belleaux wandte sich Mrs. Pollifax zu, und sie begriff, daß jetzt die Reihe an ihr war. Einen Augenblick sah sie im Geist ihre sonnige kleine Wohnung in New Brunswick vor sich und dachte: Wozu das alles? Dann schaute sie Dr. Belleaux fest an. Er stand über ihr, die Augen zusammengekniffen, die Fäuste erhoben. Und sie betete um Mut.

Beim Aussteigen aus dem Bus hatte Colin mit Entsetzen Mrs. Pollifax im Gespräch mit Dr. Belleaux erblickt. Zwar hatte er Dr. Belleaux in seinem Haus in Istanbul nicht zu Gesicht bekommen, aber er kannte ihn von Zeitungsbildern. Als sein Blick auf das Blatt fiel, das Dr. Belleaux so sonderbar in der Hand hielt, begriff er, daß es eine Pistole verbarg. Wie angenagelt war er auf der Bustreppe stehengeblieben, bis sich hinter ihm protestierende Stimmen erhoben hatten, wodurch Dr. Belleaux auf ihn aufmerksam geworden war und ihn auf türkisch verschwinden hieß. *„Evet, evet"*, hatte Colin geantwortet und war über die Straße davongegangen.

Dann aber blieb er stehen, denn plötzlich hatte er begriffen, daß Mrs. Pollifax, Magda und Sandor soeben gefangengenommen worden waren. Seine erste Regung, laut nach der Polizei zu schreien, mußte er unterdrücken, weil ihm einfiel, daß er wegen seiner Verbindung zu Mrs. Pollifax auf ihren Schutz verzichten mußte. Also war er völlig machtlos. Er sah Dr. Belleaux einem Mann in einem parkenden Wagen winken; der Mann fuhr hinter dem Bus vor, und die drei stiegen ein. Der Wagen fuhr an und kam ganz dicht an Colin vorbei, so daß er Stefan am Steuer erkannte. Bestimmt sah er seine Freunde nie mehr wieder, dachte er verzweifelt.

Wild starrte er die Menschen um sich herum an: alte Männer, die auf Bänken dösten, eine Frau, die mit einem Reisigbesen kehrte, der Busfahrer, der die Postsäcke ablud. An der Ecke befand sich ein kleines Café mit fliegendreckbeschmutzten Fenstern und einer auf den Platz gehenden Tür. Auf einem Schild stand Cikolata – Sigara, auf einem andern Koka-Kola. Neben der Tür lehnten an der Wand drei Fahrräder. Ohne eine Sekunde zu zaudern, rannte Colin über den Platz, schwang sich auf eines der Räder und fuhr die Straße hinunter, die der schwarze Wagen genommen hatte. Die Rufe hinter ihm beachtete er nicht. Er mußte den Wagen verfolgen.

Immer stärker kam Colin zum Bewußtsein, daß er seinerseits verfolgt wurde. Er trampelte an niederen Steinmauern, an Häusern mit abblätterndem Verputz vorbei, bis das Pflaster aufhörte und der Weg sich in zwei Feldwege teilte.

Als er unschlüssig innehielt, holte der Verfolger auf und stoppte neben ihm: zu allem Überfluß ein Mädchen, das ihn mit einem türkischen Wortschwall überfiel.

„Ich kann Sie nicht verstehen!" rief er, in seiner Verzweiflung auf englisch.

Mitten im Satz brach sie ab und machte große Augen. „Sie sprechen ja Englisch! Sie sind ja gar kein Türke!"

„Ja, ich bin Engländer, und ich habe meine Freunde verloren. Sie waren in dem schwarzen Wagen, der eben diese Straße hinuntergefahren ist. Es tut mir schrecklich leid, daß ich – aber Sie sprechen ja auch Englisch!"

„Ich gehe in Istanbul aufs College", sagte sie ungeduldig. „Aber wieso sind Sie denn wie ein Bauer angezogen?"

„Ich muß den Wagen finden." Ihre Frage überhörte er. „Sehen Sie, ich gebe Ihnen Ihr Rad ja zurück – oder kommen Sie doch mit, wenn Sie mir nicht trauen."

„Ich komme mit", sagte sie entschlossen. „Der Wagen ist links abgebogen, sehn Sie nicht den Staub?"

Sie nahmen den Weg nach links. Am letzten Haus – es stand allein und abseits – lag noch eine schwache Staubwolke. „Da drin müssen sie sein", sagte das Mädchen. „Ich warte, während Sie hineingehen."

„So einfach ist das nicht", sagte Colin, stieg ab und sah sie an. Auf den ersten Blick war sie ihm als ein etwas pummeliges junges Ding erschienen, ein niedlicher Anblick. Jetzt sah er, daß sie außergewöhnlich schön war. Makellos die Haut, die Lippen geschwungen, die großen, runden, dichtbewimperten Augen von einem lebhaften Blau, das zu ihrem dunklen Haar reizvoll kontrastierte.

„Wie heißen Sie?" fragte er.

„Sabahat Pascha. Und Sie?"

„Nazmi Aziz", sagte er geistesabwesend.

Sie lachte. „Wie! Aber Sie sind doch gar kein Türke!"

Er wurde rot. „Ich heiße Colin Ramsey, aber – ach, zum Teufel, gehen Sie jetzt", sagte er und lehnte sein Rad gegen die Mauer.

Sie lachte wieder. „Wie kann ich denn auf zwei Rädern in die Stadt zurückfahren? Und warum stellen Sie nicht fest, ob Ihre Freunde wirklich hier sind?"

Er sah sie hilflos an. Wie sollte er ihr das erklären?

„Also hier stimmt etwas nicht", sagte sie. „Sie sind irgendwie in der Patsche."

Ihre Augen lachten nicht mehr.

„Ja“, gab er zu. „Aber mit der Polizei hat das nichts zu tun“, fuhr er hastig fort. „Meine Freunde sind Amerikaner, und die Polizei zu rufen, na ja, das könnte sehr peinlich werden.“

„Amerikaner!“ rief sie. „Oh, die möchte ich gern kennenlernen! Wie kommen sie denn nach Yozgat? Studieren sie die Folklore?“

„Wir kamen nach –“ Er hielt inne. Plötzlich war ihm aufgegangen, daß es vielleicht doch eine Rettung gab. „Sabahat“, sagte er aufgeregt, „kampieren in der Nähe von Yozgat Zigeuner?“

Zuerst sah sie ihn verblüfft an, dann dachte sie nach. „Einige haben ein paar Tage unmittelbar vor der Stadt gelagert. Viele von meinen Freunden haben sich aus der Hand lesen lassen. Aber gestern seien sie weitergezogen, hab ich gehört, und jetzt soll nur noch der Mann mit einem Tanzbären dasein.“

„Wissen Sie, wo?“

„Ja, hinter der Moschee, an einer Ausfallstraße. Seinen Wagen hab ich gesehen. Seinen Hund auch.“ Sie schüttelte sich.

„Bitte“, sagte er kühn, „wenn ich das Rad in die Stadt zurückfahre, können Sie mir dann zeigen, wo der Zigeuner mit dem Tanzbären ist?“

Sie schien irritiert, aber plötzlich mußte sie lachen. „Ihr Schnurrbart ist losgegangen“, sagte sie.

„Überrascht mich nicht.“ Er grinste. „Und obendrein kratzt das verflixte Ding.“ Während er ihn festmachte und glättete, sah er sie ernsthaft an.

Plötzlich nickte sie. „Kommen Sie – ich bringe Sie selber hin. Sie könnten ja gar nicht mit ihm sprechen. Mein Freund hat bestimmt nichts dagegen, wenn ich Ihnen das Rad noch ein bißchen länger borge.“

„Das ist schrecklich nett von Ihnen“, sagte er dankbar. Dann wendete er und folgte ihr stadteinwärts.

Als sie wieder auf dem Platz anlangten, war der Bus abgefahren, und in der Nähe der Haltestelle stand neben einem Pappkoffer eine Einkaufstasche. „Gütiger Himmel! Meine Kameras! Und Magdas Koffer!“ Er schnappte nach Luft und verstaute beides auf dem Gepäckständer des Rades. Dann machte er sich in Sabahats Kielwasser auf die Suche nach dem Zigeuner.

Der Wagen stand, von Bäumen halb verborgen, abseits der Straße. Am Lagerfeuer wachte ein grimmig dreinschauender Hund. „Daheim muß er sein, denn der Bär ist am Wagen angebunden", sagte Sabahat. „Aber der Hund ist nicht angebunden", fügte sie ängstlich hinzu.

„Ich gehe voran", sagte Colin.

Kaum hatten sie die Straße verlassen, als der Hund aufsprang und mit gefletschten Zähnen knurrend auf Colin zukam. Mit hämmerndem Herzen blieb er stehen.

In diesem Augenblick trat der Zigeuner aus dem Wald und beobachtete ihn mit feindseligem Blick.

„Ich muß mit Ihnen sprechen", schrie Colin, „rufen Sie Ihren Hund zurück." Sabahat hinter ihm dolmetschte mit leicht zitteriger Stimme.

Auf ein paar Worte des Zigeuners schlich der Hund davon. Während Colin und Sabahat ihre Räder näher heranschoben, bat Colin: „Sagen Sie ihm, ich sei auf der Suche nach Zigeunern, die hier in Yozgat gewesen sein sollen."

Sabahat und der Zigeuner wechselten Worte. „Er will wissen, was Sie von den Zigeunern wollen."

„Ich habe eine Botschaft von einer Freundin der Zigeuner, die mit ihnen über die türkische Grenze gekommen ist. Jetzt ist sie in Not und braucht Hilfe."

Der Blick des Mannes war immer noch undurchdringlich. Als er Sabahat angehört hatte, fragte er ganz beiläufig nach dem Namen der Dame, die eine Fremde und dennoch eine Freundin der Zigeuner sei.

„Magda", sagte Colin, wagte aber nicht, ihren Nachnamen auszusprechen.

Der Mann zuckte die Achseln. Er kenne keine solche Person.

Plötzlich fielen Colin die Paßphotos ein. Er kniete nieder, durchsuchte den Koffer und fand die beiden nicht verwendeten Aufnahmen von Magda.

Eine brachte er dem Zigeuner.

Der Ausdruck des Erkennens in den Augen des Mannes wich rasch wieder dem Argwohn. „Zum Teufel, jetzt denkt er vermutlich, ich sei von der Polizei", ächzte Colin. „Sabahat, Sie müssen ihm deutlich klarmachen, daß Magda in Yozgat ist. Vor einer Stunde ist sie entführt worden."

„Entführt?" Sabahat sah ihn verblüfft an.

„Bitte, sagen Sie es ihm“, flehte Colin. „Wenn er mir nicht glaubt, kann er sich selbst überzeugen. Sagen Sie ihm den Namen der Straße und daß zwei Männer sie in ein alleinstehendes Haus gebracht hätten.“

Die Augen des Mannes wurden schmal. Er begann zu sprechen.

Atemlos übersetzte Sabahat. „Er sagt, die Zigeuner seien gestern spät hier aufgebrochen und südwärts in Richtung Kayseri gezogen. Und er sagt, er möchte das Haus in Yozgat sehen, von dem Sie sprechen.“

Colin stieß einen Seufzer der Erleichterung aus. „Gottlob – dann weiß er also, wovon ich rede.“

Wieder sprach der Zigeuner. „Ich soll Ihnen sagen, daß er leider keine Waffen hat.“

„Sagen Sie ihm, ich sei ein Anhänger der Gewaltlosigkeit.“

„Oh, wirklich?“ rief Sabahat atemlos. „Oh, ich doch auch! Und alle meine Freunde vom College“, erklärte sie mit leuchtenden Augen. „Sagen Sie – haben Sie irgendwelche – wie heißt es doch – *love-ins* mitgemacht?“

„Leider nicht.“ Colin schüttelte den Kopf.

„Aber Entführung ist doch Gewaltanwendung. War es einer von meinen Landsleuten, der Ihrer Freundin das angetan hat?“

„Ein Franzose, soviel ich weiß“, sagte Colin.

„So viele Ausländer in Yozgat!“ rief sie. „Das würde meine Freunde interessieren. Sie können sich gar nicht vorstellen, wie wir danach hungern, mit Menschen aus anderen Ländern zu sprechen.“

„Wie viele Freunde haben Sie in Yozgat?“ erkundigte sich Colin.

„Nun ja, so ungefähr zwölf von uns sind aus dem College in Ferien.“ Unvermittelt warf sie ihm einen mutwilligen Blick zu. „Haben Sie denselben Gedanken wie ich? Es kann gar nicht anders sein! Ich weiß es!“ Sie sahen sich an. Plötzlich war ein Bündnis geschlossen. Ihm war, als sei ihm noch nie ein so einfühlsames Wesen begegnet – von seiner Schwester Mia abgesehen.

Der Zigeuner überschüttete Sabahat nun mit einer Flut türkischer Worte. Als er geendet hatte, nickte sie Colin zu. „Alles in Ordnung. Er sagt, er sei zurückgeblieben, um auf die Frau namens Magda zu warten und sie zu den andern Zigeunern zu führen. Und er sagt, wenn Sie von der Polizei seien, werde er Sie töten. Sonst hilft er uns.“

„Uns?“ fragte Colin überrascht.

Sie lächelte ihn an. „Wenn ich Sie jetzt im Stich lasse, dann erfahre ich doch nie, ob es klappt."

Colin grinste. „Sagen Sie ihm, ich sei schrecklich glücklich, ihn zur Seite zu haben."

„Und mich auch?" fragte sie keck und errötete.

„Sie auch", sagte er.

Von der Stelle aus, wo Colin und der Zigeuner kauerten, schien die Stadt weit entfernt. Sie hatten den Schuppen hinter dem Hause erreicht, in dem Magda, Mrs. Pollifax und Sandor seit zwanzig nach eins gefangengehalten wurden. Jetzt war es halb vier. Sie schlüpften um den Schuppen herum, um von dessen Vorderseite aus das Terrain zu erkunden. Der Zigeuner deutete auf den Wagen, und Colin nickte. Sie krochen über den Hof in den Schatten des Wagens, wo der Zigeuner ein langes Messer hervorzog und alle vier Reifen aufschlitzte. Dann krochen sie weiter zur Rückseite des Hauses, hockten sich unter eines der mit Läden verschlossenen Fenster und preßten die Ohren gegen die Mauer.

Bald hörte Colin Sandors Stimme. Er schimpfte, auf türkisch. Jedenfalls war er noch am Leben.

Der Zigeuner hatte die Mauer zu ihren Häupten eingehend betrachtet und begann mit der Hand leicht über sie hinzugleiten. Jetzt bemerkte auch Colin eine Fuge, die senkrecht nach oben lief, dann waagerecht und dann wieder nach unten, als sei eine Türöffnung ungeschickt zugemauert worden. Einen bestimmten Lehmziegel betastete der Zigeuner mit den Fingerspitzen beider Hände, packte ihn, gab sich einen Ruck und hätte ihn beinahe herausgehoben; rasch drückte er ihn zurück und lächelte Colin triumphierend an. Sie begannen die Türfüllung nach weiteren losen Ziegeln abzutasten und fanden ungefähr ein Dutzend. Der Zigeuner brachte zwei Messer zum Vorschein, und wortlos begannen sie, sachte den Mörtel um andere Ziegel zu lockern. Nach einer halben Stunde sah Colin auf seine Uhr, berührte den Zigeuner am Arm und flüsterte „Sabahat". Der Mann nickte, und Colin kroch fort, um in die Stadt zurückzueilen und das Mädchen zu treffen.

Nachdem er eine Viertelstunde auf Sabahat gewartet hatte, wurde Colin unruhig. Sie hatte ihm geraten, im Café auf sie zu warten, weil er dort am wenigsten auffiele; da anatolische Frauen aber niemals allein ein Café betraten, mußte er nah bei der Tür auf einer Bank sitzen und nach ihr Ausschau halten. Die Männer um ihn herum kamen ihm vor, als seien sie vor fünfzig Jahren in Stein verwandelt worden: regungslos saßen sie da, die Lippen um das Mundstück der orientalischen Wasserpfeife geschlossen, die Augen blicklos.

Jetzt betraten drei weitere Männer das Café. Zwei setzten sich in eine Ecke. Der dritte bestellte deutlich *„Raki"* und begann sich im Lokal umzusehen.

Colin blieb das Herz stehen. Der Mann war sein Onkel Hu. In Khakihosen und einem ausgeblichenen Hemd stand er da und hielt Ausschau nach einem Gesicht, das ihn interessieren könnte. Sein meliertes Haar war nach einer Woche Sonne beinah weiß. Da Colin jetzt einfiel, daß er ja maskiert war, begegnete er dem Blick seines Onkels, ohne mit der Wimper zu zucken.

Dessen geübtes Photographenauge musterte ihn von oben bis unten, sah weg und kehrte nach einer Weile wieder. Einen Augenblick später trat er mit seinem Rakiglas in der Hand an den Nachbartisch, setzte sich und sagte aus dem Mundwinkel: „Würdest du mir vielleicht verraten, was zum Teufel du hier in Yozgat mit diesem absurden Schnurrbart vorhast?" Colin erstarrte. „Natürlich will ich dir nicht ins Gehege kommen", fuhr Onkel Hu milder fort, „aber ich habe eine scheußliche Nacht im Ortsgefängnis verbracht. Jeder, der einen Wagen der Ramsey-Gesellschaft fährt, wird offenbar von der Polizei angehalten. Mich haben sie freigelassen, weil die Beschreibung eines rotblonden jungen Burschen, der mit einer wegen eines gräßlichen Mordes in Istanbul gesuchten Frau unterwegs sein soll, auf mich nicht paßte."

„Laß uns nach draußen gehen", sagte Colin verzweifelt.

„Mit Vergnügen", antwortete sein Onkel.

Das Sonnenlicht blendete sie beinah. „Wieso hast du mich erkannt?"

„Mein lieber Junge, ich habe ein besonderes Gedächtnis für Gesichter. Als ich dich sah, dachte ich: Das sind Colins Backenknochen und seine Augen; der Kerl sieht tatsächlich aus wie Colin mit Schnurrbart und in Bauernkleidern. Na, was hast du angestellt, während ich in Erzurum war?"

„Nun ja, das ist so, Sir“, begann Colin, „und ich muß es kurz machen, daß drei Freunde von mir gekidnappt worden sind, hier in Yozgat, und sich in einem Haus ungefähr anderthalb Kilometer von hier befinden.“

„Verstehe. Natürlich mußt du sie herausholen“, sagte Onkel Hu, ohne eine Miene zu verziehen.

„Ja, Sir.“ Colins Lächeln war matt.

„Einer dieser – hm – Freunde ist die angebliche Mörderin, nach der die Polizei fahndet?“ forschte er.

„Ja, Sir – aber sie hat niemand ermordet. Ich war ja dabei, als Henrys Leiche –“ Er hielt inne; die Unfähigkeit, die Ereignisse der beiden vergangenen Tage zu erklären, ließ ihn verstummen. „Es ist alles zu kompliziert“, fügte er mutlos hinzu. „Kannst du nicht einfach so tun, als wenn du mich nicht gesehen hättest, und nach Istanbul weiterfahren?“

„Das könnte ich“, sagte Onkel Hu nachdenklich, „aber erst muß ich erfahren, was du vorhast. Du hast doch etwas vor, nicht wahr?“

„Ja, Sir.“

„Hör auf, mich mit Sir anzureden, ich bin nicht dein Vater.“ Er runzelte die Stirn. „Ich will nicht, daß du ins Gefängnis mußt – sind scheußlich, die türkischen Gefängnisse. Ich bin nicht ganz unerfahren in solcherlei Hilfsaktionen – ich war im Krieg, wie du weißt, und außerdem würde deine Mutter mir nie verzeihen –“

In diesem Augenblick erschien Sabahat und rief atemlos: „Alles ist abgemacht! Der führende Dichter von Yozgat liest ein Begrüßungsgedicht, und der griechisch-orthodoxe Priester spricht ein Gebet!“

Onkel Hus Blick, der anerkennend auf Sabahat geruht hatte, schweifte jetzt zu Colin zurück. „Nun, das muß ich sagen, du scheinst da etwas ganz Ordentliches auf die Beine gestellt zu haben. Macht es dir sehr viel aus, wenn ich mitkomme?“

7

Mit einem Seufzer öffnete Mrs. Pollifax die Augen. Sie war zu Boden gefallen oder geworfen worden, und da sie immer noch an den Stuhl gefesselt war, ruhte ihre Wange auf dem gestampften Lehmboden, und jede spontane Bewegung war unmöglich. Durch die offene Tür hörte sie Dr. Belleaux leise auf englisch sagen: „Hol das Serum jedenfalls heraus. Selbst auf die Gefahr hin, daß es sie umbringt; es gibt keine andere Möglichkeit ..."

„Magda!" versuchte Mrs. Pollifax zu rufen, aber es kam nur ein Flüstern heraus. Sandors Füße sah sie nicht allzuweit weg, aber mehr konnte sie von ihm nicht wahrnehmen, ohne den Kopf zu bewegen, und der brannte wie Feuer von einem Schmerzensreif, der sich von den Backenknochen zum Gehirn verschob. Schädelbruch, dachte sie schläfrig und verlor langsam wieder das Bewußtsein.

Als sie die Augen das nächstemal öffnete, geschah es unter dem Eindruck eines Alptraumes, in dem Ratten sich durch die Mauer zu nagen versucht hatten ... Aber da *ist* doch eine Ratte in der Mauer, dachte sie lauschend. Ich verliere doch meinen Verstand nicht, ich bin doch wieder bei Bewußtsein! *Was* sprachen da die Stimmen im Nebenzimmer? Sie lauschte angestrengt und hörte: „... als Sie nach Bulgarien gegangen waren, um bei den Sicherheitsvorkehrungen für die Weltfestspiele der Jugend zu helfen ..." Und dann: „Hatten Sie vom ersten Augenblick an die Absicht, in Istanbul auf das britische Konsulat zu gehen?"

„Nicht allein, nein ..." Das war Magdas Stimme, sonderbar tonlos. „Aber ich hatte nicht erwartet, daß man so schnell oder so – so gründlich nach mir suchen würde. Ich konnte doch meinen Zigeunerfreunden keine Schwierigkeiten machen."

Mrs. Pollifax runzelte die Stirn. Über die Zigeuner sollte Magda doch wohl kaum mit Dr. Belleaux sprechen. Sie versuchte scharf nachzudenken. Heute war Donnerstag – nein, nein, es mußte noch Mittwoch sein, später Nachmittag oder früher Abend ihres Ankunftstages in Yozgat, denn Dr. Belleaux hatte ja angekündigt, daß sie heute erschossen und auf einem archäologischen Grabungsfeld verscharrt würden. Ob man ihre Leiche wohl je fand und identifizierte? Vielleicht besser nicht, denn das wäre äußerst peinlich für Mr. Carstairs – ja, und dann ihre Kinder! Roger und Jane würden einfach nie begreifen, wieso ihre Mutter, als türkische Bäuerin verkleidet, in der Türkei ermordet worden war.

Als ihre Mattigkeit schwand, hörte sie Dr. Belleaux deutlich sagen: „Sie sind als abspringende kommunistische Agentin beschrieben worden, Madame Ferenci-Sabo. Auch den Russen sind Sie so bekannt. Aber in Wirklichkeit haben Sie all diese Jahre für die Amerikaner gearbeitet, ist es nicht so?"

Vor Schreck war Mrs. Pollifax plötzlich hellwach. Sie rang nach Atem. Sie mußten Magda ein Wahrheitsserum beigebracht haben. Früher aufgeschnappte Worte fielen ihr wieder ein ... „Selbst auf die Gefahr hin, daß es sie umbringt; es gibt keine andere Möglichkeit ..." Nein, nein, nein, versuchte sie zu schreien, aber ihre Kehle gab keinen Laut her. Sie begann mit ihren Fesseln zu ringen; ihre Ohnmacht, Magdas Bekenntnisse zu verhindern, trieb sie zur Verzweiflung.

„Ja, das ist wahr", antwortete Magda. „Ich war Doppelagentin und bin es noch." Als Mrs. Pollifax entmutigt zusammensank, fiel ihr Blick auf Sandor, der lauschend den Kopf gewandt hatte. Sie bemerkte den Stoffknebel in seinem Mund. Jetzt weiß auch er, was Magda ist, dachte sie.

„Ich verstehe", sagte Dr. Belleaux mit kaum unterdrücktem Triumph. „Jetzt erzählen Sie mir bitte, wie Sie die Amerikaner benachrichtigt haben, nachdem Sie unverständlicherweise dem Gewahrsam meiner beiden Männer entkommen waren."

„Ich habe Geld gestohlen. Stefan hatte welches auf dem Tisch liegenlassen, türkische Pfunde. Einer der Zigeuner in Istanbul hat ein Telegramm für mich aufgegeben."

„Und an welche Adresse?"

Magda nannte eine Deckadresse in Baltimore.

„Vielen Dank!" sagte Dr. Belleaux gut gelaunt. „Jetzt möchte ich mich mit Ihnen darüber unterhalten, wo Sie das streng geheime Papier verborgen haben, das Sie aus Rußland mit ..." Er hielt abrupt inne. Auch Mrs. Pollifax hatte ein Pochen an der Vordertür gehört. Jetzt noch einmal.

„Was zum Teufel!" rief Dr. Belleaux. „Stefan!"

„Evet", sagte Stefan gelassen. „Es ist nur ein junges Mädchen; ich hab sie kommen sehen. Sie hat ein Notizbuch und einen Stift in der Hand."

„Mach auf und schick sie fort. Assim, tu die Spritze weg. Deck die Frau zu, damit man denkt, sie sei krank."

Mrs. Pollifax hielt den Atem an. Wenn sie doch schreien könnte. Sie machte einen Versuch, und schwach und heiser kam es heraus: „Jemand – ist – an – der – Tür." Wenigstens Sandors Aufmerksamkeit hatte sie erregt; sie hörte, wie er sich bewegte und an seinen Fesseln zerrte. Stefan entriegelte die Haustür, und Mrs. Pollifax hörte eine reizende junge Stimme in einen begeisterten Wortschwall ausbrechen. „Hilfe!" rief sie heiser, „Hilfe! Hilfe!"

Dr. Belleaux murmelte etwas und schloß die Tür zwischen den beiden Räumen. Tränen stiegen Mrs. Pollifax in die Augen. „Verzeihen Sie, Sandor", sagte sie, „ich hätte so gerne richtig geschrien, aber ich konnte nicht." Wieder regte sich Sandor. „Es tut mir so leid, daß Sie verletzt sind", fuhr sie fort, „sicher wünschen Sie, Sie hätten uns nie gesehen, aber Sie müssen genügend erlauscht haben, um zu begreifen, daß dies wichtiger ist als jeder einzelne von uns. Ich kann Ihnen nur sagen – oh, diese Ratte in der Mauer macht mich noch verrückt!" rief sie. „Nicht genug, daß wir von menschlichen Ratten umgeben sind –" Sie wandte den Kopf zur Außenmauer und schnappte nach Luft.

Vor ihren Augen begann die Mauer zu verschwinden, wörtlich genommen. Sonne drang in den Raum, als zwei braune Hände säuberlich einen Ziegel nach dem andern entfernten. „Verflixt und zugenäht!" entfuhr es der ungläubig starrenden Mrs. Pollifax, mit dem Erfolg, daß Sandor den Kopf drehte und seine Augen vor Verblüffung ganz rund wurden. Ein Männergesicht erschien in der Öffnung. Es schien zu einem starken und geschickten Zigeuner zu gehören. Er legte den Finger an die Lippen, und nachdem er sich durch das Loch gewunden hatte, durchquerte er auf Zehenspitzen den Raum. Ihm folgte ein zweiter Mann, groß und rotblond. Fesseln wurden durchschnitten, Mrs. Pollifax sanft aufgehoben und zur Maueröffnung getragen, wo von draußen Hände vorsichtig nach ihr griffen. Halb geschoben, halb gezogen, kam sie durch das Mauerloch in die blendende Nachmittagssonne, und da stand – nicht zu glauben – ein lächelnder Colin Ramsey.

„Colin!" rief sie.

„Ja." Er grinste. „Ist es nicht wunderbar?" Nachdem auch Sandor durch die Öffnung in den Sonnenschein hinausgeschoben worden und der rotblonde Mann hinterhergestiegen war, begann der grimmig aussehende Mann rasch, die Ziegel wieder an ihren Platz zu setzen. „Sie werden mehrere Meter gehen müssen, ehe Sie sich ausruhen können", sagte Colin bestimmt, „und wir haben nur drei Minuten Zeit."

Sie begriff nichts, außer daß sie gehen sollte, was sie für unmöglich hielt. Ihre Füße fühlten sich völlig leblos an, und ihre Knie trugen sie nicht. Colin stützte sie, der rotblonde Mann half Sandor, und so erreichten sie langsam den Schutz einer Weinlaube an der Vorderseite des Hauses. Hier holte der dritte Mann sie ein.

Jetzt fuhr ein Lieferwagen vor, von dem ein Dutzend junge Leute in westlicher Kleidung heruntersprangen und Körbe mit Obst und Lebensmitteln, Wasserkrüge und riesige Blumensträuße abzuladen begannen. Aus dem Führerhaus kletterte ein Mann in Priesterrobe und schloß sich ihnen an, als sie auf das Haus zu gingen.

„Oh, haltet sie an!" flüsterte Mrs. Pollifax. „Dr. Belleaux hat Magda drinnen!"

„Das wissen wir", sagte Colin ruhig. „Sabahat hat vor ein paar Minuten geklopft und gesagt, sie komme von der Volkszählung. Sie hat im Vorderzimmer drei Männer und eine kranke Frau gesehen. Jetzt", sagte er zu dem rotblonden Mann.

Der nickte, ging zum leeren Wagen und fuhr ihn rückwärts den Weg hinauf zu Mrs. Pollifax und Sandor. „Schnell einsteigen", sagte Colin. Unbeholfen kletterten sie hinein, und der Wagen fuhr zur Straße hinunter, wo er mit laufendem Motor stehenblieb. Als Mrs. Pollifax sich hinausbeugte, sah sie Colin und den dunklen, zigeunerhaft aussehenden Mann auf das Haus zu gehen. Die jungen Leute und der Priester waren schon drinnen und hatten die Tür weit aufgelassen.

Einen Augenblick später kamen der Zigeuner und Colin wieder heraus und trugen die bewußtlose Magda; ein Mädchen folgte ihnen, das den jungen Leuten im Hause lachend etwas zurief. Einen Augenblick lang sah Mrs. Pollifax Dr. Belleaux sich zur Tür durchdrängen, aber mehrere lachende junge Menschen zogen ihn zurück. Mit aschgrauem Gesicht streckte er die Hände nach Magda aus, aber unversehens reichte ihm jemand eine Schüssel Trauben, eine Blumengirlande wurde ihm über den Kopf gestreift, und man zog ihn ins Wohnzimmer zurück.

„Was in aller Welt –", fragte Mrs. Pollifax Colin, als die beiden Männer Magda hinten auf den Lieferwagen hoben.

Colin grinste. „*Love-in* nennt man das. Dr. Belleaux wird mit Gewaltlosigkeit erstickt.“ Er wandte sich um und lächelte dem Mädchen zu, das ihnen gefolgt war. „Das ist Sabahat Pascha“, sagte er, „sie hatte die Idee. Bitte, Sabahat, sagen Sie Sebastian“ – er deutete auf den Zigeuner –, „er möchte sich nach vorn setzen und uns zu seinen Freunden bringen, ja?“

„Und wie geht es Ihnen?“ fragte Sabahat und lächelte Mrs. Pollifax an. „Ich bin so froh, daß Sie in Sicherheit sind.“ Sie sprach türkisch mit dem Zigeuner und reichte dann Colin die Hand. „Ich will dafür sorgen, daß die drei Männer möglichst lange festgehalten werden. Vielleicht hilft Ihnen das ein wenig“, sagte sie ernst. „Leben Sie wohl, Colin Ramsey.“

„Nicht auf lange, Sabahat“, sagte er und hielt ihre Hand fest. „Sie wissen, daß ich wiederkomme. Aber wie kann ich Ihnen inzwischen danken?“

Sie lächelte mit ihren reizenden Grübchen. „Aber meine Freunde wollten doch immer so gern einen Gelehrten wie Dr. Belleaux kennenlernen. Sie haben ihnen einen großen Tag verschafft, und ich müßte Ihnen danken!“

Er grinste. „Ein fairer Tausch also.“ Er ließ ihre Hand los und rief: „Okay, Onkel Hu, es kann losgehen!“

Als der Motor anlief, rief Mrs. Pollifax: „Haben Sie eben Onkel Hu gesagt?“

„Es ist eine ganze Menge passiert“, sagte Colin. „Ja, das ist Onkel Hu. Ihn mitmachen zu lassen schien mir das mindeste, was ich tun konnte, nachdem er unsretwegen eine Nacht im Gefängnis gesessen hat. Dies ist der Lieferwagen, mit dem er aus Erzurum zurückgefahren ist. Der Mann neben ihm ist ein Zigeuner namens Sebastian, der zurückgeblieben war, um auf Magda zu warten.“

Mrs. Pollifax starrte ihn erstaunt an. „Colin“, sagte sie, „Sie sind ein ungewöhnlicher junger Mann.“

Zunächst war er verblüfft, dann breitete sich ein Lächeln über sein Gesicht, und er sagte mit der Miene eines Entdeckers: „Kommt mir fast auch so vor.“

Ihr Fluchttempo wurde durch Sebastian abgebremst, der sie daran erinnerte, daß er ein Pferd, einen Hund, einen Tanzbären und einen Wagen hatte, was alles er abholen müsse. Sie setzten ihn an seinem Lagerplatz ab, wo er Onkel Hus Karte studierte und die Straße halbwegs zwischen Yozgat und Kayseri mit einem Kreuz kennzeichnete.

„Wie er sagt, lagern die Zigeuner irgendwo in der Nähe dieses Kreuzes“, erklärte Onkel Hu, „in Sichtweite neben der Straße, weil sie ihn erwarten. Er hofft, uns bis zur Morgendämmerung einzuholen.“

Sie bedankten sich überschwenglich bei Sebastian. Auf Colins Drängen gab Mrs. Pollifax dem Zigeuner Geld aus dem Päckchen in ihren Pluderhosen; dann nahmen sie ihr halsbrecherisches Tempo wieder auf.

Im holpernden Wagen versuchte Colin Sandors blutende Handgelenke zu verbinden. „So fährt Onkel Hu immer“, sagte er ergeben, „wenn ich in diesem Fall auch annehme, daß er vor dem Dunkelwerden so weit wie möglich kommen will. So“, sagte er beim letzten Knoten an Sandors Verband und wandte sich Mrs. Pollifax zu. „Zeigen Sie Ihre Handgelenke.“

„Sollten Sie nicht zuerst Magda verbinden?“

Er schüttelte den Kopf. „Sie hat Ihnen voraus, daß sie bewußtlos ist. Außerdem sind ihre Gelenke nicht in so bösem Zustand. Sie müssen sie losgebunden haben, als sie sie betäubten.“ Er sah Mrs. Pollifax an und stellte die nüchterne Frage: „Übrigens, wieviel hat Dr. Belleaux herausgebracht?“

„Fast alles“, sagte sie seufzend. „Sie haben Magda ein Wahrheitsserum injiziert.“ Und zu Sandor sagte sie: „Sie wissen jetzt auch Bescheid über sie.“

Er senkte den Blick. *„Evet.“*

„Aber weiß Dr. Belleaux von den Zigeunern?“ fragte Colin. Als Mrs. Pollifax nickte, sagte er: „Was für ein Pech! Das bedeutet, daß er genau weiß, wohin wir uns wenden. Jedes Kind in Yozgat kann ihm sagen, daß die Zigeuner nach Südwesten gezogen sind.“

Mrs. Pollifax fühlte sich sehr matt und ein bißchen seekrank – ach, läge sie doch jetzt in einem Krankenhaus, wo sie in sauberem Bettzeug ruhig schlafen könnte und sich nur zu regen brauchte, um nahrhafte Getränke zu sich zu nehmen und zuzuschauen, wie neue Eisbeutel auf ihre Prellungen und Quetschungen gelegt wurden.

Entschlossen schob sie solche Wunschträume beiseite. „Dr. Belleaux dürfte ziemlich übel zumute sein“, sagte sie, „wo er doch auf das elegante Leben in Istanbul verzichten muß, dessen er sich morgen wieder zu erfreuen gedachte, nachdem er uns in irgendeiner Ruine verscharrt hätte. Was für Waffen haben wir, Colin?“

Er lächelte sie amüsiert an. „Aha, der Beruf hat Sie wieder. Mir fällt ein Stein vom Herzen. Ich hab immer noch Stefans Pistole, aus der ich drei Schuß abgegeben habe.“

„Meine Pistole haben sie nicht gefunden“, sagte Sandor. „Aber sie ist leer.“

„Onkel Hu hat bestimmt auch etwas“, meinte Colin. „Falls er je das Tempo vermindert, frage ich ihn.“ Zwar wurde die Straße immer schlechter, aber das Tempo schien sich eher noch zu steigern. Magda hatten sie in eine Decke gewickelt und an einer der Wände festgebunden. Beinah beneidenswert, fand Mrs. Pollifax. Natürlich bestand die Möglichkeit, Dr. Belleaux für den Augenblick zu entgehen, indem sie sich der türkischen Polizei übergaben, aber damit wäre jede Hoffnung auf Magdas Flucht aus dem Lande vereitelt. Und, noch schlimmer, damit waren sie dann feststehende Zielscheiben für Dr. Belleaux statt bewegliche wie jetzt. Während man ihre belastenden Aussagen gegen Dr. Belleaux überprüfte, befänden sie sich im Gewahrsam der Polizei, und von den Polizeibeamten hatte der große Kriminologe Dr. Belleaux sicher viele in Bann geschlagen. Sie las förmlich die Schlagzeilen von übermorgen: „Unerklärliche Explosion tötet politische Gefangene“ oder „Gefängnisflügel vom Feuer vernichtet. Fünf Tote“. Viel zu riskant, das auch nur zu erwägen. Eins aber war sicher: Ohne ihren Paß und polizeilich verfolgt, konnte Mrs. Pollifax selber das Land nicht verlassen. Wenn man aber Magda irgendwie über die Grenze zaubern könnte, dann wäre wenigstens sie frei und könnte mit Mr. Carstairs Verbindung aufnehmen.

„Wie weit sind wir von der Grenze, Colin?“

„Von welcher?“

„Irgendeiner – außer der russischen?“

„Von der griechischen etwa zweihundertfünfzig Kilometer, von der syrischen rund dreihundert“, sagte Sandor.

„Zu weit. Und wo ist der nächste Flugplatz?“

Colin sah sie entsetzt an. „Kayseri hat einen, soviel ich weiß, ungefähr fünfundsiebzig Kilometer südlich von hier. Aber das ist ein Hasardspiel.“

„Überlegen Sie“, sagte sie sanft, „mit jedem Tag, der vergeht, erhöht sich Dr. Belleaux’ Chance, uns zu finden, wenn wir aber einen Haken schlagen –“

Mit einem knirschenden Geräusch stand der Wagen abrupt still. Onkel Hu öffnete das Fenster zwischen Führerhaus und Wagen und sagte: „Das Kühlwasser ist verdampft.“ Er deutete auf die Dampfwolken, die der Haube entströmten.

„Ach du liebes bißchen“, sagte Mrs. Pollifax und folgte Colin und Sandor nach draußen.

„Das kostet uns mindestens eine halbe Stunde“, meinte Ramsey. „Ich kann kein kaltes Wasser in den heißen Kühler füllen, sonst kracht er, wissen Sie.“ Er reichte den Kocher sowie Töpfe und den Wasserbehälter hinaus. „Stell’s auf, Colin.“ Dann nickte er Mrs. Pollifax freundlich zu und streckte ihr die Hand hin. „Wie geht es Ihnen? Ich bin Hugh Ramsey.“

„Emily Pollifax“, sagte sie munter und schüttelte ihm die Hand.

„Die Frau da drinnen, die sie betäubt haben – ist sie auch verletzt?“

„Hauptsächlich Quetschungen. Noch immer bewußtlos.“

„Dann lassen wir sie am besten drinnen.“ Sorgsam füllte Ramsey zwei Töpfe mit Wasser. „Verdammtes Pech, das“, sagte er.

Colin zog seine Pistole heraus. „Ich will mal einen Blick auf unsern Weg zurück werfen“, sagte er und kletterte auf einen Steinhaufen. „Weit und breit keine Seele“, meldete er. „Wo sind wir, Onkel Hu?“

„Osmanpasa haben wir hinter uns“, rief sein Onkel ihm zu. „Müßten ungefähr sechzig Kilometer hinter Yozgat und ungefähr neunzig von Kayseri entfernt sein.“

Die Sonne hing über den Bergen am Horizont. Die beginnende Dämmerung badete das wilde Land in Tönen von Gold und Lavendel. Eigentlich konnten sie sich diese Rast kaum leisten, dachte Mrs. Pollifax. „Sehen Sie irgendein Zeichen von einem Zigeunerlager?“ rief sie Colin zu.

Er drehte sich um und schaute in die entgegengesetzte Richtung. „Nein.“

Als das Wasser in den ersten beiden Töpfen heiß war, öffneten Ramsey und Colin Haube und Kühler und begannen das Wasser hineinzugießen. „So weit, so gut“, sagte Ramsey und füllte die Töpfe neu. „Trinken Sie, solange der Vorrat reicht“, sagte er und reichte Mrs. Pollifax einen Becher.

„Wissen Sie etwas von einem Flugplatz bei Kayseri?“ fragte Mrs. Pollifax hoffnungsvoll.

„O ja, da gibt’s einen, und im Sommer starten wöchentlich mehrere Maschinen nach Istanbul und nach Ankara.“

Colin war zu ihnen getreten. „Mrs. Pollifax ist entschlossen, unsere Mitfahrerin“ – er deutete mit dem Kopf nach dem Wagen – „auf ihren Weg zu bringen.“

„Ja“, sagte Mrs. Pollifax energisch. „Und stimmt es, daß sie – falls es uns gelingt, sie nach Kayseri zu bringen – dort und nur dort ihren Paß zeigen muß, ehe sie das Land verläßt?“

„Ganz richtig“, sagte Ramsey. „Sie müßte in Kayseri durch die Paß- und Zollkontrolle, und in Istanbul bekäme sie eine Transitkarte für die Wartezeit im Flughafen. Die wird dann beim Besteigen einer Maschine nach London oder Paris oder sonstwohin abgegeben.“

Mrs. Pollifax’ Interesse wuchs. Wenn sie Magda nach Kayseri bringen könnten, wenn sie dort unbehelligt durch den Zoll und die schreckliche Paßkontrolle käme ...

„Aber wir kennen ja nicht einmal die Flugpläne!“ sagte Colin.

Er war nicht weniger verblüfft als Mrs. Pollifax, als Onkel Hu sagte: „Ich hab einen im Wagen. Ich halte mich über Flug-, Bahn- und Schiffslinien möglichst auf dem laufenden. Das Wasser ist heiß, füll’s ein, ja? Ich gehe nachsehen.“

Frisches Wasser war aufgesetzt, als er mit dem Faltblatt zurückkam. „Montags, mittwochs und freitags geht eine Maschine nach Istanbul; sie startet um acht Uhr morgens in Kayseri und landet um elf. Sie hat Anschluß an die Mittagsflüge nach Paris und London.“

„Großartig!“ Mrs. Pollifax war begeistert. „Ich glaube, ich geh mal hinein und sehe nach, ob Magda sich noch nicht rührt.“

„Ich bring ihr ein bißchen Wasser“, sagte Ramsey.

Sie krochen alle zusammen in den Wagen. Mrs. Pollifax fühlte Magda den Puls. „Scheint in Ordnung“, sagte sie, „nur daß sie eben nicht aufwacht.“

„Wir müssen ihr das Wasser einflößen, ehe sie ganz entwässert ist“, sagte Onkel Hu. „Ich halte sie aufrecht, und du, Colin, leuchtest ihr mit der Taschenlampe ins Gesicht.“ Als Magda in ihrer Decke aufgerichtet war und Colin das Licht angeknipst hatte, beugte Onkel Hu sich über sie. Plötzlich fiel ihm der Becher aus der Hand auf den Boden. „Wer ist diese Frau?“ fragte er mit zitternder Stimme. „Wo haben Sie sie gefunden?“

Alle starrten ihn verständnislos an. Er sprach lauter. „Ich kenne sie! Sie soll in Buchenwald umgekommen sein, vor etwa achtundzwanzig Jahren! Es ist Alice Blanche."

Mrs. Pollifax' erschöpfter Geist regte sich. Alice Blanche ... aber blanche war doch französisch und hieß auf englisch white, nicht wahr? Alice White – Alice Dexter-White ... „Sie kennen sie?"

„Ja, aus dem Zweiten Weltkrieg, als ich aus dem Gefangenenlager entflohen war. Sie hat mich im besetzten Paris drei Monate verborgen gehalten. Sie – ich –" Er zögerte und sagte dann schlicht: „Sie war sehr schön und sehr mutig. Ich dachte, sie sei verhaftet worden. Jedenfalls hat die Rote Königin das gesagt. Sie müssen denken, daß ich ein schönes Kauderwelsch rede", sagte er und sah Mrs. Pollifax an. „Sie war Agentin, wissen Sie."

Mrs. Pollifax sagte ruhig: „Das ist sie noch. Deshalb konnten Sie sie nicht wiederfinden."

Er war entsetzt. „Das kann nicht Ihr Ernst sein."

„Doch, es ist mir sehr ernst. In Wirklichkeit sind unsere Verfolger nämlich hinter *ihr* her, und deshalb müssen wir sie nach Kayseri bringen und in ein Flugzeug ins Ausland setzen. Falls Sie auf Ihrer Fahrt Zeitungen lesen konnten, haben Sie vielleicht über eine gewisse Magda Ferenci-Sabo gelesen."

„Ja", sagte Onkel Hu, „die abgesprungene kommunistische Agentin."

Mrs. Pollifax blickte auf Magda hinunter. „Da haben Sie Ihre abgesprungene kommunistische Agentin, Mr. Ramsey. Aber jetzt müssen wir wirklich aufbrechen, sonst wird es noch dunkler, und wir finden die Zigeuner nie."

8

Es WURDE dunkel, und alles, was sie sahen, war die steinige Straße im Scheinwerferlicht. Und doch hätten sie ohne die Dunkelheit das Zigeunerlager vielleicht nie gefunden, weil gerade das Licht der Lagerfeuer sie aufmerksam machte. Als Hu sie entdeckte, verließ er die Straße, und sie holperten und ratterten in einer Wagenspur weiter.

„Wir haben Magdas Zigeuner gefunden!" rief Mrs. Pollifax, als sie hinausspähte. Es waren zwei Lagerfeuer, wie sie jetzt sah, eines an jedem Ende des länglichen Lagers zwischen Felsblöcken und verkümmerten Bäumen. Sechs oder acht Wagen waren aufgefahren, und Mr. Ramsey fuhr genau in die Mitte der Kette, ehe er hielt.

„Wir sind da", rief er über die Schulter.

„Ja", sagte Mrs. Pollifax dankerfüllt. Sie öffnete die Tür an der Rückseite und stieg ab. Wie Schatten erschienen plötzlich Zigeuner und bildeten einen festen Ring aus gekreuzten Armen und feindseligen Gesichtern. Keiner regte sich.

Einen beängstigenden Augenblick lang fürchtete Mrs. Pollifax, sie würden sie töten. Nie noch hatte sie auf Menschengesichtern einen solch undurchdringlichen Haß gesehen. Irgend etwas war schrecklich schiefgelaufen.

Dann sagte aus der Mitte der Schatten eine Stimme: „Guten Abend, Mrs. Pollifax!", und lächelnd kam Dr. Belleaux ins Licht geschlendert, mit Stefan und Assim im Gefolge. „Ich bin vor zwanzig Minuten mit dem Hubschrauber angekommen und habe diese Leute vor Ihnen gewarnt." Leise fuhr er fort: „Sie wissen schon, daß Sie Magda im Wagen verborgen halten, daß Sie sie geschlagen und betäubt haben, aber sie sind so erregt, und was kann man da machen?"

Einen Augenblick glaubte Mrs. Pollifax, sie würde ohnmächtig. Aber das wäre zuviel der Gnade gewesen.

„Es ist nicht wahr!" rief sie den Zigeunern zu, aus deren Mahagonigesichtern die Feindseligkeit nicht wich. Sie empfand die anklagenden Blicke wie Peitschenhiebe. „Er lügt!" protestierte sie. „Wir sind Magdas Freunde!"

Hinter ihr sagte Colin mit zitternder Stimme: „Ich glaube nicht, daß sie Englisch sprechen, Mrs. Pollifax."

„Aber Türkisch müssen sie verstehen! Sandor – Mr. Ramsey – übersetzen Sie es ihnen schnell!"

„Großer Gott, ja", murmelte Onkel Hu und trat vor. Er hatte eben mit seiner türkischen Erklärung angefangen, als Stefan ruhig auf ihn zutrat und ihm einen Faustschlag versetzte, so daß er ohnmächtig zu Boden sank. Im nächsten Augenblick hörte Mrs. Pollifax Sandor neben sich drohend grollen – er duckte den Kopf und sauste los. Die Mauer der Zigeuner wich. Schreiend rannten die Männer Sandor nach, während die Frauen den Kreis um Mrs. Pollifax enger schlossen.

„Nein, nein, nein!" rief Mrs. Pollifax und stampfte auf. „Versteht doch! Magda ist unsere Freundin. Der Mann da lügt!" Eine der

Frauen spuckte verächtlich aus. „Ihr müßt mir zuhören!“ flehte Mrs. Pollifax. „Wir sind alle durch diesen Mann in Gefahr!“

Ein halbes Dutzend Frauen kletterte hinten auf den Lieferwagen. Man hörte Murmeln, Ausrufe und dann leise, zärtliche Laute, als sie Magda aufhoben und aus dem Wagen trugen. Behutsam brachten sie sie zu dem entfernteren Lagerfeuer, mit Dr. Belleaux im Gefolge, der auf sie einredete und offenbar ihre Wut neu anzufachen suchte.

Mrs. Pollifax wandte sich Colin zu, der sich über seinen Onkel gebeugt hatte. Wie konnte sie denn nur den Zigeunern verständlich machen, daß ihre geliebte Magda verloren war, wenn sie nicht bald handelten?

„Fessele sie!“ rief Dr. Belleaux Stefan zu. „Wir nehmen durch den Hubschrauber Kontakt mit der Polizei auf. Bis zur Morgendämmerung kann sie hier sein.“ Was er wohl vorhatte, fragte sie sich, als Stefan sie und Colin vorwärts trieb. Konnte Dr. Belleaux es sich tatsächlich leisten, die Polizei hierherzurufen? Offenbar war er überzeugt, bis dahin alles in seinem Besitz zu haben, was Magda an Dokumenten den Kommunisten gestohlen hatte. Und wenn er das hätte – ob er dann noch hier wäre, wenn die Polizei ankam? Sie konnte nicht mehr denken, ihre Müdigkeit wurde immer größer.

Stefan führte sie und Colin am zweiten Lagerfeuer vorbei, wo Magda, auf Decken gebettet, lag. Neben ihr hockte ein dunkelhäutiger Junge mit einem zerzausten Schopf, der zusah, wie eine der Frauen Magdas Gesichtswunden mit Salbe behandelte. Die Frau schaute auf, als Mrs. Pollifax vorüberging, und zischte nach ihr. In einer gewissen Entfernung vom Lagerfeuer wurden den Gefangenen die Hände nach hinten gebunden und dann am Stamm eines Krüppelbaumes befestigt. Von dort aus konnten sie weder Onkel Hus Lieferauto noch ihn selber sehen, der daneben auf dem Boden lag. Nur einen Zigeunerwagen sahen sie und ein im Dunkeln grasendes Pferd. Auch das Lagerfeuer, Magdas verhüllte Gestalt, die Frau und den Jungen.

„Na!“ sagte Mrs. Pollifax mutlos.

„Na!“ wiederholte Colin.

Stefan war verschwunden. Der Junge, der neben Magda gehockt hatte, erhob sich und kam zu Mrs. Pollifax und Colin herüber. Ein paar Meter entfernt setzte er sich mit gekreuzten Beinen nieder und beobachtete die beiden mit ausdruckslosem Gesicht. Plötzlich erschienen zwei junge Männer und begannen sie zu durchsuchen. Sie nahmen Mrs. Pollifax’ Geldbündel, riefen dem Jungen etwas zu,

hielten das Geldbündel hoch, und er lachte begeistert. Dann nahmen sie Colins Uhr und Füllfeder zu ihren Schätzen und gingen.

„Schöne Schweinerei", sagte Colin erbittert.

„Hier muß doch aber irgend jemand Englisch verstehen", meinte Mrs. Pollifax müde.

„Ohne Zweifel sprechen sie Bulgarisch, weil sie über die bulgarische Grenze gekommen sind", sagte Colin, „natürlich sprechen sie Rumänisch, vielleicht etwas Ungarisch und ein bißchen Türkisch. Aber selbst wenn sie etwas Englisch verstünden – unser teurer Freund Dr. Belleaux war eben zuerst hier."

„Aber weshalb sollten wir denn hierher zu den Zigeunern gekommen sein – mit Magda –, wenn wir sie geschlagen und betäubt hätten?"

„Aus demselben Grunde, aus dem Dr. Belleaux hierhergekommen ist: um von den Zigeunern das zu erhalten, was Magda bei ihnen zurückgelassen hat. In diesem Falle: ehe sie aufwacht und ihn als Lügner entlarvt."

„Wenn sie doch aufwachte – jetzt gleich!" sagte Mrs. Pollifax erregt. „Aber ob Dr. Belleaux ihr *erlaubt* aufzuwachen?"

„Nein, aber vor den Augen ihrer Freunde kann er sie auch nicht gut ermorden." Mit schiefem Lächeln fuhr er fort: „Im Augenblick gilt meine Sorge mehr uns andern. Keiner hier hätte das mindeste dagegen, wenn's *uns* an den Kragen ginge, und wir haben nicht das kleinste Staatsgeheimnis in petto, weswegen man unser Leben verlängern müßte. Ich muß immer an Sebastian denken. Er wollte uns doch folgen, nicht?"

„Aber er meinte ja, er werde uns nicht vor der Morgendämmerung einholen", sagte Mrs. Pollifax düster. „Ich hatte meine Hoffnung auf Sandor gesetzt, der wenigstens –" Sie hielt inne. Die Zigeuner brachten Sandor ins Lager zurück. Ein mächtiger, muskulöser Mann trug ihn auf dem Rücken wie ein Stück Wild. Der lange Zug ging am Lagerfeuer vorbei und entschwand. „Bewußtlos", sagte sie verzweifelt. „Nicht einmal imstande, auf türkisch zu erklären, wer wir sind!"

„Was kann Ihrer Meinung nach Dr. Belleaux eigentlich im Sinn haben?" fragte Colin.

Mrs. Pollifax überlegte. „Entweder wird er Magda nach Rußland fliegen, samt den Papieren, die er erwähnte; oder er wird sie hier umbringen und die Papiere selbst nach Rußland schaffen."

Nach kurzer Zeit erschienen Stefan und Assim wieder und brachten den zusammengeschnürten, aber noch atmenden Sandor. Auch ihn banden sie an dem Baum fest. „Fein, wie die Zigeuner unsere Geschäfte besorgen, was?“ sagte Stefan grinsend. „Ihr kommt auch bald dran.“

„Holt den großen, dünnen Mann auch her“, sagte Dr. Belleaux, der aus dem Dunkel herangeschlendert kam. „Wie heißt er?“ fragte er Mrs. Pollifax.

„Ich denke nicht daran, Ihnen das zu sagen“, erwiderte sie kalt.

Er zuckte die Achseln. „Ist auch nicht wichtig.“ Interessiert betrachtete er den Baum. „Dieser Baum ist vielleicht die beste Lösung für Ihren Abgang. Ein bißchen Kerosin unten herum, ein Streichholz, ein brennender Baum und wenig lästige Spuren. Nicht so leicht herauszuknobeln, wie man so viele auf einmal beseitigen kann.“

„Von einem Mann Ihres offensichtlichen Geschmackes und Herkommens hatte ich etwas Phantasievolleres erwartet, Herr Dr. Belleaux“, sagte Mrs. Pollifax. „Sie müssen ziemlich mit den Nerven runter sein.“

Er nickte. „Natürlich ist es mir lieber, wenn die Zigeuner Sie umbringen, was sie vermutlich tun werden; nur muß man sich vor Tagesanbruch mit Ihnen befassen. Auf jeden Fall können Sie versichert sein, daß der Weg, den ich finde, meinen Interessen dient – nicht den Ihren“, fügte er mit einem Lächeln hinzu. „Ah, da habt ihr ja den vierten, gut, Stefan! Er spricht Türkisch, also knebelt ihn auch. Überprüfe alle Knoten, Assim, und dann zum Hubschrauber zurück.“

„Sie müssen sich darüber klar sein, daß Magda Ihnen niemals geben wird, was Sie haben wollen“, sagte Mrs. Pollifax empört.

Wieder lächelte Dr. Belleaux. „Natürlich nicht, aber die Zigeuner werden. Die glauben, was ich ihnen sage. Machen Sie Ihre Rechnung mit dem Himmel. Ich verständige jetzt über Funk die Polizei in Istanbul, und bis Tagesanbruch dürfte sie aus allen Teilen Anatoliens hier zusammenkommen.“

„Und Sie?“ fragte Mrs. Pollifax.

„Ich – bin dann anderswo.“

Mit Stefan und Assim ging er davon, und auch der Junge, der sie beobachtet hatte, erhob sich plötzlich, rannte davon und ließ sie allein.

„Es tut mir so schrecklich leid, Colin“, sagte Mrs. Pollifax seufzend.

„Falls Sie das sagen wollen, was ich vermute, dann lassen Sie es. Sie haben von Anfang an keine Verantwortung für mich gehabt. Ich bin freiwillig mitgekommen, und ich will einfach nicht, daß Sie jetzt meinetwegen Trübsal blasen und sentimental werden."

Sie wandte ihm den Kopf zu. „Sie wissen jetzt wohl, daß Sie kein Feigling sind und auch nie einer waren!"

„Nun ja. Und wie wäre ich sonst dahintergekommen?"

Der Junge kam zurück, ging diesmal aber auf Mrs. Pollifax zu und sah ihr forschend ins Gesicht; dann zog er ein kleines Messer aus der Tasche und schnitt ihre Fesseln durch.

„Nanu", sagte Colin verblüfft. „Träume ich?"

Der Junge legte einen Finger auf die Lippen und machte Mrs. Pollifax ein Zeichen, ihm zu folgen.

„Aber die andern!" protestierte Mrs. Pollifax und deutete auf Colin, Sandor und Mr. Ramsey.

Der Junge schüttelte den Kopf und zog aufgeregt an ihren Pluderhosen.

„Gehen Sie um Himmels willen mit", sagte Colin leise. „Sie werden doch einem geschenkten Gaul nicht ins Maul sehen!"

Zwischen Treue und Neugier hin und her gerissen, ging Mrs. Pollifax mit. Sie hinkte hinter ihm drein an angepflockten Pferden vorbei, um Felsblöcke und Wagen herum – einen Weg, der sie vor den Augen der andern Zigeuner verbarg. Endlich erreichten sie ein schwacherleuchtetes Zelt zwischen zwei Felsblöcken. Der Junge zog einen Vorhang beiseite und ließ Mrs. Pollifax eintreten. An einer Zeltstange hing eine Laterne, und auf einem Kissen darunter saß mit gekreuzten Beinen eine stattliche Zigeunerin.

Langes, mit Silberfäden durchzogenes Haar rahmte ein dunkles Gesicht mit hohen Backenknochen und glühenden Augen unter schweren Lidern ein. Der Junge bedeutete Mrs. Pollifax, sich der Zigeunerin gegenüberzusetzen, und Mrs. Pollifax ließ sich steif auf der harten Erde nieder.

„Geben Sie mir Ihre Hand", sagte die Frau ohne jede Einleitung.

Mrs. Pollifax schnappte nach Luft. „Sie sprechen Englisch?"

„Ja. Der Junge versteht ein wenig, spricht aber noch nicht gut."

Mrs. Pollifax fielen mehrere Steine vom Herzen. „Dem Himmel sei Dank!" rief sie. „Ich habe versucht –"

Die Zigeunerin schüttelte den Kopf. „Geben Sie mir nur Ihre Hände, bitte. Alles, was Sie sagen wollen, steht in ihnen geschrieben."

Mrs. Pollifax gehorchte. „Aber wir haben nur noch so wenig Zeit –"

„Der Junge sagt mir, er hätte Ihnen zugehört und mein Volk sei belogen worden." Ruhig betrachtete sie die Handflächen. „Ihre Gelenke sind verbunden?"

„Ja. Magdas auch. Der Mann mit dem weißen Ziegenbart hat das getan."

„Pst." Sie schloß die Augen und hielt schweigend Mrs. Pollifax' Hände, als sprächen sie zu ihr. Plötzlich öffnete sie die Augen und sagte: „Sie sprechen die Wahrheit", und zu dem Jungen: „Hol Goru her – schnell! Diese Frau lügt nicht."

Als der Junge davongerannt war, sagte Mrs. Pollifax: „Können Sie das in den Händen sehen?"

„Natürlich. Lippen können lügen, aber die Handlinien nicht. Sie sind Witwe, Ihre Hand verrät auch, daß Sie ein zweites Leben begonnen haben – eine zweite Schicksalslinie beginnt sich neben der ersten zu bilden."

„Alle Witwen beginnen ein zweites Leben", sagte Mrs. Pollifax freundlich.

Die Zigeunerin lächelte. „Mit so vielen Zeichen der Bewahrung auf der zweiten Linie, die Rettung aus Gefahr bedeuten? Und einem Kreuz auf dem Saturnberg, das die Möglichkeit eines plötzlichen Todes irgendwann in der Zukunft voraussagt?" Mrs. Pollifax durfte ihre Hand zurückziehen. „Aber ich bin auch hellsichtig", fuhr die Zigeunerin fort. „Ich spüre, daß Sie erst vor wenigen Tagen in dies Land gekommen sind – mit dem Flugzeug –, und ich sehe ein sehr deutliches Bild von Ihnen, festgebunden auf einem Stuhl in einem Raum mit Stroh in einer Ecke und einer mit Ziegeln zugemauerten Tür."

„Das ist unbegreiflich!" sagte Mrs. Pollifax.

„Sie sehen also, wie überflüssig Worte sind. Aber da ist Goru."

Goru, ein Riese, war der Mann, der Sandor ins Lager zurückgetragen hatte. Seine dicke Schaffelljacke ließ ihn noch mächtiger erscheinen. Während die Zigeunerin mit ihm sprach, ruhten seine Augen mit wachsendem Erstaunen auf Mrs. Pollifax. Dann zuckte er großartig die Achseln, schnippte mit den Fingern und grinste. Mit einer Verbeugung gegen Mrs. Pollifax eilte er hinaus.

„Wir haben einiges Theater mit dem Gorgio zu erwarten", sagte die Zigeunerin verächtlich. „In seiner Maschine ist er über uns gekommen wie ein Vogel, und er sprach dringlich über Magda. Er wußte alles! Wie kommt das?"

„Er hat ihr am Nachmittag eine Spritze gegeben, mit einem Mittel, das zum Bekennen zwingt. Sie wollen uns jetzt helfen?"

Die Zigeunerin schürzte die Lippen. „Kriege, Morde, Drogen, die selbst Magda zum Sprechen bringen", sagte sie kopfschüttelnd. „Ich verstehe eure Zivilisation nicht. Sie sind in dieses Land gekommen, um Magda zu helfen?"

„Ja. Magda hat geäußert, sie wolle nach Yozgat, um die Inglescus zu suchen."

„Ich bin Anyeta Inglescu."

Mrs. Pollifax streckte ihr die Hand hin. „Ich bin Emily Pollifax."

„Aber ich verstehe nicht, warum der Mann mit dem Ziegenbart sich soviel Mühe macht und lügt."

„Weil er das haben will, was Magda aus Bulgarien mitgebracht und Ihnen anvertraut hat", sagte Mrs. Pollifax schlicht. Sie machte ein paar hilflose Gesten. „Mikrofilme. Ganz klein. Geheimschrift. Sie hat mir nichts erzählt, außer daß sie lieber ihr Leben aufs Spiel setzt, als es zurückzulassen."

Anyeta Inglescu lachte. „Ich verstehe." Mit erhobener Stimme rief sie ein paar Worte, woraufhin der Junge ins Zelt kam. Sie nahm ihn bei der Hand und sagte zu Mrs. Pollifax: „Den hier hat Magda aus Bulgarien mitgebracht. Er ist Magdas Enkel, Dmitri Gurdjeff. Ihn hat sie uns anvertraut, als sie nach Istanbul ging, um Hilfe zu suchen."

„Enkel?" stotterte Mrs. Pollifax. „Dmitri?" Ungläubig starrte sie den Jungen an, dann lächelte sie, und das Lächeln durchströmte sie wie warmer Wein, bis es sich in einem Lachen reinsten Entzückens löste. Was für eine köstliche Ironie für Dr. Belleaux, daß der Schatz, den Magda in den Westen geschmuggelt hatte, ihr Enkel war! „Aber das ist ja herrlich!" rief sie. „Geheimagenten haben gekämpft, bestochen und in ihrer Gier auf das, was Magda mitgebracht hat, sogar gemordet – und es ist ein kleiner Junge!"

Beide Frauen sahen ihn liebevoll an, und er lächelte. „Ich habe selber drei Enkelkinder", sagte Mrs. Pollifax. „Und Sie?"

Anyeta lachte. „Mindestens ein Dutzend. Vielleicht haben Sie gar nicht gewußt, daß Magda aus ihrer ersten Ehe eine Tochter hatte. Sie ist vergangenes Jahr gestorben. Ihr Mann, Dmitris Vater, ein hoher Funktionär in der kommunistischen Partei Bulgariens, den der Junge kaum kennt, hat jetzt wieder geheiratet. Magda konnte nicht ohne das Kind gehen."

Plötzlich begann der Junge zu reden. „Ist nicht alles. Darf jetzt vielleicht sagen, Anyeta.“ Er griff in sein zerlumptes Hemd und fuhr fort: „Ist noch mehr.“ Er hatte einen blauen Stein hervorgezogen, den er an einer Schnur um den Hals trug. „Da.“

„Das ist doch dein Talisman gegen den bösen Blick“, sagte Anyeta lächelnd. „Es gehört zu deiner Verkleidung. Türkische Kinder tragen das, um das Böse abzuwehren.“

Der Junge schüttelte den Kopf. „Großmama hat es mir in Sofia gegeben.“

Anyeta kniff die Augen zusammen. „In Sofia?“ Sie war sichtlich überrascht.

„Ja. Ist innen hohl – für Geheimnisse.“

Anyeta hielt den Atem an. „Gott steh uns bei! Ich beginne zu verstehen ... aber was kann es sein?“

Mrs. Pollifax lächelte. „Ihre Altersversorgung, denke ich mir.“ Für sie war das letzte Puzzlesteinchen ins Bild gefallen.

Plötzlich war Goru wieder da, sprach aufgeregt mit Anyeta und verschwand aufs neue. „Der Mann mit dem Ziegenbart hat aufgehört, das Funkgerät zu benutzen, und kehrt ins Lager zurück“, sagte sie zu Mrs. Pollifax. „Gehen Sie schnell zu Ihren Freunden und lassen Sie sich wieder fesseln.“

Trotz ihres Entsetzens gehorchte Mrs. Pollifax. An der Zeltklappe wandte sie sich um. „Sie kommen nicht mit?“

Die Zigeunerin lächelte. „Ich kann nicht richtig gehen, leider. Schon seit fünfzehn Jahren nicht mehr.“

„Das tut mir leid“, sagte Mrs. Pollifax.

Dmitri führte sie zurück und band sie an den Baum.

„Was zum Teufel!“ rief Colin. „Haben Sie denn nichts erreicht?“

Sie schüttelte begütigend den Kopf. „Alles in Ordnung, Colin – bestimmt. Der Junge versteht Englisch.“

„Wirklich?“

„Pst!“ Dr. Belleaux war ans Lagerfeuer zurückgekehrt. Jetzt beugte er sich über die immer noch bewußtlose Magda, nickte und richtete sich wieder auf. Als er die Zigeuner aus ihren Wagen kommen sah, begann er lebhaft zu sprechen.

„Der geborene Redner“, grollte Colin. „Reif für den Hyde Park!“

„Können Sie überhaupt etwas verstehen?“

„Nur das Wort ‚töten‘, das mit ermüdender Häufigkeit wiederkehrt.“

Jetzt winkte Dr. Belleaux seine Zuhörerschaft näher heran und führte sie zu dem Baum, an den Mrs. Pollifax, Colin, Onkel Hu und Sandor angebunden waren. Plötzlich zog er ein Messer heraus und forderte einen der Zigeuner auf, es zu benutzen. Zu Mrs. Pollifax' Überraschung trat Goru vor und ergriff es. Kennerhaft prüfte er mit den Fingern die Schneide, während die Zigeuner Beifall spendeten. Als sie ihre Gesichter sah und Dr. Belleaux' triumphierendes Lächeln, wurde Mrs. Pollifax auf einmal von Zweifeln ergriffen und schauderte.

Goru rief einem seiner Gefährten etwas zu, woraufhin der ihm einen kleinen Krug brachte. *„Icki"*, sagte Goru und reichte Dr. Belleaux den Krug, der ihn mit einem Seufzer der Verzweiflung nahm. Ein anderer Zigeuner reichte Stefan und Assim Krüge, und urplötzlich erschienen überall unter den Zigeunern Krüge wie Gras nach dem Regen. Es schien um einen von Goru vorgeschlagenen Umtrunk zu gehen.

Ein Umtrunk mit ihren Mördern?

„Das gefällt mir nicht", sagte Colin leise.

Ungeduldig leerte Dr. Belleaux den Krug, warf ihn zu Boden und richtete scharfe Worte an Goru. Aber der Zigeuner genoß seinen Trank mit Kennermiene, lächelte und leckte sich die Lippen.

Dr. Belleaux riß ihm das Messer aus der Hand. „Genug!" schnarrte er und wandte sich Mrs. Pollifax zu. Mit einer Miene kalter Wut hob er das Messer, um es ihr ins Herz zu stoßen. Nichts regte sich hinter ihm, und Mrs. Pollifax begriff, daß die Zigeuner ihm nicht in den Arm fallen würden. Dr. Belleaux' aschgraues Gesicht kam näher, sie rang nach Atem und suchte sich gegen den Stoß zu wappnen – als er der Länge nach zu Boden stürzte und neben ihr lag. Er zuckte noch einmal, dann lag er still.

„Sie sind nicht tot", erklärte Anyeta Mrs. Pollifax und Colin. „So dumm sind wir nicht, daß wir einen Gorgio töten; die Polizei ist uns überall so feindlich gesinnt wie die Fliegen auf unserm Rücken."

Anyeta war zu einem der Wagen getragen worden. Sie saß auf einem Kissen und traf Anordnungen. Ihr Zelt war abgeschlagen, die beiden Lagerfeuer gelöscht und zugescharrt. Die Pferde waren eingespannt, und die drei Opfer der Nacht – Magda, Sandor und Ramsey – lagen schon in einem der Wagen, alle drei noch immer ohne Bewußtsein.

„Wir haben unsere eigenen Drogen, Kräuterextrakte wie in alten Zeiten“, fuhr Anyeta lächelnd fort. „Die drei Männer schlafen jetzt acht Stunden und wachen dann erfrischt auf. Bis dahin müssen wir weit von hier weg sein.“

„Aber wo haben Ihre Männer sie denn hingebracht?“ fragte Colin.

„Zum Hubschrauber, man hat sie in den Sitzen festgeschnallt. Falls sie gefunden werden, bieten sie ein friedliches Bild. Jetzt wird es aber Zeit, daß ich Sie etwas Wichtiges frage: Was haben Sie mit Magda vor?“

Sie hofften, erklärte Mrs. Pollifax, daß Magda am Freitag wohl genug wäre, um nach Kayseri zum Flugzeug gebracht zu werden.

„Einen Paß hat Magda?“

„Sie hat einen Paß, Geld und Kleider.“

Anyeta lächelte belustigt. „Geld nicht. Yule!“ rief sie. Einer der jungen Burschen, die Mrs. Pollifax ausgeplündert hatten, kam herüber und brachte die Brieftasche mit dem Geld. „Freunde bestehlen wir natürlich nicht. Zählen Sie nach, bitte“, sagte Anyeta zu Mrs. Pollifax. Sie gab dem Jungen einen liebevollen Nasenstüber, und er rannte davon, um beim Aufladen zu helfen. „Also, Sie möchten Magda nach Kayseri bringen. Das ist gut – wir fahren in diese Richtung. Weit schwieriger wird es sein, einen Platz zu finden, wo wir uns verborgen halten können. Freitag, haben Sie gesagt?“

„Ja. Heute ist wohl Mittwoch. Die Maschine fliegt Freitag morgen um acht. Die nächste erst am Montag.“

Anyeta nickte. „Ein Platz für uns alle, wo wir ungefährdet warten können, solange es hell ist. Ich weiß schon einen, aber weit weg – wir müssen in der Luftlinie ziehen, wie der Vogel fliegt –, Richtung Ürgüp, wo ich ein Felsgebiet kenne. Von da aus erreicht man Kayseri in ein paar Stunden, und um die Zeit, wo wir zum Flughafen aufbrechen müssen, ist es dunkel.“ Ein schriller Pfiff unterbrach die Stille. „Das ist das Aufbruchssignal“, sagte Anyeta. „Wir ziehen querfeldein und vermeiden alle Straßen.“

Mrs. Pollifax verabschiedete sich von ihr und eilte zu dem von Yule kutschierten Wagen, in dem ihre Freunde lagen. Colin kletterte in den Lieferwagen – er sollte ihn ein paar Kilometer weit fahren und dann verstecken. Aus dem Wagen an der Spitze, in dem Anyeta und Goru fuhren, ertönte ein Ruf, und die Wagenkolonne fuhr in die Nacht hinaus.

Der Wagen, in dem Mrs. Pollifax lag, hatte keine Plane, und beim Aufwachen fühlte sie kühle Luft auf dem Gesicht. Magda begann sich zu regen, mit der Hand um sich zu tasten und unverständliche Worte zu murmeln. Die Silhouette eines dunklen Lockenkopfes neben ihr war Dmitri. Colin fuhr den Lieferwagen im ersten Gang hinter ihnen her, während sein Onkel auf dem Boden des Zigeunerwagens friedlich schnarchte, dicht neben Sandor, der ebenfalls in den Schlaf der Erschöpfung gesunken war.

Plötzlich stieß Magda einen Schrei aus, und Dmitri beugte sich über sie. „Bist du das wirklich, Dmitri?“ Sie war fassungslos.

„Guten Morgen“, sagte Mrs. Pollifax. „Ich nehme jedenfalls an, daß Morgen ist.“

Magda begann zu lachen. „Und Sie auch?“ Sie streckte die Hand nach Mrs. Pollifax aus. „Wieder haben Sie mich gerettet. Und Dmitri gefunden!“

„Ich hatte ja viele Helfer“, wehrte Mrs. Pollifax ab. „Colin und Sandor, Colins Onkel, ein Mädchen namens Sabahat und Ihre Zigeuner.“

Magdas Lachen ging in Weinen über. „Laß sie nur weinen, Dmitri“, sagte Mrs. Pollifax und klopfte dem Jungen auf die Schulter. „Das erleichtert sie.“

Nach und nach versiegten Magdas Tränen, und sie schlief ein. Den Schlaf hatte sie nötig, wenn sie innerhalb der nächsten vierundzwanzig Stunden genügend Kraft sammeln sollte, um ein Flugzeug zu besteigen – und das, fand Mrs. Pollifax, war das einzige, worauf es jetzt ankam. Seit sie Dmitri kannte, fand sie ihre eigene Misere viel weniger wichtig – auch abgesehen davon, daß der Junge den Talisman unter seinem zerlumpten Hemd trug. Jetzt lag auf der Hand, was der Inhalt des so harmlos aussehenden blauen Steines für die Kommunisten bedeutete. Solange er nicht geborgen war, gab es für Magda keine Ruhe.

Was der Stein enthielt, konnte Mrs. Pollifax nur ahnen – Kopien streng geheimer russischer Besprechungen, Pläne, die für die NATO und künftige Nuklearpakte von großer Bedeutung waren? Irgendwie mußte dies Material samt Magda aus der Türkei hinausgebracht werden. Vielleicht konnte Colin Dmitri unter seine Fittiche nehmen, bis das Kind die nötigen Papiere zur Ausreise hatte. Über ihre eigene Zukunft machte sie sich keine Illusionen; aber für einen Jungen war das Gefängnis jedenfalls nicht der geeignete Aufenthaltsort.

Die Karawane hielt, und Goru dirigierte den Lieferwagen in eine andere Richtung. Ein paar Minuten später stieg Colin mit der ausgebauten Autobatterie in Mrs. Pollifax' Wagen und setzte sich neben sie. „Großer Gott, was für ein Gelände!" sagte er.

„Und wo haben Sie den Wagen gelassen?" fragte Mrs. Pollifax.

„Dahinten ist ein verlassenes Dorf – da hab ich ihn in eins der Häuser geschoben, die noch ein Dach haben."

Er schaute zum Himmel auf. „Es ist kurz nach drei. In einer Stunde dämmert es, und dann haben wir wieder das Theater mit dem verflixten Hubschrauber."

In unbequemer Lage dösten sie noch eine Stunde. Als Mrs. Pollifax die Augen wieder öffnete, war Magda wach, saß gegen die Wagenwand gelehnt, und ihre Hand ruhte auf Dmitris Kopf in ihrem Schoß; der Junge war eingeschlafen. Mit einer wahren Farbenexplosion ging die Sonne auf. Mrs. Pollifax bemerkte, daß Magdas Augen auf dem schlafenden Mr. Ramsey ruhten.

Als Mrs. Pollifax sich aufrichtete, sagte Magda mit einem verdutzten Stirnrunzeln: „Der Mann hier – wo kommt er eigentlich her? Er ähnelt so sehr einem Mann aus meinem früheren Leben, den ich mindestens fünfundzwanzig Jahre nicht gesehen habe. Dieselbe Hakennase –"

Mrs. Pollifax betrachtete den unter seiner Decke halb begrabenen Onkel Hu. „Die Nase ist so ziemlich das einzige, was man von ihm sehen kann. Haben Sie freundliche Erinnerungen an den Mann, dem er ähnlich sieht?"

Magda nickte. „Ich habe nur zwei Männer geliebt. Meinen ersten Mann, Philippe, der allgemein als reicher französischer Playboy galt, was aber Theater war, denn er arbeitete als Agent für die französische Regierung. Wir haben nur ein Jahr zusammen gelebt – dann wurde er ermordet."

„Von wem?" fragte Mrs. Pollifax.

„Damals nannte man sie die Roten", sagte Magda. „Sie richteten es so ein, daß der Verdacht auf mich fiel. Er wurde mit meiner kleinen Pistole erschossen, auf der meine Fingerabdrücke waren, und außerdem hatten sie eine falsche Zeugenaussage arrangiert, nach der ich einen Liebhaber hatte." Sie zuckte die Achseln. „Am liebsten hätte ich meinem Leben ein Ende gemacht, aber ich erwartete ein Kind, und ich arbeitete schon für die Landsleute meines Mannes. So nahm ich mein Problem mit zum französischen Geheimdienst."

„Damals sind Sie Doppelagentin geworden?"

„Ja. Wenigstens bis zum Zweiten Weltkrieg arbeitete ich auch für Amerika und England." Um ihre Lippen legte sich ein wehmütiger Zug. „Eine neue Liebe ist immer unvorstellbar. Ich glaubte, ich hätte überhaupt kein Herz mehr." Magda seufzte. „Es war nur eine Begegnung; mehr durfte es für mich nicht werden, weil ich damals verwundbar war; sie hatten meine in Rußland aufwachsende Tochter als Geisel. Ich habe die Erfahrung gemacht", fuhr sie nachdenklich fort, „daß jedes Leben nach einem bestimmten Muster abläuft – Sie können es Karma nennen. An allen Wendepunkten meines Lebens bin ich in diese Arbeit zurückgestoßen worden wie von einer festen Hand. Auf längere Zeit Frau oder Mutter zu sein war in meinem Karma nicht vorgesehen."

„Vielleicht ist die Zeit jetzt gekommen", sagte Mrs. Pollifax. „Wie ich den Begriff Karma verstehe, sind damit Verschuldungen gemeint, die beglichen werden müssen; gelingt einem das aber, dann befindet man sich eines Tages auf einer neuen Ebene, in einem andern Karma."

„Sie sagen das, als hätten Sie es erlebt", sagte Magda gespannt.

Mrs. Pollifax lachte. „Ich kann Ihnen nur so viel sagen, daß ich nach Jahren friedlichen Familienlebens in einen sehr gefahrvollen Beruf eingetreten bin. Wie wenn der Wind eine Buchseite umgeschlagen hätte. Zufall? Ich meine, es müßte mehr sein. Vielleicht gerate ich jetzt in eine Lebensform wie die Ihre, während Sie sie um einer andern willen aufgeben."

„Für mich möchte ich es hoffen", sagte Magda schlicht.

„Lassen Sie nicht von dieser Hoffnung", sagte Mrs. Pollifax, und ihr Blick schweifte wieder zu Hu Ramsey hinüber.

DIE HELLIGKEIT hatte erschreckend zugenommen, als aus dem Wagen an der Spitze ein Ruf ertönte. Goru hatte sich aufgerichtet, und seine Zeichen verrieten Mrs. Pollifax, daß sie sich ihrem Bestimmungsort näherten. Zur Rechten hatten sie jetzt eine hohe, steil ansteigende Klippe, an deren Fuß Schuttmassen, die einmal wie Lava von ihr heruntergerutscht sein mußten, einen Hügel bildeten. Mrs. Pollifax erkannte, daß der Hügel wabenartig von Höhlen, Löchern und den Ruinen verlassener Gebäude durchsetzt war. Die

Wagen an der Spitze hatten schon gewendet und fuhren jetzt durch den Schutt in einer spiralig ansteigenden Linie bergauf. „Was für ein herrliches Versteck!" rief Mrs. Pollifax.

Als der erste Wagen den Gipfel erreicht hatte, stieg Goru aus, klein wie eine Puppe vor der gewaltigen Felswand und von ihnen allen durch den Schuttberg getrennt. Ihr eigener Wagen schwankte und rutschte, als er jetzt dem geröllübersäten Pfad auf den Gipfel hinauf folgte. Mrs. Pollifax klammerte sich an die Seitenwände und sprach Stoßgebete.

Höher und höher stiegen sie hinan, bis endlich Goru wieder seine natürliche Größe angenommen hatte. Der Gipfel des Geröllberges mit der hinter ihm aufragenden Klippe war erreicht.

Dicht an der Klippenwand führte ein primitiver, ausgewaschener Pfad in Kurven hinter den Häusern entlang, die einstmals in den Hügel hineingebaut worden waren. Auf diesem Pfad hielten die Wagen, jeder neben einer Ruine, die sich noch eines ganzen oder halben Daches rühmen konnte. Um Platz für die Wagen zu schaffen, begannen die Männer aus dem Innern der Häuser Steine und Geröll herauszuschaufeln. Einer nach dem andern verschwanden die Wagen, bis der ihrige als einziger noch unter freiem Himmel stand. Yule stemmte Felsbrocken zur Seite, Colin sprang aus dem Wagen und half.

Hinter Mrs. Pollifax sagte eine verblüffte Stimme: „Verflixt und zugenäht!"

„Sandor", murmelte sie lächelnd und drehte sich um.

Sandor saß aufrecht und rieb sich den Kopf, aber seine Augen ruhten auf Magda und Hu Ramsey. Erst jetzt bemerkte Mrs. Pollifax, daß die beiden wach waren und sich erstaunt anstarrten.

„Du bist noch dünner geworden", sagte Hu ohne jede Einleitung. „Du hast eben nie genug Wert aufs Essen gelegt. Wärst du mit mir verheiratet gewesen, dann hätte ich dafür gesorgt. Wie ein grüner Junge bin ich mir vorgekommen, daß ich in all den vielen Jahren nicht geheiratet hab, aber eine Frau wie dich gibt es eben nur einmal. Warum hast du mich nicht geheiratet?"

„Ich hatte eine Tochter in Rußland."

„Hättest du mir das nicht sagen können?"

„Nein", sagte sie. „Du wärst imstande gewesen, dich mit dem Kreml anzulegen, Hu, und von ihm zu fordern, daß sie nach England zurückgeschickt wird. Und das hätte dich den Kopf gekostet."

In diesem Augenblick ertönte abermals ein Ruf, und Goru kam den Pfad entlang auf sie zugelaufen. Ramsey sprach türkisch mit ihm und machte ein erschrecktes Gesicht. „Das Flugzeug!“ rief er. „Versteckt den Wagen! Am Horizont ist eine Maschine aufgetaucht, die in unsere Richtung kommt!“

9

ZWEI MÄNNER eilten herbei und führten das Pferd weg, während fünf andere den ganzen Wagen über eine Steinmauer hinweg in einen Keller hievten, wobei der Wagen keinen Schaden litt, außer daß ein Rad absprang.

Ihr Versteck hatte gewisse Reize. Die durch die löcherige Decke fallende Morgensonne zeichnete eine Art Gittermuster auf den Kellerboden. Auf drei Seiten umgaben sie Mauern, über dem Kopf war ein halbes Dach, und aus dem Schatten bot sich Mrs. Pollifax eine atemberaubende Aussicht.

Sie sah den Hubschrauber langsam über das Tal hinweggleiten, leicht schwankend wie betrunken, was Mrs. Pollifax' Ansichten über die Gesetze der Luftfahrt völlig durcheinanderbrachte. Er kam näher, verschwand hinter der Klippe, um urplötzlich auf sie herunterzustoßen. Eine Sekunde lang, die sich unendlich zu dehnen schien, hing er über ihnen wie ein Raubvogel, der nach einem verräterischen Unterschlupf sucht, in den seine Beute sich verkrochen haben konnte. Es war schrecklich. Dann stieg er wieder und flog zum andern Ende der Klippe.

Plötzlich Magdas ärgerliche Stimme: „Ich kann doch nicht morgen früh eine Maschine nehmen, während Dmitri solchen Gefahren ausgesetzt ist. Niemals!“

„Ja“, sagte Mrs. Pollifax entschlossen, „es wird Zeit, daß wir Pläne machen. Wir wollen Anyeta aufsuchen.“

Im Innern der Höhle, in der Anyeta Zuflucht gesucht hatte, bildeten sie einen Kreis. „Sobald es dunkel ist, brechen wir wieder auf“, sagte Anyeta, „so gegen halb zehn heute abend. Wir werden langsam fahren müssen, weil der Weg uns nicht vertraut ist. Goru weiß nicht, wo der Flugplatz von Kayseri liegt.“

„Westlich der Stadt, das weiß ich“, sagte Hu Ramsey, „auf uns zu. Was meint ihr, soll ich zurückgehen und den Lieferwagen holen?“

„Ich habe heute nacht fast das ganze Benzin verbraucht", sagte Colin. „Weiter als fünfzehn Kilometer reicht es nicht."

„Verflixt", sagte Onkel Hu. „Wo ist die nächste Tankstelle?"

„Vom Wagen aus?" fragte Colin. „Bestimmt Kirsehir. Aber falls du etwa vorhast, Magda damit zum Flugplatz zu bringen, dann vergiß nicht, daß dich bestimmt irgendwer anhält – wie in Yozgat. Und wenn du dann Magda und Mrs. Pollifax bei dir hättest –" Colin machte ein skeptisches Gesicht.

Mrs. Pollifax stimmte zu. „Er hat völlig recht. Magda *muß* im Zigeunerwagen zum Flugplatz kommen; der Lieferwagen erregt zuviel Aufsehen."

Auch Magda hatte Zweifel. „Ich habe ja gar keinen Flugschein für den Achtuhrflug noch für den nach London. Wenn nun die Maschine ausgebucht ist, was dann?"

„Ja", sagte Mrs. Pollifax zustimmend, „das muß sehr sorgsam organisiert werden."

„Ran an den Feind und so weiter", schlug Colin grinsend vor.

„Richtig. Sie wissen also nicht, wo der Flugplatz ist, Goru? Jemand muß ihn ausmachen – jetzt, bei Tageslicht."

Anyeta übersetzte es Goru, der ihr antwortete. „Er sagt, er will selber gehen", berichtete Anyeta. „Er will reiten und dabei gleich den besten Weg für die Wagen suchen."

„Es besteht noch ein weiteres Problem", sagte Mrs. Pollifax. „Magda möchte sicher sein, daß Dmitri nicht mit hier hineingezogen wird. Außerdem muß ja auch der Flug gebucht werden. Wenn Sie, Mr. Ramsey, Dmitri mitnähmen und im Laufe des Tages Ihren Lieferwagen erreichten, dann könnten Sie zum Tanken nach Kirsehir fahren und von dort aus telephonisch einen Flug nach London für Alice Dexter-White buchen. Sollte die Polizei den Wagen anhalten, hätten Sie nur einen kleinen Jungen bei sich, den Sie unterwegs aufgelesen haben. Kontrolliert worden sind Sie ja schon in Yozgat – gut möglich, daß man Sie nicht noch einmal festsetzt. Dann könnten Sie nach Ankara weiterfahren."

„Ganz recht", sagte Ramsey, aber man sah ihm an, wie ungern er Magda verließ.

„Würdest du das tun?" fragte Magda hoffnungsvoll. „Hu, ich kann dir nicht sagen, wie dankbar ich dir wäre."

„Aber selbstverständlich tu ich das", sagte er munter. „Dmitri, willst du mich nachher als Reisegefährten ausprobieren?"

„Muß ich?" fragte er Magda. Seine Stimme klang niedergeschlagen. Sie sprach russisch mit ihm, und er hörte ernsthaft zu. „Ja", sagte er dann zu Ramsey. „Ich komme mit. Wie er gesagt hat: ran an den Feind."

„Guter Junge", sagte Ramsey und fuhr ihm durchs Haar.

„Sie brauchen ein Pferd und einen Führer", sagte Anyeta. „Yule kommt mit – er weiß, wo der Lieferwagen versteckt ist, und er kann, bevor es Nacht wird, mit dem Pferd zurück sein. Sonst noch etwas?"

Alle zusammen beugten sie die Köpfe über die Karte, um ihren augenblicklichen Standort, die beste Route nach Kirsehir für Ramsey und die genaue Lage des Flugplatzes von Kayseri festzustellen. „Reiten Sie nicht genau nach Süden", warnte Onkel Hu Goru. „Hier hat die Polizei eine Station" – er deutete auf einen Ort –, „Inescu."

Goru nickte und stand auf. *„Allaha ismarladik* "*, sagte er.

*„Güle, güle** "*, antwortete Onkel Hu mit einem Händedruck.

„Magda braucht heute Schlaf und was zu essen", erklärte Mrs. Pollifax Anyeta. „Heute abend stecke ich sie in meine amerikanischen Kleider, die sie unter ihren türkischen tragen kann, bis sie am Flugplatz ist." Noch was? Ja. „Einen passenden Koffer sollte sie haben."

„Ich hab einen im Wagen", sagte Onkel Hu. „Yule kann ihn heute abend mitbringen. Alt und schäbig ist er, aber Bond Street sieht man ihm immer noch an."

Anyeta brachte ein Paar Krücken zum Vorschein, auf die sie sich stützte, als sie alle zusammen nach draußen gingen, um beim Satteln der Pferde zuzusehen. Sie rief Goru etwas zu, worauf er nickte und winkte.

Hu wandte sich an Magda. „Gib acht auf dich", sagte er. „Es fällt mir nicht leicht, mich von dir zu trennen, nachdem ich dich grade wiedergefunden habe. Du wartest in Schottland auf mich und Dmitri, wie abgemacht?"

„Ja, bestimmt."

Einen Augenblick hielt er sie schweigend im Arm, ehe er sich Dmitri zuwandte. „Also, Dmitri? Wir gehen jetzt auf eine weite Reise, du und ich."

Magda nahm Dmitri in die Arme, und er klammerte sich an sie. Dann löste er den Talisman von seinem Hals und legte ihn seiner Großmutter um. „Jetzt behütet er dich", sagte er.

---

* Gott befohlen
** Viel Glück

Einer der auf der Klippe stationierten Männer rief Anyeta etwas zu. „Kein Flugzeug in Sicht, sagt er. Zeit, daß ihr rasch geht."

Ramsey hob Dmitri auf den Sattel seines Pferdes und stieg hinter ihm auf. „Wir dürfen Yule nicht warten lassen. Los, Dmitri. Ran an den Feind, was?"

Als sie auf dem Klippenpfad verschwunden waren, setzten Mrs. Pollifax und Colin sich nebeneinander auf einen zerfallenden Mauerrest. „Morgen um diese Zeit ...", begann sie. Dann schüttelte sie den Kopf. „Es ist das Warten, die Ungewißheit." Als sie auf die Ebene hinunterschaute, mußte sie die Augen zusammenkneifen, so blendete die Sonne auf dem weißlichen Gestein.

„Ich liebe dies Fleckchen Erde", sagte sie. „Ich hatte mir die Türkei immer düster vorgestellt."

„Ihre Geschichte ist auch düster."

„Aber sehen Sie nur – das Braun der sonnengedörrten Erde, der blaue Himmel, die grünen Flecken – jadegrün. Ach, wenn ich doch Künstlerin wäre."

Colin nickte verständnisvoll. „Ich habe die Absicht, diesen endlosen Tag vor uns zum Filmen auszunutzen, denn damit kann ich etwas tun, was Onkel Hu für all seine Güte belohnt. Seit er in der Türkei lebt, ist es ihm nie gelungen, Aufnahmen von Zigeunern zu machen – von ein paar Schnappschüssen abgesehen. Endlich hat er mal eine Gelegenheit, sich mit ihnen anzufreunden, und da muß er sich aus Menschenfreundlichkeit auf einen Erkundungsgang begeben. Ich frage jetzt Anyeta, ob ich heute hier herumstöbern und ihre Zigeuner filmen darf."

„Ich komme mit", sagte Mrs. Pollifax.

GEGEN MITTAG aßen sie *domatesli pilaf,* das Anyeta auf einem kleinen, beinah rauchlosen Kohlenherd heiß gemacht hatte. Die Pferde waren gefüttert. Sandor übernahm das Reparieren des beschädigten Rades, und Colin streifte mit der Kamera umher, verschwand in Kellerlöchern, tauchte wieder auf, filmte die Zigeunerkinder beim Spielen und die Frauen bei der Arbeit.

Der Hubschrauber kam nicht wieder, dafür erschien zweimal ein kleines Flugzeug und jagte die ganze Gesellschaft in ihre Verstecke. „Polizei vermutlich", sagte Colin und blinzelte durch die Löcher im Dach zum Himmel hinauf. Anyeta erließ den Befehl, die Wachen auf den Klippen zu verdoppeln.

„Sie ist eine Art Königin, wissen Sie – wörtlich zu nehmen“, sagte Magda zu Mrs. Pollifax, als Anyeta sich auf ihren Krücken nach draußen gewagt hatte, um die Reparatur des Wagens zu überwachen. „Sie hält das ganze Volk zusammen.“

„Zigeunerkönigin!“ sagte Mrs. Pollifax nachdenklich. „Stammt sie aus Bulgarien?“

„O nein! Anyeta stammt aus Rumänien. Von dort aus wandern die Zigeuner unbehelligt über die Berge nach Jugoslawien und von da weiter nach Italien und Westdeutschland.“

„Wodurch ist sie gelähmt? Kinderlähmung?“

„Nicht einmal ich kann dahinterkommen! Aber ihre Sehergabe soll sich verdreifacht haben, seit sie nicht mehr gehen kann – als ob ihre ganze Kraft sich in diesem seelischen Vermögen manifestiere. Sie ist eine erstaunliche Frau. Als ich sie vor vielen Jahren in Budapest kennenlernte, in einem Café, trug sie Perlen und Diamanten. Ist das nicht merkwürdig? Vielleicht kennen Sie dem Namen nach –“ Sie nannte einen Konzertgeiger von Weltruf.

„Aber selbstverständlich“, sagte Mrs. Pollifax. „Ich habe ihn vor Jahren bei einer seiner wenigen Amerikatourneen in der Carnegie Hall gehört.“

„Er war Anyetas Mann, Halbzigeuner, aber sie ist Vollblutzigeunerin, und das Leben in der Fremde hat sie krank gemacht. Wie ich hörte, ist sie beinah gestorben. Sie konnte ohne ihr Volk nicht leben. Sie mußte heimkehren.“

„Hierher“, sagte Mrs. Pollifax und ließ den Blick nachdenklich über die in der Sonne leuchtenden weißen Felsen schweifen. „Ich kann's kaum verstehen. Vor zwei Tagen hätte ich es überhaupt noch nicht verstanden.“

Später schlief Magda. Mrs. Pollifax, die Anyetas Blick spürte, fragte: „Sagt Ihre Sehergabe Ihnen etwas?“

Die Antwort kam zögernd. „Ich sehe kein Bild von Magda in einem Flugzeug. Irgend etwas liegt dazwischen. Ich bin unruhig ...“

Die Nacht brach so schnell herein, als habe man eine Decke über die Hochebene geworfen. Yule war mit dem zweiten Pferd am Zügel zurückgekehrt. Ja, der Engländer und Dmitri waren am frühen Nachmittag beim Lieferwagen angelangt, und Yule war geblieben, bis die Batterie eingesetzt und der Wagen abgefahren war. Ganz sicher hatten die beiden die Straße nach Kirsehir gefunden. Goru kam erst zurück, als es schon ganz dunkel war. Den vielen Polizeipatrouillen auf den Straßen war er ausgewichen und hatte den Flugplatz gefunden, auch einen Weg durch das Felsland entdeckt, der keine größeren Straßen kreuzte. Sicher hätte er das Zeug zu einem tüchtigen General gehabt, dachte Mrs. Pollifax.

Magda trug nun Mrs. Pollifax' Kostüm mit Bluse unter ihren türkischen Gewändern, und Mrs. Pollifax übergab ihr Geld und Paß. „Für den Fall, daß wir getrennt werden", sagte sie, weil Anyetas Unruhe ihr eingefallen war.

Kurz nach zehn Uhr brachen sie auf, kreuzten das Tal, bis sie in den Schatten des Topuz Dagi gelangten, des den östlichen Horizont verdeckenden Berges. Der Himmel war heute nacht noch heller. „Hinter dem Gebirgsstock muß der Mond schon aufgegangen sein", sagte Colin.

„Wieviel Kilometer sind es bis Kayseri?" erkundigte sich Mrs. Pollifax.

Er wiegte bedenklich den Kopf. „Für so langsam fahrende Wagen ist der Weg weit. Vielleicht hat Goru im Sinn, irgendwo zu lagern und den Rest des Weges zu reiten."

„Haben Sie nur Vertrauen zu Goru", sagte Magda. „Er ist mit allen Wassern gewaschen." Sie wandte sich an Mrs. Pollifax. „Mir haben Sie ja auch Vertrauen geschenkt – Sie haben mich nicht gefragt, warum ich nach Schottland will."

Mrs. Pollifax lachte. „Ich wußte, daß Sie es mir zu gegebener Zeit erklären würden."

Magda nickte. „Hu hat da eine Jagdhütte. Wenn ich bis London durchkomme, schicke ich vom Flughafen aus ein Kabel nach Washington und verschwinde dann wieder. Sie begreifen, daß ich stur sein muß, bis Dmitri die Erlaubnis hat, mir zu folgen."

Mrs. Pollifax ließ sich das durch den Kopf gehen. Sehr wohl möglich, daß Regierungen einen kleinen Jungen nicht so wichtig fanden und daß vielleicht sogar Carstairs einer Regierung gegenüber machtlos wäre. „Ja, ich verstehe und frage Sie nicht nach der Adresse", sagte sie.

„Ich danke Ihnen."

Der Glanz des noch verborgenen Mondes verlieh der Karawane einfacher Wohnwagen in der rauhen Landschaft etwas von einer biblischen Szene. Sie holperten, stießen, ächzten. Gegen zwei Uhr wurde angehalten, und während Goru die Reihen entlangging und

Räder und Achsen überprüfte, gab es Brot und Wasser. Alle flüsterten nur, und bald war der Zug wieder in Bewegung. Um vier Uhr morgens meldeten Gorus Späher, daß ihnen ein einzelner Reiter folge.

„Das könnte Sebastian sein", meinte Colin.

„Könnte, gewiß", sagte Mrs. Pollifax mißtrauisch.

„Für über dreißig Zigeuner stellt ein einzelner Reiter ja wohl keine Bedrohung dar", sagte Colin. „Warum läßt Goru nicht halten und feststellen, wer es ist?" Er sprang vom Wagen. „Ich gehe nach vorn und frage."

In wenigen Minuten war er zurück und sagte stirnrunzelnd: „Der unbekannte Reiter hält einen gewissen Abstand. Zum Anhalten sei keine Zeit, sagt Goru, weil es schon halb fünf sei und Magda unter allen Umständen bis acht auf dem Flughafen sein müsse."

„Allerdings", sagte Mrs. Pollifax lebhaft.

Aber die Karawane wurde unruhig. Der Himmel erblich. Der Zug steigerte sein Tempo. Jetzt hatten sie das Vulkangebiet hinter sich und befanden sich wieder auf der staubigen Hochebene. Irgendwo zwischen hier und den Vorbergen der fernen Gebirge lag Kayseri mit seinem Flugplatz.

Kurz nach fünf hob Goru die Hand und rief ein scharfes Kommando. Nachdem man stundenlang kaum zu flüstern gewagt hatte, erschraken alle. Im Osten nahm der Himmel Perlmutterfarben an, und bald wurde der Rand einer orangeroten Sonne über den Bergen sichtbar. Zwei uniformierte Männer kamen ihnen aus nördlicher Richtung entgegen.

„Landgendarmerie", sagte Colin zu Mrs. Pollifax.

Die Männer machten einen freundlichen Eindruck und gaben sich zwanglos. Nach ein paar Worten mit Goru ritt einer der beiden langsam den Zug entlang, sah den Zigeunern ins Gesicht und schaute in die Wagen. Als er wieder an der Spitze angekommen war, ging die Unterhaltung der drei weiter. Goru nickte und rief den Zigeunern etwas zu. Sandor, der in Anyetas Wagen fuhr, kam nach hinten geschlendert.

„Sie wollen sämtliche Pässe sehen", sagte er.

„Wieviel Zeit das wieder kostet!" rief Mrs. Pollifax verzweifelt.

„Warum fesseln wir sie nicht einfach und nehmen sie mit?" meinte Colin gereizt. „Ich hab immer noch Stefans Pistole."

„Ein wahrer Löwe!" sagte Sandor grinsend. „Wollen Sie die denn merken lassen, daß wir etwas zu verbergen haben? Wenn ein Polizist

Zigeuner zu Gesicht bekommt, dann spuckt er entweder aus und reitet vorbei, oder er hält sie an und kontrolliert, was sie jetzt wieder gestohlen haben."

Sie händigten Sandor ihre Pässe aus, der sie zu den Polizisten brachte.

Dann warteten sie, lange, lange, ganz verkrampft vor Angst, die Polizei würde vielleicht jeden Zigeuner einzeln vornehmen. Der eine redete denn auch endlos mit Goru und Anyeta, während der andere den Stapel der dreißig Pässe durchblätterte. Einmal lachten sie. „Erzählen die vielleicht noch Witze?" fragte Colin erbittert. Und dann endlich wurden die Papiere zurückgegeben, die Wagen bekamen das Aufbruchssignal, und die Polizisten galoppierten davon. Aber die Unterbrechung hatte eine dreiviertel Stunde in Anspruch genommen, und es war schon fast sechs.

Sie waren müde, hungrig und durstig. Nach einer halben Stunde streiften sie den Rand eines im Morgendunst daliegenden Dörfchens. Sandor kam mit einer neuen Botschaft nach hinten. „Goru wünscht, daß die Wagen zu zweit nebeneinander fahren. Dieser Wagen hier kommt neben den seinen."

Als sie dann neben Anyeta und Goru herfuhren, erhob sich Goru und schob Yule einen Knüppel herüber. Anyeta beugte sich vor und sagte zu Mrs. Pollifax: „Sie müssen sich jetzt ganz dicht zu Magda halten." In ihren Augen stand eine stumme Warnung. „Sie verstehen?"

Mrs. Pollifax nickte. Was sie wohl befürchtete? Aber dann hörte sie den Hubschrauber. Er kam über den Kamm der Hügel vor ihnen herangebraust, klein und doch schrecklich, wie eine überdimensionale stählerne Libelle.

„Also müssen wir uns doch noch einmal mit dem guten Doktor befassen", sagte Colin grimmig.

Mrs. Pollifax blickte um sich. Ihre Haut kribbelte vor Nervosität. Hinter sich hatten sie Weinberge, vor ihnen zog sich ein Dorffriedhof einen sanften Hang hinauf. Mitten im Friedhof landete der Hubschrauber in einer Staubwolke.

Mrs. Pollifax hustete und schützte Nase und Augen mit ihrem Schal. Durch einen Schlitz im Schal sah sie den Hubschrauber mit schwirrenden Flügeln leicht auf dem Boden stehen, keine fünfzig Meter entfernt. „Warum zum Teufel stellt er die verdammte Maschine nicht ab!" schrie Colin und sprang vom Wagen. „Gehen

Sie hinter den Wagen, sonst können Sie vor lauter Staub nichts sehen!" Er half Magda und Mrs. Pollifax herunter.

Die Tür des Hubschraubers öffnete sich, und heraus stiegen Dr. Belleaux und Stefan, beide mit Pistolen in der Hand. Dann wurde auf dem Friedhof eine Pistole abgefeuert, und jetzt begriff Mrs. Pollifax: Dr. Belleaux hatte sich tatsächlich mit der türkischen Polizei zusammengetan.

„Mein Gott!" rief Magda, als der Friedhof lebendig wurde und die Polizisten den Hügel heruntergeströmt kamen.

Aber noch waren sie weit oben, und Mrs. Pollifax verstand, warum Dr. Belleaux den Helikopter laufen ließ: für die nächsten Minuten standen er und Stefan mit ihren beiden Pistolen den Zigeunern allein gegenüber. Auch Goru hatte das erkannt, tauchte plötzlich hinter dem Hubschrauber auf und schlug Dr. Belleaux mit einem Knüppel die Pistole aus der Hand. Stefan wirbelte herum, aber schon waren andere Zigeuner vorgestürmt und umringten sie. Yule wurde zu Boden geschlagen – Stefan war ein recht tauglicher Leibwächter –, und sein Knüppel flog durch die Luft.

„Versteckt euch im Weinberg!" rief Anyeta aus ihrem Wagen.

„Sie hat recht – beeilt euch!" rief Colin.

Aber Mrs. Pollifax wollte nicht. Sich im Weinberg zu verstecken war völlig aussichtslos. In wenigen Minuten hatte die Polizei ihn erreicht, und dann war es aus mit ihrem Plan: Magda erreichte ihre Achtuhrmaschine in die Freiheit nie und nimmer. Mrs. Pollifax' verzweifelter Blick haftete auf dem augenblicklich verlassenen Hubschrauber. „Colin, können Sie einen Hubschrauber fliegen?"

Er starrte sie an. „Lieber Himmel! Nein!"

„Es gibt aber nur den einen Weg", sagte Mrs. Pollifax entschlossen, begann zu laufen und zog Magda hinter sich her.

Colin war so verblüfft, daß er sekundenlang still stand, ehe er den beiden flüchtenden Frauen in halsbrecherischem Tempo durch das Kampfgetümmel zum Hubschrauber folgte. Mrs. Pollifax schob grade Magda hinauf, zog sich selber nach oben, drehte sich um und reichte Colin die Hand. In diesem Augenblick gab ein Polizist einen Schuß ab, und Colin griff nach seinem Arm.

„Los!" schrie er. „Fliegt los!"

„Kommt überhaupt nicht in Frage!" schrie Mrs. Pollifax zurück, hielt seine Hand fest und zog ihn buchstäblich nach oben. „Verriegeln Sie die Türen!" befahl sie Magda.

Indem Magda gehorchte, sagte sie: „Können Sie denn einen Hubschrauber fliegen?"

„Wieso denn?" fauchte Mrs. Pollifax und setzte sich ans Steuer. Zwei Hebel gab es da, von denen der eine senkrecht aus dem Boden ragte, der zweite horizontal hinter dem Sitz vorkam. Den packte sie, schloß die Augen und zog. Der Hubschrauber machte einen kleinen Satz – und mit neuem Mut packte Mrs. Pollifax den zweiten Hebel und stieß ihn nach vorn, woraufhin sie sich mehrere Meter vom Boden hoben, so daß die den Hubschrauber umringenden Polizisten auseinanderstoben. Jetzt handhabte Mrs. Pollifax die beiden Hebel herzhafter, die Maschine machte einen Hopser seitwärts und bedrohte nun auch die Zigeuner. Mut, Emily, ermunterte sie sich, griff wieder nach dem ersten Hebel – und plötzlich hatten sie die Menschenmenge unter sich.

„Na also!" japste sie befriedigt. Wenn sie sich nur auch erinnern könnte, wie sie das eigentlich gemacht hatte.

„Großer Gott, wir fliegen", sagte Colin matt.

„Sie sind verletzt", sagte Magda zu ihm. „Legen Sie sich hin."

„Mich hinlegen? Nachdem ich dem Tod durch Erschießen entgangen bin, nur um mich in einem Hubschrauber entführen zu lassen, den eine Verrückte fliegt?"

„Pst – das Ding tut doch. Jetzt, wo ist der Flugplatz?" Sie flogen sehr niedrig – in Sprüngen, wie ein Känguruh –, während Mrs. Pollifax die Hebel ausprobierte und genau wissen wollte, welcher sie nach oben, welcher vorwärts und welcher seitwärts brachte.

„Achtung!" schrie Magda, als sie mit knapper Not einen Baum verfehlt hatten.

Wieder hopste der Hubschrauber, glitt über eine Wiese, stieg und pendelte sich in angenehmer Flughöhe ein. „Sprechen Sie bitte etwas ruhiger", sagte Mrs. Pollifax. „Wenn Sie mir so ins Ohr schreien, fahre ich zusammen und die Maschine auch."

„Sehen Sie – da ist eine Straße!" japste Magda.

„Gut – in der Richtung fliegen wir", sagte Mrs. Pollifax. „Wie spät ist es?"

Colin blickte düster auf seine Uhr.

„Sieben Uhr fünfzehn."

„Sie fliegen zu niedrig, Mrs. Pollifax. Nächstens berühren wir die Autodächer." Indem sie vergaß, daß sie still sein sollte, rief sie: „Vorsicht!"

Die Maschine sackte ab, Autos stoben nach rechts und links auseinander. Mrs. Pollifax zog am ersten Hebel, und schon brausten sie himmelwärts. „Wir müssen den Flugplatz finden." Ihre Stimme zitterte.

„Oh, ich gebe acht, glauben Sie mir", sagte Magda.

Jetzt flogen sie über Kayseri – es konnte nur Kayseri sein – und kamen mit knapper Not an einem Minarett vorbei. „Höher!" schrie Magda.

„Was bauen sie die Dinger denn auch so hoch!" rief Mrs. Pollifax und zog vor Schreck am falschen Hebel, so daß sie im Krebsgang auf das Minarett zurücksteuerten.

Wütend zerrte sie wieder am andern Hebel, und wieder ging es himmelan.

„Ich sehe den Flugplatz!" rief Magda triumphierend; und wahrhaftig, da lag vor ihnen ein herrlich freies Gelände, anderthalb oder zwei Kilometer entfernt, mit Startbahn und Kontrollturm. „Geben Sie acht auf die Häuser! Aber wir kommen ja gar nicht mehr vorwärts!"

„Ich merk's", sagte Mrs. Pollifax, „aber offenbar kann ich nicht –" Unvermittelt schossen sie vorwärts, begannen zu sinken, und dann gab es einen Ruck, der Motor schwieg, und sie standen auf dem Boden.

„Ich glaube, wir haben den letzten Tropfen Treibstoff verbraucht", sagte Mrs. Pollifax. „Wo sind wir?"

„Wir sind soeben auf dem Marktplatz von Kayseri gelandet und haben knapp einen Verkehrsschutzmann verfehlt", sagte Magda gelassen.

Mrs. Pollifax nickte und sah sich um. „Ja, da steht er", seufzte sie. „Und ziemlich viel Menschen scheinen uns bemerkt zu haben."

Vom Boden des Hubschraubers sagte Colin: „Dann nichts wie los! Laufen Sie! Schnappen Sie ein Taxi! Das andere überlassen Sie mir!"

Er hatte ganz recht, natürlich. Mrs. Pollifax öffnete die Tür an ihrer Seite, glitt hinaus, streckte die Hand nach Magda aus, und beide sprangen zu Boden. Eine Sekunde blinzelten sie, Hand in Hand, nach den zusammenströmenden Menschen, dann drängten sie sich freundlich lächelnd zum Bürgersteig durch, ließen die Menge sich hinter ihnen wieder schließen, schlüpften in die nächste Seitenstraße und sahen sich nach einem Taxi um.

Im Taxi sagte Mrs. Pollifax: „Sie gehen sofort in die Damentoilette. Sie warten nicht auf mich – zwei Frauen erregen eher Aufmerksamkeit. Ziehen Sie dort Ihre türkischen Kleider aus und stecken Sie das Bündel in einen Papierkorb.“

Es war genau sieben Uhr fünfunddreißig, als sie den Flugplatz betraten, und Magda entwischte in die Damentoilette. Zehn Minuten später trat eine schlanke, vornehm aussehende Dame in einem marineblauen Kostüm heraus. Aus einem stillen Zuschauerwinkel lächelte Mrs. Pollifax anerkennend. Magda trat an den Flugschalter und holte unter dem Schal über ihrem Arm Banknoten heraus. Ihr Auftreten war untadelig. Ein paar Minuten später hielt sie an der Paßkontrolle ohne Scheu ihren Paß hin. Der Beamte nahm ihn, musterte eingehend Magdas Gesicht, stempelte den Paß und reichte ihn zurück.

Erst an der Tür wandte Magda sich um und suchte mit den Augen die Halle ab. Beim Anblick von Mrs. Pollifax in ihren Pluderhosen kräuselten sich ihre Lippen. Sie wechselten einen langen, aber ausdruckslosen Blick, und dann hob Magda beinah unmerklich die Hand. Ein Winken? Ein Gruß?

Es war sieben Uhr fünfundfünfzig. Mrs. Pollifax trat ans Fenster und sah zu, wie Magda das Flugzeug bestieg, wie die Gangway weggefahren, die Tür geschlossen wurde und die Maschine anrollte. Am Anfang der langen Startbahn stoppte sie. „Los, los, los“, flüsterte Mrs. Pollifax. Die Maschine zögerte, aber dann setzte sie sich wieder in Bewegung. Als die Räder sich vom Boden hoben, stieß Mrs. Pollifax einen Seufzer der Erleichterung aus, und in ihren Augen standen Tränen. Magda war unterwegs.

Sie wandte sich ab und ging auf den Ausgang des Flughafengebäudes zu. Beim Anblick der hereinstürmenden Polizisten zögerte sie nicht. Einer von ihnen bemerkte sie und trat auf sie zu. „Mrs. Pollifax?“ fragte er.

Seufzend nickte sie. Dann sah sie Dr. Belleaux aus einem Wagen steigen. Auf einer Wange trug er ein Pflaster, war im übrigen aber ganz er selbst – kühl und autoritativ.

„Man fahndet nach Ihnen“, sagte der Beamte. „Sie sollen in der Mordsache Henry Miles vernommen werden. Kommen Sie bitte mit.“

IHRE STEINERNE Zelle war klein und unfreundlich. Und sie stank. Um halb neun, als sie sie betreten hatte, war sie feuchtkalt gewesen; im Laufe des Tages entwickelte sie ein feuchtheißes Dschungelklima. In einer Ecke stand ein Wasserkrug. Essen gab's nicht. Mehr aber beunruhigte Mrs. Pollifax die Tatsache, daß überhaupt niemand kam, weil sie sich darauf eingestellt hatte, der Polizei sofort ihre Geschichte zu erzählen. Was mochte da vorgehen? Welches Unheil mochte Dr. Belleaux inzwischen anrichten? War Magda noch auf dem Flug? Oder hatte man sie in Ankara oder in Istanbul festgehalten? Ein entsetzlicher Gedanke! Wenn doch nur eine Menschenseele kommen wollte! Es war zum Verrücktwerden, hier zu sitzen, fälschlich eines so traurigen Verbrechens angeklagt zu sein, wo sie doch solch explosive Dinge zu berichten hatte und von so schlimmen Sorgen gequält war.

Sie begann in ihrer Zelle auf und ab zu gehen, starrte erbittert zu dem winzigen Fenster hoch oben hinauf und lauschte an der Tür nach Schritten auf dem Gang. Nichts. Es wurde immer heißer, und die Mauern begannen, im wahren Sinn des Wortes, zu schwitzen. Für den Fall, daß die Zelle vielleicht abgehört wurde, sagte sie von Zeit zu Zeit klar und deutlich: „Ich muß jemand Verantwortlichen sprechen, ich habe eine Nachricht für die türkische Regierung." Niemand erschien, offenbar lauschte auch niemand. Nichts als Hitze und Schweigen. Mrs. Pollifax gab das Hin- und Hergehen auf und setzte sich ermattet auf ihre Pritsche.

Sie hatte jeden Zeitbegriff verloren, als die Tür plötzlich aufging. Es war nicht mehr richtig hell, mußte also später Nachmittag sein, und sie konnte den Mann, der ihre Zelle betrat, kaum erkennen. „Entschuldigen Sie bitte, Mrs. Pollifax", sagte er lebhaft. „Es war noch keine Zeit, Sie zu befragen, und Sie haben wirklich lange warten müssen. Kommen Sie jetzt bitte mit an einen – na ja –, einen angenehmeren Ort."

„Ja", sagte sie niedergeschlagen.

Er führte sie einen langen kerkerähnlichen Gang hinunter und dann über ausgetretene Stufen in eine weniger unwirtliche Halle. „Hier herein, bitte." Er geleitete sie in ein Büro, durch dessen offenstehende Fenster die Sonne schien. Sie setzte sich in einen Ledersessel neben dem Schreibtisch, und jetzt, da ihre Augen sich an das Tageslicht zu gewöhnen begannen, sah sie ihren Befreier überrascht an. „Sind wir uns nicht schon begegnet?" fragte sie unvermittelt.

Er setzte sich und lächelte sie freundlich an. „Ja. In Istanbul auf dem Polizeipräsidium. Ich bin Mr. Piskopos."

„Aber natürlich! Darf ich Sie fragen, wie es Mr. Ramsey geht? Mr. Colin Ramsey."

„Ach so, dem jungen Mann, den wir im Hubschrauber gefunden haben? Nur eine Fleischwunde, ganz unbedeutend."

„Hat er – na ja –, hat er mit Ihnen gesprochen?"

Mr. Piskopos lächelte. „Worüber er wohl mit mir gesprochen hat, Mrs. Pollifax?" Er stellte ein Bandgerät an. „Nehmen Sie ein paar Feigen, bitte", sagte er und hielt ihr eine polierte Holzschale hin. „Ich muß Sie vieles fragen. Sie bekommen zwar bald zu essen, aber Sie müssen schon sehr hungrig sein."

„Vielen Dank." Sie nahm eine Feige und behielt sie in der Hand; sie war sehr klebrig. Plötzlich begriff sie, daß sie nach dem stundenlangen Warten auf ein Verhör keine Ahnung mehr hatte, was sie eigentlich sagen sollte. Worüber konnte sie schon sprechen, ohne Magda oder Dmitri oder Colin oder seinen Onkel oder die Zigeuner noch stärker zu gefährden oder ihre Verbindung zu Mr. Carstairs zu verraten?

„Kommen wir zur Sache", sagte Mr. Piskopos. „Ich bin Mitglied des türkischen Geheimdienstes, Mrs. Pollifax, und deshalb können Sie offen mit mir sprechen. Sie sind amerikanische Agentin, nicht wahr?"

„Sie schmeicheln mir, Mr. Piskopos. Ich bin amerikanische Touristin."

„Nun, dann wollen wir uns bei *dieser* Einzelheit nicht weiter aufhalten."

„Ich danke Ihnen", sagte sie mit Würde. „Darf ich dann fragen, welche Anklage Sie gegen mich vorbringen wollen?"

„Anklage wäre reine Theorie, nachdem Ihre Verhandlung schon stattgefunden hat", sagte er schlicht.

„Meine Verhandlung?" rief sie. „Ohne mich?"

Er nickte. „Es hat tatsächlich eine Verhandlung stattgefunden, Mrs. Pollifax – sie hat mehrere Stunden in Anspruch genommen, und darum ist es ja so spät geworden. Sie waren durch Leutnant Cevdet Suleiman bestens vertreten."

„Ich kenne keinen Leutnant Suleiman", sagte sie ärgerlich, „und deshalb verstehe ich nicht, wieso er mich vertreten konnte. Sicherlich eine Empfehlung von Dr. Belleaux!"

Mr. Piskopos strahlte. „Interessant, daß Sie Dr. Belleaux erwähnen. Vermutlich werden Sie mir erzählen, woher Sie ihn kennen?"

„Wie spät ist es?"

„Fünf Uhr." Er hielt ihr seine Armbanduhr hin.

Mrs. Pollifax nickte. Um fünf Uhr landete Magda entweder in London, oder sie saß verzweifelt im Gefängnis von Istanbul. „Gut", sagte sie, und dann begann sie mit ihrer Ankunft in Istanbul, wo sie einer Freundin hatte helfen wollen, die telegraphisch um Hilfe gebeten hatte. „Sie hieß Magda Ferenci-Sabo", sagte sie.

Falls Mr. Piskopos erstaunt war, ließ er es sich nicht anmerken; seine Augen blieben auf die Schreibunterlage geheftet. Das ermutigte Mrs. Pollifax, und sie fuhr fort, die Ereignisse der letzten vier Tage zu schildern.

Als sie schwieg, stellte Mr. Piskopos das Bandgerät ab.

„Ich danke Ihnen, Mrs. Pollifax", sagte er.

Sie fand das recht beiläufig. „Sie glauben mir nicht, was ich von Dr. Belleaux erzählt habe?"

Überrascht blickte er auf. „O doch. Vielleicht sollte ich Sie wissen lassen, daß Dr. Belleaux ebenfalls im Gefängnis ist – aber nicht als Gast unserer Polizei. Er wurde nur eine Stunde nach Ihnen eingeliefert, unter der Anklage von Spionage und Landesverrat." Er lächelte spöttisch. „Infolge Ihrer Entlarvungsarbeit wurde bei der Verhandlung beschlossen, Frau Ferenci-Sabo unbehelligt nach London weiterfliegen zu lassen."

„Magda ist in Sicherheit?" Mrs. Pollifax schnappte nach Luft.

„Wir hätten sie anhalten können", sagte er ernst, „aber ihre sämtlichen Informationen werden meiner Regierung mitgeteilt, und zum Ausgleich haben wir Dr. Belleaux, worauf Leutnant Suleiman uns aufmerksam gemacht hat."

„Dieser Leutnant –", begann Mrs. Pollifax.

„Aber", fuhr Mr. Piskopos fort, „wegen der Sicherheit aller Beteiligten haben wir es für das beste gehalten, daß Alice Dexter-White frei ausgeht, Magda Ferenci-Sabo aber sterben muß." Er zog unter dem Löschblatt einen Bogen Papier hervor. „Die Nachricht, die wir über Radio verbreiten werden, dürfte Sie interessieren."

Ungeduldig überflog Mrs. Pollifax eine Meldung über Magda Ferenci-Sabos Tod. „Sie möchten gewiß gern ein beruhigendes Telegramm an Mr. Carstairs in Washington senden."

Mrs. Pollifax hätte sich beinah an der Feige verschluckt, die sie schließlich doch zu essen begonnen hatte. „Sie wissen von Mr. Carstairs?" ächzte sie.

Piskopos lehnte sich zurück und sah sie lächelnd an. „Offensichtlich ist es Zeit, daß Sie Leutnant Suleiman kennenlernen", sagte er. „Ich muß vorausschicken, daß er kürzlich damit beauftragt wurde, einen Mann zu beschatten, der illegal in die Türkei eingereist war und bei einem bekannten Herrn in Istanbul eine Stelle als Diener angenommen hatte. Der Mann heißt Stefan Mihailic, und sein Brotgeber ist Dr. Guillaume Belleaux."

Vor Überraschung bekam Mrs. Pollifax ganz große Augen. „Dr. Belleaux!"

„Was Ihnen erklären mag, wieso Leutnant Suleiman vergangenen Montag zufällig Dr. Belleaux' Haus beobachtete, als in einem Lieferwagen, in dem ein Leichnam lag, zwei Ausländer vorfuhren, Dr. Belleaux' Haus betraten und eine halb bewußtlose Frau herausholten! Ohne seine Vorgesetzten zu informieren, entschloß Leutnant Suleiman sich, Ihnen zu folgen. Er hatte keine Ahnung, wer Sie und die Frau in Ihrem Auto waren, bis – ach –, bis es viel zu spät war." Piskopos lächelte. „Er scheint allerhöchsten Respekt vor Ihnen zu haben, Mrs. Pollifax, und meine Regierung teilt diesen Respekt." Er beugte sich vor und sagte in die Sprechanlage: „Schicken Sie bitte Leutnant Suleiman herein."

„Ich verstehe einfach nicht", sagte Mrs. Pollifax.

Mr. Piskopos strahlte beruhigend. „Dazu wird Ihnen genügend Zeit bleiben. Leutnant Suleiman hat für Sie alle eine Party arrangiert – in Ankara, heute abend ... für Sie, den jungen Colin, Mr. Ramsey, Dmitri, die schon in Ankara sind, und soviel ich weiß, war auch von einer hübschen jungen Dame aus Yozgat die Rede. Aber davon kann Ihnen Leutnant Suleiman selbst erzählen. Aha, Cevdet, kommen Sie herein!"

Die Tür war aufgegangen, eine Gestalt in blendendweißem Leinen stand im Zimmer. Eine irgendwie bekannte und doch ganz fremde Erscheinung. Schwarzes Haar. Ganz dünner Schnurrbart. Blendendweiße Zähne. Breite Schultern. Was für ein gut aussehender Mann. Als er auf sie zukam, stutzte Mrs. Pollifax. Dunkel erinnerte sie sich an den Gedanken – war das wirklich erst ein paar Tage her? –, daß sie ihn auch rasiert und gebadet an seiner Vitalität erkennen würde, an seinem elastischen Gang und seinem herrlichen Lebensmut.

„Sandor!" rief sie.

Mr. Piskopos stand auf und sagte: „Ich möchte Ihnen Leutnant Cevdet Suleiman vom türkischen Geheimdienst vorstellen."

Sandor lachte. „Verflixt und zugenäht, Mrs. Pollifax, nicht wahr?" sagte er, beugte sich herunter und küßte sie herzlich auf beide Wangen.

In Langley in Virginia war Samstag nachmittag, und Carstairs starrte eine Reihe von Gegenständen an, die man auf seinem Schreibtisch aufgebaut hatte. Da war zunächst ein Hut, der per Luftpost aus Istanbul eingetroffen war. Die Polizei hatte ihn am Mittwoch in einem Straßenbasar in Ankara entdeckt. Ein wahres Gartenbeet von einem Hut, und auf dem Schildchen innen stand: Mrs. Emily Pollifax, New Brunswick/NJ. Daneben lag eine Aktennotiz von Bishop, wonach die Pan American bestätigt hatte, daß keine Mrs. Pollifax den heutigen Flug Istanbul–London gebucht habe. Ferner lag da ein Kabel mit einer Nachricht, die die Schlagzeile von morgen zu werden versprach. Datiert aus Kayseri vom 10. Juli, enthielt es die Mitteilung, daß heute morgen von einem Schäfer in der Nähe von Ürgüp in der Zentraltürkei die Leiche einer Frau entdeckt worden war, die als Magda Ferenci-Sabo identifiziert werden konnte. Und schließlich lag da noch das Telegramm, das Carstairs grade zu lesen begonnen hatte:

MUSS LEIDER MAGDAS TOD MITTEILEN. ALICE DEXTER-WHITE BEI GUTER GESUNDHEIT SETZT REISE FORT. BITTE BIS ANKUNFT BEREITHALTEN PASS FÜR DMITRI DEXTER-WHITE ELF JAHRE. HEIMREISE VERZÖGERT SICH UM VIERUNDZWANZIG STUNDEN WEGEN PARTY ZU MEINEN EHREN IN ANKARA. BIN SEHR VERGNÜGT. EMILY POLLIFAX

Carstairs las noch einmal. „Das kann doch nicht wahr sein", sagte er.

Bishop kicherte. „Es läßt so vieles offen. Zum Beispiel, wo sie beinah eine Woche lang gesteckt hat und wer Henry umgebracht hat und wie ihr Hut nach Ankara gekommen ist, nicht zu vergessen, wie sie die Ferenci-Sabo retten konnte ..."

„Wie hat sie das nur angestellt?" sagte Carstairs ungläubig. „Ich dachte, sie sei tot. Ich dachte, sie seien alle beide tot –"

„O ihr Kleingläubigen", zitierte Bishop grinsend.

Carstairs schüttelte immer noch den Kopf. „Kein Wort von Dr. Belleaux. Schon zwei Agenten ermordet. Dieser Hut, der – ausgerechnet – in Ankara auftaucht, und" – das fiel ihm jetzt erst ein – „ihr Paß. Wie ist sie nur ohne Paß durch die ganze Türkei gekommen?"

Bishop grinste noch breiter. „Was mich im Augenblick besonders interessiert, ist, wer Mrs. Pollifax zu Ehren die Party gibt. Vielleicht die türkische Regierung?"

„Seien Sie kein Narr", bellte Carstairs, als aber dann sein Blick wieder auf das Telegramm fiel, begann er zu lächeln. „Ich will lieber nichts sagen", meinte er, „es ist wirklich kein Ding unmöglich." Er las das Kabel zum drittenmal, und als es schließlich keinen Zweifel mehr gab, daß beide – Magda Ferenci-Sabo und Mrs. Pollifax – in Sicherheit waren, da begann er anhaltend zu kichern. „Bishop", sagte er, „stellen Sie fest, wie sich die Verzögerung auf Mrs. Pollifax' Ankunft auswirkt. Ich glaube, ich fahre am Montag selbst zum Flughafen und hole sie ab."

„Ja, Sir. Sir?"

„Ja, Bishop?"

„Kann ich mitkommen, Sir?"

Zu Gast bei Mrs. Pollifax: Dorothy Gilman

von unserem Illustrator John Falter

Ich komme eben von meinem zweiten Rendezvous mit einer zauberhaften alten Dame, der ungewöhnlichen Agentin Emily Pollifax. Ich durfte ihre Bekanntschaft machen, als sie auch den Lesern der Reader's Digest Auswahlbücher vorgestellt wurde; seinerzeit hatte ich das Vergnügen, ihre ersten Abenteuer, *Mrs. Pollifax kommt wie gerufen*, zu illustrieren. Dadurch lernte ich ganz überraschend (was eigentlich bei Mrs. Pollifax' Autorin nicht überrascht) Dorothy Gilman kennen.

Lange hatte ich nach dem idealen Modell für Mrs. Pollifax gesucht, bis schließlich meine Wahl auf Mary Seymour fiel, eine Freundin meiner Schwester Sue Harvey und ihres Mannes Bob. So fuhr ich mit den Harveys auf die herrliche Farm der Seymours in Pennsylvania und machte eine Menge Photos von Mary, die mir als Vorlage für die Farbillustrationen dienen sollten. Es war ein Riesenspaß für uns alle, das richtige Blumenhütchen auszusuchen, und als ich nach dem Abendessen von den Abenteuern erzählte, die Mrs. Pollifax damit zu bestehen hatte, sagte Bob plötzlich: „Aber das muß ja das Buch sein, das unsere neue Nachbarin in Morristown geschrieben hat – bloß heißt sie nicht Gilman, sondern Butters."

Meiner Schwester ließ das keine Ruhe; sie ging der Sache nach und berichtete mir ein paar Tage später am Telephon, Frau Butters sei tatsächlich Dorothy Gilman, sie schreibe unter ihrem Mädchennamen, und Mary Seymour habe unsere ganze Pollifax-Runde, bereichert um die Autorin, auf ihre Farm eingeladen. Natürlich fuhren wir alle hin.

Jeder neigt wohl ein bißchen dazu, Autoren mit ihren Helden zu identifizieren, und so war ich verblüfft darüber, wie jung und attraktiv Dorothy Gilman ist. Aber das blieb nicht die einzige Überraschung: es stellte sich heraus, daß sich Dorothy als Kunststudentin auch mit meinen Arbeiten befaßt hatte. Freilich war sie der bildenden Kunst nicht treu geblieben – sie hatte schon als Kind gern Geschichten erzählt, und eines Tages packte sie die Lust am Fabulieren wieder. Sie schrieb ein Dutzend erfolgreiche Bücher für kleine Leute; dann wagte sie sich, wie ihre Heldin, in Neuland, als sie für die Großen Mrs. Pollifax erfand, die nicht nur Mr. Carstairs vom CIA, sondern auch den Lesern „wie gerufen" kam.

Die ungekürzten deutschen Ausgaben
der in diesem Band enthaltenen Bücher
sind – mit Ausnahme von „Der Mann auf der Kanzel“ –
im Buchhandel erhältlich